西方文艺理论名著选编（中卷）

XIFANG WENYI LILUN MINGZHU XUANBIAN

伍蠡甫　胡经之　主编

北京大学出版社
PEKING UNIVERSITY PRESS

图书在版编目(CIP)数据

西方文艺理论名著选编(中)/伍蠡甫,胡经之主编.—北京:北京大学出版社,1986.6(2022.10重印)

ISBN 978-7-301-00175-2

Ⅰ.西… Ⅱ.①伍…②胡… Ⅲ.文艺理论-西方国家-文集 Ⅳ.I0

中国版本图书馆 CIP 数据核字(2007)第 107863 号

书　　　名：	西方文艺理论名著选编（中）
著作责任者：	伍蠡甫　胡经之　主编
责 任 编 辑：	乔征胜
标 准 书 号：	ISBN 978-7-301-00175-2/I·052
出 版 发 行：	北京大学出版社
地　　　址：	北京市海淀区成府路205号　100871
网　　　址：	http://www.pup.cn　电子邮箱：pkuwsz@yahoo.com.cn
电　　　话：	邮购部 62752015　发行部 62750672　出版部 62754962
	编辑部 62752022
印 刷 者：	北京虎彩文化传播有限公司
经 销 者：	新华书店
	850mm×1168mm　32开本　16.625 印张　420千字
	1986 年 6 月第 1 版　2022 年 10 月第 15 次印刷
定　　　价：	46.00元

未经许可，不得以任何方式复制或抄袭本书之部分或全部内容。
版权所有，侵权必究
举报电话：010-62752024　电子邮箱：fd@pup.pku.edu.cn

目　次
（中　卷）

〔法国〕斯塔尔夫人
　　从社会制度与文学的关系论文学 …………………（ 1 ）
〔英国〕华兹华斯
　　《抒情歌谣集》一八〇〇年版序言 ………………（ 42 ）
　　《抒情歌谣集》一八一五年版序言 ………………（ 56 ）
〔英国〕雪莱
　　为诗辩护 ……………………………………………（ 67 ）
〔美国〕爱默生
　　论艺术 ………………………………………………（ 82 ）
〔法国〕巴尔扎克
　　论艺术家 ……………………………………………（ 94 ）
　　《古物陈列室》、《钢巴拉》初版序言 ……………（101）
　　《人间喜剧》前言 …………………………………（106）
〔法国〕雨果
　　《克伦威尔》序 ……………………………………（122）
　　莎士比亚论 …………………………………………（141）
〔法国〕泰纳
　　《英国文学史》序言 ………………………………（148）
　　艺术哲学 ……………………………………………（155）
〔法国〕左拉
　　戏剧中的自然主义 …………………………………（187）
　　实验小说论 …………………………………………（224）
〔法国〕莫泊桑

1

"小说" ································· （260）
〔俄国〕别林斯基
　　论俄国中篇小说和果戈理君的中篇小说（《小品集》
　　　和《密尔格拉得》）···················· （274）
　　艺术的概念 ······························ （285）
　　关于批评的讲话 ·························· （295）
　　给果戈理的一封信 ························ （300）
　　一八四七年俄国文学一瞥 ·················· （311）
〔俄国〕车尔尼雪夫斯基
　　艺术与现实的审美关系 ···················· （341）
　　《童年》和《少年》、《列·尼·托尔斯泰伯爵
　　　战争小说集》 ························ （376）
〔俄国〕杜勃罗留波夫
　　俄国文学发展中人民性渗透的程度 ·········· （383）
　　黑暗王国中的一线光明 ···················· （398）
〔俄国〕列·托尔斯泰
　　艺术论 ·································· （410）
　　莫泊桑文集序言 ·························· （436）
〔德国〕尼采
　　悲剧的诞生 ······························ （443）
〔德国〕里普斯
　　喜剧性与幽默 ···························· （452）
　　移情作用、内摹仿和器官感觉 ·············· （468）
　　再论"移情作用" ·························· （481）
〔法国〕柏格森
　　笑——论滑稽的意义 ······················ （484）
〔意大利〕克罗齐
　　美学原理 ································ （491）

从社会制度与文学的关系论文学

〔法国〕斯塔尔夫人

第一编 论古代和现代文学

第一章 论希腊文学的第一时期

在这部作品中,我所指的文学包括诗歌、雄辩术、历史及哲学(即对人的精神的研究)。在文学的这些部门当中,应该区别哪些是属于想象的,哪些是属于思维的。因此有必要研究这两种能力可能完美到什么程度;这样我们才能了解希腊人在美术中之所以能处于优越地位的主要原因,才能看出他们的哲学知识是否超出他们的时代,他们的政治制度和他们的文化。

他们在文学中,特别是在诗歌中的惊人成就,可能被人拿来反驳人类思想日臻完美的可能性这个论点。有人说,我们所知道的最早的作家们,尤其是第一位诗人,将近三千年以来一直没有被人超越过,甚至希腊的后继者也一直远在他们之下。可是,假如我们所说的不是想象力所创造的奇迹的无限完美的可能性,而仅仅是人类思想发展的无限完美的可能性,那么这个反驳就站不住脚了。

你可以给艺术的发展设下一个界限;然而你决不能给思想的**探索**设下一个界限。在精神世界当中,只要你设下一个界限,人们马上就会把通到这个界限的路程走完;而在一个没有界限的事业当中,人们的脚步总是缓慢的。我觉得这个看法既可以适用于纯粹属于文学范围的事物，也可以适用于其他许多事物。美术是不能无限地完美下去的；因此，使美术得以诞生的形象思维，它最初产生的印象总比在后来即使是最成功的回忆要辉煌得多。

现代诗歌是由形象和情感构成的。就形象来说，现代诗歌是对自然的模仿；就情感来说，这是一个激情的感染力的问题。希腊人在他们的文学的最早的时期中见长的是第一种，是对外界事物的生动描写。在表达一个人的感受的时候，你可以用诗体，可以利用一些形象来加强你的印象；可是严格意义上的诗歌，乃是用语言来描绘触动我们的视觉的一切事物的艺术。把情感和感觉结合起来，这已经是走向哲学的第一步了。这里所谈的诗歌还只是对物质世界的模仿的诗歌。物质世界根本是不可能无限地完美的。

你可以使同样的艺术手段适应于不同的语言，从而产生新的效果。然而描绘出来的东西只能止于近似而已，而感觉总是受感官限制的。对春天、雷雨、夜景、美貌、战斗的描写可以在细节上有所变化；可是最强烈的印象是由描绘这些东西的第一个诗人产生出来的。各种描写成分可以互相组合，但不能有所增加。你可以用各种差别细微的色彩使你的作品完美，然而毕竟是在所有的人以前掌握住原始色彩的那个人保持着创造的功绩，他给他描绘的图景以后人所无法企及的光辉。

自然界中的种种对比、触动我们视觉的显著的效果，当它们第一次被移到诗歌中来的时候，给我们的形象思维提供了最有力的图景和最单纯的对照。人们在诗歌中加进思想，这是诗歌之美的一个可喜的发展，然而思想并非诗歌本身。亚里士多德第一个把诗歌称之为模仿的艺术。理性的力量不断发展，每天都扩及新的对象。在这方面，后一世纪是前一世纪的继承者；后一代在前一代的终点上出发，各时代的哲学思想家形成了一条死亡所不能中断的思想的锁链。可是诗歌却不是这样；它可以在最初的一次诗情迸发中达到以后无法超过的某种美。在日益发展的科学中，最后的一步是最惊人的一步，而在形象思维的力量当中，越是最初运用这个力量，这个力量就越强大。

古人为充满热情的形象思维所鼓舞，然而这种形象思维中的各个印象并没有经过沉思默想的一番分析。他们占领着还没有人走过，还没有人描写过的大地。他们为每一种享受，为大自然的每一个产物而感到惊讶，而为了崇敬每一种享受和大自然的每一个产物，使它们能永远存在，他们就给它们分别创造一个神。他们在写作的时候，除了描写的对象本身以外，并没有其他范本；他们没有更早的文学作为他们的向导。这种不自觉的诗情的迸发，正因为它是不自觉的，所以具有后学者所不能企及的力量和纯朴；那是初恋的魅力。只要有另一种文学存在，作家就不能无视他们自己身上那些别人已经表达过的情感；他们不再能对他们的感受产生惊讶之感；他们知道自己是充满喜悦；他们知道自己是满腔热忱；他们不再能相信什么超自然的灵感。

我们可以认为希腊人是第一个产生文学的民族。在他们以前的埃及人当然有知识、有思想，但是他们的习俗的统一性使得他们在形象思维方面可以说是没有什么发展。埃及人根本没有对希腊诗歌起过什么示范作用：希腊诗歌事实上是一切诗歌的先行者①。毫不足怪，第一个出现的诗歌也许是最值得称羡的诗歌，同时也许正是由于这一条件，希腊诗歌才具有它的优越性②。现在就让我们把这一种看法来作进一步的发挥。

在考察希腊文学的三个不同时期时，我们可以很清楚地看出人类思想发展的自然进程。在他们有文字记载的历史的最初期，希

---

① 有人认为在荷马的诗歌以前有希伯来诗歌，但看来希腊人对希伯来诗歌并无所知。
② 当我这样讲的时候，是不是就低估了优秀的文学家们对希腊人的赞赏之情呢？

腊人是以他们的诗人见著的。希腊文学的第一时期的特征可以在荷马身上体现出来。在伯里克利时代，我们可以看到戏剧艺术、雄辩术、伦理学的迅速发展以及哲学的开端。在亚历山大时代，对哲学科学的更深入一步的研究成为文学界卓越之士的主要工作①。为达到创作诗歌这样一个水平，显然需要思想的一定程度的发展；可是当文化和哲学的发展纠正了想象的全部错误时，文学的这一部分又要丧失它的若干效果。

有人常说，美术和诗歌在风习奢靡的时期特别繁荣。这只是说，大多数自由的民族一心关怀的是怎样保持他们的伦理道德和自由，而专制的国王和领袖却乐于鼓励娱乐和游戏。可是，诗歌的鼻祖，形象思维最杰出的诗歌，也就是荷马的诗歌，却是诞生在以风俗淳朴见著的时代。道德的高尚和败坏都既不能有助于诗歌，也不能有损于诗歌。人们心目中的大自然的新鲜感和文明的年青倒是对诗歌大有裨益：诗人的青春不能完全代替人类的青春；诗歌的听众应该对整个自然界的认识如饥似渴，对它的美妙之处感到惊奇，对它给人的印象非常敏感。听众的哲学气质只能制造困难，而不能使诗歌获得新的美；只有在易于感动的人们中间，灵感才能最好地为真正的诗人服务。

社会的起源、语言的形成，这些是人类思想的最初几步，而我们对此却一无所知。一般说来，最令人生厌的莫过于形而上学了，它以自身的体系为依据而假想一些事实，却从来不以实际的观察作为基础。不过我还是要在这个问题上提出一个想法，因为它对我要处理的问题是必不可少的，那就是：正如物质世界首先发现的是为维持这个世界所必需的东西一样，精神世界也很快就会获得它发展所需的东西。造物主在创造生活必需品方面是从来不吝惜自己的气力的。食物的生产和基本的概念这两样东西，可

---

① 以上三个时期分别为公元前九、五、四世纪。——译注

以说是大自然自发地赋予人们的。人们迫切需要的东西，他们很快就获得了；可是在必不可少的发现完成以后，进步就比最初几步不知要慢多少，而且越不是必不可少的东西就进步得越慢。似乎是有一只神手在指引人们去寻求他们生存所必需的东西，而对需要并不那么迫切的研究就让他们去自行摸索。例如关于希腊语的理论是建立在许多抽象的联系的基础上的。这些联系远远地超出当时以如此的魅力、如此的纯正使用这种语言的作家们所掌握的哲学知识的水平。语言是取得其他各方面的发展所必需的工具，可是不可思议的是，在任何人在任何别的问题上都还没有达到编制语法所必需的抽象能力以前，这个工具却已经存在了。希腊作家决不能被认为是研究希腊语的哲学家所设想的那样深刻的思想家；他们只是诗人而已，当时的一切都有利于他们成为诗人。

英雄时代的历史事件、人物性格、迷信、习俗都是特别适合于诗的形象的。荷马无论如何伟大，可并不是高出于所有其余人之上的一个人，也不是他那个世纪以及比他那个世纪更高明的好几个世纪当中唯一的一个人。最罕见的天才的水平总是与同时代的人的知识水平有联系的。我们也应该估量估量，一个人的思想究竟能超出当时的知识水平多少。荷马把在他生活的年代流传的传说收集起来，而在当时，一切重大事件的故事本身都是十分富有诗意的。各国之间的交通越不方便，叙述故事时就越可以通过想象来添枝加叶。盗匪和猛兽到处出没，为了保卫公民的个人安全，武士的业绩就必不可少。公共事务对个人的命运有着直接的影响，因此感激之情和恐惧之感就加强了人们对公共事务的热忱。那时人们对英雄和神不加区别，因为人们期待他们提供同样的援助，而在惊悸不安的人们的心目中，战场上的功勋是非凡的业绩。这样，无论在物质世界中也好，在精神世界中也好，都掺杂有奇迹在内。哲学，也就是关于因果的知识，使思想家的注意力集中于伟大的创造工作的整体，而他们对每一个特定的事实的解释却是简单的。人在获得预见的能力时，惊奇感大大地丧失了，而热忱跟恐惧一样，时常是由意外构成的。

在古代的英雄主义中，人们对肉体的力量给予很大的尊重。在决定人的价值时，体力占的地位有过于道德。荣誉感，对弱者的尊重，这些都是以后几个世纪中更为崇高的思想。希腊的英雄公开承认自己的怯懦行为。阿基琉斯的儿子当着众希腊人的面把一个少女作为祭神的牺牲品，而希腊人竟为这个罪行喝彩。诗人善于以最激动人心的方式描绘外界事物，可是他们从来不刻画那些能把精神的美清白无玷地保持到诗歌或悲剧终了的人物，因为这样的人物在现实世界中是没有范例可寻的。不管荷马在安排情节顺序和刻画人物的伟大方面是如何高超，他的语言中用的是最普通的语汇，而注释荷马的人们时常会对这些最普通的用语感到叹赏不已，仿佛诗人对这些词句所表达的意思有了新的发现似的。

荷马和其他希腊诗人之所以值得注意，是由于他们诗篇的壮丽和形象的富有变化，而不是由于他们思想当中有什么深刻的见解。诗人用眼睛去看，他让你也看到他所看到的东西；他受到感动，他把他所得的印象传达给你，而所有的读者，在某些方面，也跟他一样是诗人。他们相信，他们赞叹，他们并不了解，他们感到惊讶，在他们身上，童年的好奇和成人的热情结合在一起。读一读荷马吧，他把什么都要描写一番。他跟你说"岛的四周是水"、"面粉使人长出力量"、"中午时分太阳在你头顶上"。他之所以要把什么都描写一番，那是因为他的同代人对什么东西都感兴趣。他有时重复，可是并不单调，因为他不断受到新的感觉的鼓舞。他不令人厌倦，因为他从不提出抽象的概念。你是跟他一起旅行，穿过一系列的形象；这些形象虽然有的更可爱些，有的不怎么可爱，可是总是和你的眼睛打交道。形而上学这个把思想加以概括归纳的艺术大大加速了人类思想的发展；可是在缩短路程的同时，它却有时会把思想的某些光辉面一扫而空。所有事物一一呈现在荷马眼前；他并不总是加以严格的挑选，可是他的描绘却总是饶有情趣的。

一般说来，希腊诗人的作品很少有紧密的组织。气候的炎热、想象的活跃、他们经常受到的颂扬，这一切都协力给他们一种诗的热狂来启发他们的语言，正如今天意大利的作曲家用令人心醉的和弦把旧曲的组织改变一下以制作新曲一样。对希腊人来说，音乐和诗歌是密不可分的，他们的语言的和谐性使得他们的诗行和竖琴的乐声融合起来了。

当你真正爱好音乐的时候，你是很少去听歌词的。你宁可把全部注意力倾注于乐音所激起的梦幻般的无限的波涛之中。充满形象和包含哲理的诗歌也是一样。从某些方面来看，这些哲理所要求的思考是会削弱诗歌所产生的美感的。但并不能因此得出结论，认为要写出美丽的诗行，就必须抛弃我们已经获得的哲学思想。我们的头脑不但能理解哲学思想，而且被不断地引向哲学思想。要想使现代人抛弃他们所知道的一切，按照古人对事物的认识来描绘事物，那是不可能的。我们的伟大的作家把我们时代的一切财富都运用到他们的诗篇里去了；可是诗歌的各种形式，构成这门艺术的本质的一切东西，我们都是从古代文学中借鉴来的，因为，我再重复一遍，在一切艺术中，甚至在最早诞生的艺术——诗歌中，要超越某一界限是不可能的。

人们正确地指出，最早的那个文学的趣味是异乎寻常地纯粹的（除了我将在谈戏剧时论述的某些例外）。可是现在令人喜爱的事物既多又新，良好的趣味怎么反而不存在了呢？那是因为事物多了就使人标新立异；追求多变的需要时常使人的思想过分雕琢。而希腊人呢，他们在那么多生动的形象和感觉当中，只去刻画使他们产生最大的快感的那些。他们的优良的趣味得之于那大自然的享受本身，而我们的理论不过是对他们的印象加以一番分析而已。

希腊人的异教是他们在各门艺术中取得完美的趣味的主要原因之一。他们那些接近于人而又总是超出于人的众神，为各种类型的图景提供了形式的雅与美。对文学的各种杰作来说，这个宗教也是一个有力的帮助。祭司和立法官们把人们的迷信引导到一些纯粹是诗意的概念上去；秘密祭礼、神谕、地狱等希腊神话中的一切，好像都是一个有自由选择能力的想象力的产物。可以说是画家和诗人利用了民间的信仰，把他们艺术的手段和奥秘放到了天国之中。通过宗教活动，他们把日常生活习惯提到崇高的地位。我们的安逸的奢侈生活、我们的由于科学的发展而日趋复杂的机器、我们的被商业简化了的社会关系，这些都是不能用崇高的诗体来表现的。再没有比现代的大多数风俗习惯更缺乏诗意的了，而在希腊人中间，每一项风俗习惯都给故事情节增添效果，都给人增添尊严。那时人们在每餐饭前洒酒祭神；进门时在门槛前向好客的尤皮特神跪拜；古代最著名的英雄的稼穑生活、猎事、田园生涯把自然界的形象和最重要的政治事件结合起来，而为诗歌服务。

奴隶制度——人类历史中的这个可憎的灾祸，在扩大社会差别的距离同时，却使得伟大人物的高超显得更加突出。没有一个民族比希腊人给诗歌带来更多的好处；可是更合乎伦理道德的哲学和更强烈的敏感性能把新的思想和印象带到诗歌中去，从而为诗歌本身增添新的东西，而这是希腊人所缺少的。

希腊人在哲学方面的发展历史是非常简单明了的。埃斯库罗斯、索福克勒斯、欧里庇得斯先后逐渐把伦理学引入戏剧中去。苏格拉底和柏拉图专门搞一些道德教条。亚里士多德把分析法向前推进了一大步。可是在荷马和赫西奥德的时代，甚至在这个时代以后一段期间，在诗歌杰作风起云涌的最兴盛的时代，当品达罗斯写抒情短诗的时候，诗中表现的伦理思想也是很不明确的。诗歌赞同复仇、愤怒和一切强烈的心灵活动。生活在差不多同一时代的希罗多德把正义和非正义都说成是预兆和神意:在他看来,罪恶就是恶兆,绝不是良心意识所决定的。阿那克里翁的纵欲的诗歌中所表现的才气和哲理,远远不及贺拉斯在处理差不多相同的题材时所表现的才气和哲理。在那个时代的希腊作家的作品中,德行这个字眼并没有积极的意义。品达罗斯把在奥林匹克竞技中赛车取胜之术称之为德行;成功、享乐、神的意志、人的职责,这一切都在当时人们热烈的头脑中混在一起,只有感官的感觉留下深刻的痕迹。在这些远离今天的时代,伦理道德的不确切性丝毫不能被认为是当时道德败坏的证明;它只说明当时人们的哲学思想是多么贫乏:一切都使他们不去进行静思,没有一样东西引导他们进行默想。在希腊人的诗歌中难得看到思考精神,真正深刻的敏感就更少了。

所有的人显然都体会过内心的痛苦,在荷马的作品中就可以看到这方面的有力的描画;可是爱情的力量似乎是随着人的思想的其他方面的进步,特别是随着使妇女与男子同命运的新风俗的发展而逐渐增长的。无耻的娼妇,命运多舛而堕落的女奴隶,幽禁在内院、对外间世界一无所知、跟丈夫的利益毫无关系、按照使之对任何思想任何情操都毫不理解的原则教养出来的妇女,这就是希腊人所认识的爱情关系。儿子连母亲都不大尊重。忒勒马科斯①可以命令他的母亲住嘴,而佩涅洛佩走了出去,居然还满怀对她儿子的智慧的敬佩之情。希腊人从来也没有表现过,也从来没有体会过人性中的第一个情操——爱情中的友谊。他们所描画的爱情是一种病症,是神安排的命运,是对所爱的对象没有任何伦理关系的一种狂热。希腊人所理解的友谊在男子之间是存在的;

---

① 忒勒马科斯(Télémaque)是《奥德修纪》中的主人公奥德修斯与佩涅洛佩所生之子。奥德修斯出征特洛伊,经年不归,忒勒马科斯曾离乡寻父。——译注

可是他们不能设想，他们的习俗也禁止他们设想可以在妇女中找到一个在思想上平等、受爱情节制，一个乐于把自己的能力、时间、情感贡献出来以补足另一个人的生活的终身伴侣。这种情感的绝对缺乏不仅表现在他们所描画的爱情方面，也表现在他们所描画的与细微的心理活动有关的一切方面。忒勒马科斯在出发找他父亲奥德修斯的时候说，如果他得悉他父亲的死讯，他回来的时候第一件心事就是给他修一座坟，给他母亲找个后夫。希腊人敬奉死者；他们的教义明白规定葬仪必须从厚；可是他们心里毫无忧伤之感，毫无深刻持久的遗恨之情，只有在妇女心中才有对死者长久追思之念。以后我将有很多机会指出在妇女开始参与人类伦理生活的时期中在文学中出现的变化。

我在前面已经试图指出产生希腊诗歌中独创的美的最根本的原因，同时指出它在人类文化最早时期所含的缺点，现在剩下要做的就是考察一下雅典的政治与民族精神对一切类型的文学的迅速发展产生了什么影响。我们不能否认，一个民族的法制对他们的趣味、才华和习惯并没有绝对的决定作用，因为斯巴达就在雅典旁边，时代相同，气候相同，宗教大致相同，而习俗却迥然不同。

雅典的一切社会条件都刺激人们的竞争心。雅典人并不总是自由的，可是鼓舞人们向上的精神却始终在他们中间起着最大的作用。没有哪一个民族比雅典人对一切突出的才能表现得更敏感的了。这种对才能的赞赏心情产生了无负于它的杰作。希腊，以及在希腊中的阿提咯，都是处在野蛮世界包围中的文明小国。希腊人为数很少，可是全世界注视着他们。小国家和大舞台的优点他们兼而有之，他们把由能扬名于本国同胞中的信念而生的好胜心，和取得无限荣誉的可能性所产生的好胜心结合在一起。他们相互间所讲的话传遍世界。他们的人口很有限，占人口将近半数的奴隶使公民阶级的人数更为减少。这一切都有助于把知识和才能集中到少数竞争者的圈子里。他们互相激励，不断较量。民主制度把一切杰出的人安放到突出的地位，使有聪明才智的人管理公共事务。然而雅典人喜爱美术、培养美术，并不把自己的注意力局限于国家的政治利益。他们要保持文明民族的最前列的地位。对蛮族的仇恨和蔑视加强了他们对文艺和美术的兴趣。对全人类来说，知识最好是能得到普及，不过当知识集中在一部分人身上的时候，掌握知识的人们相互间的竞争就更加强些。在古人中间，知名人物的一生更为光荣；在今人中间，则是默默无闻的人的生活较为幸福。

雅典人最爱好的是娱乐。他们的法律规定，谁要是建议削减公共节日的经费，即使是把它用于军备，都要被处以死刑。雅典人与罗马人不同，他们对征服别的国家毫无热忱。他们击退蛮族，为的是保持他们的趣味与习惯的纯洁。他们热爱自由，为的是保证一切游乐能有最大的独立性；可是罗马人由于性格的尊严而铭刻于心的那种对暴政的深刻的仇恨，他们却没有。雅典人并不设法在法制中建立对制度的有力保证；他们但求一切桎梏得以减轻，但求国家的领导人感到有不断吸引公民、取得他们欢心的需要。

他们向有才能的人热烈喝彩。他们热烈颂扬伟大的人物：他们的流放法，他们的贝壳流放制不过是疑心的一种表现，而这疑心也是从他们对热忱的向往中产生出来的。一切能为著名人物增添光彩，一切能够刺激对光荣的向往的东西，雅典人是全力以求的。希腊悲剧作家在从事这种职业以前，先到这一行的鼻祖埃斯库罗斯的墓前祭奠一番。品达罗斯、索福克勒斯手执七弦琴，头戴桂冠，奉神谕之命，出现在公众游戏场合。印刷术对知识的发展和传播是如此有利，可是却有损诗歌的效果。现在的人对诗歌进行研究，予以分析，而希腊人却是把诗歌拿来歌唱，只是在节日，在音乐声中，在与会的人们相互表现出来的如醉如狂中来接受诗歌的印象。

我们可以说，希腊诗歌的某些特点是由他们的诗人期望取得什么样的成就决定的。他们的诗篇是要在公众的盛典上朗读的。沉思、忧郁这些孤独的感受是和聚集在一起的群众不相适应的。在聚集成群的人们中间，热血沸腾，热情奔放。诗人必须促进这种情感。品达罗斯的颂歌是单调的，我们觉得这种单调使人听得厌烦，而在希腊人的节日活动中却根本不是这样。某些以极少数几个音符编制出来的曲子，在山区居民中产生很强的效果。希腊抒情诗中所包含的思想可能也是这种情况。同样的一些形象，同样的一些情感，特别是同样的谐和，总是可以博得人群的喝彩的。

希腊人民对一个人的赞赏比现代人经过思考后进行的投票选举表现得热烈得多。一个以多种多样的方式鼓励杰出才能的民族必然会使有才能的人们相互间进行激烈竞争；这种竞争是有利于艺术的进步的。最光荣的棕榈枝也不会比今天表示尊敬的方式招引更多的嫉恨。那时候，有才可以自荐，有德也可以自荐，所有自信值得获得褒奖的人都可以毫无顾忌地提名自己为荣誉的候选人。全民族感谢他们为整个民族赢得尊敬的志向。

现在，强大的平庸势力迫使才智高超之士蒙上冲淡了的色彩。不能正大光明地追求光荣，必须乘人不备，窃取他们的赞赏。重要的是不仅要以谦虚来使别人放心，而且在希图博得别人的赞许时还要装出一副毫无所谓的样子。这种束缚激怒了某些思想高超的人，扼杀了另外一些人的才能——要发挥才能，自由发展和不加矫饰是两项必要的条件。当面子问题存在时，真正的天才就要泄气。在希腊人中，有时在两个对手之间都存在着互相钦羡之情；如今这种钦羡之情转到观众身上去了，而由于某种奇特的原因，广大民众对人们为了增添他们的乐趣，为了博得他们的赞许而作的努力，竟也产生妒忌之感。

第十一章　论北方文学

　　我觉得有两种完全不同的文学存在着，一种来自南方，一种源出北方；前者以荷马为鼻祖，后者以莪相为渊源①。希腊人、拉丁人、意大利人、西班牙人和路易十四时代的法兰西人属于我称之为南方文学这一类型。英国作品、德国作品、丹麦和瑞典的某些作品应该列入由苏格兰行吟诗人、冰岛寓言和斯堪的纳维亚诗歌肇始的北方文学。在指出英国和德国作家的特点以前，我觉得有必要对前述两大类型的文学间的主要区别作一番一般的考察。

　　当然，英国人和德国人也时常模仿古人。他们从这个富有成果的学习中吸取了有益的教训；而他们两国人的带有北方神话印记的独创之美也有着某种相似之处，那就是以莪相为最早范例的那种在诗歌中的崇高伟大。有人可能这样说，英国诗人以其哲学思想而见著；这种思想在他们所有的作品中都显示出来，而莪相

---

① 我在这里把我在这一版（第二版）序言中说过的话重复一下。莪相（他是生活在四世纪的行吟诗人）的歌，在麦克菲森把它们收集起来以前，就已经为苏格兰人和英格兰的文学家所知晓。我在把莪相作为北方文学的渊源时，如同在本章下文所述，只是要指出他是最早一位具有北方诗歌特点的诗人。冰岛寓言、九世纪的斯堪的纳维亚诗歌都是英国文学和德国文学的共同根源，它们和上苏格兰的诗歌以及芬歌儿＊中的诗歌的特点有极大的相似之处。很多学者写过关于鲁纳文学＊和北方诗歌及文物的文章。我们可以在马莱的作品中看到上述所有研究成果的梗概；此外，我们只要读一读抄录在他书里的九世纪的某些抒情短诗的翻译，例如关于雷聂-罗德勒洛格王和勇士哈拉德的诗，就可以相信，这些斯堪的纳维亚诗人和生活在他们之前差不多五个世纪的行吟诗人莪相歌颂同样的宗教思想，运用同样的武士形象，对妇女有着同样的崇拜。

＊　芬歌儿（Fingal），苏格兰传说中的英雄，一般认为他是莪相的父亲。麦克菲森于一七六二年发表以《芬歌儿》为名的散文诗，认为这是莪相所作。——梵·第根注

＊　鲁纳文学（la littérature runique）是最古的日耳曼与斯堪的纳维亚异教文学。——译注

则几乎从来没有过经过深思熟虑的思想；他只是把一连串的事件和印象叙述出来。我现在来答复这个异议。莪相诗歌中最常见的形象和思想是与生命的短促、对死者的尊敬、对他们的思念、存者对亡者的崇拜这些方面有关的。如果说诗人既没有把这些情操和道德教条结合起来，也没有把它们和哲学思考结合起来，那是因为在那个时代，人类的思想还不能进行必要的抽象，得出很多的结论。然而莪相诗歌对想象所引起的震动，足以使人们的思想进行最深刻的沉思。

忧郁的诗歌是和哲学最为协调的诗歌。和人心的其他任何气质比起来，忧伤对人的性格和命运的影响要深刻得多。继承苏格兰行吟诗人的英国诗人，在前者描绘的图景上又加上从这些图景本身当中应该可以产生出来的思考和概念；然而英国诗人还是保留了北方的想象，保留了这个乐于海滨、乐于风啸、乐于灌木荒原的想象；保留了这个仰望未来、仰望来世的想象——保留了这个对命运产生厌倦的心灵。北方人的想象超出他们居住于其边缘的地球，穿透那笼罩着他们的地平线、象是代表着从生命到永恒之间的那段阴暗路程的云层。

我们不能泛泛地说分别以荷马和莪相为最早典范的两种类型的诗歌孰优孰劣。我的一切印象、一切见解都使我更偏向于北方文学。不过现在的问题是来研究北方文学的特征。

北方人喜爱的形象和南方人乐于追忆的形象之间存在着差别。气候当然是产生这些差别的主要原因之一。诗人的遐想固然可以产生非凡的事物；然而惯常的印象必然出现在人们所写的一切作品之中。如果避免对这些印象的回忆，那就要失去诗歌的最大的有利条件，也就是描绘作家的亲身感受这样一个有利条件。南方的诗人不断地把清新的空气、丛密的树林、清澈的溪流这样一些形象和人的情操混合起来。甚至在追忆心之欢乐的时候，他们也总要把使他们免于受烈日照射的仁慈的阴影牵连进去。他们周围如此生动活泼的自然界在他们身上所激起的情绪超过在他们心中所引起的感想。我觉得，不应该说南方人的激情比北方人强烈。在南方，人们的兴趣更广，而思想的强烈程度却较逊；然而产生激情和意志的奇迹的却正是这种对同一思想的专注。

北方各民族萦怀于心的不是逸乐而是痛苦，他们的想象却因而更加丰富。大自然的景象在他们身上起着强烈的作用。这个大自然，跟它在天气方面所表现的那样，总是阴霾而暗淡。当然，其他种种生活条件也可以使这种趋于忧郁的气质产生种种变化；然而只有这种气质带有民族精神的印记。在一个民族当中，跟在一个人身上一样，固然不应该只找它的特点，然而所有其他各个方面只是万千偶然因素的产物，惟有这个特点才构成这个民族的本质。

跟南方诗歌相比，北方诗歌与一个自由民族的精神更为相宜。南方文学公认的最初的创造者雅典人，是世界上最热爱其独立的民族。然而，使希腊人习惯于奴役却比使北方人习惯于奴役容易得多。对艺术的爱、气候的美、所有那些充分赐给雅典人的享受，这些可能构成他们忍受奴役的一种补偿。对北方民族来说，独立却是他们首要的和惟一的幸福。由于土壤的硗瘠和天气的阴沉而产生的心灵的某种自豪感以及生活乐趣的缺乏，使他们不能忍受奴役。在英国人认识宪政理论和代议政府的优点以前，上苏格兰和斯堪的纳维亚诗歌如此热烈歌颂的战斗精神，早就使人们对他们的个人能力和意志力量产生了强烈的意识。个人独立不羁的精神早在取得集体的自由以前就存在了。

在文艺复兴时，哲学是由北方民族开始的。在他们的宗教习惯当中，需要由理性来克服的偏见比在南方人的宗教习惯当中的少得多。北方的古代文学含有的迷信成分也比希腊神话中少得多。

《埃达》①中固然也有一些荒谬的教条和寓言，但是北方的宗教观念差不多全都是和被热烈颂扬的理性相适合的。他们神话里的所谓飘浮在云端的鬼魂，只不过是由感官形象产生的一种回忆罢了。②

莪相的诗歌所激起的情感可以在任何民族中再现，因为它感动人的手段都来自大自然。可是要把希腊神话毫无矫情地用之于法国诗歌，却必须有非凡的才分。如果把宗教教义移植到一个国家，而在那里，人们把这些教义当作精巧的隐喻来接受，那就再也没有比这更乏味、更矫造的事情了。北方的诗歌很少带有讽喻；它用不着借助于地方性的迷信来激起读者的想象。经过思考而后产生的热忱、纯洁的热情的昂扬，这些都是能同样适用于各个民族的。这是真正的诗情，每个人都能体会，然而要把它表达出来却非有天才禀赋不可。它使你心中保持一个崇高的遐想，使你产生对乡村和孤独的爱。它使你的心向往宗教意识，在有特殊禀赋的人身上则激起对德行的忠诚和对崇高思想的热忱。

人们的崇高伟大的行为都出之于他们对命运的缺陷的怨艾。一般说来，思想平庸的人对平凡的生活是相当容易满足的。可以这样说吧，他们美化自己的生涯，对生活中的缺陷以对虚荣的幻想来弥补。而崇高的思想、情操和行动却来自摆脱束缚想象的羁绊的要求。富有英雄气概的道德行为、对辩才的热烈追求、对荣誉

---

① 《埃达》(Edda) 是斯堪的纳维亚古代神话和传说的集子。——译注
② 有人硬说莪相的诗当中根本没有宗教观念。不错，莪相的诗当中没有神话，可是你可以在里面不断看到崇高的心灵、对死者的尊敬、对来世生活的信念；这些情操远比南方的异教更接近于基督教的性质。《芬歌儿》诗之所以单调，并不是由于缺少神话成分，而是由于我在前面已经说过的种种原因。如果把希腊人的寓言当作是使形象思维作品有所变化的唯一手段，那么现代人也难逃失之单调的指责；因为这些寓言在使用它们的古代诗人的作品中越是值得赞叹，我们的诗人就越是难以利用。当想象施之于一个它已经不能再有所创造的题材时，人们马上就会对这种想象感到厌倦。

的向往都使人得到妙不可言的乐趣，而只有那些既热情昂扬而又忧郁寡欢，对一切可以量度、一切不能永存而有一定界限的东西感到厌倦的人们，才觉得这样的乐趣是必不可少。北方的诗歌在人们心中激起的正是这种心理状态，它是一切高尚的热情以及一切哲学思想的源泉。

我根本不想把荷马的天才来和莪相的天才进行比较。我们所知道的莪相的东西不能看成是一件完整的作品，它只是流传在苏格兰山区的民歌的集子。在荷马写诗以前，希腊显然已经有悠久的传统。就诗歌艺术来说，莪相的诗还没有荷马以前的希腊诗成熟①。因此，不可能把《伊利昂纪》（即《伊利亚特》）和《芬歌儿》相提并论而不失公允。不过我们倒是可以判断一下，看看南方诗歌中所表现的大自然的形象能否激起北方诗歌中那样高尚纯洁的情感；看看在某些方面更加光辉的南方诗歌中的形象是否能使读者产生同样多的思想，跟人们的情操又是否有同样直接的关联。合乎哲理的思想从本质上就自然是和阴沉的形象结合在一起的。南方诗歌和北方诗歌不同，它远不能和沉思默想谐和一致，远不能激起思考所能验证的东西；耽于安逸的诗歌是和任何有条理的思想格格不入的。

有人指摘莪相的诗太单调。在从莪相的诗演变出来的各种诗歌、例如英国人和德国人的诗歌中，这个缺点比较小些。文化、工业、商业以种种方式改变了乡村的图景，然而北方的形象思维的性质却差不多一直保持着，就在扬格、汤姆逊、克洛卜施托克等的作品中，还是可以发现一定程度的一致性。忧郁的诗歌无法不断变化。大自然中的某些美在我们心中产生的颤动总是某种同样

---

① 有人说我把荷马和莪相作了比较。在本书现在这一版（第二版）中，我在这方面一字未改。人们今天尽管可以颠倒黑白，可是这只能欺骗不读书的人。即使是他们也难以相信，一个批评，不管它是多么偏颇，怎么可以提出与事实恰恰相反的论断来！

的感觉；使我们重温这个感觉的诗句在我们心中激起的情感跟大风琴产生的音响效果有很多类似之处。我们的心灵受到温和的震撼，乐于持续处在这种状态，直到它不能忍受时为止。使我们在一定时间以后产生疲倦之感的，不是诗歌有什么缺点，而是我们器官的弱点；我们那时所感到的不是对单调的厌烦，而是对天国的音乐持续过久的乐趣所产生的慵倦。

英国人和以后的德国人的伟大戏剧效果根本不是得自希腊题材，也不是得之于希腊的神话教条。英国人和德国人是以与最近几个世纪的轻信较为接近的迷信成分来激起人们的恐惧之感。他们特别善于刻画意志坚强而思想深刻的人们所痛苦地感受的不幸，来激起读者的上述感觉。我曾经说过，死亡这个概念在人身上产生的效果是大是小，主要取决于人们的宗教信仰。苏格兰行吟诗人的宗教，它的色彩一直比南方的宗教阴沉些，也更加超越世俗。如果把僧侣制度那一套东西剔除的话，那么基督教是相当接近于纯粹的自然神主义的，它把从前的人在弥留之际那一套出于想象的东西一扫而空。古人曾在大自然中布满了保护神，这些神住在森林江河之中，主宰着白昼黑夜；现在这些神给去掉了，大自然回到寂静之中，人们的恐惧感因而增长了。基督教是最富有哲学色彩的宗教，它把人交给人自己。北方的悲剧作家并不总是满足于人的感情的流露所产生的自然效果，他们也借助于幻觉和幽灵，借助于跟他们的阴郁的想象类似的某种迷信成分。然而，无论这些手段一时产生的恐惧之感是多么深，这总只能说是一种缺点而不能说是美。

一个戏剧诗人，当他生活在一个不太容易轻信的民族中间时，他的才气就会增长。那时，他就必须在人心中去探索情感的根源，就必须把那些所谓可以激起想象的可怕的鬼魂驱走，不让它们混迹于对人的情操或良心的责备的有力的刻画之中。神奇的东西可以使人震惊，可是无论你用什么方式来安排这些神奇的东西，它永远也不能与一个能以积聚一切足以激动人的情感的顺乎自然的事件所产生的印象相匹敌。追逐奥瑞斯忒斯的欧墨尼得斯并没有麦克白夫人的梦寐那么可怖。

从北方民族保存到现在的各种传统和日耳曼人的习俗来看，北方民族一直具有尊重妇女的美德，而这是南方民族所没有的。在北方，妇女享有独立的地位，而在别的地方，她们却陷于被奴役的境地。这又是作为北方文学特点的敏感性之所以产生的主要原因之一。

在各个国家中，爱情发展的历史都可以从哲学的观点去考察。爱情这种感情的描绘似乎完全以表现这种感情的作家的个人感受而异。作家在表现他们最切身的情感时所采用的语言也必须受周围的社会风尚的制约，这就是社会风尚对他们的影响。彼特拉克一生中经历的爱情看来要比《少年维特之烦恼》的作者以及好些英国诗人如蒲柏、汤姆逊、奥特维等来得幸福些。在读北方作家的作品时，我们不是仿佛觉得那是另外一个大自然、另外一些人与人间的关系、另外一个世界吗？他们所写的某些诗歌的完美当然体现了作者的天才；可是，同样可以肯定的是，同样的作家如果是在意大利，即使当他们感受到同样的激情，也写不出这样的作品。这是因为，在以追求名声为目的的文学作品中，通常总是民族和时代的普遍精神比作家的个人性格留下更多的痕迹。

最后，促使现代北方各民族比南方的居民具有更多哲学精神的是新教，这是差不多所有北方各民族都接受了的。宗教改革时期是最有效地促进人类走向完善的一个历史时期。新教当中没有任何足以产生迷信的幼芽，反而给予德行以它从感官判断中可能取得的全部支持。在信奉新教的国家中，新教丝毫也不妨碍哲学的研究，它还有效地维护风尚的纯洁。我们如果把这个问题进一步加以发挥，就将超出本文的范围。可是我还是要问一问开明的思想家们，是不是有一种办法可以把伦理道德和上帝这个概念联系起来，而不使这个办法成为人们手中的一种权力的工具？现在人性日趋无情，日趋可叹，日益破坏由敏感、深情和亲切构成的人与人之间的某些联系。这样设想的宗教难道不是能给人性带来最大的好处吗？

第二编　论法国学术的现状及其将来的发展

第五章　论形象思维作品

　　要指出良好的趣味认为应该在文学作品中避免哪些缺点，这是容易的；然而要指出形象思维在将来应该遵循哪一条道路，才能产生新的效果，那就不那么容易了。在文学中有某些可以保证获致成功的手段，它们的基础被革命破坏了。现在就让我们首先来考察一下这是哪些手段，这样我们自然就会对还可以发现哪些新的来源得到一个大致的了解。

　　形象思维作品以两种方式对读者起着作用：一是给他们提供一些足以使之欢乐的生动活泼的场面，一是激起他们内心的种种情感。内心的情感的根源存于人性固有的各种关系之中；欢乐则时常只是社会中种种有时甚至是反常的关系的产物。因此，产生内心的情感的原因是持久的，很少随政治事件变迁，而从许多方面看来，欢乐是从属于种种情况的。

　　社会中各项制度越是简化，哲学思想可以从中引出鲜明对立的对比事物就越少。在所有作家当中，伏尔泰的作品最明显地表明一个合理的政治秩序是怎样消除了笑料的来源。伏尔泰不断地把应该是怎样和实际是怎样、形式的迂腐和思想的浮浅、宗教教条的严峻和说教者道德的败坏、大人物的愚昧无知和他们的权力无边进行对比。他的大部分作品的基础是某些与理性相违的社会制度，而这些社会制度还得足够强大，使得攻击这些制度的嘲笑能被认为是大胆的行动。如果某一种宗教在某一个国家并没有权威，那么对这个宗教的嘲弄就不会比在欧洲讥讽婆罗门教徒的宗教仪式更辛辣些。对于与出身有关的偏见以及由此产生的令人不堪忍受的恶习也是一样。在一个不存在这些恶习的国家，人们对以这些偏见为对象的嘲讽恐怕都不屑一笑。

美国人对一个影射和他们的政府完全不同的政治机构的喜剧场面的妙处恐怕很难体会。由于他们和欧洲的关系，他们也许还可以听听这方面的事情，可是他们的作家绝不会想到以这样的题材进行写作。以违反自然理性的民事关系和政治制度为对象的一切笑料，当它们一旦达到了目标——社会秩序的改革，也就失去了效果。

希腊人嘲弄他们的民政官，可是不嘲弄他们的社会设施制度。他们的富有诗意的宗教束缚他们的形象思维。他们要就是处在自己选择的政府统治之下，要就是处在一个暴君的彻底奴役之中。他们从来没有象法国人这样处在一种中间状态，处在一种最富于各种精神上的对比的状态。

法国人把他们自己的痛苦当作戏谑的对象；他们对某些东西的形式推崇备至，对它们的精神实质则冷嘲热讽；他们对切身攸关的利益装出一副毫不在乎的样子；他们甘心忍受专制统治，只要他们能够自嘲，只当已经熬到头了就得了。

与君主制度国家的哲学家不同，希腊哲学家不把自己处在和他们国家的设施制度相对立的地位。自从北方民族入侵以后，作为现代民族大部分政权的基础的世袭制，希腊哲学家对它毫无概念。在希腊，民政官的权力来自全民的同意。试图嘲笑一个完全从属于民意的政治秩序，这将是再奇怪也没有的事情。而且，自由的人民对统治着他们的设施制度是如此重视，连偶然失言，无意间嘲笑了它的事情都不会发生。

如果法国的宪法是符合自由原则的，设施制度是合乎哲学精神的，那么对政府的嘲谑既然不再有什么用处，也就引不起人家的兴趣。在一个共和制度的统治下，从许多方面看来，象《老实人》①当中以嘲弄人类为目的的谐谑也就不合适了。

当专制政体存在的时候，就必须在奴隶面前把所有的人的命运都说得坏些，以此来安慰他们。共和自由需要的是鼓舞，这种鼓舞必须排除一切足以败坏人性的东西。使人对生活产生厌倦，这决不是鼓舞士气。重要的是要把德行置于生活之上，赋予内心的一切情操以巨大的价值，以充分发扬最崇高的情操——对善和对人的爱。

戏谑的秘诀，一般说来，在于挫伤一切摆脱束缚的企图，让地位低的人打击地位高的人，以冷静来给热情泼冷水。这个秘诀用来打击傲慢和偏见是很有力的。不过自由与爱国心必须以对民族的幸福与荣誉的非常积极的关心为支柱；而如果你使优秀之士产生对善举和恶行都无所谓、对人世间一切事物都以轻蔑待之的态度，你就损害了上述那种关心。

当社会在理性的大道上前进的时候，特别应该避免挫伤民气的东西。当戏谑在把偏见的势力有效地摧毁了以后，就将只好以真正的情操力量作为它的对象，这样就会把打击引到应该作为个人与人类社会的支柱的道德生活的原则头上来了。因此，象《老实人》以及与之类似的以一种嘲讽哲学嘲弄生活中最崇高的利益的作品，在共和制度下是有害的。在共和制度下，人们需要尊重他们的同类；需要相信他们能做好事，需要能为那些由希望的宗教启发而作出的日常的牺牲行为所鼓舞。

---

① 伏尔泰所著哲理小说（1759）。——译注

在诙谐作品中，除了差不多完全由嘲笑社会秩序或人类命运所产生的喜剧效果以外，当然还有另外一种喜剧效果，那就是由对人的激情和性格的正确而精细的观察产生的喜剧效果。莫里哀的天才是这种高超的才能的最高典范。伏尔泰的机智尽管通常表现得很辛辣，但他在这方面没有能产生任何戏剧效果。因此，我们需要考察一下，在一个自由的国家里，怎样的喜剧题材才能取得最大的成功。

在人们中间有两种截然不同的可笑的事物，一种出之于人的本性，另一种随着社会的种种变迁而千差万别。在政治平等已经建立起来的国家里，后面这一种可笑的事物要少得多，在那里，社会关系更加接近于自然关系，礼度与理性更加一致。在旧社会中，一个人可能有很多优点，然而由于对社会风习毫无所知而显得可笑。在一个自由的国家里，除非思想或性格确实有缺点，否则不会做出真正不合时宜的举止。

在君主政体下，时常需要善于把尊严与利益、勇敢的外貌与阿谀的私衷、无所谓的神气与对个人利益的热中、受奴役的实质与矫饰的独立妥协调和起来。这些都是有待克服的困难，它们很容易使对这些困难避免乏术的人显得可笑。在共和政体下，由于礼仪简单，生活中也没有那么多复杂的场面，提供给作家的喜剧情景也就少得多了。

在莫里哀的喜剧中，有些是完全以社会上的偏见为基础的，如《贵人迷》、《乔治·当丹》等，可是也有象《吝啬鬼》、《达尔杜弗》这样一些刻画一切国家、一切时代的人的剧本。前一类剧本，如果不说每一个细节，至少就整体来说，是可以适合于一个自由国家的。

以人心的缺点为对象的喜剧比描画单纯的可笑事物或者古怪的社会制度的喜剧更加激动人，可也含有更多的苦涩味。在《达尔杜弗》的最富有喜剧性的场面中，人们感觉到多少有点忧郁，因为这些场面令人想起人性的邪恶。可是当戏谑是以某些偏见所产生的缺点或者以这些偏见本身为对象时，你心中总还存着改正这些缺点或偏见的希望，这个希望在滑稽可笑所产生的印象之上又添上一点较为甘美的欢快之意。这种轻松的欢快，在以理性为基础的政治制度下，人们既不会有表现它的才气，也不会有表现它的机会。人们毋宁是趋向于高级喜剧——这是形象思维作品中最富有哲学色彩，也是需要对人心进行最深入的研究的一类作品。共和制度可以在这一方面刺激新的竞赛。

在君主政体下，人们乐于嘲弄的是与既定习惯不相协调的举止；在共和制度下，嘲弄的对象应该是损害公共利益的人心的缺点。我现在就来把喜剧应该处理的新题材，喜剧应该抱定的新目标举出一个突出的例子来。

在《愤世嫉俗》中，非兰德是通情达理的人物，而阿耳塞斯特是人们嘲笑的对象。一位现代作家[①]把这两个人物加以发展，把阿耳塞斯特写成是慷慨豪爽、忠于友谊的人物，而非兰德是一个私心贪婪、绝顶自私的人物。我认为，作者在这部剧本中掌握了今后写作喜剧应有的观点：今天在舞台上应该抨击的是那些可以说是消极的恶行，也就是那些由于缺乏优秀品质而产生的恶行。有许多人在某些方式掩护之下心安理得地做个利己主义者，或者做个不忠不信的人而不失体面，应该把这些方式揭露出来。共和主义精神要求积极的德行、毫不含糊的德行。许多有恶行的人没有别的奢望，但求免作嘲笑的对象。应该告诉他们，应该想办法证明给他们看，实现了的恶行比没有做好的德行更应该予以嘲讽。

一些时间以来，人们把一个为了自己的利益而不顾一切义务

---

① 这里指法柏尔·戴格兰亭（Fabre d'Eglantine，1750—1794），法国诗人，丹东派革命家。他写了以《莫里哀的非兰德，或愤世嫉俗的续篇》（1790）为名的喜剧。——译注

的人称之为性格坚定,把一个一贯投机取巧,背信弃义的人称之为聪明灵巧。人们把德行说成是骗局,把恶行说成是坚定人物的伟大思想。喜剧应该十分巧妙地使人感觉到,一个人心地不道德,思想一定也有限。应该使道德败坏的人的自尊心受到打击,应该把嘲笑指向一个新的方向。从前人们喜欢描绘某些缺点的可爱,描绘可尊敬的品质的迂腐;可是在今天,我们需要的是把我们的聪明才智用来使一切东西都按真正的自然的方向重建起来,用来指出恶行是与愚蠢相结合,而天才则是与德行相联系的。

有人会问,那么我们在戏剧里表现怎么样的对比呢?我们的戏剧效果从何而来呢?我们是应该可以从这新型的戏剧中得出出乎意料之外的对比和戏剧效果的。譬如说,我们在舞台上已经不再为了取笑受骗的妇女而表现男子对妇女的不道德行为了。妇女对对方感情的轻信可以作为正当的嘲笑对象,不过,如果可笑的是欺骗者,是压迫者,而不是被损害者的话,那么作者的才气就显得更大,主题也就更加高超。对那些本身就是罪恶的事物进行猛烈的攻击是容易的,可是要是能够巧妙地给不道德的行为蒙上愚蠢的外表,那就更辛辣了;而这是可以做到的。

有些人想把自己的恶行和卑鄙被人当作优雅来看待,冒充聪明到这样的程度,甚至于当他们把你巧妙地骗了,还希望你永远不知道,还当你面吹嘘他们的手段如何高明;有些人想以无赖手段掩饰自己的无能,以为别人永远不会发现违反公共道德的人必然在政治上毫无原则这样一个道理,反而以此洋洋得意;有些人对正直的人们的舆论毫不介意,而对有权有势的人的意见却如此诚惶诚恐;还有那些做了恶行还大吹牛皮的人、破坏高贵原则的人、对富有同情心的人冷嘲热讽的人——我们应该让这些人成为他们自己准备好的嘲笑的对象,把他们的丑恶面貌揭露无遗,让孩子们都对他们嗤之以鼻。他们指望,虽然失去别人的尊敬,作为补偿,总可以博得干练和大胆的名声,因此,单是把愤怒的矛头指向他们还不够,还必须善于把他们这种虚名剥个一干二净。

在政治制度合乎理性的国家,应该嘲笑的东西就是应该蔑视的东西。应该对道貌岸然的恶行、对含蓄谨慎的恶行、对巧妙老练的恶行,都一律报之以辛辣的嘲讽。这是对罪恶的渊薮的惟一惩罚,这是对付那些寡廉鲜耻又不知悔恨为何物的人们的惟一武器。

在法国,道德之所以败坏,就是因为人们有不择手段,特别是用所谓机智来力求露一手的需要。当自己的品质不足以达到这个目的的时候,就借助于恶行来引人注目。他装出一副自信的样子,显得心安理得,毫无愧色——至少是对别人的不幸吧——,以此来欺骗别人。喜剧必须向这种可恶的心理状态作斗争,使它不能得逞。愤怒应该把恶行当作一股势力而向它展开进攻。喜剧应该把它看成是最卑鄙的人的缺陷。

我在前面说过,自由国家的文学过去很少以优秀的喜剧见著;在一些国家,对时政进行暗讽很容易取得成功,而重大政治问题又是严肃的东西,这两者都同样有损于那里的喜剧艺术。可是在法国,自尊自大之心还起着很大的作用,还要在今后很长一段时期为喜剧提供情节。贺拉斯描绘过一个傲然独立在地球的废墟上的人。法国人也把自己看成是这样一个人。不管他犯了怎样的错误,不管他周围发生了怎样的天翻地覆的事情,他还是把他自己看成是这样一个人。只要法国人的民族特点中的这一点没有抹去,喜剧作家总可以找到刺激人的题材来处理,而嘲笑也和理性及情操一样,将永远是有助于哲学进步的一种力量。

悲剧刻画的是一些永恒不变的情感;由于悲剧刻画痛苦,产生戏剧效果的源泉是用之不竭的。不过正如人类精神的一切产物一样,悲剧也可以随社会制度以及由社会制度决定的习俗而有所变化。

古代题材以及模仿古代的题材,在共和制度下产生的效果要比在君主制度下小些。这是由于等级的区别使得厄运的痛苦更加显著的缘故；这些区别在厄运和权力之间建立了一条但一想到都不免为之战栗的鸿沟。在古代产生了奴隶的那个社会秩序，使贫穷的深渊更为加深，使富者越富，贫者越贫，使人们的命运具有简直是戏剧性的天渊之别。人们对本国找不出类似例子的情景当然会感兴趣，然而由自由制度和政治平等终于必将产生的那种哲学思想，它日复一日地减弱有关社会方面的虚构事物的力量。

古人时常把国王放逐，把王政推翻；而如今，人们把王政进行解剖分析，这样一来，它就再也震撼不了我们的想象力了。权力的光辉、对权力的尊敬、对被认为应有权力而失去权力的人们的怜悯，所有这些情操都在读者身上起作用，不依作家才能大小而移转，而在我心目中的政治秩序下，这些情操的力量将极度削弱。人，作为人，受的苦难已经太深了，仅仅与某些人有关的地位、权力和遭遇也激不起他多么了不起的同情了。

然而应该避免把悲剧写成一部正剧。为了防止这个缺点，应该努力理解这两种类型之间的区别。我想，这个区别不完全在于剧中人物的等级，而在于所刻画的性格的高下和激情力量的大小。

有好些人曾经尝试把英国戏剧之美和德国戏剧的效果运用到法国剧坛上来。然而除了极少数例外①，这些尝试都仅仅取得一时的成功，而没有持久的声誉。那是因为，在悲剧中的感动，跟在喜剧中的笑料一样，都只能产生一时的印象。如果你没有从产生印象的原因中学到一个新的思想，如果使你哭泣的悲剧既没有使你在看过以后留下一个道德教训，也没有使你从激情的迸发中达到一个新的境界，那么它在你心中激起的情感无宁是比古罗马斗

---

① 迪西斯在差不多每一部剧本的某些场，谢尼耶在《查理九世》的第四幕，阿尔诺在《威尼斯人》的第五幕，给法国剧坛带来了十分显著的新的效果。这种效果更近于北方诗人的诗才，而不同于法国诗人的诗才。

兽武士的搏斗在你心中所激起的快感还要单纯；这种情感不会使你的思想和情操有所提高。

在某一部德国作品中，提出了一个我觉得是完全正确的见解。它说，好的悲剧应该先把心撕碎，然后使它更加坚强。的确，真正伟大的性格，无论是处在怎样痛苦的环境，总是可以使观众产生赞赏之情，使他们有更大的力量面对厄运的。在悲剧中，跟在所有其他各种文学类型中一样，还有一个功利的原则。真正是美的事物，就是能使人变得善些的事物。用不着去研究文学作品的风味是根据哪些规则，反正只要你感觉到一部剧本起了使你的品格完善一些的作用的时候，你就可以确信它含有真正的天才。在戏剧中产生这样的效果的，不是一些道德教条，而是人物性格的自然的发展与情节的自然的安排。以这样一个原则作为指导，我们就可以判断哪些外国剧本可以用来丰富我们的戏剧了。

光是震撼人心是不够的，必须照亮人心；而一切仅能打动视觉的东西，诸如坟墓、酷刑、暗影、战斗，只有当它能够直接有助于我们从哲学的角度刻画一个伟大的性格或者一个深刻的感情的时候，我们才能容许它在剧中出现。有思想的人的一切感情都趋向于一个合乎理性的目标。一个作家，只有当他使感情为一些崇高的道德真理服务的时候，才无愧于真正的光荣。

个人生活的变迁足以产生正剧的效果，而一般说来，在国家大事中，民族利益必须受到损害，这个事件才能成为悲剧的题材。然而，我们不仅应该从对历史的回忆和影射中，更应该从高尚的思想和深刻的感情中去探求悲剧的崇高。

伏佛纳尔格[①]说，伟大的思想发自内心。悲剧应该把这个崇高

---

① 伏佛纳尔格（Vauvenargues, 1715—1747），法国作家，写有十多部伦理著作。——译注

的真理付诸实践。《费讷隆》这个剧本①所据以为基础的事实是完全属于正剧性质的,可是由于这位伟大人物在当时所起的作用,以及人们对他的思念,就使得这个剧本成了一部悲剧。马尔泽尔布②的名字,他的高贵而可怖的命运,可以成为最感人的悲剧的题材。作为悲剧的特点的崇高应该由高尚的德行和广阔的天才来体现,这比我们已经学会感受的那种不幸之感更加重要。

我并不怀疑,人的本性是可以接受强烈的感受的,比我们法国最卓越的悲剧作家已经描写过的还可以更加强烈。上层社会的气派使得在悲剧题材方面出现一种顾虑,不允许在剧中出现人与人之间短兵相接的争斗;这个顾虑使得作家在刻画内心活动的时候不免有所暧昧。吞吞吐吐的言词、含蓄未尽的情感、千斟万酌的举止是需要非常的才气才能写得出来的。可是,在这重重困难当中,就不能象在毫无拘束时那样以令人心碎的力量和透彻入微的洞察来描绘激情了。

在共和政体下,最值得尊敬的应该是德行,最能激起想象的是不幸。我不知道,光荣——哲学思想唯一能尊敬的人生中的这项虚荣,以及对光荣的描绘,是否能象对那些由于和人类本性一致而与我们的内心相应的情感的描绘同样有力地感动共和制度下的观众。

有了将各种概念加以概括的哲学精神,再加上政治平等的制度,这两者就应该使我们的悲剧取得新的性质。我们当然并不因此就抛弃历史题材;不过,我们刻画的伟大人物应该具有能以唤

---

① 《费讷隆,或称康布雷的修女们》(Fénelon, ou les Religieuses de Cambrai 是玛利·约瑟夫·谢尼耶的一部悲剧(1793)。主人公费讷隆是法国十七世纪著名的主教、散文作家,作者把他描写成为同情人民的苦难,具有宗教宽容精神,谴责君主的罪恶的人物。——译注
② 马尔泽尔布(Malesherbes, 1721—1794),曾任路易十六的王室国务秘书,在大革命国民大会时期,因为国王辩护而被处死。——译注

起所有的人对他们表示同情的情操，我们应该以人物的崇高来提高平凡事物的价值；我们应该尊崇自然，而不是去把那些因袭的思想加以发展，使之完美。应该模仿的并不是英国和德国中的超越常轨和有欠谨严。如果我们能探索到把日常的事情与高贵的品质相结合、把重大的事件简单朴实地描绘出来的艺术，那么无论是对法国人也好，对外国人也好，都会是一种新的美。

戏剧是崇高的生活，可是它应该是生活。如果作者用最平凡的情景来衬托巨大的戏剧效果，那就应该施展充分的才能，来使这个情景能以进入戏剧，以便艺术的范围得以扩大而无损于艺术趣味。在理想的美这一方面，我们永远也不能和我们最早几位悲剧诗人相匹敌。因此，我们应该在理性所许的范围内，发挥思想的智慧，力图更有力地运用使人们能勾起自己的回忆的戏剧手段——再也没有什么东西能跟这样的戏剧手段同样深刻地感动人的了[1]。戏剧中的成规跟政治中的贵族气派密不可分，你不能支持这个而不支持那个。戏剧艺术，如果把所有这些人为的来源去掉，就只能依靠哲学和人的敏感而成长；在这方面，它的发展是没有止境的，因为痛苦是人类精神发展的最强有力的手段之一。

对幸福的人而言，生命可以说是在不知不觉中流逝过去的。可是当内心痛苦的时候，思想就活跃起来，去寻觅希望，或者去探索产生遗憾的原因，去深入检讨过去，去瞻望未来。当人们在安

---

[1] 法国公众很难接受在戏剧中进行新类型的尝试。他们是欣赏者、讲理性、拥有杰作，当人们离开拉辛开阔的道路时，他们就认为这是使艺术倒退。然而我并不就认为不可能在新的道路上取得成功。问题在于我们要善于巧妙地运用某些在舞台上尚未大胆采用的效果。然而为了使这种尝试获得成功，就必须遵照最严格的趣味；只要我们对文学原理有一个全面的认识，遵守公认的规则，我们就不至迷失方向。然而当我们想克服法国观众对他们所谓的英国戏或者德国戏的天然的厌恶时，我们应该极其小心地注意那些趣味讲究的人可能嫌弃的一切细微末节。设想应该大胆，但执行应该谨慎。就这点来说，在文学中应该遵循在政治中也是同样正确的一条原则；计划的整体越是大胆，在细节上越要加意慎重，几乎到小心翼翼的地步。

静与幸福中时，这种观察的能力差不多完全以外界事物为对象，而当人们遭到厄运的时候，它才仅仅在我们自己心中的感受上起作用。痛苦不倦地纠缠着我们，使一些思想和情感在我们心中不断反复闪现，折磨我们，仿佛每时每刻都会有什么巨大事变发生似的。对天才来说，这是何等取之不竭的思考的源泉啊！

就题材的选择而言，诗的要求所造成的困难比悲剧艺术的规则所设置的障碍还要多些。在日常语言中可感的真实的东西，用韵文表达起来就会变得可笑。格律、谐和、脚韵的要求妨碍了在一定景况下可以产生巨大效果的表达法。在戏剧中，一样东西是否合度，是以其是否符合人性的尊严来决定的，而在诗歌中则是由诗法本身决定的。如果说诗的一套成规时常增强某种美给人的印象的话，它可也限制了有天才的人——人心的观察者——所能从事的事业。

在现实生活中，如果一个人用韵文来表达他对他所爱的人的死的悲痛，别人对他的感情是不会置信的。一定程度的感情足以激发诗情，可是如果超过这个限度，感情就会把诗情拒之于门外。因此，诗必然会削弱痛苦的深度，削弱真实感，而在生活中也必然有这样一些简单的情景，痛苦之情使它们显得可怕，但在用韵文表达，并加上韵文所要求的形象时，不可避免地会夹进一些与情感的自然发展毫无干系的概念。但也不可否认，一部用散文写的悲剧，不管它是如何富有感动力，在最初，在观众中激起的赞赏之情总要比我们用韵文写的杰作逊色得多。用韵文必须千锤百炼，谐和的韵律又富有魅力，这些都有助于显示诗人与剧作家的双重才能。法国悲剧与英国悲剧间所以存在这么大的差别，在过去，其主要原因之一正在于有没有这两种才能的结合。

莎士比亚剧中卑微的角色说的是散文，他的穿插场面也是用散文写的。即使当他用韵文的时候，他的诗行也不押脚韵，不象法文那样要求一贯到底的诗的华丽。我倒并不是建议在法国尝试用散文写悲剧；耳朵是不容易习惯的。然而我们应该将简单诗体的艺术予以改进，使诗写得这样自然，不致因为诗的美而把深刻的感情引到完全不相干的概念上去。为了开拓戏剧感情的来源，似乎应该在法国诗人的因袭和北方作家趣味的缺乏之间探索一条中间的道路。

　　哲学正在渗入一切形象思维艺术，也渗入一切伦理的作品之中；而在这个世纪，人们除了对人的激情以外，再也不对别的什么东西感到好奇了。外部世界中的一切东西，人们都见识过了，考究过了；只有人的心，它的内部活动，是惟一可以引起惊讶的东西，惟一能激起强烈感受的东西。对人心能起重大影响的悲剧决不是给我们描绘庸俗生活中的平庸思想的悲剧，也不是给我们描绘一些跟仙境的奇迹一样远离我们的人物和情景的悲剧。它应该使人们沉入他们从未感受过的最纯洁的情操之中，而不管听众是怎样的人，总能使他们的心灵追忆他们一生中最崇高的活动。

　　形象诗在法国不会再取得进展，因为人们将把哲学思想或者热烈的情感写到诗篇中去。在我们这个时代，人类思想已经发展到了这样一个程度，幻想不可能再产生了，可以创造出真正能打动人心的图景或神话的宗教热忱也不可能再产生了。在这一方面，法国的天才从来就不是很出色的。我们现在如果要提高诗歌的效果，就只有用我们美丽的语言来表达随着时间日益丰富起来的新思想。

　　如果我们还要利用古人的神话，那就真是返老还童了。诗人可以允许自己把神志错乱时的产物写出来，可是无法使别人相信他的感受的真实性。而对现代人来说，神话既不是一个新鲜的创造，也不代表什么感情。他们得在自己的回忆中追寻古人在惯常的感受中感觉的东西。这些从异教中借来的诗歌形式，对我们来说，只不过是模仿的模仿；那是通过自然在别人身上产生的效果来描绘自然。

当古人把爱情和美加以人格化的时候，他们远没有减弱人们从爱情和美中可以得出的概念，相反地，他们把这种概念表现得更加易于感受，使它在人们的视觉感官中显得更加生动活泼。当时的人们对他们自己的感觉还只有模糊的概念。可是现代人已经以这样的洞察力观察了心灵的活动，只要善于把这些活动描绘出来，它们就会是有感染力，就会是充满热情的。如果现代人把过时的虚构运用到今天对人和自然的深刻认识上来，他们就会使他们所描绘的图景失去力量，失去千差万别的色调和真实性。

就是在古人的作品中，我们也是乐于在里面寻觅对人的心灵的观察，并不那么热中于即使是最辉煌的虚构的光辉。爱神乔装成阿斯加涅来挑逗他父亲的情人狄东这样一个形象①，难道能跟表达大自然在每个人心里激起的感情的美丽诗篇同样好地刻画出情感的来源吗？

古人身边的一切事物都使他们不断想起异教诸神，他们就把对神的忆念和神的形象跟他自己的一切印象混杂起来。可是当现代人在这方面模仿古人时，人们就不难看出，他们是在书本当中汲取源泉，来美化情感本身就足以鼓舞我们的东西。只要你是费尽心机去雕琢，不管你是多么巧妙，总是要露出痕迹来的。而且，你的读者就不是被那种顺乎自然不加雕琢的才分所吸引了。顺乎自然不加雕琢的才分应该是接受一个情感，而不是去寻求一个情感，应该是专心致志于感受，而不是去挑选获致效果的手段。诗歌的真正目的应该是通过既新鲜又真实的形象，激起人们对他们在不经意中感受到的思想和情感的兴趣。诗歌应该紧紧跟上一切与思想有关的事物，紧紧跟上当代哲学的发展过程。

古代的范例应该研究，然而那是为了使自己深入掌握纯朴的

---

① 见维吉尔：《加涅阿斯纪》（或作《伊尼德》）卷一，657—694行。——梵·第根注

趣味和简洁的体裁,而不是为了给现代作品不断地哺以古人的思想和虚构;在这样的回忆中掺进去的新花样差不多总是和那些回忆不相调和的。你对古人的作品无论研究得怎样精到,你只能模仿他们,你不可能象他们那样用他们的体裁来创作。为了和他们相匹敌,决不能跟他们亦步亦趋。他们在他们的土地上收获,我们应该开垦我们自己的土地。

北方诗人的为数不多的神话概念更接近于法国诗歌,因为它们和哲学概念更为符合,这我在前面已经试图证明了。在我们这个时代,想象不能求助于任何幻梦:幻想可以增强真实的情感,然而创作激情鼓励人们去爱的东西必须是理性所能赞同和理解的东西①。

在卢梭和贝尔纳丹·德·圣皮埃尔的散文作品中有一种新型的诗;那就是通过自然和它在人们心中激起的情感之间的联系来观察自然。古人在把每一株花、每一条河、每一棵树加以人格化的时候,排除了简单直接的感觉,而代之以一些美丽的臆想;其实上帝早已为物质界事物与人的精神世界之间建立了这样的联系,当我们对物质界事物的研究有新的发现时,它不能不同时有助于我们对人的精神世界的认识。

在我们的回忆中,当我们想到汹涌的波涛、阴暗的乌云、受惊的鸟儿时,我们不会不想到圣普乐和朱丽在湖心荡舟,"最后一次心心相印"的时候②,在他们心中起伏的情感。

法兰西岛③丰富多彩的自然景色、赤道上多种多样繁密茂盛

---

① 法国在描写诗方面最优秀的诗人如德里尔、圣朗贝尔和丰旦纳等已经和英国诗人的气质很相近了。德里尔(Delille,1738—1813)的《庭园》(1782),圣朗贝尔(Saint—Lambert,(1716—1803)的《四季》(1769),丰旦纳(Fontanes,1757—1821)的《乡村中的万灵节》、《纳瓦尔之林》、《群山》(1778)、《果园之诗》(1788)。——梵·第根注
② 见卢梭:《新爱洛绮丝》第四部,第十八信。——梵·第根注
③ 今称毛里求斯岛。——译注

的植物、在最宁静的日子里骤然降临的暴风雨，这些景象在我们的想象中是和保尔和薇吉妮的出游回家联系在一起的。这两个孩子由他们忠实的黑人仆役背着，满怀青春活力、希望和爱情，信心百倍地热爱着生命，可是不久以后便在风暴中遭到了毁灭。

只要你把超自然的奇迹排除在外，大自然中的一切都是互相联系的。作品应该模仿大自然的谐和与整体性。哲学在将思想进一步加以概括的同时，使诗的形象更为崇高伟大。逻辑的知识使我们更善于表现激情。在一切形象思维作品中，应该使人感觉到思想的不断发展，感觉到一个追求功利的目的。现在人们不欣赏那种不完美的优点；如果一个人熬费心机克服了许多困难而并不能有助于人类思想向前发展，人们对这些困难也就不再发生兴趣。应该对人进行分析，这也就是使他日益完善。小说、诗歌、戏剧以及其他一切作品，如果其目的只是使人感兴趣，这样一个目的也只有在能达到某一哲学的目标时才能实现。那些只是提供一些异常事件的小说马上就会被人抛弃掉①。那些只包含一些臆想事

---

① 最近一个时期以来出版的小说，以夜、古老的城堡、漆黑的长廊、狂风等激起人的恐惧。这些小说属于最无益的作品之列，因此是最令人生厌的作品。这些小说只是仙女故事之类，而比真正仙女故事还要单调乏味，因为情节还没有那么丰富多变。而描绘风土人情和性格的小说，时常使你在道德教训方面，比学习历史得益还多。在这样的作品当中，在文艺创作的形式下，你学到了历史的形式下学不到的东西。今天的妇女，无论是在法国的也好，是在英国的也好，都是以小说见长，因为她们悉心研究人的内心活动，聪明地指出人的内心活动的特征。此外，直到今天，小说都是描绘爱情的，而只有妇女才能洞察爱情的微妙。在最近由法国妇女作家所写的小说当中，我们可以举出《加里斯特》、《克莱尔·达尔勃》、《阿黛尔·德·赛南谢》*，特别是冉丽斯夫人*的作品。冉丽斯夫人对情节的安排和她对心理的观照使她有资格列入优秀作家的最前列。

* 作者分别为夏里埃尔夫人（Mme de Charrière）、科坦夫人（Mme Cottin）及苏扎夫人（Mme de Souza）。——梵·第根注

* 冉丽斯夫人（Madame de Genlis，1746—1830）在一八〇〇年前著有《阿黛尔和泰奥多尔》、《天鹅骑士》、《小移民者》。她较好的作品发表于一八〇〇年以后。——梵·第根注

物的诗歌,只有美丽词藻的诗行,将使那些渴望在人的内心活动和性格方面有所发现的人感到厌倦。

人们在内乱中热情迸发,结果对什么都失去好奇之感,唯独对那些深入人的思想感情,或者有助于你认识群众的力量和趋向的作品还感兴趣。因此,人们感兴趣的作品只是那些刻画人物,将人物以某种方式进入行动的作品;人们欣赏的作品只是那些能使热情的力量在我们心中得以发挥的作品。

德国著名的形而上学家康德在考察雄辩术、美术以及一切形象思维的杰作使人感到的乐趣之所以产生的原因时①说,这个乐趣来自人类把他们的命运的界限加以扩展的需要。这些界限苦苦地压迫着我们的心,而一点模糊的情感、一点崇高的情操就可以使我们一时忘记这些界限。我们的心为高尚美好的事物在心中产生的难以用言语表达的感觉而感到喜悦。当天才与美德的前途无限的事业展现在我们眼前的时候,大地也变得广阔无垠了。的确,高超的人或者感情丰富的人努力顺应生命的法则,而阴郁的想象使他们获得片刻的幸福,因为它使他们遐想时空的无限。

对生活的厌倦,当它还没有达到令人沮丧的程度,当它还容许一个可喜的矛盾——对光荣的爱存在的时候,它可以启发崇高美好的情操。那时,你对一切事物都能站在一定的高度予以考虑,一切事物都以强烈的色彩呈现在你面前。在古人间,一个人越是善于想入非非,就越是个优秀诗人。在今天,希望和理性都来纠正你的想象,因此只有合乎哲理的想象还能产生巨大的效果。

一切描绘繁荣景象的图景也必须启发人们进行思考,使人们感觉到诗人作为一个思想家的那一面。在我们这个时代,忧郁是才气的真正的灵感的源泉;谁要是感觉不到这种情操,谁就不能期望取得作家的伟大荣誉。这是取得这种荣誉必须付出的代价。

---

① 见《论美感与崇高感》(1763)。——梵·第根注

最后，在这道德无比败坏的时代，如果只是在文学范围内考虑道德概念的话，我们确实可以说，除非把形象思维作品引上颂扬美德这个方向，否则这些作品就不可能产生任何值得重视的效果。我们进入了这样一个时期，它在某些方面和罗马帝国崩溃、北方民族入侵时期的思想状况有所类似。在这样一个时期中，人类需要热忱和生活的严谨。现在法国的风习越是败坏，人们对恶行就越是感到厌恶，对随不道德而来的无穷无尽的不幸越是感到困恼。吞噬着我们的这种不安情绪终将变成强烈而坚决的情感，伟大的作家应该及早把这种情感把握住。回到德行的时代，为期已经不远；如果说理性还没有使正派的情操获胜的话，至少人心已经在向往这种情操了。

为了通过形象思维作品收到实效，在习俗严谨的时候也许需要把道德说得平易些，可是当风俗败坏的时候，就唯有把道德表现得严峻些才行。在我们这个时代，尤其需要严格遵循这个准则。

当一个民族的想象被引到臆想方面的时候，一切概念可能在梦幻的怪诞产物中交织成一团混乱。可是如果想象的力量指的是通过情感与图景来赋予道德的和哲学的真理以生命的话，那么我们就能在这些真理当中汲取适合于诗情的东西。这就是对德行的爱——这是唯一会得到思考赞同的前途无限的思想，唯一会得到思考赞同的一种热忱。对德行的爱是一个取之不竭的源泉，可以灌溉一切艺术，灌溉一切思想的产物。它可以把感情的欢乐与智慧的首肯在同一题材、同一作品中结合起来。

徐继曾　译
（1984年）

论古典诗与浪漫诗[①]

"浪漫的"这个名称最近传入德国,用来指以中世纪行吟诗人的诗歌为根源,由骑士精神及基督教义产生的诗歌。如果我们不承认在文学这个领域中曾有异教和基督教、北方和南方、古代和中世纪、骑士精神和希腊罗马制度的对立,就决不可能从哲学观点来评判古代趣味和现代趣味。

人们有时把"古典"这个词当作"完美"的同义词。我在这里是在另一涵义中使用这个字眼的。我认为古典诗就是古人的诗。浪漫诗就是多少是由骑士传统产生的诗。这一区分同时也相应于世界历史的两个时代:基督教兴起以前的时代和基督教兴起以后的时代。

在德国的各种作品中,人们也曾把古人的诗歌与雕刻相比,把浪漫诗与绘画相比;总之,人们用种种方式来指出人类精神从拜物的宗教到唯灵的宗教、从自然到神的发展的特征。

拉丁民族中文化最高的法兰西民族倾向于模仿希腊人和罗马人的古典诗。日耳曼民族中最卓著的英吉利民族喜爱浪漫的、骑士色彩的诗,而以拥有这一类的杰作而自豪。我在这里并不来考察这两种诗哪一种更值得我们喜爱。只消指出:在这方面,趣味的分歧不仅是由于种种偶然的因素,而且也由于想象与思想的各种原始根源。

在史诗和古人的悲剧中,有一种单纯的特性,这是由于那个时代的人是和自然合一的,他们认为自己受命运支配,正如自然受必然的支配一样。当时的人很少进行思考,总是把他们内心的活动形之于外;他们的意识也是用外界事物来象征的,例如复仇

[①] 此段选自《德意志论》第二卷第十一章。

女神用火炬在罪人头上散播悔恨之类。在古代，事件本身就是一切；而在现代，性格占据更多的地位；在今日象普罗米修斯的兀鹰那样时常折磨我们的令人不安的思考，在古人那样明确显著的家庭关系和社会关系中简直就是疯狂。

在希腊艺术肇始的时候，人们只制作一些孤立的雕像；群像是在以后才形成的。同样，我们也可以正确地说，在所有各种艺术当中，都没有群的概念：所表现的人或物，跟在浅浮雕里那样，一个接着一个，没有任何联系，没有任何错综复杂的关系。人把自然人格化起来；水神住在水里，树神聚居森林；而反过来，自然又控制着人；当一个人受不自觉的冲动所驱使而行动，而行动的动机和后果丝毫也不受思考的左右时，我们可以说他是象激流、象雷电、象火山。可以这么说吧，古人有着一个有形的心灵，它的一切动作都是强烈、直接、前后一贯的。在基督教影响下发展了的人心就不是这样：现代人在基督教的忏悔中养成了不断自省的习惯。

可是，为了表现这个完全内在的存在，就必须有大量各不相同的情节，以各种形式来显示心中千差万别的活动。如果我们今天的艺术必须象古人的艺术那样单纯，我们既不会获得作为古人的特色的那种原始的力量，还会失去我们的心所能感受的亲切而复杂的感情。艺术的单纯，在现代人手里，很容易流于冷漠和抽象，而在古人那里却充满了生命。荣誉和爱情、勇敢和怜悯，这些是表现骑士风的基督教义的情操；而要显示这些心理素质，必须通过危难、战绩、恋爱、不幸以及能使作品得以千变万化的浪漫情趣。因此，从许多方面看来，在浪漫诗中的艺术效果的来源是各各不同的，有的是命运在主宰着，有的是上帝在主宰着；命运根本无视人的情操，上帝则根据人们的情操来判断他们的行为。当诗歌必须描绘那永远在和人们作对、既聋又盲的命运的作为，或者必须描绘对我们的心有问必答的那个至高无上的存在所主宰的合理秩序，它所创造的世界的性质怎么能不是完全不同呢？

异教的诗歌应该和外界事物一样地单纯明显；而基督教的诗歌则需要彩虹那些为了不致和浮云混淆而具有的万千色彩。作为艺术来说，古人的诗更加纯粹，现代人的诗使人流更多的眼泪；可是对我们来说，问题并不在于古典诗与浪漫诗之间，而在于对古典诗的模拟和浪漫诗的灵感之间。在现代人中间，古人的文学是一种移植的文学，而浪漫的或者骑士风的文学在我们这里则是土生土长的文学，是由我们的宗教和我们的一切社会情况使之生长出来的文学。拟古的作家把自己受制于最严格的趣味规则；因为他们既不能参照他们自己的性格，也不能参照他们自己的回忆，就只好根据那些按照我们的趣味来改编古人的杰作的规则，也不顾使那些杰作得以产生的政治和宗教条件已经变了。那些拟古的诗歌，不管它们是多么完美，是难得能受到大众的欢迎的，因为在现在，它们与任何具有民族性质的东西都毫无关联。

正是由于法国诗是现代诗当中最古典的诗，所以它是惟一不能在广大人民中间普及的诗。塔索的诗章被威尼斯的船夫传诵着；各个阶级的西班牙人和葡萄牙人都能背出卡尔德伦和卡莫昂斯①的诗行。在英国，莎士比亚受到广大人民和上层阶级同样的欣赏。歌德和布尔瑞②的诗篇被谱成曲，你可以从莱茵河畔直到波罗的海都听到人们在反复歌唱。我们的法国诗人仅仅受到我国和欧洲其他地方文化素养最高的人的赞赏，而劳动人民，甚至于城市居民，对他们都是完全不熟悉的，因为在法国，跟在别处不同，艺术并不是它的美发展所在地的本乡的土生土长的东西。

有些法国批评家硬说日耳曼民族的文学还处在艺术的童年阶段，这种见解是完全错误的。精通古人的语言和作品的人，当然

---

① 卡莫昂斯（Camoëns），十八世纪葡萄牙诗人。
② 布尔瑞（Bürger），十八世纪德国诗人，以短歌《雷诺尔》（Lénore）为最有名。

不是不知道他们所袭用的以及所抛弃的文学类型的优点和缺点，可是他们的性格、习惯和推理使得他喜爱以骑士精神的回忆和中世纪的奇异为基础的文学，有过于喜爱以希腊神话为基础的文学。浪漫主义的文学是唯一还有可能充实完美的文学，因为它生根于我们自己的土壤，是唯一可以生长和不断更新的文学；它表现我们自己的宗教；它引起我们对我们历史的回忆；它的根源是老而不古。

古典诗必须通过异教的回忆才能为我们所了解。日耳曼人的诗歌是美术中的基督教时代。它利用我们个人的印象来感动我们，赋予它以生命的天才直接叩动我们的心弦，似乎象召唤一个最强大、最可怕的幽灵一样，把我们自己的生命召唤回来。

（1810年）

徐继曾　译

选自《古典文艺理论译丛》1961年第2期，人民文学出版社。

《抒情歌谣集》
一八〇〇年版序言

〔英〕华兹华斯

这些诗的主要目的,是在选择日常生活里的事件和情节,自始至终竭力采用人们真正使用的语言来加以叙述或描写,同时在这些事件和情节上加上一种想象的光彩,使日常的东西在不平常的状态下呈现在心灵面前;最重要的是从这些事件和情节中真实地而非虚浮地探索我们的天性的根本规律——主要是关于我们在心情振奋的时候如何把各个观念联系起来的方式,这样就使这些事件和情节显得富有趣味。我通常都选择微贱的田园生活作题材,因为在这种生活里,人们心中主要的热情找着了更好的土壤,能够达到成熟境地,少受一些拘束,并且说出一种更纯朴和有力的语言;因为在这种生活里,我们的各种基本情感共同存在于一种更单纯的状态之下,因此能让我们更确切地对它们加以思考,更有力地把它们表达出来;因为田园生活的各种习俗是从这些基本情感萌芽的,并且由于田园工作的必要性,这些习俗更容易为人了解,更能持久;最后,因为在这种生活里,人们的热情是与自然的美而永久的形式合而为一的。我又采用这些人所使用的语言(实际上去掉了它的真正缺点,去掉了一切可能经常引起不快或反感的因素),因为这些人时时刻刻是与最好的外界东西相通的,而最好的语言本来就是从这些最好的外界东西得来的;因为他们在社会上处于那样的地位,他们的交际范围狭小而又没有变化,很少受到社会上虚荣心的影响，他们表达情感和思想都很单纯而不矫揉造作。因此，这样的语言从屡次的经验和正常的情感产生出来，比起一般诗人通常用来代替它的语言，是更永久、更富有哲学意味的。一般诗人认为自己愈是远离人们的同情，沉溺于武断和任性的表现方法，以满足自己所制造的反复无常的趣味和欲望，就愈能给自己和自己的艺术带来光荣①。

  但是，我也知道，现在有几个作家偶尔在自己的诗中采用了一些琐碎而又鄙陋的思想和语言，因而遭到了一致的反对；我也承认，这种缺点只要存在，比起矫揉造作或生硬改革，更使作家丧失名誉，可是同时我认为，这种缺点就全部看来并不是那样有害。这本集子里的诗至少有一点和这些诗不同，即是，这本集子里每一首诗都有一个有价值的目的。这不是说，我通常作诗，开始就正式有一个清楚的目的在脑子里；可是我相信，这是沉思的习惯加强了和调整了我的情感，因而当我描写那些强烈地激起我的情感的东西的时候，作品本身自然就带有着一个目的。如果这个意见是错误的，那我就没有权利享受诗人的称号了。一切好诗都是强烈情感的自然流露。这个说法虽然是正确的，可是凡有价值的诗，不论题材如何不同，都是由于作者具有非常的感受性，而且又深思了很久。因为我们的思想改变着和指导着我们的情感的不断流注，我们的思想事实上是我们已往一切情感的代表；我们思考这些代表的相互关系，我们就发现什么是人们真正重要的东西；如果我们重复和继续这种动作，我们的情感就会和重要的题材联系起来。久而久之，如果我们本来具有强烈的感受性，我们就会养成这样的心理习惯，只要盲目地和机械地服从这种习惯的引导，我们的描写事物和表露情感在性质上和彼此联系上都必定

---

① 这里值得注意的是，乔叟的动人的诗篇差不多都是使用纯粹的语言，甚至到今天普遍都能懂得。——作者原注

会使读者的理解力有某种程度的提高，他的情感也必定会因之增强和纯化。

我也说过，这本集子里的诗每首都有一个目的。另外我还须说明，这些诗与现在一般流行的诗有一个不同之点，即是，在这些诗中，是情感给予动作和情节以重要性，而不是动作和情节给予情感以重要性。①

我决不为着虚伪的客气而不说出，我要读者注意这个显著的特点，与其说是为了这本集子里的诗，还远不如说是为了题材的一般重要性。题材的确非常重要！因为人的心灵，不用巨大猛烈的刺激，也能够兴奋起来；如果一个人不知道这一点，如果他进而不知道一个人愈具有这种能力就愈比另一个人优越，那末他一定不能充分体会人的心灵的优美和高贵。因此，在我看来，竭力

---

① 这一段见1845年版。1800—32年版是这样：我曾经说过，这本集子里的诗每首都有一个目的。我也曾告诉读者，这个目的主要是什么。就是说明我们的情感和思想在兴奋状态下互相结合的方式。但是，用不大普通的语言（1802—36年版是：用稍微更加适当的语言）来说，这是跟随我们的心灵在被天性中的伟大和朴素的情感所激动的时候的一起一落。这个目的，我在这些短文里曾经竭力用各种办法去实现，而这些办法就是：通过母爱的许多更加微妙曲折的地方去探索这种情感，如在《小白痴》和《一个发狂的母亲》两首诗中；伴随一个濒于死亡但还孤独地依恋着生命和社会的人的最后挣扎，如在《一个被遗弃的印第安人》这首诗中；表明童年时期我们关于死亡的观念所常有的混乱和模糊，或者是我们之完全没有能力接受这种观念，如在《我们是七个》这首诗中；显示出在早期同大自然的伟大和优美的对象结合的时候那种友爱的依恋的力量，或者说得更哲学些，那种道德的依恋的力量，如在《兄弟们》这首诗中；或者使我的读者从普通的道德感中获得另一种比我们所习惯于获得的更加有益的印象；如从西蒙·李的事件中所获得的那样。在我的总的目的当中，有一部分是力图描画一些受到不很热烈的情感的影响的人物，如在《一个旅行的老人》和《两个贼人》中那样，这些人物的成分是单纯的，是属于大自然而不是属于习俗的，这些成分现在存在着，将来也会永远存在，这些成分由于自己的构成是可以明确地和有益地加以思考的。我不想滥用读者的宽容，再多谈这个问题；但是我应该提到另一个情况……情感。读者只要看一看《可怜的苏桑》和《没有孩子的父亲》这两首诗，尤其是第二首诗的最后一节，我的意思就可以完全理解。1836年版也是如此，但是用第三人称代替了第一人称。——原编者塞林科特（Selincourt）注

使这种能力产生或增大，是各个时代的作家所能从事的一个最好的任务；这种任务，虽然在任何时期都很重大，可是现在特别是这样。许多的原因从前是没有的，现在则联合在一起，把人们分辨的能力弄得迟钝起来，使人的头脑不能运用自如，蜕化到野蛮人的麻木状态。这些原因中间影响最大的，就是日常发生的国家事件，以及城市里人口的增加。在城市里，工作的千篇一律，使人渴望非常的事件。这种渴望，只有迅速传达的新闻能时时刻刻予以满足。这种生活和习俗的趋势，我国的文学和戏剧曾力求与之适应。所以，已往作家的非常珍贵的作品（我指的几乎就是莎士比亚和弥尔顿的作品）已经被抛弃了，代替它们的是许多疯狂的小说，许多病态而又愚蠢的德国悲剧，以及象洪水一样泛滥的用韵文写的夸张而无价值的故事。当我想到这种对于狂暴刺激的下流追求，我就不好意思说到我想在这些诗里反对这种坏处的微弱努力。当我想到这种普遍存在的坏处的严重情况，我就几乎被一种并非可耻的忧郁所压倒，好在我还深深觉得人的心灵具有着一些天生的不可毁灭的品质，一切影响人的心灵的、伟大和永久的事物具有着一些天生的不能消灭的力量，好在除此之外我又相信，这样的时代快到了，能力更强大的人们会一致起来系统地反对这种坏处，并且会得到更显著的成功。

　　关于这些诗的题材和目的，我已说了这么多，现在我请求读者让我告诉他一些有关这些诗的风格的情形，免得他格外责备我不曾作我决不想作的事情。读者会看出①，这本集子里很少把抽象观念比拟作人，这种用以增高风格而使之高于散文的拟人法，我

---

① 这段话在1800年版中是这样："除了很少的几个地方，读者在这本集子里将发现不到我把抽象观念比作人。这并不是出于我有意责难这种拟人法；拟人法也许适合于某些种类的作品。但是，在这本集子里，我是想摹仿并且尽可能地采用人们常用的语言。我不认为这种拟人法是这种语言的任何正式部分或自然部分。"——原编者注

完全加以摈弃。我的目的是摹仿，并且在可能范围内，采用人们常用的语言；拟人法的确不是这种语言的自然的或常有的部分。拟人法事实上只是偶尔由于热情的激发而产生的辞藻，我曾经把它当作这样的辞藻来使用；但是我人.对把它当作某种风格的人为的手法，或者把它当作韵文作家按照某种特权所享有的一种自己的语言。我希望读者得到有血有肉的作品作为伴侣，使他相信我这样做，会使他感到兴趣。别的人走着不同的途径，也同样会使读者感到兴趣；我决不干涉他们的主张，但是我希望提出我自己的主张。在这本集子里，也很少看见通常所称为的诗的词汇；我费了很多力气避免这种词汇，正如普通作者费很多力气去制造这种词汇；我所以要这样做，理由已经在上面讲过了，因为我想使我的语言接近人们的语言，并且我要表达的愉快又与许多人认为是诗的正当目的的那种愉快十分不同。既然不能份外地仔细，我就无法让读者对于我所要创造的风格有着更确切的了解，我只能告诉他我时常都是全神贯注地考察我的题材；所以，我希望这些诗里没有虚假的描写，而且我表现种种思想时所使用的语言，都分别适合于每一思想的重要性。这样的尝试必然会获得一些东西,因为这样做有利于一切好诗的一个共同点，就是合情合理。然而要这样做，我就必须丢掉许多历来认为是诗人们应该继承的词句和词藻。我又认为最好是进一步约束自己，不去使用某些词句，因为这些词句虽然是很适合而且优美的，可是被劣等诗人愚蠢地滥用以后，便使人十分讨厌，以致任何联想的艺术都无法加以征服。

如果在一首诗里，有一串句子，或者甚至单独一个句子，其中文字安排得很自然，但据严格的韵律的法则看来，与散文没有什么区别，于是许多批评家，一看到这种他们所谓散文化的东西，便以为有了很大的发现，极力奚落这个诗人，以为他对自己的职业简直一窍不通。这些批评家会创立一种批评标准，读者将从而得出这样的结论：如果喜欢这些诗，就必须坚决否认这一标准。我以为很容易向读者证明,不仅每首好诗的很大部分,甚至那种最高贵的诗的很大部分,除了韵律之外,它们与好散文的语言是没有什么区别的,而且最好的诗中最有趣味的部分的语言也完全是那写得很好的散文的语言。……

……现在我们可以更进一步。我们可以毫无错误地说,散文的语言和韵文的语言并没有也不能有任何本质上的区别。我们喜欢探索诗和绘画的相似之点,因而把它们叫作两姊妹。但是对于韵文和散文,我们从哪里找到充分紧密的联系,足以说明两者是一致的特征呢?韵文和散文都是用同一的器官说话,而且都向着同一的器官说话,两者的本体可以说是同一个东西,感动力也很相似,差不多是同样的,甚至于毫无差别;诗[①]的眼泪,"并不是天使的眼泪"[②],而是人们自然的眼泪;诗并不拥有天上的流动于诸神血管中的灵液,足以使自己的生命汁液与散文的判然不同;人们的同样的血液在两者的血管里循环着。

如果认为韵脚和韵律是一种特点,可以推翻刚才所讲的散文和韵文是一致的说法,并且又引起人的头脑所乐于承认的其他种种人为的[③]特点,那末我只有回答说[④],这本集子里的诗所用的语言,是尽可能地从人们真正使用的语言中选择出来的。这种选择,只要是出于真正的兴趣和情感,自身就形成一种最初想象不到的

---

① 我在这里使用诗这个名词(虽然违反了我的意思),是把它看作与散文对立的,而且是与韵文同义的。但是,不把诗和事实或科学看作在哲学上更加对立的,而把诗和散文看作对立的,这曾经给批评界带来许多混乱。唯一与散文严格对立的是韵律,不过事实上这不是严格的对立,因为在写散文当中,自然而然出现一些含有韵律的句子和段落,即使想避免,也几乎是不可能的。——作者原注
② 见弥尔顿《失乐园》,第一卷,第619行。——原编者注
③ 1800年版没有"人为的"这个字眼。——原编者注
④ 从"我只有回答说"到往下第九段中的"读者要记住",都是在1802年版中加上的。——原编者注

特点，并且会使文章完全免掉日常生活的庸俗和鄙陋。即使再加上音节，我相信所产生的不同之处也不至于使头脑清楚的人感到不满意。我们究竟还有别的什么特点呢？这些特点是从什么地方来的呢？又存在于什么地方呢？不，就是在诗人通过他的人物讲话的地方，也没有别的特点。就是为着文体的高贵，或者为着它的任何拟定的装饰，别的特点也是不必要的。只要诗人把题材选得很恰当，在适当的时候他自然就会有热情，而由热情产生的语言，只要选择得很正确和恰当，也必定很高贵而且丰富多采，由于隐喻和比喻而充满生气。假如诗人把自己所制造的一套外加的华丽与热情所自然激发的优美杂揉在一起，那末这种不协调一定会使明智的读者感到震惊，这里我就不仔细谈了。我只须说这种杂揉是不必要的。倘若热情并不强烈，文体也相当平和，那么，一些适当地充满隐喻和比喻的诗行，仍会取得应有的效果，这种情况的确是很可能的。

············

……诗人这个字眼是什么意思呢？诗人是什么呢？他是向谁讲话呢？我们从他那里得到什么语言呢？——诗人是以一个人的身份向人们讲话。他是一个人，比一般人具有更敏锐的感受性，具有更多的热忱和温情，他更了解人的本性，而且有着更开阔的灵魂；他喜欢自己的热情和意志，内在的活力使他比别人快乐得多；他高兴观察宇宙现象中的相似的热情和意志，并且习惯于在没有找到它们的地方自己去创造。除了这些特点以外，他还有一种气质，比别人更容易被不在眼前的事物所感动，仿佛这些事物都在他的面前似的；他有一种能力，能从自己心中唤起热情，这种热情与现实事件所激起的很不一样，但是（特别是在令人高兴和愉快的一般同情心范围内），比起别人只由于心灵活动而感到的热情，则更象现实事件所激起的热情。他由于经常这样实践，就获得一种能力，能更敏捷地表达自己的思想和感情，特别是那样的一些思想和感情，它们的发生并非由于直接的外在刺激，而是出于他的选择，或者是他的心灵的构造。

不论我们以为最伟大的诗人具有多少这种能力，我们总不能不承认这种能力给诗人所提示的语言在生动上和真实上总常常比不过实际生活中的人们的语言，实际生活中的人们是处于热情的实际紧压之下，而诗人则在自己心中只是创造了或自以为创造了这些热情的影子。

不管我们怎样赞美诗人的禀赋，我们总看得出，当他描写或摹仿热情的时候，他的工作比起人们实在的动作和感受中所有的自由和力量，总是多少有些机械。所以，诗人希望把自己的情感接近他所描写的人们的情感，并且暂时完全陷入一种幻觉，竭力把他的情感和那些人的情感混在一起，并且合而为一；因为想到他的描写有一个特殊的目的，即使人愉快的目的，有时才把这样得来的语言稍为改动一下。于是，他就实行我所主张的选择原则了。他依据这种选择原则，抛弃热情中使人厌恶不快的东西；他觉得无须去装饰自然或增高自然；他愈加积极地实行这个原则，他就愈加深信，他的从想象或幻想得来的文字是不能同从现实和真实里产生的文字相比的。

但是，那些不反对这些话的总的精神的人们也许会说，诗人既然不能时常创造十分适合于热情的语言，象从真实的热情里得来的语言一样，那末他就可以把自己当作一个翻译者，可以随便把另一种优点来代替那种他不能得到的优点；他有时竭力想超过他原来的优点，以便补偿他觉得自己不能不犯的一般缺点。但是这种说法却会赞助懒惰，鼓励懦怯的失望。还有，这些人说出这种话，都是因为他们不懂得他们谈论的东西，他们把诗当作取乐和消遣的东西来谈论，他们十分严肃地向我们说他们爱好诗，而实际上他们就象他们爱好跳绳或喝酒一样，把这当作无关利害的事情。我记得亚里斯多德曾经说过，诗是一切文章中最富有哲学意味的。的确是这样。诗的目的是在真理,不是个别的和局部的真理,而是普遍的和有效的真理;这种真理不是以外在的证据作依靠,而是凭借热情深入人心;① 这种真理就是它自身的证据,给予它所呈诉的法庭以承认和信赖,而又从这个法庭得到承认和信赖。诗是人和自然的表象,传记家和历史家都必须忠于事实而且要顾到实际用处,他们所遇到的困难,比起诗人所遇到的就大得不知多少,因为诗人了解他自己的艺术的高贵性。诗人作诗只有一个限制,即是,他必须直接给一个人以愉快,这个人只须具有一个人的知识就够了,用不着具有律师、医生、航海家、天文学家或自然哲学家的知识。除了这一个限制以外,诗人与事物表象之间就没有什么障碍;而在事物表象与传记家和历史家之间却有成千上万的障碍。

不要把这种直接给人愉快当作是诗人艺术的一种退化。事实上决不是如此。这是对于宇宙间美的一种承认,一种虽非正式的却是间接的更诚实的承认;对于以爱来观看世界的人,这是一种轻而易举的工作;还有,这是对于人的本有的庄严性的一种顶礼,是对于人们借以理解、感觉、生活和运动的快乐的伟大基本原则的一种顶礼;只有愉快所激发的东西,才能引起我们的同情。我希望我不会被人误解;不论在什么地方,只要我们对苦痛表示同情,我们就会发现同情是和快感微妙地结合在一起而产生和展开的。没有一种知识,即是,没有任何的一般原理是从思考个别事实中得来的,而只有由快乐建立起来、单凭借快乐而存在于我们的心中。科学家、化学家、数学家,不管他们经过多少困难和不愉快,他们总知道这点,感觉到这点。不管解剖学家研究的东西

---

① 参看达维南的在《刚底贝尔》中当作序言的信:"叙述的和过去的真理是历史家们的偶像(他们崇拜死的东西);行动的和由于效果而不断活着的真理,是诗人们的主妇。"——原编者注。达维南(Davenant,1606—1668):英国诗人、剧作家,写有史诗《刚底贝尔》(Gondibert)。

如何给人苦楚，他总感觉到他的知识是一种愉快；他没有愉快，也就没有知识。那末，诗人作的是什么呢？他以为人与周围的事物相互作用和反作用，因而生出无限复杂的痛苦和愉快；他依据人自己的本性和他的日常生活来看人，认为人以一定数量的直接知识，以一定的信念、直觉、推断（由于习惯而获得直觉的性质）来思考这种现象；他以为人看到思想和感觉的这种复杂的现象，觉得到处都有事物在心中激起同情，这些同情，因为他天性使然，都带有一些愉快。

诗人主要注意的，就是人们都具有的这种知识，以及除了日常生活经验我们不需要别的训练就能喜欢的这些同情。他以为人与自然根本互相适应，人的心灵能映照出自然界中最美最有趣味的东西。因此，诗人被他在全部探索过程中的这种快感所激发，他和普遍的自然交谈着，怀着一种喜爱，就象科学家在长期的努力后，由于和自然的某些特殊部分（他的研究对象）交谈而发生的喜爱一样。诗人和哲学家的知识都是愉快；只是一个的知识是我们的生存所必需的东西，我们天然的不能分离的祖先遗产；一个的知识是个人的个别的收获，我们很慢才得到，并且不是以平素的直接的同情把我们与我们的同胞联系起来。科学家追求真理，仿佛是一个遥远的不知名的慈善家；他在孤独寂寞中珍惜真理，爱护真理。诗人唱的歌全人类都跟他合唱，他在真理面前感觉高兴，仿佛真理是我们看得见的朋友，是我们时刻不离的伴侣。诗是一切知识的菁华，它是整个科学面部上的强烈的表情。真的，我们可以象莎士比亚谈到人一样，说诗人是"瞻视往古，远看未来"[①]。诗人是捍卫人类天性的磐石，是随处都带着友谊和爱情的支持者和保护者。不管地域和气候的差别，不管语言和习俗的不同，不管法律和习惯的各异，不管事物会从人心里悄悄消逝，不管事物

---

① 《汉姆雷特》，第四幕，第四场，第37页。——原编者注

会遭到强暴的破坏,诗人总以热情和知识团结着布满全球和包括古今的人类社会的伟大王国。诗人的思想对象随处都是;虽然他也喜用眼睛和感官作向导,然而他不论什么地方,只要发现动人视听的气氛可以展开他的翅膀,跟踪前去。诗是一切知识的起源和终结,——它像人的心灵一样不朽。如果科学家在我们的生活情况里和日常印象里造成任何直接或间接的重大变革,诗人就会立刻振奋起来。他不仅在那些一般的间接影响中紧跟着科学家,而且将与科学家并肩携手,深入到科学本身的对象中间去。如果化学家、植物学家、矿物学家的极稀罕的发现有一天为我们所熟习,其中的关系在我们这些喜怒哀乐的人看来显然是十分重要,那末诗人就会把这些发现当作与任何写诗的题材一样合适的题材来写诗。如果有一天现在所谓科学的东西这样地为人们所熟悉,大家都仿佛觉得它有血有肉,那末诗人也会以自己神圣的心灵注入其中,帮助它化成有生命者,并且欢迎这位如此产生的人物成为人们家庭中亲爱的、真正的一员。既然这样,我们就不能想象,凡是对于诗抱有我所企图说明的这样崇高观念的人,会以转瞬即逝的装饰来损害他所描写的东西的真实性和神圣性,会竭力用各种技巧来博得喝彩,而使用这些技巧不过是由于假定他的题材卑下的原故。

  直到这里,我所说的一切都是对于一般的诗而言的,特别是对于诗人通过自己人物说话的那一部分而言的。谈到这点,我们仿佛可以下一个结论,只要是有理性的人都会认为,诗中戏剧性部分的缺点的大小,完全在于它脱离真正的自然语言的程度,以及是否染上了诗人自己的词汇的色彩。这种词汇或者是诗人当作个人所特有的,或者是一般诗人所共有的。这些人由于写诗的关系,自然就使用一种特别的语言。

  所以,我们不仅在诗的戏剧性部分里可以寻找语言上的这种差别,而且就是在诗人现身说话的地方,我们也一定可以看到语言上的这种差别。关于这点，我请读者看一看我在上面对于诗人的描写。在主要有助于形成诗人的这些特质之中，没有一点在种类上与别人不同，不过在程度上有差别而已。总括说来，诗人和别人不同的地方，主要是在诗人没有外界直接的刺激也能比别人更敏捷地思考和感受，并且又比别人更有能力把他内心中那样产生的这些思想和情感表现出来。但是这些热情、思想和感觉都是一般人的热情、思想和感觉。这些热情、思想和感觉到底与什么相联系呢？无疑地，它们与我们伦理上的情操、生理上的感觉、以及激起这些东西的事物相联系；它们与原子的运行、宇宙的现象相联系；它们与风暴、阳光、四季的轮换、冷热、丧亡亲友、伤害和愤懑、感德和希望、恐惧和悲痛相联系。这些以及类似的东西是别人的感觉和使他们发生兴趣的对象，所以是诗人所描写的感觉和对象。诗人以人的热情去思考和感受。那末他用的语言怎能与感觉敏锐、头脑清楚的其他一切人所用的语言有很大差别呢？我们可以证明这是不可能的。假如不是这样，诗人就可以在表达情感以娱乐自己或他这样的人的时候使用一种特别的语言了。不过，诗人决不是单单为诗人而写诗，他是为人们而写诗。除非我们提倡盲目崇拜，或者把无知当作快乐，诗人就必须从这个假想的高处走下，而且为了能引起合理的同情，必须象别人表现自己一样地表现自己。除此以外，诗人只是从人们真正使用的语言里进行选择，换句话说，他正确地依据这样的选择原则去作诗，自然就踏上稳固的基地，我们就知道从他那里会得到什么。关于韵律，我们的感觉是一样的；读者要记住，韵律的特点是整齐、一致，不象通常所谓诗的词汇的所有韵律是硬造的，随意可以改变的，这些改变是数也数不清的。在一种情况下，读者就完全受诗人的摆布，听任他高兴用什么意象和词汇来表达热情；在另一种情形下，韵律遵守着一定的法则，这些法则是诗人和读者都乐于服从的，因为它们是千真万确的，一点也不干涉热情，只是象历来所一致证实的那样提高和改进这种与热情共同存在的愉快。

....

……人的头脑能从不同之中看出相同而感到愉快。这个原则是我们心灵活动的伟大源泉,是我们心灵的主要鼓舞者。从这种原则才产生我们的性欲以及与之相关联的一切热情;这是我们通常彼此谈话的生命,我们的鉴别力和道德感都是依靠从不同中看出相同以及从相同中看出不同的这种准确性。依据这种原则来研究韵律,证明韵律能给予很多愉快,指出这种愉快在什么方式下产生出来,这倒不是没有用处的事情。……

我曾经说过,诗是强烈情感的自然流露。它起源于在平静中回忆起来的情感。诗人沉思这种情感直到一种反应使平静逐渐消逝,就有一种与诗人所沉思的情感相似的情感逐渐发生,确实存在于诗人的心中。一篇成功的诗作一般都从这种情形开始,而且在相似的情形下向前展开;然而不管是什么一种情绪,不管这种情绪达到什么程度,它既然从各种原因产生,总带有各种的愉快;所以我们不管描写什么情绪,只要我们自愿地描写,我们的心灵总是在一种享受的状态中。如果大自然特别使从事这种工作的人获得享受,那么诗人就应该听取这种教训,就应该特别注意,不管把什么热情传达给读者,只要读者的头脑是健全的,这些热情就应当带有一种愉快。和谐的韵文语言的音乐性,克服了困难之后的感觉,已往从同样的韵文作品里所得到的快感的任意联想,对这种语言(它与实际生活的语言十分相似而在韵律上却又差别很大)的一再的模糊的知觉,——所有这一切很微妙地构成了一种复杂的快乐感觉,它在缓和那总是与更深热情的强烈描写掺杂在一起的痛苦感觉方面是非常有用的。在打动人心和充满激情的诗中,总是有这种效果;至于在轻快的诗篇里,诗人在安排韵律上的轻巧和优美就是使读者感到满意的主要源泉。关于这个问题所必须说的一切,还可以用下面这个事实来证明:很少有人否认,用诗和散文描写热情、习俗或性格,假使两者都描写得同样好,结果人们读诗的描写会读一百次,而读散文的描写只读一次。①

曹葆华　译
选自《古典文艺理论译丛》第 1 册,
人民文学出版社 1961 年版。

---

① 在 1800—36 年版中紧跟着有下面这一段:我们看到,蒲伯单是借助诗句的力量,曾经设法使最普通的常识变得很有趣味,甚至常常使这种常识具有热情的外表。由于这些信念,我于是用诗写了勃来克老妇和哈里·基尔的故事,这是这本集子里最粗糙的作品之一。我本是想使读者注意这一真理:人的想象力甚至在我们的天然本性中也足以产生看起来几乎是不可思议的种种变化。这个真理是一个重要的真理;事实(因为这是一个事实)是对这个真理的珍贵的例证。我获悉这个故事曾经传达给成千上万的人,自己感到很满意。如果这个故事不是作为歌谣叙述出来,而且用的韵律比歌谣通常用的更令人感动,这些人是决不会听到它的。——原编者注

《抒情歌谣集》
一八一五年版序言

〔英国〕华兹华斯

写诗所需要的能力有以下五种①：第一是观察和描绘的能力，这种能力是按照事物本来的面目准确地观察，而且忠实地描绘未被诗人心中的任何热情或情感所改变的事物的状态，不管所描绘的事物呈现在感官面前，或者是仅仅存在于记忆之中。这种能力虽然对于诗人是必不可少的，然而是一种仅仅在绝对必要和决不再继续的情况下才加以运用的能力，因为运用这种能力必须以较高的智力处于被动和服从外界对象的情况下为前提，正如一个翻译家或雕刻家应该对于他的原著那样。第二是感受性，这种能力愈敏锐，诗人的知觉范围就愈广阔，他也就愈被激励去观察对象，不是观察它们原来的样子，就是观察它们在他的心中的反应。（诗人感受性和普通感受性之间的区别已经在原序所描述的诗人性格

---

① 1815年版是这样开始的：这部诗集有一部分是许多年以前在《抒情歌谣集》这个标题下出版的。当时在这一部分前面所写的若干意见，今天很少能特别地应用到这部诗集的大部分上，因为这部诗集后来扩大了和改变了，因而也就不能恰当地作为这部诗集的序言。我对于那些决定题材的选择的情感和那些指导这些诗篇的写作的原则曾经作了说明，不管这个说明怎样无关重要和不完全，如果把它取消，我认为是不适当的。所以我把它移到第二卷末尾，听凭读者高兴注意也好，不高兴注意也好。

最近出版了《隐士》的一部分，其标题为《远游》。在这篇《远游》的序言中，我提到曾经对我的一些短诗作了深思熟虑的排列，这些短诗可以帮助细心的读者看到它们彼此之间的联系以及它们对那篇诗作的从属关系。我将在这里略微说明一下这部诗集中所实行的这种排列。——原编者注

中指明了。)第三是沉思,这种能力可以使诗人熟习动作、意象、思想和感情的价值,并且可以帮助感受性去掌握这四者之间的相互关系。第四是想象和幻想,也就是改变、创造和联想的能力。第五是虚构,凭借这种能力可以从观察所提供的材料来塑造人物,这种材料不论是诗人心灵中的也好,或者是外在生活和大自然的也好。这样产生的事件和情节最能激发想象力,并且最适合于使诗人所描述的人物、情感和热情得到充分的发挥。最后是判断,这种能力就是决定应该以什么方式、在什么地方、并且在什么程度上把上述几种能力中间的每一种能力都加以运用,以致较小的能力不被较大的能力所牺牲,而较大的能力不轻视较小的能力,不攫取比它应份得到的更多的东西,而对它本身有害,每种写作的规律和相当优点也是由判断力所决定①。

············

现在我们来考察下面诗作的分类中所使用的幻象和想象这两个字眼。一个聪明的读者说:"一个人愈能清楚地以观念来复制感官印象,他的想象力就愈大,因为他是一种把感觉现象映现在心中的能力。一个人愈能随心所欲地唤起、连结或联想那些内在的意象,以便完成那些不在眼前的对象的理想表现,他的幻想力就愈大。想象力是一种描绘的能力,幻想力是一种唤起和结合的能力。想象力是由耐心的观察所组成的;幻想力是由改变心中情景的自愿活动所组成的。一个画家或诗人的想象愈精确,他面前纵然没有被描述的对象,也愈有把握从事于刻画或描绘的工作。幻想愈是丰富多彩,所创造的装饰也就愈独特、愈显著。"——见威·泰洛所著的《不列颠同义语的区别》。

这样地区分想象和幻想,难道不象一个人要提供一份建筑物

---

① 因为对韵律谐和的感受性和产生这种谐和的能力一定是伴随上述各种能力而来的,所以我还没有谈到这两种要素。——作者原注

的报告，却一心一意地只写他所发现的地基情况，而不看一看上层建筑就结束自己的工作吗？在这里，正如在全书其他的例证中一样，这位有见识的作者的心灵完全给语源学迷住了，他抓住这个原字作他的向导和警卫，往往就看不到他很快就成为它的俘房，没有自由踏上任何的途径，除了给他指定的那条以外。发现这样的想象如何区别于意象的清晰回忆，是不容易的；发现幻想如何区别于意象的迅速和生动的回忆，也是不容易的。两者都不过是一种记忆的方式而已。如果这两个字眼仅仅具有上述的意义，那末应该用什么来称呼诗人"浑身充满的"①能力呢？诗人的眼睛对于天上和地下的东西无所不看，他的精神特质把他的笔头所迅速描述的东西都能体现出来。对于以创造性的活动潜入对象中心的幻想，应该用什么来说明它的特点呢？想象力，按下面这一类诗的标题的意思来说，是和存在于我们头脑中的、仅仅作为不在眼前的外在事物的忠实摹本的意象毫无关联。它是一个更加重要的字眼，意味着心灵在那些外在事物上的活动，以及被某些特定的规律所制约的创作过程或写作过程。我将举例来说明我的意思。一只鹦鹉用它的嘴或爪子把自己挂在笼子的铁丝上，或者是一只猴子用它的爪子或尾巴把自己挂在树枝上。每个动物的的确确是这样作的。在维吉尔的第一首《牧歌》中，牧羊人想到他要和他的田庄告别的时候，就向他的羊群说道：

> 今后我见不到你，绿油油的，悬挂在
> 长满树木的岩前，离开那岩石很远很远。
> ——在那半山腰上
> 悬挂着一个采茴香的人。②

---

① 《仲夏夜之梦》，第五幕，第一场，第7—17行。——原编者注
② 《李尔王》第四幕，第四场，第16行。——原编者注

这是莎士比亚描绘杜佛海边峭壁上一个人影的著名诗句。在这两个例子中，在使用"悬挂"这个字眼上，稍微运用了我所称为想象的这种能力。不论羊群和采茴香的人，都没有象鹦鹉或猴子那样真正悬挂着。但是，由于感官面前出现这种模样的东西，心灵在自己的活动中，为了满足自己，就认为它们是悬挂着的。

> 好像遥远的海上出现的一支舰队
> 悬挂在云端，借助赤道的风
> 沿着孟加拉湾、特奈岛
> 或者泰多岛航行，商人们从那里
> 采办了香料，乘风破浪，
> 穿过广阔的伊西奥平海，朝着好望角
> 航去，连夜面对着风驶向南极，
> 那逃走的恶魔正象这样远走高飞。①

在这里悬挂这个字眼表现了想象力的全部力量，并且把它贯穿在整个意象中：首先，由许多船只组成的舰队被表现为一个巨人，我们知道并感觉到，它是在水上航行着；但是，诗人利用它给感官的印象，大胆地把它表现为悬挂在云端，一方面是使心灵在观察形象本身上得到满足，另一方面是照顾到它与之相比的傲慢对象的动作和外貌。

我们现在要从视觉的印象转到听觉的印象。因为听觉的印象一定不大明确，所以我们从这本集子里挑选出一些例子来：

> 野鸽孵着自己悦耳的啼声；②

---

① 《失乐园》，第二卷，第636—643行。——原编者注
② 《决心和独立》，第五首。——原编者注

关于这只鸟还有：

它的啼声隐没在丛林中，
微风吹起却又飘来；①

布谷鸟啊！你可是一只鸟儿，
还是一个飘荡的声音？②

我们通常叫野鸽作"咕咕"，这个声音很象它原来的啼声。但是在加上了孵着这个比喻以后，我们的想象力就使我们更能注意到野鸽一再柔和地啼叫，仿佛很喜欢倾听自己的声音，带着孵卵的时候所必然有的一种平静安闲的满足。"它的啼声隐没在丛林中"这一比喻表现了这种鸟儿喜欢隐居的特点，并且显示了它的啼声不是尖锐刺耳的，因而就容易隐没在层层的绿荫里。但是，这种啼声是如此地别致，如此地悦耳，那和诗人一样喜爱这种声音的微风就穿过掩藏着这声音的绿荫，把它送到诗人的耳边。

布谷鸟啊！你可是一只鸟儿，
还是一个飘荡的声音？

这个简单扼要的问话描绘出布谷鸟的啼声好像是无处不在，并且使这种鸟儿几乎不再是一个肉体的存在。由于我们在记忆中意识到，整个春天里布谷鸟不断地啼叫，但它很少为人看到，所以我们的想象力才能发挥上述的作用。

以上所讲的都是彼此不相关联的意象。人的头脑中由于受到某些本来明显存在的特性的激发，就使这些形象具有它们本来没

---

① 《夜莺啊！你的确是……》，第13—14行。——原编者注
② 《给布谷鸟》，第3—4行。——原编者注

有的特性。想象的这些程序是把一些额外的特性加诸于对象，或者从对象中抽出它的确具有的一些特性。这就使对象作为一个新的存在，反作用于执行这个程序的头脑。

现在我暂且不谈想象力对单独意象的作用。我要考察想象力怎样使联合起来的几个意象互相影响和改变。读者在我所引证的维吉尔的那两行诗中已经有了一个很好的例子：山羊悬挂在陡峭的山崖上，情况十分危险，而牧羊人躺在僻静的崖洞里观察它，处境舒适和安全。两者恰恰是一个鲜明的对比。如果把这些意象单独拿来看，就远不如它们互相结合和对立所构成的画面那样动人！

> 好像是一块大石头，有时候
> 高卧在荒山的峰顶上，
> 人人都会惊讶，只要发现
> 它怎样到了这里，打从何处而来，
> 它仿佛是具备了五官，
> 象一只海兽从海里爬出来，
> 躺在岩石或沙滩上休息，晒着太阳。
> 这个人正是这样；半死半活，
> 似睡非睡，真是老态龙钟。
> ……………
> 老人站住不动，象一片白云，
> 听不见咆哮的大风，
> 一要移动，就整个移动起来。①

在这些意象中，想象力的赋予的能力、抽出的能力和修改的能力，不论直接地或间接地发生作用，三者都是联合在一起的。大石头被赋予了某种生命力，很象是海兽；海兽被抽去一些重要的

---

① 《决心和独立》，第57—65行，第75—77行。——原编者注

特性，跟大石头相似。这样处理间接的意象是为了使原来的意象（即石头的意象）跟老人的形状和处境更相象。因为老人已经失去这么多的生命和行动的标记，所以他已经接近上面两个对象相联接之点。说了这些以后，就不必再谈白云这个意象了。

　　以上所谈的是想象力的赋予的能力或修改的能力，但是想象力也能造形和创造。这是怎样进行的呢？这是通过无数过程的。想象力最擅长的是把众多合为单一，以及把单一分为众多，——这些变化是以灵魂庄严地意识到自己强大的和几乎神圣的力量为前提，而且是被这种庄严的意识所制约的。我们再回到前面引证过的弥尔顿的那节诗。在这节诗里，首先说到一支密集的舰队，当作一个人"沿着孟加拉湾航行"，继而用"他们"，即商人们，来表示舰队又被诗人化成许多船只，"面对着风驶向"地球的极端。然后说"那逃走的恶魔正象这样远走高飞"，"正象这样"是与开端的"好像"遥相呼应。在这里恶魔作为一个人的形象起着把许多船只重新合为一体的作用，——这正是比喻的出发点。"正象这样"，这对谁来说"象这样"呢？这是对天上的缪斯来说的，缪斯使这篇诗在诗人的心眼中，在读者的眼睛中，忽而出现在广阔的伊西奥平海，忽而出现在地狱的僻静地方！

　　　　我或者住在忒拜，或者住在雅典。①

再听一听这位伟大的诗人，他谈到救世主着手把那些判逆的天使从天国驱逐出去。

　　　　被千千万万的圣徒伴随着，
　　　　他向前走来：他的来临闪耀着光辉。②

---

　　① 贺拉斯《书信》，第二篇，第一首，第213行。——原编者注
　　② 《失乐园》，第六卷，第767—768行。——原编者注

跟随在后面的圣徒们,以及救世主本人,几乎都消失和溶化在那个无限的抽象"他的来临"的光辉中了。

既然我在这里讨论这个问题只是想说明这本集子里的诗,尤其是说明其中的一部分诗,所以我就不麻烦自己和读者来这样看待想象力:它处理思想和感情,它规定人物的构造,它决定动作的过程。我不想把它看作是(除了已经含蓄地提到以外)这样的一种能力,用我的最敬爱的一个朋友的话来说,它"把所有东西吸收成为一个;它使生气勃勃或者死气沉沉的东西、具有自己的特性的生物、带有自己的附属品的对象,都采取一种色彩,并且为一个效果服务"①。热情和沉思的想象力,即诗的想象力,是跟人的和戏剧的想象力不同的;这种想象力的巨大宝库就是《圣经》的预言和抒情的部分,就是弥尔顿的作品,而且我还要加上斯宾塞的作品。我选取这些作家而不选取古代希腊和罗马的作家,因为异教的神人同形论使希腊罗马最伟大的诗人们的头脑过分受到特定形式的束缚;希伯来人由于憎恶偶像崇拜而避免了这个毛病。这种憎恶在我们这位伟大的史诗诗人身上几乎是同样强烈的,这是由于他的生活环境,也是由于他的头脑的构造。不管他外表上怎样浸染着古典文学,可是他灵魂里却是一个希伯来人;在他身上一切东西都倾向于宏伟。斯宾塞的天性较为柔和,他借助讽喻的精神维持他的自由,这种精神有时候激励他从抽象中创造人物,有时候激励他通过天才的卓越努力,凭借最高尚道德和最纯洁感觉的特性和标记,使他的人物具有抽象的普遍性和永久性,——他笔下的玉纳这个人物就是这种情况的光辉例子。至于说到人的和戏剧的想象力,莎士比亚的作品就是它的取之不尽的

---

① 兰姆勃论贺拉斯的天才。——作者原注。兰姆勃(Charles Lamb, 1775—1834):英国散文家。

源泉。

> 风雨雷电，我不责备你们无情，
> 我不曾给你们国土，把你们叫作孩子！①

我记得许多的诗人——他们的名字在这里就不必提了——就是凭借这种根本的品质而超群出众，我也回想到那些愚昧、无能和傲慢的人对于这本诗集和我的其他作品曾经给予种种的侮辱。在这种情况下，如果人们允许我来预先估计后代人对我的判断，那末我将宣布（如果上述的人所共知的事实不能证明我的正确，我就该受责难了），在这些不利的时刻，我已经证明想象力在最有价值的对象上、在外在的宇宙上、在人的道德和宗教的情感上、在人的先天的情感上、在人的后天的情欲上大大发挥了它的力量。这种力量和人们的作品一样具有着使人高尚的倾向，这是值得我们永远记住的②。

有人认为幻想是一种唤起和合并的能力，或者如我的朋友柯勒律治所说的，是"一种聚集和联合的能力"。我反对这个定义，仅仅是因为它太笼统了。想象跟幻想一样也具有加重、联合、唤

---

① 《李尔王》，第三幕，第二场，第16—17行。——原编者注
② 把这个题目结束以前，我只想说明一点：在列入"想象"这一项目下的许多首诗里，我是从想象力发展上最早的自然过程之一开始的。在我自己的最初意识的指导下，我表现了同外在事件一同活动的内在情感的转变和过渡，以便为了不朽，在想象的神秘土壤里播种声音和景物的意象。那首诗里所描写的那个孩子，怀着一种兴奋和不安的焦急心情，在倾听他以前曾经激起的那些一再发生的嘈杂声音。当他紧张的心情开始缓和下来的时候，他就看到诗中所描绘的那些庄严和镇静的意象而感到惊讶。紧跟着的一些诗相继地显示出想象力对于外界宇宙的各种不同的对象发挥着作用，然后是其他的一些诗，在这些诗里想象力是运用在情感、人物和动作上面的*；这一类诗是以描写道德、政治和宗教的情感的想象场面作结束的。1815—36年版。
* 这些写苏格兰题材的诗，从此就归入另一类，叫作《苏格兰旅行回忆》。——作者原注

起和合并的能力。但是,彼此所唤起和合并的素材不同,或者彼此依据不同的规律和为了不同的目的把素材聚集在一起。幻想并不要求它所使用的素材在性质上由于它的处理而有所改变。如果素材可以改变的话,那末为了幻想的目的,仅仅作轻微的、有限的和暂时的改变也就够了。至于想象力所愿望和要求的恰恰和这相反。它只肯接近可塑的、柔软的和不明确的对象。想象力听任幻想去描绘春梦婆的到来,

> 她的身体只有郡吏
> 食指上的玛瑙那么点大①

想象力在不得不谈到身材的时候,并没有告诉读者她的巨大的天使同庞贝庙的柱子一样高,更没有说这位天使身高二丈四尺,或者是身高二千四百尺;或者他的尺寸同齐尼里夫山或亚特拉斯山相等,因为这些东西是受到限制的,即使他们再有几百万倍高,反正都是一样。可以这样说,"他的身材高入云霄,"矗入无边无际的苍穹!——当想象力创造一个比喻,初看起来也许不十分象,但是这种相似的真实性一旦为我们领悟之后,就会在我们心中增长起来,而且继续不断地增长。这种相似更多地在于神情和影响,而不在于外形轮廓和特点,更多地在于天生的内在的特性,而不在于偶然的突出的特性。此外,意象之间必然互相改变。幻想过程所遵循的规律是和偶然的事物一样变化多端的;当对象适当地被表达出来或者恰当地联合在一起的时候,幻想的效果是令人惊奇的、好玩的,滑稽的,有趣的,柔和的或凄惨的。幻想是靠迅速和大量地散播它的思想和意象。它相信思想和意象的数量之多和结合之巧妙可以弥补个别价值的缺乏。幻想有时候夸耀自己以出

---

① 《罗密欧与朱丽叶》,第一幕,第四场,第55—56页。——原编者注

奇的巧妙和成功的造诣来发掘事物的隐蔽的相似之处。如果幻想能使你赞同它的目的，并且使你与它抱有同感，那末它的影响多么不稳定，多么短暂，它是毫不在乎的，因为它知道在适当的时机它不是没有力量来恢复对人们的影响的。但是，想象却意识到自己拥有一种不可摧毁的统治权；灵魂由于忍受不了它的光辉，也许会失掉它；但是一旦被觉察和承认，头脑的其他任何能力都不能使它松弛，也不能损害它，或者削弱它。幻想是在于激发和诱导我们天性的暂时部分，想象是在于激发和支持我们天性的永久部分。然而，认为幻想，这种活跃的能力，根据它自己的规律和它自己的精神，也是一种创造的能力，难道不是同样正确的吗？幻想怎样野心勃勃地力求和想象互争短长，而想象又怎样屈身来处理幻想的素材，这从一切的、主要是我国的最有才能的作家的散文和韵文作品里都可以看出来。……

曹葆华　译
选自《古典文艺理论译丛》第1册，
人民文学出版社1961年版。

为 诗 辩 护

〔英国〕雪莱

所谓推理与想象这两种心理活动,照一种看法,前者指心灵默察不论如何产生的两个思想间的关系,后者指心灵对那些思想起了作用,使它们染上心灵本身的光辉,并且以它们为素材来创造新的思想,每一新思想都具有自身完整的原理。想象是 τδποιειν(创造力),亦即综合的原理,它的对象是宇宙万物与存在本身所共有的形象;推理是 τδλογιζειν(推断力),亦即分析的原理,它的作用是把事物的关系只当作关系来看,它不是从思想的整体来考察思想,而是把思想看作导向某些一般结论的代数演算。推理列举已知的量,想象则各别地而且从全体来领悟这些量的价值。推理注重事物的相异,想象则注重事物的相同。推理之于想象,犹如工具之于作者,肉体之于精神,影之于物。

一般说来,诗可以解作"想象的表现";自有人类便有诗。人是一个工具,一连串外来的和内在的印象掠过它,有如一阵阵不断变化的风,掠过埃奥利亚的竖琴,①吹动琴弦,奏出不断变化的曲调。然而,在人性中,甚或在一切有感觉的生物的本性中,却另有一个原则,它的作用就不象风吹竖琴那样了,它不仅产生曲调,还产生和音,凭借一种内在的协调,使得那被感发的声音或动作与感发它的印象相适应。这正如竖琴能使它的琴弦适应弹奏

---

① 埃奥利亚(Aeolia)是古希腊人在小亚细亚的殖民地,其名得自希腊神话中的风神埃奥罗斯(Aeolos)据说这位风神能用他的竖琴摹拟世界上一切声音,这里是指埃奥罗斯的竖琴。

的动作，而发出一定长度的音响，又如歌者能使他的歌喉适应琴声。一个小孩独自游戏，往往以自己的声音和动作来表示自己的快感，而每一变化的音调，每一不同的姿势，由快乐的印象唤起的，都与符合这印象的实物对型发生确切的关系，它们就是这印象的反映；并且又如风停之后，竖琴犹有袅袅的余音，小孩也会用自己的声音和动作来延长快感的效果，借此也延长自己对快感的原因的体味。那些表情对于使小孩愉快的事物的关系，无异于诗对较高事物的关系。野蛮人（野蛮人之于历史年代，犹如儿童之于人生岁月）表达周围事物所感发他的感情，也是如此；语言，姿势，乃至塑像的或绘画的摹拟，不外是事物以及野蛮人对事物的理解两者结合而成的表象罢了。人在社会中固然不免有激情和快感，不过他自身随又成为人们的激情和快感的对象；情绪每增多一种，表现的宝藏便扩大一份；所以语言，姿势，以及摹拟的艺术，既是媒介，又是表现，好像同时是铅笔与图画，凿子与塑像，琴弦与和声。自有两个人同时存在之日，社会的同情，或者如同社会因素那样是社会所赖以发生的一些法则，便开始发展了；未来之蕴藏于现在，有如植物之托根于种子；平等，差异，统一，对比，彼此依赖遂成为原则——唯有这些原则能提供动机，使得社会上的个人，既过群居生活，其意志便可以依此而决定，而表现为行为；于是在感觉中有乐，在情操中有德，在艺术中有美，在推理中有真，在同类的交往中有爱。所以，甚至在社会的幼稚时代，人在语言与行动上早已遵守某种规则，这规则与事物及其产生的印象所有的规则绝不相同，因为一切表现都遵从它所从出的根源的规律。然而，这些比较一般性的考究，我们可以撇开不谈，因为它们涉及社会本身的原理的探讨，我们只限于考察想象究竟以如何方法表现为种种形式。

　　……审美力最充沛的人，便是从最广义来说的诗人；诗人在表现社会或自然对自己心灵的影响时，其表现方法所产生的快感，能感染别人,并且从别人心中引起一种复现的快感。诗人的语言主要是隐喻的,这就是说,它指明事物间那以前尚未被人领会的关系,并且使这领会永存不朽,直待表现这些关系的字句,经过时间的作用,变成了若干标识,但这些标识只代表思想的片断或种类,而不能绘出整部思想的全景。人们的联想已是漫无组织了,如果没有新的诗人出来创造新的联想,语言就不足以表现人类交接中一切比较崇高的目的了。……在社会的幼稚时代,每个作家必然是一个诗人,因为在当时,语言本身就是诗;做一位诗人,就是领会世间的真与美,简言之,就得领会善,而所谓善,第一依存于存在与知觉间的关系上,第二依存于知觉与表现间的关系上。

……然而,诗人们,抑即想象并且表现这万劫不毁的规则的人们,不仅创造了语言,音乐,舞蹈,建筑,雕塑和绘画;他们也是法律的制定者,文明社会的创立者,人生百艺的发明者,他们更是导师,使得所谓宗教,这种对灵界神物只有一知半解的东西,多少接近于美与真。所以,一切原始宗教都是譬喻的,或者可以视作譬喻的,如同司阍神①那样,具有假和真的两重面目。依据诗人生存的时代和国家的情况,在较古的时代,诗人都被称为立法者或先知②;一位诗人本质上就包含并且综合这两种特性。因为他不仅明察客观的现在,发现现在的事物所应当依从的规律,他还能从现在看到未来,他的思想就是结成最近时代的花和果的萌芽。

……所以,雕刻家、画家、音乐家等的声誉从来就不能与诗人(狭义的诗人)的声誉媲美,虽则这些艺术大师自身所有的能力,丝毫也不逊于用语言来表达自己思想的诗人们的才能;这正

---

① 司阍神(Janus),是古意大利的神,有两个面孔,朝着不同的方向,因此常被奉为守门之神(Janus bifrons)。
② 在古希腊诗人曾被称为立法者,譬如梭伦;在《圣经》里,好些先知都是诗人,譬如耶利米。

如两人技巧相同，却不会从琵琶和竖琴奏出相同的效果。唯独立法者和宗教创始者，只要他们所创的制度不灭，似乎优越于狭义的诗人，享有更大的声誉；然而，毫无疑问，如果我们除去他们往往因鄙俗舆论的阿谀而享得的盛名，又除去他们所具有的较高的诗人品质，那末，恐怕就没有甚么优越之处了。

我们已经把诗这个字限于一种艺术的范围之内，这种艺术就是诗才本身的最惯常和最充分的表现。然而，我们还须把范围收缩得更狭些，并且确定有韵律的语言和无韵律的语言之区别；因为从精密的哲学观点来说，散文与韵文的通俗分法，是不能成立的。

声音和思想不但彼此之间有关系，而且对于它们所表现的对象也有关系；能理解这些关系的规律，也就能理解思想本身的关系的规律，这两者往往有联系。因此，诗人的语言总是含有某种划一而和谐的声音之重现，没有这重现，就不成其为诗，而且，姑不论它的特殊格调如何，这重现对于传达诗的感染力，正如诗中的文字一样，是绝不可缺少的。所以，译诗是徒劳无功的；要把一个诗人的创作从一种语言译作另一种语言，其为不智，无异于把一朵紫罗兰投入熔炉中，以为就可以发现它的色和香的构造原理。……

……一切具有革命主张的作家，必然也有诗人的本色，不仅因为他们是创造者，又因为他们的文字用具有真实生命的形象，来揭露宇宙万物间的永恒相似，而且更由于他们的文章是和谐的且有节奏的，本身就包含着韵文的成分，是永恒音乐的回响。然而，有些卓越的诗人，由于其主题所要求的形式和情节，而不得不沿用传统的格律，但是他们也一样能够领会事物的真理，并且教导我们，其功并不下于那些打破传统的诗人。莎士比亚，但丁，密尔顿（单说近代作家）都是力量最为崇高的哲学家。

诗是生活的唯妙唯肖的表象，表现了它的永恒真实。故事与诗不同：故事罗列了一些孤立的事实，此等事实除了在时间、空间、情势、因与果等方面，并无别的联系；诗则依据人性中若干不变方式来创造情节，这些方式也存在于创造主的心中，因为创造主之心就是一切心灵的反映。故事是局部的，仅能适用于一定的时期和某些永不能重现的际遇；诗则是包罗万象的，诗对于举凡人性各项可能有的动机和行为都有关系，它本身就含有这些关系的萌芽。

....

既已断定什么是诗，以及谁是诗人，我们且进一步来估量诗对社会的影响。

诗与快感是形影不离的：一切受到诗感染的心灵，都会敞开来接受那掺在诗的快感中的智慧。在世界的幼年，诗人和听众都不曾充分注意到诗的卓越：因为诗之感人，是神奇的、不可理解的，越出意识之外，超于意识之上；至于听众与诗人交感所产生的全部力量和光辉，其中强大的因果关系，那要留待后世去审察和估计了。即使在现代，现存的诗人中没有一个曾享得最美满的声誉；那些评判诗人的批评家们，应该像诗人一样留名千古，就必须在才情上是诗人的匹敌；这得让时间从世世代代聪明才俊之士中选出贤能来任此等陪审员。诗人是一只夜莺，栖息在黑暗中，用美妙的歌喉唱歌来慰藉自己的寂寞；诗人的听众好像为了一个听见却看不见的歌者的绝妙好音而颠倒的人，觉得心旷神怡，深受感动，但是就不知道快感何来，何以如此。……

然而，举凡是指摘诗之不道德的议论，都是由于误解了诗所用来改进人类道德的方法。伦理学整理诗业已创造的那些原理，建议一些方案，提出社会公私生活的一些榜样；而且人类之所以互相仇恨、轻视、非难、欺骗和压迫，也并不是因为世间没有冠冕堂皇的学说。然而，诗的作用却是经由另外一种更为神圣的途径。诗唤醒人心并且扩大人心的领域，使它成为能容纳许多未被理解的思想结构的渊薮。诗掀开了帐幔,显露出世间隐藏着的美,使得平凡的事物也仿佛是不平凡;诗再现它所表现的一切;诗中人物都披着极乐境界的光辉,只要你曾一度欣赏过他们,他们便永远留在你心中,有若象征优美与高贵的纪念碑,它的影响将遍及于同时存在的一切思想和行动中。道德中最大的秘密是爱,亦即是暂时舍弃我们自己的本性,而把别人在思想、行为或人格上的美视若自己的美。要做一个至善的人,必须有深刻而周密的想象力;他必须设身于旁人和众人的地位上,必须把同胞的苦乐当作自己的苦乐。想象是实现道德上的善的伟大工具;而诗则作用于原因,以求有助于结果。诗以不断使人感到新鲜乐趣的思想来充实想象,因而扩大想象的范围;而此等思想却有能力去吸收并且同化所有其它思想于自己的性质中,同时就形成了新的间断或间隙,所以不断要求新的资料以填补这空虚。诗增强了人类德性的机能,正如锻炼能增强我们的肢体。所以,若果诗人把他自己往往受时空限制的是非观念,具体表现在不受时空限制的诗创作之中,他便犯了错误。既承担说明事物后果这个卑微职责,诗人便会失掉参与事物起因的光荣,何况他也许到底未必是完满地尽职。荷马或任何一个不朽的诗人,却不会如此自误,以至放弃自己的泱泱大国的宝座;这种危险是绝少有的。至于诗才虽大但比较浅薄的诗人们,例如,欧里庇得斯,琉坎①,塔索,斯宾塞,他们就常常抱有一种道德目的,结果他们越要强迫读者顾念到这目的,他们的诗的效果也以同样程度越为减弱。

……………

---

① 琉坎(Marcus Annaeus Lucanus,39—65),古罗马诗人,曾著纪事诗《法沙利亚》(Pharsalia)。

然而，我要暂离本题了。① ——舞台上的表演对于风俗的改良或腐败颇有关系，这种关系已经是公认的了；换句话说，我们发觉，形式最完美最普遍的诗之有无，关系着行为或习惯的善恶。风俗的腐败曾归咎于戏剧的影响，每当戏剧结构中所使用的诗意一旦消失，这腐败便开始了；我试诉诸风俗史来断定：究竟诗与风俗的盛衰时期是否吻合得恰如道德上因果关系的事例一样准确。

雅典的戏剧，或者在任何其它地方业已登峰造极的戏剧，总是与时代的道德上及知识上的伟大成就同时并存的。雅典诗人所写的悲剧有如一面明镜，观者在这镜中照见自己，仿佛置身于隐约假托的环境中，摆脱了一切，只剩下那理想的美满境界和理想的精神，人人都会感到，在自己所爱慕所愿意变成的一切事物中，这样的境界和精神就是其内在典型了。同情心能扩大想象力，所同情的痛苦和激情是这样强烈，以至它们一进入想象中，便扩大想象者的能力，所以怜悯、愤怒、恐怖、忧愁等都足以增强良善的感情；感情既经过千锤百炼，就会产生一种高尚的静穆，即使在日常生活的纷扰中也能维持这静穆的心情，甚至罪恶因为在剧中被表现为不可测的自然力所带来的致命的结果②，也就失去了它一半的恐怖以及它一切的坏影响；于是错误也不至于执迷不悟，人们不再会爱惜错误，视若珍品。在最高级的戏剧中，绝少有助

---

① 约翰·韩德曾把雪莱的《为诗辩护》的原稿大加改删（请参阅《后记》）。这里就删了好些句子，所以显得文气不大接续。据雪莱夫人所抄的雪莱的原稿，这里应作：

"然而，我要暂离本题了。《诗之四阶段》的作者（按：指皮可克，请参阅《后记》）十分谨慎，他不讨论戏剧对于生活和风俗的影响，因为，假如从盾上的花纹可以知道武士是谁，那末我就只须把斐洛克式提斯呵，阿伽门农呵，或者奥赛罗呵等的名字写在我的盾上，就可以把迷惑着他的此等诡辩祛除，正如光芒刺目的明镜，即使在最软弱的武士的手上拿着，也可以使巫术师和异教徒的队伍看得眼花缭乱而惊散。舞台上的表演对于……"

② 古希腊悲剧把剧中主人公的犯罪往往写作命运的愚弄，而古人之所谓"命运"，就雪莱时代的人们的眼光看来，就是"不可测的自然力"。

长非难和憎恨的地方；它反而教导人们自知和自重。眼睛和心灵都不能看见自己，除非是反映在类似的对象上。对剧只要继续有诗意的表现，就不失为一个多面的分光镜，它收集了人性最灿烂的光辉，予以区别，然后从那些朴素的基本形式中把它们再现，并且给它们以庄严和美丽，使它所反映的一切丰富多彩，又给它一种能力，使它能到处繁殖其种类。

然而，当社会生活到了堕落的时代，戏剧也随之而堕落。悲剧变成对古代杰作的形式的毫无生气的摹仿，而失掉了它所包含的各门艺术之一切和谐的衬托；甚至悲剧这个形式也往往被误解，或者作者软弱无力地企图来教导他所认为是道德真理的某些学说；其实这些学说往往只不过在似是而非地阿谀作者和观众所共同感染的重罪或弱点而已。……诗是一柄闪着电光的剑，永远没有剑鞘，因为电光会把藏剑的鞘焚毁。所以，我们看到所有这种性质的剧都非常缺乏想象；它们假装有情操和有激情，可是没有想象的情操和激情不过是任性和欲望的别名而已。在英国历史上，戏剧的最大堕落是在查理第二王朝，那时候诗所惯取的形式总是赞美歌，赞美王权战胜自由和德性。密尔顿巍然独立，照耀着不配受他照耀的一代。……

…………

然而，现在有人根据另一个托词，竟要求诗人们将桂冠让给理论家和机械师。① 他们固然承认运用想象是最愉快的，但又断言运用理智是更加有用的。我们不妨就这种区别的根据，来考察这里所谓"有用"或"功用"究竟是什么意义。一般地说，乐或善是一个有感觉有睿智的人有意识地去追求，既求得了，便为之踌躇满志的事物。快乐有两种：一种是持久的，普遍的，永恒的；一种是暂时的，特殊的，"功用"可以表示产生前一种快乐或产生后

---

① 这里，雪莱开始正式答复皮可克的文章《诗之四阶段》。

一种快乐的方法。就前一意义来说,凡是足以加强和净化感情,扩大想象,以及使感觉更为活泼的,都是有用的。但是,功用这个字也可以有一种较狭的意义,它只限于表示:排除我们兽性的欲望的烦扰,使人处于安全的生活环境中,驱散粗野的迷信之幻想,使人与人之间有某种程度的互相容忍而又适合于个人利益的动机。

当然,从这个狭义来说,提倡功利的人们在社会里也有他们应尽的任务。他们追随诗人的步武,把诗人的种种创作中的素描抄写在日常生活的书本上。他们让出空间,他们给予时间。只要他们在处理我们天赋的低级能力的事务时,不侵入高级能力所应属的范围,他们的努力总是有最高的价值。然而,一个怀疑主义者既已摧毁了愚昧的迷信,就请他撒手,不要去磨灭那凭借人类想象而表现的永恒真理,象有些法国作家已磨灭了的那样。一个机械师使劳动减少,一个政治经济学者使劳动互相配合,他们的推测并不符合想象的最高原则,所以请他们当心,不要因此而同时强化了奢侈与贫困,使之各走极端,象近代英国经济学者之所为。他们已经用实例来证明这句话:"有了的,应该再给他一点;没有的,就连他仅有的一点,也应该夺去。"[①] 于是,富者愈富,贫者愈贫,而国家陷于无政府主义与专制政治两个极端之间,好像

---

① 此句引自《圣经》《新约》:《马可福音》,第四章,第二十五节,原作"有的,还要给他,没有的,连他所有的也要夺去"。雪莱把语气强化了。

一叶轻舟驶入危岩与怒浪之间那样。① 人们毫无节制地运用筹谋策画的能力，就必然产生诸如此类的恶果。

给最高意义的快感下个定义，是很难的；这定义会引起许多表面上好像自相矛盾的理论。因为，由于人性构造含有一种无法解释的不调和现象，我们自身低级部分的苦痛就往往与我们高级部分的快乐相连结。我们往往选择悲愁、恐惧、痛苦、失望，来表达我们之接近于至善。我们对于哀情小说的同情，就是根据这个原理；悲剧之所以使人愉快，是因为它提供了存在于痛苦中的一个快乐的影子。最美妙的曲调总不免带有一些忧郁，这忧郁的根源也在于此。悲愁中的快乐比快乐中的快乐更甜蜜些。……

产生和保证这种最高意义的快乐，才是真正的功用。凡是产生和保证这种快乐的人便是诗人，或者是具有诗才的哲学家。

……倘使但丁、佩脱拉克、薄伽丘、乔叟、莎士比亚、卡尔德伦、培根爵士、密尔顿不曾活在世界上；倘使拉斐尔和米开兰琪罗不曾诞生于人间；倘使希伯莱的诗不曾被翻译出来；倘使希腊文学的研究不曾经过复兴运动；倘使古代的雕刻并没有遗迹流传给我们；倘使古代宗教的诗跟着古代宗教的信仰一起湮没了；——那末，我们真无法想象世界上的道德状况将会变成怎样。……

……我们缺少创造力来想象我们所知道的东西；我们缺少豪

---

① "危岩与怒浪"，原文作"斯库拉和卡律布狄斯（Scylla and Charybdis）"，是引用希腊文学的典故。据说，在意大利和西西里的海峡间有两个大岩洞。近意大利那边的一个岩洞住着一头怪物，名斯库拉，有十二只脚，六个头，每头有三行利齿，作狗吠声，舟人经此，多遭其害。近西西里那边的岩洞，则怪兽卡律布狄斯住着，它每天三次把海水喝光，又三次把海水吐出，因此扰起巨浪，舟行至此必倾复。荷马史诗《奥德赛》，第十二卷，第 73—110 行，描写这两处险塞甚为详细。这里雪莱借用这典故来指国家处于"无政府主义"与"专制政治"这两个极端间，正如在这两处的危岩怒浪间行舟一样。我采用意译，以便于阅读。

迈的冲动来实行我们的想象；我们缺少生活中的诗；我们的种种筹画已超过我们的概念；我们已经吃下了多于我们所能消化的食物。科学已经扩大了人们统辖外在世界的王国的范围，但是，由于缺少诗的才能，这些科学的研究反而按比例地限制了内在世界的领域；而且人既已使用自然力做奴隶，但是人自身反而依然是一个奴隶。一切为了减轻劳动和合并劳动而作的发明，却被滥用来加强人类的不平等，这应该归咎于甚么呢，可不是因为这些机械技术的研究在某种程度与我们所有的创造能力还不相称吗？而创造力却是一切知识的基础。一切的发现原该减轻亚当所受的诅咒①，却反而加重了它，此中难道还有别的原因吗？诗是世间的上帝，唯我主义（金钱就是它的可以看见的化身）是世间的财神。

诗的能力有二重作用：它一方面替知识、力量与快感创造了新的资料；另一方面它在人们心中唤起一种欲望，要去再现这些资料；并且根据某种节奏或规则把它们从新配合，以求合于美与善。当由于过度的自私自利的计较得失，我们外在生活所累积的资料，竟超过我们的同化能力的限量，以至不能依照人性的内在定律来消化这些资料，在那个时期，我们最需要诗的修养。因为，此时的身体变得过于笨重，振奋的精神也无能为力了。

真的，诗是神圣的东西。它既是知识的圆心又是它的圆周；它包含一切科学，一切科学也必须溯源到它。它同时是一切其它思想体系的老根和花朵；一切从它发生，受它的润饰；如果害虫摧残了它，它便不结果实，不生种子，不给予这荒芜的世界以养料，使得生命之树不能继续繁殖。诗是一切事物之完美无缺的外表和光泽；它有如蔷薇的色香之于它的结构成份的纹理，有如永不凋

---

① 意即："人类的劳苦"，按《圣经》《旧约》：《创世记》第三章记载：亚当因为吃了禁树的果子，上帝处罚他，对他说："你必终身劳苦，才能从地里得吃的，地必给你长出荆棘和蒺藜来……你必汗流满面才得糊口，直到你归了土。"

萎的美之形式和光彩之于腐尸败体的秘密。假如诗不能高飞到筹画能力驾着枭翼所不敢翱翔的那些永恒的境界，从那儿把光明与火焰带下来，则道义、爱情、爱国、友谊算得是什么？我们所生息其间的美丽宇宙的景色又算得是什么？我们在世间此岸的安慰是什么？我们对世间彼岸的憧憬又是什么？诗不象推理那种凭意志决定而发挥的力量。人不能说："我要作诗。"即使是最伟大的诗人也不能说这类话；因为，在创作时，人们的心境宛若一团行将熄灭的炭火，有些不可见的势力，象变化无常的风，煽起它一瞬间的光焰；这种势力是内发的，有如花朵的颜色随着花开花谢而逐渐褪落，逐渐变化，并且我们天赋的感觉能力也不能预测它的来去。假如这种势力能保持它原来的纯真和力量，谁也不能预告其结果将是如何伟大；然而，当创作开始时，灵感已在衰退了；因此，流传世间的最灿烂的诗也恐怕不过是诗人原来构想的一个微弱的影子而已。我愿请教当代最伟大的诗人们：若说最美好的诗篇都产自苦功与钻研，这说法是不是错误。批评家劝人细意推敲和不求急就，这种意见如果予以正确的解释，不过是主张应当留心观察灵感袭来的瞬间，在没有灵感提示之时就用传统词句织成的文章来予以人工的补缀；这种作法只因诗才所限才有此必要①。……

诗是最快乐最善良的心灵中最快乐最善良的瞬间之记录。我们往往感到思想和感情不可捉摸的袭来，有时与地或人有关，有时只与我们自己的心情有关，并且往往来时不可预见，去时不用吩咐，可是总给我们以难以形容的崇高和愉快；因此，即使在它们所遗留下来的眷恋和惆怅中，也不可能不还有着快感，因为这

---

① 雪莱认为诗的创作全靠灵感，没有灵感就不能有诗，灵感说是本文的一个主要论点，读者细读下文便可以明白，雪莱的美学观点深受柏拉图的影响，灵感说就是一个例子，柏拉图有一篇对话录，叫做《伊翁》(Ion)，就是专讲诗的灵感的。

快感是参与于它的对象的本质中的。诗灵之来，仿佛是一种更神圣的本质渗彻于我们自己的本质中；但它的步武却象拂过海面的微风，风平浪静了，它便无踪无影，只留下一些痕迹在它经过的满是皱纹的沙滩上。这些以及类似的情景，唯有感受性最细致的想象力最博大的人们才可以体味得到；而由此产生的心境却与一切卑鄙的欲望不能相容。道义、爱情、爱国、友谊等的热忱，在本质上是与此等情绪连结起来的；而且当它们还继续存在时，人的自我就显出它的原来面目，是宇宙中的一个原子而已。诗人不但因为是感情细致的生灵而容易感受这些经验，他们还能够用天国的变幻无常的色彩，来渲染他们所综合的一切；在描写某一激情或者某一景色时的一个字、一个笔触，就可以拨动那着迷的心弦，而为那些曾经体验过此等情绪的人们，再激起了那酣睡的、冷却的、埋葬了的过去之影像。这样，诗可以使世间最善最美的一切永垂不朽；它捉住了那些飘入人生阴影中的一瞬即逝的幻象，用文字或者用形相把它们装饰起来，然后送它们到人间去，同时把此类快乐的喜讯带给同它们的姊妹们在一起留守的人们——我所以要说"留守"，是因为这些人所住的灵魂之洞穴，就没有一扇表现之门可通到万象的宇宙。诗拯救了降临于人间的神性，以免它腐朽。

　　诗使万象化成美丽；它使最美丽的东西愈见其美，它给最丑陋的东西添上了美；它撮合狂喜与恐怖、愉快与忧伤、永恒与变幻；它驯服了一切不可融和的东西，使它们在它轻柔的羁轭之下结成一体。诗使它所触及的一切都变形；每一形相走入它的光辉下，都由于一种神奇的同感，变成了它所呼出的灵气之化身；它那秘密的炼金术能将从死流过生的毒液化为可饮的金汁；它撕去这世界的陈腐的面幕，而露出赤裸的、酣睡的美——这种美是世间种种形相的精神。

　　……无论它展开它自己那张斑斓的帐幔，或者拉开那悬在万物景象面前的生命之黑幕,它都能在我们的人生中替我们创造另一种人生。它使我们成为另一世界的居民,同那世界比较起来,我们的现实世界就显得是一团混乱。它再现我们参与其间耳闻目见的平凡的宇宙;它替我们的内心视觉扫除那层凡胎俗眼的薄膜,使我们窥见我们人生中的神奇。它强迫我们去感觉我们所知觉的东西,去想我们所认识的东西。当习以为常的印象不断重视,破坏了我们对宇宙的观感之后,诗就从新创造一个宇宙。

……

……诗是不受心灵的主动能力的支配,诗的诞生及重现与人的意识或意志也没有必然的关系。若果断言意识及意志是一切心理因果关系的必要条件,这实在是臆测之论,因为我们所经验到的心理作用的后果都不容易归因于意识及意志。显然不妨这样假定:诗的力量屡次涌现,便在诗人的心中养成秩序与和谐之习惯,它与这力量本身的性质及其对别人心灵的影响都有关系。然而,在诗的灵感过去了时——这是常有的,虽然不是永久——诗人重又变为常人,突然被委弃于逆流之中,受到别人所惯常生活于其下的种种影响。然而,因为诗人比别人在感觉上更加细致,对于自己的及别人的痛苦与快乐更加敏感,而其敏感的程度也是别人所不会知道的,所以诗人往往怀着相当于这种感觉之差异的热忱,来逃避痛苦而追求快乐。……

……

……在一个伟大民族觉醒起来为实现思想上或制度上的有益改革而奋斗当中,诗人就是一个最可靠的先驱、伙伴和追随者。在这些时代,人们累积了许多力量,能够去传达和接受关于人与自然的强烈而使人激动的概念。具有这种能力的人,就他们性格的许多方面来说,却往往与他们所致力的善之精神很少有明显的联系。然而,他们虽则否认并且誓不屈从那高踞于他们自己灵魂的宝座上之势力,他们还是被迫要为它服务。读了今日一些最有名的作家的作品,而不惊叹于燃烧在他们字里行间的电火似的生命,实在是不可能的。他们以一种包罗万象深入一切的精神来测量人性的周围,探察人性的深度,而他们自己对于人性的种种表现也许最是由衷地感到惊异;因为这与其说是他们的精神,不如说是时代的精神。诗人是不可领会的灵感之祭司;是反映出"未来"投射到"现在"上的巨影之明镜;是表现了连自己也不解是甚么之文字;是唱着战歌而又不感到何所激发之号角;是能动而不被动之力量。诗人是世间未经公认的立法者。

缪灵珠 译

选自《古典文艺理论译丛》1961年第1期,人民文学出版社版。

论 艺 术

〔美国〕爱默生

因为心灵是向前进展的，它从来不全是复演它自己，而是在每一个活动中都企图产生一个新的更美好的整体。实用艺术和美的艺术①都是如此，如果我们采用一般人根据目的在实用还是在美，而对于作品作这种区别的话。因此，美的艺术目的不在摹仿而在创造。在风景画里，画家应该提示出一种比我们实际上所见到的更美好的创造出来的东西。他对琐屑细节，大自然的散文，应该加以剪裁，只把它的精神和它的光辉拿给我们。他应该知道，风景之所以使他看起来美，是由于它表现出一种对他是好的思想，其所以如此，是由于通过他的眼睛来看事物的那种力量，在那幅风景里就可以见出。因此他所珍视的就会是自然的表现而不是自然本身，这样，在他的摹写中他就会把使他欢喜的那些形象加以提高。他会传达出黑暗的黑暗，阳光的阳光。②在人物画像里，画家所刻划的应该是性格而不是面貌，他应该把对面坐着的那个人看成就像他自己一样，只是内心世界那张激发感兴的蓝本的一种不完全的写照或类似。

在一切精神活动中，我们都可以见出这种剪裁和选择，如果这种剪裁和选择本身不就是创造力，它是什么呢？因为它就是一种高度的照明灯的光流，启发人用较简单的符号来传达较宽广的

---

① 即"美术"，如图画、雕刻、音乐等。——译者
② 黑暗的本质和阳光的本质。——译者

意义。人是什么？他不就是大自然自我说明中的一种更精妙的成就吗？人是什么？他不就是比实际瞭望到的事物更为精妙凝炼的一幅风景吗？不就是自然的精选吗？再说他的语言，他对于图画的爱好，对于自然的爱好，不也就是一种还更精妙的成就么？不就是把那些令人厌倦的许多哩的空间和许多吨的体积都抛开，而把它的精神单提出来，凝炼成为一个音调和谐的字，或是画笔的最见匠心的一个笔触么？

但是艺术家须运用在他那个时代和他那个民族中流行的符号，来把他的经过放大的感觉传达给人类。因此，艺术中新的东西总是从旧的东西生发出来的。代表时代精神的天才总是在作品中刻下不可磨灭的烙印，使那部作品具有供人深思遐想的说不出的魔力。时代精神的特质对艺术家所起的震撼作用愈大，在他的作品中所获得的表现愈多，他那部作品也就愈能留下一种庄严伟大，对后世读者显出一种未知境界，一种必然道理，一种神圣品质。没有人能够把这个必然因素①从他的工作中完全排出。没有人能够完全脱离他的时代和他的国家，或是能够创造出一种完全不受教育、宗教、政治、习俗和当时艺术的影响的模范作品。不管他是多么有独创，多么任意幻想，他总不能把生长出他的作品来的那些思想都一笔勾销。纵使他要避免相习成风的东西，那避免本身就显出他还是受了那东西的影响。超出他的意志的控制和他的眼光的察觉，他所呼吸的空气，和他与当代侪辈所靠着生活和劳动的那种思想，都决定了他必然要用他那时代的那种方式，至于这种方式究竟是什么他还不知道。作品中所现出的必然不可避免的东西，比起个人的才能，还能产生一种更高的魔力，因为艺术家的笔或凿刀就好像被一只巨大的手在旁边支持着，引导着，去在人类历史上刻下一条线纹。就是由于这个缘故，埃及的象形文

---

① 指上文所说的时代精神对于艺术家的影响。——译者

字以及中国、印度和墨西哥的偶像尽管粗陋，还是有它们的价值。它们显出当时的人类心灵的高度，并非凭空幻想，而是从和世界一样深远的那种必然性之中产生出来的。懂得了这个道理，我是否可以补充一句话？那就是：全部现存的造型艺术作为历史来看，因此有极大的价值；一切存在的事物就按照一种完善而美妙的命运的安排，向幸福的境界前进，现存的造型艺术就是在这个命运的画像上所画的一笔。①

由此可知，从历史观点来看，艺术的职能一直是教育审美的能力。我们沉浸在美里，但是我们的眼睛却没有明晰的见识。这就需要借展示一些个别的特征来帮助和指导这种潜伏的审美力。我们雕刻和绘画，或是观看所雕所画的东西，都是作为学习形象的奥秘的学生。艺术的能力就在划分，就在把一个事物从那些令人昏眩的杂乱事物中划分出来。一个事物如果还没有从许多事物的联系中站出来，那就只能有欣赏，有观照，还不能有思想。我们的快乐和悲哀都是徒然的。婴儿在一种愉快的昏睡状态中躺着；而他的个人性格和他的实践能力都要靠他日渐划分事物，在一个时间里只去应付一件事物。爱和一切情欲把整个生存界都集中到某一个别形象的周围。有些人的心灵惯于使他们所触及的那个事物，那个思想，那个字，具有排除一切而巍然独存的完满，并且使它暂时代替整个世界。这些人就是艺术家，辞令家，社会的领导人物。划分，并且借划分而放大的本领就是辞令家和诗人所运用的辞令的要素。这种辞令，或则说，这种把一种事物的暂时的卓越凝定下来的本领——在波克，拜伦和卡莱尔的作品中是特别突出的——就是画家和雕刻家在颜色和石头上所显出的。这个本领要靠艺术家对于所观照的事物洞察的深度。因为每一个事物都

---

① 作者所说的"命运"即指上文的"必然因素"，亦即历史发展的必然道路。——译者

植根于自然深处,当然就可以作为代表整个世界的东西来表现出。所以凡是天才的作品在当时都具有暴君的威力,能把人们的注意都集中在它自己身上。在暂时,能这样集中注意才是唯一的值得提一提的事——无论它是一首十四行诗,一部歌剧,一幅风景画,一座雕像,一篇演说,一座庙宇,一场征战或是一次发现新地方的航行的计划,都是如此。转瞬间我们就转到旁的什么事物上去,这个事物如同先前那一个那样,发展圆满,自成一个整体,例如,一座安排很好的花园——于是除了安排花园之外,什么事好像都值不得做了。例如我没有见识过空气,水和土,我就会以为火是世间最好的东西。因为一切自然界事物,一切真正的才能,以及一切本来的性能,都有暂时唯我独尊的权利和性能。一只松鼠在树枝上跳来跳去,使整个树林都变成专供它娱乐的一棵大树,它就吸引住人们的眼光,并不比一只狮子差,它就美,就圆满自运,在那一顷刻和那一块地方就代表着整个大自然。一首好的民歌在我倾听时就抓住我的耳和我的心,比起一部史诗在过去一次对于我的吸引力毫不减色。一位大画家画的一只狗或是一窝猪也能赏心娱目,比起米开朗基罗①的壁画,也并不是一种较为逊色的现实。从这一系列的美好的事物,我们就终于认识到世界的伟大和人性的丰富,朝任何一个方向都可以伸展无穷。但是我也认识到在第一部作品里使我惊喜赞叹的东西在第二部作品里也还是同样使我惊喜赞叹——一切事物的优美原来都是一体。

　　图画和雕刻的职能好像只在发端。最好的图画也很容易向我们泄露它们最后的秘密。最好的图画都是些粗糙的素描,其中是造成那种时时刻刻在变化的"带人物的风景"所具有的那些奇妙的点线和色调,而我们就居住在那种带人物的风景里面。图画对于眼睛,就好像舞蹈对于肢体。舞蹈到了把肢体训练成安详、熟

---

① 文艺复兴时代的意大利画家。——译者

练、和优美的时候,就最好把舞蹈教师所教的步法抛开;图画也是如此,它教会我认识到颜色的辉煌和形象所表现的意蕴;当我看到许多图画和画艺中较高等的天才,我就看到画笔的无限丰富性,艺术家在无数可画的形象之中可以任意选择,画哪一种都不拘。如果他能画一切事物,他又何必画任何事物呢?于是我的眼睛就给打开来了,看到大自然在街道上所画的那幅永恒的图画,里面有走动着的大人和小孩,乞丐和高贵的妇人,穿着红的、绿的、蓝的、灰的;长头发的,斑白头发的,白面孔的,黑面孔的,起皱纹的,大个儿、矮个儿,吹胀似的,小鬼似的——天盖着,地和海托着。

一廊雕刻更严峻地教人体会到同样的道理。正如图画教人懂得着色,雕刻教人懂得形象的解剖。我每逢先看到了一些雕像而后走进一座公众会议场所,我就很清楚地理解到从前人说的"我在读荷马的时候,看一切人都象巨人"那句话是什么意思。我也看出图画和雕刻就是眼睛的锻炼,训练视觉的锐敏和细致。没有雕像能比得上这活着的人,人比一切理想的雕刻都远胜,因为他永远在千变万化。在我眼前的是多么丰富的一座美术馆!这里形形色色的人物组合和许多有独创性的个别人物形象都不是由哪一个拘守某一作风的艺术家所创造出来的。这里就是艺术家自己,不论他是在悲还是在喜,临时即兴地在石头上刻划。一会儿这个思想在打动他,一会儿又是那个思想在打动他;时时刻刻他都在更改他在雕刻的那个躯体的神色,态度和意蕴。把你那些无聊的画架,云石和刻刀全扔掉吧,它们唯一的功用只在打开人的眼睛,让人去认识永恒艺术[①]的魔术师的手艺,除此以外,它们就是虚伪空

---

① 指变化无穷的实际人生。——译者

洞的废物。①

  一切作品最后都要溯源到一种原始力量,这件事实说明了一切最高艺术作品所公有的下列特征:它们是人们可以普遍了解的,它们使我们回到一些最单纯的心境,都是带有宗教性的。它们如果显出什么技能,那就在复现原作者的心灵,迸出一股纯粹的光,既然如此,它就该产生一种和自然事物所产生的一样的印象。在一些凑巧的时刻,我们看到自然好像和艺术成为一体,自然象是完美化的艺术——天才的作品。一个人如果能凭单纯的鉴赏力和接受一切伟大人类影响的敏感,去克服某一地方的特殊文化里一些偶然的东西,他就是最好的艺术批评家。尽管我们走遍全世界去找美,我们也必须随身带着美,否则就找不到美。美的精华是比轮廓线条的技巧或是艺术的规则所能教人领会的,更为精妙的一种魔力,那就是从艺术作品所放射的人的性格的光辉——一种奇妙的表现,通过石头、画布或乐音,把人性中最深刻最简单的一些特质都表现出来,所以对于具有这些特质的人们终于是最易理解的。在希腊雕刻里,在罗马建筑里,在塔斯康和威尼斯的大画师的作品里,最高的魔力都在于它们所用的语言具有普遍性。它们全都发出一种招供,招供出精神性格、纯洁、爱和希望。我们提供了什么给那些作品,也就取回来什么,不过取回的比提供的在记忆里阐明得更好。一个游历家去访问梵谛冈博物馆,从一间房走到另一间房,穿过无数的雕像,花瓶,雕棺和烛台的陈列馆,穿过各种各样使用最珍贵材料刻成美丽形式的作品,这样一个人很容易忘记那些作品所由产生的原则是很单纯的,忘记它们的根源就在他自己胸中的那些思想和规律。他在这些美妙的古物上面研究技巧规则,但是忘记了这些作品原来并不都是按照技巧规则

---

① 这两段都发挥上段开始的一句话,"图画和雕刻的职能都在发端",即艺术教会人去看自然。——译者

造成的；它们都是许多时代和许多国家的贡献；它们之中每一件都来自某一孤零的工作室，出于某一艺术家之手，这位艺术家也许根本不知道世间还有旁的雕刻，而独自埋头苦干，创造他的作品，所根据的模特儿只是生活，家常的生活，人与人关系的甘苦，跳动的心和相遇的眼色，以及贫穷，需要，希望和恐惧这一切的甘苦。这些就是他的灵感，这些也就是他打动你的心灵的那些效果。按照他的力量的大小，艺术家会在他的作品中替他自己的性格找到表现的路径。他不应该从他的材料那里受到任何驱遣或阻碍；通过表达自我的必要性，钢铁在他手里也会变成烛脂，会使他恰当地而且充分地表达出他自己。他无须受一种成规化的自然和文化的约束，也无须追问在罗马或巴黎流行的是什么风尚；但是由于他自己贫贱出身而使他既感觉厌恶又感觉亲切的那座住房，那种气候，和那种生活方式，无论它是新汉普郡农村角落的一间未经油漆的小木棚，或是深山林里一间木桩砌成的小屋，或是他在里面忍受城市贫穷艰苦的那间窄狭的寓所——就是这种生活情境可以和任何其它生活情境一样，作为一种符号来表现随处都可以流注的思想。

  记得我在年轻时候听到意大利画艺的杰作，就幻想到那些伟大的图画一定都是些对我很陌生的东西，令人惊奇的形色组合，一种异域的奇观，野蛮人服用的珠宝，就象民兵团的刀戟和旗帜，叫小学生们看得目眩神往。我打算去看，去得到我一无所知的东西。等我终于到了罗马，亲眼看到那些图画，才发见到天才作家把艳丽浮夸和光怪陆离的东西都留给初上门的见习生们，而自己却直接突入单纯的真实的东西；他们都是家常亲切的，真诚的；他们所表现的就是我已往多次遇见过的生活过的那种古老的永恒的事实，就是我很熟悉的、在多次谈话中用过而现在把它留在家乡的那种直截了当的"咱俩"。前此在那不勒斯的一个教堂里我也有过同样的经验。在那里我发见我什么也没有改变，只不过改变了地方，于是自思自想："你这傻小子，你吃了四千多哩路的海水跑到这儿来，就为的寻找你在家乡本已看得很好的东西吗？"在那不勒斯学院的雕刻陈列室里我又有这种感觉；到了罗马看到拉斐尔、米开朗基罗、萨溪、提善和列昂那多·达芬奇的作品，我的感觉还是如此。我说，"真怪，你这老土耗子，打地洞打得这么快？"它简直是我到了哪里，它就跟我到哪里：原来我以为丢在美国波斯顿的东西在梵谛冈遇见，在米兰又遇见，在巴黎又遇见，这就把我这次旅行弄得很滑稽，就象踩水车似的，踩来踩去，还是不离原处。现在我向一切图画所要求的就是：它们要能使我感到就象在家里，不让我弄得耳昏目眩。图画不能太奇特。最能使人惊赞的就是常事常理。凡是伟大的事迹都一直是简单的，凡是伟大的图画也是如此。

拉斐尔的"耶稣变形"就是个很好的例子，可以说明这个特殊的优点。一种平静而慈祥的美照耀着这整幅画，一直就打到人的心坎。它几乎好像叫出你的姓名。耶稣面孔上那股和蔼而庄严的神情是言语所不能赞美的，可是会叫希望在这里找到华丽雕饰的人大失所望。这副家常亲切的简单的面容就象一个人会着老朋友似的。图画商人的知识也有它的价值，可是你不用听他们说长说短，只要你自己的心受了天才的感动就行了。那幅画原来不是替图画商人画的，——它是替你画的，替有眼睛的能受简朴作风和高尚情绪所感动的人们画的。

可是把一切赞美艺术的好话都说完了，我们最后还必须作一个坦白的招供，这就是：就我们所知道的艺术来说，它们只是发端。我们所最赞美的是它们所向往的和所许诺的，而不是它们已有的成就。谁要是相信创作的黄金时代已经过去，谁就对于人的才能有着卑鄙的看法。"伊里亚德"史诗或是"耶稣变形"图的真正价值在于它们都是力量的征兆，大倾向之流中的一波一浪，在最坏的情况之下心灵也会流露的那种永恒的向创造的努力的标志。只要艺术还没有赶上和世界上一些最有力的影响并驾齐驱，只要它还不是实用的和道德的，只要它还没有和人的良心联系起来，只要它还不能使贫苦的无教养的人们都感觉到艺术在用一种高尚的鼓舞的声音向他们说话，艺术就还没有达到成熟。就艺术来说，有比各门艺术品更高的工作。艺术品都是由一种不完满的或是受损害的本能所流产出来的。艺术就是创造的需要；但是艺术在本质上是宏大的，普遍的，它不甘心用残废的或束缚着的手去工作，不甘心创造出一些残废人和奇形怪状，象所有的图画和雕像那样。艺术的目的就在创造出人和自然来。一个人应该能在艺术中找到发泄他的全部精力的途径。只有在他能发泄全部精力的时候，他才可以画，可以雕。艺术应该使人振奋，把各方面的临时机缘造成的墙壁都推倒，在读者心中唤醒由作品证明艺术家自己也有的那种认识到普遍关系和力量的感觉，艺术的最高效果就是创造新的艺术家。

历史已经够古老了，它看见过一些个别种类的艺术由衰老以至于死亡。雕刻的艺术早就灭亡了，不能产生什么真正的效果。它原来是一种实用的艺术，一种书写的方式，一种野蛮人的感激或虔敬的记录，而在对形式具有惊人的洞察力的民族之中，这种幼稚的雕刻得到了精进，达到了极辉煌的效果。但是它究竟是粗鲁年轻的民族的玩艺，不是聪明睿智的民族的英勇的劳动。在枝叶纷披果实累累的橡树下，在永恒的眼睛瞵瞵照耀着的星空下，我仿佛就是站在一条大街道上；但是在造型艺术的作品，特别是在雕刻的作品之中，创造却被赶到一个小角落里去了[①]。我无法向自己掩饰：雕刻有些猥琐气，有些象儿童的玩具，或是戏台上的浮华玩艺。大自然超越出我们的一切思想心境，它的秘密我们至今还没有找出。但是陈列室里的雕刻却随我们的心境转移，有时它

---

① 意思是大自然是生气蓬勃的，造型艺术里见不出这种生气。——译者

显得是很浅薄猥琐的。牛顿时常注视周天众星运行的轨迹，难怪他奇怪潘伯若克伯爵在那些"石头傀儡"里会发现有什么值得赞赏的。雕刻可以教学徒认识到形式有多么深沉的秘密，认识到心灵是多么纯粹地把它自己的意蕴翻译成那样娓娓动听的语言。但是新的活动需要在一切事物中运行，看不惯那些假装的和没有生气的东西，在这种新的活动面前，雕像就显得是冷冰冰的，虚伪的。图画和雕刻都是替形式开的庆祝大会和联欢大会。但是真正的艺术从来不是固定着的，而是经常在流动的。最好的音乐并不在乐章，而在说出恩爱、真理或勇敢的那些即时即刻的生活乐调的人声。乐章已经失去了它和清晨、太阳和大地的联系，但是那洋溢的人声却是与清晨、太阳和大地这些东西合拍共鸣的。凡是艺术作品都不应该是与生活脱节的表演，而应该是临时即兴的表演。一个伟大人物在一切姿势和动作方面都是一尊崭新的雕像。一个美丽的女子就是一幅叫一切观者都怀着高尚的心情为之着迷的图画。生活就象一首诗或一部传奇一样，可以是抒情的，也可以是史诗的。

如果能找得一个人有本领把创造规律真正揭示出来，这就会把艺术带到大自然界，使艺术不再是孤立的与自然作对称的存在。在近代社会里，创造和美的源泉简直是枯竭了。一部通俗小说，一座戏院或舞厅都使我们感觉到我们在这穷人院似的世界里都是些穷叫化子，没有尊严，没有技巧，也没有勤奋。艺术也是一样贫穷下贱。古代雕刻里就连在爱神的眉宇间也流露出来一种古老的悲剧的必然性，这些怪诞的雕刻形象之所以能闯进自然界，就是从这种悲剧的必然性那里找到了唯一的借口——这借口就是：它们都是非如此不可的，艺术家陶醉于他无法抵抗的那种对形式的热爱，就把那股热爱发泄于这些美丽而怪诞的形象里。现在呢，这种悲剧的必然性已不再把尊严赋与凿刀画笔了。现在的艺术家和鉴赏家在艺术中所寻求的只是他们才华的表现，或是逃避生活祸害的避难所。人们对自己想象中的自己是个什么样人物觉得不很满意，于是就逃到艺术，把他们的较高超的感觉表现为一篇乐章，一座雕像或一幅图画。艺术所作的努力正如一个爱感官享受的生活富裕的人所作的一样，把美的和实用的划分开来，把要做的工作视为不可避免的东西去做，厌恨它，做完了就转到享乐方面去。这些消愁镇疼的东西，这种美与实用的划分，都是自然规律所不容许的。一旦寻求美的动机不是宗教和爱而是享乐，美就会使那寻求者堕落。无论在图画雕刻或是在音乐或抒情诗方面，最高的美是这种人所不能达到的；他所能作出的只是一种纤弱的，拘谨的，病态的美，其实不能算美；因为手所能做出的决不能超过人格所能感发的。

这样割裂事物的艺术首先是把它自己割裂开来了。艺术决不应该是一种肤浅的才华，而是应该从更深远的地方开始，回到人那里开始。现在人们看不见自然是美的，却去作出一座雕像，要叫这座雕像美。他们厌恨人，认为人是干燥乏味的，不可救药的；却靠一些颜料袋和一些顽石来安慰自己。他们抛开了生活，说生活是枯燥无味的，却创造出死亡，说这死亡是有诗意的。他们把日常的无聊工作匆匆打发掉，然后逃到淫荡的幻想里去。他们吃，喝，以便随后可以实现理想。艺术就是这样糟踏坏的；艺术这个名词使人想到它的引申的意义和坏的意义；人们把艺术想象成为有些和自然相反，从开始就充满着死气。如果从较高远的地方开始——先为理想服务然后再说吃喝，就在吃喝里，在呼吸里，在各种生活功能里来为理想服务——这岂不是要比较好些吗？美必须回到实用艺术里去，美的艺术和实用艺术这个分别必须抛开。如果把历史照实地叙述，用高尚的方式去度过生活，那么，要把美的艺术和实用艺术分开就不是易事，就是不可能的事。在大自然里，一切都是有用的，一切也都是美的。美之所以是美，是因为它是活的，动的，生产的；有用之所以是有用，是因为它是匀称的，美好的。美不是听到一个立法机关的号召就会到来；它在英国或美国，也不会复演它在古希腊的历史。美的来临向来不先经门房通名报姓，它从勇敢的认真的人们胯下一跳就出来了。如果我们寻找天才来把古代艺术的那些奇迹再表演一次，那就是枉费心思；天才的本能就是从新的必然的事实，从田野路旁，从商店工厂那些地方去找到美和神圣品质。从一颗宗教虔诚的心出发，天才会把现在我们只在它们里面找经济用途的铁路，保险公司，股票公司，法律，预选会，商业，电池，电瓶，三棱镜，化学蒸馏器之类的东西都提高到神圣的用途。我们的机器工厂，纺织厂，铁路和机械现在之所以显得是营私的，残酷的，不是由于它们现在都服从买卖利润的动机吗？到了它的任务是高尚的和适当的时候，一艘把老英伦和新英伦之间的大西洋沟通起来的汽船，象行星一样准确地达到它的港口，就是人类向前走了一步，去与自然达到和谐。圣彼得堡的用磁力在勒拿河开动的船并不差什么就显得是壮观。到了科学是本着爱去学习而它的威力也是由爱去行使的时候，上面说的那些科学发明就会显得是物质世界创造的补充和继续。

朱光潜　译
选自《译文》一九五七年二月号

论 艺 术 家

〔法国〕巴尔扎克

二

我们已经提出了有关艺术尊严的这个颇为重要的问题，现在我们先来研究一下其中多少与艺术家个人有关的一些方面。艺术家在社会上所遇到的许多困难来自艺术家自身，因为凡有违反常情的一切，都会引起常人的厌恶、迷惑和反感。

不论艺术家取得力量是在于他对人所共有的某一机能作了不断运用；不论艺术家所发挥的威力是由于他脑子畸形的发展，而在这意义上，天才是人的病态犹如珍珠是蚌的病态；不论艺术家的一生精力都用来为写成一部作品，或是为表达天赋的某一独特思想，总之，他自己并不知道他才能的秘密所在，这一点是人所公认的事实。他在受某些环境因素的影响下进行工作，然而这些因素是如何组成的，却正是问题的奥妙之处。艺术家无力控制自己。他在很大程度上受一种擅自行动的力量的摆布。

某一天，在他自己不知不觉中，一阵风来，一切都松懈了。纵令有最高的爵位，最多的资财也都不足以吸引他去拿起画笔、塑蜡制模，或是写出一行文章来；如果他去尝试的话，那末这个执笔、化蜡或是握管的人，决不是他本人，而是另一个人，是他的替身，是那个骑在马上、爱用双关语、嗜酒贪睡、胡闹取乐的素济①。

　　某一天晚上，走在街心，或当清晨起身，或在狂饮作乐之际，巧逢一团热火触及这个脑门，这双手，这条舌头；顿时，一字唤起了一整套意念；从这些意念的滋长、发育和酝酿中，诞生了显露匕首的悲剧、富于色彩的画幅、线条分明的塑像、风趣横溢的喜剧。这是转眼即逝、短促如生死的一种幻象；看去像悬崖削壁般深沉，海面波涛般壮丽；这是五彩缤纷令人目眩的彩色；这是一组无愧于辟格麦利安②的群像，一个美丽得使苏丹为之魂不守舍的女像；这是可以使一个垂死者笑逐颜开的喜剧性场面；熔炉中火光闪闪，这是艺术家在劳动，在静寂与孤独中展示出无穷的宝藏；你想要什么就有什么。这是忘掉了分娩的剧痛在创作中所感到的无上喜悦。

　　艺术家就是这样的人：他是某种专横的意志手中驯服的工具，他冥冥中服从着一个主子。别人以为他是逍遥自在的，其实他是奴隶；别人以为他放浪不羁，一切都随兴之所至，其实他既无力量也无主见，他等于是个死了的人。他那庄严无比的权力和微不足道的生命本身是一种永续的对照：他永远是神或永远是一具尸体。

　　世上大有想从思想的产物身上谋取暴利的人。他们中大多数贪得无厌。然而寄托在纸上的这种希望，从来不是那样容易地就能实现。由此，艺术家承担了诺言，却很难守信；由此，招来了责难，因为在铜钱眼里打算盘的人很难体会从事思想工作的人。社会上一般人以为艺术家可以日复一日地创造，就像公事房的杂役每天早晨拂去文件上的灰尘一样容易。由此，也招来了贫困。

---

① 罗马喜剧作家普劳图斯的喜剧《昂菲特里翁》中默居尔所冒充的仆人形象。
② 传说中塞浦路斯的国王。他爱上了自己所雕的一座象牙女像。这一传说后来成为文学和艺术上许多作品的主题。如法国十八世纪雕刻家法尔哥内就用这主题雕刻成群像。

确实，思想常常好比是宝藏；然而这些思想正像分布在地球上的金刚石矿一样，是十分稀有的。需要长时间地去探找，或是不如说去等待；需要使用测探器遍访思想领域的汪洋大海。一件艺术作品作为思想来说，其威力相当于发明彩票，相当于给世界上带来蒸气的物理观察，相当于在整理和对比事实时放弃了思辨性的旧方式而代之以生理分析。所以一切智力上的表现不分高下，拿破仑是和荷马一样伟大的诗人；拿破仑写了诗就像荷马打了仗。夏多布里安是和拉斐尔一样伟大的画家，而普桑① 是和安德烈·舍尼埃② 一样伟大的诗人。

然而对一个在无人知晓的领域中作探索的人来说——牧人用木块雕成一个美妙的女像，说："这是我的发现！"对他来说，这样的领域并不存在，——换言之，也即对艺术家来说，外在世界是毫不足道的！他们从来不如实地叙述在神奇的思想领域中所见的一切。高雷琪奥③ 远在创作他的圣母像之前，早就从欣赏这个姿色非凡的形象的幸福中受到陶醉。他像高傲的伊斯兰教国王一样，是在自己充分享受了之后才把她交出来的。当一个诗人、一个画家或是一个雕刻家能使他的作品予人以栩栩如生的感觉，那是因为他的创作构思和他的创作过程是同时实现的。艺术家最优秀的作品就是这样创作成的。反过来说，艺术家自己特别珍惜的作品却总是最拙劣的，因为他们和心目中理想的形象久久相处，体会过深，反而难以表达了。

艺术家在思想探索过程中所经历的那种美妙境界是难于描绘的。据说牛顿有一天早晨思索一个问题，直到第二天早晨，人家发现他还是在同一个姿态下在那里沉思，而他自己毫不觉得时间

---

① 普桑（Nicolas Poussin, 1594—1665），法国古典派画家。
② 舍尼埃（André Chénier, 1762—1794），法国诗人，最初同情资产阶级革命，不久转入反对派，于雅各宾专政时期被判处死刑。
③ 高雷琪奥（Le Corrège, 1489—1534），意大利画家。

已经过了一天。关于拉封丹和卡尔当① 也都有过类似的传说。

除了前面说过的艺术家在创造力方面忽起忽落难以捉摸的特征之外,艺术家所特有的这种忘我的喜悦,正是他们所以招致社会上讲求实际的人们的责备的第二个原因了。在这些苦思苦索废寝忘餐的时刻里,任何人世间的牵挂,任何出于金钱的考虑都不在他们心上了:他们忘掉了一切。在这一点上,德·科尔比埃② 先生的话说得对,这时艺术家"但有阁楼和面包"就已知足了。然而当思想经历了长征并和幻想中的人物在魔术的殿堂里孤独地久居之后,艺术家比任何人都更需要享受文明为富有者和游手好闲者所创造的舒适生活。他需要有类似歌德为塔索③ 所安排的那样一位莱奥诺尔公主,替他准备锦绣的外套和镶了花边的领子。艺术家在生活上之所以潦倒,正是由于他们无节制地运用这种出神入化的想象力,孜孜不倦地为他们内心所追求的目标静思默想。

如果有值得世人感恩不尽的功绩,那就是某些女性为爱护这些光辉的天才——这些可以左右世界而自身不得一饱的盲者——所表现的至诚和忠心。如果荷马有幸而能遇到像安提戈涅这样一位女性,她的名字也必将与诗人共存而永垂不朽。拉·福尔纳丽娜④ 和拉·萨布里埃夫人⑤ 至今仍使所有喜爱拉斐尔和拉封丹作品的人们深受感动。

由此可知,首先,艺术家并不像黎希留所说属于利禄之辈,他

---

① 卡尔当 (Jérôme Cardan,1501—1576),意大利数学家兼哲学家。
② 德·科尔比埃 (Comte de Corbière,1767—1853),法国极端保皇党倾向的政治家,复辟时代当过内务大臣,于一八三〇年退出政治舞台。
③ 塔索 (Le Tasse,1544—1595),意大利文艺复兴时期的著名诗人,长诗《耶路撒冷的解放》的作者。他一生的遭遇在文学史上曾被许多作家用来作为写作的主题,这里所指的是歌德所写的五幕悲剧《托尔卡托·塔索》。
④ 拉斐尔的爱人。
⑤ 拉·萨布里埃夫人 (Marguerite de la Sablière,1636—1693),法国十七世纪闻名的女才子,拉封丹的密友。

不像商人一样，满脑袋里贪得无厌的就是财富。如果他也为金钱忙碌，那只为的济一时之急；因为吝啬是天才的死敌：一个创造者的心灵中所需要的是慷慨乐助，决不能让如此卑劣的感情从中占有地位。艺术家的才能是一种取之不尽的天禀。

其次，艺术家在常人眼里是一个懒汉；以上这两种反常的情况，都是无节制地运用思想的必然后果，被看作是艺术家身上的两大缺陷。更何况一个有才能的人几乎总是从人民中来的。富豪或贵族的子弟，习惯于养尊处优的生活环境，是不会选择走艺术家这条困难重重的道路的。如果他也喜爱艺术，那末这种感情当他周旋于上流社会的交际场所时，必然也就冲淡了。因此，一个有才华的人身上的两大缺陷，由于他的社会处境，就特别显得令人厌恶，被看作是懒惰和有意爱过潦倒生活的结果；因为人们把他劳动的时刻称之为偷懒，把他的不追求名利，看作是无能。

这都还不足为奇。一个人习惯于使自己的心灵成为一面明镜，它能烛见整个宇宙，随己所欲反映出各个地域及其风俗，形形色色的人物及其欲念，这样的人必然缺少我们称之为品格的那种逻辑和固执。他多少有点像那种卖私的女人（原谅我用语粗卤）。什么他都能假设，什么他都体验。他能看到生活中的正反两面，这种高度的敏察力在常人看来却被认为是艺术家所发的谬论。因此，有时艺术家在战斗中可以是个胆小鬼，在断头台上却很英勇；他可以把自己的情妇膜拜成偶像，然后却又并无显著的理由就把她抛弃；他对傻瓜们为之沉醉、奉之为神圣的最愚蠢的事情毫不掩饰地表示自己的意见；他可以毫不在乎地拥护任何一个政府或是成为一个激烈的共和党人。他在创作构思过程中所表现的那种忽起忽落难以捉摸的特征同样也出现在人们所谓的品格中；他听任躯体受世事变幻的摆布，因为他的心灵始终飞翔在高空。他的双脚在大地上行进，他的脑袋却在腾云驾雾。他既是赤子又是巨人。利禄之辈一起床心中念念不忘的是去考究有声望的人如何打扮，或是为个人小利去向上司献媚奉承，对这些人来说，面对一个出身卑微、生活孤独潦倒者身上的这种种永恒的矛盾，自己该是如何洋洋得意呢！他们只等待此人成了伟人，为在他死后去替他送殡。

事情还不止此。思想可以说是和自然状态对立的东西。在人类社会初期，人类生活只局限于外在的物质世界。而艺术却是思想的结晶。我们没有觉察到这一点，因为我们接受了两千年来的文化遗产就像有些子孙继承了巨大的财富，却丝毫没有想到祖辈为积敛这笔财富所付出的辛劳；所以如果我们真正有心想要理解艺术家、他所遭遇的困难和他生活中所产生的反常现象，就不应忽视这个特征："艺术中存在着某种不可思议的因素。从来最美的作品并不能为人所理解。它的质朴本身就是一种抗力，因为欣赏者必须首先掌握打开这扇艺术之门的钥匙。内行人津津有味地体会到的妙处原来是封锁在殿宇中的,而并非任何人都懂得诀窍说："芝麻，开吧！"①

因此，为了把我们的这种观察——这是艺术家自己和艺术的门外汉都不够去注意的——表达得更合乎逻辑，我们试图来说明艺术作品的目的。

当塔尔玛②口中才说出一个字，就能把全场两千观众的心灵都吸引到同一种感情的激动中去,这个字就像是一种巨大的象征，这是一切艺术的综合。他只用一种表情就传达出一个史诗场面的全部诗意。对每个观众的想像力来说，这里既有画面或情节，又有被唤醒了的形象和深刻的美感。这就是艺术作品的力量。艺术作品就是用最小的面积惊人地集中了最大量的思想,它类似总结。

---

① 见《一千零一夜》中阿里巴巴的故事。故事中阿里巴巴发现了进入一个秘密宝库的诀窍：当他说"芝麻，开吧！"那宝库的门就自动开了。
② 塔尔玛（François-Joseph Talma，1763—1824），法国拿破仑时代和王政复辟后最著名的悲剧演员。

可是傻瓜们——而这些人又是多数——却竟想一下子就能看透一部作品。他们连"芝麻，开吧"这个秘诀也不掌握，结果只能隔靴搔痒地观赏。这就是何以多少好心肠人一次光顾过歌剧院或美术馆，发誓说二次再也不会去上当了。

艺术家的使命在于能找出两件最不相干的事物之间的关系，在于能从两件最平凡的事物的对比中引出令人惊奇的效果，这就不能不使艺术家给人的印象经常是一个不合情理的人。众人看来是红的东西，他却看出是青的。他是那样地深知事物内在的原因，这就使他诅咒美景而为厄运欢呼；他赞扬缺点并为罪行辩护。他具有疯病的各种迹象，因为正是他所采用的手段愈能击中目标时看去却像离目标愈远。全法国嘲笑拿破仑扎营在布洛涅时布置的胡桃壳般大的小艇，而十五年之后，我们才懂得英国从来没有像当时那样更接近于毁灭的边缘。全欧洲只在这个巨人垮台之后才认识到他最大胆的图谋。因此一天中十有九次大智者若愚。在社交场所锋芒毕露的人把智者看成一钱不值，认为他们只配到杂货店中当名小伙计。岂知这种人的精神是远视的；世人把身边琐事看成如此重要，而他却视而不见，因为他的精神灌注在远方。于是，他的老婆就说他是个糊涂虫。

（《侧影》周报，1830年3月11日）

程代熙　译
选自《古典文艺理论译丛》1965年
第10期，人民文学出版社版。

《古物陈列室》、《钢巴拉》初版序言

〔法国〕巴尔扎克

《古物陈列室》使作者有机会来回答暗地里对他的批评。

很多自认为理解周围全部生活，自认为早就看出生活的隐秘动机的人断言说，现实生活中所发生的那些事件并不就是作者所描写的那样。他们还责备作者，说他不是把自己笔下的场景写得乱七八糟，再不然就是对场景中的许多事物都交代得含含糊糊。可是，生活往往不是过分充满戏剧性，或者就是缺少生动性。并不是现实生活中发生的一切都得描写成文学中的真实，同样，文学中的全部真实也不就等于现实生活的真实。要是根据那些责备作者的人们所遵循的逻辑来看，他们倒真是巴不得舞台上的演员是当真地在那里相互残杀。

作为《古物陈列室》的情节的基础的真实事实，其中就包含着一些须要加以剔除的东西。在有陪审员的审判庭上，一个年轻人在受审，他被判处了徒刑，还受了一番谴责。但是，类似这样的事情也会在另外的，然而却是相同的情况下发生。尽管在细节上它的戏剧性要差一些，可是它却比较真实地反映出了外省的生活。作者就是把这个事件的开头部分和另一个事件的结尾部分融合在自己的作品里。风俗历史家就应该这样做，因为他的使命就是把一些同类的事实融成一个整体，加以概括地描写。难道他不应该是力求表达事件的精神，而不要去照抄事件的吗？所以他是对事件作综合的处理。为了塑造一个人物，往往必须掌握几个相似的人物。此外，还常常会碰到一些怪人，他们身上有着许许多多可笑的、足以用来塑造两个人物的东西。悲剧的开场跟它的收场往往很不相同。在巴黎有时就存在这样的情况，开头很精彩，收场却很平常。可是在别的地方，就是同样的悲剧连收场也是十分精彩的。有句意大利谚语把这种情形形容得真是入木三分："Questa coda non é di questo gatto"①。文学采用的也是绘画的方法，它为了塑造一个美丽的形象，就取这个模特儿的手，取另一个模特儿的脚，取这个的胸，取那个的肩。艺术家的使命就是把生命灌注到他所塑造的这个人体里去，把描绘变成真实。如果他只是想去临摹一个现实的女人，那么他的作品就根本不能引起人们的兴趣。

作者曾经一再说明，他还常常不得不冲淡一些事物原来的强烈性质。有的读者认为《高老头》是对儿女待父母的态度的一种诽谤。其实，作为小说的基础的那个事件真是令人感到毛骨悚然，就是在吃人的野蛮人那里，这种情况也是绝无仅有的。一个不幸的父亲，他最后的那口气拖了二十来个钟头才咽了下去。他无可奈何地要求给他点水喝，可是没有一个人来帮他一下忙。他的两个女儿都不在家，一个参加舞会去了，一个去看戏，虽然她们都知道自己的父亲已经病危。谁会相信这样的真实事实呢？至于谈到作者笔下的全部事实，可以这样说，其中随便哪一件，就是连那些最富于浪漫蒂克气息的、最最少见的事实，全跟《金眼姑娘》这部小说（作者自己就认识这个作品中的主人公）里的情形一样，都取自生活。世界上没有光凭脑子就可以想出这样多小说来的人，单是去搜集这些故事，也得下很大的功夫才行。从来小说家就是自己同时代人们的秘书。不管是描写路易十一或者大胆

---

① 意大利文，意思是："这条尾巴原来是另一只猫身上的"。

的查理的短篇小说（见《新小说一百篇》），不管是彭台洛①、纳瓦勒女皇②、薄迦丘、吉拉尔迪③、拉斯克④的短篇小说，也不管是古代作家写的短篇故事，就找不出一篇不是以当时的真实事实作基础的。摆在读者眼前的对于社会生活的这种种不一而足的奇特想像，只不过有的作得高明些，有的显得蹩脚些罢了。然而，至于说到它们的真实性，毫无疑问都是有目共睹的。在任何一种艺术创造的样式里，都各有其使人心情为之舒畅的东西。正如莫里哀所说的那样，全部关键就在于，要想得到好的东西，就要善于到能够把它发掘出来的地方去进行发掘。生来就有这样才能的人是不多的。虽然所有的作家都有耳朵，可是很明显，并不是所有的人都善于运用听觉，或者准确点说，不是所有人的才能都是一般高的。差不多人人都能构思出一部作品。谁不能叼着一支雪茄，就在公园散步的同时，弄不出七八个悲剧出来呢？谁不会构思出几部最精彩的喜剧出来呢？在自己的这个供想象的后院里，谁没有一些最最精彩的题材呢？不过，在这种初步的工作和作品的完成之间却存在着了无止境的劳动和重重的障碍，只有少数有真才实学的人方能克服这些障碍。如今人们碰到的情况是：批评意见比作品多，评论书的杂文比书本身多，其原因也就在这里。构思一部作品是很容易的，但是把它写出来却很难。

同实在的现实毫无联系的作品以及这类作品的全属虚构的情

---

① 彭台洛（Matteo Bandello，1485—1561），意大利作家，著有短篇小说四卷。
② 纳瓦勒女皇，即玛格里特·德·纳瓦勒（Margnerite de Navarra，1492—1549），法国女作家，著有《七日谈》(Heptaméron)，内收七十二个短篇小说。《七日谈》是她的一部未完成的作品。
③ 吉拉尔迪（Giambattista Cinzio Ciraldi，1504—1573），意大利作家，著有一百三十个短篇小说。
④ 拉斯克，是安东·法兰西斯科·格拉齐尼（Anton Francesco Grazzini，1503—1584）的笔名，意大利作家，著有讽刺诗体短篇小说集《晚餐》，共收二十八个短篇小说。

节，多半成了世界上的死物。至于根据事实、根据观察、根据亲眼看到的生活中的图画，根据从生活中得出来的结论写的书，都享有永恒的光荣。这就是《曼侬·列斯科》、《柯丽娜》①、《阿道尔夫》②、《列奈》③、《保尔与维吉尼》④ 获得成功的秘密所在。这些动人心弦的故事或者就是作者的自传，或者所描绘的全是隐藏在深不见底的世界海洋里的事件，而且在叙述这些事件时表现出了非凡的才智。瓦尔特·司各特就曾经给我们指出过他用来塑造自己人物的某些真正的标本。例如，他把写作《拉麦摩尔的新娘》所必需的全部素材搜集妥当之后，他就在他的熟人当中找到了一个人，这个人的性格就使他悟出了苏格兰大臣的性格，他还发现了使他油然浮现出阿斯东女士形象的一个女人。他可以虚构出一个赖文斯伍德⑤，但这些人却不是出于杜撰。任何一个史诗式的主人公，他不仅能够真正地立起来、自如地行动，而且他还同时是我们发自灵魂深处的感情的一个人格化的人物。这样的人物就好比是我们的愿望的产物、是我们希望的体现。他们身上的生动丰富的色彩就表现出了作家所再现的实在人物的真实性，并且他还高于实在的人物。没有这一切就既谈不上什么艺术，也谈不上什么文学。如果听取某些批评家的说法，那就说不上是在创作作品，充其量不过是作一名法国法院的录事而已。如是则你们在书里得到的就只能是那种未加修饰的真实，像这样的书连第一卷也不必读完，就可以干脆把这种叫人感到可怕的著作扔到一边去。这种书里的许多片断，你们每天都可以在报纸上看到。它们就夹在专治

① 法国女作家斯达尔夫人的小说。
② 法国作家贡司当的小说。
③ 法国作家夏多布里安的小说。
④ 法国作家圣·比埃尔的小说。
⑤ 艾得加·赖文斯伍德和露西·阿斯东是司各特的长篇小说《拉麦摩尔的新娘》中的男女主人公。

各种顽疾的药品广告和吹捧某些必须吹捧的书的评论文章的中间，不是跟报导许多企业突然开张和倒闭的新闻消息放在一起，就是摆在国会辩论情况总报导的后面。不过，你们要是总读这种东西，那是会受不了的。

如果这篇对某些人说来是有趣的，但是在多数人看来都是无益的说明，根本没有讲清楚作者到底是怎样在涂抹他的这幅巨大的画布，即搜集社会生活中的事实的，那我就宁可不作说明了，何况，所有这些前言和序文，一旦当作者的作品写了出来，并且用真正的、完善的形式表现出来的时候，就会消失得无影无踪了。

(1839年)

程代熙　译

选自《古典文艺理论译丛》1965年第10期，人民文学出版社版。

《人间喜剧》前言

〔法国〕巴尔扎克

当我把一部命笔快有十三年的作品命名为《人间喜剧》的时候,必须说出它的思想,讲述它的起源,简略说明它的计划,尽力使自己象是局外人那样谈这些事情。这件事不象读者想象的那么困难。作品不多使人自视甚高,大量劳动使人虚怀若谷。这种见解说明了高乃依、莫里哀[1]和别的大作家为什么那样估价他们的作品;要比美他们的精心杰构虽不可能,但在这种感情上效法他们是可以的。

《人间喜剧》这个意念在我心里起先象一个美梦,象一种无法实现的计划,我对它反复思量,又让它飘然远引;又象一个幻影,它微笑,露出一副女性的脸庞,又马上展翼振翅,飞回奇幻的太空。可是这个幻影,也如许多幻影一样,却变为现实,它有它的戒律和专横的强制手段,非听从它不可。

这个意念是从比较人类和兽类得来的。

如果以为前些日子轰动一时的居维埃和饶夫华·圣伊莱尔[2]的论争是以一种新的科学理论为依据的话,那就错了。"统一类

---

[1] 高乃依(Pierre Corneille,1606—1684),是法国十七世纪杰出的悲剧作家,他奠定了法国古典戏剧的基础。莫里哀(Molière,原名约翰一巴提特·包克兰Jean-Baptiste Boquelin,1622—1673),法国最伟大的喜剧作家。

[2] 居维埃(Georges Cuvier,1769—1832),法国动物学家和古生物学家,比较解剖学和古生物学的奠基人。饶夫华·圣伊莱尔(Geoffroy Saint-Hilaire,1772—1844),法国博物学家。他第一次在法国讲授动物学。他还建立了胚胎学。他的"统一图案"对巴尔扎克有很大影响。

型"曾以别的名目成为过去二百年间最伟大的思想家探索的对象。当我重读象斯维登堡、圣马丹①……等探讨科学与无限的关系的神秘论作家多么不平凡的著作，和象莱卜尼兹、贝丰、夏尔·波奈②……等自然科学界奇才的著作的时候，在莱卜尼兹的原子论、贝丰的有机分子论、尼特海姆③的生命机能力说，在1760年写过"动物和植物一样生长"的思想颇为奇拔的夏尔·波奈的类似部分接合说里面，找到了"统一类型"所依据的"同类相求"这个美好法则的初步概念。只有一种动物。造物主只使用了单独一个同样的模子来创造一切有机存在物。动物是在他生长的环境中形成他的外形，或者说得确切些，形成他的外形的种种差异的一种根源。动物类别就由于这些差异而产生。再说，这种学说与我们对神力的想法相一致，提出这种学说并予以支持正是在那门高深的科学这个问题上战胜了居维埃的饶夫华·圣伊莱尔不朽的荣誉，这次胜利曾博得伟大的歌德在他最后的一篇文章里面的称誉。

　　这种学说在尚未引起上述论争很久以前，早已深入我心，我注意到，在这个问题，社会和自然相似。社会不是按照人展开活动的环境，使人类成为无数不同的人，如同动物之有千殊万类么？士兵、工人、行政人员、律师、有闲者、科学家、政治家、商人、水手、诗人、穷人、教士之间的差异，虽然比较难于辨别，却和把狼、狮子、驴、乌鸦、鲨鱼、海豹、绵羊区别开来的差异，都是同样巨大的。因此，古往今来，如同有动物类别一样，也有过社会类别，而且将来还有。贝丰想写一部书讲述全体动物，他写

---

① 斯维登堡（Emmanuel Swedenborg, 1688—1772），瑞典神秘论者。圣马丹（Louis-Claude de Saint-Martin, 1743—1803），法国神秘论者，他们对巴尔扎克的思想有一定的影响。
② 莱卜尼兹（Gottfried Whilhelm Leibnitz, 1646—1716），德国著名哲学家和数学家。贝丰（Georges-Louis Leclerc, comte de Buffon, 1707—1788），法国著名博物学家。查尔·波奈（Charles Bonnet, 1720—1793），瑞士博物学家。
③ 尼特海姆（Jean Tuberville Needham, 1713—1781），英国物理学家。

了一部卓越的著作,我们不是也该替社会写一部这类的作品么?但自然给形形色色的动物安设了一些界限,社会却不能囿于这些界限。当贝丰描写狮子的时候,他三言两语就把母狮讲完了;女人不一定总是公的母。一对夫妻里面,可能有两个完全不相同的人。商人的妻子有时堪作国王的妃子,而国王的妃子往往比不上艺术家的妻子。社会环境有一些自然界不能有的偶然事件,因为社会环境是自然加上社会。单拿两性来说,社会类别的描写应当比动物类别的描写多一倍。总之,动物彼此之间,惨剧很少,混乱也不常发生;它们只是互相角逐,没有别的。人们也互相角逐;可是他们多少不等的智慧使战斗变得特别复杂。虽然有些科学家还不承认兽性借一道浩瀚的生命之流涌进人性里面,不过杂货商人肯定可以成为法国元老,而贵族有时沦落到社会的最底层。再说,贝丰认为动物的生活非常简单。动物家具少,既无艺术,也无科学;同时人却根据一种尚待探讨的法则,习于把他们的品行、思想和生活都表现在一切为了满足自己需要而设的东西里面。吕文奥厄克、斯万迈尔潭、斯巴兰查尼、莱奥缪尔、查尔·波奈、穆勒尔、哈莱尔[1],以及其他孜孜不倦的动物志家虽然证明过动物的风习是非常有意思的,不过,每只动物的习惯,至少在我们看来,在任何时代都经常是一样的;可是,国王、银行家、艺术家、资产者、教士和穷人的习惯、服装、言语、住宅,却是完全不相同的,并且随着每个社会文明程度的高下而改变。

因此,我要写的作品必须从三方面着笔:男人、女人和事物,

---

[1] 吕文奥厄克(Antoine Leuwenhoec,1632—1723),荷兰解剖学家。斯万迈尔潭(Jean Swammerdam,1637—1680,荷兰博物学家。斯巴兰查尼(Lazzaro Spallanzani,1729—1799),意大利生物学家,他在有关血液循环、消化、……等方面的研究都有很大的成就。莱奥缪尔(René‐Antoin Ferchault de Réaumur,1683—1757),法国物理学家,在博物学方面,尤其是对于无脊椎动物和昆虫的研究,也有很大贡献。穆勒尔(Othon‐Frédéric,1730—1784),丹麦博物学家。哈莱尔(Albrecht von Haller,1708—1777),瑞士植物学家。

也就是个人和他们思想的物质表现；总之，就是人与生活，因为生活是我们的衣服。

当我们阅读那些称为历史的罗列事实的枯燥无味的目录时，有谁没有注意到，在各个时代埃及、波斯、希腊、罗马的作家都忘记了给我们写风俗史。贝特洛纳①讲罗马人私生活的片断只能激起我们的好奇心，没有使它得到满足。巴特吕米神甫②注意到了历史方面这个巨大的缺陷之后，用毕生的精力在《小阿那卡尔西示希腊游记》里面缕述希腊的人情风俗。

可是如何能够使一个社会有三四千个人物出场的戏剧引人入胜呢？如何能够用警策动人的形象表达的诗情和哲理同时使诗人、哲学家和群众喜欢呢？我虽然想象得到这部描写人类感情的历史的重要和情趣，却看不出有任何办法可以把它写出来；因为直到当代为止，最出名的故事作者使用了他们的才华来塑造一两个典型人物，描绘生活的一个面貌。我怀着这种思想读了司各特③的作品。司各特这个近代的行吟诗人，当时曾赋予一种被人不公平地称为二流文体一种浩瀚的气势。塑造出达甫尼示与克劳厄、罗兰、亚马的示、巴奈兹、堂·吉诃德、曼侬·摄实戈、克拉莉斯、勒甫莱斯、鲁滨逊·克劳梭、吉尔·布拉斯、奥西昂、玉莉·代唐日、道比叔叔、维特、勒奈、柯琳娜、阿道尔夫、保尔与维尔

---

① 贝特洛纳（Pétrone），拉丁作家和诗人。他的作品"沙提里孔"（Satiricon）里面有有关罗马风俗的描写。
② 巴特吕米（Jean‑Jacques Barthélemy，1716—1795），法国学者，他的作品"小阿那卡尔西示希腊游记"（Voyage du jeune Anacharsis en Grèce）描写了纪元前四世纪希腊公共的和私人的生活。
③ 司各特（Walter Scott，1771—1832），英国小说家，他的作品对十九世纪初叶法国作家有很大影响。

吉妮、贞妮·丁纳、克里伐豪斯、爱芬豪、曼佛莱德、迷娘① 等人物来跟社会身份争衡，比之将各民族里几乎千篇一律的事实加以整理，探讨废弃不用的法律的精神，修订愚弄人民的理论，不然就象某些形而上学者那样，对存在加以阐释，不是确实更困难吗？首先，这些人物的寿命，变得比在他们中间诞生的当代的人寿命更长，更为真凿，他们差不多总是必须作为反映现在的伟大形象，才具有生命。这些人物是从他们时代的五脏六腑孕育出来的，全部人的感情都在他们的皮囊下栗动，其中往往隐藏着一套完整的哲学。司各特因而把小说提高到历史的哲学规范，这种文

---

① 达甫尼示与克劳厄（Daphnis et Chloé），四世纪希腊作家郎古斯（Longus）同一名字的牧歌小说中的主人公。罗兰（Roland），十二世纪法国纪功诗"罗兰之歌"（La Chanson de Roland）中的主角。亚马的示（Amadis），十六世纪西班牙骑士小说"高卢的亚马的示"（Amadis de Gaule）里面的主人公。巴奈兹（Panurge），十六世纪法国大作家拉伯雷的小说"巨人传"中的人物。曼侬·摄实戈（Manon Lescaut），普里浮神父（Abbé Prévost）同一名字的小说中的主人公。克拉莉斯（Clarisse）和勒甫莱斯（Lovelace），十八世纪英国小说家李查孙（Samuel Richardson, 1689—1761）的小说"克拉里斯·哈劳"（Clarisse Harlowe）中的主角。吉尔·布拉斯（Gil Blas），十八世纪法国小说吕夏兹同一名字的小说的主人公。奥西昂（Ossian），三世纪苏格兰传说中的行吟诗人，十八世纪英国马弗逊（Macpherson）曾假托奥西昂的名义发表了一个"奥西昂诗集"。玉莉·代唐日（Julie d' Etanges），十八世纪法国大作家卢骚的小说"新爱罗绮思"（Nouvelle Héloïse）中的主人公。道比叔叔（Mon onde Tobie），十八世纪英国作家斯泰纳（Laurence Sterne, 1713—1768）的小说"特丽斯丹·山地"（Tristam Shandy）中的主角。勒奈（René），十九世纪法国作家沙多伯里昂（François - René de Chateaubriand, 1768—1848）同一名字的小说的主人公。柯琳娜（Corinne），十九世纪法国作家斯达尔夫人（Madame de Staël, 1766—1817）同一名字的小说的主人公。阿道尔夫（Adolphe），十九世纪法国作家班且曼·龚斯当（Benjamin Constant, 1767—1830）同一名字的小说的主人公。保尔与维尔吉妮（Paul et Virginie），十八世纪法国作家贝尔纳丹·德·圣彼得（Bernardin de Saint - Pierre, 1737—1814）同一名字的小说的主人公。贞妮·丁纳（Jeanie Dean），司各特的小说"密得罗西恩的中心"（Heart of Midlothian）中的人物。爱芬豪（Ivanhoé），司各特同一名字的小说中的主角。曼佛莱德（Manfred），十九世纪英国大诗人拜伦（George Gordon, Lord Byrony1788—1824）同一名字的长诗中的主角。迷娘（Mignon），哥德的小说"威廉·迈斯特"（Wilhelm Meister）中的人物。

体每百年间把一些不朽的金刚石镶嵌在修文习艺之邦的诗的王冠上面。他在小说里面表现了古代的精神，他把戏剧、对话、画像、风景、描写结合在一起；他把奇妙和真实这些史诗的元素掺到小说里面，使穷室陋巷亲切的语言接触到诗情。可是，由于司各特在火热的工作中，或是由于这种工作必然的结果，没有想象出一个系统，只找到了自己的写作方法；他没有想到把他的作品联系起来，协调成为一部完整的历史，其中每章都是一部小说，每部小说都描写一个时代。再说，这位苏格兰作家不会因为这种缺陷而失其为伟大，但看到这种缺陷，使我同时发现了有利于完成我的作品的方案和完成这部作品的可能性。司各特始终保存着自己的本色，但又始终能独创新意，他的惊人的丰产虽然使我击节赞叹，不过我并没有感到绝望，因为我在人性的千殊万类中发见产生这种才能的原因。机遇是世上最伟大的小说家：若想文思不竭，只要研究机遇就行。法国社会将写它的历史，我只能当它的书记。编制恶习和德行的清册、搜集情欲的主要事实、刻画性格、选择社会的主要事件、结合几个本质相同的人的特点揉成典型人物，这样我也许能写出许多历史家没有想起写的那种历史，即风俗史。持之以恒、百折不挠，我也许能完成一部众人瞩望已久的描写十九世纪法国的作品，罗马、雅典、推罗①、曼菲斯、波斯、印度，不幸没有给我们留下这样一部讲述他们的文明的作品。那位勇敢和耐心的蒙泰依②，效法巴特吕米神甫，试图为中世纪写一部这样的著作，但是他的笔墨却没有什么魅力。

  这种工作还不算什么。只限于严格模写现实，一个作家可以成为多少忠实的、多少成功的、耐心的或勇敢的描绘人类典型的

---

① 推罗（Tre），古代腓尼基的城市。曼菲斯（Memphis），古代的埃及城市。
② 蒙泰依（Alexis Monteil, 1769—1850），曾任军事学校历史教官，著有《近五百年各种等级的法国人的历史》。

画家、讲述私生活戏剧的人、社会动产的考古学家、职业名册的编纂者、善与恶的登记员；可是，为了博得凡是艺术家都渴望得到的赞扬，不应该进一步研究产生这些社会现象的多种原因或那种原因，寻出隐藏在无数人物、情欲和事件总汇底下的意义么？在寻找了（我没有说：寻到了）这个原因，这种社会动力之后，不是还需要对自然里面的根源加以思索，看看各个社会在什么地方离开了永恒的法则，离开了真，离开了美，或者在什么地方同它们接近么？这些前因虽然牵涉甚广，单独它们就可以成一巨帙，不过要使这部作品完整，要有一个结论。这样描绘的社会，其本身就怀有它嬗变的道理。

　　作家的法则，作家所以成为作家，作家（我不怕这样说）能够与政治家分庭抗礼，或者比政治家还要杰出的法则，就是他对于人类事务的某种抉择，就是他对于一些原则的绝对忠诚。马基雅弗利、哈布士、博须埃、莱卜尼兹、康德、孟德斯鸠①的著作就是政治家付诸实施的学问。圣彼得和圣保罗②的教义就是教宗们执行的系统思想。波纳尔说过："一个作家在道德上和在政治上应该持有坚定不移的见解，他应该把自己看作教育人群的教师；因为人们怀疑是用不着导师的。"③我早就把这些名言奉为准则，它们是保王派作家的法则，也是共和派作家的法则。因此，当人想拿我的话来反诘我的时候，他不过歪曲了我的一句讽刺话，或者颠倒黑白，拿我的一个人物的话来反驳我，这是造谣中伤的人特有的惯技。关于这个作品所含的深意，这部作品的中心思想，下

---

① 马基雅弗利（Nicolo Machiaivel，1469—1527），意大利政治家和作家。哈布士（Thomas Hobbes，1588—1679），英国哲学家。博须埃（Jacques Bénigne Bossuet，1627—1704），十七世纪法国僧侣和作家。孟德斯鸠（Charles de Secondat，baron de Montesquieu，1689—1755），十八世纪法国大作家。

② 圣彼得（Saint Pierre），耶稣的门徒；圣保罗（Saint‑Paul），基督教最早的传播者之一。

③ 波纳尔（Vicomte Louis de Bonald，1754—1840），十九世纪法国反动政论家。

面说一说作为它的基础的几个原则。

人性非善也非恶，人生出来只有本能和能力；和卢骚说的相反，社会不仅没有败坏人心，反而使人趋于完善，使人变得更加善良；可是利欲却极大地发展了他的不良倾向。基督教、特别是天主教，象我在《乡村医生》里说过的，既然是压制人类邪恶习性的一套完整制度，因此它也是稳定社会秩序的最大的因素。

当我仔细琢磨那个根据现实生活中全部善恶描绘的社会画图的时候，我得到这个教训：思想，或者兼有思想和感情的情欲，固然是社会的元素，它也是社会带有破坏性的元素。在这一点，社会的生命和人的生命相似。只有节制各民族的性命攸关的行动，才能使他们长命。宗教界实施的教学，或更贴切地说：教育，是各民族最伟大的生存原则，是一切社会里减少恶的量增加善的量的唯一的手段。思想是善恶的根源，它只能由宗教加以培养、制驭和领导。唯一可以接受的宗教是基督教（参阅《路易·朗拜尔》中从巴黎发出的那封信，那个年青的神秘论哲学家在信中谈到斯维登堡的学说时，说明为什么自开天辟地以来，只有过一种宗教）。基督教创造了现代各民族，它将使这些民族生存下来。不用说，据此我们需要有君主制的原则。天主教和王权是一对孪生的原则。这两种原则必须用法典加以限制，不让它们发展为专制制度，因为一切专制制度都是坏的，至于这两种原则应该受到什么限制，每个读者都会感觉到，象一篇这样简短的序文，是不可能成为政治论文的。因此，我不应当提到目前的政治纠纷和宗教纠纷。我在宗教和君主政体两种永恒真理的引导之下写这部作品，当代的事故都表明二者的必要，凡是有良知的作家都应该力图把我们的国家重新引回到这两条大道上去。选举是制订法律很好的原则，尽管我并不反对选举，我却不能接受选举作为唯一的手段，特别是由于选举现在组织得非常之差，因为选举并没有代表一些重要的少数，一个君主政体的政府会照顾到这些少数的思想和利益的。选举如果普及到各个阶层的话,就会给我们一个由群众统治的政府,这是唯一的不负责任的政府,在这个政府里面,暴政是没有止境的,因为暴力就是"法律"。因此我把家庭,而不是把个人,看作真正的社会元素。在这一点,即使会受到思想反动的批评也罢,我还是赞同博须埃和波纳尔的主张,而不愿意跟着现代的革新者跑。选举已经成为唯一的社会手段,我自己也使用过这种手段①,但不该据此断定我的行为和思想之间有丝毫矛盾。一个工程师宣布某座桥快要坍塌了,谁走这座桥都有危险,可是如果这座桥是到城里去的唯一的道的话,他自己也要走这座桥的。拿破仑把选举结合我们国家的特点,作得十分成功。因此,他的立法会议里最不重要的议员在复辟时代也成为最有名的演说家。任何一个议会都比不上立法会议,如果拿一个议员比一个议员的话。帝国的选举制度,如果按照时代的变化加以修正的话,无可争辩地是最好的选举制度了。

有些人可能觉得这个表白有傲慢不逊的地方。人们跟小说家吵架,说他想当历史家,要他说明他这样作的理由。我这样做是履行一种义务,这就是我的全部答复了。我动手写的著作,它的篇幅将等于一部历史,我必须说明它的理由(这理由现在还是隐秘的),它的原则和教训。

我不得不删去那些为了答复有些基本上是暂时的批评而写的序文,只保存其中的一个意见。

为一个目的执笔的作家,即使这个目的无非要恢复过去存在的,因而是永恒的道德原则,总是要做一项扫清道路的工作。然而在思想领域里,不管哪个人提出一项批评,或指出一种弊端,或者在恶习上做一个记号以便将它去掉,这个人总是被认为是不道德的。勇敢的作家永远难免受到不道德的非难,再说,如果你对一个诗人没有什么可以指责的话,这种非难就是最后一个口实了。

---

① 巴尔扎克曾参加过几次国会议员的竞选。

如果你的描绘是真实的话；如果你日以继夜，辛勤不辍，终于写出了最难得的文字的话，就有人把不道德这句话扔到你的脸上。苏格拉底不道德，耶稣基督不道德；他们两个人都被人用他们要推翻或改革的那些社会的名义加以迫害。想杀死一个人，就给他加上一个不道德的恶名。这种手段，在政党是为惯技，却是所有使用它的人的耻辱。路得和喀尔文①利用那些受到损害的物质利益作为盾牌，他们对于自己要作什么是非常清楚的！因此他们得尽自己的天年。

在摹写整个社会，在刻画出这个社会的车马喧嚣、群情鼎沸的时候，就会出现，而且必然出现某部作品恶多于善，壁画某一部分表现一群有罪的人，而批评界就斥责为不道德，却没有使读者注意到作为一个完美的对照的另一部分所含的教训。因为批评界不知道总的计划，况且也无法压制批评，正如我们无法阻止人家使用视觉、语言和评判一样，因此我更易于体谅他们。其次，对我不偏不倚的时代还没有来到。再说，作家没有决心冒批评界的火力就不要动笔写作，正如出门的人不该期望永远不会刮风下雨一样。在这个问题上，我还想让读者知道，那些最认真的道德学家十分怀疑社会使人看到的善能与恶相等，而在我为它所作的画图里面，有德的人物却多于应受谴责的人物。值得非难的行为、过失、罪恶，从最轻微的到最严重的，在这幅画图里面总是受到人间或神明的、显著或隐秘的惩罚。我比历史家作得好，因为我比较自由。克伦威尔②在世间除了那位思想家③给他的定谳之外，就没有受过别的惩罚。关于这一点，学派之间还有争论④。博须埃本

---

① 路得（Martin Luther，1483—1546），德国的宗教改革者。喀尔文（Gean Calvin，1509—1564），瑞士和法国的宗教改革者。
② 克伦威尔（Olivier Cromwell，1599—1658），十七世纪英国政治家。
③ 指十八世纪英国哲学家休谟。
④ 十九世纪英国思想家嘉莱尔和历史家麦柯林不同意休谟的看法。

人对这个弑君之凶也很宽大。篡位者威廉，另一个篡位者休格·卡贝①，去世时都在高龄，他们同亨利四世或查理一世②相比，并没有感到更多的忧虑和恐惧。卡特琳二世的一生和路易十六③的一生，相形之下，会使人鄙薄一切道德，如果用平民的道德准则去判断他们的话；因为，拿破仑说得好，对于国王、对于达官显宦，有大德与小德之分。政治生活场景就以这个精辟的见解作为基础。历史的规律，同小说的规律不一样，并非以美好的理想为目标。历史所记载的是，或应该是，过去发生的事实；而"小说却应该描写一个更美满的世界"，上世纪最杰出的思想家之一奈克尔夫人④说。可是如果在这种庄严的谎话里，小说在细节上不是真实的话，它就毫无足取了。司各特因为不得不符合一个本质上虚伪的国家的思想，他所写的女人在人性方面是不真实的，因为这些女人的模型是分立派教徒。信奉新教的女人没有理想。她可能是贞节的、纯洁的、有德行的；但是她那永不外露的爱情总是安静的、象是分所当然那样规矩的。仿佛圣母玛利亚把诡辩家变得冷酷无情，他们将她连同大慈大悲都一起从天上赶走。在新教里，女人在失足之后就没有任何指望；但是在天主教教会里面，希望得到宽恕却使她高尚纯洁。因此，在新教徒作家看来，女人只有单独一个，可是天主教作家在每个新的环境里面，都发现一个新的女人。如果司各特信奉天主教的话，如果他立志要给在苏格兰先后出现的不同的社会作一种真实的描写的话，那个描绘了厄

---

① 威廉（Guillaume d' Orange，1650—1702），荷兰总督及英国国王。休格·卡贝（Hugues Capet，938—996年间），法国国王。
② 亨利四世（Henri IV，1553—1610），法国国王。查理一世（Charles I，又称查理大帝，724—814），法国国王和西罗马帝国皇帝。
③ 卡特琳二世（Catherine II，1729—1796），俄国女王。路易十六（Louis XVI，1754—1793），法国国王。
④ 奈克尔夫人（Madame Necker，本名Suzanne Curchod，1739—1794），法国作家。斯达尔夫人的母亲。

菲夫和阿丽思（他在晚年还后悔自己刻画了这两个人物）的画家许会承认有情欲，和情欲使人犯错误及受惩罚、承认有悔恨指点给他们的德行。人性不外情欲。没有情欲，宗教、历史、小说、艺术都是无用的了。

有些人士看见我搜罗了许多事实，又以情欲作为元素，将这些事实如实地摹写出来，他们就不加细察，想象我是感觉论派和唯物论派，这是同一事实——泛神论——的两面。但是人们也许可能想错了，一定想错了。说到社会，我不相信有一种无止境的进步；我相信一个人自己的进步。因此，那些想在我的作品里面找到把人看作一个完美的造物的意图的人就大错特错了。《赛拉菲达》①，这个基督教佛陀现身说法的学说，我看来是对于这种再说也是信口开河的指责的一个充分的答复。

在这部篇幅浩大的作品某些片断里面，我试图把那些非凡的事实，我可以说，那些在人身上化为无法估量的力量的电气奇迹广为传播；但是证明有一个新的精神世界存在的大脑和神经的现象怎么会搞乱了各个社会与上帝之间确凿和不可少的关系呢？天主教教义因而动摇了呢？如果有一天，有人用无可争辩的事实把思想归于流液之列，——这些流液只能以它们的效果显示出来，而我们的感官尽管用很多机械的手段更加加强了，但对这些流液的本质毫无所知，——这件事情将同克利斯多夫·哥伦布发现地球是圆的，伽利略证明地球在转动产生同样的后果。我们的未来始终是一回事。动物引力论（从一八二〇年起我就熟识它的奇迹）；拉瓦特的后继者嘉尔②的卓越的探讨；五十年来，象光学家致力于光的研究一样，所有致力于思想的研究（因为光与思想是

---

① "赛拉菲达"（Séraphita），巴尔扎克的小说，宣传神秘主义的作品。
② 拉瓦特（Johann Kasper Lavater，1741—1801），瑞士神秘主义哲学家，他建立了相术。嘉尔（Franz Joseph Gall，1738—1828），德国医生，他建立了骨相学，两个人对巴尔扎克都有一定的影响。

两种几乎相同的东西）的人们，一方面给服膺使徒约翰的神秘论者，一方面给建立了精神世界（人与上帝之间的关系就在这个领域里显示出来）的大思想家，作出定论。

　　读者如果能够正确地了解这部作品的意义，就会承认我对于经久的、日常的、隐秘或明显的事实，个人生活的行为，它们的起因和它们的根源的重视，同迄今为止历史家对各民族公共生活中的重大事故同样重视。莫尔叟夫人与情欲之间在安德省一座山谷里展开的不为人知的战役，也许和载在史册里的最显赫的战役同样伟大（《幽谷百合》）。在后一战役里，是一个攻城掠地的君主的荣誉所系；在前一个战役里，关系到王国。毕洛斗弟兄（那当教士的和那开化妆品商店的）的不幸是全体人类的不幸。掘墓女人（《乡村医生》）和格拉斯冷太太（《乡村教士》）的遭遇就是差不多全体女人的遭遇。我们天天都这样受折磨。理查逊只作过一次的事情，我得作一百次。勒甫莱斯千变万化，因为社会上伤风败俗的行为在什么环境中滋长就具有那个环境的色彩。反之，克拉莉斯，这个描写如饥如渴的德行的美好形象，她的轮廓的精确秀丽使人望洋兴叹。要塑造许多贞女，非有拉斐尔的天才不可。在这一点，文学也许不如绘画。因此，我也许可以请读者注意到在这部作品已经发表的部分，有多少无可疵议（在品行上说）的人物：比厄莱特·洛兰、余尔须勒·米卢艾、贡斯当斯、毕洛斗、掘墓女人、欧也妮·葛朗台、玛格丽特·克拉艾、葆琳·德·维尔诺亚、朱尔太太、德·拉·桑特里夫人、爱芙·沙尔东、台士格里农姑娘、菲米亚尼太太、亚加特·洛杰、蕾妮·德·毛共卜；此外，还有许多次要人物，虽然不及上述那些人物那么突出，却同样可以给读者一些家庭生活中的德行的实例：约瑟·勒巴、贞尼斯塔示、贝拿西斯、波奈神甫、米诺莱大夫、比尔劳、大卫·赛莎、毕洛斗弟兄、沙卜龙神甫、波比诺推事、布尔查、梭惠亚夫妇、塔雪龙夫妇，以及许多别的人物，不是解决了在文学上使一个有德行的人能够引人入胜的难题吗？

描写一个时代的两三千个引人注目的人物不是一件轻易的工作，因为归根结蒂，这就是一个系代展示出来，也是《人间喜剧》将包含的典型人物的总数。人物、性格数目之多，生活方式之繁复，需要有一些框架、一些画廊（请别见怪我使用这个词儿）。因此，我把我的作品划分为非常自然的和已经为人熟知的部分，即：私人生活、外省生活、巴黎生活、政治生活、军事生活、乡间生活……等场景。在这六个部分里罗列着构成这个社会的通史的全部《风俗研究》，我们的祖先也许会说，这是这个社会全部活动的集成。此外，这六个部分又同几个普遍观念呼应。它们每个部分有它的意义，它的旨趣，说明人生的一个时代。腓力克思·达文①是文坛上一个有才能的青年，不幸早逝，我在下面说的不过是简单扼要复述他在探询过我的计划之后写下来的话。《私人生活场景》描写童年、少年和这两个时代的缺失，而《外省生活场景》却表现情欲、心计、利欲和野心的时代。跟着就是《巴黎生活场景》，它们呈现一幅同时汇聚了大善与大恶的大都会所特有的风俗激发起来的嗜欲、恶习以及一切肆无忌惮的作为的画图。这三个部分各有它的本色：巴黎和外省，这种社会的对照提供了无穷无尽的题材。不仅人物，还有人生的主要事故，都用典型表达出来。有在各种各样生活中都出现的处境，有典型的人生演变时期，而这就是我刻意追求的准确性之一。我力图使人认识我国锦绣山河各个不同的地域。我的作品有它的地理，正如它有它的谱系和家族，它的地区和物产，它的人物和它的事实一样；正如它有它的盾徽，有它的贵族和市民，有它的手艺人和农民，有它

---

① 腓力克思·达文（Félix Davin, 1807—1836），法国记者和小说家，他曾由巴尔扎克授意为巴尔扎克在1834年发表的"十九世纪风俗研究"作序，介绍巴尔扎克作品的旨趣和计划。

的政治家和花花公子,有它的军队一样,总之,它的整个社会就是!

在这三个部分里面描写过社会生活之后,就必须刻画那些概括几个人或所有人的利益,可以说超越常轨的出类拔萃的人物,因此我写《政治生活场景》。这个广阔的社会画图结束和完成之后,不是必须写出它处在风云激荡的状态,或者为了保卫祖国,或者为了开疆辟土,而离乡背井么?因此就写《军事生活场景》,这仍是我的作品中完成得最少的部分,不过在目前的刊本中我还是给他留出位置,待我日后把它写出来之后包括进去。最后,《乡间生活场景》有几分象一个长昼(假如允许我这样称呼这个社会戏剧的话)的日暮。在这一部分里,有玉洁冰清的品格,以及秩序、政治、道德的伟大原则的应用。

这就是作品的第三部分《哲学研究》屹立其上的人影杂沓、悲剧喜剧杂陈的基础,种种效果的社会手段都在其中明白无误地加以论证,思想造成的破坏也通过感情一一加以描绘,它的第一部作品《驴皮记》,可以说用一种颇有东方色彩的奇想作为扣子将《风俗研究》与《哲学研究》联系起来,我们在这里看见生活本身正在同一切情欲的根源——欲望博斗。

其上,就是《分析研究》,对它我不说什么,因为它只发表了一部作品:《婚姻生理学》。再过一些时候,我还要写两部这类的著作。先写《社会生活病理学》,接着写《教育界的解剖》以及《德行专论》。

看到一切尚待完成的工作,也许有人要拿我的出版人的话对我说:"但愿上帝保佑你长命百岁!"我但求不再受到我从事这种使人望而生畏的劳作以来遭遇的世人和世事的折磨。我有一点可以自慰,要感谢上帝的,就是当代卓尔不群的才子,最坚毅的人物,诚挚的朋友(他们在私生活里跟前一种人在公共生活里一样伟大),都紧握着我的手对我说:"勇敢啊!"我为什么不能坦白说出来呢？这些友情、不相识的人在各方面对我表示的好感，在我的写作生涯中支持我，使我能够应付不公正的非难，应付时常迫害我的诽谤、应付我自己的灰心丧气、以及这种过于热烈的希望，它使我的话被人认为是自视过高的表现。我决定用一种坚忍的淡漠心情去应付这些攻击和中伤；可是，有过两次，无耻的流言蜚语使我不得不为自己辩护。虽然那些赞成对诽谤加以宽恕的人因为我施展了笔战的本领表示遗憾，有几个基督教徒却认为在我们生活的时代，让人知道沉默是宽厚待人之道也是好事。

我要顺便指出，我只承认用我的名字发表的作品才是我的作品。除了《人间喜剧》之外，我只写过《滑稽故事百种》，两部剧本、若干篇散见报刊的论文，它们都是署名的。我有一种无可非议的权利这样作。我作这个声明，即使会牵涉到我或许和别人合写的作品，也不是出于爱面子，而是出于爱护真理。如果有人一定要说那些在文字方面我不承认是我的，可是版权却归我所有的作品都是我的作品的话，就让他们说好了，就跟我不阻拦别人对我造谣中伤一样。

这个计划同时包括这个社会的历史和对它的批评，对它的弊害的分析和对它的原则的讨论，我觉得这个包罗万象的计划允许我把现在发表时使用的名字：《人间喜剧》，作为这部著作的名字。这是不是野心呢？还是作得恰当呢？这就是这部作品全部完成之日，留待读者判断的事情了。

陈占元　译
1957年初译，
1985年春修改稿。

《克伦威尔》序

〔法国〕雨果

我们从一个事实出发：支配世界的并不永远是同一种性质的文明，或者说得更精确然而更广义些，并不永远是同一种社会形式。整个人类如同我们每一个人一样，经历过生长、发展和成熟的阶段。他通过了孩提时代、成人时期；而现在到达了老迈之年。在近代社会名之曰"古代"的历史时期之前，还有另一个时代，古人称之为"神话时代"，而其正确的名称可能是"原始时代"。这就是文明从它最初的源泉发展到今天所经过的三大连续的程序。而由于诗总是建筑在社会之上，那末，根据社会发展的形式，我们来分析一下诗在原始时代、古代和近代这三大人类发展阶段中的特点究竟是怎样的。

在原始时代，当人在一个刚刚形成的世界中觉醒过来的时候，诗也随之觉醒了。面对着使他眼花缭乱、使他陶醉的大自然的奇迹，他最先的话语只是一首赞歌。那时，他离上帝还很近，因此，所有的沉思都出神入化，一切遐想都成为神的启示。他抒发内心之情，他歌唱有如呼吸，他的竖琴只有三根弦，上帝、心灵和创造；但是这三种奥妙包罗一切，这三位一体的思想孕含万象。土地差不多还是荒芜不毛的。已经有了家族，但还没有民族；有了父老，但还没有君主。每个种族都自由自在地生活着：没有私有财产，没有法律，没有冲突，也没有战争。一切东西都属于每个人，也属于集体。整个社会就是一个共同体。没有任何东西约束人。人过着田园的游牧生活，这种生活是一切文明的起点，而且多么有利于孤独的幽思和奔放的梦想。他自由自在，听其自然。他的思想如同他的生活一样，象天空的云彩，随着风向而变幻、而飘荡。这就是最初的人，这就是最初的诗人。他年青，富有诗情。祈祷是他全部的宗教，颂歌是他仅有的诗章。

这种诗，原始时期的这种歌谣，就是《创世纪》①。

但是，人类的青年时期渐渐过去。一切范围都扩大了；宗族变成部族，部族变成民族。每一个这样的人群又聚集在一个共同中心的周围，于是就形成了一些王国。群居的本能代替了游牧的本能。城池代替了营地，宫殿代替了帐篷，庙宇代替了牌坊。这些新生国家的首领固然还是牧人，但已是管理人民的"牧人"；他们的牧杖已经有了权杖的形状。一切都停顿下来，并且固定成形。宗教取得某一种形式；祈祷有了一定的仪式，信仰也有了固定的教义。就这样，祭司和国王分享了对于人民的父权；就这样，神权政治的社会继族长制的公社而来到。

然而，这些民族在地球上开始过于拥挤。他们彼此妨碍，彼此摩擦；由此便产生各国之间的冲突，产生战争②。他们互相侵犯；由此便产生民族的迁徙，产生流浪③。诗反映这些巨大的事件；它由抒情过渡到叙事。它歌唱这些世纪、人民和国家。它成为史诗性的，它产生了荷马。

的确，荷马在古代社会占极重要的地位。在这个社会中，一切都很单纯，一切都带有史诗色彩。诗便是宗教，宗教便是法律。继第一个时期的童贞之后，是第二个时期的贞洁。在家庭的习俗和公共的风尚中，到处都深深印记着一种非常的庄严，各民族从

---

① 《圣经·旧约全书》第一卷。
② 从雨果的草稿中看出，这是指荷马的史诗《伊利亚特》。
③ 从雨果的草稿中看出，这是指荷马的史诗《奥德赛》。

过去的游牧生活里，只保存下对异乡人和流浪者的尊敬。每一个家庭都有自己的乡土，一切都使它与乡土紧紧相连；于是，产生了对家庭的热爱和对祖辈的崇敬。

我们要再次指出，这种文化的表现，只可能是史诗。在这种文化中，史诗具有好几种形式，但又永不失其特征。品达① 与其说是属于族长制时代，不如说是属于司祭制时代，与其说属于抒情诗的，不如说属于史诗。如果编年史家这些在人类发展第二时期必不可少的人，去从事收集各种传说，并且开始按世纪纪年，那末，他们一定白费力气，纪年学不能把诗排斥掉；历史仍旧还是史诗。希罗多德② 就是一个荷马。

············

时候已到。世界和诗的另一个纪元即将开始。

一种精神的宗教，取代物质的、外在的多神教并潜入古代社会的心脏，将这个社会除灭，而在这种衰老文化的尸体上，播下近代文化的种子。这种宗教是完整的，因为它真实；它在教义与教仪之间，用道德深深地加以维系。它开宗明义就向人指出，生活有两种，一种是暂时的，一种是不朽的；一种是尘世的，一种是天国。它还向人指出，就象他的命运一样，人也是二元的，在他身上，有兽性，也有灵性，有灵魂，也有肉体；总而言之，人就象两根线的交叉点，象连接两条锁链的一环，这两条锁链包罗万象，一条是有形物质的系统，一条是无形存在的系统，前者由石头一直到人，后者由人开始而到上帝。

这些真理的一部分或许很早以前就被古代某些哲人猜想到了，但是，它们之有充分、明白、全面的表达，还是在有了福音书以后。多神教的各种教派则在黑夜里摸索而行，它们在盲闯的

---

① 品达 (Pindare 公元前 522—前 442)：希腊抒情诗人。
② 希罗多德 (Hérodote 公元前 484—前 406)：希腊历史家，被称为"历史之父"。

道路上相信谎言就如同相信真理。它们之中的某些哲学家有时也在事物之上投射一些微弱的灵光,可惜只照亮了事物的一面,而使另一面的阴影显得更大。由此就产生了古代哲学家所创造的种种幻想。只有神的智慧才能用一种巨大而普照的光明,代替人的智慧中那些摇晃不定的灵光。毕达哥拉斯①、伊壁鸠鲁②、苏格拉底③、柏拉图④都是火炬,耶稣基督,才是日光。

此外,没有什么比古代的神话更世俗的了。它完全不像基督教那样把精神和肉体分开,而是赋予一切以形体和外貌,甚至对精神和灵性也不例外。在这里,一切都看得见,摸得着,具有可感性。那些神都需要一层云雾来掩盖自己。他们也吃、喝、睡觉,他们受了伤也要流血;他们被打折了腿就终身成为跛子。这种宗教有一些神,也有一些半神。它的霹雳是在铁砧上锤炼出来的,除了其他的成分以外,还有三道弯曲的雨线,Tres imbris tortiradios⑤。它的天神朱必特⑥把世界悬吊在一根黄金的链条上;它的太阳驾着四匹马拉的大车;它的地狱是一个万丈深渊,地理上还标志了它的出口,它的天国则是在一座巍峨的高山上。

这样,多神教用同一种粘土来塑造种种创造物,因而就缩小了神明而扩大了人类。荷马的英雄差不多和神同样高大,阿雅克斯⑦敢于冒犯朱必特,阿喀琉斯比得上马尔斯⑧。我们刚才说过,基督教则相反,它把灵气与物质彻底分开,它划了一道深渊在灵与肉之间、另一道深渊在人与神之间。

---

① 毕达哥拉斯(Pythagore):公元前六世纪希腊哲学家,数学家。
② 伊壁鸠鲁(Epicure 公元前341—前270):希腊唯物主义哲学家。
③ 苏格拉底(Socrate 公元前469—前399):希腊哲学家,教育家。
④ 柏拉图(Platon 公元前427—前347):希腊唯心主义哲学家。
⑤ 拉丁文:三道曲折的雨线,见维吉尔的史诗《伊尼德》第八卷426节。
⑥ 朱必特(Jupiter):希腊神话中的天神。
⑦ 阿雅克斯(Ajax):希腊传说中的英雄,性格暴躁,敢于触犯天神。
⑧ 马尔斯(Mars):希腊神话中的战神。

为了在我们大胆探讨的这个问题上不致有任何疏忽，我们要指出，在这个时代，由于有了基督教，也正因为有了基督教，各民族的精神之中，才产生了一种为古人所不知而在近代人身上特别发达的崭新的感情，它甚于沉郁而又轻于忧愁，这就是忧郁。而事实上，人的心灵一直到那时，都被纯粹等级制崇拜和纯粹祭司崇拜所麻痹，难道它在这种宗教的吹拂下还能不苏醒过来，并且感到在自身之中有某种意想不到的机能在萌生？这种宗教是神圣的因而也是人道的，它能够把穷人的祈祷变成富人的财富，它是一种平等、自由、慈爱的宗教。既然福音书启迪人的心灵，指出官能背后，还有灵魂，生命背后，还有永恒，难道能够不以新的眼光来看待种种事物？

....

瞧！一种新的宗教、一个新的社会已在眼前；在这双重的基础上，我们应该看到一种新的诗学也在成长了起来。请原谅我再重复一下读者自己从上文也能得出的结论，即，直到那时为止，古代的纯粹史诗性的诗歌艺术也象古代的多神教和古代哲学一样，对自然仅仅从一个方面去加以考察，而毫不怜惜地把世界中那些可供艺术模仿但与某种典型美无关的一切东西①，全都从艺术中抛弃掉。这种典型美在开始的时候是光彩夺目的，但就像一切已经秩序化的事物所常有的情形一样，到后来就变成虚伪、浅薄、陈腐了。基督教把诗引到真理。近代的诗神也如同基督教一样，以高瞻远瞩的目光来看事物。她会感到，万物中的一切并非都是合乎人情的美，她会发觉，丑就在美的旁边，畸形靠近着优美，丑怪藏在崇高的背后，美与恶并存，光明与黑暗相共。她还将探究，艺术家狭隘而相对的理性是否应该胜过造物者无穷而绝对的灵智；是否要人来矫正上帝；自然一经矫揉造作是否反而更美；艺

---

① 指下文所要论及的滑稽、丑怪的事物。

术是否有权把人、生命与万物都割裂成两个方面；任何东西如果去掉了筋胳和弹力是否会动得更好；还有，作品是否要不完整才能达到和谐一致。正是通过这些探讨，诗着眼于既可笑又可怕的事物，并且在我们刚才考察过的基督教的忧郁精神和哲学批判精神的影响下，将跨出决定性的一大步，这一步好比地震的震撼一样，将改变整个精神世界的面貌。它将开始象自然一样动作，在自己的作品里，把阴影掺入光明、把滑稽丑怪结合崇高优美而又不使它们相混，换而言之，就是把肉体赋予灵魂、把兽性赋予灵智；因为宗教的出发点也总是诗的出发点。两者相互关连。

这是古代未曾有过的原则，是进入到诗中来的新类型；既然增加了一种条件会改变整体，于是在艺术中也发展了一种新的形式。这种新的类型，就是滑稽丑怪。这种新的形式，就是喜剧。

请允许我们在这个问题上详加考究；因为我们刚才指出了一种不同的特征、一种根本的差别。在我们看来，这种差别把近代艺术与古代艺术、把现存的形式和死亡的形式区分了开来，或者用比较含糊但却流行的话来说，把"浪漫主义的"文学和"古典主义的"文学区分了开来。

....
相反，在近代人的思想里，滑稽丑怪却具有广泛的作用。它无处不在；一方面，它创造了畸形与可怕；另一方面，创造了可笑与滑稽。它把千种古怪的迷信聚集在宗教的周围，把万般奇美的想象附丽于诗歌之上。是它，在水、火、空气、泥土中满把地播种下我们至今还觉得是活生生的、中世纪民间传说中无数的复合物；是它，使得魔法师在漆黑的午夜里跳起可怕的圆舞，也是它，使得撒旦长了两只头角、一双山羊蹄、一对蝙蝠翅膀。是它，总之都是它，它有时在基督教的地狱里投进一些奇丑的形象，有时则投进一些可笑的形象,前一类形象,但丁① 和弥尔顿② 严峻的天才后来曾加以笔诛,后一类形象,加洛③ 这个滑稽的米盖朗其罗曾拿来取乐自娱。从理想世界到真实世界,是要经过无数的人类的滑稽变形。斯嘉拉莫奚④式的人物、克利斯班⑤式的人物和阿尔勒甘⑥式的人物,都是它的奇想的创造,这都是人的怪象的侧影,是严肃的古代完全陌生的、而从意大利古典主义中脱胎出来的典型。最后,还是它把南北两方的想象的色彩轮流涂在同一戏剧上,它使斯加纳莱勒在唐璜的周围蹦跳⑦,糜菲斯特菲勒在浮士德左右周旋⑧。

它的举止多么自如,多么大方!前一个时代好不难为情用襁褓裹起来的那些丑怪的形象,它都大胆地替他们解开了手脚,让他们跳将出来。古代的诗虽不得不给跛子乌尔甘安排一些同伴,但却竭力夸大他们的体格魁梧来掩饰他们的畸形。近代的天才把那些非凡的铁匠的传说保存了下来,但却一下子给这个传说加上了一个截然相反并使它更加突出的特性;它把巨人变成了侏儒,把独眼巨人变成了地下的小神。正是以这样的独创性,它用我们传说中一些土产的怪物来代替并不怎么奇怪的七头蛇,如鲁昂的加尔古叶、麦茨的克拉—乌易、特洛依的夏尔—沙内、蒙德勃利的特赫、塔拉斯贡的塔拉斯克⑨,这些怪物的外形如此多变,而它们这些古怪的名字又更增添了几分奇特。这些造物从它们自己的本性里就能得到

---

① 但丁 (Dante 1265—1321):意大利文艺复兴前的诗人。
② 弥尔顿 (Milton 1608—1674):英国诗人、政论家。
③ 加洛 (Callot 1592—1635):法国画家和雕刻师,其风格富有奇想。
④⑤⑥ 这三个人物都是意大利喜剧中常见的滑稽的角色。
⑦ 西班牙传说中的一对主仆,前者是一个滑稽的仆人,后者是一个好色的花花公子,唐璜的故事曾被莫里哀、拜伦等作家采用写成名剧或长诗。
⑧ 根据德国中世纪的传说,浮士德博士把灵魂卖给魔鬼糜菲斯特菲勒以换取尘世的欢乐,这一题材曾被不少作家写成作品,其中以歌德的《浮士德》最为重要。
⑨ 这些都是法国各地民间传说中极其丑怪可怕的怪物。

一种深沉而有力的音调,在这音调前,古代有时似乎也要却步。的确,希腊传说中的妖怪远不及《麦克佩斯》中的魔女①可怕,因而也更缺少真实性。希腊神话中,蒲留东②也并不是魔鬼。

照我们看来,就艺术中如何运用滑稽丑怪这个问题,足足可以写一本新颖的书出来。通过这本书,可以指出,近代人从这个丰富的典型里汲取了多么强烈的效果,但对于这一典型,今天还有一种狭隘的批评在激烈进行攻击。我们的主题可能马上就要引导我们来顺便指出这一幅广阔的图画中的某些特点。但在这里,我们只想说,根据我们的意见,滑稽丑怪作为崇高优美的配角和对照,要算是大自然给予艺术的最丰富的源泉。毫无疑问,卢本斯③是了解这点的,因为他乐于在皇家的仪典中、在国王加冕典礼中、在荣耀的仪式里,也安插进几个丑陋的宫廷小丑的形象。古代庄严地散布在一切之上的普遍的美,不无单调之感;同样的印象老是重复,时间一久也会使人生厌。崇高与崇高很难产生对照,人们需要任何东西都要有所变化,以便能够休息一下,甚至对美也是如此。相反,滑稽丑怪却似乎是一段稍息的时间,一种比较的对象,一个出发点,从这里我们带着一种更新鲜更敏锐的感受朝着美而上升。鲵鱼衬托出水仙;地底的小神使天仙显得更美。

并且,我们未尝不可以说,和滑稽丑怪的接触已经给予近代的崇高以一些比古代的美更纯净、更伟大、更高尚的东西;而且这也是理所当然的。当艺术本身合情合理的时候,就更有把握把各种事物表现得彻底。如果荷马式的仙境与这种天国的情趣、与弥尔顿天堂中仙使般的温馨相距甚远,那是因为在伊甸园的下面有一个和多神教地狱之底各有千秋的可怕的地狱。如果法朗塞斯

---

① 见莎士比亚悲剧《麦克佩斯》第一幕。
② 蒲留东(Pluton):希腊神话中的地狱之神。
③ 卢本斯 (Rubens 1577—1640):佛兰德画家。

伽·达·里米尼①和贝亚特丽②不是在但丁这个把读者关进饥饿之塔、迫使读者分享于哥利诺③的令人反胃的餐食的诗人之笔下写来，会有这样吸引人吗？但丁如果没有这样的笔力，就不可能这样动人。肌体丰腴的河中女神、强壮的人鱼、放荡的风神，哪里有我们的水仙和天神那种透明的流动性？难道不是因为现代人能够想象出在我们陵墓里有吸血鬼、吃人怪、妖精、玩蛇怪、大蝙蝠、僵尸和骷髅在荡来荡去，这种想象才能够赋予它的妖精以那种虚幻的形状,那种为多神教的仙女很少达到的精灵的纯度？古代的维纳斯④姿容美艳，无疑地招人喜爱；但是，是什么在让·古容⑤所有的画面上都散布了那种轻盈、奇妙而空灵的风韵？是什么赋予它们以那种为过去所不认识的生动和伟大？如果不是因为接近中世纪雄劲遒健的雕刻，那又是什么呢？

对这些必要的议论，大可以加以更透彻的阐述，如果在阐述过程中，我们的思想线索没有在读者的头脑里中断的话，他就一定会了解到，滑稽丑怪这一被近代诗神所采纳的喜剧的萌芽，一旦移植到比偶像教和史诗更为有利的土壤上，就会以多么旺盛的生命力生长和发展起来。实际上，在新的诗歌中，崇高优美将表现灵魂经过基督教道德净化后的真实状态，而滑稽丑怪则将表现人类的兽性。第一种典型，在脱尽了不纯的杂质之后，将拥有一切魅力、风韵和美丽；总有一天它应能创造出朱丽叶、苔丝特蒙

---

① 但丁的《神曲》中的一个少妇，与夫弟保罗相爱，被丈夫杀死，其故事见《神曲·地狱篇》第五曲。
② 贝亚特丽是但丁青年时的爱人，但丁对她终身感念不忘，在《神曲》中把她写成美与善的化身。
③ 于哥利诺是《神曲》中的一个人物，被仇人关进饥饿之塔，自啖其肉而死，其故事见《地狱篇》第三十三曲。
④ 维纳斯（Vénus）：希腊神话中的美神。
⑤ 让·古容（Jean Goujon 1515—1572）：法国著名的雕刻家和建筑师。

娜、荑菲丽亚①；第二种典型则将收揽一切可笑、畸形和丑陋。在人类和事物的这个分野中，一切情欲、缺点和罪恶，都将归之于它；它将是奢侈、卑贱、贪婪、吝啬、背信、混乱、伪善；它将轮流扮演埃古、答尔菊夫、巴西尔②、波罗纽斯、阿巴贡、巴尔特罗③、福尔斯塔夫、史嘉本、费加罗④。美只有一种典型；丑却千变万化。因为，从情理上说，美不过是一种形式，一种表现在它最简单的关系中、在它最严整的对称中、在与我们的结构最为亲近的和谐中的一种形式。因此，它总是呈现给我们一个完全的、但却和我们一样有限的整体。而我们称之为丑的那种东西则相反，它是我们所没有认识的那个庞然整体的一部分，它与整个万物协调和谐，而不是与人协调和谐。这就是为什么它经常不断向我们呈现出崭新的、然而不完整的面貌的道理。

　　研究滑稽丑怪在近代的运用和发展，这是一件有趣的事。首先，它侵入、涨溢、泛滥；终于象一道激流冲破堤防。它诞生之时，就贯串在垂死的拉丁文学之中，给柏尔斯⑤、贝特海尼⑥、余维纳尔⑦添加色彩，并留下了阿普留斯⑧的《金驴记》。然后，它

---

① 朱丽叶、苔丝特蒙娜、荑菲丽亚是莎士比亚著名戏剧《罗密欧与朱丽叶》、《奥赛罗》和《哈姆雷特》中的三个女主人公，都是貌美、善良然而不幸的妇女。
② 埃古，莎士比亚的《奥赛罗》中的人物；答尔菊夫，莫里哀的《伪君子》中的主人公；巴西尔，博马舍的喜剧《费加罗的婚礼》中的人物。这三个人物分别具有阴险、伪善、贪婪的性格。
③ 波罗纽斯，《哈姆雷特》中的一个阿谀奉承的人物；阿巴贡，莫里哀名剧《悭吝人》中的吝啬鬼；巴尔特罗，博马舍喜剧《塞乐维的理发师》中一个好色的老头。
④ 福尔斯塔夫是莎士比亚历史剧《亨利四世》中的喜剧人物；史嘉本是莫里哀喜剧《史嘉本的诡计》中一个聪明、恶作剧的仆人；费加罗是《费加罗的婚礼》中的主人公，也是一个聪明机智的仆人。
⑤ 柏尔斯（Perse 34—62）：罗马讽刺诗人。
⑥ 贝特海尼（Pétrone 公元一世纪）：罗马作家。
⑦ 余维纳尔（Juvénal 42—120）：罗马讽刺诗人。
⑧ 阿普留斯（Apuleius 公元二世纪）：罗马诗人。

就散布在那些改造欧洲的新兴民族的想象里，大量出现在故事作家、编年史家和小说家的作品里。它由南到北蔓延开来。它游戏在日耳曼民族的梦想里，并且，同时以它的灵气唤活那可赞美的西班牙《诗歌集》，这骑士时代真正的《伊利亚特》。举例来说，它在《玫瑰传奇》① 中这样描写一个庄严的仪式，一个国王的选举：

> 于是他们选了一位大个子平民
> 这是他们之中一个头号大块头。

它特别把自己的特点印记在代替了中世纪一切艺术的奇妙的建筑术上。它在大教堂的门额上打上自己的烙印，在尖形的门洞子上，嵌上地狱和炼狱的图景，使它们在花玻璃窗上红光灼灼，它把它的怪物、野兽、恶魔陈列在柱头的周围、饰带的边缘、屋檐的上面。民房的木头门面上、宫堡的石头正门上、宫殿的大理石宫门上，都满布了千变万化的丑怪形象。它还从艺术的领域进入风俗的领域；它一方面使人民欢迎西班牙喜剧中的滑稽角色，另一方面又给予国王以滑稽的弄臣。稍后，在宫廷文明的时代里，它又使我们看到斯加龙② 甚至在路易十四③ 的寝床旁边出现。在这期间，它又装饰在徽章上，它在骑士的盾牌上画下封建的象征性的字纹。它又从风俗的领域进入法律的领域，有千百种奇怪的习俗证明它进入了中世纪的组织机构。它曾使被酒糟玷污了的戴斯比在它的两轮车上蹦跳④，同样，它和法院人员在那张著名的大理

---

① 法国中世纪时期的一部诗体小说。
② 斯加龙（Scarron 1610—1660）：路易十四时代的法国诗人。
③ 路易十四（Louis XIV, 1638—1715）：法国十七世纪君主专制最盛时期的国王。
④ 戴斯比被认为是古希腊悲剧的创造者。希腊悲剧起源于收获葡萄的节庆，收获者在两轮车上互相恶谑，这便是悲剧最初的形式。

石桌上舞蹈①,这桌子当时既是民间闹剧的舞台、也是皇家盛宴的台席。最后,在进入了艺术、风俗和法律之后,它又一直进入教堂。我们看见它在每一个天主教的城市里主宰着一些奇异的仪式和古怪的迎神行列,其中,宗教在各种迷信的伴随中进行,崇高在种种丑怪的围绕下出现。如果要把它一笔描绘下来,我们看看下面的事实就行了:在文学的这个黎明时期,滑稽丑怪的活力、朝气和创造力是那么丰富,以至它在近代诗歌的门口,一下就扔出三个逗人的荷马:意大利的阿里奥斯特、西班牙的塞万提斯② 和法国的拉伯雷③。

要更加突出地说明滑稽丑怪在第三文明期的影响,那是多余的。在所谓浪漫主义时代里,一切都证明它与"美"之间的紧密的、创造性的结合。就以最为纯朴的民间传说而言,也无一不以一种可爱的本性表现了近代艺术的这种神秘。古代就不可能创造出《美女和野兽》这个作品。

的确,在我们刚才考察的那个时代里,滑稽丑怪在文学中比崇高优美更占优势,这是非常明显的。但是,这是反作用的狂热,一种一瞬即逝的对新颖的热情;这开初的一阵热潮终究要渐渐平伏下去。美的典型不久又要恢复它的地位和权利,它并不排斥另一个原则,而是要胜过它。现在,已经是时候了,让滑稽丑怪在牟利罗④ 巨大的壁画上、在维罗尼斯⑤ 神圣的篇幅下只占有画幅的一角;让滑稽丑怪只渗入到艺术将引以自豪的两幅《最后的审

---

① 中世纪时期,法国的法院人员每年都要举行一些盛大的节庆,在巴黎大法院大厅中,有一张长达整个大厅的大理石桌子,它往往在节庆时被用作演出闹剧的舞台。
② 塞万提斯(Cervantes 1547—1616):西班牙作家、《堂·吉诃德》的作者。
③ 拉伯雷(Rabelais 1495—1553):法国人文主义作家,《巨人传》的作者。
④ 牟利罗(Murillo 1618—1682):西班牙画家。
⑤ 维罗尼斯(Véronèse):意大利画家。

判》中去，只渗入到米盖朗其罗①用来装饰梵蒂冈的悦目而又可怕的图景中去，只渗入到卢本斯将描绘在安特卫普大教堂的穹窿屋顶上人类堕落的骇人的图景中去。在这两种原则之间建立平衡的时候现在已经到来。不久，就会有一个人，一个诗王，Poeta Sourano②（但丁正是这样称呼荷马），出来确定这一平衡。这两种相互争雄的天才汇合成双料的火焰，而从这火焰之中，迸射出莎士比亚。

这样，我们便达到了近代的诗的顶点。莎士比亚，这就是戏剧；而戏剧，它以同一种气息溶和了滑稽丑怪和崇高优美、可怕与可笑、悲剧和喜剧，戏剧是第三阶段的诗、也就是当前文学固有的特性。

我们现在把上面所讨论的事实简要地概括一下，诗有抒情短歌、史诗和戏剧三个时期，每一个时期都和一个相应的社会时期有联系。原始时期是抒情性的，古代是史诗性的，而近代则是戏剧性的。抒情短歌歌唱永恒，史诗传颂历史，戏剧描绘人生。第一种诗的特征是纯朴，第二种是单纯，第三种是真实。行吟诗人是抒情诗人向史诗诗人的过渡，就好像小说家是史诗诗人向戏剧诗人的过渡。历史家与第二个时期一道来临；编年史家、批评家则和第三时期同时产生。抒情短歌中的人物是伟人：亚当、该隐、诺亚③；史诗中的人物是巨人：阿喀琉斯、阿特鲁斯、奥里斯特斯④；戏剧的人物则是凡人：哈姆雷特、麦克佩斯、奥赛罗。抒情短歌靠理想而生，史诗借雄伟而存在，戏剧则以真实来维持。总之，这

---

① 米盖朗其罗（Michel‐Ange 1475—1564）：意大利文艺复兴时期画家、雕刻家。
② 意大利文：至高无上的诗人。
③ 均见《圣经》。亚当是人类的祖先。该隐是亚当和夏娃所生的长子。诺亚是《圣经》中使人类免遭洪水灭绝的圣者。
④ 均为希腊传说中的人物。阿喀琉斯是荷马史诗中的英雄；阿特鲁斯（Atrée是希腊传说中一个残酷的报仇者，为了向自己的兄弟报仇而杀死了兄弟的两个儿子；奥里斯特斯（Oreste）是阿迦曼农王的儿子，为报父仇，杀死其母。

三种诗是来自三个伟大的泉源，即《圣经》、荷马和莎士比亚。

....

现在，我们再来说些大胆的想法。时来运至，在这个时代，自由就好像光明一样到处风行，唯独没有进入思想界，而思想界本是世界上生来最为自由的，这种现象可说是太离奇了，我们要粉碎各种理论、诗学和体系。我们要剥下粉饰艺术的门面的旧石膏。什么规则、什么典范，都是不存在的。或者不如说，没有别的规则，只有翱翔于整个艺术之上的普遍的自然法则、只有从每部作品特定的主题中产生出来的特殊法则。一种是永久的、内在的，会一直存在下去；另一种是可变的、外在的，只能运用一次。前者是支撑房屋的栋梁；后者是建造房屋用的鹰架，每造一幢房子就要搭一次。前者是戏剧的骨骼，后者是戏剧的服装。而且，这些规则都不见于任何诗学理论，黎希莱[①]也不怀疑这一点。天才预知先识多于学习师承，为了写一部作品，他从普遍的事理中抽出第一类规律，再把他所处理的题材作为一个独立的整体，从其中提取第二类规律；他不象化学家那样，燃起炉灶、扇旺炉火、烧热坩埚、进行分析和破坏；而是采取蜜蜂的方式，张开金色的翅膀，飞来飞去，停在花朵上，吸取蜜汁，既不使花萼失其光彩，也不让花冠去其芬芳。

让我们强调一下，诗人只应该从自然和真实以及既自然又真实的灵感中得到指点。洛卜·德·维加[②]说：

我写一部喜剧时，要用六把锁锁住一切清规戒律。

为了锁住各种清规戒律，用六把锁也不为多。但愿诗人们特别注意不要抄袭任何人，不论是莎士比亚还是莫里哀，不论是席勒还是高乃依。如果一个真正有才能的人，因模仿别人而丢了本

---

① 黎希莱（Richelet 1631—1698）：法国语法学家。
② 洛卜·德·维加（Lope de Vega 1562—1635）：西班牙著名的戏剧作家。

色，把个人的特点扔在一边，那末就会失去一切而成为苏西① 这样的角色。这简直是好好的天神不做，而甘心做下人。所以，应该从最根本的源泉里汲取滋养。森林中的树木，其形态、果实、叶子各各不同，却是吸取了同一种流遍了大地的汁液而生长起来的，世上各种各样的天才也是由同一种自然哺育而丰富起来的。真正的诗人像一株餐风饮露的大树，他产生作品就像树之结果、寓言家之产生寓言。死钉着一个师父，老抓着一个范本，又有什么好处呢？宁可做荆棘或蓟草，跟杉木、棕榈吸收同样的土地滋养，而不作杉木、棕榈下面的苔藓或地衣。荆棘生机旺盛，苔藓苟活艰难。并且，不论杉木、棕榈如何伟大，以吸取它们的树液为生并不就能使自己也变得伟大。巨人身边的寄生者充其量也不过是个侏儒。不论橡树怎样庞大，被它养活的，只是槲寄生而已。

在这个问题上，大家也不要误解，如果我们过去有些诗人即使模仿了别人而仍能成其为伟大，那是因为他们在模仿古代形式的同时，还常听从了自然和自己的天才的指点，是因为他们在某一方面仍保持着自己的本色。他们的细枝攀附在邻近的树上，但根茎仍伸延在艺术的土壤里。他们是常春藤而非寄生树。下焉者就是那些末流的模仿者了，他们在地里既没有根茎，胸中又没有才气，就只得限于模仿。正如查理·诺底埃② 所说："雅典派之后有亚历山大派"③。于是，庸才辈出，泛滥成灾；那些诗学理论也

---

① 苏西（Sosie）是喜剧《昂菲垂雍》中的一个仆人。在这个喜剧中，天神朱必特爱上昂菲垂雍的妻子阿尔瑟墨勒，趁昂菲垂雍外出征战时，变成昂菲垂雍而占有了阿尔瑟墨勒，伴随他下凡猎色的是奥林匹斯神山上的信使墨尔菊尔（Mercure），他变成昂菲垂雍的仆人苏西。雨果借用这个降凡的典故来讽刺那些专事模仿的作家。

② 查理·诺底埃（Charles Nodier 1780—1844）：法国作家，1823年前后，以他家的沙龙为中心，形成了浪漫主义第一文社，雨果也是其中的成员。

③ 雅典派指公元前四世纪的一批著名的哲学家如柏拉图、亚里士多德等，而亚历山大派则是指公元三——四世纪的一批后起的哲学家如普洛丹、让布利克等人。诺底埃原话的意思是，在一个光辉的时代之后，必然有一个衰落的时期。

大量出笼了，这些理论只能束缚有才能的人，但对他们这些平庸之辈倒颇为相得。他们说，一切都完成了，不准上帝再创造其他的莫里哀、其他的高乃依。他们用回忆代替想象，象至高无上的权威一样安排一切。他们还有好些铭言警句。拉·阿尔卜带着幼稚的自信说过："想象，根本上只不过是回忆而已"。

那末再说说自然吧，说说自然和真实。——这里，为了证明新的思想远非要毁坏艺术而仅仅是想把艺术重新缔造一番、使之更坚固、更稳实，我们姑且来试着根据自己的意见指出：艺术的真实和自然的真实这两者之间不可逾越的界线究竟是怎样的。如果象一些不长进的浪漫主义者那样把两者混淆起来，那真有些冒失。艺术的真实根本不能如有些人所说的那样，是绝对的现实。艺术不可能提供原物。我们且设想，一个主张不加考虑地模仿绝对自然、模仿艺术视野之外的自然的人，当他看到一出浪漫主义戏剧（譬如说，《熙德》吧）的演出时，会作何表现。他首先一定会说："怎么？《熙德》的人物说话也用诗！用诗说话是不自然的"。"那么，你要他怎么说呢"？"要用散文"。"好，就用散文"。如果他坚持自己的原则的话，过一会，他又要说了："怎么《熙德》的人物讲的是法国话"！"那么该讲什么话呢"？"自然要求剧中人讲本国语言，只能讲他的西班牙语"。"那我们就会一点也听不懂了；不过，还是依你的"。你以为挑剔就完了吗？不；西班牙话还没有讲上十句，他又该站起来了，并且质问这位在台上说话的熙德是不是真正的熙德本人？这位名叫彼得或雅克的演员有什么权利顶用熙德的名字？这都是假的。这样下去就没有任何理由可以拦住他不坚持要用太阳代替台灯，用"真正的树"和"真正的房屋"来代替那些骗人的舞台布景。因为，这样一开了头，逻辑就把我们逼下去，再也停煞不住。

因此，应该承认艺术的领域和自然的领域是很不相同的，否则就要陷于荒谬。自然和艺术是两件事，彼此相辅相成，缺一不可。艺术除了其理想部分以外，还有尘世的和实在的部分。不论它创作什么，它总是框在语法学和韵律学之间，在伏日拉①和黎希莱之间。对于最为自由的创作，它有各式各样的形式、各种不同的创作方法和要塑造的一大堆材料。对于天才来说，这些都是精巧的手段，对于庸才来说则是笨重的工具。

我们记得好像已经有人说过这样的话：戏剧是一面反映自然的镜子②。不过，如果这面镜子是一面普通的镜子，一块刻板的平面镜，那么它只能映照出事物暗淡、平板、忠实、但却毫无光彩的形象；大家知道，经过这样简单的映照，事物的色彩就失去了。戏剧应该是一面集聚物像的镜子，非但不减弱原来的颜色和光彩，而且把它们集中起来、凝聚起来，把微光变成光彩，把光彩变成光明。因此，只有戏剧才为艺术所承认。

舞台是一个视线的集中点。世界上、历史上、生活里和人类中的一切，都应该而且能够在舞台上得到反映，但是，必须是在艺术的魔棍作用之下才成。艺术历观各世纪和自然界，穷究历史，尽力再现事物的真实，特别是再现风俗和性格的真实，使其比真正的事物更确凿、更少矛盾，艺术起用编年史家所节略的材料，调和他们剥除了的东西，发现他所遗漏的并加以修补，用富有时代色彩的想象填补他们的漏洞，把他们任其散乱的东西收集起来，把人类傀儡下面的神为的提线再接起来，给这一切都穿上既有诗意而又自然的外衣，赋予它们以真实、活跃而又引起幻想的生命；赋予它们以现实的魔力，这种魔力能激起观众的热情，而首先能激起诗人自己的热情，因为诗人是具有良知的。由此，艺术的目的差不多是神圣的，如果它写历史，就是起死回生，如果它写诗歌，就是创造。

---

① 伏日拉（Vaugelas 1585—1650）：法国著名的语法家。
② 可能是指莎士比亚在《哈姆雷特》中关于戏剧的议论。

在戏剧中，艺术应当有力地发展自然；情节应当坚定而又轻快地逐步导向结局，既不拖长又不缩短，最后，诗人应当充分地完成艺术的几重目的，那就是要向观众展示出两个意境，既要照亮人物的外部，也要照亮人物的内心，通过台词和动作表现他们的外部形貌，通过旁白和独语刻画内在的心理，总之一句话，就是把生活的戏和内心的戏交织在同一幅画面中。假如戏剧有了这样广阔的发展，那真是蔚为奇观了。

我们认为，要写这类作品，如果诗人在这些东西中应该有所选择的话（的确也应该有所选择），那他所选的不是美，而是特征。这也并不意味着要象人们现在所说的那样去渲染一些地方色彩，也就是说，不是要在完成了一部十分虚伪和一般化的作品之后，再在这作品上加上一些刺目的颜色。地方色彩不该在戏剧的表面，而该在作品的内部、甚至作品的中心，它生动而均匀、自然而然地由内而形之于外，可以说是流布到戏剧的各部分，正像树液从根部一直输送到树叶的尖端一样。戏剧应该弥漫着时代气息，象弥漫着空气一样，使人只要一进去或者一出来就感到时代和气氛都变了。要达到这种境地，就需要一些钻研和努力；钻研愈深、努力愈勤就愈好。艺术的大道上荆棘丛生，这也是件好事，常人都望而却步，只有意志坚强的人例外。正是这种为热烈的灵感所支持的钻研精神，才能使戏剧免于致命的缺陷，那就是一般化。一般化是视野短浅、才气缺乏的诗人的通病。从舞台的角度来讲，一切形象都应该表现得色彩鲜明、个性突出、精确恰当。甚至庸俗和平凡的东西也应有各自的特点。任何东西都不应放弃。真正的诗人象上帝一样，在他自己的作品中无时不在、无处不在。天才跟制币机一样，既能够在金币上也能够在铜钱上铸刻下国王的头像。

....

要是我们可以按自己的心意来说说戏剧的风格应该是怎样

的，那末我们希望有一种自由、明晓而忠实的韵文，它敢于毫不做作地直抒胸臆，毫不雕琢地表现一切；它以自然的步调由喜剧而到悲剧，由崇高而到滑稽；它有时质朴无华有时富有诗意，就其总体而论，既有艺术加工也有灵感成分，既深邃悠远又出人意表，既宽宏大度又真实入微；它善于适当地断句和转移停顿以掩饰亚历山大体的单调；它爱用延长句子的跨行句而不用意思含糊的倒装句；它忠于韵律这一位受制约的王后，我们诗歌的至高无上的天恩、我们诗歌格律的母亲；这种韵文其表现方法是无穷无尽的，它的美妙和它结构的奥秘是无从掌握的；正如普洛透斯[①]一样，在形式上千变万化而又不改其典型和特性，它避免长篇大论的台词，而在对话中悠然自得；它总隐藏在人物的身后；它首先注意的是要适宜得体，并且当它成为"美"的时候，好像只不过是偶然的事，并非由它自己作主，甚至自己也并不自觉意识到这点；它成为抒情的、还是成为史诗性的或者戏剧性的，这得看需要而言；它能掠过诗的各个音阶，从高音到低音，从最高尚的思想到最平庸的思想，从最滑稽的到最庄重的，从最表面的到最抽象的，从来也不超出道白场面的界限；总之，这种韵文就象是一个从仙女那里既得到了高乃依的心灵、又得到了莫里哀的头脑的人所写出来的那样。我们觉得这种韵文会"象散文一样优美"。

....

(1827年10月)

选自柳鸣九译《雨果论文学》，

上海译文出版社，1980年版。

[①] 普洛透斯 (Protée)：希腊神话中的海神，其形状变幻无常。

莎士比亚论

〔法国〕雨果

第一部分
第三卷 艺术与科学

Ⅱ

不可能存在两种法则，法则的一致来自事物本质的一致；自然与艺术是同一事实的两个方面。而且，除了我们下面所要指出的限制以外，在原则上，艺术的法则就是自然的法则。反射角与投射角相等。既然在道德秩序中，一切都公正不阿，在物质秩序中，一切都维持平衡，那末，在精神秩序中，一切也都象方程式那样了。二项式这一个对一切都能适应的奇妙之物，在诗歌中并不比在代数学中更少适用。大自然加上人类，被提升到二次方，就产生艺术。这便是精神的二项式。现在，请用适合于每个伟大艺术家和每个伟大诗人的特别数字来代替这一项 A＋B，那末，你便会在他复杂的面相和精确的总体之中，发现人类精神的每一种创造。丰富多彩的杰作来自法则的统一，还有什么比这更美？诗歌就象科学一样，有一个抽象的根源；科学由此产生金、木、水、火、土的杰作，产生机器、船只、机车、飞艇；诗歌由此产生有血有肉的杰作，如《伊利亚特》、《雅歌篇》、《西班牙民歌总集》、《神曲》、《麦克佩斯》。在人类思想的精确与无穷这双重领域中，把抽象的东西层层剥开、使之成为现实，这种奥妙的工作，比任何东西更能引起和维持思索者强烈的感触。人类的思想是双重的领域，然而也是统一的领域；无穷也是一种精确。"数目"这个深奥的字眼，是人类思想的基础；它对我们的智慧来说，是基本的元素；它意味着音乐也意味着数学。数目在艺术中表现为韵律，韵律是无限底心灵的搏跳。在韵律这一秩序的法则中，人们可以感觉到上帝存在。一句诗就像一群人一样纷乱；而有了韵脚，它就象一个军团踏着有节奏的步伐。没有数目，就没有科学，没有数目，就没有诗。合唱词、史诗、戏剧、人心的激情的跳动、爱情的爆发、想象的光辉、热烈的感情、所有的云彩和伴随它们的电光，都要受"数目"这个神秘的字的支配，正像几何学与数学一样。圆锥曲线和微积分属于它，同样，阿雅克斯、海克托、赫菊卜①、忒拜城前的七员大将②、俄的浦斯、于哥兰、墨萨利娜③、李耳王、普利安国王④、罗密欧、苔丝特蒙娜、理查三世、庞达居埃⑤、熙德、阿尔赛斯特⑥也都属于它；它从二加二等于四开始，一直上升到神的霹雳的境界。

然而，在艺术与科学之间，有着一个根本的区别。科学可以日益完美，而艺术则不然。

为什么呢？

---

① 赫菊卜（Hécube）：《伊利亚特》中的人物，普利安国王的妻子，在特洛亚战争中她几乎丧失了她所有的儿女。
② 据希腊传说，俄的浦斯王的两个儿子为争夺王位而在忒拜城发生争斗，围城的军队由七员大将率领，战争的结果是两败俱伤，埃斯库勒斯根据这题材写成《忒拜城前的七雄》。
③ 墨萨利娜（Messalina 公元 15—48）：罗马皇帝克劳第乌斯的妻子，以淫佚著名。
④ 普利安国王（Priam）：《伊利亚特》中的人物，特洛亚城邦的国王。
⑤ 庞达居埃（Pantagruel）：拉伯雷的小说《巨人传》中的主人公。
⑥ 阿尔赛斯特（Alceste）：莫里哀喜剧《愤世者》中的主人公。

Ⅲ

在人世事物中，而且正是作为人世的事物，艺术属于一种特殊的例外。

世界上一切事物之所以美，就在于能够自臻完美；一切事物都具有这种特性：生长、繁殖、增强、获取、进步、一天胜似一天；这同时既是事物的光荣，也是事物的生命。而艺术的美，却在于它无从更臻完美。

现在，让我们发挥一下前面已经略为论述过的根本思想。

一部杰作一经成立，便会永存不朽。第一位诗人成功了，也就是达到了成功的顶峰。你跟随着他攀登而上，即使达到了同样的高度，但决不会比他更高。哦，你的名字就叫但丁好了，但他的名字却叫荷马。

进步，意味着目标不断前移、阶段不断更新，它的视野总是不断变化的。而理想，则并不如此。

进步是科学的推动者；理想是艺术的动力。

这便是为什么"完备大全"适于科学而完全不适于艺术的原因。

一个科学家可以使另一个科学家被人遗忘；而一个诗人则不可能使另一位诗人被人遗忘。

艺术以它自己的方式行进；它和科学一样移动；但层出不穷的艺术创造包含不可变更的成份，亘古不移；而类似科学的一切可赞美的东西，都不过是、也只能是偶然性的结合，它们之中的这一些总要被另一些取而代之。

在科学中是相对的；在艺术中则是一成不变，今天的杰作，明天仍是杰作。莎士比亚于索福克勒斯有何影响？莫里哀于普劳图斯有什么妨碍？即使他从普劳图斯那里得到了《昂菲垂永》①的题材，也并没有因此而有损于他。费加罗难道取消了桑科·庞扎？科第丽亚②难道取消了安蒂哥妮③？没有。诗人不会互相踏在别人肩头上往上爬，这一个不会是那一个的垫脚石。大家都自个儿攀登，除了自己以外就别无依靠。他们的脚下也不会有自己的同道。后来的人尊敬先行者。他们一个跟随一个，绝不互相排挤。美并不驱逐美。狼不会互相吞食，杰作也不会如此。

圣西门④说过（我凭记忆引证）："整个冬天，人们带着赞赏谈论刚布雷⑤先生的著作，突然出现了德·摩先生⑥的著作，后者便把前者吞掉了。"如果圣西门所说的是费纳龙的作品，那末，后来的波须埃的著作便不会把它吞掉。

莎士比亚不在但丁之上，莫里哀也不在阿里斯多芬之上，卡尔德龙⑦不在欧里庇底斯之上，《神曲》不在《创世记》之上，《西班牙民歌总集》不在《奥德赛》之上，西里尤斯⑧不在阿克菊留斯⑨之上。崇高的东西，都是平等的。

人类的灵智，是最大的无限。一切杰作都不停地在其中孕育并且永存。决不会有这一个杰作压迫那一个杰作；也不会有任何

---

① 《昂菲垂永》（Amphytryon）：普劳图斯的著名喜剧，后来先后被罗特洛斯（Rotroce 1609—1650 法国戏剧作家）和莫里哀所模仿，莫里哀写于1668年的同名喜剧要比普劳图斯的原著杰出。
② 科第丽亚（Cordelia）：莎士比亚悲剧《李耳王》中的人物，李耳王的第三个女儿，是一个悲剧人物。
③ 安蒂哥妮（Antigone）：苏福克勒斯同名悲剧的女主人公，一个不幸的人物。
④ 圣西门（Saint-Simon 1675—1755）：法国作家，著有著名的《回忆录》，记录了1691—1723年间法国宫廷情况和贵族习俗。
⑤ 刚布雷（Cambrai）指法国作家费纳龙（Fénelon 1651—1715），他曾任路易十四的孩子的教师，他重要的作品是《黛雷马克》。
⑥ 德·摩先生（M. de Meaux）指法国作家波须埃。
⑦ 卡尔德龙（Calderon 1600—1681）：西班牙戏剧作家。
⑧ 西里尤斯：天狼星。
⑨ 阿克菊留斯：大角星。

撞碰，即使也有拥塞的情形，但也只是表面的，而且很快就过去了。无穷无尽的活动空间可以容纳各种各样的创造。

艺术之作为艺术，就其本身而言，既不前进，也不后退。诗歌的变化，只不过是美的事物有益于人类运动的一些起伏波动。人类的运动，这是问题的另一个方面，我们自然绝不忽视它，并且我们以后还要对它加以细致的考察。艺术不可能有本质的进步。从菲迪亚斯① 到伦勃朗，是运行而不是进步，西占廷教堂② 的壁画对雅典神庙③ 的雕刻丝毫无损。你愿意怎样回溯就怎样回溯好了，从凡尔赛宫④到海德堡大学堂⑤，从海德堡大学堂到巴黎圣母院⑥，从巴黎圣母院到阿兰布拉宫⑦，从阿兰布拉宫到圣索菲教堂⑧，从圣索菲教堂到戈里瑟圆形剧场⑨，从戈里瑟圆形剧场到普罗比芮斯回廊⑩，从普罗比芮斯回廊到金字塔⑪，你可以在千秋万代的时序中节节后退，但你并不是在艺术上节节后退。金字塔和《伊利亚特》始终位列最前。

一切杰作都有同一个水平，那便是绝对。

一旦达到了绝对，作品也就成了。这是无从超越的，眼睛所能承受的晕眩也有一定的限度哩。

诗人们的自信由此而来。他们以高傲的自信心依赖着未来。贺

---

① 菲迪亚斯（Phidias？——约公元前 431）：古希腊雕刻家。
② 西占廷教堂是罗马梵蒂冈著名的教堂，其中的壁画主要是出自米盖朗其罗的手笔。
③ 古希腊雅典城邦有名的庙宇，主要是以菲迪亚斯的雕刻装饰着的。
④ 法国最有名的宫殿，位于巴黎东南十八公里处，兴建于路易十四时期。
⑤ 海德堡是德国内卡河上的一城市，这里有著名的大学堂和古堡。
⑥ 巴黎最有名的教堂，典型的哥特式建筑，始建于 1163 年。
⑦ 古摩尔人有名的宫殿，在西班牙的克亥纳德地方。
⑧ 土耳其斯丹布有名的拜占廷式的教堂，建造于 532—537 年。
⑨ 罗马有名的大剧场，可容纳八万观众，建成于公元 80 年。
⑩ 古希腊雅典城邦有名的建筑，是用大理石建成的，建成于公元前三世纪中叶。
⑪ 古埃及宏伟的建筑，是当时君王们的陵墓，其中最大的高达 138 米。

拉斯说，Exegi Monumentum①。正是在这种情形下，他甚至瞧不起青铜的纪念碑。普劳图斯也说过，Plaudite cives②。高乃依到了六十五岁的高龄，还力图使非常青的龚达德公爵夫人流芳百世，借此来得到她的欢心（这是爱斯古波家族的传统），他这样奉承道：

> 夫人，我在将来的时代里，
> 在那时的人群中还会稍有名声，
> 只因我曾在诗中把您描绘，
> 您在那时也会留下美名。

在诗人与艺术家身上，有着无限，正是这种成分赋予这些天才以坚不可摧的伟大。

这种无限的成分蕴含在艺术之中，而与进步毫不相干。它面对着进步，可能有、而且事实上也有一些责任；但是它并不指靠进步。它不依靠任何属于将来的完善化，不依靠语言的任何变化、习惯用语的增添和消亡。它本身就具有无穷性和无数性；它不可能被任何竞争制服；它在蒙昧时期和在文明盛世，都同样纯粹、超脱和神圣。它是美，虽根据不同的天才而有所不同，但对它自己却永远是平等的，总之，它是至高无上的。

这便是很少有人认识到的艺术的法则。

Ⅳ

科学是另外一回事。

相对性支配着科学，印记在科学之上；这一系列相对性的标记，愈来愈接近真实，构成人的动的信念。

在科学方面，有些东西曾经是一时的杰作，而现在则不是了。

---

① 拉丁文："我完成了一座纪念碑"，见贺拉斯：《短歌》Ⅲ，XXX。
② 拉丁文："拍掌吧，市民们。"

马尔利[1]的机器也曾经是杰作哩。

科学追求永恒的运动。它找到了这一永恒的运动；这便是它自己。

科学为造福而不断活动。

在它那里，一切都活动着、变更着、蜕变着。一切否定一切，一切破坏一切，一切创造一切，一切代替一切。昨天为人们所接受的东西，今天又须拿到磨子上去磨砺一番了。科学这一架巨大的机器永不休息；永不满足；精益求精。牛痘成了问题，避雷针成了问题。杰内[2]也许是瞎摸吧，富兰克林[3]也许是搞错了；那么，我们再探求下去吧！这种噪动真是美妙。在人的周围，科学忧心忡忡；它自有自己的道理。科学在进步中扮演一个有用的脚色。让我们向这位了不起的婢女致敬。

科学引出发明，艺术创造作品。科学是人类的胜利品，是一架梯子，一个科学家踏在另一个肩上攀登。诗歌则是振翼而飞。

....

在艺术中，没有任何上述的情形。艺术不是一一连续的。所有的艺术是一个整体。

....

选自柳鸣九译《雨果论文学》，上海译文出版社 1980 年版。

---

[1] 马尔利(Marly)：凡尔赛附近塞纳河上的一小村落,设有抽水机供凡尔赛用水，以此而著名。
[2] 杰内（Jenner 1749—1823）：英国医生，牛痘的发明者。
[3] 富兰克林（Franklin 1706—1790）：美国哲学家、物理学家、政治家、避雷针的发明者。

《英国文学史》序言

〔法国〕泰纳

Ⅱ

当你用你的眼睛去观察一个看得见的人的时候,你在寻找什么呢?你是在寻找那个看不见的人。你所听到的谈话,你所看见的各种行动和事实,例如他的姿势、他的头部的转动、他所穿的衣服,都只是一些外表;在它们的下面还出现某种东西,那就是灵魂。一个内部的人被隐藏在一个外部的人的下面;后者只是表现前者。你去看他的房子、家具、衣服;那是为了从这些事物中发现他的习惯和嗜好的标志,他在文雅或朴素、奢华或节俭、愚蠢或精明等方面,到达怎样的程度。你去听他的谈话,注意他的声调的抑扬、他的态度的变化;那是为了判断他的生命力的状况、他的忘我或快乐,他的活力或节制。你去观察他的写作、他的艺术产品、他的商业经营或政治冒险;那是为了衡量他的智力的范围和限度,他的创造性,他的沉着,为了探寻他的思想的程序、特点、一般能力,思考问题和解决问题的方式。所有这些外表都不过是条条的道路,通向一个中心;你走进这些道路,只是为了到达那个中心;而那个中心就是真正的人,我指的是才能和情感的总体,它们是内部的人。我们到达了一个无限的新世界,因为我们所看见的每一个行动都包含思考、感情以及新旧感觉之间的一个无限的联系,这些东西的任务是显现这一新世界,并且它们好像深埋地下的岩石,在新世界中找到了它们的目的和应有的地位。这个隐蔽的世界,特别对历史家来说,是一个新的课题。如果他的识别能力受到足够的训练的话,他就能从一座建筑物的每个细节、一幅图画的每个笔触、一篇写作的每个短语中，发觉特殊的感觉，懂得了细节、笔触或短语都是从这感觉而来的；他置身于艺术家或作家的灵魂所扮演的戏剧中；举凡字的选择、句的简短或长度、比喻的性质、诗行的音节、论点的展开，对他都是一个象征；当他的眼睛看着那一段文字的时候，他的全副精神都在追踪着感情和概念之不断的发展和不断变化的连续，而这段文字便是从这种发展和连续之中产生的；总之，他是在研究这段文字所含的心理学。……

Ⅲ

当你已在人的身上观察并注意一个、两个、三个、以至多个感觉的时候，这就算是足够了吗，或者你的知识就显得完全了吗？心理学就只是一系列的观察吗？不是的；这儿也和别处一样，我们在搜集事实之后，还必须找出原因。不论事实属于肉体或属于道德，它们都有它们的原因；野心、勇敢、真理，各有它的原因，同样，消化、肌肉的运动、体温，也各有它的原因。就象硫酸和糖一样，罪过和德行都是某些原因的产物；每一个复杂的现象，产生于它所依存的另一些比较简单的现象。那么，就象找出产生多样肉体性质的简单现象那样，让我们找出产生多样道德性质的简单现象来吧；……

Ⅴ

有助于产生这个基本的道德状态的，是三个不同的根源——"种族"[①]、"环境"和"时代"。我们所谓的种族，是指天生的和遗传的那些倾向，人带着它们来到这个世界上，而且它们通常更和身体的气质与结构所含的明显差别相结合。这些倾向因民族的不

---

① "种族"：英译文为 race，亦译"人种"。

同而不同。人和牛马一样，存在着不同的天性，某些人勇敢而聪明，某些人胆小而存依赖心，某些人能有高级的概念和创造，某些人只有初步的观念和设计，某些人更适合于特殊的工作，并且生来就有更丰富的特殊的本能，正如我们遇见这一类的狗优于另一类的狗——这些狗会追逐，那些狗会战斗，那些狗会打猎，这些狗会看家或牧羊。这儿我们有一种突出的力量①——它是如此突出，以致我们仍能在其他两种动力②给人所产生的巨大偏向之中，把这一力量辨别出来；一个种族，如古老的阿利安人，散布于从恒河到赫布里底③的地带，定居于具有各种气候的地区，生活在各个阶段的文明中，经过三十个世纪的变革而起着变化，然而在它的语言、宗教、文学、哲学中，仍显示出血统和智力的共同点，直到今天，这个共同点还把这一种族的各个支派结合起来。这些支派虽然不同，但他们的血统并没有被消灭；野蛮、文化和移植、天空和土壤的不同，命运的好坏，都不曾起作用：原始模型的巨大标记仍然存在，我们仍能从时代所给予他们的第二性的痕迹下面，发现原始印记所含有的两个或三个显著特征。……

　　我们这样勾画出了种族的内部结构之后，必须考察种族生存于其中的环境。因为人在世界上不是孤立的；自然界环绕着他，人类环绕着他；偶然性的和第二性的倾向掩盖了他的原始的倾向，并且物质环境或社会环境在影响事物的本质时，起了干扰或凝固的作用。有时，气候产生过影响。虽然我们只能模糊地追溯，阿利安人如何从他们共同的故乡到达他们最终分别定居的地方，但是我们却能断言，以日耳曼民族为一方面和以希腊民族与拉丁民族为一方面、二者之间所显出的深刻差异，主要是由于他们所居住

---

① "力量"：英译文为 force。
② "动力"：英译文为 motive force。
③ 赫布里底（Hebrides）：群岛，在苏格兰的西面。

的国家之间的差异：有的住在寒冷潮湿的地带，深入崎岖卑湿的森林或濒临惊涛骇浪的海岸，为忧郁或过激的感觉所缠绕，倾向于狂醉和贪食，喜欢战斗流血的生活；其他的却住在可爱的风景区，站在光明愉快的海岸上，向往于航海或商业，并没有强大的胃欲，一开始就倾向于社会的事物，固定的国家组织，以及属于感情和气质方面的发展雄辩术、鉴赏力、科学发明、文学、艺术等。有时，国家的政策也起着作用，例如意大利的两种文明便是这样形成的：第一种① 完全倾向于行动、征服、政治、立法，这是由于用以自卫的城的原来位置②、边境的大市场、武装的贵族政权，这些贵族弄来许多外国人或被征服者，加以训练，建立了两支互相敌对的军队，于是无法摆脱内部不和与贪婪本能，而只有经常的战争了；另一种③ 则由于各个城邦政权的稳固、教皇的世界地位以及邻国的军事干涉，因而没有统一的政治局面和任何巨大的政治野心，但这种文明受到高尚和谐的精神的全面指导，而趋向于对快乐和美的崇拜。有时，社会的种种情况也会打下它们的烙印，如十八个世纪以前的基督教，和二十五个世纪以前的佛教，当时在地中海周围，以及在印度斯坦，阿利安的征服和它的文明产生了一些最后的结果，造成了难于忍受的压迫、个人的被征服、极度的失望，以及认为世界是苦恼的思想，同时也发展了形而上学和神话，以致处在这悲惨地狱中的人感到他的心已经软化，便产生自我否定、慈悲、温柔、驯良、谦逊、博爱等观念——那儿，是抱着一切皆空的想法，这儿，是处于上帝的天父般的威权之下。你应该看看你的周围，看看那个植根于一个种族之中而控制一切的本能和才能吧——简而言之，那就是今天这个种族在

---

① 指古代罗马时期。
② 指罗马城。
③ 指文艺复兴时期。

思考和行动时，它的智力所表现的状态：你将会时常发现，某些持续的局面以及周围的环境、顽强而巨大的压力，被加于一个人类集体而起着作用，使这一集体中从个别到一般，都受到这种作用的陶铸和塑造；……在英国，政治秩序的建立已有八个世纪之久，它使一个人成为正直而可敬，自立而服从，习惯于在法律的威权下进行联合斗争；……这种本能和才能也是陶铸原始人的最有效的、显然可见的原因：它们之于民族，有如教育、经历、条件、住所之于个人；而且它们似乎包罗一切，因为它们包罗一切外力，这些外力给予人类事物以规范，并使外部作用于内部。

还有一个第三级的原因；因为，同内力和外力一起，存在着一个内、外力所共同产生的作用，这个作用又有助于产生以后的作用。除了永恒的冲动和特定的环境外，还有一个后天的动量①。当民族性格和周围环境发生影响的时候，它们不是影响于一张白纸，而是影响于一个已经印有标记的底子。人们在不同的顷间里运用这个底子，因而印记也不相同；这就使得整个效果也不相同。例如，考察一下文学或艺术的两个时代——高乃依时代的和伏尔泰时代的法国文学，埃斯库罗斯时代的和欧里庇得斯时代的希腊戏剧，达·芬奇时代的和伽多②时代的意大利绘画。真的，在这两个极端的任何一端上，一般的思想并没有变；再现或描画的主题，总还是同样的、人的类型；诗句的格式、戏剧的结构、人体的形式，也都持续不变。但是，在若干差异之中，却有这样一种差异，即一个艺术家是先驱者，另一个是后继者；第一个没有范本，第二个有范本；第一个面对面地观看事物，第二个通过第一个来观看事物；艺术的许多主干丧失了，许多细节完美了，印象的简洁庄严减少了，悦人的优美的形式增加了——总而言之，第

---

① "动量"：英译文为 momentum。
② 伽多（Reni Guido，约 1575—1642）：意大利画家，开创浮靡的画风。

一个作品影响了第二个作品。因此一个民族的情况就像一种植物的情况;相同的树液、温度和土壤,却在向前发展的若干不同阶段里产生出不同的形态、芽、花、果、子、壳,其方式是必须有它的前驱者,必须从前驱者的死亡中诞生。现在,如果你不再考察一个像我们自己所处的那样简短的时代,而是考察包括一个或多个世纪的很长的时间,像中世纪或我们的后一个的古典时期[①],那么,其结论也将类似。某个支配观念已经占了优势;人们在二百年中、在五百年中,为他们自己提供了人的某种理想的模范:在中世纪是骑士和僧侣;在我们的古典时期是朝臣,是讲话漂亮的人。这种新创而又普遍的观念,出现在整个行为和思想的领域里;当它以毫不自觉却又成为体系的一些作品覆盖了世界之后,它就消萎了、死去了,而一个新的观念兴起了,它注定要占同样的支配地位,创造同样多的事物。这儿要记着,后者部分地依靠于前者,前者以其自身的影响去结合民族思想和周围境况的影响,从而把它的倾向和方向给了每个新创事物。……我们可以如此断言:若干世纪的主流把我们导向一些不可预知的创造,这些创造全由这三个原始力量所产生和控制;如果这些力量是能够加以衡量和计算的话,那么我们就会从它们那里,犹如从一个公式上演绎出未来文明的特征;尽管我们的计算显然是粗略的,我们的衡量根本上也不精确,但是,如果我们现在企图对我们的一般命运提出某种看法的话,我们的预言的基础仍必须建筑在对这些力量的考察上。因为,我们在列举它们时,已接触到这些动因的整个范围;我们在考察那作为内部主源、外部压力和后天动量的"种族"、"环境"和"时代"时,我们不仅彻底研究了实际原因的全部,也彻底研究了可能的动因的全部。

---

① 指十七世纪法国古典主义时期。

VIII

……如果一部文学作品内容丰富，并且人们知道如何去解释它，那么我们在这作品中所找到的，会是一种人的心理，时常也就是一个时代的心理，有时更是一个种族的心理。从这方面看来，一首伟大的诗、一部优美的小说、一个高尚人物的忏悔录，要比许多历史家和他们的历史著作对我们更有教益，我宁愿放弃五十卷宪章和一百卷政府公文，以换取契利尼[①]的回忆录、圣保罗的书信集、路德的《席上谈》，或阿里斯多芬的喜剧。这儿存在着文学作品的重要性：它们有教育的意义，因为它们是美的；它们的功用随它们的完美而增加；如果它也提供了一些文件，那是因为它们是纪念碑。一部书越是表达感情，它越是一部文学作品；因为文学的真正的使命就是使感情成为可见的东西。一部书越能表达重要的感情，它在文学上的地位就越高；因为一个作家只有表达整个民族和整个时代的生存方式，才能在自己的周围招致整个时代和整个民族的共同感情。此所以在一些能使我们见到前代感情的写作之中，文学，尤其是伟大的文学，是无比地最好的东西。……

杨烈 译　伍蠡甫 校
根据凡·隆〔H. Van Laun〕
英译本，爱丁堡版，1873年

[①] 契利尼（Benvenuto Cellini, 1500—1571）意大利雕铜艺术家，著有《自传》。

艺术哲学

〔法国〕丹纳

第一编 艺术品的本质及其产生
第一章 艺术品的本质

二

美学的第一个和主要的问题是艺术的定义。什么叫做艺术？本质是什么？我想把我的方法立刻应用在这个问题上。——我不提出什么公式，只让你们接触事实。这里和旁的地方一样，有许多确切的事实可以观察，就是按照派别陈列在美术馆中的"艺术品"，如同标本室里的植物和博物馆里的动物一般。艺术品和动植物，我们都可加以分析；既可以探求动植物的大概情形，也可以探求艺术品的大概情形。研究后者和研究前者一样，毋须越出我们的经验；全部工作只是用许多比较和逐步淘汰的方法，揭露一切艺术品的共同点，同时揭露艺术品与人类其他产物的显著的不同点。

在诗歌，雕塑，绘画，建筑，音乐五大艺术中，后面两种解释比较困难，留待以后讨论；现在先考察前面三种。你们都看到这三种有一个共同的特征，就是多多少少是"模仿的"艺术。

初看之下，好像这个特征便是三种艺术的本质，它们的目的便是尽量正确的模仿。显而易见，一座雕像的目的是要逼真的模仿一个生动的人，一幅画的目的是要刻划真实的人物与真实的姿态，按照现实所提供的形象描写室内的景物或野外的风光。同样清楚的是，一出戏，一部小说，都企图很正确的表现一些真实的人物,行动,说话,尽可能的给人一个最明确最忠实的形象。假如形象表现不充分或不正确,我们会对雕塑家说:"一个胸脯或者一条腿不是这样塑造的。"我们会对画家说:"你的第二景的人物太大了,树木的色调不真实。"我们会对作家说:"一个人的感受和思想,从来不像你所假定的那样。"

可是还有更有力的证据,首先是日常经验。只消看看艺术家的生平,就发觉通常都分做两个部分。第一部分是青年期与成熟期:艺术家注意事物,很仔细很热心的研究,把事物放在眼前;他花尽心血要表现事物,忠实的程度不但到家,甚至于过分。到了一生的某一时期,艺术家以为对事物认识够了,没有新东西可发见了,就离开活生生的模型,依靠从经验中搜集来的诀窍写戏,写小说,作画,塑像。第一个时期是真情实感的时期;第二个时期是墨守成法与衰退的时期。便是最了不起的大作家,几乎生平都有这样两个部分。——弥盖朗琪罗的第一阶段很长,不下六十年之久;那个阶段中的全部作品充满着力的感觉和英雄气概。艺术家整个儿浸在这些感情中间,没有别的念头。他做的许多解剖,画的无数的素描,经常对自己作的内心分析,对悲壮的情感和反映在肉体上的表情的研究,在他不过是手段,目的是要表达他所热爱的那股勇于斗争的力。西克施庭教堂的整个天顶和每个屋角〔三十三至三十七岁间的作品〕,①给你们的印象就是这样。然后你们不妨走进紧邻的保里纳教堂,考察一下他晚年的〔六十七至七十五岁间〕作品:《圣·保禄的改宗》与《圣·彼得上十字架》;也不妨看看他六十七岁时在西克施庭所作的壁画:《最后之审判》。不但内行,连外行也会注意到:那两张壁画②是按照一定的程式画

---

① 凡是六角号(〔 〕)内的文字,都是译者附加的简短说明。——西克施庭天顶画的题材是《圣经》上的《创世纪》与许多男女先知;弥盖朗琪罗在三十年后又为西克施庭教堂作大壁画,即《最后之审判》。

② 指保里纳教堂中的《圣·保禄的改宗》与《圣·彼得上十字架》。

的；艺术家掌握了相当数量的形式，凭着成见运用，惊人的姿势越来越多，缩短距离的透视技术越来越巧妙；但在滥用成法，技巧高于一切的情形之下，早期作品所有的生动的创造，表现的自然，热情奔放，绝对真实等等的优点，这里都不见了，至少丧失了一部分；弥盖朗琪罗虽则还胜过别人，但和他过去的成就相比已经大为逊色了。

同样的评语对另外一个人，对我们法国的弥盖朗琪罗也适用。高乃依①早期也受着力的感觉和英雄精神的吸引。新建的君主国〔十七世纪时的法国〕继承了宗教战争的强烈的感情，动辄决斗的人做出许多大胆的行动，封建意识尚未消灭的心中充满着高傲的荣誉感，宫廷中尽是皇亲国戚的阴谋与黎希留的镇压所造成的血腥的悲剧。高乃依耳濡目染，创造了希曼纳和熙德，包里欧克德和保丽纳，高乃莉，赛多吕斯，爱弥丽和荷拉斯一类的人物。后来，他写了《班大里德》，《阿提拉》和许多失败的戏，情节甚至于骇人听闻，浮夸的辞藻湮没了豪侠的精神。那时，他过去观察到的活生生的模型在上流社会的舞台上不再触目皆是，至少作者不再去找活的模型，不更新他创作的灵感。他只凭诀窍写作，只记得以前热情奋发的时期所找到的方法，只依赖文学理论，只讲究情节的变化和大胆的手法。他抄袭自己，夸大自己。他不再直接观察激昂的情绪与英勇的行为，而用技巧，计划，成规来代替。他不再创作而是制造了。

不但这个或那个大师的生平，便是每个大的艺术宗派的历史，也证明模仿活生生的模型和密切注视现实的必要。一切宗派，我认为没有例外，都是在忘掉正确的模仿，抛弃活的模型的时候衰落的。在绘画方面，这种情形见之于弥盖朗琪罗以后制造紧张的

---

① 大家知道高乃依是悲剧作家，所谓"法国的弥盖朗琪罗"是指精神上的气质相近。

肌肉与过火的姿态的画家，见之于威尼斯诸大家以后醉心舞台装饰与滚圆的肉体的人，见之于十八世纪法国绘画销歇的时候的学院派画家和闺房画家。文学方面的例子是颓废时代的拉丁诗人和拙劣的辞章家；是结束英国戏剧的专讲刺激，华而不实的剧作家；是意大利衰落时期制造十四行诗，卖弄警句，一味浮夸的作家。在这些例子中，我只举出两个，但是很显著的两个。——第一是古代的雕塑与绘画的没落。只要参观庞贝依和拉凡纳两地，我们就有一个鲜明的印象。庞贝依的雕塑与绘画是公元一世纪的作品；拉凡纳的宝石镶嵌是六世纪的作品，最早的可以追溯到查斯丁尼安皇帝的时代〔六世纪前半期〕。这五百年中间，艺术败坏到不可救药的地步，而这败坏完全是由于忘记了活生生的模型。第一世纪时，练身场的风俗和异教趣味都还留存：男子还穿着便于脱卸的宽大的衣服，经常进公共浴场，裸着身体锻炼，观看圆场中的搏斗，心领神会的欣赏肉体的活泼的姿势。他们的雕塑家，画家，艺术家，周围尽是裸体的或半裸体的模型，尽可加以复制。所以在庞贝依的壁上，狭小的家庭神堂里，天井里，我们能看到许多美丽的跳舞女子，英俊活泼的青年英雄，胸脯结实，脚腿轻健，所有的举动和肉体的形式都表现得那么正确，那么自在，我们今日便是下了最细致的功夫也望尘莫及。以后五百年间，情形逐渐变化。异教的风俗，锻炼身体的习惯，对裸体的爱好，——消失。身体不再暴露而用复杂的衣著隐蔽，加上绣件，红布，东方式的华丽的装饰。社会重视的不是技击手和青少年了，而是太监，书记，妇女，僧侣；禁欲主义开始传布，跟着来的是颓废的幻想，空洞的争论，舞文弄墨，无事生非的风气。拜占庭帝国的无聊的饶舌家，代替了英勇的希腊运动员和顽强的罗马战士。关于人体的知识与研究逐渐禁止。人体看不见了；眼睛所接触的只有前代大师的作品，艺术家只能临摹这些作品，不久只能临摹临本的临本。辗转相传，越来越间接；每一代的人都和原来的模型远离一步。艺术家不再有个人的思想，个人的情感，不过是一架印版式的机器。教士们①自称绝不创新，只照抄传统所指示而为当局所认可的面貌。作者与现实分离的结果，艺术就变成你们在拉凡纳看到的情形。到五个世纪之末，艺术家表现的人只有坐与立两种姿势，别的姿势太难了，无法表现。画上手脚僵硬，仿佛是断裂的；衣褶像木头的裂痕，人物像傀儡，一双眼睛占满整个的脸。艺术到了这个田地，真是病入膏肓，行将就木了。

上一世纪我国另一种艺术的衰落，情形相仿，原因也差不多。路易十四时代，法国文学产生了一种完美的风格，纯粹，精雅，朴素，无与伦比，尤其是戏剧语言和戏剧诗，全欧洲都认为是人类的杰作。因为作家四周全是活生生的模型，而且作家不断的加以观察。路易十四说话的艺术极高，庄重，严肃，动听，不愧帝皇风度。从朝臣的书信，文件，杂记上面，我们知道贵族的口吻，从头至尾的风雅，用字的恰当，态度的庄严，长于辞令的艺术，在出入宫廷的近臣之间像王侯之间一样普遍，所以和他们来往的作家只消在记忆与经验中搜索一下，就能为他的艺术找到极好的材料。

到一个世纪之末，在拉辛与特里尔之间，②情形大变。古典时代的谈吐与诗句所引起的钦佩，使人不再观察活的人物，而只研究描写那些人物的悲剧。用作模型的不是人而是作家了。社会上形成一套刻板的语言，学院派的文体，装点门面的神话，矫揉造作的诗句，字汇都经过审定，认可，采自优秀的作家。上一世纪〔十八世纪〕末期，本世纪〔十九世纪〕初期，就盛行那种可厌的文风和莫名其妙的语言，前后换韵有一定，对事物不敢直呼其名，说到大炮要用一句转弯抹角的话代替，提到海洋一定说是阿姆非

---

① 中世纪的艺术像其他学术一样为教会垄断，故当时艺术家大都是教士；且作者此言已越出五、六世纪的范围而泛指整个中世纪。

② 拉辛与特里尔之间的年代大约等于整个十八世纪。

德累提女神。重重束缚之下的思想谈不到什么个性，真实性和生命。那种文学可以说是老冬烘学会的出品，而那种学会只配办一个拉丁诗制造所。

由此所得的结论似乎艺术家应当全神贯注的看着现实世界，才能尽量逼真的模仿，而整个艺术就在于正确与完全的模仿。

三

这个结论是否从各方面看都正确呢？应不应该就肯定说，绝对正确的模仿是艺术的目的呢？

倘是这样，诸位先生，那末绝对正确的模仿必定产生最美的作品。然而事实并不如此。以雕塑而论，用模子浇铸是复制实物最忠实最到家的办法，可是一件好的浇铸品当然不如一个好的雕塑。——在另一部门内，摄影是艺术，能在平面上靠了线条与浓淡把实物的轮廓与形体复制出来，而且极其完全，决不错误。毫无疑问，摄影对绘画是很好的助手；在某些有修养的聪明人手里，摄影有时也处理得很有风趣；但决没有人拿摄影与绘画相提并论。——再举一个最后的例子，假定正确的模仿真是艺术的最高目的，那末你们知道什么是最好的悲剧，最好的喜剧，最好的杂剧呢？应该是重罪庭上的速记，那是把所有的话都记下来的。可是事情很清楚，即使偶尔在法院的速记中找到自然的句子，奔放的感情，也只是沙里淘金。速记能供给作家材料，但速记本身并非艺术品。

或许有人说，摄影，浇铸，速记，都是用的机械方法，应当撇开机械，用人的作品来比较。那末就以最工细最正确的艺术品来说吧。卢佛美术馆有一幅但纳的画。但纳用放大镜工作，一幅肖像要画四年；他画出皮肤的纹缕，颧骨上细微莫辨的血筋，散在鼻子上的黑斑，透迤曲折，伏在表皮底下的细小至极的淡蓝的血管；他把脸上的一切都包罗尽了，眼珠的明亮甚至把周围的东西都反射出来。你看了简直会发愣：好像是一个真人的头，大有脱框而出的神气；这样成功这样耐性的作品从来没见过。可是梵·代克的一张笔致豪放的速写就比但纳的肖像有力百倍；而且不论是绘画是别的艺术，哄骗眼睛的东西都不受重视。

还有第二个更有力的证据说明正确的模仿并非艺术的目的，就是事实上某些艺术有心与实物不符，首先是雕塑。一座雕像通常只有一个色调，或是青铜的颜色，或是云石①的颜色；雕像的眼睛没有眼珠；但正是色调的单纯和表情的淡薄构成雕像的美。我们不妨看看逼真到极点的作品。那不勒斯和西班牙的教堂里有些著色穿衣的雕像，圣者披着真正的道袍，面黄肌瘦，正合乎苦行僧的皮色，血迹斑斑的手和洞穿的腰部确是钉过十字架的标记；周围的圣母衣著华丽，打扮得像过节一般，穿着闪光的绸缎，头上戴着冠冕，挂着贵重的项链，鲜明的缎带，美丽的花边，皮肤红润，双目炯炯，眼珠用宝石嵌成。艺术家这种过分正确的模仿不是给人快感，而是引起反感，憎厌，甚至令人作呕。

在文学方面亦然如此。半数最好的戏剧诗，全部希腊和法国的古典剧，绝大部分的西班牙和英国戏剧，非但不模仿普通的谈话，反而故意改变人的语言。每个戏剧诗人都叫他的人物用韵文讲话，台词有节奏，往往还押韵。这种作假是否损害作品呢？绝对不损害。现代有一部杰作在这方面作的试验极有意义：歌德的《依斐日尼》先用散文写成，后来又改写为诗剧。散文的《依斐日尼》固然很美，但变了诗歌更了不起。显然因为改变了日常的语言，用了节奏和音律，作品才有那种无可比拟的声调，高远的境界，从头至尾气势壮阔，慷慨激昂的歌声，使读者超临在庸俗生活之上，看到古代的英雄，浑朴的原始民族；那个庄严的处女

---

① 云石即大理石，因大理为我国地名，不宜出之于西欧作家之口，故改译为云石。且雕塑用的云石多半是全白的，与大理石尚有区别。

〔依斐日尼〕既是神明的代言人,又是法律的守卫者,又是人类的保护人;诗人把人性中所有仁爱与高尚的成分集中在她身上,赞美我们的族类,鼓舞我们的精神。

四

由此可见,艺术应当力求形似的是对象的某些东西而非全部。我们要辨别出这个需要模仿的部分;我可以预先回答,那是"各个部分之间的关系与相互依赖"。原谅我用这个抽象的定义,你们听了下文就会明白。

比如你面前有一个活的模型,或是男子,或是女人,你用来临摹的工具只有一支铅笔,一张比手掌大两倍的纸;当然不能要求你把四肢的大小照样复制,你的纸太小了;也不能要你画出四肢的色调,你手头只有黑白两色。所要求你的只是把对象的"关系",首先是比例,就是大小的关系,复制出来。头有多少长,身体的长度就应该若干倍于头,手臂与腿的长度也应该以头为标准,其余的部分都是这样——其次,你还得把姿势的形式或关系复制出来:对象身上的某种曲线,某种椭圆形,某种三角形,某种曲折,都要用性质相同的线条描画。总而言之,需要复制的不是别的,而是连接各个部分的关系;需要表达的不是肉体的单纯的外表,而是肉体的逻辑。

同样,你面前有一群活动的人,或是平民生活的一景,或是上流社会的一景,要你描写。你有你的眼睛,你的耳朵,你的记忆,或许还有一支铅笔可以临时写五六条笔记:工具很少,可是够了。因为人家不要求你报告十来二十个人的全部谈话,全部动作,全部行为。在这里像刚才一样,只要求你记录比例,关系,首先是正确保持行为的比例;倘若人物所表现的是野心,你的描写就得以野心为主;倘是吝啬,就以吝啬为主;倘是激烈,就以激烈为主。其次要注意这些行为之间的相互关系,就是要表现出一句话是另外一句引起的，一种感情，一种思想，一种决定，是另一种感情，另一种思想，另一种决定促发的，也是人物当时的处境促发的，也是你认为他所具备的总的性格促发的。总之，文学作品像绘画一样，不是要写人物和事故的外部表象，而是要写人物与事故的整个关系和主客的性质，就是说逻辑。因此，一般而论，我们在实物中感到兴趣而要求艺术家摘录和表现的，无非是实物内部外部的逻辑，换句话说，是事物的结构，组织与配合。

你们看，我们在哪一点上修正了我们的第一个定义；这并非推翻第一个定义，而是加以澄清。我们现在发见的是艺术的更高级的特征，有了这个特征，艺术才成为理智的产物而不仅是手工的出品。

五

以上的解释是不是够了？我们所看见的艺术品是否以单单复制各个部分的关系为限？绝对不是。因为最大的艺术宗派正是把真实的关系改变最多的。

比如考察意大利派，以其中最大的艺术家弥盖朗琪罗为例；为了有个明确的观念，你们不妨回想一下他的杰作，放在佛罗棱萨梅提契墓上的四个云石雕像。你们之中没有见过原作的人，至少熟悉复制品。在两个男人身上，尤其在一个睡着，一个正在醒来的女人身上，各个部分的比例毫无问题与真人的比例不同。便是在意大利也找不到那样的人物。你可以看见衣著华丽，年轻貌美的女子，眼睛发亮，蛮气十足的乡下人，肌肉结实，举止大方的画院中的模特儿；可是不论在乡村中，在庆祝会上，在画室里，不论在意大利还是在旁的地方，不论是现在还是十六世纪，没有一个真正的男人女人，和弥盖朗琪罗陈列在梅提契庙堂中的愤激的英雄，心情悲痛的巨人式的处女相象。弥盖朗琪罗的典型是在他自己心中，在他自己的性格中找到的。要在心中找到这样的典型，艺术家必须是个生性孤独，好深思，爱正义的人，是个慷慨豪放，容易激动的人，流落在萎靡与腐化的群众之间，周围尽是欺诈与压迫，专制与不义，自由与乡土都受到摧残，连自己的生命也受着威胁，觉得活着不过是苟延残喘，既不甘屈服，只有整个儿逃避在艺术中间；但在备受奴役的缄默之下，他的伟大的心灵和悲痛的情绪还是在艺术上尽情倾诉。弥盖朗琪罗在那个睡着的雕像的座子上写着："只要世上还有苦难和羞辱，睡眠是甜蜜的，要能成为顽石，那就更好。一无所见，一无所感，便是我的福气；因此别惊醒我。啊！说话轻些吧！"他受着这样的情绪鼓动，才会创造那些形体；为了表现这情绪，他才改变正常的比例，把躯干与四肢加长，把上半身弯向前面，眼眶特别凹陷，额上的皱痕像攒眉怒目的狮子，肩膀上堆着重重叠叠的肌肉，背上的筋和脊骨扭做一团，像一条拉得太紧，快要折断的铁索一般紧张。

同样，我们来考察法兰德斯画派；在这个画派中以大师卢本斯为例，在卢本斯的作品中以最触目的一幅《甘尔迈斯》①为例。这幅画不比弥盖朗琪罗的四座雕像更接近普通的比例。你们不妨到法兰德斯看看真实的人物。即使在他们高高兴兴，大吃大喝的时候，在盎凡尔斯和别处的巨人节上，也只有一些酒醉饭饱的老百姓，心平气和的抽着烟，冷静，懂事，神色黯淡，脸上的粗线条很不规则，颇像丹尼埃笔下的人物；至于《甘尔迈斯》画上那批精壮的粗汉，你可绝对找不到，卢本斯是在别处搜罗来的。在残酷的宗教战争以后，肥沃的法兰德斯②受了长时期的蹂躏，终

---

① "甘尔迈斯"是法兰德斯民族特有的宗教节日。巨人节则是另一种为传说中的巨人举行的庆祝会。两种节会都每年举行。

② 十七世纪以前，今之荷兰及比利时均未独立。法国的北方州，阿多阿州，今比利时之一半，荷兰滨海的齐兰德一省，统称为法兰德斯，历受勃艮第公国，日耳曼帝国及西班牙的统治。美术史对于该地区的艺术，至卢本斯在世时为止（十七世纪中叶）均称法兰德斯派。十七世纪中始分出荷兰画派；但在十六世纪末叶显然带着独特面目的北方画家，美术史家亦已归入荷兰画派。

于重享太平；土地那么富饶，人民那么安分，社会的繁荣安乐一下子就恢复过来。个个人体会到丰衣足食的新兴气象；现在和过去对比之下，粗野的本能不再抑制而尽量要求享受，正如长期挨饿的牛马遇到青葱的草原，满坑满谷的刍秣。卢本斯自己就体会到这个境界，所以在他大批描绘的鲜艳洁白的裸体上面，在肉欲旺盛的血色上面，在毫无顾忌的放荡中间，尽量炫耀生活的富裕，肉的满足，尽情发泄的粗野的快乐。为了表现这种感觉，卢本斯画的《甘尔迈斯》才把躯干加阔，大腿加粗，腰部扭曲；人物才画得满面红光，披头散发，眼中有一团粗犷的火气流露出漫无节制的欲望；还有狼吞虎咽的喧哗，打烂的酒壶，翻倒的桌子，叫嚷，接吻，闹酒，总之是从来没有一个画家描写过的兽性大发的场面。

　　以上两个例子给你们说明，艺术家改变各个部分的关系，一定是向同一方向改变，而且是有意改变的，目的在于使对象的某一个"主要特征"，也就是艺术家对那个对象所抱的主要观念，显得特别清楚。诸位先生，我们要记住"主要特征"这个名词。这特征便是哲学家说的事物的"本质"，所以他们说艺术的目的是表现事物的本质。"本质"是专门名词，可以不用，我们只说艺术的目的是表现事物的主要特征，表现事物的某个凸出而显著的属性，某个重要观点，某种主要状态。

　　这儿我们接触到艺术的真正的定义了，这个定义应当理解得很清楚；我们要强调并且明确的指出，什么叫做主要特征。我可以马上回答说："主要特征是一种属性；所有别的属性，或至少是许多别的属性，都是根据一定的关系从主要特征引伸出来的。原谅我又来一次抽象的解释，等会有了例子就会明白。

　　狮子的主要特征，生物学上据以分类的特征，是大型的肉食兽。所有的特点，不论是属于体格方面的还是属于性格方面的，几乎都从这一点上引伸出来。先看身体：牙齿像剪刀，上下颚的构造正好磨碎食物；而且这也是必需的，因为是肉食兽，需要吃活的动物。为了运用上下颚这两把大钳子，需要极其巨大的肌肉；为了安放这些肌肉，又需要比例相当的太阳穴。狮子脚上也有钳子，就是伸缩自如的利爪，它走路脚尖着力，所以行动轻捷；粗壮的大腿能像弹簧一般把身体抛掷出去；眼睛在黑夜里看得很清楚，因为黑夜是猎食最好的时间。一位生物学家给我看一副狮子的骨骼，对我说：“这简直是一架活动钳床。”一切性格上的特点也完全一致：先是嗜血的本能，除了鲜肉，不吃别的东西；其次是神经特别坚强，使它一刹那间能集中大量的气力来攻击或防卫；另一方面有昏昏欲睡的习惯，空闲的时间神气迟钝，严肃，阴沉，为了猎食而紧张过后大打呵欠。所有这些性格都是从肉食兽的特征上来的，所以我们把肉食兽叫做狮子的主要特征。

　　再研究一个比较困难的例子，研究一个地区，连同它的结构，外形，耕作，植物，动物，居民，城市等等的无数细节在内，比如尼德兰。[①] 尼德兰的主要特征是"冲积土"，就是河流把淤泥带到出口的地方，积聚为陆地。单单从"冲积土"这个名词上就产生无数的特点构成地区的全部外形,不仅构成地理的外貌和本质，并且构成居民及其事业的特色,精神与物质方面的性质。第一，那里的自然界是潮湿而肥沃的平原。那是必然的，因为河流又多又宽，有大量的腐植土。平原上四季常青；因为那些懒洋洋的平静的江河，以及在平坦与潮湿的地上很容易开凿的无数的运河，使空气永远滋润。你们单凭推想就能知道当地的景色：灰白的天空经常有暴雨掠过，便是晴天也像笼着轻纱一般，因为湿漉漉的泥地上飘起一阵阵稀薄的水气，织成一个透明的天幕，一匹雪花般

---

① 尼德兰一字的意义就是"低地"，今荷兰即称为"尼德兰王国"。但这里所指的尼德兰是一个区域更广的地理名称，包括今荷兰，比利时及卢森堡的全部，也即包括除法国各州以外的全部法兰德斯地区。

的绝细的纱罗，罩在一望无际，满眼青绿的大地上。再看那个区域的生物：品种极多与数量丰富的饲料，招来成群结队的牲畜，或是蹲伏在草上，或是满口嚼着草料，把茫无边际的青葱的平原布满了黄的，白的，黑的斑点。由此产生的大量乳类和肉类，加上肥沃的土地所生产的谷物和菜蔬，使居民有充足而廉价的食物。可以说那个地方是水生草，草生牛羊，牛羊生乳饼，生奶油，生鲜肉；而就是乳饼，奶油，鲜肉，加上啤酒，养活了居民。你们可以看到，法兰德斯人的气质的确是在富足的生活与饱和水汽的自然界中养成的：例如冷静的性格，有规律的习惯，心情脾气的安定，稳健的人生观，永远知足，喜欢过安乐的生活，讲究清洁和舒服。——主要特征后果深远，连城市的面貌都受到影响。冲积土的地区没有建筑用的石头，只有窑里烧出来的粘土和砖瓦；因为雨水多，雨势猛，所以屋面极度倾斜；因为终年潮湿，所以门面都用油漆。在一个法兰德斯的城市里，纵横交错的尽是尖顶的屋子，颜色不是土红便是棕色，老是很干净，往往还发亮；东一处西一处的古老的教堂或者用水底的卵石筑成，或者用碎石子叠起来，再用三和土粘合；市街保养极好，两边的台阶清洁无比。荷兰的人行道都用砖砌，往往还嵌磁砖；清早五点，家家户户的女佣拿着抹布跪在地上擦洗。玻璃窗擦得雪亮；俱乐部的大门口摆着常绿树，里面地板上铺着经常更换的细沙；小酒店漆着浅淡柔和的颜色，摆着一排棕色的圆桶，黄澄澄的泡沫在式样别致的玻璃杯中漫出来。所有这些日常生活的细节，心满意足与繁荣日久的标志，都显出基本特征的作用；而气候与土地，植物与动物，人民与事业，社会与个人，无一不留着基本特征的痕迹。

  从这些数不清的作用上面可以想见基本特征的重要。艺术的目的就是要把这个特征表现得彰明较著；而艺术所以要担负这个任务，是因为现实不能胜任。在现实界，特征不过居于主要地位；艺术却要使特征支配一切。特征在现实生活中固然把实物加工，但是不充分。特征的行动受着牵制，受着别的因素阻碍，不能深入事物之内留下一个充分深刻充分显明的印记。人感觉到这个缺陷，才发明艺术加以弥补。

我们仍以卢本斯的《甘尔迈斯》为例。那些强健的女人，精壮的醉汉，结实的胸脯，肥头胖耳的嘴脸，狼吞虎咽的放肆的野人，在当时大吃大喝的集会上也许有几个类似的形象。富足有余，饮食过度的生活，会产生那样粗野的风俗与人物，但只能做到一半。另外有些因素使肉体的精力和兴致不能尽量发泄。先是贫穷：即使在最美好的时代，最兴旺的国家，也有许多人得不到充足的食物，即使不忍饥挨饿，至少是半饥半饱；由于生活艰难，空气恶劣，和一切随贫穷而俱来的苦处，天生的野性与蛮劲难以发展：吃过苦的人总比较软弱，拘束。宗教，法律，警察的管束，刻板的工作养成的习惯，都起着抑制作用；此外还有教育的影响。在适当的生活条件之下，卢本斯的模特儿可能有一百个，事实上对他真正有用的也许不过五六个。在画家能见到的真正过节的场合，可能这五六个还被一大堆普通的人湮没；也可能在画家实地观察的时候，这五六个人并没有那种姿态，表情，手势，兴致，服装，袒胸露腹的狂态，足以表现粗野与过剩的快乐。由于这许多缺陷，现实才求助于艺术；现实不能充分表现特征，必须由艺术家来补足。

一切上乘的艺术品都是如此。拉斐尔画林泉女神《迦拉丹》的时候，在书信中说，美丽的妇女太少了，他不能不按照"自己心目中的形象"来画。这说明他对于人性，对于恬静的心境，幸福，英俊而妩媚的风度，都有某种特殊的体会，可是找不到充分表现这些意境的模特儿。给他作模型的乡下姑娘，双手因为劳动而变了样子，脚被鞋子磨坏了，因为羞涩或者因为做这个职业的屈辱，眼中还有惊惶的神气。便是他的福那丽纳①双肩也太削,手臂的上半部太瘦,神气太严厉,过于拘谨;固然他把福那丽纳放在法尔纳士别墅的壁画上,②但已经完全改变过,为了改变,他才把真人身上只有一些痕迹和片段的特征尽量发挥。

可见艺术品的本质在于把一个对象的基本特征,至少是重要的特征,表现得越占主导地位越好,越显明越好;艺术家为此特别删节那些遮盖特征的东西,挑出那些表明特征的东西,对于特征变质的部分都加以修正,对于特征消失的部分都加以改造。

现在让我们放下作品来研究艺术家,考察他们的感受,创新与制作的方式。那仍然与艺术品的定义相符。艺术家需要一种必不可少的天赋,便是天大的苦功天大的耐性也补偿不了的一种天赋,否则只能成为临摹家与工匠。就是说艺术家在事物前面必须有独特的感觉:事物的特征给他一个刺激,使他得到一个强烈的特殊的印象。换句话说,一个生而有才的人的感受力,至少是某一类的感受力,必然又迅速又细致。他凭着清醒而可靠的感觉,自然而然能辨别和抓住种种细微的层次和关系:倘是一组声音,他能辨出气息是哀怨还是雄壮;倘是一个姿态,他能辨出是英俊还是萎靡;倘是两种互相补充或连接的色调,他能辨出是华丽还是朴素;他靠了这个能力深入事物的内心,显得比别人敏锐。而这个鲜明的,为个人所独有的感觉并不是静止的;影响所及,全部的思想机能和神经机能都受到震动。人总是不由自主的要表现内心的感受;他会手舞足蹈,做出各种姿态,急于把他所设想的事

---

① 〔原注〕可参看契阿拉府第和菩该塞府第的两幅福那丽纳画像。——〔译者按:福那丽纳当时以美貌著名,为拉斐尔的情妇。作者所提到的两幅肖像都是临本,原作存罗马巴倍里尼画廊。又作者所说的菩该塞府第,应改为菩该塞别墅;这是菩该塞家两所不同的建筑,在罗马两个不同的地点;菩该塞家以收藏名画及古雕塑有名于史,全部收藏均存在菩该塞别墅。〕

② 拉斐尔为法尔纳士别墅所作的壁画《迦拉丹》,即以福那丽纳为模特儿。

物形诸于外。声音会模仿某种腔调；说话会找到色彩鲜明的字眼，意想不到的句法，会有富于形象的，别出心裁的，夸张的风格。显而易见，最初那个强烈的刺激使艺术家活跃的头脑把事物重新思索过，改造过，或是照明事物，扩大事物；或是把事物向一个方面歪曲，变得可笑。大胆的速写和辛辣的漫画就是活生生的例子，说明在一般赋有诗人气质的人身上，都是不由自主的印象占着优势。你们不妨深入了解一下当代的大艺术家大作家，也不妨以过去的大师为例，研究他们的草稿，图样，日记和书信；他们都是不知不觉的经过同样的程序。你用许多好听的名字称呼它，称之为灵感，称之为天才，都可以，都很对；但若要下一个明确的定义，就得肯定其中有个自发的强烈的感觉，为了表现自己，集中许多次要的观念加以改造，琢磨，变化，运用。

现在我们接触到艺术品的定义了。诸位先生，你们可以回顾一下走过的路程。我们对艺术一步一步的得到一个越来越完全，因此也越来越正确的观念。最初我们以为艺术的目的在于模仿事物的外表。然后把物质的模仿与理性的模仿分开之下，我们发现艺术在事物的外表中所要模仿的是各个部分的关系。最后又注意到这些关系可能而且应该加以改变，才能使艺术登峰造极，我们便肯定，研究部分之间的关系是要使一个主要特征在各个部分中居于支配一切的地位。这些定义并非后者推翻前者，而是每个新的定义修正以前的定义，使它更明确。结合所有的定义，按照低级隶属于高级的次序安排一下，那末我们以上的研究工作可以得出一个结论如下："艺术品的目的是表现某个主要的或凸出的特征，也就是某个重要的观念，比实际事物表现得更清楚更完全；为了做到这一点，艺术品必须是由许多互相联系的部分组成的一个总体，而各个部分的关系是经过有计划的改变的。在雕塑，绘画，诗歌三种模仿的艺术中，那些总体是与实物相符的。"

六

这样确定以后，诸位先生，我们在考察这个定义的各部分的时候，可以看出前一部分是主要的，后一部分是附带的。一切艺术都要有一个总体，其中的各个部分都是由艺术家为了表现特征而改变过的；但这个总体并非在一切艺术中都需要与实物相符；只要有这个总体就行。所以，倘若有各部分互相联系而并不模仿实物的总体，就证明有不以模仿为出发点的艺术。事实正是如此，建筑与音乐就是这样产生的。一方面有结构的与精神的联系，比例，宾主关系，那是三种模仿艺术需要复制的；另一方面还有两种不模仿实物的艺术所运用的数学的关系。

我们先考察视觉所感受的数学关系。——大小物体可以构成一些由数学关系把各部分连合起来的总体。一块木头或石头必有一个几何形，或是立体，或是圆锥，或是圆柱，或是球体；每个形式外围的各点之间都有一定的距离关系。——其次，木石的大小可以构成相互关系，比例简单，一见便明；比如高度是厚度或宽度的二倍四倍，这是第二组的数学关系。——最后，木石可以叠置，可以并列，按照由数学关系联系的角度与距离，排成对称的形式。——建筑便建立在这种由互相联系的部分所构成的总体之上。建筑师心目中有了某一个主要特征，比如在希腊与罗马时代的宁静，朴素，雄壮，高雅等等，在哥德式时代的怪异，变化，无穷，奇妙等等，他就可以把各种关系，比例，大小，形状，位置，总之一切建筑材料的关系，也就是某些大小的关系，加以选择，配合，来表现他心目中的特征。

在肉眼看得见的大小之外，还有耳朵听得见的大小，就是说音响震动的速度。既然这些速度也是大小，当然也能构成由数学关系联系起来的总体。——第一，你们知道，一个乐音〔即非噪音〕是物体的速度平均而连续震动的结果，单是速度平均这个性质已经构成一种数学关系。——第二，有两个音的话，第二个音的震动可以比第一个音快两倍三倍四倍。可见两个音之间又有数学关系，音符记在五线谱上所以要隔着一定的距离，就是表明这数学关系。假定音不止两个，而是一组距离相等的音，那就组成一个音阶；所有的音各自按照在音阶上的位置而同别的音发生关系。——这些关系可加以组织，或者用连续的音，或者用同时发声的音。第一种关系构成旋律，第二种关系构成和声。这便是音乐，而音乐就包括这两个主要部分。音乐与建筑一样，也建立在艺术家能自由组织和变化的数学关系之上。

但音乐还有第二个要素构成它的特殊性和异乎寻常的力量。除了数学性质，声音还同呼喊相似。人的喜怒哀乐，一切骚扰不宁，起伏不定的情绪，连最微妙的波动，最隐蔽的心情，都能由声音直接表达出来，而表达的有力，细致，正确，都无与伦比。在这方面，声音与诗歌的朗诵相近，因此产生一派以表情为主的音乐，就是格鲁克和德国派的音乐，同洛西尼与意大利派以歌唱为主的音乐对峙。但不论作曲家喜欢哪一种观点，音乐上的两大派别仍并行不悖，声音也始终组成由各个部分联系起来的总体；部分之间靠数学关系连接，也靠数学关系和情感以及种种精神状态的一致来连接。音乐家对于事物体会到某个重要的凸出的特征，例如喜悦或悲哀，温柔的爱情或激烈的愤怒，或是别的什么观念感情，他就在这些数学关系与精神关系中自由选择，自由配合，以便表达他心目中的特征。

因此一切艺术都可归在上面那个定义之中：不论建筑，音乐，雕塑，绘画，诗歌，作品的目的都在于表现某个主要特征，所用的方法总是一个由许多部分组成的总体，而部分之间的关系总是由艺术家配合或改动过的。

七

　　认识了艺术的本质，就能了解艺术的重要。我们以前只感觉到艺术重要，那只是出于本能而非根据思考。我们只重视艺术，对艺术感到敬意，但不能解释我们的重视和敬意。如今我们能说出我们赞美的根据，指出艺术在生活中的地位。——在许多方面，人是尽力抵抗同类与自然界侵袭的动物。他必须张罗食物，衣著，住处，同寒暑，饥荒，疾病斗争。因此他耕田，航海，从事各式各种的工商业。——此外，还得传种接代，还得抵抗别人的强暴。因此组织家庭，组织国家；设立法官，公务员，宪法，法律，军队。有了这许多发明，经过这许多劳动，人还没有越出第一个圈子：他还不过是一个动物，仅仅比别的动物供应更充足，保护更周密而已；他还只想到自己和同类。——到了这个阶段，人类才开始一种高级的生活，静观默想的生活，关心人所依赖的永久与基本的原因，关心那些控制万物，连最小的地方都留有痕迹的，控制一切的主要特征。要达到这个目的，一共有两条路：第一条路是科学，靠着科学找出基本原因和基本规律，用正确的公式和抽象的字句表达出来；第二条路是艺术，人在艺术上表现基本原因与基本规律的时候，不用大众无法了解而只有专家懂得的枯燥的定义，而是用易于感受的方式，不但诉之于理智，而且诉之于最普通的人的感官与感情。艺术就有这一个特点，艺术是"又高级又通俗"的东西，把最高级的内容传达给大众。

第五编　艺术中的理想

第一章　理想的种类与等级

二

　　可是幻想世界中的事物和现实世界中的一样有不同的等级，

因为有不同的价值。群众和鉴赏家决定等级，估定价值。五年以来，我们论列意大利，尼德兰和希腊的艺术宗派，做的就是这个工作。我们随时随地都在判断。我们不知不觉的手里有一个尺度。别人也和我们一样；而在批评方面像在别的方面一样有众所公认的真理。今日每个人都承认，有些诗人如但丁与莎士比亚，有些作曲家如莫扎尔德与贝多芬，在他们的艺术中占着最高的位置。在本世纪的作家中，居首座的是歌德。在法兰德斯画家中，没有人和卢本斯抗衡；在荷兰画家中，没有人和伦勃朗抗衡；在德国画家中，没有人与丢勒并肩；在威尼斯画家中，没有人与铁相并肩。至于意大利文艺复兴期的三大家，雷奥那多·达·芬奇，弥盖朗琪罗，拉斐尔，大家更是异口同声，认为超出一切画家之上。——并且，后世所下的最后的判断，可以用判断的过程证明判断的可靠。先是与艺术家同时的人联合起来予以评价，这个意见就很有分量，因为有多少不同的气质，不同的教育，不同的思想感情共同参与；每个人在趣味方面的缺陷由别人的不同的趣味加以补足；许多成见在互相冲突之下获得平衡；这种连续而相互的补充逐渐使最后的意见更接近事实。然后，开始另一个时代，带来新的思想感情；以后再来一个时代；每个时代都把悬案重新审查；每个时代都根据各自的观点审查；倘若有所修正，便是彻底的修正，倘若加以证实，便是有力的证实。等到作品经过一个又一个的法庭而得到同样的评语，等到散处在几百年中的裁判都下了同样的判决，那末这个判决大概是可靠的了；因为不高明的作品不可能使许多大相悬殊的意见归于一致。即使各个时代各个民族所特有的思想感情都有局限性，因为大众像个人一样有时会有错误的判断，错误的理解，但也像个人一样，分歧的见解互相纠正，摇摆的观点互相抵消以后，会逐渐趋于固定，确实，得出一个相当可靠相当合理的意见，使我们能很有根据很有信心的接受。——最后，不但出于本能的口味能趋于一致，近代批评所用的方法还在常识的根据之外加上科学的根据。现在一个批评家知道他个人的趣味并无价值,应当丢开自己的气质,倾向,党派,利益;他知道批评家的才能首先在于感受;对待历史的第一件工作是为受他判断的人设身处地,深入到他们的本能与习惯中去,使自己和他们有同样的感情,和他们一般思想,体会他们的心境,又细致又具体的设想他们的环境;凡是加在他们天生的性格之上,决定他们的行动,指导他们生活的形势与印象,都应当加以考察。这样一件工作使我们和艺术家观点相同之后能更好的了解他们;又因为这工作是用许多分析组成的,所以和一切科学活动一样可以复按,可以改进。根据这个方法,我们才能赞成或不赞成某个艺术家,才能在同一件作品中指责某一部分和称赞另一部分,规定各种价值,指出进步或偏向,认出哪是昌盛哪是衰落。这并非随心所欲而是按照一个共同的规则的批评。我要为你们清理出来,加以确定加以证明的,就是这个隐藏的规则。

三

为了探求这个规则,我们应当把已经得到的定义的各个部分考察一下。艺术品的目的是使一个显著的特征居于支配一切的地位。因此,一件作品越接近这个目的越完善;换句话说,作品把我们提出的条件完成得越正确越完全,占的地位就越高。我们的条件有两个,就是特征必须是最显著的,并且是最有支配作用的。让我们细细研究一下艺术家的这两个任务。——为了简化工作,我只预备考察模仿的艺术:雕塑,戏剧音乐,绘画与文学,主要是后面两种。这就够了;因为你们已经知道模仿的艺术与非模仿的艺术之间的联系。① 两者都要使某个显著的特征居于领导地位。两者都是用的同样的方法,就是配合或改变各个部分的关系,然

---

① 〔原注〕参看本书第一编〔第一章〕:《艺术品的本质》。

后构成一个总体。唯一的差别是绘画，雕塑与诗歌这些模仿的艺术，把物质方面的和精神方面的各种关系再现出来，制成相当于实物的作品；而非模仿的艺术，纯粹音乐与建筑，是把数学的关系配合起来，创造出不相当于实物的作品。但是这样组成的一阕交响乐，一所神庙，和一首诗一幅画同样是有生命的东西；因为乐曲与建筑物也是有组织的，各个部分也互相依赖，受一个指导原则支配；也有一副面目，也表示一种意图，也用表情来说话，也产生一种效果。所以非模仿的艺术是和模仿的艺术性质相同的理想产物，产生非模仿艺术和产生模仿艺术的规律相同，批评非模仿艺术的规则，和批评模仿艺术的规则也相同；非模仿艺术只是总的艺术部门中的一类，除了我们已经知道的限制以外，我们为模仿艺术找到的原理对非模仿艺术同样适用。

第四章　效果集中的程度

一

特征本身已经考察过了，现在要考察特征移植到艺术品中以后的情形。特征不但需要具备最大的价值，还得在艺术品中尽可能的支配一切。唯有这样，特征才能完全放出光彩，轮廓完全凸出；也唯有这样，特征在艺术品中才比在实物中更显著。要做到这一点，必须作品的各个部分通力合作，表现特征。不能有一个原素不起作用，也不能用错力量，使一个原素转移人的注意力到旁的方面去。换句话说，一幅画，一个雕像，一首诗，一所建筑物，一曲交响乐，其中所有的效果都应当集中。集中的程度决定作品的地位；所以衡量艺术品的价值，在以上两个尺度之外还有第三个尺度。

二

　　先以表现人的精神生活的艺术为例，尤其是文学。我们首先要辨别构成一个剧本，一篇史诗，一部小说的各种原素，表现活动的心灵的作品的原素。——第一是心灵，就是说具有显著的性格的人物；而性格之中又有好几个部分。一个儿童像荷马说的"从女人的两膝之间下地"的时候，就具备某一种和某一程度的才能与本能，至少是有了萌芽。他像父亲，像母亲，像上代的家属，总的说来是像他的种族；不但如此，从血统中遗传下来的特性在他身上有特殊的分量和比例，使他不同于同国的人，也不同于他的父母。这个天生的精神本质同身体的气质相连，两者合成一个最初的背景；教育，榜样，学习，童年与少年时代的一切事故一切行动，不是与这个背景对抗，便是加以补充。倘若这许多不同的力量不是互相抵消，而是结合，集中，结果就在人身上印着深刻的痕迹，成为一些凸出的或强烈的性格。——在现实世界中往往缺少这一步集中的工作，在大艺术家的作品中却永远不会缺少；因此他们描写的性格虽则组成的原素与真实的性格相同，但比真实的性格更有力量。他们很早而且很细到的培养他们的人物；等到那个人物在我们面前出现，我们只觉得他非如此不可。他有一个广大的骨架支持；有一种深刻的逻辑做他的结构。这种构造人物的天赋以莎士比亚为最高。仔细研究他的每个角色，你随时会发觉在一个字眼，一个手势，思想的一个触机，一个破绽，说话的一种方式之间，自有一种呼应，一种征兆，泄露人物的全部内心，全部的过去与未来。① 这是人物的"底情"。一个人的体质，原

---

① 〔原注〕例如奥赛罗在最后一刹那回想到他的旅行与他的童年；那是自杀时常有的现象。又例如麦克白听见人家一句暗示，心中就浮起杀人和野心的幻觉；那是偏执狂的人常有的现象。

有的才能与倾向或后天获得的才能与倾向，年代久远的或最近的思想与习惯的复杂的发展，人性中所有的树液，从最老的根须起到最后的嫩芽为止经过无穷变化的树液，都促成一个人的语言与行动，等于树液流到终点不能不向外喷射。必须有这许多力量，加上各种效果的集中，才能鼓动高利奥朗，麦克白，哈姆雷特，奥赛罗一类的人物，才能组织，培养，刺激主要的情欲，使人物紧张，活跃。——在莎士比亚旁边，我可以提出一个近代作家，差不多是当代的作家，巴尔扎克；在我们这个时代所有操纵精神宝藏的人中间，他资本最雄厚。一个人的成长，精神地层的累积，父母的血统，最初的印象，谈话，读物，友谊，职业，住所等等的作用如何交错如何混杂，无数的痕迹如何一天一天印在我们的精神上面，构成精神的实质与外形：没有人比巴尔扎克揭露得更清楚。但他是小说家与博学家，不像莎士比亚是戏剧家与诗人；所以他并不隐藏人物的"底情"而是尽量罗列。他的长篇累牍的描写与议论，叙述一所屋子，一张脸或一套衣服的细节，在作品开头讲到一个人的童年与教育，说明一种新发明和一种手续的技术问题，目的都在于揭露人物的内幕。但归根结蒂，他的技巧和莎士比亚的一样，在塑造人物，塑造于洛，葛朗台老头，腓利普·勃里杜，老处女，间谍，妓女，大企业家的时候，他的才能始终在于把构成人物的大量原素与大量的精神影响集中在一个河床之内，一个斜坡之上，仿佛汇合大量的水扩大一条河流，使它往外奔泻。

　　文学作品的第二组原素是遭遇与事故。人物的性格决定以后，性格所受的摩擦必须能表现这个性格。——在这一点上，艺术又高出于现实，因为在现实生活中，事情不是永远这样进行的。某个伟大而坚强的性格，由于没有机会或者没有刺激的因素，往往默默无闻，无所表现。——倘若克伦威尔不遇到英国革命，很可能在家庭里和地方上继续过他四十岁以前的生活，做一个经营农庄的地主，市内的法官，严厉的清教徒，照管他的牲口，饲料，孩子，关切自己的信仰。法国革命倘若迟三年爆发，米拉菩只是一个贪欢纵欲，有失身分的贵族。①另一方面，某个庸俗懦弱，经不起大风浪的性格，尽可应付普通的生活。假定路易十六是布尔乔亚出身，有一份小小的产业，或者当个职员，或者靠利息过活：他多半能受人尊重，安分守己的过一辈子；他会老老实实的尽他的日常责任，认真办公，对妻子和顺，对儿女慈爱，晚上教他们地理，星期日望过弥撒，拿铜匠的工具消遣一番。②一个已经定型的人入世的时候，有如一条船从船坞中滑进大海；它需要一阵微风或大风，看它是小艇或大帆船而定；鼓动大帆船的巨风势必叫小艇覆没，推进小艇的微风只能使大帆船在港口里停着不动。因此艺术家必须使人物的遭遇与性格配合。——这是第二组原素与第一组原素的一致；不消说，一切大艺术家从来不忽视这一点。他们所谓线索或情节，正是指一连串的事故和某一类的遭遇，特意安排来暴露性格，搅动心灵，使原来为单调的习惯所掩盖的深藏的本能，素来不知道的机能，一齐浮到面上，以便像高乃依那样考验他们意志的力量和英雄精神的伟大，或者像莎士比亚那样揭露他们的贪欲，疯狂，暴怒，以及在我们心灵深处盲目蠢动，狂嗥怒吼，吞噬一切的妖魔。同一个人物可以受到各种不同的考验，许多考验可以安排得越来越严重；这是一切作家用来造成高潮的手法；他们在整个作品中运用，也在情节的每个片段中运用，最后把人物推到大功告成或者下堕深渊的路上。——可见集中的规律对于细节和对于总体同样适用。作家为了求某种效果而汇合一个场面的各个部分，为了要故事收场而汇合所有的效果，为了表

---

① 米拉菩死于一七九一年，倘法国革命迟三年爆发，米拉菩已不在人世，不能在大革命中有所表现。
② 这就是路易十六喜欢的消遣。

现心灵而构成整个的故事。总的性格与前前后后的遭遇汇合之下,表现出性格的真相和结局,达到最后的胜利或最后的毁灭。①

剩下最后一个原素,就是风格。实在说来,这是唯一看得见的原素;其他两个原素只是内容;风格把内容包裹起来,只有风格浮在面上。——一部书不过是一连串的句子,或是作者说的,或是作者叫他的人物说的;我们的眼睛和耳朵所能捕捉的只限于这些句子,凡是心领神会,在字里行间所能感受的更多的东西,也要靠这些句子作媒介。所以风格是第三个极重要的原素,风格的效果必须和其他原素的效果一致,才能给人一个强烈的总印象。——但句子可以有各种形式,因此可以有各种效果。它可能是韵文;长短可能一律,可能不一律,节奏与押韵有各种不同的方式;只要看韵律学内容的丰富就明白。另一方面,句子可能是散文,有时可能前后连成一整句,有时包括一些整句和一些短句;只要看语法学内容的丰富就明白。——组成句子的单字也有特性;按照字源和通常的用法,单字或是一般性的,高雅的,或是专门的枯燥的,或是通俗的,耸动听闻的,或是抽象的黯淡的,或是光彩焕发,色调鲜艳的。总之,一句句子是许多力量汇合起来的一个总体,诉之于读者的逻辑的本能,音乐的感受,原有的记忆,幻想的活动;句子从神经,感官,习惯各方面激动整个的人。——所以风格必须与作品别的部分配合。这是最后一种集中;大作家在这方面的技术层出不穷,随机应变的手段非常巧妙,创新的能力用之不竭:他们对于每一种节奏,每一种句法,每一个字眼,每一个声音,每一种字的连接,声音的连接,句子的连接,都是清清楚楚感觉到它的效果,有意识的运用的。这里艺术又高于现实;因为风格经过这样选择,改变,配合以后,假想的人物比真实的人物说话说得更好,更符合他的性格。——不必深入写

---

① 〔原注〕关于集中的原则,可参看拙著《拉封丹及其寓言》第三编。

作技术的奥妙，涉及方法的细节，我们也不难看出诗是一种歌唱，散文是一种谈话，六韵脚十二音步的诗句气势雄伟，声调庄严，抒情诗的简短的分节，音乐气氛更浓，情绪更激昂；干脆的短句口吻严厉或者急促；包括许多小句的长句声势浩大，有雄辩的意味；总之，我们不难看出一切风格都表示一种心境，或是松弛或是紧张，或是激动或是冷淡，或是心神明朗或是骚乱惶惑，而境遇与性格的作用或者加强或者减弱，就要看风格的作用和它一致或者相反而定。——倘若拉辛用了莎士比亚的文体，莎士比亚用了拉辛的文体，他们的作品就变得可笑，或者根本不会产生。十七世纪的文字清楚明白，中庸有度，精纯，连贯，完全适合宫廷中的谈话，却无法表现粗犷的情欲，幻想的激动，不可抑制的内心的风暴，像在英国戏剧中爆发的那样。十六世纪的文字忽而通俗，忽而抒情，大胆，过火，佶屈聱牙，前后脱节，放在法国悲剧的文质彬彬的人物嘴里就不成体统。要是那样，我们就没有拉辛和莎士比亚，而只能有德来登，奥特韦，丢西斯，卡西米.特拉维涅一流的作家。——这便是风格的力量，也便是风格的条件。人物的特性固然要靠情节去诉之于读者的内心，但必须用语言诉之于读者的感官；三种力量〔人物，情节，风格〕集中以后，性格才能完全暴露。艺术家在作品中越是集中能产生效果的许多原素，他所要表白的特征就越占支配地位。所以全部技术可以用一句话包括，就是用集中的方法表白。

三

按照这个原则，我们可以把文学作品再列一个等级。别的方面都相等的话，作品的精彩的程度取决于效果集中的程度。这个规则应用于各个派别，在同一类艺术的发展阶段中所确定的等阶，正是历史与经验早已确定的等级。

一切文学时期开始的阶段必有一个草创时期；那时技术薄弱，

幼稚；效果的集中非常不够；原因是在于作家的无知。他不缺少灵感；相反，他有的是灵感，往往还是真诚的强烈的灵感。有才能的人多得很；伟大的形象在心灵深处隐隐约约的活动；但是不知道方法；大家不会写作，不会分配一个题材的各个部分，不会运用文学的手段。——这就是中世纪时初期法国文学的缺点。你们读《洛朗之歌》，《勒诺·特·蒙朵旁》，《丹麦人奥伊埃》，立刻会感觉到那个时代的人具有独特而伟大的情感：一个社会建立了；十字军的功业完成了；诸侯的高傲独立的性格，藩属对封建主的忠诚，尚武与英勇的风俗，肉体的健壮与心地的单纯，给当时的诗歌提供的特征不亚于荷马诗歌中的特征。但当时的诗歌只利用一半；它感觉到那些特征的美而没有能力表达。北方语系的诗人是世俗的法国人，就是说他出身的种族素来缺少风趣，他所隶属的社会是被独占的教会剥夺高等教育的社会。他只会干巴巴的，赤裸裸的叙述；没有荷马与古希腊的壮阔与灿烂的形象；一韵到底的诗句好比把同一口钟敲到二三十下。他控制不了题材，不懂得删节，发展，配合，不会准备场面，加强效果。作品没有资格列入不朽的文学，已经在世界上消灭了，只有考古家才关心。即使有所成就也只靠一些孤零零的作品：例如《尼勃仑根之歌》，因为在德国，古老的民族性不曾被教会压倒；至于意大利的《神曲》是凭了但丁的苦功，天才和热情，才在神秘而渊博的长诗中把世俗的情感和神学理论出人意外的结合为一。——艺术在十六世纪复活的时节，其他的例子又证明，同样的缺少集中在初期达到同样不完全的后果。英国最早的戏剧家马洛是个天才；他和莎士比亚一样感觉到情欲的疯狂，北方民族的忧郁与悲壮，当代历史的残酷；但他不会支配对白，变动事故，把情节分出细腻的层次，把各种性格加以对立；他用的方法只有连续不断的凶杀和直截了当的死亡；他的有力的但是粗糙的剧本如今只有一些好奇的人才知道。要他那种悲壮的人生观在大众面前清清楚楚的显露，必须在他之后出现一个更大的天才，具备充分的经验，把同样的精神重新酝酿一番；必须来一个莎士比亚，经过一再摸索，在前人的稿本中注入有变化的，丰满的，深刻的生命，而那是初期的艺术办不到的。

一切文学时期终了的阶段必有一个衰微的时期；艺术腐朽，枯萎，受着陈规惯例的束缚，毫无生气。这也是缺少效果的集中；但问题不在于作家的无知。相反，他的手段从来没有这样熟练，所有的方法都十全十美，精炼之极，甚至大众皆知，谁都能够运用。诗歌的语言已经发展完全：最平庸的作家也知道如何造句，如何换韵，如何处理一个结局。这时使艺术低落的乃是思想感情的薄弱。以前培养和支配大作品的伟大的观念淡薄了，消失了；作家只凭回忆和传统才保存那个观念，可是不再贯彻到底，而引进另外一种精神使观念变质；他加入性质不相称的东西，以为是改进。——欧里庇得斯时代的希腊戏剧，服尔德时代的法国戏剧，便是这个情形。形式和从前一样，但精神变了：这个对比叫人看了刺眼。埃斯库罗斯和索福克勒斯的道具，合唱，韵律，代表英雄和神明的角色，欧里庇得斯全部保留。但他降低人物的水平，使他们具有日常生活的感情和奸诈，讲着律师和辩士的语言；作者揭露他们的恶癖，弱点，叙述他们的怨叹。拉辛与高乃依的全部规矩礼法，全部技巧，全班人物，贵族身边的亲信，高级的教士，亲王，公主，典雅的骑士式的爱情，六韵脚十二音步的诗句，概括而高尚的文体，梦境，神示，神明：服尔德都一一接受，或者自己提出来作为写作的准则。但他向英国戏剧借用激动的情节；企图在作品上涂一层历史的油彩，加入哲学的与人道主义的思想，在字里行间攻击国王与教士；他在古典悲剧中是一个弄错方向弄错时间的革新家和思想家。在欧里庇得斯和服尔德笔下，作品的各种原素不再向同一个效果集中。古代的衣饰妨碍现代的情感，现代的情感戳破古代的衣饰。人物介乎两个角色之间，没有确定的性格；服尔德的人物是受百科全书派启发的贵族；欧里庇得斯的人物是经过修辞学家琢磨的英雄。在此双重面目之下，他们的形象飘浮不定，没法叫人看见，或者应当说根本没有生存，至多每隔许多时候露一次面。读者对这种不能生存的文学不感兴趣，他要求作品像生物一样，所有的部分都是趋向同一效果的器官。

这样的作品出现在文学时期的中段：那是艺术开花的时节；在此以前，艺术只有萌芽；在此以后，艺术凋谢了。但在中间一段，效果完全集中；人物，风格，情节，三者保持平衡，非常和谐。这个开花的季节，在希腊见之于索福克勒斯的时代，也许在埃斯库罗斯的时代更完美，如果我没有看错；那时的悲剧忠于传统，还是一种酒神颂歌，充满真正的宗教情绪，传说中的英雄与神明完全显出他们的庄严伟大；人的遭遇由主宰人生的宿命和保障社会生活的正义支配；用来表达的诗句像神示一般暗晦，像预言一般惊心动魄，像幻境一般奇妙。在拉辛的作品中，巧妙的雄辩，精纯高雅的台词，周密的布局，处理恰当的结尾，舞台上的体统，公侯贵族的礼貌，宫廷和客厅中的规矩和风雅，都互相配合，趋于一致。在莎士比亚的错综复杂的作品中也可发现同样的和谐；因为描写的是原封不动的完全的人，所以诗意浓郁的韵文，最通俗的散文，一切风格的对比，他不能不同时采用，以便轮流表达人性的崇高与下贱，女性的温柔体贴，性格刚强的人的强悍，民间风俗的粗野，上层阶级的繁文缛礼，琐琐碎碎的日常谈话，紧张偏激的情绪，俗事细故的不可逆料，情欲过度的必然的后果。方法无论如何不同，在大作家手下总是望同一个方向集中：拉封丹的寓言，鲍舒哀的悼词，服尔德的短篇小说，但丁的诗，拜伦的《唐·璜》，柏拉图的对话录，不论古代作家，近代作家，浪漫派，古典派，情形都一样。大师们的榜样并没提出固定的风格，形式，处理的方法，叫后人接受。倘若某人走某一条途径获得成功，另一个人可以从相反的途径获得成功；只有一点是必要的，就是整部作品必须走在一条路上;艺术家必须竭尽全力向一个目的前进。艺术和造化一样,用无论什么模子都能铸出东西来;可是要出品生存,在艺术中也像在自然界中一样,必须各个部分构成一个总体,其中最微末的原素的最微末的分子都要为整体服务。

六

现在,诸位先生,我们对整个艺术有一个总的看法了,懂得确定每件作品的等级的原则了。——根据以前的研究,我们肯定艺术品是一个由许多部分组成的总体,有时是整个儿创造出来的,例如建筑与音乐,有时是按照实物复制出来的,例如文学,雕塑,绘画;我们也记得艺术的目的是要用这个总体表现某些主要特征。由此得出一个结论:作品中的特征越显著越占支配地位,作品越精彩。我们用两个观点分析显著的特征:一个是看特征是否更重要,就是说是否更稳定更基本;一个是看特征是否有益,就是说对于具备这特征的个人或集团,是否有助于他们的生存和发展。这两个观点可以衡量特征的价值,也可以定出两个尺度衡量艺术品的价值。我们又注意到,这两个观点可以归结为一个,重要的或有益的特征不过是对同一力量的两种估计,一种着眼于它对别的东西的作用,一种着眼于它对自身的作用。由此推断,特征既有两种效能,就有两种价值。于是我们研究特征怎么能在艺术品中比在现实世界中表现得更分明,我们发现艺术家运用作品所有的原素,把原素所有的效果集中的时候,特征的形象才格外显著。这样便建立起第三个尺度;而我们看到,作品所感染所表现的特征越居于普遍的,支配一切的地位,作品越美。所谓杰作是最大的力量发挥最充分的作品。用画家的术语来说,凡是优秀作品所表现的特征,不但在现实世界中具有最高的价值,并且又从艺术中获得最大限度的更多的价值。我可以用比较通俗的说法说明这个意思。我们的老师希腊人教了我们许多东西,也教了我们艺术的理论。值得注意的是他们前前后后经过多少变化，才逐渐在庙堂中塑成恬静的邱比特，弥罗岛上的维纳斯，打猎的狄阿娜，罗多维齐别墅中的于农，巴德农神庙中的地狱女神，以及所有那些完美的形象，便是零星残迹到今日也还足以指出我们的艺术的夸张与幼稚。他们精神上的三个阶段，正是使我们归纳出我们的学说的三个阶段。[①] 开始他们的神明不过是宇宙中一些基本的深藏的力：哺育万物的大地，躲在泥土之下的泰坦，涓涓无尽的江河，降雨的邱比特，代表太阳的赫剌克勒斯。过了一个时期，这些神明从自然界的暴力中挣扎出来，显出人性；于是战神巴拉斯，贞洁的女神阿提弥斯，解放之神阿波罗，降伏妖魔的赫剌克勒斯，一切有益人类的威力都变成高尚完美的形象，在荷马的诗歌中高踞宝座。但他们还得经过几百年才降落到地面上。直要等到线条与比例被人类长久运用之下，显出它们的能力，能表现神明的观念的时候，人类的手才能使青铜与云石赋有不朽的形体。原始的意境先在庙堂的神秘气雾中酝酿，然后在诗人的梦想中变形，终于在雕塑家的手下完成。

（1865—1869年）

傅雷　译
选自人民文学出版社1981年版。

---

① 指特征的重要与否，特征的有益与否，效果的集中与否。

戏剧中的自然主义

〔法国〕左拉

一

首先,我是否有必要解释一下,我所理解的"自然主义"一词是什么意思呢?关于这一名词,人们曾对我提出过很多指责,人们假装仍然不懂得这个词的意思。在这些问题上,讥讽嘲笑是容易的。然而我倒很愿意回答一下这个问题,因为人们看来并不懂得怎样把文学批评写得清楚明白些。

我的弥天大罪似乎是发明并抛出了一个新的名词,用以指出同世界一样古老的文学流派。第一,我相信这个词并非是我自己发明的,因为在某些外国文学中已经使用了这个词;我至多不过是把它应用在我们自己的民族文学的当前的发展中罢了。其次,有人断言,自然主义可以追溯到最早撰写的一些作品中。唉!难道还有谁提出过相反的说法吗?这只不过是证明,自然主义来自人类脏腑的本身。人们还认为,全部文学批评,从亚里士多德直到布瓦洛[①],都已提出了这个原则,即一部作品应该以真实为基础。这种看法鼓舞了我,并给我提供了新的论据。自然主义流派,甚至连那些揶揄和攻击它的人也承认,是存在于无可摧毁的基础之上的。它不是哪个人的一时喜好,或哪个集团的一阵狂热,它产生于事物的永恒内核,产生于每位作家所感到的以自然为立足点

---

① 布瓦洛 (Nicolas Boileau 1636—1711) 法国诗人,文学理论家。

的必要性。好吧,既已讲明白了这点,让我们就从这里出发吧。

于是,人们对我说,为什么要这么大事宣扬,为什么您要自封为革新者和启示者呢?误会就是从这里开始的。我只不过是一个查考事实的观察者罢了。只有经验论者才发明公式。学者们只满足于一步一个脚印地前进,只依靠实验的方法。我的口袋里的确没有装着一门新的宗教。我根本不作什么启示,因为我不相信启示;我也根本不作什么发明,因为我认为更有益的还是服从人类的进步,服从带引我们继续不断前进的进化。所以,我的批评的全部使命是研究我们来自何处,我们目前处于何处。在我冒险想预测我们将走向何处时,对我说来,这纯然是一种推测,一种合乎逻辑的结论。通过已存在过的情况以及现在仍存在着的情况,我自信能说出未来的情况将是如何。我的整个工作就在于此。要给我赋予另一种使命,让我高踞于一块岩石之上,摆起权威的架势,预卜未来,以流派首领的身份自居,好与上帝作平起平坐的对话,那是可笑的。

但是新的名词,自然主义这个可怕的名词呢?人们无疑是希望看到我沿用亚里士多德的一些词语的。他曾经讲到过艺术中真实的问题,他的话应当使我满足。只要我接受事物的永恒内核,而不企图再度去创造世界,我就不需要一个新的术语。其实,人家不是在嘲笑我吗?难道事物的永恒内核,不是随着不同的时代和不同的文明而采取不同的形式吗?难道六千年来,每个民族不都是以其自己的方式来解释和称呼出自同一渊源的事物吗?我暂且承认荷马是位自然主义的诗人;但我们的小说家却不是具有荷马方式的自然主义者,在两个文学时代的中间,存在着一道鸿沟。这是在绝对中来作评判,一下子抹掉了历史,搅乱了一切,一点也没有考虑到人类精神的不断进化。确实,一部作品永远只是透过某种气质所看到的自然界的一角。不过,我们倘若只停留在这一步上,我们就不会继续向前。我们一经接触了文学的历史,就必然要涉及许多外国的因素，涉及旧俗、事件、知识文化的运动发展，它们改变着、阻碍或促进文学的进步。我个人的意见是，自然主义从人类刚开始写作第一行字起就开始存在了。从那一天起，真实的问题就已经提出了。如果我们把人类设想成一支军队，在穿过各个历史时代行军，在种种灾难和种种缺陷中奋勇前进，努力去征服真理，人们就应该把学者和作家们置于这支部队的最前列。应该从这个观点出发来写一部文学通史，而不应该以绝对理想的观点，以极其可笑的一般美学尺度的观点来写。但是，大家都懂得，我是不可能一直追溯到那里、着手去做一项如此庞大的工作，考证一切民族的作家们的前进和倒退、考证他们经历了怎样的黑暗和怎样的光明的。我必须把自己的研究工作限制在、停留在上一世纪，在那里，智慧绽放出绚丽的花朵，形成巨大的运动，从而产生了我们当代的社会。恰恰在那里，我看到自然主义被胜利地肯定下来，也是在那里，我找到自然主义这个名词。自然主义这条脉络，一直深入到往古的一连串时代之中，但却已模糊不清；只须指出我们是在十八世纪将它把握，然后便随其踪迹，直至今天，这就足够说明问题了。让我们撇开亚里士多德，撇开布瓦洛不谈吧；为了指明这样一种进化，它显然是从世界之初出发，在最有利于它的环境里终于达到了决定性的发展，确实是必须有一个特别的名词的。

因此，让我们停止在十八世纪吧。这是个壮丽的百花齐放的时代。统御一切的一件事实是，某种方法在当时已经创立起来了。直到此前，学者们都想像诗人那样，只凭个人的奇思异想，只凭天才的灵感触发来行事。有些人碰运气找到了真理，但这些都是此互不相关的真理，没有任何联系来把他们连结起来，它们同最粗劣的错误鱼龙混杂。人们像吟诗一样，要借灵感来创造一门完整的科学；人们要用经验主义的公式，用今天会使我们觉得惊愕的形而上学的理由来把该门科学强加给自然。接着，一个小小的情况扰乱了这寸草不长的贫瘠的土地。有一天，一位学者忽然发现在下结论之前应当去实验一番。他抛开了所谓既得真理，回到最初的原因，重新回到对物体的研究，回到对事实的观察。像上学的孩子一样，他甘愿自表谦卑，在能流利阅读之前，先将自然主义这个词按字母来逐个拼读一番。这是一个革命，科学从经验主义中摆脱出来，方法就是从已知向未知迈进。人们从一项已被观察到的事实出发，就这样从观察到观察逐步前进，在取得必要的元素之前，避免先下结论。一句话，不是从综合开始，而是从分析入手；人们不再希望借某种占卜或启示向自然索取真理；人们长时间地、耐心地研究自然，从简单而至于复杂，直到认识它的内在联系。工具既已找到，方法就将加强并扩展各门科学。

果真，人们不久就看见了这件工具。由于细致入微和精确的观察，各门自然科学就被逐步确立下来。光就解剖学来说吧，它开辟了整整一个全新的世界，它每天都揭示着生命的一些奥秘。其他各门科学，如化学、物理，也都相继创立。直到今天，它们依然是十分年轻的，它们逐渐成长，以有时会令人担忧的高速带领我们奔向真理。我无法详述各门科学，我只要指出宇宙学和地质学就够了，它们给宗教神话带来如此可怕的一击。科学已经遍地开花，并且在继续发展着。

但是，人类文明中的一切都是互相联系着的。在人类知识文化的某一边上发生了震动的时候，这震撼就会逐渐扩散，不久就会引起一场全局性的进化。科学，直到那时还是从文学那里借取部分想象的，此时就初次从奇思异想中摆脱出来，以便回到自然，人们看到文学接下来也紧跟科学，而采取实验的方法。十八世纪伟大的哲学运动是一场广泛的、往往还在摸索的调查研究，可是它的坚定不移的目的是要重新弄清人类的一切问题，并加以解决。在史学里，在文学批评里，对事实及环境的研究取代了经院哲学的旧法则。在纯文学作品中，自然起而干涉，不久就同卢梭① 及其学派一起占了统治地位；树木，山川和森林成了客观存在的事物，在世界的统一体中恢复了它们的地位；人类不再是智慧的抽象物，自然决定并补足着人类。狄德罗② 是十八世纪首屈一指的伟大人物，他察见了一切真理，跑到了他的时代的前头，对传统习俗和陈旧法则的破烂大厦发动了连续的进攻。这是一个时代的宏伟的飞跃和巨大成就，我们的社会就是从那里脱胎而出；这是标志着一些世纪开始的新纪元，人类就是以自然为基础，以实验方法为工具而进入这些新世纪的。

　　行了！这就是我所称之为自然主义的进化，我估量人们不能用更恰当的字眼来称呼它了。自然主义就是回到自然，就是当学者们一旦发觉应当从研究物体和现象出发，以实验为基础，以分析为手段的时候所创立的做法。文学中的自然主义同样是回到人和自然，是直接的观察、精确的解剖以及对世上所存在的事物的接受和描写。对作家和学者来说，两者的工作一直是相同的，他们都必须以现实来代替抽象，以严格的分析来代替单凭经验的公式。这样一来，作品中就没有抽象的人物，不再有谎言式的说明，不再有绝对的事物，而只有真实的人物，每个人物的真实的故事，日常生活中的相对事物。一切都必须从头重新开始，在像那些发明典型人物的理想主义者那样地作出结论之前，必须先从人的存在的本源去认识人；作家们今后只须从根本上来重新把握结构，提供尽可能多的有关人的文献，按这些文献的逻辑的顺序来展现它们。这就是自然主义，它起源于第一个在思考着的头脑，如果你愿意这么说的话，但它的最大进展之一，无疑也是决定性的进展，则发生在上一世纪。

---

① 卢梭（Jean-Jacques Rousseau 1712—1778）法国思想家。
② 狄德罗（Denis Diderot 1713—1784）法国思想家。

人类知识文化的这样重大的进展，若没有社会的动乱，那是不可能出现的。法国大革命就是这种社会动乱，这场暴风雨确实扫除了旧世界，使之老老实实地让位于新世界。我们开始了这个新世界，我们在一切事物方面，无论在政治上还是哲学上，无论在科学上还是文学艺术上，都是自然主义的嫡传子孙。我把自然主义这个名词作了扩展，因为它真正代表了整个时代，代表了当代智慧的运动发展。它是推动我们前进并为未来的时代开辟天地的力量。最近一百五十年来的历史可以证明这一点，而最典型的现象之一，则是卢梭和夏多布里昂①之后出现的人类才智的短暂的偏移，即浪漫主义异军崛起的怪现象，这类奇花异草竟然会开放在科学时代的门槛上。我打算在这里稍停片刻，因为有一些重要的考察得在这里进行。

平静地，合乎情理地完成一场革命，这是罕见的事。头脑错乱，想象失常，昏聩模糊而幽灵纷呈则是常情。在上世纪末的粗暴的骚乱之后，在卢梭思想的温情脉脉和忧心忡忡的影响下，我们看到了诗人们摆出伤感和宿命的姿态。他们不知道自己将被引向何处，他们陷入了哀怨、沉思和胡思乱想之中。然而他们也曾受到了革命气息的吹拂，所以也成了叛逆者。他们在色彩上、激情上、想象上揭竿起义，同时高谈阔论地要猛烈推毁旧法则，以一大堆光辉豪壮的抒情诗来革新语言。此外，真实也触动了他们，他们要求有地方色彩，他们相信已经消亡的年代能够复活。全部浪漫主义就在于此。它是对古典文学的一个猛烈的反动。这是作家们用其重新获得的文学上的自由所作的首次暴动。他们打碎窗户，他们兴高采烈地大声呐喊，出于抗议的需要，他们冲破节制。浪漫主义运动势不可挡，把一切都卷了进去，它不但在文学中吐出烈焰，连绘画、雕刻甚至音乐都变成浪漫的了；浪漫主义高唱

---

① 夏多布里昂（Fransois-René de Chateaubriand 1768—1848）法国作家。

凯歌，它为举世所公认。一旦置身于如此广泛、如此有力的表现面前，你也许会相信文学和艺术的公式已被长期确立下来了。古典主义的公式至少维持了两个世纪，为什么取而代之的浪漫主义公式反而没有同样长的寿命呢？当你发现，仅仅经过四分之一个世纪，浪漫主义已经进入垂死状态，正在慢慢地咽气，终止其漂亮的弥留阶段，你不禁会大吃一惊。就在这时候，真实已经出现了。浪漫主义运动只不过是一场小小的交锋罢了。才华横溢的诗人、小说家们，在这场壮观的跃进中的整整一代已成功地进行了变革。但时代却并不属于这些头脑过分发热的狂想者，并不属于这些被初升的太阳照得眼花目眩的早期战士们。他们并不代表任何明确的东西，他们只是前哨，负责清扫阵地，以过度的热情来肯定胜利。时代属于自然主义者，属于狄德罗的嫡传子孙，他们坚强的大军随后就到，前去建立一个真正的国家。于是脉络重新连接，自然主义随着巴尔扎克的胜利而胜利了。经过了分娩的剧烈的阵痛，时代终于走上了它应该走的康庄大道。浪漫主义的这场危机是不可避免的，因为它顺应着法国革命的社会灾难，正如我情不自禁地要把胜利了的自然主义比做我们现在的法兰西共和国一样，它目前正通过科学和理智而处于建立的过程中。

　　这就是我们今天所处的状况。浪漫主义未曾适应任何永恒的事物，它只不过是怀念的世界，怀念一声战斗号角的思乡病，在自然主义面前就崩溃了，自然主义变得更加强大，成了万能的主人，指引着以其为主导思潮的时代前进。是否需要在一切地方都指出自然主义呢？它从我们行进的土地下钻出来，它每时每刻都在壮大，渗透进并推动着一切事物。它是我们生产的力量，我们社会围绕旋转的枢轴。在浪漫主义狂热地席卷一切之时，你就发现它已存在于沉静地不断发展着的各门学科之中了；你发现它存在于智慧的种种表现之中，逐渐从一时几乎要把它淹没的浪漫主义的影响中摆脱出来。它革新了美术、雕刻，尤其是绘画；它扩展了文学批评和文学史；它在小说里被肯定了下来；甚至可以说是通过小说，通过巴尔扎克和司汤达，它超越了浪漫主义，从而显然重新承接了十八世纪的脉络。小说是它的用武之地，它的战场和胜利的所在。它似乎选择了小说来表现其方法的恰切、真实的光辉、有关人的文献的新颖独特和永不枯竭。最后，它今天还占领了舞台，开始改变戏剧这必然是传统习俗的最后堡垒。待它在戏剧方面胜利之时，它的进化就将完成，古典的公式将被自然主义公式最终而稳固地取代，自然主义必将是新的社会形态的公式。

　　人们既然假装不懂自然主义这个名词，我似乎就不得不强调并详细阐明这个名词的意思。但现在我要把问题缩小到只限于研究戏剧中的自然主义运动了。然而，我也必须谈到当代的小说，因为我不能没有一个比较点。让我们来看一下小说和戏剧的现状，随后就容易下结论了。

二

　　我常常同外国作家们谈话，在他们所有人那里，我都感受到同样的惊讶。对于判断我们文学的伟大潮流来说，他们所处的地位比我们更为优越，因为他们从距我们较远的地方来看我们，并置身于我们的日常斗争之外。他们看到我们这儿有两种截然不同的文学：小说和戏剧，就不免很感惊讶。在我们四邻的民族中并不存在这样的情况。在法国，半个多世纪以来，文学似乎被截成两半：小说在一边向前迈进，而戏剧却在另一边止步不前，中间的鸿沟则被逐渐挖掘得越来越深。要是你把这情况观察一会儿，就会觉得它是极为有趣而有教益的。我们当前的文学批评，我指的是专干一天天地评判新作品的苦差事的专栏批评家们，我们的文学批评所确定下来的原则，恰是认为在小说和剧本之间，无论是在结构上还是写作手法上，都没有丝毫共同之处；它甚至如此走向极端，竟宣称有两种文风，即戏剧的文风和小说的文风，说什么一个可从写进书里去的题材是不能搬到舞台上去的。干脆可以这么说，正如外国人所认为的那样，我们有两种文学。这情况是确实存在的，文学批评只是证实了这么一种事实而已。剩下的就是观察一下，当文学批评口口声声地说情况只能是这样是因为它不能是别的样子，同时又想把这种说法固定下来，作为一条法则的时候，它是否干了一件可鄙的工作。我们毫不中止的趋势是要给一切都定下规章，要对一切都订出法则。最糟糕的是，就在我们用规章法则和传统习俗来束缚自己的时候，往后我们却非得费超人的力量才能打碎这些桎梏。

这样一来，我们就有了在一切方面都不相同的两种文学。当一位小说家想染指戏剧时，大家就对他耸耸肩膀，表示不信任。巴尔扎克本人不是已经失败了吗？但屋大维·佛叶先生①倒确已取得了成功。为了努力从逻辑上来解决这个问题，我准备对它再来个寻根究底。首先，让我们来看看当代小说吧。

维克多·雨果写了许多诗，他甚至不惜降低身价去写些散文；大仲马②不过是位出色的讲故事专家；乔治·桑③则善用平易流畅的语言对我们叙述她想象中的美梦。我不拟追溯到那些虽属壮丽的浪漫主义潮流但却没有留下直接继承人的作家们；我想说的是，今天他们的影响只能靠反响以及我即将指出的方式来发挥。我们当代小说的渊源出自巴尔扎克和司汤达。应当向他们探究根源并寻求教益。他们两位都摆脱了浪漫主义的狂热冲动，巴尔扎克是不由自主的，司汤达则是作出了超人的抉择。当人们欢呼抒情诗人们的胜利时，当维克多·雨果在一片吹捧声中被奉为神圣的

---

① 屋大维·佛叶（Octave Feuiller，1821—90），法国小说家，著有《一个穷青年的小说》。
② 大仲马（Alexandre Dumas père 1802—1876）法国作家。
③ 乔治·桑（George Sand 1804—1876）法国女小说家。

文坛之王时，巴尔扎克和司汤达都在潦倒中，在公众的轻蔑和否定中几乎默默无声地离开人世。但他们在他们的作品中却留下了本世纪的自然主义公式。总有一天，整整一代人会在他们的坟墓上成长起来，而浪漫主义学派则会因患贫血症而奄奄一息，只留下一位著名的老人作为它的化身，这位老人，只是靠了崇高的威望才幸免于遭到率直的议论①。

这只是一个约略的概括。要固执于巴尔扎克和司汤达所提供的新公式是无益的。他们借小说作调查研究，正如学者们借科学所进行的一样。他们不再凭空想象，不再讲述故事。他们的工作在于观察人，解剖人，分析人的肉体和大脑。司汤达尤其是一位心理学家。巴尔扎克则特别研究人的气质，重建环境，积累有关人的文献，给自己扣上社会科学博士的头衔。请拿《高老头》或《贝姨》同从前那些小说，同十七世纪及十八世纪的那些小说来作一番比较吧，您就会讲出自然主义所完成的进化是怎样的了。若说保留下来的只是小说这个字眼，这是个误解，因为这个字眼已经丧失了一切意义。

现在我们得在巴尔扎克或司汤达的后继者中作选择了。我首先找到了居斯达夫·福楼拜②先生，是他充实了目前的公式。我们将在这里发现我曾说过的浪漫主义影响的痕迹。巴尔扎克的苦恼之一是缺乏维克多·雨果的辉煌的文体。人们指责他文笔拙劣，这使他感到很不愉快，有时他也尝试作抒情诗式的浮华描绘，例如他在写《三十岁的女人》和《幽谷百合》时就是这样；可这也丝毫没有使他获得成功；这位非凡的作家，只有当他保持着自己丰满有力的风格时，才可以称得上是举世无双的散文家。在居斯达夫·福楼拜先生那里，自然主义公式就传到了一位完美的艺

---

① 此处作者系暗射雨果。
② 福楼拜（Gustave Flaubert 1821—1880）法国作家。

家的手中了。它巩固起来，获得了大理石的硬度和光采。居斯达夫·福楼拜先生是在浪漫主义极盛时期成长起来的，他把他全部的温情都给了一八三〇年的运动。他抛出《包法利夫人》一书的时候，看来就像是对当时以文笔拙劣而自鸣得意的现实主义的挑战。他打算证明，人们可以用荷马在谈及古希腊英雄时所用过的饱满铿锵的语言来谈论外省的小资产阶级。幸而，他的作品另有一种作用。不论居斯达夫·福楼拜先生是否愿意，他给自然主义带来了它所缺少的最后的力量，即能帮助作品生存下去的完美而不朽的文体。从此，公式已经确立下来，对新涌现的小说家们来说，他们只要在这艺术的真实大道上前进就行了。小说家们将继续巴尔扎克的调查研究，将在对环境作用下的人进行深入分析方面不断前进；不过，他们同时又是艺术家，他们应当兼备独创性和文体方面的科学性，他们将以他们文风的强大的生命力，赋予真实以再生的力量。

与居斯达夫·福楼拜同时，龚古尔兄弟爱德蒙和于勒两位先生也在为这辉煌的文体而努力奋斗着。他们并不来自浪漫主义。他们丝毫没有拉丁文腔，丝毫没有古典风味；他们创造他们自己的语言，他们以难以令人置信的激烈性，记述了对他们的艺术着了魔的艺术家的感觉。最初，在《翟米尼·拉赛特》里，他们研究了巴黎的平民，描绘过郊区的情况和远郊荒凉的景色，胆敢用一种精炼的语言来描述一切，使那里的人和事恢复其固有的生命。他们对目前的自然主义小说家集团有着很大的影响。要是说，我们在居斯达夫·福楼拜那是巩固了我们的阵地，取得了我们准确的方法，那么必须补充说，我们大家也都被龚古尔兄弟的这种新的语言所打动，这种语言，像交响乐似的沁人心肺，把我们时代的神经的颤动赋予事物，使词句的意义比字面更深远，并给词典中的词语增添了一种色彩，一种音调，一种芳香。我并非是在作评判，而是在作考证。我的唯一目的是确立现代小说的渊源，阐明它是怎样的，为什么又是这样的。

现代小说的渊源在上面已经说得很明白了：在前面，巴尔扎克和司汤达，一位生理学家和一位心理学家，摆脱了浪漫主义的浮华词藻，而浪漫主义至多不过是修辞学家们的一场暴动而已。接着，在我们同这两位开山鼻祖之间，一边有居斯达夫·福楼拜先生，另一边有龚古尔兄弟爱德蒙和于勒，他们带来了文风的学问，以新的修饰法确立了公式。自然主义小说就在于此。我不拟谈论它目前的代表人物了。我将仅限于指出这种小说结构上的特点。

我已经说过，自然主义小说不过是对自然、种种存在和事物的一种调查研究。因此它不再把兴趣放在按某些规则来精巧地构思并展开的一个寓言方面。想象不再有用武之地，情节对小说家来说也无关紧要了，他不再去操心故事的编排、前后承接和结局；我的意思是说，自然主义小说家并不插手对现实进行增删，他也不服从一个事先构思好的观念的需要来制造用以构筑一个屋架的种种部件。我们的出发点是，自然即是一切需要；必须按本来的面目去接受自然，既不对它作任何改变，也不对它作任何缩减；对于以它本身来提供一个开端、一个中段和一个结尾来说，它已是足够优美、足够宏伟的了。我们毋需去想象一段惊险故事，把它复杂化，以戏剧手段来一场接一场地进行安排，把它引向一个最终的结局；我们只须在现实生活中取出一个人或一群人的故事，忠实地记载这个人或这群人的行为即可。作品成了一篇记录，再没有什么别的东西；它只有准确的观察，或多或少地深刻透彻的分析，合乎逻辑地连贯起来的事实等优点。有时，你叙述的甚至还不是有头有尾的整个生活，而仅仅是吸引一位小说家去记述的生活的一个片断，一个男人或者一个女人一生的若干岁月，人生传记的一页而已，正如化学家受到对某物质的一项特别研究的诱惑一样。所以小说不再有框框，它渗入并占领了其他文学门类。它同科学一样，成了世界的主人；它涉及一切题材，记录历史，论述生理学和心理学，一直登上最高的诗词的巅峰，研究最为多种多样的问题：政治、社会经济、宗教、习俗无不成了它所研究的对象。整个自然界都是它的领域。它在其中自由活动，采纳它所喜爱的形式，使用它所认为最动听的声调，它不再受任何界限的束缚。我们在这里已经远离了我们的父辈们所理解的小说：一种纯然是想象的作品，其目的只限于取悦和吸引读者。在过去的修辞学里，小说被置于最低的地位，处于寓言和轻松的诗歌之间。正经人都鄙视小说，把它扔给女流之辈，作为无聊的、有碍身价的消遣。这种观点如今在外省和某些学院环境中依然存在着。事实是，当代小说的杰作在关于人和自然方面所耗费的笔墨，要比哲学、历史和批评等严肃的作品来得更多。现代的工具就在这里。

接着我要谈谈自然主义小说的另一个特点。它是与个人无关的，我的意思是说，小说家只是一名记录员，他不准自己作评判、下结论。一名学者的任务，严格说来，只是陈述事实，一直分析到它的终端，而不冒险去作综合；事实就是这些，在这些条件下所作的实验，就会得出这样一些结果；他就到这里戛然而止，因为他如果要超越现实而前进，他就得进入假设；这就是或然的了，这就不是科学的了。好吧！小说家同样应当停留在已经观察到的事实上，停留在对自然的细心的研究上，倘若他不愿意迷失在欺人之谈的结论上的话。所以他本人就消失了，他把他的情绪留给自己，他仅仅陈述他所见到的东西。现实就是如此，您在这现实面前可以颤抖，可以欢笑，也可以从中得出随便怎样的一个教训，作家的唯一工作是把真实的文献放在您的眼前。此外，对于作品在道德上的这种与个人无关性，还有艺术的理由呢。作家的激烈或温和的干涉会缩减小说的内容，打断其明晰的线条，给事实带进不相干的因素，从而破坏了这些事实的科学价值。人们无法设想一位化学家会因为氮这种物质不适于生物的生存而对它怒目而视，也不会因相反的理由而对氧青睐相加。一位感到有需要对邪恶表示愤怒，对美德大加赞赏的小说家同样破坏了他所提供的文献，因为他的干涉也是既有碍又无益的；作品失掉了它的力量，它不再是从现实的大石块中截下的一方大理石，而成了一种加工过的、由作者的情绪来加以再造的物质，而这种情绪则是易于沾染上种种偏见和种种错误的。一部真实的作品将是不朽的，而一件感人的作品却只能迎合一个时代的情感。

　　故而自然主义小说家对于小说永远不加干涉，正如学者对他的研究一样。对作品中的道德抱与个人无关的态度成了一件至关重要的事，因为这种与个人无关性导致了作品中的道德观的问题。人们强烈地谴责我们，说我们不讲道德，因为我们不加主观评价地将坏蛋和老实人一视同仁地放在同一场景里，既不偏向这个，也不鄙薄那个。全部争论的焦点就在这里。写坏蛋是可以的，但是到了结尾时必须让他们受到惩罚，或者至少让他们在我们的怒火和鄙恶之下被压得粉身碎骨；至于老实人，他们应当在这里或那里受到几行赞颂和表扬。作为分析者，我们在善和恶的面前完全无动于衷和麻木不仁完全是有罪的。当我们的叙述变得太真实时，人们末了总要说我们是撒谎。怎么！永远是没完没了的坏蛋们，难道就没有一个值得同情的人物？写值得同情的人物的理论就在这里冒出来了。必须写值得同情的人物，哪怕要冒歪曲自然的危险。人们不但要我们对美德表示偏爱，而且要求我们对美德加以美化，使之变得惹人喜爱；这样，对于一个人物的塑造，我们就得作这样的抉择，即保留他的种种优点，偷偷地把他的缺点掩饰过去；更有甚者，如果我们创作出一个完美的人物，如果我们按约定的举止高雅、行为体面的模子来把他铸造出来，我们就是更为值得赞许的了。为此，人们就可以毫不费力地把一些典型的人物引入某一情节中去。这就是那些值得同情的人物，男男女女的理想概念，用于弥补那些取自自然的真实人物的不良印象的不足。正如大家所看到的，在这一切之中，我们唯一的错误是只接受自然，而不愿按理应的面貌来改变本来就是的面貌。绝对的诚实，正如十足的健康一样并不存在。在所有人的身上都有人的兽性的根子，正如人人身上都有疾病的根子一样。故某些小说中的那些如此纯洁无瑕的少女，那些如此忠贞不渝的少年们都是压根儿站不住脚的；要使他们站得住，就必须无所不言。我们就是无所不言的，我们不作取舍，我们不加以理想化：这就是为什么人们要指责我们喜欢在垃圾堆里行走。总之，小说中的道德观的问题，可以这样归结为两种观点：理想主义者的诡辩，为了合于道德，就必须撒谎；自然主义者们则断言，脱离了真实就不会有道德可言。然而，没有什么比浪漫蒂克的幻想家更危险的了；这样的作品，以虚假的色彩来描绘世界，扰乱想象，让想象投入历险故事中去；我一点也不想谈论应该有怎样的伪善，以及人们掩埋在花坛底下而使之成为可爱的种种可憎的事物。这些危险在我们这里消失了。我们教育人们的是生活的痛苦的学问，我们提供的是现实的高尚的教训。这就是现存的情况，请你们设法把这些情况整理一下吧。我再说一遍，我们只是学者，分析者和解剖者，我们的作品具有科学著作的准确性、踏实性和实际应用价值。我不知道还有什么比这更道德、更严肃的派别了。

这就是自然主义小说的现状。它已经取得了胜利，所有的小说家们都投奔到它这里来了，即使是当初企图把它扼杀在摇篮里的那些人。这是永恒的胜利，人们首先是发怒，冷嘲热讽，最后却终于模仿它了。成功就足以决定一个潮流了。况且，现在这个运动一经发动，你就会看见它日益发展壮大。这就是它所开辟的一个新的文学时代。

三

我接下去要谈谈我们当代的戏剧。我们刚才已经看到了小说的情况，现在得考察一下戏剧文学的处境了。但在谈论之前，我准备约略地回顾一下戏剧在法国的巨大的进化情况。

最初，我们看到一些未成形的剧本，那是些在公共广场上演出的二个，或至多三个角色的对白。后来，剧场建造起来了，悲剧和喜剧在古典主义文艺复兴的影响下诞生了。一些伟大的天才，如高乃依、莫里哀、拉辛[①]，把这个公式肯定下来了。这些天才们是作为他们生活的时代的产物而出现的。当时的悲剧和喜剧，以其不变的法则，宫廷的礼节，宽绰而高雅的气派，富于哲理的高谈阔论和雄辩的口才，确是当时社会的确切反映。戏剧公式和社会环境的这种同一性，这种密切接近性是如此真实，以致在两个世纪的时间里，这个公式几乎没有什么变动。只是到了十八世纪，到了伏尔泰和博马舍的时代，它才失掉了它的一成不变性，它才开始动摇、松软下来。旧的社会在那时陷入了极大的混乱，扰乱社会的气息也轻轻地吹拂到了戏剧。这就是对情节有了更大的需要，这是暗中进行的对法则的背叛，是隐隐约约地返回自然。就是在这个时期，狄德罗和梅西埃[②]极其明确地奠定了自然主义戏剧的基础；不幸的是，他们两个谁也没有写下能把新的公式确定下来的杰作。此外，古典公式，在旧君主制的土壤上曾如此坚如磐石，竟未能被大革命的风暴彻底冲垮。它还顽固地存在了若干时间，尽管被削弱了、衰退了，滑向平淡无味和低能笨拙。于是就发生了已在暗中酝酿多年的浪漫主义的造反。浪漫主义戏剧结果了垂死的古典主义戏剧的生命。维克多·雨果发起了最后的一击，摘取了其他许多人曾致力很久的胜利果实。必须注意到，出于斗争的需要，浪漫主义戏剧作了古典主义戏剧的反衬；它拿激情代替义务，拿情节代替叙述，拿色彩代替心理分析，拿中世纪

[①] 高乃依（1606—1684）、莫里哀（1622—1673）、拉辛（1639—1699）均为法国古典主义时期剧作家。
[②] 梅西埃（Louis-Sebastien Mercier, 1740—1814）法国作家。

代替古代。就是这个光辉的反衬，确保了它的胜利。古典戏剧命该寿终正寝了，它的丧钟已经敲响，因为它不再是社会环境的产物，浪漫主义戏剧在猛烈地清扫了战场的同时带来了必要的自由。但今天它的作用似乎已局限于此。它只是壮丽地肯定了法则是虚无的，生命才是必需的。不管它如何声势浩大，它至多不过是古典戏剧的逆子贰臣；而跟古典戏剧一样，它也吹牛撒谎，它以人们目前都会对之嗤之以鼻的夸张来粉饰装扮事实和人物；跟古典戏剧一样，它也有它的法则，它的陈套，它的更惹人恼火的效果，因为它们是些更加虚假的东西。总之，它在戏剧中只不过增加了一套比较漂亮的修辞而已。所以浪漫主义戏剧注定是不会有古典主义那么长的统治时间的。在完成了它的革命业绩之后，它就气息奄奄，一下子精疲力竭了，老老实实地给戏剧的重建让出了位置。所以浪漫主义的历史在戏剧中也同在小说中一样是昙花一现。继浪漫主义不可避免的危机，人们看到自然主义的传统重新显现，狄德罗和梅西埃的观念被逐渐肯定下来。这是从革命中诞生的新的社会状态，它，在摸索中，在曲折徘徊之后，逐步确立了一条新的公式。这工作是不可避免的。它既是自发自生的，更是由事物的力量所产生的，直到进化完成之后才停止下来。在我们这个世纪里，自然主义公式将同过去几个世纪中的古典主义公式处于同样的情况。

  我们就这样到达了我们的时代，这里，我看到了引人注目的活动，异常的才能消耗。这是一个无限巨大的工场，人人都在这个工场里狂热地工作着。时间还不是很清楚，这里有不少工作是枉费精力的，榔头很少打得既准且有力；但这幅景象却不失其壮观。应当看到，这些工匠们都在为自然主义的最终胜利而发奋工作，即使那些似乎曾经攻击过它的人也不例外。他们还是在时代的推动之下，必然要走时代所走的方向。正因为在戏剧界，他们中间还没有一个人已经身躯高大得足以单枪匹马地以天才的劳动来确立新的公式，你可以说他们是在分担工作，各人轮流在某一确定的方面贡献出他们一份力量。让我们来看看他们中最杰出的几位的成就吧。

人们狠狠地指责我侮辱了我们戏剧界的光荣人物。这已成了一种广为流传的说法了。纵使我分辩说，当我畅所欲言地谈论大大小小的剧作家时，我是服从着大家的看法的，但我仍是白费口舌，当前的批评界依然深信不疑，我之所以对比较幸运的同行采取苛刻的态度，是出于我个人在戏剧方面所遭受的挫折。对这些说法我完全听之任之，因为这种指责不值一驳。我仅仅想设法评判我们的骄子们，同时考查一下他们在我们的戏剧文学上占有怎样的地位，起了怎样的作用。这就可以再次说明我的态度。

我们先来看看维多利安·萨尔都①先生。他是目前情节曲折离奇的喜剧的代表作家。他继承斯克里布②并革新了旧的创作手法，把舞台布景艺术一直推进到变戏法的地步。这种戏剧继续是对旧戏剧的一种反动，并越来越劲地反对旧的古典戏剧。人们一经以剧情代替了叙述，一经让惊险经历在人物身上取得重要地位，他们就滑向错综复杂的情节，滑向以一线来牵动的木偶戏，滑向一系列连续的突变以及出人意料的结局花招上去了。斯克里布在我们的戏剧文学中标志着一个历史时期；他夸大了剧情这个新的原则，把剧情搞成了唯一的东西，炫耀其非同凡响的制造家的才能，创造了一整套规则和秘诀的法典。这是无法避免的，因为凡是反动，往往是矫枉过正的。因此，人们长期以来称之为通俗剧的戏剧，并无别的根源，只有不顾性格描写和感情分析，一味夸大剧情的原则。当人们最初想回到真实上去时，他们已经脱离了真实。人们打破了一些法则，却发明了另一些更加错误、更加

---

① 萨尔都（Victorien Sardou 1831—1908）法国剧作家。
② 斯克里布（Eugène Scribe 1791—1861）法国通俗喜剧作家。

荒谬可笑的法则。编写得好的剧本，我是说在某种平衡和对称的样板上编出的剧本，却变成了一种稀奇而发噱的玩意儿，它使整个欧洲都同我们一起觉得心悦神怡。我们经常上演的剧目就是从这时候开始在国外受到普遍欢迎的，外国人由于迷恋而接受它们，就像他们爱好我们巴黎的货品一样。今天，编得巧妙的剧本已经开始发生了一种微小的变化，维多利安·萨尔都先生已经较少去关心剧本中的高级细木器了；但如果说他是突破了框框，以更大的规模来变他的戏法的话，那么，他仍然不折不扣地是提倡戏剧应以剧情，疯狂的剧情来统治一切、压倒一切的代表人物。他的一大优点是动作；他没有生命，只有动作，一种着魔的动作控制着人物，这种动作有时竟达到这样的地步，在人物身上造成了幻像，使观众以为他们确实是活着的，其实这些人物只不过是装配得很好的物件罢了，像完美的机械部件那样在来回走动着。灵巧、敏捷、对现实的嗅觉，对舞台布置的精深学问，对加入插曲的特别才能，被弄得错综复杂的出神入化的细枝末节：这些就是维多利安·萨尔都先生的主要优点。但是，他的观察是肤浅的，他带给人们的有关人生的文献只是胡乱地散见于各处，经过一些巧妙的修修补补而已，他把我们带入一个卡通世界，里面满是傀儡。在他的每一部作品里，人们都能感到他并没有脚踏实地，里面总有一些令人难于接受的曲折离奇的情节，一种被推向极端的虚假的情感被用作全剧的枢纽，或者是剧情的一种怪诞的复合体，只消凭一句魔术般的话就可以在最后把它们全部解决。生活的情形并非如此。即使接受闹剧的必要的夸张，人们也愿意在表现手法中有更大的广度和简洁性。这永远只不过是些过分扩大了的通俗笑剧，其喜剧的力量全都是漫画化的；我的意思是说，笑并非出自观察的正确，而是由于人物装出的怪相。我毋须举什么例子。人们曾看见维多利安·萨尔都先生在《蓬一亚西的布尔乔亚》一剧中所描绘的小城市；他的观察的奥秘就在于此；几乎没有什么更新的人物剪影，被报刊杂志用陈了的笑料噱头，这是些大家都不厌其烦地重复着的东西，不妨看看巴尔扎克笔下的小城市，并请你们作一番比较吧。《拉巴格》一剧中的讽刺有时是极为精彩的，但却被一段最平庸不堪的爱情情节的穿插损坏了。《贝诺亚东一家》中的某些漫画式的描绘是相当有趣的，但它也有不足之处，这就是那些著名的信件，那些你在萨尔都先生的剧本中简直俯拾皆是的信件，对萨尔都先生来说，就像是魔术杯和小软木球一类的戏法的道具对一位魔术师那样不可或缺。他曾取得过极大的成功，这是不难理解的，我也觉得这很好。其实，请你们注意一下，倘若说他频频地从真实旁边走过，他依然是在以其独特的方式为自然主义事业服务的。他是我刚才所说的那些工匠之一，他们是属于他们时代的，他们按他们的力量，在为一个公式而工作着，但是他们却没有天才完整地提出这个公式。他个人的贡献是将日常生活尽可能准确地作物质的再现，将它精确地搬上舞台。如果说他是在布置布景上玩弄手法，那么至少布景本身是存在的，而这已经可以算得上是某件东西了。就我来说，他的存在的理由尤其就在这里了。他来得正是时候，他给群众提供了生活的情趣以及从现实摄取的种种图景。

我接着想谈谈亚历山大·小仲马[①] 先生。确实，这位先生做了一件更为出色的工作。他是自然主义最强有力的工匠之一。他差点儿找到了完整的公式并将它付诸实践。人们将戏剧中的生理学的研究归功于他；直到如今，只有他一个人敢于指出少女的性欲和男人的兽性。《婚礼访问记》以及《半上流社会》和《私生子》中的某些场景，是极其卓越的分析，极其严格的真实。那里有新的极其精彩的有关人的文献，这在我们今天的剧目中是罕见

---

① 小仲马（Alexandre Dumas fils 1824—1895）法国小说家、戏剧家、大仲马的私生子。

的。你看到我对小仲马先生不吝赞颂之词。不过我是根据一种整体的观念来称颂他的,而这种整体观念接着又要求我对他显得很苛刻。按我的看法,他的一生中曾有过一次危机,即他在哲学思想上的裂痕的发展,他可悲的全心全意的需要:他需要制订法则,需要教育观众,需要匡正人心。他把自己弄成了上帝在尘世的代理人,这样一来,最怪诞的想象就来妨碍他的观察机能了。他不再从有关人的文献出发,而一心只想达到超乎人类的结论,达到令人惊讶的情景,陷入幻想的天地。你只消看一下《克劳德的妻子》、《外国女人》和其他几部剧本就可以知道了。这还不是全部。灵性损害了小仲马先生。一位具有天才的人并不是有灵性的,但自然主义的公式却必须由一位有天才的人才能完全确立。小仲马先生把他自己的灵性借给了他的全部人物:在他的剧本里,男人、女人,直到儿童,全都说着长篇大论,这些著名的长篇大论往往决定了他的成就。再没有什么比这更做作,更令人厌倦的了;这破坏了对话的全部真实性。最后,小仲马先生首先是人们称之为戏剧家的,他在现实和舞台要求之间从不犹豫;他扭弯现实的脖子。他的理论是:真实与否是无关紧要的,只要做到合乎逻辑即可。一个剧本成了一个需要解决的问题;你从一点出发,就必须达到另一点,而不使观众发脾气;要是你有足够的灵活和力量,能够越过容易摔跟斗的地方,强使观众甚至不顾自己的意志跟随你走,你就大获全胜了。观众随后也许会表示抗议,嚷着说这不真实,并相互争论不休;可是他们至少在看戏的那个夜晚仍然是属于作者的。小仲马先生的全部戏剧就存在于他的那种不断付诸实践的理论之中。他单凭他手腕的力量,在反乎常情之中,在似是而非之中,在最无益而最冒险的论题中取得胜利。他曾受到过自然主义气息的吹拂,曾写出过观察如此明晰的剧本,然而,当他在需要提出论据或仅仅出于编剧的需要的时候,却从来不曾在虚构面前退避过。这是被观察到的现实和古怪的发明的最不讨人喜欢的混血儿。他的剧本没有一部能够逃出这种双重倾向。请你回想一下在《私生子》中的克拉克·维尧的不可置信的故事，回想一下在《外国女人》中的邪恶的圣母的奇特经历吧；我只不过是随手引证几个例子而已。人们可以说，小仲马先生只是把真实用作跃入虚空的跳板而已。似乎有什么东西蒙住了他的眼睛。他从不把我们带到我们认识的一个世界中去，环境总是艰难而虚假的；人物丧失了一切自然的声调，不再站得住脚跟。这不再是带有它的宽绰，它的色调，它的纯朴的生活；它是一篇辩护词，一篇宏论，一件冷冰冰的、干巴巴的、一碰就碎的东西，里面没有什么新鲜空气可以呼吸。哲学家扼杀了观察家，而戏剧家又损伤了哲学家，这就是我的结论；这实在是十分可惜的。

我现在要谈谈爱弥尔·奥日埃① 先生。他是我们目前法国戏剧的大师。他的努力一直是最坚定而有规律的。不应当忘了浪漫派对他的不断的攻击；他们称他为理智健全的诗人，他们取笑他的一些诗词，但他们却不敢取笑莫里哀的诗词。事实上，爱弥尔·奥日埃先生妨碍了浪漫派，因为他们感到他是一个强有力的对手，一个越过一八三〇年的骚动而与法国传统重新相连的作家。新的公式和他一起成长起来：准确的观察，搬到舞台上的真实生活，用朴实确切的词语描绘的我们的社会。爱弥尔·奥日埃先生的最初几部作品是用诗体写成的话剧和喜剧，具有按我们古典戏剧的手法来创作的巨大优点，它们的情节也是同样的简单，例如在《斐莉培特》里，讲的是一个丑女人的经历，她后来变得妩媚动人了，于是就受尽了众人的阿谀奉承，几乎没有什么复杂的内容，就足足填满了三幕；这也就是照射到剧中那些人物身上的全部光彩了，这是一种强有力的质朴，剧本的平和而苍劲的线索，由情感这唯一的作用来打上结子，然后又解开。我确信，自然主义公式

---

① 奥日埃（Guillaume Victor-Emile Augier 1820—1889）法国剧作家。

不过是这个古典公式的发展、扩大并使之适应我们的环境。其后，爱弥尔·奥日埃先生又进一步确定了他的个性，待他开始用散文更得心应手地描绘我们当代社会的图景时，他必然会到达这个自然主义的公式。我特别要引证《可怜的母狮们》、《奥林泼斯的婚事》、《盖澜大爷》和《布瓦利埃先生的女婿》以及他博得最多彩声的内部喜剧：《厚颜无耻的人们》和《齐波瓦叶的儿子》。这是些十分了不起的作品，这些戏剧全部或多或少地在某些场景里实现了新的戏剧、我们时代的戏剧。公证人盖澜大爷有着一种效果最新颖、最真实的死不改悔的性格；在《布瓦利埃先生的女婿》里，对暴发的布尔乔亚作了一种极佳的人格化；齐波瓦叶这个人物的塑造相当奇特，但它的色调又恰到好处，他在一个用极其强烈的讽刺手法描绘出来的世界里活动。爱弥尔·奥日埃先生的力量，使他成为出众的东西，乃是他比小仲马先生具有更多的人情味。这富于人性的方面使他立足于坚实的土地上；同他在一起，你就不会害怕坠入空虚之中；他始终是沉着的，也许不那么锋芒毕露，但却十分脚踏实地。那么，到底是什么阻止奥日埃先生成为我们所期待的那位命定来确立自然主义公式的天才呢？为什么，在我看来，他只能成为目前最明智、最有力的文学工匠呢？以我的见解来判断，这是因为他并不太懂得脱离传统的俗套、陈词滥调和彻头彻尾都是杜撰臆造的人物。他的戏剧被连续不断的平庸无奇的写作，被制作得漂亮的画像——即那些就像人们通常所说的在画师的画室里所绘制的画像削弱了。因此，在他的喜剧里，很难不看见很富有、很纯洁的少女，却不愿结婚，因为她痛恨别人总是为了她的嫁奁才向她求婚的。那些男青年同样也是荣誉和忠诚的英雄，当他们得知他们的父亲用不大正当的手段发财致富时，总是哭泣着表示厌恶。总之，可同情的人物胜利了，我的意思是说，善与美的情感的理想典型，总是用同一个模子浇铸出来，真实的象征脱离了一切真实的观察，按宗教仪式虚构来人格化了。这是盖澜司令官，这位模范军人，他的制服帮助人们得出结局；这是齐波瓦叶的儿子，这位娇弱纤美的大天使，出生在一个腐败的人家；这是齐波瓦叶本人，他卑鄙无耻，却又装得那么温文尔雅；这是《厚颜无耻的人们》中的亨利，查利埃的儿子，他在发誓保证，因为他的父亲在一件暧昧的事务中干了不光彩的勾当，所以他就偿还了受他父亲所欺骗的那些人的损失。这一切都很美，很动人；不过，要把这一切当作有关人的文献，那就是不可靠的了。不论是在恶还是在善中，自然都没有这么呆板。人们只能接受这些可同情的人物，作为现实的一种对立面和安慰而已。还不止是这些呢，爱弥尔·奥日埃还往往挥动魔杖来改变一个人物。戏法是人人会变的；剧本总得有一个结局，在一幕效果辉煌的场景之后，人们一下子就改变了一个人物的性格。比如，我们只引证这么一个例子，不妨看一下《布瓦利埃的女婿》一剧的结尾吧。说实在的，这简直是太便当了；你无论如何总不能那么轻而易举地就把一个棕发男子变成一个金发男子吧。就观察的价值说，这些突如其来的改变是可悲的；一个人的气质总是一直保持到底的，除非是有缓慢的、需加微妙分析的原因。所以爱弥尔·奥日埃先生的那些最佳的人物形象，那些由于它们是最完整的、最符合逻辑的，因此一定会永存下去的形象，在我看来，似乎是盖澜公证人和《可怜的母狮们》里的波摩。这两个剧本的结局，以及它们开向现实、开向不可避免的生活进程的大门，居然能超越每天的喜怒哀乐而不为其所左右，这确实是十分动人的。在我重读《可怜的母狮们》的时候，我就想起嫁给一个规矩人的玛奈弗夫人。不妨拿赛拉芬同玛奈弗夫人作一番比较吧，您就会暂时让爱弥尔·奥日埃先生同巴尔扎克两人面对面站着，这样您就会了解，为什么爱弥尔·奥日埃先生，尽管有他许多优点，却不能在戏剧中确立自然主义的新公式。他没有足够大胆、足够强有力的手腕来摆脱充斥着舞台的传统习俗。他的剧本太混杂了，没有一种能以天才的决定性的独创性来使人们认可。他容忍了一种妥协，因而在我们的戏剧文学中，他只能作为一位才智深邃、根底厚实的先驱而存在。

我很愿意谈谈欧仁·拉毕什①先生，他的喜剧是那么的热情洋溢；还有梅拉克②和阿雷维纳③两位先生，他们对巴黎生活的观察是那么细致入微；以及龚弟内④先生，他用他那些如此才智横溢的、描述于一切剧情之外的画面，使斯克里布的公式成为过时的东西。但是我只要谈论三位最杰出的剧作家就足以说明我的论题了。我极为欣赏他们的才能，他们各自显示的不同的优点。不过，我再说一遍，我是从许多观念的一个总体来评判他们、研究他们的作品在我们本世纪的文学运动中占有什么地位并起了怎样的作用的。

四

现在我们已经了解了各种因素，我手里已经拥有我需加讨论并总结的种种资料。一方面，我们已经看到自然主义小说目前的处境如何；另一方面，我们已考查了我们最初的几位剧作家对我们的戏剧做了些什么工作。留待进行的只是作番对照即可。

谁也不否认文学中各种门类是相互联系、同时并进的。一阵风刮过之后，一个震动发生之后，就会出现朝着同一方向的普遍推进。浪漫主义的造反就是在一种决定性的影响之下，表明这种一致倾向的一个生动例子。我已经指出过，本世纪的推动力是自然主义。今天，这股力量已日益加强，它一直向前猛冲，一切都必须顺从它。小说、戏剧都被它席卷而去。不过，这种进展在小说中来得更快得多；它已在小说中高奏凯歌，而在舞台上还只不

---

① 拉毕什（Eugène Labiche 1815—1888）法国剧作家。
② 梅拉克（Henry Meilhac 1831—1897）法国戏剧作家。
③ 阿雷维纳（Ludovic Halévy 1834—1918）法国戏剧作家。
④ 龚弟内（Edmond Gondinet 1828—1888）法国戏剧作家。

过是初露头角罢了。情况必然是这样的。戏剧，由于我将解释的种种原因，总是传统习俗的最后堡垒。所以我只想简单地得出这么一点：今天在小说中完整并确立下来的自然主义公式，与它在戏剧中能立足尚相距甚远，我因而对此下结论说，它必然会完整起来，它迟早会取得它的科学的严密性；否则，戏剧就会逐渐蜕化，成为越来越低级的东西。

人们曾怒气冲冲地反对我，冲着我嚷道："您到底想要什么？您需要的是怎样的进化？进化不是已经完成了吗？难道爱弥尔·奥日埃、小仲马、维多利安·萨尔都等诸位先生，还没有把他们对我们社会的观察和描绘推进到了尽可能远的地步吗？让我们停下来吧，我们在这世界的现实中已经走得太远了。"首先，要停下来的想法是天真可笑的，因为在一个社会里，什么都不是一成不变的，一切都会被一种持续不断的运动推向前去。人们总归要到应该去的地方去的。再则，我可以断言，在戏剧中，进化还远远没有完成，它几乎还只是刚刚迈出了第一步而已。直到如今，我们还只是处在最初的一些尝试之中。必须等待某些观念来突破缺口，让群众慢慢习惯起来，让事物的力量冲垮一个又一个的障碍。我打算对维多利安·萨尔都、小仲马、爱弥尔·奥日埃等诸位先生作一番约略的研究，以便说明出于什么原因，我才把他们看成不过是扫清前进道路的工匠，而不是奠定一座纪念碑的创造者和天才。所以，我还期待着在他们之后会出现什么别的东西。

这使人愤怒并易于为人冷嘲热讽的别的东西，其实是很简单不过的。我们只须再去拜读一下巴尔扎克的，再去拜读一下居斯达夫·福楼拜先生和龚古尔兄弟的，一句话，再去拜读一下自然主义小说家们的作品就行了。我在等待人们把有血有肉的，取自现实并经过科学分析的，没有半点虚假的人物搬到舞台上去。我在等待人们使我们摆脱虚构的人物，摆脱按美德与邪恶的习俗，全无半点作为有关人的文献的价值的象征性的东西。我在等待着由环境来决定人物，等待着人物按事实的逻辑与他们自身的气质的逻辑相结合来行事。我等待着不再出现任何种类的魔术师，不再出现舞弄魔杖，把人与事物作瞬息万变的情况。我等待人们不再向我叙述无法接受的故事，等待人们不再用浪漫蒂克式的穿插来糟踏准确的观察，其结果甚至是破坏一个剧本的最精彩的部分。我等待着人们抛弃众所周知的诀窍，用得叫人发腻了的公式，得来全不费力的眼泪和欢笑声。我等待有这么一部戏剧作品，它能够摆脱说教，由伟大的言词和伟大的情感写成，有着真实的高尚道德观，从实事求是的调查研究中吸取可怕的教训。最后，我等待小说中所完成的进化也在戏剧中完成，等待人们回到现代科学和艺术的本源上来，回到对自然的研究上来，回到对人的解剖、对生活的描绘上来，以准确的记录，达到至今尚无人胆敢在舞台上冒险尝试的独创和强有力的境地。

这就是我所等待的。人们会耸耸肩膀，微笑着回答我，说我永远也不会等到什么的。他们最关键的论据是：不应当向戏剧界要求这些东西。戏剧不是小说。它给我们它所能给我们的东西。如此而已，我们应当适可而止。

好吧！这里我们已经触及了争论的症结所在。我们谈到了戏剧存在的条件。我所要求的既然是不可能的，那么反过来说，在舞台上，撒谎就是必要的了；一部剧本必须要有若干浪漫蒂克的角落；它必须在某些情况周遭作平衡的转动，它必须在预定的时刻达到情节的解决。我们已经进入行当上的问题了：第一是分析会引起厌烦，而观众要求的是剧情，永远只是要求剧情；第二是场景的视觉效果的问题，一出戏剧应当在三小时之内结束，不管其题材有多宽阔；再次是人物应具有特别的价值，这就需要安排虚构。我不引证各种论据；我只提出观众干涉的问题，这是个很值得考虑的问题；观众要这个，不要那个；他们不太容忍真实，他们宁要四个值得同情的傀儡，而不愿要一个取自生活的人物。总之，戏剧是传统习俗的领地，它始终遵循着旧习惯，从布景，从自下而上地照亮演员们的成排脚灯，直到好像被人们用一线牵动的人物们都是这样。真实只能以巧妙地配成小份的剂量掺入戏剧。人们甚至走得这样远，他们发誓说，要是有朝一日，戏剧不再是一种逗人发笑的谎言，用来在晚上安抚被白天的现实弄得忧伤烦闷的观众们，它就不再有存在的理由了。

我懂得这些推理，我打算在得出我的结论时就马上予以回答。很明显，每种东西都有它固有的存在条件。一本小说是人们在家里两脚搁在壁炉的柴架上独自一人阅读的东西，并非当着两千名观众的面演出的一部戏。小说家的面前有的是时间和空间，随便读者怎样"旷课逃学"，他都能容忍；为了按自己的心意来分析一个人物，只要他高兴，他可以写上一百页的篇幅；他可以随自己的喜好，对环境作长篇大论的描述，也可中断他的叙述，按原路倒退回去，一连二十次地变换地点，总之，他是他所用材料的绝对的主人。相反，剧作家却被幽闭在刻板的框框里，他须得服从种种必须服从的东西，他只能周旋于种种障碍之中。最后，还有一个问题，就是读者是孤立的，而观众则是聚集在一起的。孤立的读者能容忍一切，你能把他带领到任何地方，不管他是否生气，然而集聚在一起的观众就不同了，必须考虑到他们的廉耻、惊恐、敏感，否则就必定有失败的危险。这些话全都一点不假，恰恰是因为这些，戏剧才成了传统习俗的最后堡垒，正如我在上面所考察的那样。要是自然主义运动在舞台上遭遇到的不是如此艰难而障碍重重的战场，它在那里早就和在小说中那样辉煌而成功地诞生了。戏剧，由于它的存在条件，应当是真理的精神经过最艰苦的战斗，最剧烈的争夺，最后一个征服的阵地。

我在这里提出这样的看法，即各个世纪的进步都必然体现在某一特定的文学门类之中。显然，十七世纪就是这样地体现在戏剧公式中的。我们的戏剧在那时就放射出无与伦比的，使抒情诗歌和小说黯然失色的异彩。其理由是，戏剧那时恰恰同时代的精神相适合。它把人从自然中抽象出来了，用当时的哲学工具来研究它；它具有富丽的修辞上的平衡，有着一个完全达到鼎盛时期的社会所有的种种彬彬有礼的风尚；这是从土壤上生长出来的果子，是当时的文明必须以最大的平易及完美来铸造的书面公式。试将我们的时代同那个时代比较一下，您就会感到把巴尔扎克造成一位伟大的小说家而不是一位伟大的剧作家的决定性的原因了。十九世纪及其返回自然和需要精确调查研究的精神，背离了被过多的传统习俗所束缚的戏剧，在不受框框限制的小说中肯定下来了。就这样，科学地说，小说就成了我们这个世纪的极好的形式，成了自然主义要走向胜利的第一条途径。今天，小说家们成了当代文学的骄子；他们掌握着语言，掌握着方法，它同科学并肩前进。如果十七世纪曾经是戏剧的世纪，那么十九世纪将是小说的世纪。

在当前的文学批评肯定说自然主义在戏剧中是不可能的时候，我愿暂时承认他们是言之有理的。这是大家已经了解了的。传统习俗在戏剧中是不可改变的。在戏剧中总是必须撒谎。我们命中注定非得去欣赏萨尔都先生的魔术、小仲马先生的论题和长篇大论、爱弥尔·奥日埃先生的令人同情的人物不可。人们将不会超越这些剧作家们的才能了，我们不得不接受他为我们时代在戏剧上的光荣。他们就是他们这个样子了，因为戏剧需要他们这个样子。他们之所以没有更向前一步，他们之所以没有进一步顺从把我们席卷而走的真实这个大潮流，是因为戏剧不允许他们这么做。在戏剧中有一堵墙挡住了最强者的道路。好极了！但那样一来，戏剧就成了人们谴责的对象，人们把致命的一击打在戏剧上了。人们把戏剧压在小说底下，人们给了它一个比较低下的地位，在后世的眼里，戏剧将成为令人鄙薄的无用之物。如果你们向我们证明，我们既不能给戏剧带来我们的方法，也不能给它带来我们的工具，那么，你们要我们，我们这些真实的工匠、解剖学家、分析家、生活的探索者、有关人的文献的编纂者，去对戏剧作些什么工作呢？真的！戏剧只能靠传统习俗而生活，它只能说假话，它拒绝我们的实验主义文学！好吧！我们的时代将让戏剧靠边站了，它将把戏剧丢给善能哗众取宠的人了，而时代本身将在别的地方去做出它那番轰轰烈烈的壮丽宏伟的大事业。给戏剧宣判死刑并加以杀害的正是你们。其实，事情是很明显的，自然主义的进步在逐渐扩大，因为它是本世纪智慧的本身。当小说永远在向前探索，带来更新更准确的资料时，戏剧却一天天更停留在它的浪漫蒂克的虚构之中，停留在它那用得陈旧不堪的情节之中，停留在它这一行当的技巧之中。当群众在小说的阅读中对现实逐渐发生更大的兴趣时，情况就尤其令人恼火。这运动的迹象已经显露，而且显得很强有力。总有一天，群众会对戏剧耸耸肩膀，自行要求革新。要么戏剧将是自然主义的，要么它将不复存在，这就是无可否认的结论。

从今天起，这情况不是已显露出迹象了吗？文学界整整新的一代人已从戏剧方面转了向。请去询问一下二十五岁的那些初出茅庐的作家们吧，我说的是真正具有文学气质的那些青年；他们大家对戏剧都表示轻蔑。他们以将令你们感到恼火的那种轻蔑来提起受人喝彩的剧作家们。在他们的眼中，戏剧在文学中是一种比较低级的门类。这种情况唯一地来自戏剧不给他们以他们所需的用武之地；他们在戏剧那里既找不到足够的自由，也找不到足够的真实。他们就全都只能向小说方面迈进了。明天，如果戏剧在天才的鞭击下被征服的话，你们就会看到，在戏剧中将会发生何等巨大的推进。当我在什么地方写道"舞台上空无所有"的时候，我想说的是那里还没有产生一位巴尔扎克。老实说，人们还不能把萨尔都、小仲马和奥日埃诸位先生同巴尔扎克相提并论呢；就是把所有的剧作家一个个叠起来，也达不到他的高度。好了！就这个观点来说，只要还没有一位大师来肯定新的公式，带领明天的一代前进，那么，剧坛将始终是一片空白。

五

因此，我对我们戏剧的未来怀有最坚定的信心。现在我再也不承认流行的文学批评是言之有理的了，它声称自然主义在舞台上是不可能实现的，我接着要考察一下，在何种条件下，自然主义运动无疑将在戏剧中发生。

不，说戏剧应该停留在静止状态之中，这话一点也不对；说现在的风俗习惯应当是它存在的根本条件，这话同样毫无道理。我得重复一句，一切都是前进着的，都在朝着同一方向前进。今天的作家们将被后人超过，他们不能够有把戏剧文学公式永远固定下来这种自负的想法。他们所结结巴巴地说过的东西，将被别人肯定下来；而戏剧并不会为此而动摇，相反，它将跨入一条更为宽阔，更为笔直的大道。在一切年代里，都有人否定前进的步伐，都有人否认后起之秀们有完成前辈们没有做过的事情的能力和权利。但这些都是些无益的愤怒、无能的视而不见。社会和文学的进步有着一种无可阻挡的力量。它们能轻松地跃过人们认为是无法逾越的障碍。戏剧徒然地保持着它今日的模样；明天它将变成它应当表现出来的样子。等到一件事成为既成事实之后，大家就会觉得它是自然的了。

这里，我进入了推断，我不再断言有同科学一样的严格性。只要我按事实作推理，我就已经作出了肯定。目前我只能以推测为满足。进化已经发生了，这是没有疑问的。但它到底是将要向左，抑或向右，我还不太知道。你只能进行推理，别无他法。

另外，可以肯定的是，戏剧存在的条件并非一成不变的。小说由于其范围自由，也许继续仍将成为本世纪极好的工具，而戏剧只能追随小说，补充小说的活动。不应当忘记戏剧的神奇的力量，它对观众所产生的直接效果。再没有比它更好的宣传工具了。如果说，小说是读者在壁炉边上，分成多次，以容忍最冗长的细节的耐心来阅读的话，那么，自然主义剧作家首先应该对自己说，他的对象，不是这样孤立的读者，而是需要明了和简洁的群众。我看不出自然主义公式会不接受这种简洁和明了，问题只是在于改变作品的表现手法和骨架。小说能进行冗长而精细的分析，什么也不会遗漏。戏剧也将尽可能地用剧情和语言来作简短的分析。简言之，在巴尔扎克的作品中，一声喊叫往往足以完整地刻划出一个人物。这样的喊叫也应当是属于戏剧的，而且是最好不过的。至于动作，它们本身就是人们所能做到的最动人的剧情分析了。当人们摆脱了曲折情节的把戏，摆脱了先把线打上许多复杂的结头，然后再去把它们一一解开来寻开心的幼稚的玩耍时，当一出戏将只成为一个真实而合乎逻辑的故事时，人们就从此进入了十足的分析，就将必然去分析人物对事实和事实对人物的双重影响。就是这个道理，使我常常声称自然主义公式会把我们重新带到我们民族戏剧的本源上去，即带到古典戏剧的公式上去。人们在高乃依的悲剧和莫里哀的喜剧中，恰恰可以发现我所需要的这种对人物的连续分析；而情节则屈居第二位，剧作只是关于人的长篇对话式的谈论。不过，我希望人们把人重新放回到自然中去，放到他所固有的环境中去，使分析一直伸展到决定他的一切生理和社会原因中去，而不是把他抽象化。总之，倘若人们能用科学方法来研究社会，就像化学研究物质及其属性一样，那么，古典主义公式在我看来似乎是很好的。

至于小说的长篇描写，它们是无法搬到舞台上去的，这是很显然的。自然主义小说家们着重描写，那倒不是像人们所责备他们的那样只是为了从描写中获得乐趣而去描写，而是因为他们投身于详情的描写加上以环境来补足人物的公式的缘故。在他们的眼中，人不再像十七世纪人们所认为的那样，是智慧的抽象，他是能思想的动物,是大自然的组成部分,处于它所生长和生活的土壤的种种影响之下,这就是何以某种气候,某个国家,某个环境,某种生活条件,往往都会具有决定性的重要作用。所以小说家不再把人物和它在活动时所处的气氛相割裂,他不像说教式的诗人,例如迪里叶①那样,只是出于修辞上的需要才作描写,为了达到绝对完备,为了使他的调查达于整个世界并展现全部现实,他只不过每时每刻地记下人所活动并产生事实的物质环境罢了。但是这些描写却并不需要照搬到舞台上去,因为它们已经自然而然地存在于舞台上了。布景不就是一种连续不断的描写吗?它可能要比一部小说中所作的描写还要更为精确而动人得多。有人说,布景只是画在硬纸板上的东西罢了;但是事实上,在小说中,布景还不如画在硬纸板上的东西呢,它只是涂在纸上的黑墨罢了;然而,幻象却油然而生了。在我们最近在舞台上看到那么突出有力的、那么真实得惊人的布景之后,你再也不能否认在舞台上展现环境现实的可能性了。现在要看剧作家们如何去利用这种现实性了;他们提供人物与事实;布景设计者们,遵照剧作家们的指示,提供必要的尽可能准确的描绘。所以,对一位剧作家来说,既然小说家们能够实现,能够指出环境,那么他只要像小说家们那样来利用环境就可以了。我还得补充一句,戏剧既然成了生活的物质展现,环境就必须随时跟上。只有在十七世纪,由于对自然并不加以考虑,由于把人纯然当作智慧的化身,布景一直是马马虎虎的:神殿的一排列柱长廊,一个不管怎么样的大厅,一个公共广场就行了。今天,自然主义运动已经在布景方面带来了越来越多的准确性。这是慢慢地,不可抗拒地产生的。我甚至觉得这是本世纪初以来自然主义在戏剧中所起的潜在作用的又一明证。我不能对布景及其附属部分这个问题加以深入探讨,我只满足于发

---

① 迪里叶(Jecques Delille 1738—1813)法国诗人。

现了这样的情况,即描写在舞台上不仅是可能的,而且是十分必要的,简直可以说,它可以被认为是戏剧存在的一个基本条件。

我想,我尚未谈及地点变换问题。很久以来,地点的单一性就不再被遵守了。为了能包括一个人的整整一生的经历,为了使观众们能看到社会的上层和底层,剧作家们不再作茧自缚。这里,传统习俗虽然还占着统治地位,但是,正如它在小说中一样,作者有时从一个段落跳到另一个段落,可以跃过千里之遥。对于时间问题,情况也是如此,人们不得弄虚作假。例如,一件要十五天才做完的事,在一部小说或一出戏剧中却只需化三小时就可以读完或听完。我们并非支配这个世界的创造力量,我们只是第二手的创造者,分析、概括、差不多一直是在摸索,在我们能找到真理的一线光芒时,我们就算是很幸运的了,而且因此被奉为天才。

我谈到了语言。大家都认为戏剧中的语言应有一种特殊的写法,人们希望这种文笔与日常的谈话写法迥然不同,要求它更为响亮,更为激越,用高五度的音调,写成因而更为高亢,被划分成许多小平面,无疑,为的是使舞台上的吊灯增添光彩。例如,在我们今天,小仲马先生可称得上是大戏剧家了,他的许多"台词"是众口争诵的。这些台词像火箭筒那样地喷发出来,又像花束那样地落回到观众的喝彩声中。其实,他的一切人物全都说着同样的语言,即有学问的巴黎人的语言,掺杂着似是而非的奇谈怪论,连续不断地追求挖苦俏皮,以致显得枯涩而粗砺。我不否认这种语言的光彩,尽管这是一种根底浅薄的光彩,但我却要否定这种语言的真实性。再也没有比这种不断叫人傻笑的语句更令人厌倦的了。我要求的是更为灵活,更为自然的语言。这种语言,既可说是写得巧妙,也能说是写得粗率。当代真正优美的文笔是在小说家们那里,应当到居斯达夫·福楼拜先生和龚古尔兄弟那里去寻找完美的、活生生的、独创的语言。当人们拿小仲马先生的散文同这些大散文家们的文章相比，他的文章的正确、色彩和生动马上就烟消云散了。我想在戏剧中看到的正是日常用语的概括。倘使说你是无法把日常会话连同它的啰嗦、冗长及废话统统搬上舞台的话，那么你至少能把它的生动及声调保留下来，把每个谈话者带有特别个性的句型，简言之，把现实性保留下来，放在恰到好处的地方。龚古尔兄弟在《昂利埃特·马雷沙尔》一剧中曾作过这类有趣的尝试，然而人们却不愿去听这个剧本，也没有人赏识它。古希腊的演员们用青铜管来进行的谈话，路易十四时代的喜剧演员们用一种单调的旋律唱出他们所任角色的台词，为的是给台词以更多的气势；今天，人们只是满足于说，戏剧中应当有一种比较响亮的、散布着爆竹般词语的语言，你可以看到，这已经是个进步了。总有一天，你会觉得，在戏剧中，能最好地概括日常谈话，把准确的字眼放在它应在的位置上，显示它应有的价值的语言，才算是最好的文笔。自然主义小说家们已经写了许多极佳的对话的范例，从而把台词缩减到严格地有用的限度上。

剩下的问题是令人同情的人物的问题。我不想讳言，这是个重大的问题。当人们不能满足于公众对忠诚和荣誉的理想的需要时，他们就会保持冷漠。一个剧本，要是里面只有取自现实的活生生的人物，即便不激起公众的愤怒，也至少会使他们觉得阴沉刻板。自然主义所需进行的战斗就在这个问题上打响了。我们必须知道忍耐。在当前，全部工作是在观众中进行潜移默化，逐渐地，在时代精神的推动下，观众终于会达到承认真实描绘的大胆，甚至会从中得到乐趣。到了他们不再能忍受某些谎言诳语时，我们就差不多能把他们争取过来了。小说家们的作品在使观众习惯于自然主义的同时为戏剧作了准备，只要在戏剧中出现一位大师，就能发现全体观众早已作好了为真实进行热情辩护的准备。这样的时刻即将来临。这将是一个欣赏和力量的问题。于是人们将看到，对观众的最高尚最有益的教育，存在于实事求是的描绘之中，而不在于只是为了使耳朵听起来舒服而歌功颂德，唱些不断重复的泛泛之谈和有关道德的勇敢而空洞的高调。

现在在我们面前的就是这两条公式：自然主义公式，它要把戏剧弄成对生活的研究与描绘，以及传统的公式，它只把戏剧作为纯然是一种精神的娱乐消遣，一种机智的空谈诡辩，一种遵守某种法则的平衡与对称的艺术。说到底，一切都取决于人们对文学，尤其是对戏剧文学所存的观念。如果承认文学只是由具有独创精神的作家来作出的对人和事物的调查研究，那么，你就是自然主义者；如果认为文学是添加在真实上的框架，作家应该利用观察去投入虚构和安排，你就是宣告传统习俗是必不可少的理想主义者。最近的一件事使我深有感触。不久前，法国喜剧院再次上演了小仲马先生的《私生子》。突然，一位批评家热情洋溢地跳将出来，大加赞赏地说：上帝哪！看这件家什的做工有多精美呀；刨得平、嵌得巧、胶得牢、钉得紧！这结构简直漂亮透了！看这个部件，安放得恰到好处，正好同那另一个部件密切吻合，而那个部件又带动了整部机器的运转。于是，他欣喜若狂，找不到能够充分表达他站在这架机器面前所感受到的喜悦的字眼。人们难道不相信他是在谈论一件玩具，一个七巧板游戏，由于他能把零件拆装自如而感到洋洋自得吗？我呢，我在《私生子》面前却始终保持着冷静。为什么这样？难道我比这位批评家更愚蠢吗？我并不认为如此。不过，我对钟表没有兴趣，我倒更喜欢真实。不错，说真的，这确是一部出色的机器。但我宁可它具有壮丽的生命，我宁愿它有生命，带有它的颤动，带有它的宽阔、它的力量的生命，我宁愿要整个生命。

我得补充一句，如同我们在小说里已经有了的一样，我们在戏剧里也会有整个生命。目前那些剧本里的那种所谓逻辑，那种对称，那种来自旧日形而上学的推理方法而凭空得到的平衡，将在人与事实的自然逻辑，例如那些在现实中表现出来的逻辑面前垮台。我们将有来自观察的戏剧来取代凭空制造的戏剧。那么，这种进步又如何完成呢？这就是明天将要向我们说明的。我只试图作些预测，但我要让天才去致力于完成它。我已经作出了我的结论：将来我们的戏剧，要么是自然主义的，要么干脆就无法存在。

现在我已努力把我的全部观点作了概括。我是否可以希望大家不要再把我从未说过的话强加在我头上？大家是否继续从我的批评观点中看到我自己也不知道的虚荣心的可笑膨胀啦、报复的丑恶的需要啦等等呢？我只不过是真实的最坚信的战士罢了。如果我错了，我所做的判断已经全部白纸黑字地印了出来，五十年以后将会轮到大家来审判我，大家将会控告我不公正、盲目和无益的粗暴。我接受未来的裁判。

毕修勺　洪丕柱　译
（1985年）

实验小说论

〔法国〕左拉

在我的几篇文学研究论文中,我常常谈及应用于小说和戏剧的实验方法。返回自然,或是说带引本世纪前进的自然主义的演进,逐渐把人类智慧的一切表现全都推上同一条科学的道路。不过,由科学来确定的文学,这种观念,因其尚未被明确阐述,又未为人们所懂得,所以难免会令人称奇。故在我看来,按我的理解来明确地说明我们应当怎样来理解实验小说的意义,似乎是颇有裨益的。

我在这里所做的只不过是一件借鉴工作,因为实验方法已由克洛德·贝尔纳①在他的《实验医学研究导论》一书中非常有力而明晰地建立起来了。这本由一位拥有绝对权威的学者所撰写的著作将作为我坚实的基础。我觉得整个问题在那部书里都已阐述清楚,所以我仅限于引证我感到必要的内容,以作无可辩驳的论据。我的工作只是对若干原文作一番辑录而已,因为我打算在所有的论点上都把克洛德·贝尔纳作为我的掩护。在大多数情况下,我只须把"医生"两字换成"小说家",就可以把我的想法说清楚,并让它带有科学真理的严密性。

使我选择并借用《导论》的理由,恰恰在于医学的本身,因为在大多数人的眼里,医学仍然同小说一样是一门艺术。克洛德

---

① 克洛德·贝尔纳(Claude Bernard,1813—1878),法国著名生理学家,他的《实验医学研究导论》发表于1865年。

·贝尔纳毕生所探索和奋斗的,是将医学纳入科学的道路。在他的奋斗中,我们看到医学成为一门新生的科学,它借实验的方法,逐渐脱离了经验主义①的领域,终于被固定在真理的基础上。克洛德·贝尔纳指出,这个应用于对无生命物体的研究,即用于化学和物理学的方法,同样应当用于对有生命物体的研究,即用于生理学和医学。我现在也要设法证明,实验方法既然能导致对物质生活的认识,它也应当导致对情感和智慧生活的认识。从化学而至生理学,再从生理学而至人类学和社会学,这只不过是同一条道路上的不同阶段的问题。实验小说则位于这条道路的终端。

为使我的阐述更明晰起见,我认为应当在这里简略地提一提《导论》的概要。在了解该书的大意及它所论述的内容之后,我们可以更好地懂得我所引用的原文的意义。

克洛德·贝尔纳首先声称,由于实验的方法,医学将从此进入以生理学为依据的科学的道路。接着他指出了观察科学与实验科学的区别。最后他归结说,实验归根结蒂只是一种人为发起的观察。任何实验的推理都是建筑在怀疑的基础上的,因为实验者在大自然面前应当不存任何先入的观念,并应让他的精神永远保持自由;实验者对发生的现象,只在当它们已经验证后方予接受。

其次,在著作的第二部分,他论及了他的真正论题,指出有生命物体的自发性并不阻碍实验的应用。唯一的差别是无生命物体是处于外界的、一般的环境之中,而高级的有机体的组成部分则浸泡在内在的、完善的环境之中,这环境也同外界环境一样,赋有恒定的物理化学性质。这样看来,无论是有生命物体还是无生命物体,在自然现象的存在条件下,都具有一种绝对的决定论。所谓"决定论"即决定现象出现与否的近因。这种近因,正如他所

---

① 此处,"经验主义"指"偶然的观察",与企图证明某一真理的人为的科学实验相对立。

指出的，并非别的，正是存在或现象表现的物理和物质条件。所以实验方法的目的，一切科学研究的归宿，对有生命物体和无生命物体都是相同的：无非是找出某一现象与其近因之间的因果关系，换句话说，是确定该现象的表现所必需的条件。实验科学不应该去操心事物的为什么，它只说明怎样，仅此而已。

在阐述了对生物与无生命物体共有的实验考察之后，克洛德·贝尔纳接着谈到了对生物特有的实验考察。重大的也是唯一的差别乃是，在生物的有机体中，有一种诸现象之间的和谐协调需加考虑。接着他论述到在生物体上进行实验的实际操作，从活体解剖、解剖的准备条件、运物的选择、各种现象研究中计算方法的运用，一直讲到生理学家的实验室。

然后，在《导论》的结尾部分，克洛德·贝尔纳列举了生理学实验的研究实例，以支持他所提出的观点。接着他又提供了对生理实验品评的实例。他最后指出实验医学所遭遇的哲学障碍。首先，他指出了把生理学用到医学的错误用法，指出了科学上的无知，以及对医学精神的一些错误想法。其次，他归结说，经验医学与实验医学非但没有丝毫冲突，而且应当相辅相成。该书的结束语是，实验医学不仅与任何医学学说无关，也与任何哲学体系无关。

粗略地说，《导论》的梗概就是这样，我希望这简略的叙述足以弥补我在讨论小说时不可避免地要产生的缺陷；因为我在对实验小说下定义和作评论时，自然只能从该书摘引必要的章节。我再重复一句，这儿只是我所赖以立足的依据，它富有种种论据及证明，可以说是最坚实不过的。

只有还在幼稚时期的实验医学才能给实验文学以精确的观念，而后者还只处于胚胎状态，甚至还没有到呀呀学语的时候呢。

一

首先，所提出的第一个问题是：实验是否有可能应用于文学呢？因为在文学中，迄今似乎还只用到了观察的方法。

克洛德·贝尔纳对观察和实验作了详尽的讨论。首先，这两者之间存在着一条很明显的界线。请看他是这么说的："我们把观察者这个名称授予这样的人，他把简单或复杂的调查方法用于对现象的研究，他不去改变这些现象，所以只采用自然给他所提供的模样；我们把实验者这个名称给予这样的人，他按某种目的用简单或复杂的调查方法来变化或修改自然现象，并使这些现象显现在自然并不把这些现象呈现出来的环境或条件中。"比如，天文学便是一门观察的科学，因为我们不能想象一位天文学家能左右天上的星体；而化学则是一门实验的科学，因为化学家能影响自然并使之发生变化。按克洛德·贝尔纳的看法，这就是把观察者同实验者区分开来的唯一而真正重要的区别。

我不能完全遵循他迄今对各种不同定义所作的讨论。如我所已说过的，他最后得出这样的结论，即实验归根结蒂只是一种人为发起的观察。我想引证这样的话："在实验方法中，对事实的探究，即调查，时常随推理而来，因此，最普通的是，实验者总是为了检查或证明某个实验观念的价值而去做实验的。于是，我们可以说，在这种情况下，实验是为了检查的目的而发起的一项观察。"

再则，为了最终确定自然主义小说中可能具有怎样的观察与实验，我只须摘录以下的章节即可："观察者只不过纯然考察他眼前的现象……他应该是现象的摄影师；他的观察应当精确地表达自然……他倾听自然的声音，他记下自然所倾诉的一切。但是一旦事实被验证，现象被细加观察之后，观念就随之产生了，而推理则起而干预，实验者就站出来解释现象。实验者是实验的制定者，他根据对观察到的现象所作的或多或少是可能的但又是先验的解释，按预料的逻辑顺序来制定实验，使之能提供一个可用于检验假设或臆测观念的结果……自实验的结果显露之时起，实验者就面临他所发起的真正的观察，他应不带任何先入观念，像作其他任何观察一样地考察它，于是实验者又应该退隐了，或者不如说他立即摇身一变成了观察者；只有待到他像考察普通观察的结果完全同样地考察了实验的结果之后，他的精神才能重新从事推理与比较，并判断实验的假设是被这些同样的结果证实呢还是否定。"

全部原理就是这样。这原理颇有点复杂，所以克洛德·贝尔纳说："当这一切一下子进入一位从事于研究一门像医学这样叫人困惑的科学的学者的头脑之后，就产生了这一团乱麻似的错综复杂，以至要在得自观察的东西与属于实验范围的东西之间，在它们梳理不清的混杂之中，分析这两个术语，实在是不可能而且是不必要的。"总之，我们可以把观察说成是"指出"，而把实验说成是"告知"。

好吧，让我们回到小说上来。我们看到小说家同时是观察者也是实验者。作为观察者来说，他提供他所观察到的事实，定下出发点，构筑坚实的场地，让人物可以在这场地上活动，现象可以在这里展开。然后，实验者出现了，他制定实验，我要说的是，他使人物在特定的故事中活动，以指出故事中相继出现的种种事实将符合所研究的现象决定论的要求。这儿，正如克洛德·贝尔纳所说的，差不多每天都有一项实验"需要观看"。小说家启程追求真理。我要举巴尔扎克的小说《贝姨》中的于洛子爵这个人物为例。巴尔扎克所观察到的一般事实是，一个人好色的品质对他本人、对他的家庭以及对整个社会都会带来害处。待他选定了自己的论题之后，他就从已观察到的事实出发，制定他的实验，把于洛放到一系列的试验中去，让他经历种种环境，藉以指出他的情欲机理的作用。所以很明显,这里不仅有观察,同时也有实验。因为巴尔扎克并不是严格地把他所搜集到的事实拍成照片,因为他还以直接的方式进行干预,以便把他的人物置于他所控制的条件之中。问题是要知道,这样的激情,在这样的场合和这样的环境中起作用,就个人与社会的观点来看,会产生怎样的结果。一部实验小说,比如说《贝姨》吧,只不过是小说家在读者的眼睛底下重现一遍的实验记录而已。总而言之,整个做法只在于从自然中取得事实,然后研究这些事实的机理,以环境与场合的变化来影响事实,永远不脱离自然的法则。归根结蒂,对于人,对于他个人的行为以及他的社会活动要有认识,要有科学的认识。

  无疑,我们现在离对化学甚或生理学的正确认识尚相距很远。我们还丝毫不知道能分解激情的,从而使我们能分析激情的反应物。在这篇论文中,我常常需要提醒读者,实验小说要比实验医学更年轻得多,而即使是实验医学也只不过是刚刚呱呱堕地的婴儿。但是我不想在这里考察已得到的结果,我只是想清楚地阐述一下某种方法罢了。即使人们说,实验小说家还只有在科学中最昏暗、最复杂的一门中摸索着前进,这也不能抹杀这门科学的实际存在,无可否认的是,自然主义小说,即我们目前所理解的自然主义小说,是小说家借观察的帮助,对人类所作的一项真正的实验。

  再说,这种见解不仅是我的,它同样也是克洛德·贝尔纳的。他在某个地方曾经说过:"在生活实际中,人们不过是在相互做着实验而已。"而最有决定意义的一句话,即实验小说的全部理论则可以从下面章节中看出:"当我们对我们自己的行为作着推理的时候,我们有一位可靠的向导,因为我们意识到我们自己的思想与感觉。但是我们倘若要判断别人的行为,并知道使他作出这些行为的动机,事情就完全不同了。无疑,我们的眼前也看到这个人的动作和这些动作的表现,我们也能肯定,这些动作确是他的感觉与意志的种种表达方式。不仅如此，我们还承认这些行为与它们的原因之间存在着一种必要的关系；但是，这个原因究竟是什么呢？我们自己不能感觉这个原因，我们也不能像它作用于我们本人那样对之具有意识；因此我们只好根据我们目睹的动作和耳闻的谈话来解释它，猜测它。于是我们必须详察这个人的种种行为，看看它们之间究竟有何种关系；我们必须考虑他在某种场合下是怎样行事的，总之，我们借助的是实验的方法。"我以上所说的一切全都概括在这位学者的最后一句话中了。

我还要引述克洛德·贝尔纳的这个令人难忘的比喻："实验者是自然的预审法官。"我们这些小说家们则是人类及其情感的预审法官。

当我们置身于用于小说的实验方法的观点上，遵守着今天这个问题所需要的一切科学的严密性的时候，我们将会看见怎样的曙光喷薄而出的景象呢？人们对我们这些自然主义小说家所作的一个愚昧无知的责备，是说我们想做摄影师。尽管我们一再声称我们也承认艺术家的气质和个性的表现，他们却继续以愚蠢的论点来回答我们，说严格的真实是不可能的，说为了构筑某种艺术品，必须对事实加以调整。行吧！随着把实验方法用于小说，一切争论就可以全部停止，因为实验的观点本身就带有修改的观点。我们当然从我们牢不可破的基点，即真实的事实出发；但是，为了指出事实的机理，我们必须产生现象并调排它们；我们作品中的天才的创造性的成分就在这里。因此，即使不求助于文体和风格的问题（关于这些问题，我将在后面再作考查），我现在仍然可以这么说，当我们在小说中运用实验方法的时候，我们应当对自然进行一些修改，但又不能脱离自然。如果我们采用这个定义，即"观察是指出，而实验则是告知"，那么我们从现在起就能够以实验这崇高的忠告来要求我们的著作。

作家的地位在这里非但不会降低，反而会大大提高。一项实验，即使是最简单的，也总是以一种观念为基础，而这种观念本身又产于一项观察。正如克洛德·贝尔纳所说的："得自实验的观念丝毫也不是任意的，也不是纯属臆想的；它应当在被观察到的现实即自然中永远具有一个立足点。"他把全部方法建立在这个观点和怀疑上。他在后面又说："得自实验的观念，其出现完全是自发的，它的性质也完全是个人的；是一种特殊的感情，一种 quid proprium①，构成了各人的独创性、发明性或天才。"其次，他把怀疑看作是科学的伟大杠杆。他说："怀疑者乃是真正的学者，他只怀疑他自己，怀疑他的解释，但他相信科学；他甚至承认，在实验科学中有一个标准，或一个绝对原则，即现象的决定论，这个原则无论在有生命物体或无生命物体的现象中都一律是绝对的。"因此，实验方法非但不会让小说家幽闭在狭隘的束缚中，反而使他能发挥他的思想家的一切智慧和创造家的一切天才。他必须观看、了解、发明。一件被观察到的事实，应当为了达到对真理的完全认识而使人对待做的实验以及待写的小说产生观念。接着，等他经过切磋决定了这项实验的计划之后，他便以这样一个人的精神的自由思想来时时评判实验的结果，这个人只接受符合现象决定论的事实。他从怀疑出发，以达到完美的认识；他不断地怀疑直到由他拆卸下并重新装配起来的情感的机械，根据自然所定下的法则来起作用为止。对人类的精神来说，没有什么比这更广阔、更自由的事业了。我们在以后将见到，与实验论者的辉煌胜利相比，经院学派，古板偏执的体系派以及理想主义的理论家们显得多么可怜。

在结束这第一部分的时候，我得再重复一句，自然主义小说家着重观察与实验，他们的一切著作都产生于怀疑，他们在怀疑中站在不甚为人们所认识的真理面前，站在还没有被解释过的现

---

① 拉丁文，"固有的东西"。

象面前,不断地观察与实验,直到一个实验所得的观念突然唤醒他们的天才并促使他们去制定一项实验,以便能分析事实,从而掌握事实。

二

所以实验方法就是这样的。但长期以来,人们否认这个方法可以应用于有生命物体,问题的要害就在这里。我将同克洛德·贝尔纳一起来对它进行研究。这个问题解决后,接下来的推论就比较显然了,这就是:倘若实验方法能从物理学及化学引入生理学及医学的话,它就有可能从生理学引入实验小说。

我们只引居维叶① 这位学者为例,他曾经断言,用于无生命物体的实验是不能用于有生命物体的;按他的看法,生理学应当纯粹是一门观察和以解剖来作推演的科学。活力论者进而认为,在有生命物体中存在着一种生命力,它不断地与物理化学力抗衡,不断地中和着理化力的作用。克洛德·贝尔纳却反其道而行之,他否认一切神秘的力量,他肯定实验的方法是普遍适用的。他说:"我打算证明,生命现象的科学,除了以无生命物体现象的科学为基础,不可能另有别的任何基础了,从这一点看来,在生物学原理与物理化学原理之间并无任何区别。其实,实验方法所欲达到的目的到处都是相同的,它只想通过实验把自然现象与它们的存在条件或它们的近因联系起来。"

我觉得毋须深入探究克洛德·贝尔纳的复杂的解释和推理,我曾说过,他坚持认为在生物体内存在着一个内部环境。他说:"在对无生命物体所作的实验中,只须考虑一个环境就可以了,这就是外界的宇宙环境;而对高级的生物,在它们身上至少有两个

---

① 居维叶(Georges Guvier 1769—1832),法国自然学家,古生物学家,比较解剖学的创史人。

环境需加考虑：外界环境或有机体外环境，以及内部环境或有机体内环境。由于有机体内部环境的存在，使事情变得极其复杂，这就成了我们在以实验来决定生命现象以及使用可能的方法使之发生变化时所遇到的最大的困难的唯一原因。"他从这里出发去证明，存在着一些适用于浸泡在内部环境中的生理元素的法则，正如存在着一些适用于沐浴于外部环境的化学元素的法则。从这一点出发，我们对生物也可以像对无生命物体一样地进行实验；要注意的只是使自己处于适当的条件下就行了。

我得强调一下，因为，我再说一遍，问题的要害在于此。克洛德·贝尔纳在说到活力论者的时候曾写下这么一段话："他们把生命看作是一种神秘的、超自然的力量，它能够任意活动，不受决定论的一切束缚，他们把那些竭力想把有生命现象也归结到确定的有机及理化条件中去的人一概斥之为唯物主义者。错误的观点就在这里产生了，而且它们一旦产生并在一个人的思想上扎根之后，就很难把它们铲除出去；只有科学的进步才能把它们消除。"他提出了这么一句格言："在生物中，也像在无生命物体中一样，一切现象的存在条件都是以某种绝对的形式来确定的。"

我只限于简单的叙述，以使推理不致过于复杂。请看科学的进步吧。在十八世纪，我们用比较精确的实验方法创立了化学和物理，从而化学和物理便摆脱了不合理和超自然的状态。依靠了分析，人们发现，在这两门科学里存在着固定的法则；这样人们就成了现象的主宰。接着，新的一步又跨出了。有生命物体——活力论者依然认为，在这些物体中存在着一种神秘的效应——接着就被引回并归结到物质的一般机理上去了。科学证明，一切现象存在的条件，不论在有生命物体还是无生命物体中都是一样的；于是，生理学就逐渐获得了与化学、物理同样的准确性。但我们难道就在此停步不前了么？显然不是的。当人们要去证明人体也是一部机器，实验者有朝一日也可以把这部机器里的部件任意卸下或装上的时候，他当然会去研究人的情感和智力的种种行为了。这样，我们就进入了至今仍然属于哲学和文学的领域；这将是科学的决定性的胜利，它战胜了哲学家和文学家的假说。我们已经有了实验化学和实验物理学；我们将会有实验生理学，再过些时候，我们又会有实验小说。这是必然的进程，从今天起，这个进程的最后阶段已经不难预测了。这一切都是互相联系着的，必须从无生命物体的决定论出发，去达到有生命物体的决定论。既然许多像克洛德·贝尔纳那样的学者现在已经指出，有许多固定的法则在支配着人的躯体，那么，我们就可以理直气壮地声言，将来必有一日，我们也会形成思想和情感的法则。支配着路上的石块和人类的头脑的应当是同样的决定论。

在《导论》中可以找到这种观点。我不厌其烦地再说一句，我的一切论据都是取自克洛德·贝尔纳的。他在解释了完全特殊的现象可以是有机体元素的越来越复杂的联合或集合的结果后说："我相信在心理现象的实验研究周围的障碍大部分是属于这一类的困难，因为，不论大脑的现象有如何奇妙的性质，不论这些现象的表现有如何的微妙，在我看来，要使这些现象，不像一切有生命物体的现象一样纳入科学决定论的法则，那是不可能的。"这是再清楚不过的，不久以后，科学无疑也会对人的大脑和情欲的一切表现找到这种决定论。

因此，从这一天起，科学就进入了我们小说家的领域，我们目前还只是人的分析者，研究人的个人的以及社会的行动。我们以我们的观察和实验继续着生理学家的工作，正如他们以前继续着物理学家和化学家的工作一样。为了弥补科学生理学的不足，我们可以说是做着科学心理学的研究工作；为了完成进化，我们只不过是把实验方法的决定性的工具应用到我们对自然和对人类的研究中去罢了。一句话，我们应该像化学家和物理学家对无生命物体所做的那样，或者像生理学家对有生命物体所做的那样，对性格、情感、人类以及社会的事实进行分析。决定论统治着一切。是科学的调查研究，是实验的推理一下又一下地打击着唯理主义的假说，并以观察和实验的小说来代替纯想象的小说。

当然，我并不打算在这里定下法则。在有关人的科学的目前状况中，混淆与晦涩还是十分严重，还不允许人们冒险去作最起码的概括。我们所能说的只是：对于人类的一切现象，有着一种绝对的决定论。从这一点出发，调查就成了一种义务。我们既已有了方法，我们就应当向前迈进，那怕是毕生的努力只能求得一星半点的真理也在所不惜。不妨看一看生理学吧：虽然克洛德·贝尔纳作出了很多重大的发现，但他在去世的时候，还承认他并不知道什么，或者几乎什么也不知道。在他的每页著作上，他都坦白地承认他工作中的困难。他说："在自然给我们提供的那么一些现象的关系中，总存在着或大或小的复杂性。就这点说，矿物现象的复杂性就远不及生命现象的复杂性；这就是为什么研究无生命物体的科学能够较快地确立起来。有生命物体中的种种现象极为复杂，加上生命属性的可动性又使这些现象变得难以捉摸、难以决定得多。"那么，实验小说，它把生理学用于研究最复杂最微妙的器官，它论述人——既作为个人，又作为社会的成员——的最高表现，所能遇到的困难又该怎么说呢？显然，分析在这里要大大地复杂起来。所以，如果说生理学今天还只刚刚建立起来，实验小说当然只是刚刚处在起步阶段。我们可以预料，它是本世纪科学进步的必然结果；但我们尚不能把它确立在可靠的法则上。当克洛德·贝尔纳谈论起"生物学的真理的局限性及其不可靠性"时，我们更可以坦率地说，有关人的科学，就其智慧与情感的机理的观点上来说，则是更不可靠，更为局限的。我们刚刚开始呀呀学语，我们是最晚生之辈，但这种情况应该只是一种鞭策，激励我们去作精确的研究，因为我们既已有了工具，即实验的方法，而且目的也已十分明确，即认识现象的决定论，并使我们去掌握这些现象。

即使我不冒险去形成法则，也能估计到，遗传问题对人类的智力与情感的现象具有很大的影响。我对环境也赋予相当的重要性。这牵涉到必须详述达尔文的理论；但我这短文只不过是对实验方法应用于小说的一篇一般性的研究，如果要详述达尔文的理论，势必会使我失去重点，所以我对环境只想说上三言两语。我们已经看到克洛德·贝尔纳对有机体内环境的研究赋予怎样决定性的重要意义，如果我们想找到生物体内的现象决定论，我们就不得不对有机体内环境加以考虑。那么，在对一个家庭，即一个生物群进行研究的时候，我相信社会环境也同样具有极大的重要性。无疑，生理学家有朝一日总会给我们解释思想和激情的机理；我们将会知道人这架独立的机器是怎样运转的，它怎样思考，怎样爱，怎样从理智转向热情乃至疯狂；但是这些现象，这些器官如何在内部环境的影响下起作用的机理的事实，不是孤立地在外界、在空虚中产生的。人不是孤立的，他生活在社会中，即在社会环境中，这样，对我们小说家来说，这社会环境就不断地改变着现象。甚至我们最重大的课题就在于研究社会对个人、个人对社会的相互作用。对于生理学家，外界环境及内部环境纯粹是物理与化学的，这就使他容易为它们找到法则。我们还不能证明，社会环境本身也只是物理与化学的。它想必是这样的，说得更妥当一些，它是某生物群的可变的产物，这些生物是绝对服从于支配着无生命物体，同样也支配着有生命物体的物理和化学法则。这样，我们将看见，人们可以在对将由我们主宰的人的现象起作用的同时也对社会环境起作用。这就是构成实验小说的条件：掌握人的现象的机理，指出生理学将给我们解释在遗传和周围环境的影响下的智慧与情欲表现的部件，然后指出生活在他自己所产生的社会环境中的人，怎样每天改变着社会环境，又怎样自己反过来在环境中经受着不断的改变。因此，我们以生理学为基础，从生理学家的手中，取出孤立的个人来继续解决问题，并科学地解答当人们处于社会中之后他们是怎样处世为人的问题。

这些一般性的观点今天已足以指导我们。以后，待科学取得进一步的发展，待实验小说得出决定性的结果之后，总会有哪位批评家来精确地阐明今天我仅仅是指出的东西。

此外，克洛德·贝尔纳又直言不讳地承认，要将实验方法应用于生物是何等的困难。他说："有生命物体，尤其是高等动物，永远不会不同外界环境发生物理化学关系，它不断地运动着，在外观上具有自发而永恒的器官的进化，尽管这种进化需要外界环境才能表现出来，然而它在它的发展和形态上却是独立的。"正如我所说过的，他这样总结说："总之，只有在内部环境的物理化学条件下，我们才能找到生命的外界现象的决定论。"但是，不管所呈现的情况多么复杂，即使会产生特殊的现象，实验方法的应用却始终是坚定不移的。"如果生命现象有着复杂的性质，与无生命现象相比具有明显的差异，那么生命现象只是按它们所固有的被决定的或可以被决定的条件来提供这种差异而已。所以，要是各门生命科学因它们的应用和它们特殊的法则确应与其他科学有所不同的话，那么就科学方法而言，它们彼此却并无差别。"

对于克洛德·贝尔纳给科学所划下的界限，我必须再说上几句。在他看来，我们总是不懂得事物的为什么，我们只能了解怎样。这就是他在下面这段话里所表达的意思："我们精神的本性总是要引导我们去探求事物的本质或为什么。在这点上，我们所追求的比我们所能达到的目标要远得多；因为实验很快就使我们知道，我们不应当超越怎样，就是说，不应当超越近因或现象的存在条件。"再后面些，他还举出这么一个例子："要是我们不能弄清鸦片和它的生物碱为什么能使人昏睡，我们却可以了解这种睡眠的机理并搞懂鸦片或其成份是怎样引起昏睡的，因为睡眠只是由于某种化学性质活泼的物质与它所改变的某些有机元素相接触才能引起的。"实际结论是这样的:"科学恰有特权让我们学会我们所不知道的东西,它以理智与实验来取代感情,它明确地向我们指出我们实际知识的极限。但是,由于一种奇妙的补偿,科学在这样地压抑我们的倨傲的同时,却提高了我们的能力。"这种种想法全都能分毫不爽地应用于实验小说。为了不堕入哲学思辨的迷津,为了以缓慢的对未知的征服来取代理想主义者的假说,我们应当只满足于追求事物的怎样。这就是它的正确的任务,并且,正如我们将看到的,它只有从这里才能取得它存在的理由和意义。

所以我得到这样的结论:实验小说是本世纪科学进步的结果;它继续并补充了生理学,而生理学本身又是建基于化学和物理学的;它以服从物理化学定律并由环境影响所决定的自然人的研究来代替抽象人的研究,代替形而上学的人的研究,一句话,它是我们科学时代的文学,正如古典文学和浪漫文学是相应于经院哲学和神学的时代一样。现在,我要进而讨论它的应用和道德这个大问题。

三

实验方法的目的,在生理学和医学中,乃是研究现象,从而掌握现象。克洛德·贝尔纳在《导论》的每一页上都说到了这个意思。正如他对之所声言的:"全部自然哲学可以归结为这么一句话:认识现象的法则。全部实验问题也可以概括为这么一句话:预言并引导现象。"在稍后,他提出了这么一个例子:"对实验论者医生来说,只像经验论者医生那样知道金鸡纳霜能治疗疟疾是不够的,对他说来,尤其重要的是知道疟疾究竟是怎么一种疾病,并说明金鸡纳霜所以能治疗疟疾的原理。这一些对实验论者医生是要紧的,因为在他知道这些之后,用金鸡纳霜治疗疟疾这个事实就不再是一件经验的、孤立的事实,而是一件科学的事实了,这事实于是就将自行联系于许多与其他现象有关系的条件,我们就可以这样一步步地去得出对有机体法则的认识并了解支配其表现的可能性。"疥癣这个例子是很有说服力的："今天，疥癣的原因已被查明，并通过实验被确定了，一切都成为科学的了，经验主义已经让位……只要我们为达到治愈疥癣目的而让自己置身于已知的实验条件下，那么我们就可以毫无例外地达到这一目的。"

所以，在实验生理学和实验医学中，目的和意义就在于：为了支配生命，必须成为生命的主人。我们要承认科学已经取得了进步，承认对未知的征服已经完成；克洛德·贝尔纳所梦见的科学时代即将来临。打那时起，医生将成为疾病的主宰；他将有把握治愈疾病，他为人类的幸福和健康而左右着有生命物体。于是我们将进入这样一个时代，万能的人将制服自然，将利用自然的法则来统治地球上最大量的正义和最大可能的自由。再没有比这更正当、更崇高、更伟大的目的了。我们作为有智慧的生物，其作用就在于此：深入事物的原因，成为万物之首，使它们成为驯服的机械部件。

好啊，实验论的生理学家和医生的这种梦想也是将实验方法应用于研究自然与人的社会的小说家的梦想。我们的目的即是他们的目的，我们也想成为智慧与个性元素的现象的主宰。总之，我们是实验论的道德学家，我们以实验指出，在某种社会环境中，某种激情会以何种方式表现出来。我们一旦能掌握这种激情的机理，我们就能处置它、约束它，或至少使它尽可能地无害。这就是我们自然主义作品的实用意义和高尚道德。我们对人进行实验，我们一块一块地拆卸与装配人的机器，使这架机器在环境的影响下运转。在时代进步之后，在人们掌握了法则之后，我们只要左右个人与环境，就能达到更好的社会形态。我们就这样创立了实用社会学，这样我们的工作就会有助于政治经济学。我重申，我不知道还有什么比这更高尚的工作，还有什么比这更宽广的用途了。做善与恶的主宰，支配生活，治理社会，逐步解决社会正义的一切问题，特别是在用实验来解决犯罪问题的同时，给正义以坚实的基础，这难道不是人类事业的最道德、最有用的工作么？

不妨将理想主义小说家的作品同我们的作品作一番比较吧。这里，理想主义这个名词指的是那些脱离观察和实验，把他们的作品建立在超自然和不合理的基础上的作家，一句话，他们承认，在现象决定论之外有一些神秘的力。关于这一点，克洛德·贝尔纳也为我们作出了答复，他说："实验推理与经院主义推理的区别在于，前者是丰富多彩的，而后者则是贫瘠干枯的。相信有绝对正确性而实际上却得不到半点结果的恰恰是经院学派，这是不言而喻的，因为，既经从绝对的原则出发，那么它就置身于一切都是相对的自然之外了。相反，总是怀疑，认为一切都不会有绝对准确性的实验论者，则能达到主宰他周围的现象并扩大他对自然的支配能力的目的。"我不久就要论述理想这个问题，其实，这只不过是个非决定论的问题罢了。克洛德·贝尔纳说得有理："人类智慧的胜利在于减少并缩小非决定论的范围，在实验方法的帮助下，不断扩大决定论的地盘。"我们实验论小说家的真正工作乃是从已知出发而达于未知，使我们逐步成为自然的主宰，而理想主义小说家则由种种宗教和哲学的先入之见，陶醉在未知比已知更高尚更美丽的这种愚蠢的托词之下而存心停留在未知之中。如果我们的工作有时是残酷无情的话，如果我们可怕的描述需要人们的谅解，那么我在克洛德·贝尔纳的著作中也找到了这样一段决定性的论述："只有经过亲身的实验，经过在医院、解剖台和实验室里翻耕发臭的或充满生命悸动的土地①，我们才能对生命现象得到真正丰富与光明的一般知识……如果要打个比喻来解释我对生命科学的想法，那我也许会说，这是一个富丽堂皇、光明灿烂的客厅，但是，要走进这个客厅，先得走过长长的、满是油污的

---

① 指解剖人或动物的尸体或活体。

厨房。"

我要坚持这几个用于自然主义小说家的字眼,即我们是实验论的道德学家。《导论》的某一页,即作者说到生命循环的地方,使我特别难以忘怀。我把它摘引如下:"肌肉和神经的器官维持着造血器官的活动,但血液又反过来滋养着产生它的器官。这里有一种器官的或社会的相互依存,这种依存维持着一种永恒的活动,直到生命的必要元素的活动陷于混乱或停顿,从而中止了平衡,或导致动物机器运转的失常或中断。所以实验论医生的问题在于找到器官紊乱的简单的决定论,换句话说,把握原始现象……我们将看到有机体的某种散裂或表面最复杂的混乱可能会被归结到原始的简单的决定论上去,而这个原始、简单的决定论接着会引起最复杂的决定论。"这里,只要把实验论医生这几个字换成实验论小说家,这整整一段文章就可以准确无误地用于我们的自然主义文学了。社会的循环与生命的循环是同样的:在社会中也有一种连络各不同成员、各不同机构的相互依存,就像在人体中一样,它们的关系是如此密切,以致如果一个机构出了毛病,其他许多机构就会受到影响,一种复杂的病症就接着发生了,从这点看来,在我们的小说中,当我们对某种严重的、毒害社会的创伤进行实验时,我们的做法就和实验论医生一样,即竭力设法发现原始而简单的决定论,以便以后能抵达行为所遵循的复杂的决定论。我再拿《贝姨》中的于洛子爵为例。不妨看看小说的最后结果或终局吧:由于于洛好色的性格,他的行为导致了整个家庭的毁灭,种种次要的悲剧也相继产生了。原始的决定论就在这里,就在这种好色的性格中。一个成员于洛堕落了,他周围的一切马上就随着腐败变质,社会循环被扰乱了,社会健康受到了损害。可见,巴尔扎克是多么着重于洛子爵这个人物的刻划,多么谨慎地着意分析这个人物。实验在他的心目中占有最重要的位置,因为他先要掌握这种情欲的现象,然后才能支配它;我们再假定人们能够治好于洛的好色，或者至少能约束他，使他不能损害他人，这样一来，这个悲剧就立即失去了存在的理由，大家因此恢复了平衡，或者，说得更妥当一些，重建了社会躯体的健康。所以，自然主义小说家其实是实验主义的道德家。

这样，我就说到了人们相信能够击垮自然主义小说家的致命一击，这就是指责他们是宿命论者。多少次他们想对我们证明，我们既然不接受自由意志，人在我们看来既然只是在环境与遗传影响下行动的动物机器，我们就立即陷入了粗劣的宿命论的泥坑，把人类贬低到在命运的鞭笞下俯首前进的牲畜的行列。这是必须明确说明的：我们并非宿命论者，我们是决定论者，这两者毫无共同之处。克洛德·贝尔纳对这两个术语曾作过精辟的解释："我们称现象的近因或决定因素为决定论。我们永远不能干涉自然现象的本质，我们只能影响这些现象的决定论，我们只能从这一点上来影响它，决定论与人们不能左右的宿命论毫不相同。宿命论假定，现象的必然表现能脱离它的条件而独立存在，然而决定论则认为条件是某一现象所必需的，这现象的表现倒并非不可避免。一旦现象决定论的研究被列为实验方法的基本原则，就既不再有唯物主义，也不再有唯心主义；既不再有死的物质，也不再有活的物质了；有的只是种种现象，而这些现象的条件则是应当确定的，换言之，有的只是对这些现象起近因作用的环境罢了。"这是至关重要的。我们只在我们的小说中应用这个方法，所以我们也是决定论者，我们用实验的方式来寻求决定现象的条件，在我们的调查中我们永不脱离自然的法则。克洛德·贝尔纳说得好，只要我们能够施加影响，比如能通过改变环境来左右现象的决定论，我们就不是宿命论者。

所以，实验论小说家的道德任务已经说得一清二楚了。我时常说，我们不必从我们的作品中去抽取结论，这句话的意思就是，我们的作品本身就包含着结论。实验论者不做结论，因为，实验恰恰为他下了结论。如果必要的话，他可以在公众面前成百次地重复他的实验，解释他的实验，他既不必发火，也用不到亲自来作证明，真理就在那里，产生现象的机理就是这样；这样社会就可以按现象的结果是有益还是有害自己去产生或制止这个现象。我在别处已经说过，我们不能设想某位学者会因为氮不适合生命而对它大发雷霆；如果氮确是有害的，他只需把它消除就行了，不必再多做什么。正因为我们的能力与这位学者不同，正因为我们是实验者而不是实践者，我们就应当满足于探讨社会现象的决定论，我们就应当把这样的工作，即操心什么时候去支配这些现象，使它们根据人类利益的观点来发扬善、翦除恶，留给立法者与实干家去做。

我想把我们实验主义道德家的任务再概括一遍。我们指出益与害的机理，我们阐明人类与社会现象的决定论，使人们有朝一日能驾驭并支配这些现象。一句话，我们和整个时代一起从事征服自然的宏伟事业，大大增强人类的能力。请看，在我们事业的旁边，理想主义小说家的工作吧，他们以超自然和不合理的事物为依据，他们每前进一步都有栽入万丈深渊、陷入形而上学的混沌之中的危险。所以，力量在我们手里，道义也在我们这一边。

四

我已经说过，使我选择《导论》的理由，乃是医学现在仍被许多人当作一门艺术来看待。克洛德·贝尔纳证明，医学应当是一门科学，我们在这里参与了一门科学的诞生，这种景象本身就很有教育意义；他还对我们证明，科学的领域已经扩大，而且逐渐获得了人类知识的一切表现。既然本来是一门艺术的医学能够变成一门科学，那么文学为什么不能依靠实验的方法而变成一门科学呢？

应当注意，世界上的一切都是相连的，倘若说实验论医学的领域是在人类器官的现象方面研究人体之处于正常状态还是病理状态，那么我们所研究的领域也同时是人体，所不同的只不过是研究人体的大脑和感觉方面的现象之处于健康状态还是病态罢了。我们如果不想停留在古典时代的形而上的人中，我们就必须考虑我们的时代对自然和生命形成了怎样的新观念。我再重复一句，我们只是无可避免地在继续着生理学和医学的事业，而生理学和医学又是在继续着物理学和化学的事业。从此我们就进入了科学的领域。至于情感和体裁的问题，我想暂时保留到以后再来论述。

我们首先来看一下克洛德·贝尔纳对医学是怎么说的吧："某些医生以为，医生只不过是臆测而已，他们对此得出结论说，医生是一位艺术家，他应当以自己的天才，以他个人的机敏来补足特殊情况的非决定论。这些观念都是反科学的，我们应该全力反对这些观念，因为正是这些观念，使医学长期以来一直滞留在落后状态中。一切科学不可避免地都是从臆测开始的；就是在今天，各门科学中也还有许多臆测的成分。我不否认，医学今天也还差不多随处都是臆测；但我只是想说，现代科学应当努力摆脱这种暂时的、不能算做是确定的科学的状态。不论对医学还是其他任何科学来说，这都是一样的。在医学中，由于现象的复杂性，要形成科学的状态将花更长的时间，而且也更不容易获得。但是研究医学的学者的目的，正如在其他一切科学中一样，是在这门学科中把未决定的东西引导到决定的境地。"一门科学的诞生和发展，其过程就全在这里了。人们至今仍把医生看作艺术家，是因为在医学中，留给臆测的地盘还是很大的。小说家当然更配领受艺术家这个名称，因为他更深陷在未决定的状态之中。克洛德·贝尔纳既然坦白地说，医学现象的复杂性长期以来一直阻止着医学形成科学的状态，那么，对于研究现象更为复杂的实验小说，又该怎么说呢？但这并不能阻止小说走上科学的道路并顺应本世纪的总的演进。

况且,克洛德·贝尔纳本人也已经指出了人类精神的进化。他说:"人类的精神,在它进化的不同时期,相继经过感情、理智和实验这三个阶段。在最初时,只有压倒着理智的感情,它创造了信仰的真理即神学。后来理智或哲学成了主宰,它产生了经院学派。最后,实验,也就是说对自然现象的研究告诉人类,外部世界的真理并不是一开始就能在感情或理智这两个领域内表现出来的。这两者不过是我们必不可少的向导罢了,为了获得真理,必须深入事物的客观现实,真理就以它们的现象的形式而隐蔽在这些事物的客观现实之中。实验的方法,由于事物的自然进步,就这样出现了。这方法概括一切,它相继地依靠着这稳定的三脚架的三足:感情、理智、实验。在真理的追求中,使用这种方法,感情总是首先形成的,它产生既存的观念或直觉;然后理智或推理进一步发展了观念,推演出它的逻辑结果。但是,倘若感情应该以理智之光来照亮的话,那么理智接下来也应该受实验的指引。"

我把这一页全都摘引在这里,因为它是最重要的。撇开写作风格不谈,在实验小说里,实验很清楚地已成了小说家的个性的部分。感情既然是实验方法的出发点,理智既然接着也加入进来,参与实验,并接受实验的检验,那么实验者的天才就是驾御一切的东西了,此外,正是它,使在别人的手中原是毫无生气的实验方法,到了克洛德·贝尔纳的手中就变成了一件强有力的工具了。我说过这样一句话:方法无非是工具;而创造杰作的却是工人,是他们带来的观念。我还摘引过这么几个句子:"是一种特殊的感情,一种 quid proprium①,构成了各人的独创性、发明性或天才。"在实验小说中,这就是构成天才的部分。正如克洛德·贝尔纳对此进一步论说的那样:"观念就是种子,而方法则是土壤,观念要发

---

① 拉丁文:"固有的东西"。

展，要繁茂，并顺合自然，结出最丰硕的果子，就得靠土壤给它提供条件。"所以一切都归结到一个方法的问题上去了。如果你停留在既存的观念和感情之中，而不以理智为依据，不以实验作证明，你就是个诗人，你冒险去提供许多无法证明的假说，你艰苦地、徒劳地，以往往有害的方式挣扎在非决定论的泥潭里。请听《导论》中这几句话吧："人类自然而然地是倾向于形而上学和倨傲矜持的；他能够相信，他的精神——它是与他的感情相符的——的理想创造着也代表着现实。由此可见，实验方法对人类来说根本就不是原始而自然的，只是等到在神学和经院学派的探讨中彷徨了很久之后，他才最终认识到他在这条道路上的努力全是白费气力。于是人类才觉察到，他是不能向自然授予法则的，因为他自身并不具备对外界事物的认识和评判标准，此时他才懂得，要达到真理，他相反应当去研究自然的法则，并使他的观念，甚至他的推理符合实验，即符合事实的标准。"那么，在实验小说家那里，天才又变成什么了呢？它依然是天才，即既存的观念，不过它要受到实验的检验。实验当然不会破坏天才，相反，它只会证实天才。我可以举一个诗人为例，为了说明他确有天才，难道一定要让他的感情，他的既存的观念错误不成？显然不是的。因为，要是实验愈是证明一个人的个人观念是正确的话，那么他的天才便愈是卓绝伟大。的确，只有在我们这个抒情主义的时代，只有我们这种浪漫主义的痼疾，才使人们以一个人所抛出的蠢话和狂言的数量来衡量他的天才。我可以下结论说，以后，到了我们科学的时代，实验应当成为天才的证明。

我们与理想主义作家的争论就在于此。他们总是以某种不合情理的源泉，如启示、传统或公认的权威作为出发点。正如克洛德·贝尔纳所宣称的："不应该承认任何神秘的东西，世界上唯有现象以及产生现象的条件而已。"我们自然主义小说家，要使每件事实都合于观察和实验，而理想主义小说家则承认许多不符合分析的神秘的影响并因而脱离自然的法则,逗留在未知之中。这个理想的问题,就科学的观点而言,可以归结到未被决定和已被决定这个问题。凡我们不知道的一切,凡我们仍然无法了解的一切,就是理想,而我们人类的努力目标就是一天天地减少理想的天地,要在未知的王国求得真理。如果从这一点来理解,即我们大家都把精力化在未知上,那么我们都可以算是理想主义者。只不过我所谓的理想主义者是指那些甘愿隐遁在未知之中的人,他们以蛰伏在未知之中为乐,他们只对提出些最大胆的假说感到兴趣,他们竟以真理只存在于他们脑中而不存在于事物本身为托词,而不屑让这些假说经受实验的检验。我再重复一句,这些人所做的是一件无益而有害的工作,只有观察者和实验者才是努力为增强人类的力量和幸福,并使人类逐渐成为自然的主宰而奋斗的人。无知、撒谎并胡说什么谁陷入错误与混乱愈深谁就愈崇高伟大,这既不是什么高尚和尊贵,更不算美和德。唯一伟大而道德的作品乃是合乎真理的作品。

我们所唯一能接受的,就是我们所称之为理想的鞭策。确实,与我们所不了解的数量无穷的事物相比,我们的科学还是很弱小的。这包围着我们的无限庞大的未知只应该激励我们,使我们产生用科学方法去钻研它、解释它的愿望。这并不只是学者们的事情,人类智慧的一切表现都是互相关联的,我们的一切努力都应满足使我们成为真理的主宰这一需要。这就是克洛德·贝尔纳在写下这段话时所清楚地说明了的,他写道:"每门科学都具有它固有的方法,或至少,特殊的研究手段,再则,各门科学又可以彼此互作工具。数学以其不同的分支,可以用作物理学、化学、生物学的工具;而物理学和化学又可用作研究生理学和医学的有力工具。在这种各门科学的相互借用彼此互助之中,应该善于区别专门攻研某门科学的学者和借助该门科学的学者。物理学家和化学家并不会因他们应用了计算技术而成为数学家;生理学家也不会因使用了化学反应或物理工具而变成化学家或物理学家；化学家和物理学家也不会由于研究了动物或植物的某些体液和组织的成分或性质而成了生理学家。"这就是克洛德·贝尔纳给我们自然主义小说家所作的答复，答复批评家们的嘲讽，说我们妄想染指科学。我们既不是化学家，物理学家，也不是生理学家，我们只是以科学为依据的小说家。我们并不企图在我们所不精通的生理学中有所发现，不过，既然把人定为我们研究的对象，我们认为我们就不能不去考虑生理学中所发现的新真理。我还准备加上一句，既然小说已经成为一种对自然和人的普遍探究。小说家就必然要同时依靠尽可能多门科学来进行工作，由于他们需要广涉一切，当然什么都得了解一些。这就是我们在实验方法成为最有力的调查工具之后，怎样把它们应用于我们的作品的情形。我们概括调查所得的东西，然后使用人类的一切知识来发起对理想的征服。

当然,我在这里所谈论的是事物的怎样而不是它们的为什么。对一位实验论的学者来说，他所努力要缩减的理想或未知，即未被决定之物，永远只限于怎样的领域中。他把另一种理想，即探究为什么的工作，留给哲学家们去做，他一天也没有决定它的奢望。我相信，如果实验论小说家们不愿意迷失在诗人和哲学家的胡言乱语之中，他们就应该同样不去关心这个未知。设法认识自然的机理，暂时不去追究这种机理的来源，这已经是件够宏伟的事业了。要是我们有朝一日终于达到了认识这种机理的境地，这将无疑是靠了实验方法的缘故，所以最好是从起点，即从对现象的研究开始，而不要希望某一突如其来的启示会向我们揭示世界的奥妙。我们是工人，为了使我们能去考虑怎样这个未知，在我们的调查面前逐日缩减这个未知，我们让思辨家们去研究为什么这另一个未知，他们在这个未知中已经枉费气力地挣扎了好几个世纪。对我们实验论小说家来说，所应存在的唯一的理想乃是我们所能征服的东西。

此外，在缓慢地征服这种包围着我们的未知的过程中，我们谦虚地承认我们所处的无知状态。我们还只是刚刚迈出步子，还没有作出什么成绩；我们唯一真正的力量就在于我们的方法。克洛德·贝尔纳在直率地承认实验医学还只处于呀呀学语的时期之后,毫不犹豫地把实际应用方面的很大地盘拱手让给经验医学。他说:"说到底，经验，或说是偶然的观察或实验，曾经是一切科学的来源。在复杂的人文科学中，经验必然将比它在简单的科学中更长期地统治实际应用。"他毫无难色地承认,在一名病人的床头，在病理现象的决定论尚未找到的时候，我们最好还是按经验来办事；此外，经验论至今还留存在我们认识的自然进程中，因为经验论必竟在认识的科学状态来到之前就已产生了。的确，既然医生们几乎在一切病例中都应当考虑经验论，我们实验论小说家就同样更有理由去注意这些，因为我们所研究的科学更为复杂，也更不确定。我再说一遍，想创立研究人（作为个人或社会成员）的科学的一切部分并不是可以一蹴而就的；我们必须一步一步地,经过一切必要的摸索碰壁，才能脱离目前笼罩着我们的朦胧状态,只要我们能在这么多的谬误中确定一条真理，我们就很幸运了。我们实验，这就是说，在很长的时间内，为了达到真理，我们还不得不利用谬误。

这就是强者的感觉。克洛德·贝尔纳旗帜鲜明地同那些把医生只看成是艺术家的人展开斗争。他很了解来自某些人的习惯性的反对，那些人诡称把实验医学看作是"目前暂时还不能证实其实际真实性的一个理论性的概念，因为还没有一件事实能表明我们可以在医学中达到实验科学的科学准确性。"但他并不因此而有所动摇，他指出:"实验医学只不过是在科学精神指导下的、实用的医学调查的自生之物。"他的结论是:"无疑,我们距医学完全成为科学的那个时代尚很遥远，但这并不能阻挡我们去瞥见它的可能性，并以我们的全部努力来达到它，只要我们从今天起就致力于在医学中引入应当指导我们到达这个目的的方法。"

我不厌其烦地再重复一遍，这一切都可以分毫不爽地用于实验小说，只要在这里把"医学"这两个字改成"小说"，整段文章就可以照搬不误。

我要把克洛德·贝尔纳的这些伟大而铿锵有力的言辞献给正在成长的文学界的年青一代。我不知道还有比这更有气魄的宏论了。"医学不可避免地要逐渐摆脱经验主义，它将像其他一切科学一样，藉实验方法来摆脱经验主义。这个深刻的信念支持着、引导着我的科学生涯。对于那些要求我们用实验来解释麻疹和猩红热的医生们，对于那些自以为在这里找到了一条反对在医学中应用实验方法的论据的医生们的指责声，我闭目塞听，不屑理会。这些败兴和否定的反调一般都是来自头脑僵化而懒惰的人，他们宁肯蜷缩在他们的学说里，或者沉睡于昏暗之中，而不愿花力气去摆脱这种状态。今天的医学所取的实验方向是明确不移的。事实上，这完全不是哪一家的学说的昙花一现的影响的事实，这是医学本身科学进化的结果。我想给在法兰西学院听我讲课的青年医生们的头脑灌输的正是我在这方面的信念……首先要以科学精神来鼓励青年们，向他们传授现代科学的概念并指明发展方向。"

我也不止一次地写过同样的言论，作过同样的劝告，在这里，我想把这些言论再重复一遍："唯有实验方法能使小说脱离它所爬行的谎言和谬误的泥潭。我的全部文学生涯都以这条信念为指针。对于那些要求我阐明人物性格的遗传法则和环境影响的法则的批评家们，对于那些抛出这些否定和败兴的非难的批评家们的指责，我闭目塞听，不屑理会；他们只是出于思想的懒惰，出于固执地承袭传统，出于有意无意地眷恋于哲学和宗教上的信仰……今天小说所取的实验方向是明确不移的。事实上，这完全不是哪一家的昙花一现的影响的事实，这是科学进化的结果，是对人类本身研究的结果。我想给阅读我的文章的青年作家们的头脑灌输的正是我在这方面的信念，因为我认为，首先应当以科学精神来鼓励他们，向他们传授现代科学的概念并指明发展方向。"

五

在作出结论之前，还有各种次要的问题留待我来阐述。

特别应该说清楚的是，实验这种方法具有非个人性的特点。人们责备克洛德·贝尔纳，说他摆出一副革新者的架势，但他却用他高尚的理由回答道："我当然并无这样的奢望，说自己是首创将生理学应用于医学的人。这个主张，长期以来，早有人提出过了，而且人们在这方面也已作过大量的尝试。所以在我的工作以及我在法兰西学院的授课中，我只不过是追随前人的一种观点而已。这种观点已经通过在医学中的应用而结出了它的硕果。"在有人硬说我想以革新者或学派首领自居时，我自己也用这样的话来回答过。我已经说过，我并未带来什么新的理论，我只是在我的小说和我的批评文章里设法沿用前人长期以来早已用过的科学方法而已。但是，很自然，人们当然对我的话装聋作哑并继续大谈我的虚荣和无知。

我已经几十遍地重复过，自然主义并不是哪一个人的奇思幻想，它是本世纪智慧运动的本身。克洛德·贝尔纳也是这么说的，不过他是以更大的权威性来说这番话的，而且更能使人相信罢了。他写道："实验方法在科学中所引起的革命，在于已经用科学的标准取代了个人的权威。实验方法的特点是从属于它自己，因为它自身就包含了它的标准，即实验。除了事实，它不承认其他权威，它从个人的权威中解放出来。"由此可见，再没有什么理论可言的了。"思想应当经常保持独立，不应该受到束缚，也不应受到科学信仰的束缚，正如不应受到哲学或宗教的信仰的束缚一样。应当敢于大胆自由地发表个人的想法，应当追随自己的感觉，不要过分幼稚地担忧各种理论会相互矛盾……应该修改理论，使之适应自然，而不是错误地强求自然去适应理论。"从这一点出发，就会有无比宽阔的天地。"实验方法是宣告思想解放的科学方法。它不仅要摧垮哲学和神学的桎梏，而且也不再承认个人的科学权威。这丝毫不是目空一切或自吹自擂；相反，实验论者在否认个人权威的同时，却处事谨慎，因为他同样怀疑他自己的知识，他要使人类的权威服从实验的权威和自然的法则。"

这就是为什么我已经再三声言，自然主义并非一个学派，比方说，它不象浪漫主义那样，体现在某一个人的天才或某一集团的一阵狂热的发作中，它只在于实验方法应用于对人和自然的研究。这样看来，只有一种广泛的进化，只有向前进，这里，人人都在按自己的天分行事。一切理论都能自由发表，而那种能说明最多事物的理论就是驾御一切的理论。显然，没有比这更宽阔、更笔直的文学和科学的大道了。所有的人，无论是大人物还是小人物，都能在这里自由行动，努力进行共同的调查，各人都有他自己的专长，除了为实验所证实的事实之外，不承认有别的权威。所以，在自然主义中，既不会有革新者，也不会有学派的首领，有的只是能力大小不同的劳动者罢了。

克洛德·贝尔纳这样来表达我们应当在理论面前保持不轻信的态度，他说："应当既有坚定的信仰，又不要轻信；我的意思是说，在科学中，既应当坚决地相信原则，又要不断去怀疑公式；其实，一方面，我们确信决定论是存在的，另一方面，我们又永远无法担保是否能把握它。对于实验科学的原则，即决定论，我们是绝不动摇的，但我们又决不轻信人为的理论。"下面我还要摘录他宣告学说的时代已经终结的这一段话。他说："实验医学并不是医学的一种新的学说，相反，它否定一切学说。事实上，实验医学的降临，其结果将是把一切个人的见解从科学中清除出去，代之以并非个人与一般的理论，这些理论，正如在其他科学中一样，只是一种由实验所提供的正常与合理的事实的合成。"对于实验小说来说，情况也将是同样的。

克洛德·贝尔纳不但否认自己是革新者，或者不如说是创立一门个人理论的发明者，他同样屡次谈到顾忌哲学体系对学者的危险性。他说："对实验论的生理学家来说，唯心主义和唯物主义都是不存在的。这些字眼只属于已经过时的自然哲学的范畴，由于科学本身的进步，它们即将为人废弃。我们既不能认识精神，也不能认识物质，如果必要的话，我会轻而易举地指出，不论从这边还是从那边，我们都能很快就达到科学的否定，由此可得到这样的结论，所有这类的见解都是空洞而无用的。在我们看来，只有许多现象可供研究，这些现象表现的物质条件应予认识，还有这些表现的法则需待决定。"我曾经说过，在实验小说中，如果我们愿意把我们的研究建立在坚实的基础上，最好是注重一下这个严格地科学的观点。不要超越怎样，不要企图染指为什么。然而，极为肯定的是，我们总是无法摆脱我们智慧的这种需要，不能摆脱这个使我们想去认识事物本质的永不止息的好奇心。因此，我认为我们应该接受最适合于科学现状的哲学体系，但这只不过是就思辨的观点而言的，比如，目前最合理的学说是变化说，它最直接地建立在我们对自然的认识上。不管克洛德·贝尔纳怎么说，在一门科学的背后，在人类智慧的每一表现的背后，总是明显程度不同地存在着一种哲学体系的。人们可以并不虔诚地依附这种体系，同时注意事实，那怕对这体系稍加修改，如果事实需要这么做的话，但是体系却依然存在，科学进步愈小，愈不坚实，它就愈能存在。对我们这些尚在呀呀学语的实验论小说家来说，假说是无法避免的。我待会儿正要讨论假说在文学中的作用呢。

此外，若说克洛德·贝尔纳在应用方面排斥哲学体系，他却也承认哲学的必要性，他说："就科学的观点来说，哲学表现了对人类理智朝着认识未知进军的永恒的鼓励。从而，哲学家永远停留在争论不休的问题之中，停留在以科学为最高界限的高级的领域之中。从那里，他们把振奋和推崇思想的运动传给科学的思想，他们在通过一般智力锻炼来发展思想的同时加强了精神，同时，他们不停地把思想用到追求重大问题的无穷尽的解答上去。他们就这样保持着认识未知的渴望，点燃着研究原因的圣火，这两者在一位学者的心目中是永远不应该熄灭的。"这段文章写得很精彩，可是人们从来没有用漂亮的词句向哲学家说过，他们的假说纯粹是诗歌。克洛德·贝尔纳显然把哲学家——他自夸在哲学家中有许多朋友——看成了有时颇有天分的音乐家，他们的音乐鼓动着学者们的工作，为他们煽起去做出伟大发现的圣火。至于幽闭在自己领域中的哲学家，他们老是歌唱，却永远找不到一条真理。

直到现在我还没有触及自然主义作家的文体问题，因为文体问题恰恰是文学所特有的。对作家来说，天才不仅存在于他的感情之中，存在于既存的观念之中，而且也存在于文体和风格之中。不过，方法的问题和修辞的问题是毫不相同的两个问题。自然主义，我再说一句，唯一在于实验方法之中，在于用于文学的观察以及实验之中。所以，目前在这里暂时看不到什么修辞。我们先要确定方法（它应当是共同的），然后再在文学中接受一切可能产生的修辞，把它们看作只是作家文学气质的表现罢了。

如果要我把我的观点说得更清楚一些，那就是，今天我们对文体给予过分重要的地位了。关于这个论题，我实在有很多话想说；但这样一来就会超出这篇论文的范围了。归根结蒂，我觉得方法即涉及了文体本身。因为一种语言不过是一种逻辑，一种自然和科学的结构。写得最漂亮的人并非最疯狂地纵横驰骋于假说中的人，而是在真理中勇往直前的人。我们目前正处于抒情主义的臭气到处散发的时代，我们错误地认为：伟大的文风乃是荒谬绝伦，总是近于在昏愦中疯疯癫癫的文风。实际上，伟大的文风乃是出自逻辑与明晰的。

因而,克洛德·贝尔纳认为,在学者们蜂拥而向未知发起攻击的时候,哲学家们应当担当起演奏假说的《马赛曲》的音乐家们的角色,他对艺术家和作家差不多也抱着同样的看法。我注意到,很多学者,即使是最伟大的,都十分不愿意别人也掌握他们所拥有的科学准确性,因而都愿意把文学禁锢在理想的王国内。而他们自己呢,好像在干累了精确的工作之后,感到有听听吹牛撒谎以作消遣娱乐的需要,喜欢去读读最为大胆的假说,听听他们明明知道是错误而荒谬的虚构的故事。这是他们允许别人为他们演奏的一首笛曲。所以克洛德·贝尔纳振振有词地说:"文学艺术的作品永远不会老化,如果它们同人性一样是不变的感情的表现的话。"其实,仅文体一项就足以使一部著作成为不朽之作了;有才之士用卓越的语言来诠释自然的景象,对于一切时代来说,都将永远是趣味盎然的;不过,就这同样的观点说,人们也总是喜欢阅读一位伟大学者的著作,因为一位伟大学者所擅长描述的景象,其趣味之浓郁,不下于一位大诗人所描写的景象。这位学者固然在他的假说中会犯错误,他仍与肯定同样犯了错误的诗人站在平等的地位。应该说,我们的领域并非仅仅由同人性一样的不变的感情所组成,因为接下来我们还要使这些感情的真正机理发生作用。当我们描绘愤怒、吝啬或情爱的时候,我们并未耗尽我们的材料;整个自然,整个人类都属于我们,不仅在它们的现象之中,而且在这些现象的原因之中。我很明白,人们想阻挡我们进入的就是这片广阔的天地,但我们现在已经扫除了障碍,正在这广阔的天地高歌猛进。这就是为什么我不能接受克洛德·贝尔纳下面的言论:"对艺术和文学来说,统治一切的乃是个性。在那里,问题牵涉到精神的一件自发创造物,而这与自然现象的考证全不相同,因为在自然现象中,我们的精神不应作任何创造。"我对这些话感到迷惑不解,何以一位最杰出的学者竟会在这里觉得有必要把文学拒之于科学的大门之外。当他把文学作品定义为

"精神的一件自发创造物,与自然现象的考证全不相同"的时候,我不明白他所指的是什么文学。无疑,他想到的一定是抒情诗歌,因为他想到的若是实验小说,想到巴尔扎克或司汤达的作品,那么他或许不至会写出这样的句子。我只能重述我说过的看法:如果把文体、风格撇在一边不谈,实验论小说家无非只是个特别的学者,他也使用其他学者的工具,即观察与分析。我们的领域与生理学家一样,要不是更宽广的话。我们也像生理学者一样,对人进行研究,因为一切都在于使人相信(克洛德·贝尔纳自己也知道这一点)。大脑的现象也可以像其他现象一样被确定下来。不错,克洛德·贝尔纳可以对我们说,我们是在假说里漂浮,可是他因而作出这样的结论,说我们永远也不能够到达真理,那就不妥当了,因为他自己也曾为把医学变成一门科学而奋斗了终生,而他的大部分同事却把它看成是一门艺术。

现在让我给实验论小说家下个明确的定义吧。克洛德·贝尔纳给艺术家下了这样的定义:"所谓艺术家是指这么一个人,他在一件艺术品中体现他的个人的思想或感情。"我绝不接受这样的定义。按他的说法,我可以绘出这么一个人,他是头朝下走路的,要是这就是我个人的感情的话,我就算是完成一件艺术品了。这样我就不折不扣地成了一个疯子。所以还应该加上这么一条,即艺术家的个人感情应当服从真理的检验。这样我们就谈到了假说。艺术家的出发点与学者是一样的;他站在自然面前,他有一个既存的观念,并根据这个观念来工作。如果他让他的观点一直保持到底,而不以观察和实验来证实它的准确性的话,那么只是到了这里他才同学者分道扬镳。我们可以把注重实验的艺术家称作实验论的艺术家,但是如果我们把艺术当作是艺术家在研究自然时所犯的个人错误的总和时,我们就说他们不再是艺术家了。在我看来,我已证明,作家的个性只存在于既存的观点和文体之中,而不存在于对错误的固执己见之中。我还愿意说,个性也存在于假说之中，但这里，先得弄清楚假说的意义。

人们常常说作家应当为学者开辟道路。这话不假，因为我们在《导论》中已经看到，假说与经验总是先于科学状态，并为之作了准备，而科学状态则是最终才由实验方法确立起来的。人类总是以大胆解释某些现象开始，诗人们先说出他们的感情，然后才是学者来检验假说，确定真理。克洛德·贝尔纳给哲学家们指派的总是先驱者的任务。这是一项高尚的任务，今天作家们依然有义务去完成这项任务。不过，很清楚，每当学者确定了一条真理，作家就应当立即抛弃他们的假说，接受这条真理；否则，他们若故意停留在错误之中，那就对谁都没有好处。这样，科学在进步中就给我们这些作家奠定了坚实的基础，我们可以在这个基础上作出新的假说。一句话，一切被确定的现象都将摧毁由它所取代的假说，此后就应当把假说更向前挪动一步，移到出现在我们面前的新的未知之中。为了使大家能更好地理解我的意思，我想举一个很简单的例子：现已证明地球是绕太阳旋转的，如果有一位诗人，他仍然接受古代的信仰，说太阳是绕地球旋转的，人们对他会作何感想呢？很明显，如果诗人要大胆对某件事实作出个人的解释，那么他就应当去选择一件目前原因尚未被了解的事实，我们实验论小说家的假说就应该是这样的假说；我们应当严格地接受已被确定的事实，不再以个人的感情来对它们轻率地提出可笑的假说，我们要始终坚定不渝地站在已被科学征服的场地上；然后，只是在未知面前，我们才运用我们的直觉，走在科学的面前，哪怕有时会犯些错误，但只要我们能为解答问题提供一些资料，那就是很幸福的了。我在这里依然没有越出克洛德·贝尔纳不得不接受的以经验作为必要的摸索的实用纲领。这样，在我们的实验小说中，我们就可以在尊重今天科学所了解的有关遗传问题以及环境影响的一切的基础上，大胆地对这些问题提出种种假说。我们开辟道路，我们提供观察到的事实，我们拿出可能会很有用处的有关人的文献。一位大抒情诗人最近高喊说我们的时代是先知者时代。要是你喜欢这么说,那也不错;不过,我们应当明白,先知也不能以不合理或超自然的东西为依据。众所周知,要是先知们要对那些最基本的概念都提出疑问,把自然安排在一锅奇怪的哲学和宗教的大杂烩之中,只考虑形而上的人,把一切都搅得乌七八糟、稀里糊涂,那么,那些先知们,纵使他们的口才超群绝伦,也永远只能成为无知的、自己跳进水里弄得浑身透湿的大格里布叶①。在我们科学的时代,未卜先知是棘手的差事,因为大家已不再相信启示的真理,并且,为了预测未知,又得先从认识已知着手才行。

我打算得出这样的结论:如果让我来给实验小说下个定义的话,我就不会同克洛德·贝尔纳一样,说一部文学作品彻头彻尾是浸泡在个人感情之中的,因为在我看来,个人感情不过是最初的冲动而已。其次,自然是自在之物,我们今天至少已经揭示了自然之一部分的秘密,对这一部分自然,我们就不再有撒谎的权利了。所以实验论小说家是接受已被证明的事实的作家,他指出人和社会中已为科学所掌握的诸现象和机理,他只让他个人的感情参与决定论尚未被确定下来的那些现象,并尽量用观察和实验来检验这个人感情,这既存的观念。

我不知道还可以用什么别的方式来理解我们自然主义文学了。我只说到了实验小说,但我却坚定地相信,这个方法,在历史学和批评中取得了胜利之后,将会所向披靡,即使在戏剧和诗歌中也不例外。这是无可避免的进化。文学,不管你怎么说,并不只在于作者的才毕,它还在于它所描绘的自然,在于它所研究的人。要是学者修改了自然的概念,要是他们发现了生命的真正

---

① 格里布叶(Gribouille),法国人习惯上对神志昏愦的糊涂虫的称呼,他自己跳进水里,却大叫被雨打湿了,有点像我国习惯把这种人叫做马大哈一样。

机理，他们就会强迫我们追随他们，甚至超越他们，让我们在新的假说中发挥我们的作用。无疑，阿基里斯[①]的愤怒和狄东[②]的爱情将作为永恒的美的绘画而留存；但需要已在催促我们去分析愤怒与爱情并正确地看出这些欲念在人类的身心中究竟是怎样发生作用的。这是新颖的观点，它不是哲学的而是实验的。总之，一切都包括在这伟大的事实中了：实验方法，不论在文学中还是在科学中，正在决定自然的现象——个人和社会的现象，而形而上学对这些现象至今只能给出些不合理的、超自然的解释。

毕修勺　洪丕柱　译
（1985年）

[①] 阿基里斯（Achille），希腊文是阿喀琉斯（Akhilleus）。荷马《伊里亚特》中的英雄，出生后被其母倒提着在冥河中浸过，除未浸到的脚踵外，全身刀枪不入。
[②] 狄东（Didon），传说中迦太基女王和建国者。

"小　　说"

〔法〕莫泊桑

我一点也不想在这里为"彼得和约翰"这部微不足道的小说辩护。我企图使人了解的意见，也许完全相反，会引起对于我在这部小说中所运用的心理分析体裁的批评。

我想一般地谈谈小说。

每当一本新书出版的时候，受到同一批评家的同一责难的，决不只是我一个人。

在赞美的言词中，我经常遇到出自同一手笔的话：

"这部作品最大的缺点就是：严格说来，它不是一部小说。"

我们很可以用同一论调回答：

"对我恩赐评论的这位作者，他最大的缺点就是：他不是一位批评家。"

批评家的基本特征究竟是哪些？

他应该没有先入之见、预定的看法、门户观念并且不依附任何艺术流派，他应该了解、区别和解释一切最相反的倾向、最矛盾的气质，还应该容许最多样的艺术探讨。

······

这种批评家一般都把小说理解成为一种或多或少有些真实的奇遇，它也像一出三幕剧一样，安排为三部分，第一部分是介绍，第二部分是情节，第三部分是结局。

这种写法是完全可以接受的，只要同样接受所有其他的写法。

真有一些写小说的规则吗？而不按这规则写成的故事就不该叫作小说吗？

如果"堂·吉诃德"是一部小说，那末，"红与黑"是不是呢？如果"基度山恩仇记"是一部小说，"小酒店"算不算呢？能够拿歌德的"亲和力"、大仲马的"三剑客"、福楼拜的"包法利夫人"、墨·阿·阜业的"加莫尔先生"、左拉的"萌芽"来作比较吗？这些作品哪一部是小说？那些出名的规则又是什么？它们从何而来？谁把它们建立起来的？根据什么原则、什么权威和什么理由？

可是，这些批评家似乎全都心中有数，确然知道什么构成小说，并且把小说和不是小说的作品区别开来。这事很简单地表明了，他们虽然不是创作家，但是都把自己划入一个流派，按照小说家的作法，排斥一切在他们审美范围之外所孕育和写成的作品。

然而一个明智的批评家就应该研究那些和已经写成的小说最不相像的东西，并且尽可能地鼓励年轻人走新的道路。

所有的作家，雨果和左拉一样，都曾坚持要求写作的绝对权利、不可争辩的权利，也就是说根据他们自己的艺术见解来想象、观察。才能是来自独创性。独创性是思维、观察、理解和判断的一种独特的方式。但是批评家企图根据自己喜爱的小说所形成的见解来给小说下定义，定下某些不可更改的创作法则，和那种带来新手法的艺术家气质总会针锋相对的。一个真正名实相符的批评家，就只该是一个无倾向、无偏爱、无私见的分析者，像绘画的鉴赏家一样，仅仅欣赏人家请他评论的艺术品的艺术价值。他那无所不知的理解力，应该把自我消除得相当干净，好让自己发现并赞扬甚至于他作为一个普通人所不喜爱的、而作为一个裁判者必须理解的作品。

但是，大多数批评家毕竟只能算得上是一些普通读者，因而，他们责备我们几乎全责备错了，要不然就是毫无保留、毫无分寸地恭维我们一通。

普通读者只想在一本书里设法满足他们精神上的自然爱好，要求作家满足他主要的趣味，而把那些能结合他们各自不同的想象力——理想的、愉快的、放荡的、忧郁的、梦想的、或实际的——的作品或者章节，一成不变地形容为"不同寻常的"或者"写得好的"。

总之，公众是由许多人群构成的，这些人群朝我们叫道：

安慰安慰我吧。

娱乐娱乐我吧。

使我忧愁忧愁吧。

感动感动我吧。

让我做做梦吧。

让我欢笑吧。

让我恐惧吧。

让我流泪吧。

使我思想吧。

只有少数出类拔萃的人物要求艺术家：

——根据你的气质，用最适于你自己的形式，给我创造一些美好的东西吧。

艺术家尝试着，有的成功，有的失败。

批评家只该根据努力的性质来欣赏成果，他没有权利过问什么倾向不倾向的问题。

这已经说过千百次了，不过应该永远重复才是。

所以，在希望给我们一种畸形的、卓越的、诗意的、动人的、可爱的、或者壮丽的假象的文学流派之后，就出现了现实主义或者自然主义的流派，它妄想把真理、唯一的真理、全部的真理给我们指出来。

我们必须以同样的兴趣承认这些形形色色的艺术理论，而要评判根据这些理论写出来的作品，就得先行接受产生这些理论的一般思想，完全从艺术价值的角度来加以评判。

不承认一个作家有权利写一部诗意的作品或者一部现实主义的作品，这就是企图强迫他改变他的气质，否认他的独创性，不许他使用自然赐给他的眼睛和智慧。

责备他把事物看美了或者看丑了、看小了或者看大了、看优雅了或者看凶险了，就是责备他投合某一方式或者另一方式，而缺乏一种和我们一致的视觉。

只要他是一个艺术家，他爱怎么样去理解、观察和构思，就由他自由自在去理解、观察和构思吧。批评一个理想主义者，我们就该有诗意的激情，而后证明他的梦想是平庸的、普通的、还不够奔放或者瑰丽。不过，如果我们批评一个自然主义者，就要向他指出在某一点上他的作品中的真实不符合生活的真实。

完全不同的流派必然要运用绝对相反的写作方法，这是很明显的事。

小说家把固定、粗糙和不动人的现实加工塑造，创造成一个特殊而动人的奇遇，他不应该过分考虑逼真的问题，而要随心所欲地处理这些事件，把它们加以筹划、安排，使读者喜欢、激动或者感动。他的小说的布局只是一连串巧妙地导向结局的匠心组合。事件朝着高潮和结局的效果安排、发展，结局是一个带有基本性和决定性的事件，它满足作品开端所引起的一切好奇心，使读者的兴趣告一段落，并且把所叙述的故事完全结束，使人不再希望知道最令人依恋的人物的下文。

反之，企图把生活的准确形象描绘给我们的小说家，就应该小心避免一切显得特殊的一连串的事件。他的目的决不是给我们述说一个故事，娱乐我们或者感动我们，而是要强迫我们来思索、来理解蕴含在事件中的深刻意义。经过观察和思维，他以一种本人所特有的、而又是从他深刻慎重的观察中综合得出来的方式来观看宇宙、万物、事件和人。他努力在书里通过再现传达给我们的，正是这种充满个性的人世假象。为了激动我们，像他自己被生活的景象所激动一样，他就该把它惟妙惟肖地再现在我们的眼前。然而，他写他的作品应该使用一种十分巧妙、十分隐蔽、看上去又十分简单的手法，使人看不出凿痕，指不出作品的设计，发现不了他的意图。

他不创造奇遇，也不让它从头到尾都在趣味盎然之中铺张，而是在他的人物或者人物们的生涯的某一时期开始，通过自然的转换手法，把他们带到下一个时期。他就这样时而表现人物的心灵在环境影响之下怎么样改变，时而表现感情和欲望怎么样发展，他们怎么样相爱、怎么样相恨、怎么样在社会环境里相争，资产者的利益、金钱的利益、家庭的利益、政治的利益又怎么样冲突。

他的布局的巧妙决不在于有激动力或者令人可爱，决不在于引人入胜的开端或者惊心动魄的收煞，而在于那些表现作品明确意义的可信的小事的巧妙组合。如果他要把十年的生活写在三百页的书里，指出它在环境之中所具有的独特的意义是什么，那末，他就必须懂得在无数日常琐事中，把对他没有用的东西统统删掉，并且以一种特殊的方式突出表现那些被迟钝的观察者所忽视的、然而对作品却有重要意义和整体价值的一切。

人们明白，这样一种创作方法和过去有目共睹的方法完全不同，常使批评家陷入迷途。某些现代艺术家不用那种叫作"情节"的唯一线路，而用十分纤细、十分隐蔽、几乎看不见的线索，可是这些批评家偏偏就都发现不到。

总之，如果昨日的小说家是选择和描述生活的巨变、灵魂和感情的激烈状态，今天的小说家则是描写处于常态的感情、灵魂和理智的发展。为了得到他所追求的效果、也就是说以单纯的真实来感动人心；为了表现他希望得到的艺术上的教育意义，也就是说表现当代人的真实情况，因此他使用的事件就只应该具有一种不可否认的永恒真实性。

但是，即使从这些现实主义艺术家的观点来看，我们还是应该对他们的理论加以讨论和反驳，他们的理论似乎可用这几个字概括起来："只有真实和全部真实。"

他们的意图既然是要表现某些永久和日常的事件的哲理，他们就该常常修改事实，这样做，一方面固然有损于真实，但另一方面却有利于逼真，因为：

真实有时可能并不逼真。[①]

一个现实主义者，如果他是个艺术家的话，就不会把生活的平凡的照相表现给我们，而会把比现实本身更完全、更动人、更确切的图景表现给我们。

把一切都叙述出来是不可能的，因为那样做，每天就至少需要一本书来列举我们生活中那些无数没有意义的琐事。

所以势必选择，——这就是对"全部真实"的理论的第一个打击。

并且，生活是由最相异，最意外，最相矛盾，最不调和的事物组成的；它是粗糙的，没有次序，没有联贯，充满了不可理解的变故，这些变故不合理、相互矛盾，应该归并在"杂项"这一类中去。

因此，艺术家选定了主题之后，就只能在这充满了偶然的、琐碎的事件的生活里，采取对他的题材有用的、具有特征的细节，而把其余的都抛在一边。

在无数的例子里随便举出一个：

世界上每天死于不测之祸的人是相当多的。但是，我们难道

---

① 引自布瓦洛"诗学"第三章第四八行。

可以借口要加进一些意外的情节而让一块瓦片落在一个主要人物的头上，或者把他抛在车轮之下？

生活中的一切都是自流地进行，有的事情急转直下，有的则老是停滞不前。艺术则不同，它要事物进行得有预防有准备，要善于运用聪明而不露痕迹的转换手法，要利用那最恰当的结构上的巧妙，把主要的事件突出地表现出来，而对其他的事件则根据各自的重要性把它们作成深浅程度适当的浮雕，以便产生作者所要表现出来的特别真实所具有的深刻感觉。

因此，写真实就要根据事物的普遍逻辑给人关于"真实"的完整的臆像，而不是把层出不穷的混杂的事实拘泥地照写下来。

所以我认为有才能的现实主义者倒是应该叫作臆像制造者才是。

而且，既然在我们每个人的思想和器官中有自己的现实，那末迷信现实是多么幼稚的事。我们的眼睛、耳朵、嗅觉和各种不同的口味所产生的现实有世界上的人那样多。我们的心灵从被各种印象所作用的器官那里有所感悟，它理解、分析、判断就好像我们每一个人是属于另外一个种族似的。

因此我们每一个人不过成为世界的一个臆像，至于是诗意的，感伤的，欢乐的，忧郁的，肮脏的或悲惨的，这得根据各人的本性而定。而作家除了用他所掌握的和能运用的全部艺术技巧来忠实地再现这个臆像以外就没有其他的使命了。

美的臆像是人所共有的！丑的臆像是一种容易更改的意见！真实的臆像不是永久不变的！卑污的臆像吸引了多少人！伟大的艺术家都是迫使人类接受自己的特殊臆像的人。

既然每一种理论只不过是对自己气质进行分析的一般表现，那末我们还是不要对任何理论心怀不满吧。

特别有两种理论经常被人加以讨论，人们没有把它们兼容并收而是将它们相互对立：一种是纯粹分析小说的理论，一种是客观小说的理论。分析理论的拥护者要求作家去表现一个人精神的最细微的变化和决定我们行动的最隐密的动机,同时对于事实本身只赋予过于次要的重要性。事实是终点,是一块简单的界石,是小说的托词。依照他们的意见,就得写作一些精确而又富有幻想的作品,其中想象和观察交融在一起;就得用一个哲学家写一本心理学书籍的方式,从最远的根源开始,把一切的原因都陈列出来;就得说出一切愿望的所以然,并分辨出激动的灵魂在利害、情欲、或本能的刺激下所产生的反应。

反之,拥护客观(多么讨厌的字眼!)的人主张把生活中发生过的一切都精确地表现给我们,要小心翼翼地避免一切复杂的解释和一切关于动机的议论,而限于使人物和事件在我们眼前通过。

在他们看来,心理分析应该在书里隐藏起来,就如同它在生活中实际上是隐藏在事件里一样。

用这种方式所孕育的小说就能够获得趣味、色彩、起伏不平的叙述和活动的生命。

因此,客观的作家不罗嗦地解释一个人物的精神状态,而要寻求这种心理状态在一定的环境里使得这个人必定完成的行为和举止。作家在整个作品中使他的人物行动都按照这种方式,以致人物所有的行为和动作都是其内在本性、思想、意志或犹疑的反映。作家并不把心理分析铺展出来而是隐藏着,他们将它作为作品的支架,就如同看不见的骨骼是人身体的支架一样。画家替我们画像,就不会把我们的骨骼也画出来。

我觉得用这种方法写成的小说获得了真实性。首先它是更逼真的,因为我们所看见的在我们周围行动着的人们,他们并不向我们说明支配他们行动的动机。

其次还应该充分估计到,如果对人物进行了充分的观察,我们就能够相当准确地确定他们的性格,以便能预见他们在各种不同情况下的行动方式,如果我们能够说:"一个具有这样性格的人,在这样的情况下会做出这样的事",但决不能由此得出这样的结论：我们能够一个个地确定人物自己的、非我们所有的思想中的一切最隐密的活动,那些与我们不同的本能所产生的一切神秘的希求,他那器官、神经、血液、肌肤都与我们殊异的体质所决定的暧昧的冲动。

一个体质孱弱,性格温和,清心寡欲,只爱好科学和工作的人,不论他的天才是怎样伟大,即使他完全能够预见并叙述一个肥壮的、淫佚的、强暴的、为一切欲望甚至是一切恶习所煽惑的壮汉的生活中所有的行动,但他也不能把自己完全移植到这个人物的心灵和肉体里去,以便了解和描绘这个和自己如此不同的个体里最内在的冲动和感觉。

总之,从事纯粹心理分析的人只能够在他自己给人物安排的种种环境中代替他的人物,因为他无法改变他自己的官能,而官能是外界生活和我们之间的唯一的中介人,它使我们不得不接受它的感觉,并且决定我们的感性,在我们身上必然创造出一个和我们周围的灵魂完全不同的灵魂。我们的幻觉,我们借助于官能而得到的对世界的认识,我们关于生活的思想,所有这些都只能部分地贯输到我们要展示其内在的陌生的本质的人物身上。所以,无论在一个国王、一个凶手、一个小偷或者一个正直的人的身上,在一个娼妓、一个女修士、一个少女或者一个菜市女商人的身上,我们所表现的,终究是我们自己,因为我们不得不向自己这样提问题："如果我是国王,凶手,小偷,娼妓,女修士,少女或菜市女商人,我会干些什么,我会想些什么,我会怎样地行动？"我们要使人物各各不同,就只有改变他们的年龄、性别、社会地位和我们"自我"的生活情况,这"自我"是大自然用不可越窬的器官的限制所形成的。

要使得读者在我们用来隐藏"自我"的各种面具下不能把这"自我"辨认出来,这才是巧妙的手法。

但是，如果单从完全精确的观点来看，纯粹的心理分析是可以驳斥的，然而，它也能给我们一些和其他一切工作方法同样美好的艺术作品。

在今天就有象征主义作家。为什么不呢？他们艺术家的幻想是值得尊敬的；他们有一点特别使人感到兴趣，那就是：他们知道并且宣布艺术是极端困难的。

实际上，在今天还要从事写作，就要特别豪放、特别大胆、特别自负或者特别糊涂才行。在许多性格极其复杂、天才多种多样的大师们之后，还有什么可写的没有写，要说的没有说呢？在我们之中，谁能吹嘘说他写了在其他的书里不曾有过的隐约相似的一页书一个句子呢？我们都被法兰西的文字填饱了，甚至我们的身体都使我们感到是用文字做成的面团，当我们读书的时候，难道从来没有发现过一行文字，一个思想是我们所熟悉的，至少是我们曾经有过模糊预感的吗？

仅仅用已知的方法来取悦读者的人，他安心老实平庸地写出一些作品，专门供给无知的、游手好闲的人们阅读。但是那些背负着过去一切时代的文学的人，他们对一切都不满意；因为他们梦想得更好，所以对一切都感到乏味；在他们看来，一切都不再鲜艳；他们自己的作品也给他们以无用的、平庸的印象；最后他们判断文学艺术是一种不能掌握的神秘之物，而且这是一些较伟大的大师用几页书隐约地向我们说明的。

有些诗，有些散文，刚一读的时候，就像受到意外的天启一样而深心感动；但是以下的诗又好像和所有的诗句一样，而接着来的散文也好像和所有的散文一般。

毫无疑问，有天才的人决不会有这些忧虑和痛苦，因为他们自己身上有一种不可抗拒的创造力。他们不给自己下评语。而我们这些人，只不过是有自知之明和有恒心的写作者，我们只有以坚持不断的努力才能够抗拒这不可战胜的灰心失望。

有两个人以他们简明的教训给予我这种不断尝试的力量,那就是路易·布耶①和居斯塔弗·福楼拜。

我在这里谈到他们,是因为他们用几句话就能概括的意见,也许对某些青年人有所教益,这些青年人不像一般初入文坛的人那样对自己颇有自信。

大约在我获得福楼拜的友情之前两年,我第一个比较亲密地结识了布耶,他常向我重复说,百来行诗,也许还可以少一点,只要它们都完整无缺,并且它们包含有才能的素质和一个人的、即使是一个第二流人的独创性的素质,便足以形成一个艺术家的声誉,他这番话使我理解到,坚持不懈的工作和对于技巧的深刻认识,有一天当头脑敏悟,充满力量,获得诱导的时候,碰上一个投合我们精神中一切倾向的题材,就能产生简洁的、少有的、并且是我们所能写出的那样完美的作品。

其次我也了解到,像这样的作品,就是最著名的作家也差不多从没有留下过一卷以上,而且我还理解到首先要获得机会在无数供我们选择的题材中去发现和找出能容纳我们所有的才能、所有的价值和所有艺术力量的题材。

稍后一点,我经常会见的福楼拜对我产生了友情。我敢于拿一些试作请他指教。他善意地读了,回答我说:"你是否有才能,这我还不能断定。你拿给我看的这些东西证明你还是聪明的,但是,年青人,你不要忘记,照布封②的话来说,才能就是坚持不懈。努力吧。"

我努力,我常到他家里去,由于他开始把我称为弟子,我知道他对我产生了好感。

---

① 路易·布耶(Louis Bouilhet,1822—1869),法国戏剧作家和诗人。
② 布封(Buffon,1707—1788),法国杰出的博物学家、作家、"自然历史"和"风格论"的作者。

在七年之中，我写过诗歌，短篇小说，中篇小说，甚至还写过一本要不得的剧本。这些都没有留下来。我的老师都读了，接着，下一个星期日，在吃午饭的时候，他开展他的批评，而且渐渐地在我的身上贯输了两三个原则，这是他详尽而耐心的教导的概括。他说："如果一个作家有他的独创性，首先就应该表现出来；如果没有，就应该去获得。"

"才能就是持久的耐性。对你所要表现的东西，要长时间很注意去观察它，以便能发现别人没有发现过和没有写过的特点。任何事物里，都有未曾被发现的东西，因为人们用眼观看事物的时候，只习惯于回忆起前人对这事物的想法。最细微的事物里也会有一点点未被认识过的东西。让我们去发掘它。为了要描写一堆篝火和平原上的一株树木，我们要面对着这堆火和这株树，一直到我们发现了它们和其他的树其他的火不相同的特点的时候。"

这就是作家获得独创性的方法。

并且，他还告诉我这样的真理：全世界上，没有两粒沙，两个苍蝇，两只手或两只鼻子是绝对相同的，所以他一定要我用几句话就把一个人或一件事表现得特点分明，并和同种其他的人同类其他的事有所不同。

他说："当你走过一位坐在他门口的杂货商的面前，一位吸着烟斗的守门人的面前，一个马车站的面前的时候，请你给我画出这杂货商和这守门人的姿态，用形象化的手法描绘出他们的包藏着道德本性的身体外貌，要使得我不会把他们和其他杂货商其他守门人混同起来，还请你只用一句话就让我知道马车站有一匹马和它前前后后五十来匹是不一样的。"

在旁的地方已经阐述过他对文体的意见。这些意见和我上面所陈述的观察理论有很大的关系。

不论一个作家所要描写的东西是什么，只有一个词可供他使用，用一个动词要使对象生动，一个形容词使对象的性质鲜明。因此就得去寻找，直到找到了这个词，这个动词和形容词，而决不要满足于"差不多"，决不要利用蒙混的手法，即使是高明的蒙混手法，不要利用语言上的诙谐来避免上述的困难。

人们实现了布瓦洛下面这句诗，就能传达和表现最微妙的事物了：

指出一个字用得其所的力量①

为了要把思想中最细微的差异也明确地表现出来，根本就不需要今天人们假托艺术语言的名义而强迫我们接受的那种奇怪、芜杂、繁多、神秘的词汇；而必须以一种高度的敏锐性去区别由于一个词在文句中位置不同其价值所发生的一切变化。我们要少用些意思难以掌握的名词、动词和形容词，而多用一些结构迥异，结尾巧妙，音调响亮，韵律精美的各式各样的文句。我们不要做珍奇辞藻的收集者，还是去努力成为一个杰出的文体家吧。

事实上，要把文句驾驭自如，使得它什么都能说明，甚至说明它没有表现出来的东西，使它蕴蓄着未尽之意，隐蔽的未曾表明的意思，这要比发明一些新鲜的辞句，比在无人知道的古书中搜集一些不适用的、无意义的、对我们说来只是一些僵死文字的辞句更为困难。

并且，法兰西的语言是一池清水，装模作样的作家从来不能、而且永远也不可能把它扰混。每一个世纪都把它时髦的语言，浮夸的古语和修饰成分投进这透明的水流，而这些白费气力的尝试和无能为力的努力，都不曾有一点在水面上浮起。法兰西文字本性就要明晓、合乎逻辑和具有敏感。它不容许柔弱，晦涩或败坏。

---

① 引自布瓦洛"诗学"第一章第一三三行，布瓦洛在这里表扬十七世纪初叶诗人马雷伯（Francois de Malherbe）。

今天那些描写形象不注意抽象用语的人，那些让冰雹和雨点落在干净的玻璃窗上的人，也可以用石头扔击他那些使用纯朴语言的同行！石头也许会打中同行的身体，但是却永远也损害不了那没有具体形体的纯朴性。

(1887年9月于爱特达的拉菊叶特)

柳鸣九　译　李健吾　校
选自《文艺理论译丛》1958年第2期

论俄国中篇小说和果戈理君的中篇小说(《小品集》和《密尔格拉得》)

〔俄国〕别林斯基

…………

我已经说过,果戈理君作品的显著特征,是构思的朴素、十足的生活真实、民族性、独创性——这些都是一般的特征;其次是那总是被悲哀和忧郁之感所压倒的喜剧性的兴奋,——这是个别的特征。

现实诗歌中的构思的朴素,是真正的诗歌、真正而又成熟的才能的最可靠的标志之一。拿莎士比亚的任何一个剧本,例如拿他的《雅典的泰门》来看吧:这个剧本是这样朴素、简单、缺少事件的纠葛,我们简直无法讲述它的内容。人们欺骗了一个热爱人类的人,侮辱了他的神圣的感情,剥夺了他对人类尊严的信心,于是这人就憎恨起人来了,咒诅起他们来了:这便是一切,再没有别的什么。怎么样?根据我的话,你能对这位伟大天才的伟大作品有什么理解吗?呵,一定什么都不会有!因为这概念太平常,太为大家所熟知,从索福克勒斯[①]的菲洛克特被乌里斯所欺而咒

---

① 索福克勒斯(约生存于公元前 497—406),古希腊三大悲剧家之一。

诅人类起,以迄于季洪·米赫维奇[1] 被失节妇和坏亲戚所欺骗为止,在几千篇好的和坏的作品中,都早已被用滥了。可是,用以表现这概念的形式,剧本的内容和细节怎样呢?细节是这样琐屑,无聊,同时又为大家所熟知,如果我把它们复述出来,是会把你气闷死的。然而,在莎士比亚写来,这些细节却是这样隽永有味,会使你爱不忍释;这些细节的琐屑和无聊准备着可怕的灾变,会使你毛骨悚然,——森林中的一场戏,泰门在疯狂的咒诅中,在辛辣的刻毒的讥刺中,带着凝聚的平静的郁愤,来跟人类算账。再则,怎么给你形容关于一个人间零余者的蠡耗在灵魂里所唤起的感觉呢!这一切可怕的、纵然不流血的悲剧,甚至在朴素和平静中也是可怕的悲剧,是用愚蠢的喜剧、可厌的图画构成的:描写人们怎样把主人公吃光,帮他把家产败完,然后忘掉他,这些人是:

耻于爱情,赶走思想,
出卖自己的自由,
在偶象面前低头,
祈求金钱和锁链。[2]

这便是伟大诗人所创造的生活,或者更确切点说,生活的原型,这里没有效果,没有场面,没有戏剧性的矫饰,一切都是朴素而平凡的,像一个农夫所过的日子一样,平时吃饭、睡觉、耕地,节日是吃饭、喝酒、喝得烂醉。可是,现实诗歌的任务,就是从生活的散文中抽出生活的诗,用这生活的忠实描绘来震撼灵

---

[1] 见乌沙科夫的中篇小说《匹尤莎》,载《读书文库》。——原注(译者按:《匹尤莎》是借小说形式对别林斯基的恶意攻讦,里面那个坏亲戚就是影射别林斯基的。)
[2] 引自《茨冈》。

魂。果戈理君的诗在外表的朴素和琐屑中是多么有力和深刻啊！拿他的《旧式地主》来看吧：里面有些什么？两个不像人样的人，接连几十年喝了吃，吃了喝，然后像自古已然那样地死掉。可是，这迷人的力量是从哪里来的呢？你看到这动物性的、丑恶的、谑画的生活的全部庸俗和卑污，但你又是这样关心着小说里的人物，你嘲笑他们，但是不怀恶意，接着你跟腓利门一起痛哭他的巴甫基达①，分担他的深刻的非人间的哀伤，对那把两个蠢物的财产挥霍殆尽的无赖承继人感到无限的愤恨！接着，你这样生动地给自己想象出这出愚蠢的喜剧的演员们，这样清楚地看见他们的全部生活，虽然你从来没有到小俄罗斯，没有见过这样的景象，没有听说过这样的生活！这是什么缘故呢？因为这是非常朴素的，因而也是非常忠实的；因为作者在这庸俗而愚蠢的生活里面也找到了诗，找到了推动并鼓舞他的主人公们的感情：这感情就是习惯。你知道什么是习惯？——关于这个奇怪的感情，普希金说过：

> 习惯得自天赋：
> 它是幸福的代用物！②

你能设想一个丈夫，伏在四十年来跟他像猫狗一样争吵不休的妻子的棺材上嚎啕痛哭吗？你懂得，对于一幢住过多年，习惯得像灵魂依附于肉体一样，使你联想起简单的单调的生活、紧张的劳动和甜美的休息、甚至若干恋爱与欢乐的场面的简陋的房子，当用它来调换富丽的皇宫的时候，你也会感到黯然神伤吗？你懂得，对那条用锁链拴了十年，十年来你走过时就向你摇尾乞怜的狗，你

---

① 腓利门和巴甫基达是古代一对以敬爱驰名的夫妇，此处即指《旧式地主》里的两个人物亚芳纳西·伊凡诺维奇·托夫斯托古勃和普尔赫里雅·伊凡诺芙娜·托夫斯托古比哈。

② 引自《叶甫盖尼·奥涅金》第二章第三十一节。

也会感到黯然神伤吗？……呵，习惯是伟大的心理学课题，人类灵魂的伟大的秘密。对于冷漠的凡夫俗子、拘泥于世俗烦虑的人说来，习惯代替了被天性和生活环境所剥夺的人类感情。对于这种人，它是真正的至福，真正的神意的禀赋，他的欢乐和（真奇怪！）人类的欢乐的唯一的源泉！可是，对于一个真正的人，习惯是什么呢？不是命运的嘲笑吗？然而，他迁就着它，他迷恋于无聊的事物和无聊的人，当失去这些时，就感到无限的痛苦！此外，还有什么呢？果戈理君把你那深刻的人类感情，崇高的火炽的热情，和可怜的劣等人的习惯感情加以比较，说道：他的习惯感情比你的热情更有力、更深刻、更持久，你站在他面前，会瞠目不知所答，像答不出功课的学生站在老师面前一样[①]！……我们卓越的行为，优美的感情的原动力，往往就隐藏在这些地方！呵，不幸的人类！可怜的生活！然而，你无论如何还是会可怜亚芳纳西·伊凡诺维奇和普尔赫里雅·伊凡诺芙娜的！你会为他们哭泣，他们只是吃、喝，然后就死掉！呵，果戈理君是一个真正的魔术家，你设想不出我是怎样生他的气，因为他差一点也使我为他们哭了，他们只是吃、喝，然后就死掉！

  果戈理君中篇小说中的十足的生活真实，是和构思的朴素密切地关联着的。他对生活既不阿谀，也不诽谤；他愿意把里面所包含的一切美的、人性的东西展露出来，但同时也不隐蔽它的丑恶。在前后两种情况下，他都极度忠实于生活。在他写来，生活是一幅真正的肖像画，十分逼真地抓住一切，从人物的表情直到他脸上的雀斑；从伊凡·尼基福罗维奇的各色衣服，直到穿长统靴、身上涂满石灰、在涅瓦大街上遛达的俄国农夫；从嘴衔烟斗、手持马刀、不怕世上任何人的勇士布尔巴[②]的巨大的脸，直到嘴

[①] 这些话和谢维辽夫关于习惯的意见是针锋相对的。
[②] 《塔拉斯·布尔巴》里的主人公。

衔烟斗手擎酒杯时不怕世上任何人、甚至也不怕妖魔鬼怪的坚忍学派哲学家霍马①。"伊凡·伊凡诺维奇真是一个妙人！他很爱吃甜瓜。这是他心爱的食品。刚一吃完饭，穿着一件衬衫走到廊檐下面，他立刻吩咐加泼卡拿两只甜瓜来。自己动手切瓜，把瓜子收集在一张特备的纸上，于是开始大嚼。然后，吩咐加泼卡拿墨水来，亲手在包瓜子的纸上题字：此瓜食于某月某日。如果有一个客人同座，就写：与某人同食……"②"伊凡·尼基福罗维奇非常喜欢洗澡，当他齐脖子坐在水里的时候，就叫人把桌子和茶炊放在水里，他喜欢在这样清凉的境界中喝茶。"请问，看在老天爷的份上，还能比这更毒辣、更恶毒、同时也更善良和更可爱地嘲笑不幸的人类吗？……这一切都是因为太忠实了！再看腓利门和巴甫基达的生活："看到他们相互间的爱情而无动于衷，是不可能的。他们彼此从来不说你，总是称您：'您，亚芳纳西·伊凡诺维奇'；'您，普尔赫里雅·伊凡诺芙娜。'——'是您把椅子压坏的吗，亚芳纳西·伊凡诺维奇？'——'没什么，您别生气，普尔赫里雅·伊凡诺芙娜，这是我……'"或者："这之后，亚芳纳西·伊凡诺维奇恢复了平静，走近普尔赫里雅·伊凡诺芙娜的身边，说：'普尔赫里雅·伊凡诺芙娜，也许该吃点什么了吧？'——'现在吃什么呢，亚芳纳西·伊凡诺维奇？要就是猪油饼，罂粟包子，或者腌蘑菇！''就拿点蘑菇或者包子来好了，'亚芳纳西·伊凡诺维奇答道，于是在桌子上忽然铺上了桌布，摆出了包子和蘑菇。午饭前一个钟头，亚芳纳西又吃了一次，用旧式的银杯喝了一杯伏特卡酒，吃了蘑菇、各种晒干的鱼等等下酒。十二点钟吃午饭。吃饭时，通常总是讲些和吃饭最有关系的事情。'我觉得，'亚芳纳西·伊凡诺维奇常常说，'这盆粥有点糊了；您不觉得吗，

---

① 《维》里的主人公。
② 着重标记是别林斯基采用在引文中的。

普尔赫里雅·伊凡诺芙娜?'——'不,亚芳纳西·伊凡诺维奇;您多加点油,粥就没有焦味了,或者把这香菌汁子和到粥里去。'——'好吧,'亚芳纳西·伊凡诺维奇说着,把盆子递了过来:'让我来尝尝它是什么味道……''您尝尝,亚芳纳西·伊凡诺维奇,这是多么好的西瓜。'——'您别以为,普尔赫里雅·伊凡诺芙娜,红瓤的就是好瓜,'亚芳纳西·伊凡诺维奇拿起一大片来说道:'也有红的并不好吃。'"你在这里有没有注意到亚芳纳西·伊凡诺维奇的细腻委婉,他想用各种迂回曲折的借口不让老伴看出连他自己也仿佛引以为耻的可怕的食量?可是,我们再来看看他的更多的事迹吧。"这之后亚芳纳西·伊凡诺维奇又吃了几只梨,和普尔赫里雅·伊凡诺芙娜一起到花园里去散步。回到家里来,普尔赫里雅·伊凡诺芙娜去做自己的事情,他就坐在廊檐下面……等了不多一会儿,叫人去请了普尔赫里雅·伊凡诺芙娜来,说:'有什么东西给我吃吗,普尔赫里雅·伊凡诺芙娜?'——'有什么吃的呢,'普尔赫里雅·伊凡诺芙娜说:'要不要我去叫人给您拿点果馅饽饽来?那是我特意给您留下的。'——'也好,'亚芳纳西·伊凡诺维奇答道。'或者,您还是吃麦粉浆?'——'也行,'亚芳纳西·伊凡诺维奇答道。这之后,两样都即刻拿了来,照例被吃得精光。在晚饭之前,亚芳纳西·伊凡诺维奇又吃了些什么……九点半钟吃晚饭……晚上,亚芳纳西·伊凡诺维奇有时在卧室①里走着,呻吟着。那时普尔赫里雅·伊凡诺芙娜问道:'您哼哼些什么,亚芳纳西·伊凡诺维奇?'——'天知道,普尔赫里雅·伊凡诺芙娜,好像肚子有点痛,'亚芳纳西·伊凡诺维奇说。'也许你吃点东西就好了,亚芳纳西·伊凡诺维奇?……'——'不知道这好不好,普尔赫里雅·伊凡诺芙娜!可是,有些什么吃

---

① 因为详细的摘录会比本来已经够长了的本文还要长,所以我容许自己作了若干脱漏,并且为连贯起见,变动了一些字句。——原注

的呢？——'酸牛奶，或者有梨干的果汁。'——'好吧，反正只要尝尝，'亚芳纳西·伊凡诺维奇说。睡眼惺忪的女仆到食橱里去搜寻了一下，于是亚芳纳西·伊凡诺维奇又吃了一盘子。这之后，他通常总是说：'现在好像松动了一些。'"

你以为如何？照我看来，在这段素描里，表现了整个的人，他的整个生活，同着它的过去、现在与未来！两个老年人的夫妇之爱，亚芳纳西·伊凡诺维奇就家里突然起火一事、更可怕的是就企图投军一事对他老伴所作的一番嘲弄；善良的普尔赫里雅·伊凡诺芙娜的恐惧、抗辩、轻微的愤慨，最后是亚芳纳西·伊凡诺维奇想到居然能把妻子耍弄了一番时所体验到的踌躇自满之感！呵，这些描绘，这些特征，是如此可贵的诗的珍珠，相形之下，我们土产的巴尔扎克们的华丽词藻简直成了豌豆！……这一切都不是虚构的，不是得自道听途说，或从现实抄袭的，而是在诗的启示的瞬间用感情揣摩到的！假如我想把一切章节摘录出来，证明果戈理君抓住了并忠实地复制了所描写的生活的概念，我就非逐字逐句重录他的全部中篇小说不可。

果戈理君的中篇小说是极度民族性的；可是我不想对它们的民族性多加赘述，因为民族性算不得是优点，而是真正艺术作品的必备的条件，假使我们应该把民族性理解做对于某一民族、某一国家的风俗、习惯和特色的忠实描绘的话。任何民族的生活都表露在只被它所固有的形式之中，因而，如果生活描绘是忠实的，那就也必然是民族的。要在诗的作品中反映民族性，并不要求艺术家像普通设想的那样作深刻的钻研。诗人只须顺便看一看某种生活，它就被他摄取到了。作为一个小俄罗斯人，果戈理君从小熟悉小俄罗斯生活，可是他的诗歌的民族性并不限于小俄罗斯[①]。

[①] 这些话是针对森科夫斯基的议论而发的，森科夫斯基认为果戈理的才能只能够写些小俄罗斯的笑谈。

在他的《狂人日记》里，《涅瓦大街》里，一个哈哈儿①也没有，全是些俄罗斯人，此外还有德国人；这些俄罗斯人和德国人被他描写得多么好啊！什么样的席勒和霍夫曼②啊！我顺便要在这里指出一下：我们实在应该不再操心什么民族性了，正像没有才能就不要再写作一样；因为这民族性很像克雷洛夫寓言里的影子③；果戈理君不以它为意，它却自己找上门来，许多人竭力追逐它，得到的却只是琐碎凡庸而已。

几乎同样的话也可以应用到独创性上面：正像民族性一样，它也是真正才能的必备的条件。两个人可能在一件指定的工作上面不谋而合，但在创作中决不可能如此，因为如果一个灵感不会在同一个人身上发生两次，那么，同一个灵感更不会在两个人身上发生。这便是创作世界为什么这样无边无际、永无穷竭的缘故。诗人从来不会说："我写什么好呢？都被人写光了！"或者：

天啊，我生也何迟？

创作独创性的，或者更确切点说，创作本身的显著标志之一，就是这典型性——如果可以这样说的话，——这就是作者的纹章印记。在一位具有真正才能的人写来，每一个人物都是典型，每一个典型对于读者都是似曾相识的不相识者。你不必说：这是一个具有壮阔灵魂、强烈情欲、渊博智慧、但理性偏狭的人，他爱妻子爱到疯狂的程度，只要有一点不忠贞之嫌，就会用手去扼死她，——你可以简短扼要地说：这是奥瑟罗！你不必说：这是一个深刻地懂得人的使命和生活的目的，努力为善，但丧失了灵魂

---

① 小俄罗斯人的绰号。
② 《涅瓦大街》里的两个人物。
③ 见于寓言《影与人》：一个淘气家伙想捉影子，无论跑得多么快，也还是捉不到影子，可是等到他返身走时，影子却自己追上来了。

的活力，做不成一件好事，由于感到自己的无力而痛苦着的人，——你可以说：这是汉姆莱脱！你不必说：这是一个信念卑劣，善意地作恶，诚实地犯罪的官吏——你可以说：这是法穆索夫①！你不必说：这是一个由于贪图好处而谄媚，仅仅由于灵魂的吸引而无私地谄媚的人——你可以说：这是莫尔恰林②！你不必说，这是这样的一个人：他终生不知道有任何人类思想，任何人类感情，不知道人除了寒冷、失眠、臭虫、虱子、饥渴之外还有痛苦和悲哀，除了酣睡、饱食、品茗之外还有欢乐和喜悦，人的生活中还有比吃瓜更重要的事，除了每天视察钱柜、仓库和畜栏之外还有职务和责任，还有比相信他是某处穷乡僻壤的第一流人物更远大的野心；呵，请别浪费这么许多句子，这么许多字眼——你可以简单地说：这是伊凡·伊凡诺维奇·彼列列平科③，或者：这是伊凡·尼基福罗维奇·杜甫果契洪④！并且，相信我，大家更快地就会明白你的。事实上，奥涅金、连斯基⑤、达吉雅娜⑥、扎列茨基⑦、列彼季洛夫⑧、赫辽斯托娃⑨、屠果乌霍夫斯基⑩、普拉东·米哈伊洛维奇·戈利奇⑪、咪咪公爵小姐⑫、普尔赫里雅·伊凡诺芙娜、亚芳纳西·伊凡诺维奇、席勒⑬、庇斯卡辽夫⑭、庇罗果夫⑮、一切这些专有名词现在不都成了普通名词了吗？并且，我的天！其中每一个都包含着多少意义啊！这是中篇小说、长篇小说、历史、长诗、戏剧、卷帙浩繁的书，简短点说：整个世界包含在一个字眼里面，只包含在一个字眼里面！较之每一个这些字

---

① ② 　均系格利鲍耶陀夫的喜剧《智慧的痛苦》里的人物。
③ ④ 　均系《伊凡·伊凡诺维奇和伊凡·尼基福罗维奇吵架的故事》里的人物。
⑤ ⑥ ⑦ 　均系《叶甫盖尼·奥涅金》里的人物。
⑧ ⑨ ⑩ ⑪ 　均系《智慧的痛苦》里的人物。
⑫ 　奥陀耶夫斯基的同名中篇小说里的人物。
⑬ ⑭ ⑮ 　均系《涅瓦大街》里的人物。

眼,你所珍爱的名句:"Qu'il mourût!""Moi!"①"我是俄狄浦斯!"②算得了什么呢?果戈理君构思这种字眼是怎样的能手啊!我不想絮述许多人已经说过多次的话,我只想讲到他的这样一个小小的字眼——庞罗果夫!……老天爷!这就是整个等级,整个民族,整个国家!呵,独一无二的、无可比拟的庞罗果夫,典型之典型,原型之原型!你比夏洛克③更广阔无边,比浮士德更意味深长!你是一切"喜欢谈论文学,赞美布尔加林、普希金和格列奇,带着轻蔑和俏皮的讥刺讲到奥尔洛夫"④的人们的文化和教养的代表。是的,诸位,真是一个不可思议的字眼——庞罗果夫!这是象征,玄秘的神话,一件剪裁得十分奇妙、一千个人穿来都合身的长袍!果戈理君构思这样的字眼,说出这样的 bons mots⑤ 来,真是一位能手啊!为什么他是这样的能手?因为他独创!为什么会独创?因为他是诗人。

可是,还有另外一种从作者个性发出的独创性,这是作者用有色眼镜看世界的结果。我在前面已经说过,果戈理君的这种独创性,表现在那总是被深刻的悲哀之感所压倒的喜剧性的兴奋里面。在这一点上,俄国的一句俗谚"始以祝福,终以哀悼"可以移赠给他的中篇小说作为题铭。事实上,当你遍阅了这一切无聊、猥琐、赤裸裸、丑恶之极的生活画面之后,尽情地对这生活大笑大骂之后,你还剩下些什么感情呢?我已经讲过了《旧式地主》——这一部名符其实的含泪的喜剧。再拿《狂人日记》来看吧,这丑陋的奇景,这艺术家奇特的怪诞的幻梦,这对于生活和人、可怜

---

① 法文:"让他死!""我!"这两句分别引自高乃依的剧本《贺拉斯》和《美迭亚》。
② 引自奥赛罗夫的剧本《俄狄浦斯在雅典》。
③ 莎士比亚喜剧《威尼斯商人》里的人物。
④ 引自《涅瓦大街》。
⑤ 法文:妙语。

的生活、可怜的人的温厚的嘲笑,这样溢着无穷的诗、无穷的哲学的讽刺画,这用诗的形式陈述的、在真实性和深刻性方面十分惊人的、足与莎士比亚媲美的心理的病症历史;你仍旧会对这个蠢物发笑,可是你的笑已经消溶在悲哀之中;这笑是针对一个说昏话、招人笑、引起怜悯的疯子而发的。在这一点上,我关于《伊凡·伊凡诺维奇和伊凡·尼基福罗维奇吵架的故事》也说过同样的话;我还得补充说,就这方面说来,这篇中篇小说是最为惊人的。你在《旧式地主》里看到一些无聊的、猥琐的和可怜的人,但至少是善良的,诚实的;他们相互间的爱情仅仅建立在习惯上面;但习惯总还是一种人类感情,任何爱情,任何依恋,不管建立在什么上面,总是值得同情的,因而,为什么可怜这两个老人,还是可以理解的。可是,伊凡·伊凡诺维奇和伊凡·尼基福罗维奇却是十足无聊的、猥琐的、同时又是道德上肮脏而可厌的家伙,因为在他们身上,根本没有一点人性的东西;那么,请问,当你一直读到那悲喜剧的结局的时候,为什么会那么悲痛地微笑,那么忧郁地叹息呢?这里便是诗歌的秘密!这里便是艺术的魔力!你看见的是生活,看见了生活,就不得不叹息!……

(1835)

满涛 译

选自《别林斯基选集》第一卷,上海译文出版社1979年版。

艺术的概念

〔俄国〕别林斯基

艺术是对于真理的直感的观察，或者说是用形象来思维。

在这一艺术定义的阐述中包含着全部艺术理论：艺术的本质，它的分类，以及每一类的条件和本质[①]。

我们的艺术定义中特别使许多读者认为奇怪而感到惊奇的一点，无疑是：我们把艺术叫做思维，这样，就把两个完全对立、完全不相连结的范畴连结在一起。

实际上，哲学总是跟诗歌敌对，——即使在希腊，诗歌和哲学的真正的祖国，一位哲学家[②]也曾把诗人们排斥于他的理想共和国之外，虽然起初曾经赠他们以桂冠。一般意见认为诗人具有使他们陶醉于当前瞬刻，忘掉过去和未来，为快感而牺牲实利的活泼的、热情的天性；对于被他们看得比道德更重要的享乐的贪得无厌、永不满足的追求；口味和意图方面的轻率、多变和无恒；以及永远把他们从现实引向理想，使他们为了美好的、无法实现的幻梦而忽视真正的当前欢乐的一种无边无际的幻想。相反，一般意见认为哲学家具有对于智慧的不懈的追求，而智慧便是群众

[①] 这一定义还是第一次见于俄文，在任何一本俄文的美学、诗学或者所谓文学理论著作中都找不到它，——因此，为了使第一次听到它的人不会觉得它古怪、奇特和错误起见，我们必须详细解释包含在这一崭新的艺术定义中的全部理解，——虽然许多东西在这里并不牵涉到艺术本身，或者在熟悉现代科学的人看来，会认为是不重要的，多余的，非常零细琐碎的。——原注

[②] 系指柏拉图。

所不能懂得、普通人所不能理解的最高的生之幸福；同时，又认为哲学家的不可剥夺的特点是——不可克服的意志力；奔赴唯一不变目标的锲而不舍的精神；慎重的行为；有节制的愿望；把实利和真实看得高于快感和迷恋的一种偏爱；在生活中取得持久可靠的幸福，认识到幸福的源泉包含在自身之中，在自己不朽精神的神秘宝藏之中，而不是在美妙尘世生活的空幻外表及其斑驳多彩之中。因此，一般意见把诗人看作是偏心母亲的钟爱孩子，幸运的宠儿，娇纵的、淘气的、任性的、常常甚至是刁恶的、但更其是迷人而又可爱的孩子；把哲学家看作是永恒真理和智慧的严峻仆人，在言辞方面是真理的化身，在行动方面是美德的化身。因此，人们怀着爱情对待前者，即使被他的轻率所触怒，有时对他表示愤慨，那么，也一定在唇边浮着微笑；人们怀着仰慕、崇敬之心对待后者，隐约透露着忸怩和冷淡。总之，单纯的、直感的、由经验得来的认识，在诗歌和哲学之间看到一种差别，正像存在于生动的、热情的、虹彩一般的、展翅而飞的幻想和干巴巴的、冷淡的、精微的、严峻的、喜欢唠叨词费的理性之间的差别一样。可是，在诗歌和哲学之间划下一条鸿沟，犹如火和水、热和冷两不侵犯一样的这个一般意见，或者可以说是直感的认识，却也同时向诗歌和哲学指出了奔赴同一目标的相同的努力方向——即向往于上天。一般意见认为，诗歌具有一种超凡的力量，通过崇高的感觉，把人类精神向上天提升，它依靠一般生活的美丽的、鬼斧神工的形象在人们心里唤起这些感觉；一般意见又认为，哲学的任务在于通过同样崇高的感觉，使人类精神和上天接近起来，但它是依靠对于一般生活法则的透彻的认识来唤起这些感觉的。

我们在这里故意引证群众的单纯的、自然的认识；它是大家都能理解的，同时包含着一个深刻的真理，因而是完全被科学所确认和证明的。实际上，在艺术和思维的本质中，正是包含着它们的敌对的对立以及它们相互间的亲密的血肉联系，像我们下面所要看到的。

一切存在的东西，一切实有的东西，一切我们叫做物质和精神、大自然、生活、人类、历史、世界、宇宙的东西，都是自己进行思考的思维。一切现存的东西，一切这些无限繁复多样的世界生活的现象和事实，都不过是思维的形式和事实；因此，只有思维存在着，除了思维，什么都不存在。

思维是行动，而每一个行动都一定先得假定有运动。思维是辩证的运动，或者是思想的自身内部的发展。运动或者发展，是思维的生命和本质；没有思维，便不会有运动，却只会有初期生活原始力量的某种僵死的、停滞不动的、没有定向的持续，精神混沌状态的显形于外的图景，像一位诗人十分逼真地加以描绘的：

> 那是如漆的黑暗；
> 那是无底的空虚，
> 没有距离，没有边；
> 那是没有容颜的形象；
> 那是一个可怕的世界，
> 没有天空，光亮，星星，
> 没有时间，没有日和年，
> 没有神意，没有幸福和灾难，
> 没有生，没有死——像黄土永埋，
> 像海洋摸不着边，
> 黑暗沉重地压着，
> 停滞，昏黑，哑默无言。①

思维的起点，出发点，是超凡的绝对概念；思维的运动，包含在这概念根据逻辑学或者形而上学的最高（先验）法则从自身出发

---

① 摘自拜伦所著长诗《戚廊的囚人》俄译本。引文可能与原文有出入。

的发展中；概念的自身内部的发展，是它经历自己几个阶段的过程，我们在下面要举例来说明这一点。

概念的从自身出发的、或者从自身内部出发的发展，用哲学的语言说来，是内在的。不考虑经验所能提供的一切外部补助手段和推动力，这是内在发展的一个条件；在概念本身的活的内容中，包含着内在发展的有机力量，——正像一粒活的种子内部包含着它发展成为植物的力量一样，——包含在种子内部的活的内容越是丰富，从它里面发展出来的植物也就越是强大，反之亦然；橡实和小小的松子可以发展成为雄伟的橡树和高耸云霄的巨大的松树，可是，恐怕要比橡实大五十倍，比松子大一千倍的马铃薯，却只能发展成为仅仅高于地面几寸的蔬菜瓜果之类。

思维一定先得有作为现象看的两个对立的精神方面，这两个方面在思维中达到调和、统一和同一：这两个方面便是主观的（内部的，思考的）精神和客观的（对前者说来是外部的，被思考的，也就是思维对象）精神。由此可以明白，思维作为行动来看，一定先得有两个互相对立的东西——思考的（主体）和被思考的（客体），如果没有理性的生物——人，便也不可能有思维。接着，人们就有权问我们：为什么说整个世界和大自然不过是思维呢？

思考的和被思考的——是同类的、同体的和同一的东西，因此，力求变成（werden）我们的行星的那原始物质的最初的运动，和有感的人的最后的理性的言辞，都是同一个实质，不过出现在其发展的不同阶段罢了。可认识的物质界是产生并形成认识的土壤。

显然，没有东西像大自然和精神这样互相对立而又敌对，同时也没有东西像大自然和精神这样互相接近而又同体。精神是一切存在的东西的原因和生命；可是，就它自己说来，它只是存在的可能性，却还不是存在的现实性；它要变成（werden）实际的存在，非呈现为我们称之为世界的东西不可，首先非变成大自然不可。

这样说来，大自然便是力求从可能性变成现实性的精神的最初阶段。可是，即使是精神走向实际存在的这第一步，也不是骤然达到的，而是逐步经过了许多阶段才完成的，而每一个阶段都标志着某种程度的创造。在居住地上的生物出现之前，先已形成了大地，并且不是骤然形成的，而是逐渐形成的，经过了许多变化，经历了许多激变，但务必使每一个接踵而来的激变都是大地趋向于完善的一步①。一切发展的法则是：每一个接踵而来的阶段都比前一阶段高。我们的行星准备好了，——于是从它的内部产生了组成大自然三大界的千百种创造物。我们看见它们处于无秩序的状态，纷乱羼杂的状态：鸟栖息在树梢，蛇在树根旁守候牺牲物，牛在树边吃草，等等。人的意志在一小块地方集中了最纷歧复杂的大自然现象，使北极的白熊跟生长在热带的狮、虎同居一处；在欧洲栽种美洲植物——烟草和马铃薯，在北方国家，靠暖房之助，繁殖四季如春的南方地带的甘美果实。可是，在这错综混杂、纷繁多样的一大堆印象中，只有人的眼睛会目迷五色，失去辨认的能力；人的理智却能够在这些现象中看出严格的一贯性，确定不移的统一性。人从繁复多样不计其数的大自然现象中抽象出它们的一般属性，达到对于类和属的认识——于是杂乱无章的景象就在他的面前消失，而变得有条不紊，秩序井然；千百件偶然现象变成了个别的必然现象，每一件现象都是发展着的超凡概念永远逗留在飞翔中的肉身化阶段！多么严格的一贯性啊！任何地方都没有跳跃——一个环节连结着一个环节，形成一条无穷的锁链，每一个后面的环节都比前面一个环节好些！珊瑚树把矿物界和植物界连结起来；水螅——形似植物的无脊椎动物——用富有生趣的环节把植物界和动物界连结起来，而动物界是从千千万

---

① 新荷兰（译者按：澳洲的旧称）至今还显得是一片没有得到发展的大陆。——原注

万仿佛从茎上缤纷落下的飞花似的昆虫开始,逐渐变为高级组织,直到似人非人的猩猩为止!物各有其地位和时间,每一个接踵而来的现象仿佛都是前面的现象的必然结果:这是多么严格的逻辑一贯性,多么确定不移的严整思维啊!接着,出现了人——于是自然界结束了,开始了精神界,可是,精神还是屈服于大自然,虽然由于对大自然的胜利,已经走向自由。他半像人,半像野兽,浑身盖满了毛,他的魁梧的身躯向前倾斜,下颚突出,小腿几乎没有腿肚,大脚趾叉开;可是,他已经不仅依赖膂力,并且也依赖聪明和思考:他的双手武装了起来,但用的不是简单的木杖,棍棒,而是缚在一根长棒上的石斧一类东西……我们在澳洲看到野蛮人划分成许多部落;他们吞吃同类——据生理学家说,造成这种可怕谬误的原因是在于他们的组织,这种组织要求把人肉当作食物,认为这会变成以人肉为生的人的血和肉。非洲的土人是懒惰的、如野兽一般的、愚钝的人,注定要遭受永远的奴役,在木杖和悲惨虐待下面工作。在美洲,只有周围岛屿上的一些小部落才有食人之风;大陆上有两个巨大的王国,秘鲁和墨西哥,它们是较高级组织的野蛮人所能够达到的最高文明水平的代表。在从较低的类走向较高的类,从低级组织走向高级组织的这种转化中,在精神力求找到自己,把自己看作是自觉个性的这种无穷的追求中,有着多么严整的连续性,多么严格而确定不移的一贯性啊!接受了新的形式,仿佛对它感到不满足似的,但并不破坏它,却让它作为自身发展的肉身化的、永远连接在空间的阶段而保留下来,并且是作为自身发展的新阶段的表现接受这新形式的。美洲的可怜子孙,直到今天还仍旧是欧洲人最初发现他们时的那种样子。他们已经不再害怕枪炮,认为它是发怒的上帝的声音,甚至已经学会了使用它,可是他们自从那时候以来,毕竟还是一点也没有变得更文明些,我们必须在亚洲寻求人的本质的更进一步发展。只有在这里,创造才告结束,大自然充分完成了它的使命,让位于新的、纯粹精神的发展——历史。在这里，人类又分为许多种族——而高加索族是人类的花朵。种族和部族形成民族，家庭形成国家，每一个国家都不过是发展成为人类的精神的一个阶段，甚至每一个国家出现的时间都是跟抽象的或者哲学的思维的从自身发展出来的阶段符合的。适用于个人的同样的法则，也适用于人类：人类也有幼年时期，青年时期和成人时期。在神圣摇篮里，在亚洲，人类——大自然之子，手脚被襁褓裹缠着，信奉着传说的直感信条，生活在宗教神话中，直等到在希腊摆脱了大自然的监护，把暧昧的宗教信仰从象征提高成为诗意形象，用理性思想的光辉照亮它们。希腊人的生活是古代生活的花朵；是古代生活因素的结晶；是盛大的华筵，随之而来的便是古代世界的衰落。幼年时期结束了，临到了青年时期，主要是宗教的、骑士的、浪漫主义的、充满着生命、运动、猎艳冒险经历以及不可实现的事件的时期。美洲的发现，火药和印刷术的发明，是人类从青年变为成年的外部的推动力，而这成年时期一直继续到今天。每一个时代都发源于另外一个时代，每一个时代都是另外一个时代的必然的结果。

> 探索伟大的秘密，
> 在思虑中老去，
> 一时代接着一时代，
> 一去就不再回来；
> 永恒讯问
> 每一个时代：
> "结果怎么样？"
> 每一时代都回答：
> "问我下面的一个时代！"[①]

[①] 引自柯尔卓夫的诗《伟大的秘密》。

人类的每一伟大事件都是在它那时代完成的,不早,也不迟。每一个伟大的人都完成他那时代的事业,解决他当时的问题,通过他的行动来表现他生长和发展的那个时代的精神。在我们今天,不可能有十字军远征、宗教裁判或者某一个权威牧师对全世界的统治;在中世纪,不可能有新市民社会每一个成员所享有的个人安全,新市民社会甚至包括它的最后一个成员都能获得的自由发展的机会,精神对大自然的这些伟大胜利,或者更正确点说,表现在几乎消灭了时空限制的蒸汽机上面的精神对大自然的完全征服。在我们今天,也可能有像哥伦布、查理五世、佛兰西斯一世、亚尔巴公爵、路德等人的组织,正像在任何时候都可能有一样;不过,它们如果出现在我们今天,它们就会发生完全不同的作用,作出完全不同的事情。

这样说来,从原始力量和生活要素的最初觉醒,从它们在物质中的最初运动,通过在创造中不断发展着的大自然的整个阶梯,一直达到创造的王冠——人为止;从人们最初结成社会,直到我们今天的最后一桩历史事件为止——这是一条绵亘不绝的发展的锁链,是一架唯一的从地上攀登天上的阶梯,如果不踏上第一级,就无法攀登更高的一级!在大自然和历史中占势力的不是盲目的偶然,而是严格的、确定不移的内部必然性,由于这内部必然性,一切现象都密切地联系在一起,在杂乱无章中出现了严整的秩序,在繁复多样中出现了统一,因此,才可能有科学。这赋予一切存在现象以根据和意义的内部必然性,这使现象一个接着一个出现,仿佛一个现象发源于另外一个现象的严格的一贯性和连续性,究竟是什么东西呢?这便是自己进行思考的思维。

大自然仿佛是精神变成现实,看见并认识自己的一种手段。因此,它的王冠是人,它以人为终结,它的创造活动以人为极限。市民社会是发展人类个性的一种手段,人类个性是一切事物的核心,在人类个性里面生活着大自然、社会和历史，重复着世界生活的一切过程，也就是大自然和历史的过程。这是怎么发生的呢？这是通过思维发生的，人靠了思维，通过自己，引出存在于他外部的一切事物——大自然，历史，还有他自己的个性，仿佛个性也是外来的、存在于他外部的东西似的。

精神在人的身上发现了自己，找到了它的充分的、直感的表现，在人的身上认识了作为主体或者个性看的自己。人是肉身化的理性，有思考的生物——这个称号使他区别于其他生物，成为万物之灵长。正像一切存在于自然界的东西一样，仅仅就他作为事实而直感地存在这一点看来，就已经可以说他是思维；可是，从他的理性活动看来，他就更加是思维了，因为在他的理性活动中，像在一面镜子里一般，重复出现着整个存在，整个世界及其一切物质的和精神的现象。这思维的中心点和焦点是他的我，他把我对立起来，或者说是跟我对立起来，并且在我上面反射出（反映出）一切他所思考的事物，不排除他自己在外。还没有获得任何概念，他已经生来就是进行思考的生物，因为他的天性本身直感地向他显示出存在的秘密，——因此，一切幼年民族的原始神话都不是虚构，不是遐想，不是臆造，而是对于上帝和世界及其相互关系的真理的直感启示，——这些启示不是以讽喻直接地发生作用于幼年时期的理智，而是通过幻想，首先诉于感情。这便是哲学定义上的宗教：对于真理的直感的理解。

在每一个幼年民族中都可以看到一种强烈的倾向，愿意用可见的、可感觉的形象，从象征起，到诗意形象为止，来表现他们的认识的范围。这是思维的第二条道路，第二种形式——艺术，它的哲学定义是：对于真理的直感的默察。我们立刻就要回到这个题目上来,因为它是我们这本书①的主要题目。

最后,充分发展并成熟的人,转入了最高级的和最后的思维领域——那便是纯粹思维,它摆脱了一切直感的东西,把一切提升为纯粹认识,并且依据在自己上面。

显然,以上所述,不过是同一个内容的三条不同的道路,三种不同的形式罢了,而那内容便是存在。无论如何,这三种思维,——如果我们可以这样说的话,——完全不是我们叫做先行于人的思维,叫做大自然和历史的世界的那种东西。实际上,这不是同一个东西,但同时又是同一个东西,正像幼年的人和成年的人不是同一个人,但后者毕竟不过是前者的新的、更高的形式罢了。

(1841)

满涛　译

选自《别林斯基选集》第三卷,
上海译文出版社,1980年版。

---

① 别林斯基生前曾经计划过写一本书,书名叫做《俄国文学的理论与批评教程》,本文原定即系该书《美学》一章中的一部分。

关于批评的讲话
第一篇论文

〔俄国〕别林斯基

我们不得不在根本上赞同所有这些意见。的确,如演讲人所说的分析的批评,或者如在法国和德国所说的历史的批评,是必不可缺的。特别是在今天,当时代坚决地采取了历史倾向的时候,如果没有分析的批评,那就是意味着杀害艺术,或者宁可说是把批评庸俗化了。每一部艺术作品一定要在对时代、对历史的现代性的关系中,在艺术家对社会的关系中,得到考察;对他的生活、性格以及其他等等的考察也常常可以用来解释他的作品。另一方面,也不可能忽略掉艺术的美学需要本身。我们要再申说几句:确定一部作品的美学优点的程度,应该是批评的第一要务。当一部作品经受不住美学的评论时,它就已经不值得加以历史的批评了;因为如果一部艺术作品缺乏非常重要的历史内容,如果在它里面,艺术本身就是目的,那么,它毕竟还可能具有哪怕是片面的、相对的优点;可是,如果它虽然具有生动的现代兴趣,却并不标志着创作和自由灵感的痕迹,那么,它无论在哪一方面都不可能具有任何价值,它即使具有迫切的兴趣,当强制地在跟它格格不入的形式里表现出来时,这兴趣也将是毫无意思的,荒谬绝伦的。由此可以直接得出结论:用不着把批评分门别类,最好是只承认一种批评,把表现在艺术中的那个现实所赖以形成的一切因素和一切方面都交给它去处理。不涉及美学的历史的批评,以及反之,不涉及历史的美学的批评,都将是片面的,因而也是错误的。批评应该只有一个,它的多方面的看法应该渊源于同一个源泉,同一个体系,同一个对艺术的观照。这将正是我们时代的批评,在我们时代里,纷繁复杂的因素不会像从前似的导致细碎性和局部性,却只会导致统一性和共同性。至于讲到"分析的"这个字眼,它是从"分析"一词挛乳出来的,意思指的是审核,分解,这些东西构成着一切批评的属性,不管它是历史的、还是艺术性的批评。

有人会问我们:怎么可能在同一个批评里面,把历史的和艺术性的两种不同的见解有机地混合为一呢?或者:怎么能够要求一个诗人,叫他自由地遵循他的灵感,同时又为现代精神服务,不许跳出现代精神的魔法圈子呢?这个问题在理论上,在历史上,都是极容易解答的。每一个人,因而也包括诗人,都感受到时间和地点的必不可免的影响,他从吃奶时起就吸取了他周围的社会赖以生存的那些理解的原则和总和。他因此才成为法国人,德国人,俄国人等等;因此,譬如说,他生于十二世纪,就会虔诚地相信,神圣的事情就是燃起篝火来焚烧那些不像大家一样思想的人,而生于十九世纪,他就会富有宗教感情地相信,不应该焚烧和宰杀任何人,社会应该做的事情不是用惩罚过错来进行复仇,而是通过惩罚来纠正罪犯,借此既可使受凌辱的社会感到满意,又可以实现基督教的爱和基督教的友好的神圣法则①。可是,人类不是一下子从十二世纪跳到十九世纪的:它必须生存过整整六个世纪,在这段时期中,它关于真实事物的理解经历几个阶段而得到了发展,

---

① "基督教的爱"、"基督教的友好"等用语,在上世纪四十年代,是别林斯基的一种伊索寓言式的说法,用来逃避书报检查官的检查的。别林斯基对基督教所抱的真正态度,见之于一八四一年九月八日致包特金的信中,他写道:"……我更高兴看到伏尔泰对宗教的亵渎,而不愿意承认宗教的权威……我懂得中世纪宗教精神的神圣,诗意,宏伟;可是,我更喜爱十八世纪——宗教衰落的时期……"

在这六个世纪的每一个世纪里面,它的理解都采取着特殊的形式。哲学正是把这种形式称做全人类真理的发展的阶段;而这阶段应该是诗人作品的脉搏,这些作品的压倒的热情(激情),这些作品的主要的动因,这些作品的和声的基本谐音。我们不能作为过去的人,生活在过去里面,闭眼不看现时:如果那样做,是不自然的,错误的,僵死的。中世纪的欧洲画家为什么老是画圣母玛董娜和圣徒们?——因为基督教的宗教曾经是当时欧洲生活的压倒的因素。路得以后,要在欧洲恢复宗教画的一切尝试都归于徒劳了。"可是,"有人会对我们说,"如果不能脱离自己的时代,那么,诗人也就不可能不根据自己时代的精神进行写作,因而,对于不能够办到的事是没有什么可以反对的。"——不,我们回答说:这不但可以办到,并且是有这种情况的,特别在我们今天是如此。所以会有这种现象的原因,应该溯源于社会,这社会的理解跟现实正是背道而驰,在学校里把道德教给孩子们,等到他们一出校门,就要来嘲笑这种道德。这是一种无宗教、瓦解、分离、个人化以及个人化的必然结果——利己主义的状态:不幸的是,这些都是我们这个世纪的过分显著的特征!许多人靠着人们不再相信的、跟科学所发现、由历史运动所养成的新真理背道而驰的古老传统而活着,在这种情况下,就连最高贵的、最富有才禀的个性有时也会感觉到自己同社会隔绝,伶仃孤苦,其中性格较软弱些的人温厚地成为利己主义以及一切社会恶习的信奉者和宣扬者,以为大概非如此不行,否则就不能生存,以为不自我们始,也不以我们为结束;另外一些人——鸣呼!这往往是优秀的人——则遁避到自身里面去,绝望地对这个凌辱感情和理性的现实束手无策,无可奈何。可是,这种求得解脱的方法是错误的,自私的:当街上发生火灾的时候,不应该跑开去,却应该迎上前去,跟别人一起寻找办法,友爱地合作,来扑灭这场火灾。可是,许多人恰恰相反,把这种自私自利的、胆怯畏缩的感情当作自己生活的原则、原理、准则，最后，当作崇高智慧的教义。他们把这种感情引为骄傲，他们轻蔑地看待那个不值得他们感到痛苦和欢乐的社会；盘踞在自己幻想城堡的收拾得很漂亮的楼房里，透过五色缤纷的玻璃来看世界，他们像鸟儿似的为自己唱歌……我的天！人变成了鸟儿！真是什么样的奥维德的变化①啊！此外，还得加上富有迷人力量的德国式的对艺术的看法；在这些看法里，的确有许多深刻性、真理和光辉，可是，在这些看法里，也有许多德国式的、庸夫俗子的、禁欲主义的、反社会的东西。由此应该得出什么结果来呢？——结果只有才能的毁灭。这些才能，如果采取别的倾向，就会在社会里留下自己存在的鲜明痕迹，就可能获得发展，向前推进，使力量强大起来。由此就繁殖了这么许多微小之极的天才，小伟人，他们确实显示出许多才能和力量，可是，他们吵呀，吵呀，吵过一阵就默不出声了，常常在盛年，力量和活动正是旺盛的时候，身未死而锋芒已经耗蚀殆尽。创作自由是很容易同为现代性服务符合一致的：为此，不需要强迫自己，命题作文，驱使幻想；为此，只须做自己社会和自己时代的公民，儿子，把这个社会的利益摄为己有，把自己的追求同社会的追求融为一体；为此，需要有同情，爱情，不会把信仰同行动隔开、把作品同生活隔开的健全的、实际的真实感。流入心里的东西，深深印刻在灵魂里的东西，自然而然地就会表露出来。当一个人被热情强烈地震动，专注在一个念头上的时候，他日间所想的事情，夜晚一定会在梦里重复。请把创作当作在自己华美的幻象中重复着艺术家的神圣沉思和高贵同情的美丽的梦吧！在我们今天，才华不管出现在什么地方，出现在实际的社会活动里，或是科学和艺术里，都必须是一种美德，否则，就会在自身里面，通过自身而趋于毁灭。人类终于获得了这样的一些信念，这些信念是卑污的人仅仅因为

---

① 古罗马诗人奥维德以《变形记》一书著名，故云。

考虑到要受谴责就不敢申说和发表的。他们知道社会不会相信他们，因为在他们自身里面就会看到对于他们的概念的最好的驳斥……
....

(1842)

满涛 译

选自《别林斯基选集》第三卷，
上海译文出版社1980年版。

给果戈理的一封信[①]

〔俄国〕别林斯基

您认为我的文章是一个愤怒的人写出来的,这只有一部分对:这个形容词,用来表达我在读了您那本书之后所落入的心境,还嫌太软弱、太温和。可是,您断言愤怒是由于您对您才能的崇拜者作了实际不尽是谀美的评语所引起的,这就完全错了。不,这儿有一个更重要的原因。自尊心受到凌辱,还可以忍受,如果问题仅仅在此,我还有默尔而息的雅量;可是真理和人的尊严遭受凌辱,是不能够忍受的;在宗教的荫庇和鞭笞的保护下,把谎言和不义当作真理和美德来宣扬,是不能够缄默的。

是的,我曾经用一个和祖国血肉相连的人用以爱祖国的希望、荣誉、光荣、以及祖国在自觉、发展与进步途中的伟大领袖之一那样的全部热情,来爱过您。您丧失了这种爱的权利之后,至少暂时不再能够保持心平气和,这是有充足理由的。我这样说,不是因为我自信我的爱是对于伟大才能的酬报,而是因为我在这方面代表的不是一个人,而是许多人,其中一大部分您和我都从来没有见过,反过来,他们也从来没有见过您。我无法让您稍为理解一下您那本书在一切尊贵的心里所激起的愤怒,一切您的非文学方面的敌人——乞乞科夫们、罗士特来夫们和市长们……以及你所熟知其名的文学方面的敌人,在它问世时所发出的野蛮欢腾

[①] 本文脱稿后没有能够立刻发表,直到一八五五年才发表在国外出版的非法刊物《北极星》上。

的呼声。您自己可以看到，连显然和您的书气息相投的那些人①，也都避之唯恐不及。即便是作为深刻而真诚的信念的结果写出来的罢，它也还是会使读者发生同样的印象。如果大家（除了那少数人，我们必须认清他们，不要因为他们的赞许而高兴）把这当作是一种用宗教方法来实现纯粹世俗目的的巧妙但却太无礼貌的诡计，这只能怪您一个人。这一点没有什么可奇怪的；可奇怪的，只是您觉得奇怪而已。我认为，这是因为您只是作为一个艺术家，而不是作为一个思想家，深刻地了解俄国，而您在那本荒唐无稽的书里，却力不从心地想扮演思想家的角色的原故。这并不是因为您不是一个思想家，而是因为您这许多年来一直习惯于从您的美丽的远方②眺望俄国；大家都知道，再没有比从远方像自己所设想那样地看事物更容易的了；因为在这美丽的远方，您过着一种完全与它隔绝的生活，您活在自身里面，或者在心境和您相同而又无力抗拒您的影响的单调的小圈子里。所以，您没有认识到，不是在神秘主义、禁欲主义和虔信主义里面，而是在文明、开化和人道的进步里面，俄国才能够得救。俄国所需要的不是教诲（她听得够多了！）不是祈祷（她背诵得够多了！），而是在人民中间唤醒几世纪来埋没在污泥和尘芥里面的人类尊严，争取不依从教会学说、但却依从常识及正义的权利与法则，并尽可能严格地促其实现。与此相反，她目前却呈现出一个国家的可怕的景象，人贩卖着人，甚至连美国农场主说得如此净净有词的所谓黑人不是人的辩解也没有；在这儿，人们不是用名字，而是用混名称呼自己，例如：万卡、瓦斯卡、斯焦施卡、帕拉施卡；最后，在这儿，不仅个性、荣誉和财产没有保障，甚至连治安秩序也没有，有的

---

① 例如 C. T. 亚克萨柯夫（1791—1859），就是一直崇拜果戈理而对这本书表示不满的。
② 此处别林斯基带有讥刺地影射了《死魂灵》第十一章里的话："罗斯！罗斯！我在看你，从我那神妙的、美丽的远方看你。"

只是各种官贼官盗的强大的帮口！今天俄国最重要最迫切的民族问题是：废除农奴制度，取消体刑，尽可能严格地至少把那些已有的法则付诸实施。关于这一点，政府自己也感觉到了（它知道得很清楚，地主怎样对待农民，后者每年把前者杀死多少），那些嘉惠白皮肤黑人的胆怯而无效的弥缝之策以及用三梢鞭代替单梢鞭的滑稽的措施，就是证明。

这便是俄国在冷漠的昏梦中慌张地关注着的一些问题。这之际，一位伟大的作家，曾经藉优美绝伦、无限真诚的作品，如此强有力地促进俄国的自觉，使她能够像在镜子里一样地看到自己，——这位作家，现在却出版了这样的一本书，凭着基督和教会之名，教导野蛮的地主榨取农民更多的血汗，更厉害地辱骂他们……这难道不会叫我愤怒吗？……即便您想谋杀我，我也不会比读了这些可耻的文字更恨您些……这之后，您还想叫人相信您那本书的真诚的意图！不，如果您果真充满着基督的真理，而不是魔鬼的教义，那么，在您这本新著里，就不会写出这样的话来，您就会告诉地主，农民是他的基督兄弟，弟弟不可能是哥哥的奴隶，所以他应该给他们自由，或至少让他们可以尽可能享用劳动的果实，在良心深处感到过去对他们所采取的态度是错误的。

还有那一句话："哎，你这张没有洗干净的猪脸！"您这是从哪一个罗士特来夫、哪一个梭巴开维支那儿听来的，拿来向世人传布，当作开导农民、有益于农民的一大发现？其实，农民不洗脸，就是因为听信了主人的话，不把自己当人。还有您关于俄国本国审判和惩罚制度的见解，您认为，典范就包含在那句愚蠢的俗谚里：无辜和有罪都须挨板子。的确，我们的情形往往便是这样，虽然更常见的是只有无辜者挨打，除非他能设法给自己赎罪，那时又有另外一句俗谚：无辜受过！而这样的一本书，竟会是艰苦的内心过程、崇高的精神启示的结果！这是不可能的！要就是您病了——您应该赶快去医治,否则就是……我真怕把我的思想形诸笔墨!……

答楚的说教者,无知的使徒,愚昧和极端反动的拥护者,鞑靼气质的颂赞者——您在干什么?看看自己的脚下罢,——您正站在无底深渊的边上……用正教教会给这些教义作护符,我还可以理解:它永远是笞刑的支柱和专制主义的帮凶;可是您为什么把基督拉扯在一起?您在他和任何教会、特别是正教教会之间,找到了什么共通之点呢?他首先把自由、平等和博爱的教义传布给人们,用殉教精神发扬了、巩固了这教义的真实性。这教义,只有当它还没有在教会中被组织起来并采用正教的原则作为基础的时候,才曾经是人类的救星。教会则是一种僧侣政体,从而是不平等的拥护者、权力的谄媚者、人与人之间博爱的死敌和迫害者,——直到今天还是这样。可是,基督教言的意义已经被上世纪的哲学运动所昭示了。这说明了为什么象伏尔泰这样的一个人,以嘲笑为武器,在欧洲扑灭了宗教狂和无知的烈火,反而比一切您那些牧师、僧正、大主教、总主教更是基督之子,更是他的骨之骨、肉之肉!难道您连这一点都不知道!这现在对于任何一个中学生都不是什么新鲜的事了……因此,难道是您,《巡按》和《死魂灵》的作者,把丑恶的俄国牧师看得比天主教牧师无可比拟地更高,真诚地、从心底里向他高唱赞美诗吗?就算您不知道后者曾经略有所为,而前者除了充当世俗权力的仆役和奴隶之外简直一无所为;可是难道您真不知道我们的牧师是被俄国社会和俄国人民所共弃的吗?俄国人民讲的是哪些人的淫秽故事?所讲的就是那些牧师、牧师太太、牧师女儿和牧师的长工。俄国人民把哪些人称为贱种、大肚子的种马?牧师们……牧师在俄国,对于一切俄国人不就是饕餮、贪婪、下贱和无耻的化身吗?您好象这一切都不知道似的?真奇怪!照您说,俄国人民是世界上最虔信宗教的:这是撒谎!宗教性的基础是虔诚、崇敬、对上帝的恐惧。

俄国人却一边搔痒，一边叫唤上帝的名字。他是这样讲到圣像的：合用，拿来祈祷，不合用，拿来盖瓦罐。

再仔细看看，您就会发现在本性上，这原是一个极端无神论的民族。在它里面，还有许多迷信，可是宗教性的痕迹却一点也没有。迷信将随文化进步而消失，宗教性却常常与之共存；法国是一个显明的例子，直到今天，在开明和有教养的人中间，还有着许多真诚的天主教徒，许多叛离基督教的人还固执地拥护着某种上帝。俄国民族就不同了；神秘的亢奋不是它的天性；对于这一点，它有着太多的常识、清醒与肯定的理智，也许，它将来历史运命的远大便基因于此。在俄国，宗教性甚至在牧师阶层中间也没有生根，因为只有几个个别的例外人物以冷淡禁欲主义的观照见称，是不能说明什么的。我们大多数的牧师，却总是以大肚子、繁琐的玄学和野蛮的无知见称的。以宗教的偏狭与热狂责备他们，未免失之武断；宁可还是称赞他们显著的对信仰的漠不关心。在我们这儿，宗教性仅见之于分离教派①，他们在精神上和人民大众背道而驰，在人数上说来，又是如此微不足道。

我不打算絮述您那关于俄国人民和统治者间的亲密关系的颂赞。直截了当地说：这种颂赞没有引起任何人的同情，反而在那些别方面倾向和您很接近的人的眼中把您的身份降低了。至于我个人，我听凭您的良心去决定是否要出神地欣赏专制政治的神圣之美（这是安适而又有利的），可是您得继续审慎地从您那美丽的远方去欣赏它：逼近点看，可就不这样美，不这样安全了……我只想指出一点：一个欧洲人，特别是一个天主教徒，当他被宗教精神所占有的时候，他就变成了邪恶权力的检举人，正象揭发地上强者的横霸不法的希伯莱先知一样。我们的情形恰巧相反：一个人（甚至一个正派人）只要一染上精神病医师叫做 religiosa-

---

① 在十七世纪及十八世纪前半时期和正教分裂开来的一种教派。

mania①的那种疾病，他立刻会对地上的上帝比对天上的神祇烧更多的香，甚至做得这样过分，让地上的上帝会欣然愿意酬谢他的犬马之劳，要不是他看到这样会在社会人士的眼中失坠自己的威名的话……我们俄国人是什么样的畜生啊！……

我又记得，您在您那本书里当作一个伟大而无可争辩的真理力说着，识字对于普通老百姓不仅无用，并且绝对地有害。关于这一点，我能对您说什么呢？愿您的拜占庭上帝饶恕这拜占庭思想罢，如果当形诸笔墨的时候，您不知道自己在说些什么……可是，也许您会说："就算我错了，我的一切思想都是虚谎，可是为什么要剥夺我犯错误的权利，不相信我犯错误是出于真诚的呢？"那么我回答您：那是因为这种倾向在俄国早已不是什么新鲜奇闻了。甚至不久之前，已经被布拉巧克②及其一帮人发挥无遗。当然，在您的书里，比在他们那些作品里，包含着更多的智慧，甚至更多的才能（虽然这二者也并不多）；可是，他们却更有力地、更贯彻地发展了为你们所共有的教义,勇敢地达到它的终极结论，把一切献与拜占庭上帝，一点也不留给撒旦，而您却想同时对两个都烧香，于是陷入了矛盾，例如您宣扬着普希金、文学、戏剧，而这一切，按照您的意见，只要您还有首尾贯彻的那份正直的话，是决不可能拯救灵魂，却只能使之毁灭的……说果戈理和布拉巧克毫无二致，谁的脑袋里能够容纳这种意见呢？您在俄国公众的舆论中把自己抬得太高，以致使他们不能够相信您这些信念出于至诚。对于傻子是很自然的事，对于天才却不一定也是如此。有些人曾经想③，您那本书是神经错乱到近乎疯狂的结果。可是，他们不久就放弃了这种结论，——显然，写成这本书不是一天、一

---

① 拉丁文：宗教狂。
② 布拉巧克（1800—1876），《现代教育和教养的灯塔》的出版人，极端的反动派。
③ C. T. 亚克萨柯夫表示过这种意见。

星期、一月之功，也许却是在一年、两年或三年里写成的；这之间有着前后呼应的联系；在随意的抒写中可以看出深思熟虑，对最高权力的歌颂圆满地解决了虔敬的作者的地上的境遇。这便是为什么在彼得堡传布着这样的流言，说您写这本书的目的，是想当皇太孙的太傅。这之前，您给乌瓦罗夫①的一封信在彼得堡早已被大家所周知，您在信中悲叹地说，您那些有关俄国的著作受到曲解，接着对自己以前的作品表示不满，声言只有当沙皇满意时，您才会满意。现在您自己来判断好了，您那本书使您在读者的眼中，作为一个作家，尤其是作为一个人，降低了身价，这还有什么可奇怪的吗？

据我所知，您不十分懂得俄国公众。他们的性格是被俄国社会的情势所决定的；在这社会中，新生的力量沸腾着，要冲出来，但被沉重的压迫紧压着，找不到出路，结果只引起了阴郁、苦闷、冷淡。只有在文学里面，不顾鞑靼式的审查制度，还显示出生命和进步的运动。这便是为什么作家的称号在我们这儿受人尊敬，为什么即使是荃才小慧的人，在我们这儿也很容易获得文学上的成功的原故。诗人的头衔，文学家的称号，在我们这儿早已使灿烂的肩章和多彩的制服黯然失色了。这便是为什么特别在我们这儿，每一个拥有所谓自由倾向的人，纵然才能如何贫弱，都受到普遍的注意，为什么诚意或非诚意地献身于正教、专制政治、国粹主义的伟大才能，声名迅速地在衰落的原故。一个显明的例子是普希金，他只写了两三首忠君的诗，穿上了宫廷侍从的制服，立刻就失去了人民的爱宠！如果您真的以为您那本书之所以失败，不是由于恶劣倾向，而是由于您对大家说了苛刻的真理，那真是大错而特错。就算对于同文能够这样设想，可是怎么能够把读者也归于这一类里呢？难道你在《巡按》和《死魂灵》里，对读者反

---

① 当时的教育总长。

而更不苛刻些，更少带一些真理和才能，述说了更不辛辣些的真理吗？守旧派实在把您恨得要发疯，可是《巡按》和《死魂灵》没有因此而失败，而您最近的这本书，却羞辱得使您无地自容。在这儿，读者是对的：他们把俄国作家看成自己唯一的领袖，摆脱俄国专制政治、正教、国粹主义的保卫者和救星，因此，随时都可以宽恕作家写一本坏书，却决不能宽恕他写一本有毒素的书。这证明在我们的社会里，存在着一种多么新鲜、健康的感觉，纵然它还在萌芽状态中；同时也证明，这社会是有远大的前途的。如果您爱俄国，您就应该跟我一同庆幸您那本书的失败！……

我并非不略带自满地告诉您，我觉得我是稍为懂得一些俄国公众的。您那本书使我惊恐的是，它可能会对政府、对审查制度发生不良的影响，却决不会对读者发生什么影响。当彼得堡方面盛传政府想大量印行您的书，以极低的价格出售的时候，朋友们都垂头丧气了，可是我那时就对他们说，不管怎么样，这本书决不会成功，不久就将被人忘却。实际上，它现在被大家记得，是因为那些论到它的文章，却不是因为它本身。是的，在俄国人，真理的本能是深刻的，虽然还没有发展。

您的改宗可能是真诚的，可是您要把这改宗昭告公众，这想法却是愚不可极的。即使对于我们的社会，天真虔敬的时代，也早已过去了。大家已经懂得，到处都可以祈祷，只有那些心中从来没有基督或者已经丧失了基督的人，才会到耶路撒冷去寻找他。凡是能够以别人的痛苦为痛苦，看到别人受压迫也感到切身之痛的人，心中就有着基督，用不着再徒步到耶路撒冷去。您所宣扬的谦恭，第一，并不新鲜，其次，一方面带着异常的骄傲的味道，另一方面又显得是人格的最可耻的屈辱。要达到抽象的完美，在谦恭方面高出于任何人之上，这种想法也许是骄傲或者低能的结果，不管在哪一种场合，不可避免地都将导致伪善、伪君子作风、中国人风度。加之，您在那本书里卑劣而冷嘲地不但谈论到别人

（这不过是粗野而已），并且还谈论到自己——这简直是丑恶；因为如果一个人打邻人的嘴巴会引起愤怒的话，那么，打自己的嘴巴就会引起蔑视。不，您只是被蒙蔽了，而不是受到启示；无论是我们现代基督教的精神和形式，您都没有懂得。从您的书里散播出来的不是基督教义的真理，而是对于死亡、魔鬼和地狱的病痛的恐怖！

并且，这算是什么语言，什么句子？——"今日众皆变为尘芥与褴褛"，——难道您认为用众皆代替每一个人，就是用圣经体说话了吗？当一个人整个儿投身于虚谎的时候，智慧和才能就会叛离他，这是一个多么颠扑不灭的真理呵。假使这本书不署上您的名字，删掉您把自己当作一位作家来谈论的那些段落，谁能够想到这些浮夸而污秽的单字和句子的叫嚣，是出于《巡按》和《死魂灵》的作者之手呢？

至于我个人，我要对您重复说一遍：您认为，我的文章是您把我当成您的批评家之一而加以评论后所引起的愤怒的表示，这是完全错误的。如果只有这一点叫我生气，那么我会只对这一点表示愤怒，而对一切其余的都会不偏不倚地作持平之论。可是，这却是真的：您对于您的崇拜者们的批评，是双重的不好的。我懂得，有时候也必须给蠢物碰一下钉子，这蠢物对我的赞美和欢呼只会使我变成可笑，可是这很不容易做到，因为即使是虚假的爱情，以怨报德在人道上总是煞费踌躇的。可是您所讲到的人，如果不是才智颖异，总也不是什么蠢物。这些人激赏您的作品，也许惊叹会远多于实际的剖析；可是无论如何，他们对您的热诚是从这样纯洁而高贵的动机出发，您决不该把他们出卖给你们共同的敌人，并且责备他们故意曲解您的作品。当然，您这样做，是由于被那本书里的主要思想所驱使，以及轻率的原故，可是伐捷姆斯基，这位贵族社会里的公爵和文坛上的奴才，却发扬了您的思想,对您的崇拜者们(因而特别是对我)撰文作了私人攻讦①。他这样做,大概是因为感谢您把他、一个劣等诗人,捧成了伟大的诗人,我记得好像是为了他的一首"萎靡的、在地面上拖着的诗②"。这一切都不太好。您是否只等时机到来,会对您才能的崇拜者们给以公正的评价(在以骄傲的谦恭态度给了敌人以公正的评价之后),这我不知道;我不能,同时得承认,也不想知道。放在我面前的是您的书,却不是您的企图:我把它读了再读,读了百来遍,除开里面原有的东西之外,再也找不到别的什么,而里面原有的东西,却深深地激怒了,凌辱了我的灵魂。

如果让我尽情地发抒我的情感,这封信一定会写成厚厚的一本书。我从来没有想到会就这个题目写信给您,虽然我心里非常渴望这样做,并且您也曾书面地宣称,③每一个人都有权不拘形迹地写信给您,只要以真理为重,住在俄国的时候,我不能够这样做,因为当地的"施彼金④们"拆看别人的信件,不单是为了自己开心,并且也为了尽职,为了告密。今年夏天发作的肺病把我赶到了外国,《同时代人》把您的信给我转到扎尔茨堡来,我今天就将和安宁柯夫⑤一起离开这儿,取道曼因河畔佛兰克福到巴黎去。⑥出乎意外地接到您的来信,使我有可能把我心中一切由于您那本书而郁积起来的反对您的话披沥出来。我不会吞吞吐吐,闪烁其词;我不是这样一种天性。让您或者时间本身来证明我关于

---

① 系指伐捷姆斯基的一篇文章《雅寿柯夫——果戈理》。
② 果戈理在《与友人书简选》题为"俄国诗歌的本质究竟何在,其特性何在"的一章里写道:"伐捷姆斯基的这首滞重的,好像在地上拖着似的诗……"
③ 系指《死魂灵》第二版序文。
④ 《巡按》里的邮政局长。
⑤ 安宁柯夫(1812—1887)回忆录作家。
⑥ 从"《同时代人》……"起到"……到巴黎去"为止这两行文字,在有些版本里是没有的,因为最初赫尔岑把这封信发表在《北极星》上时故意把这几句删去了,显然为了怕连累《同时代人》和安宁柯夫。

您所作的结论是错误的罢。我将首先对此表示欣慰，可是我决不后悔我对您说过的话。这不是有关我或您的人格的问题，而是不仅比我、甚至比您也高得多多的问题：这是关于真理，关于俄国社会，关于俄国的问题。

　　这是我最后的结论：如果您不幸以骄傲的谦恭态度否认了您那些真正伟大的作品，那么，您现在就该以真诚的谦恭态度来否认最近的这本书，用令人想起您先前的功绩的新作，补赎将该书付梓问世的重大的罪过。

（一八四七年七月十五日，于扎尔茨堡）

满涛　译
选自《别林斯基选集》第二卷，
时代出版社1952年版。

一八四七年俄国文学一瞥[1]

〔俄国〕别林斯基

实在说来,一八四七年在文学方面没有什么显著的特色。有些旧的期刊,以新的面目出现,甚至出现了一种新的报纸;去年和前几年比较起来,美文学方面的杰出作品是特别丰富的;出现了若干新的名字,新的才能,和各种文学部门里的领袖。可是,却没有出现过一部真正出类拔萃的作品,能够在文学史中划一时期,给文学史规定出一个新的倾向来。这便是为什么我们说去年的文学没有显著的特色的原故。它走着从前的路,这条路不能说新,因为它早就显露了轮廓,同时也不能说旧,因为它不久才向文学园地展开,——就是在比"自然派"这个字第一次被某君[2]说出来稍前一些的时候。从那时候起,俄国文学每一年就踏着愈益坚定的步子,朝这个方向迈进。在这一点上,去年和前几年比较起来是特别值得注意的,一方面为了忠于这一倾向的作品为数既多而又重要,同时也为了这一倾向本身底巨大的确定性、自觉性和力量,以及它在读者中间的巨大的威信。

自然派,今天站在俄国文学底最前哨。一方面,我们可以确断地说,决不被偏见所囿而陷于夸张,公众,就是说,大多数读者,都是支持它的:这不是臆断,而是事实。今天,一切文学活

---

[1] 本文于一八四八年发表在《同时代人》,署名别林斯基。
[2] "某君"即指布尔加林。

动都集中在杂志上面，然则，哪一些杂志享受最大的声誉，拥有最大多数的读者，给予公众意见以最大的影响呢？如果不是那些登载自然派作品的杂志，哪一些长篇小说和中篇小说最被读者津津乐道，如果不是隶属于自然派的作品，或者更确切点说，公众是不是阅读不属于自然派的长篇小说和中篇小说呢？什么样的批评对于公众意见发生着最大的影响，如果不是支持自然派、反对修辞学的批评，或者更确切点说，什么样的批评更符合公众底意见和口味呢？另一方面，人们不断地谈话和争论的是什么，以残酷的笔锋不断地攻击的是什么，如果不是针对自然派的话？许多相互间毫无共通之点的派别，当攻击自然派的时候，却异口同声地唱和起来，把和自然派了无干系的见解、它从来没有过的企图，硬加到它头上，对它底每一句话、每一步行动都加以曲解、穿凿，或则义愤填膺地辱骂它，到了举止失常的地步，或则几乎流泪地诉说它底罪状。在果戈理底那些不共戴天之敌，一败涂地的修辞学派代表们，和所谓斯拉夫派之间，有什么共通之点没有？——一点也没有！然而，后者一方面确认果戈理是自然派底奠基人，同时却和前者彼此响应，用同样的语调、同样的字句、同样的论据来攻击自然派；并且认为，必须仅仅在逻辑底前后矛盾上和自己底新盟友有所区别，于是就以果戈理出于什么"内心纯化底要求"而写作为理由，把自然派正是因此而受到摧残的一些品质拿来当作果戈理底功绩。我们还须加添说，反自然派一直还没有产生出一部多少有点杰出的作品，藉此可以用事实证明，根据和自然派所奉行的正相反对的规律，能够写出好的作品来。他们在这方面的一切尝试，只有促成自然主义底胜利和修辞主义底溃败而已。有鉴于此，有些自然派底反对者曾经企图使这同一派的作家和自然派对抗起来。这样，某一报纸① 就想用布特柯夫君来摧毁

---

① 系指《北方蜜蜂》。

果戈理底威望。

这一切，在我们文坛上一点也不新鲜，从前发生过不止一次，将来还是会发生的。卡拉姆静是第一个人，首先在当时正在升起的俄国文学中划分了壁垒。在他之前，大家对一切文学问题的见解是一致的，如果有歧见和争论，也不是由于意见和信念底差异，而是由于特列佳柯夫斯基和苏马罗柯夫之流琐屑而浮动的自尊心所引起。可是，这种一致只是证明了当时所谓文学底贫弱无生命而已。卡拉姆静首先给文学注入了生命，因为他使它从书本转向生活，从学校转向社会。当时，很自然地，出现了派别，开始了笔战，大家吵嚷说，卡拉姆静及其一派毁灭俄国语文，损害优良的俄国风习。曾经以这样的痉挛和毫无效果的努力来反抗彼得大帝改革的那顽固的俄国旧传统，似乎又在他底反对者们身上借尸还魂了。可是，大多数人都站在正义底一边，就是说，站在才能和现代精神要求底一边，反对者底叫嚣终于被卡拉姆静崇拜者们底赞美的颂歌所掩盖了。一切都环绕他而生发，一切都从他身上取得意义和重要性，一切——连他底反对者也包括在内。他是英雄，当时文学底亚基勒斯①。可是，这一切骚乱，和普希金出现在文坛上时所激起底风暴比起来，算得了什么呢？我们底记忆犹新，用不着对此再唠叨词费。我们只想指出，普希金底反对者们曾经认为他底作品损坏俄国语文和俄国诗歌，不但对于公众底美学口味，而且——今天还有人相信吗？——对于社会道德，也是一种毫无疑问的损害！！为了避免旧事重提起见，我们不想再一一列举，可是如果有人要求我们这样做，我们永远是准备提出书面证明来的。在一篇批评《奴林伯爵》的文章②里，普希金被人责以迹近于犬儒主义的无礼！我们今天重读这篇批评，不自觉地就会忘记

---

① 古希腊勇士。
② 作者是纳杰日丁。

这是在什么时候、为了什么而写的，令人觉得好像是一篇现在写就的文章，用来反对一部自然派的作品似的；我们看到的是象今天用来攻击自然派的那同样的语言、同样的论据和同样的态度。

在我们文学底一切时期里，那些反对任何前进运动的人，为什么老是用几乎完全相同的字句，反复说着同样的话呢？

原因就包含在应该追究自然派底根源的那地方——就是在我们底文学史中。这历史从自然主义开始：第一位俗世的作家是讽刺作家康特米尔。他虽然模仿拉丁讽刺家们和波亚洛，但仍不失为独创的，因为他忠于自然，从自然出发来写作。不幸，他所选取的样式底单调、文学底粗陋和不加剪裁、为我们诗歌所不熟悉的音节韵律，使康特米尔不能够成为俄国诗歌底典范和立法人。这个责任落到了罗蒙诺索夫身上。可是，康特米尔依然不失为一个拥有非凡才能的人，所以作为当时第一位诗人，是不能把他排拒于文学史之外的。因此，我们毫不歪曲事实、毫不牵强附会地说，俄国诗歌从一开始时起，如果可以这样比方的话，就是分成两条并行的小河奔流着，越下去，就越是经常地并成一条激流，然后再分开来，直到在我们底时代汇合成一条单一的河流为止。通过康特米尔，俄国诗歌显示出对现实、对如实的生活的追求，把力量寄托在忠于自然上面。通过罗蒙诺索夫，俄国诗歌显示出对理想的追求，把自己设想为庄严而高扬的生活底神谕，一切高贵而伟大的东西底通报者。这两种倾向都是合法的，可是它们都不是从生活，而是从理论、从书本、从学校出发。可是，康特米尔处理事物的态度，却给前一种倾向获得了真实和现实性的优势。在大天才杰尔查文身上，这两倾向常常汇合为一，他底《致费里察献诗》、《贵人》和《在幸福中》等几首颂诗，恐怕是他最优秀的作品，——至少，毫无疑问地，比他那些庄严的颂诗更富于独创性，更加是俄国的。在黑姆尼哲底寓言和冯维津底喜剧中，反映着在时间上以康特米尔为代表的那一种倾向。他们底讽刺很少流于夸张和漫画化，越是加浓了诗意，就越变得自然。在克雷洛夫底寓言中，讽刺完全变成了艺术性的东西；自然主义成了他底诗底特别显著的特色。他是我们诗歌园地里第一位伟大的自然主义者。然而同时，他也是第一个人，被人责以描写"卑贱的天性"，特别是在寓言《猪》里。请看，他底动物是多么自然：这些都是具有特别明确的性格的、真正的人，并且一定是俄国人，而不是别的什么人。他那些以俄国农民为登场人物的寓言怎样呢？难道不是自然性登峰造极之作吗？可是，今天没有人再会责难克雷洛夫，为了那只"不爱惜自己底鼻子，把后院完全搜掘遍"的猪，或者为了在寓言中描写农民，叫他们用最农民本色的语调说话。人们也许曾说：这些是寓言，是一种特殊的诗歌体裁。然而，美学法则不是对于一切诗歌体裁都同样地适用吗！德米特里耶夫也写过寓言，偶或也把农民写进寓言；可是，他底寓言，虽然有着无可抹煞的优点，却一点也不以自然性显得突出，他底农民们说着一般的、并不专属于一个阶层的语言。这差别底原因在于：德米特里耶夫寓言以及颂歌中的诗，是从罗蒙诺索夫，而不是从康特米尔那儿来的，执着于理想，而不是执着于现实。罗蒙诺索夫所藉靠的是古代的一套理论，象当时欧洲对这些理论所理解的那样。卡拉姆静和德米特里耶夫，特别是后者，用十八世纪法国人底眼睛来看艺术。大家都知道，法国人那时认为艺术不是人民生活底、而是社会生活底表现，并且仅仅是高级宫廷社会生活底表现，把礼节视作诗歌底主要的和首先的条件。因此，他们笔下的希腊罗马英雄们都戴着假发，称呼女主人公为：madame！[①] 这种理论深深地渗透着俄国文学，并且象我们后来看到的，这影响底痕迹直到今天还没有完全消失……

奥捷罗夫、茹柯夫斯基和巴秋希柯夫，继续着罗蒙诺索夫给

---

① 法文：太太！

我们诗歌所制定的倾向。他们忠于理想，可是在他们底笔下，这理想越来越变得不是抽象的、修辞的，越来越和现实靠近，或者至少是努力要靠近。在这些作家、特别是后二人底作品中，诗底语言不是仅仅用来表达干燥乏味的喜悦，并且也用来表达并非发自抽象的理想，而是发自人底心、人底灵魂的热情、感觉和追求。终于出现了普希金，他底诗歌对于一切先辈们底诗歌的关系，也正象成就对于追求的关系一样。从前俄国诗歌齐驱竞奔的两条小河，在它里面，汇合成了一条澎湃汹涌的河流。俄国人底耳朵，在它错综复杂的和声里，也能听出纯粹俄国的声音来。不管普希金底初期诗作主要地带着理想的和抒情的性质，其中却包含着现实生活底因素，这可以用他底大胆来作证，他当时震惊人寰，写进诗歌里的，不是古典的意大利或西班牙强盗，而是俄国强盗，手里拿的不是匕首和手枪，而是大刀和棒锤，使其中一个强盗在发呓语时讲到鞭笞和刽子手①。一群茨冈人，在马车轮子中间搭起破蓬帐，带着跳舞的熊和驴背吊篮里精赤条条的孩子们②，这对于鲜血淋漓的悲剧事件也是一个闻所未闻的场面。可是，在《叶甫格尼·奥涅金》里，理想更加让位于现实，或者至少，它们合并成了新的、介在于二者之间的一种东西，以致我们可以正当地把这部长诗认为是我们时代诗歌的奠基之作。在这儿，自然性不再作为讽刺、作为滑稽而出现，却是现实底忠实的复制，连同它底一切善与恶、它底日常的口角；环绕二三个被诗化或略为理想化了的人物，刻画出一些普通人，可是不是作为怪物、总的法则底例外供人一笑，却一个个都是组成社会大部分人的人物。而这一切是出现在一部诗体小说里面！

　　散文体小说这时做了些什么呢？

---

① 此处所述的是《强盗兄弟》底内容。
② 此处所述的是《茨冈》底内容。

它竭力要靠近现实，靠近自然性。请回想一下纳列日内、布尔加林、马尔林斯基、札果斯金、拉捷契尼柯夫、乌沙柯夫、威尔特曼、波列伏依和博果丁底长篇小说和中篇小说罢。我们在这儿无暇判定他们中间谁做得更多，才能更高；我们只讲到他们共同的努力方向——使小说更靠近现实，使之成为现实底一面镜子。这些尝试，有些是非常杰出的，可是总带些过渡时期底味道，向新的迈进，但又脱不出旧的窠臼。唯一成功之处在于：不管守旧派怎样痛哭流涕，小说里开始出现了各等各级的人，作家们开始努力模仿每一个人底语言。这在当时是被叫做民族性的。可是，这种民族性带着太多假面具底味道：下等俄国人好像是绅士乔装改扮的，而绅士仅仅在姓名上和外国人有所区别而已。要把描写俄国风习和俄国生活的俄国诗歌一劳永逸地从外铄的影响下解放出来，非有天禀卓异的奇才不可。普希金在这方面贡献了很多；可是，结束、完成这事业的，还须俟之另外一位奇才。在一八二九年的《北方之花》上，发表了以"一部历史小说底第四章"为题的普希金长篇小说《彼得大帝底黑人》底断片。这小小的断片真是自然性登峰造极之作！在这样狭窄的框子里，容纳着这样广阔的彼得大帝时代风习底画面！可是，遗憾的是，这部小说一共只写了六章以及第七章底开头（普希金死后才全部发表）。

随着《密尔格拉得》、《小品集》（一八三五年）和《巡按》（一八三六年）底问世，果戈理开始声名鹊噪，对俄国文学发生了强大的影响。在他底崇拜者们对这位作家所表示的全部意见当中，最杰出而接近真理的一种，似乎是这样的一个人说出来的，这人根本不是他底崇拜者，而在突然灵感袭来的瞬间，自己也莫明其所以然，竟暂时摆脱了一生所矢忠的常规俗套，对果戈理发出了如下的赞语："果戈理底全部作品显示着，他具有自信力，对独创性的追求，对前人智识、经验和范本的故意的、嘲弄的蔑视，他只读那本自然底书，只研究现实世界，因此，他底典型过分自然而单纯,达到了赤裸裸的程度;借用他底一个人物伊凡·尼基福罗维奇底话,这些典型是以一种自然的本相出现于读者面前。他底创造物底美,常常是新颖的、鲜丽的、令人惊异的;他底错误几乎是可厌的(?),他仿佛忘记了历史,像古人一样,开辟一片艺术的新天地,使之从虚无堕入毫无虚饰的(?)混乱的(?!)状态;因此,他底艺术仿佛不知羞怯为何事;他是一位不知道历史、也没有见过艺术范本的伟大的艺术家。"①

在这篇充满着抒情混乱的颂词里,作者不由衷和不自觉地说出了果戈理天才底最显著的特征——独创性和独立性,这是使他有别于一切俄国作家的地方。这完全出自一种偶发的冲动,是可以从作者把果戈理和——你猜是谁?——库柯尔尼克君!!——相提并论,以及这篇颂词里一连串古怪而矛盾的单字和句法上面获得证实的,这些单字和句法显示出,一个人即使在一瞬间,在一阵灵感底勃发中,要从他底生活常规里完全摆脱出来,也是办不到的。我们必须指出,作者是一个理论家,在各种修辞学和诗学底编纂和教诲工作中终其一生,他底这些劳绩,正象一切这一类的书一样,没有教会过任何人文章练达之道,徒然使人陷于惶惑而已。这说明了为什么果戈理作品中摆脱一切学校规则和传统的完全的超然与独立特别使他大吃一惊的原故,——他如果一方面不得不以此归功于果戈理,在另一方面,他也不得不以此对果戈理加以应得的非难。所以,他在果戈理底作品中看出了"几乎是可厌的错误"和"毫无虚饰的混乱的艺术状态。"如果问他这些错误是什么,——我们相信,他首先一定会指出那个用指甲掐死臭虫的看门人(见《死魂灵》),用这个事实来肯定地说明果戈理"不知道历史,没有见过艺术范本"。然而,果戈理大概比他底批

---

① 引自泼拉克辛所著的《俄国文学史研究入门》。

评家知道得更清楚些,欧洲有一个著名的艺苑,把伟大的缪里洛①的一幅画当做无价之宝保存着,这幅画描写一个孩子,正在专心而周详地从事于看门人在瞌睡中随手做了的那件事。

然而,许多人一开始时平静地、无敌意地、真诚而由衷地认为果戈理仅仅是一个滑稽的、但却是平凡和不重要的作家,而当另外一方面的人对他加以热烈的颂赞,他在舆论界迅速地获得了非常重大的意义之后,就开始激怒起来,关于这一点,牢不可拔的理论和学派底影响实在是主要的原因之一。的确,不管卡拉姆静底倾向在当时多么新颖,它总是被法国文学底范本所辨明的。不管茹柯夫斯基底谣曲,连同它们底忧郁的色调、它们底坟墓和死尸,怎样使大家耳目一新,可是在它们后面,总可以依稀看到德国文坛上许多巨匠底名字。连普希金都是如此,一方面有先辈诗人们为他打好基础,他底早期作品就带着他们影响底轻微的痕迹;在另一方面,他底革新,又是被欧洲一切文学所共通的一般运动和那伟大权威拜伦底影响所辨明的。可是,在果戈理,却没有范本可资遵循,无论在俄国抑或外国文学中,都是前无古人的。一切理论,一切文学传统都反对他,因为他反对它们的原故。要了解他,非从头脑中把这一切劳什子连根拔除,忘掉它们底存在不可,——而这对于许多人说来,就意味着再生,死了又复活过来。为了把我们底意见说得更明确起见,让我们看看果戈理和别的俄国诗人们发生着怎样的关系。当然,在普希金那些描写俄国世界所陌生的画面的作品中,也无疑地有着俄国的成份,可是谁能够把这些成份指出来呢?怎么能够证明,象《莫札尔特与萨里耶利》、《石客》、《悭吝的骑士》和《迦鲁勃》这类长诗,只有俄国诗人才写得出,而为别国的诗人所不能呢?关于莱蒙托夫,我们

---

① 缪里洛(Murillo, 1617—1680),西班牙画家。此处大概是指他底一幅名画《街童》。

也可以说同样的话。果戈理底全部作品,专门致力于描写俄国生活,他在如实复制生活的这种本领上是无与匹敌的。他决不为了对理想的爱、或某种事先接受的思想、或习惯的偏见,减轻些什么和铺张些什么,象普希金在奥涅金里把地主底生活加以理想化的那样。当然,他底作品底支配的特色是否定;为了生动和富于诗情起见,任何一种否定都必须用理想底名义来执行,——而这理想,在果戈理,也正像在一切其他俄国作家一样,不是他自己底,换句话说,不是土著的,因为我们底社会生活还没有发育和定形,能把这思想提供给文学。可是,我们不得不承认,对于果戈理底作品,已经绝对不可能提出这样的问题:怎么证明这样的作品只有俄国诗人才写得出,而为别国的诗人所不能?描写俄国底现实,并且描写得这样惊人地逼真和真实,不用说,这只有俄国诗人才能够做到。我们文学底民族性,目前主要地便在这儿。

我们底文学是自觉思想底结果,它作为革新而出现,从模仿开始。可是,它并不止步于此,却不断地走向独创性和民族性,从修辞的,努力要变成天然的、自然的。这种标志着显著的不断的成功的追求,构成了我们文学史底意义和本质。我们可以毫不迟疑地说,在这种追求上,没有一个俄国作家获得过象果戈理一样大的成功。只有完全使艺术面向现实,排除任何理想底因素,才能够做到这一步。为了这,就必须把全部注意集中于群众,大众,描写普通的人,而不只是那些常常引导诗人趋于理想化、自身带有异国烙印的、一般规则底愉快的例外。这是果戈理底伟大的功绩,但也正是这一点,旧派的人认为是他违背艺术规律的滔天的大罪。这样,他把对于艺术的看法完全改变过来了。"被装饰的自然"这种古老而陈旧的诗底定义,纵然有些勉强地,可以适用于每一个俄国诗人底作品;可是,对于果戈理底作品,却不能这么办。适用于他底作品的是另外一个艺术定义——艺术是在其全部真实性上的现实底复制。在这儿,关键是在典型,而理想也不被理解作装饰（从而是虚谎），却是作者适应其作品所想发挥的思想而把他所创造的各色典型安排在里面的一种关系。

艺术在我们底时代超越了理论。旧的理论失掉了全部威信；连受过薰陶的人，也不再墨守旧规，却去信奉一种新旧观念底古怪的混合了。例如，其中有些人以浪漫主义底名义摈斥旧的法国理论，首先提供了败坏风纪的例子，把具有伏罗瓦丁和诺若夫①一类名字的下等人、甚至坏蛋们写进了小说，可是紧接着，和这些不道德的人物一起，又写了有着普拉甫多留包夫和勃拉果特伏罗夫②等名字的道德人物，借此给自己卸脱了罪名。在前一场合，可以看出新思想底影响，而在后一场合，却可以看出旧思想底残余，因为按照旧诗学底定律，有了几个傻瓜，就得至少用一个聪明人来陪衬，有了几个坏蛋，就得用一个贞洁人物来陪衬〔原注〕。可是，在前后二种场合，这些骑墙份子完全忽视了一件主要的东西，那便是艺术，因为他们没有想到，他们那些贞洁的和邪恶的角色都不是人，不是性格，而是抽象的道德和邪恶底修辞学的拟人化而已。这清楚无比地说明了为什么理论、定则，对于他们，比事实、本质更为重要：后二者是他们所不能理解的。何况即使是才能，甚至是天才，也往往不能摆脱理论底影响。果戈理却是完全摆脱了任何理论影响的少数人之一。他能够在其他诗人底作品中理解其艺术并加以赏叹，但同时，却走着自己底路，顺从自然所厚赐于他的深刻而真实的艺术本能，不惑于别人底成功，以致堕入模仿底陷阱。这当然不是赋给他独创性，而是赋给他保持、并

---

① 这两个名字底语源分别含有"偷盗"和"刀"之意，顾名思义，就可以知道不是善类。均见布尔加林底"道德教诲"小说伊凡·唯齐庚中。
② 这两个名字也是有涵义的：普拉甫多包波夫——"爱好真理"，勃拉果特伏罗夫——"慈善"，也都是布尔加林底"道德教诲"小说伊凡·唯齐庚里的人物。〔原注〕在当时，Резонёр〔说教者〕这个字，对于喜剧成了这样的一种术语，正好像 jeune premier〔扮演恋爱角色的女主人公〕主角爱人或 при мадонна〔首席女歌手〕对于歌剧一样。

充分地表现那独创性的可能，那独创性原是他底人格底特质和属性，从而像才能一样，是自然底禀赋。所以在许多人看来，他似乎是从外面闯进俄国文学似的，而实际上，他却是被以前的一切发展所促成的，俄国文学底一个必然的现象。

果戈理对俄国文学的影响是巨大的。不但一切年青的才能都遵循他所指示的道路，并且一些享名已久的作家，也都弃旧从新，投奔到这条路上来。因此，反对者们意存诋毁，称之为自然派的一种学派就出现了。继《死魂灵》之后，果戈理没有写过什么。现在驰骋在文坛上的只有他底学派。一切以前针对他而发的责难和非议，现在都转向自然派了，如果他还受到丑诋，那是为了这学派的原故。凭什么非议这学派呢？非议之点不多，说来说去总是那么一套。最初人们攻击它，因为它不断地攻击官僚。有些人真诚地，另外一些人则是存心地，在它关于这一阶层生活状态的描写中，看出了恶意的漫画。最近，这些非议之声沉静下去了。人们现在非议自然派作家，为了他们专爱描写下等人，使农民、看门人、马车夫都成了小说底主人公，描绘陋巷，那饥寒和各种各色不道德底渊薮。为了羞辱新作家起见，非难者们意气扬扬地追溯俄国文学底黄金时代，提起在作品中描写崇高而高贵的事物的卡拉姆静和德米特里耶夫底名字，征引那首文彩已被忘却的多愁善感的歌：《百花中我最爱玫瑰》。我们愿意在此提醒他们一下，第一个杰出的俄国中篇小说是卡拉姆静写的，它的女主人公是一个被纨袴子诱引了的农女——可怜的丽莎……可是，他们会说，一切都是端庄而纯洁的，莫斯科近郊的农女并不让于大家闺秀。这样，我们就达到了争论底症结所在：象你们所看到，这儿又是旧诗学在作祟。它也允许描写农民，可是必须穿上戏装，表达跟他们底生活、身份与教养不相合的感情和观念，并且用任何人都不说、尤其农民决不会说的语言来表达，——一种点缀着此、彼、孰者、如此之类的字的文学语言。还有更方便的事吗：十八世纪法国作家笔下的牧童和牧女给描写俄国男女农民提供了现成而优异的范本；统统搬过来，你就有了附有蓝色和粉红色缎带的草帽、发粉、美人痣、撑裙的鲸骨箍、胸衣、边缘向上翻的裙、红高跟的鞋子。仅仅在语言上面，才恪守本国的文学习惯，因为法国人从来不喜欢炫耀老朽的、谈话时所不用的语言。这种习性纯粹是俄国的；我们许多第一流的才能也不免爱用 брег〔岸〕、младость〔青春〕、перси〔脑〕、очи〔目〕、выя〔颈〕、стопы〔足〕、чело〔额〕、глава〔头〕、глас〔声〕以及诸如此类所谓"崇高文体"底附属品。简单点说：旧诗学容许你描写一切你所喜欢的东西，但规定必须把描写的对象修饰成这样，使人再也看不出你要描写的是什么。严格地遵奉旧诗学底教训，诗人就可以比德米特里耶夫所歌颂的画匠叶甫列姆① 做很更好，他把阿尔熙普画成西多尔，把鲁卡画成库慈玛；他可以给阿尔熙普画这么一幅像，不但不像西多尔，而且也不像世上的任何东西，连一块烂泥也不像。自然派却遵奉完全相反的法则：所描写的人物和其现实中的范本的逼肖，或许不足以包括一切，但却是自然派底第一个要求，不做到这一点，作品里就不会有什么好东西。这是一个苛刻的要求，只有有才能的人才担当得起！这样说来，那些以前没有才能也能在诗歌园地上煊赫一时的作家们，怎么能够不爱好和尊敬旧诗学呢？自然派把这些人力所不逮的写作方法介绍了过来，他们怎么能够不把自然派看作最可怕的敌人呢？当然，这只是指在这问题上被自尊心所干扰的人而言；但也还有许多人，由于受了旧诗学底影响之故，完全出于诚意地不喜欢艺术中的自然性。这些人还特别沉痛地诉说，艺术今天把它从前的使命忘怀了。"从前，"他们说，"诗歌用来教

---

① 典出德米特里耶夫底一首短嘲诗《画像题字》：
请看，这儿是叶甫列姆，我们本国的画匠！他刻画人物特别高妙。
画笔老在凡人身上挥舞：
把阿尔熙普画成西多尔，库慈玛画成鲁卡。

训和娱乐读者，使读者忘掉生活底苦难和忧患，仅仅给画出愉快和欢悦的图画。从前的诗人也描写贫困底图画，但这贫困是整洁的、干净的、表现得朴素而又高贵的；加之，在小说底结尾，常常出现一个多情善感的千金小姐或闺女，富裕而高贵的双亲底女儿，否则就是一个侠义心肠的年青人；这个人为了他、或她所爱的人，在从前是贫穷和悲苦的地方带来了满足和幸福，于是感谢的眼泪沾湿了恩人底手，——读者不自禁地把细麻手帕举到眼睛上，感觉到他变得更高贵、更多情……可是现在呢！请看现在写的是些什么！穿草鞋和粗布衣服、常常散发出劣等酒底臭味的农民，从衣装上看不出性别来的、半人半马怪物似的娘儿们，陋巷——贫穷、绝望和淫乱底渊薮，要到那儿去，得走过污泥没胫的院子；一个什么酒鬼——法院录事，或者被赶了出来的神学院出身的教师，——这一切，都以一种可怕真理底赤裸性，从自然中摹写下来，使你读完之后，夜里会做恶梦……"可敬的旧诗学门徒们便这样地、或者类似这样地说着。实际上，他们抱怨的是：诗歌为什么不再无耻地撒谎，从幼稚的童话一变而为不常常是愉快的真实，为什么它不再是可以使孩子手舞足蹈和昏昏入睡的发响的玩具。奇怪的人们，幸福的人们！他们能够终身是孩子，即使在老年，也还是白发少年，未成年者，——他们还要求大家都像他们一样呢！读你们底旧童话去罢，谁都不会来打扰你们；可是，得让别人去做成年人所应做的事。你们要的是虚谎，我们要的却是真实；让我们好好地分手罢，你们不需要我们底施与，我们也不想沾你们底光……可是，另外一个原因阻碍了这种好聚好散的分手——那就是以美德自居的自私主义。真的，你试设想一个小康、甚至很富裕的人：他刚刚吃完了一席好菜（他有一个上好的厨师），在熊熊的炉火前面，拿了一杯咖啡坐在舒适的伏尔泰式圈椅里，他感到温暖而安适，幸福之感使他高兴起来，——于是他拿起一本书，懒洋洋地翻动着书页，——他底眉毛在眼睛上面折皱了,微笑从玫瑰色的嘴唇上消失,他激动、吃惊、发怒……而这是有理由的!这本书告诉他,世上不是一切人都生活得像他一样美好,还有陋巷,那儿全家人衣不蔽体,瑟缩寒颤,这家人最近或许还是过得去的;这地面上还有许多人,生来注定得挨穷受苦,不是为了无事可做和懒惰,而是为了绝望,才把最后一个戈贝化在劣等酒精上面。于是我们底幸运儿局促不安,颇以自己底安乐为耻。这都是那本丑恶的书不好:他为了找快乐而拿起这本书,结果却读到忧郁和烦闷。滚它的罢!"一本书应该使人开心;不读,我也知道生活中有许多痛苦和阴郁的事情,我要是读一本书,那就是为了忘掉这些!"他喊道。——这样,亲爱的、仁慈的逸乐之徒,为了使你心境平静起见,书籍必须说谎,穷人必须忘掉愁苦,饥者必须忘掉饥饿,苦难底呻吟必须用音乐调子传入你底耳鼓,以免败倒你底食欲,扰乱你底清梦……现在请想象另外一个愉快读物底爱读者处于相同的境况中罢。他将举行一次跳舞会,日期逼近了,可是没有钱;管家尼基塔·费多雷奇把款子送迟了。可是,今天钱送到了,跳舞会可以举行了;他嘴里叼着一枝雪茄,快乐而满足,躺在沙发上,无事可做,就懒洋洋地伸出手去拿一本书。又是这一套故事!该死的书[①] 给他讲过他底尼基塔·费多雷奇底功绩,这个卑劣的奴仆,从小惯于卑屈地为别人底情欲和幻念拉纤,娶了少主人父亲底从前的情妇做妻。就在这个根本不懂得人类感情的人底身上,寄托着一切安东们底命运和宿命……滚它的罢,丑恶的书!现在请再想象一个人处于同样舒适的境况中,他在童年赤脚走路,当过信差,现在到了将近五十岁光景,有了一点身份,"薄有资产"。大家都读书——他就也得读书;可是他在书里找到些什么呢?——找到的是他自己底传记,

---

① 系指格里戈罗维奇底中篇小说《安东·果列梅卡》,里面的人物之一名字就叫尼基塔·费多雷奇。

并且记述得非常真确,虽然他生活中的隐藏的波澜,除了他本人之外,对于大家都是秘密,任何一个文士都无从窥知……于是他不但激动,简直狂乱了,带着威严之感,用这样的议论来缓和他底愤怒:"现在他们写作便是这样,这便是自由思想底结果!从前是这样写作的吗?平稳而流畅的文体,写的完全是柔和或崇高的东西,读起来愉快,不会伤害任何人!"

有这样一种特殊的读者,他们由于贵族主义的情感,甚至在书本里也不喜欢看见通常不懂得礼节与风雅的下等人,不喜欢污秽与贫穷,因为这些跟豪华的沙龙、闺房与私室对照得太鲜明了。他们提到自然派,总是带着傲慢的轻蔑、讥刺的笑……这些憎厌"卑劣的贱民",认为比一匹好马还不如的封建爵爷们,是些什么人呢?别忙到纹章宗谱或欧洲宫廷里去寻问他们;你找不到他们底纹章,他们也没有上过朝廷,如果他们看见过上流社会的话,那也只是从街上望见,透过灯光辉煌的窗户,限于百叶窗和帷幔所容许的范围……他们没有祖先可以夸耀;他们往往或是官吏,或是仅仅富于平民家谱的新贵族:祖父是一个管家的,叔父是一个包收租税人,有时祖母是一个圣饼烘制人,姑母是一个小贩。这之际,本文作者认为必须正告读者,用出身低微来责难同胞,是他所不愿做,绝对和他底信念相违的,他自己就不能以出身高贵来自傲,并且不耻于承认这一点。可是他认为,——读者大概也会同意他,——再没有比从乌鸦身上拔去孔雀毛,证明给它看,它就是属于它想轻侮的那一类东西,更愉快的了。一个普通身份的人,不是单单因为他属于普通身份,就是一只乌鸦;使他成为乌鸦的,不是身份,却是本性,而在一切身份里面都有乌鸦这东西,正像在一切身份里面都有鹰一样;可是,当然,只有乌鸦才会躲在孔雀毛下而昂首阔步。那么,为什么不告诉乌鸦,它是一只乌鸦呢?蔑视下等人,在我们底时代,决不是上等阶层底恶习;相反地,这却是暴发户底一种病,无智、感情及思想粗鄙底结果。一个聪明而有教养的人，即使遭罹这种疾病，也不会显露出来，因为它不合于时代精神，因为暴露了它，就意味着用乌鸦底嗓子呱呱乱叫，显出了原形。我们认为，不管伪善多么可恨，可是在这场合，总比乌鸦底坦白好些，因为这到底证明了智慧。在别的鸟类面前骄傲地展开华丽的尾巴的孔雀，被称为美丽的，但不是智慧的动物。对于狂妄地夸耀着借来的羽毛的乌鸦，该怎么说呢？这种狂妄，完全是不智的，并且主要地是一种平民底恶习。如果不是在那些比最低层略高一级的社会阶层里，那么，我们更能在什么地方看到更多的装腔作势和妄自尊大呢？推源其故，因为在这儿，有着更多的无智。请看仆人怎样瞧不起乡下人罢，后者无论在哪一方面说来，都比他好些，高贵些，更象人些！仆人底这种傲慢是从哪儿来的呢？——他摹仿了主人底恶习，所以自以为比乡下人有教养得多。外表的光辉，往往被粗鄙之徒当作了教养。

"文学中充斥着这么多乡下人，算是怎么回事呢？"某一种类的贵族喊道。在他们看来，作家是一个工匠，怎么吩咐，他就该怎么做。他们不想到，作家在选取对象的一点上，不能被别人底意志，甚至也不能被自己底专断所左右，因为艺术自有其规律，不遵守这规律，就写不成好作品。首先第一，它要求作家忠实于自己底本性、才能和想象。如果不归因于诗人底本性、性格和才能，那么，怎么能够解释一个人喜欢描写欢快的对象，另外一个人喜欢描写阴郁的对象呢？谁要是爱好一件事物，对之感觉兴趣，他就会知道得多些；知道得多，就会描写得更好些。当诗人被责以选择对象不当的时候，这是一个最合理的辩解；只有对于那些对艺术一无所知、粗鲁地把艺术和工艺混为一谈的人，这才是不能令人满意的。大自然是艺术底永恒的楷模，而大自然中最伟大和最高贵的对象就是人。农民难道不是人吗？——可是，在一个粗鄙而没有教养的人里面，有什么令人发生兴趣之处呢？——怎么没有？他底灵魂、智力、心灵、热情和性癖，总之，一个有教养的人所有的一切。姑且假定后者高于前者；可是难道植物学家仅仅对于艺术地加过工的园艺植物才感觉兴趣，而对于蔓生田野的它们底原型却加以蔑视吗？难道在解剖学家和生理学家看来，野蛮的澳洲人底身体构造不和开化的欧洲人一样地有趣吗？在这一点上，艺术有什么理由要和科学不同呢？接着——你会说，有教养的人总比没有教养的人高些。关于这一点，我们不得不同意你底意见，可是并不是无条件地。当然，一个最无聊的娴于社交的人也比乡下人无可比拟地高些，可是，这看你就哪一点来说？这只是指社交的教养而言，却并不妨碍有些农民例如在智力、情操和性格方面比他更高。教养仅仅发展、却不能赋给人道德力量，赋给这力量的，是大自然。大自然在分配这些无比珍贵的礼品的时候，是盲目的，并不对阶层有所区分……如果在有教养的社会阶级中产生了较多杰出的人物，——那是因为在这儿，有着更多发展底途径，却不是因为自然施惠于下等阶级的人特别吝啬的原故。"从一本描写喝得烂醉的可怜虫的书里，能够学到些什么呢？"——这些第二流的贵族又说道。——怎么不能够呢？——不用说，学到的不是社交的态度，也不是风雅的调子，而是关于某种状况下的人的智识。有人喝酒，是因为懒惰、教养不良、性格上的缺点；另外一个人则是因为生活底不幸遭遇，他对于这一点也许是完全无辜的。这个事例，在前后二种场合，观察起来都是意味深长，饶有兴味的。当然，鄙夷不屑地背弃一个跌倒的人，比对他伸出安慰的援手去，要容易得多，正好像用道德底名义苛酷地责难他，比用同情和爱心深入他底境遇，探索他底堕落底深刻的原因，即使他应该对于堕落负许多责任，还是把他当作一个人来加以怜惜，要容易得多。人类底救世主来到这个世上，是为了一切人；他不召唤贤智和有教养的人，而是召唤头脑和心灵简单的渔夫[①]去做

[①] 基督底使徒们大半都是渔夫。

"人类底渔猎者",他不寻找富裕和幸福的人,而是寻找穷苦、被迫害和跌倒的人,有的加以安慰,有的加以鼓舞和苏生。那褴褛破衣遮盖不全的身体上的溃烂的脓疮,并没有辱没他充满着爱和怜悯的眼光。他——上帝之子——仁慈地抚爱人类,同情他们底贫穷、污秽、耻辱、淫乱、恶习和罪恶;他容许问心无愧的人向犯奸淫的妇人投石,让硬心肠的法官受窘,对跌倒的女人说安慰的话,——而一个在罪有应得的死刑刑具上奄奄一息的强盗,在忏悔底一刹那间,从他那儿听到宽恕与和平的话语……可是我们,人之子,却只想爱我们兄弟中那些和我们相等的人,背弃下等阶层,象背弃败类,背弃跌倒的人,背弃麻疯病患者一样……什么美德和功绩给了我们这样的权力呢?这不正是表示没有美德和功绩吗?……可是,爱情和友爱这两个神灵的名词,响彻于世界,不是徒然的。从前只是受命于天的人底责任,或者少数特选的人底美德,现在变成了社会底责任,并且不仅是美德底标记,也是私人教养底标记了。请看,在我们底时代,大家怎样地关心下层阶级底命运,私人慈善怎样愈益变为社会慈善,怎样到处设立了组织完备经费充足的团体,在下层阶级中间普及文化,扶助匮乏和受难的人,防阻贫困及其不可避免的后果——不道德和淫乱。这个一般性的运动,这么高贵,这么人性,这么合乎基督精神,却遭到了麻痹而停滞的家长制底崇拜者们剧烈的非难。他们说,在这儿发生作用的是风尚、虚荣,却不是博爱。就算如此,可是在什么时候,什么地方,没有这类卑微的冲动在卓越的人类活动里面参与着呢?怎么能够说,这类冲动是这些现象底唯一的原因呢?怎么能够认为,以身作则来感应群众的这些现象底主要促成者,不是被更高贵和更崇高的冲动鼓舞着的呢?当然,那些不是由于爱同胞、而是由于学时髦、由于模仿、由于虚荣心才来参加慈善工作的人们底美德,毫无足以令人钦羡之处;可是,这在对社会的关系上却是一种美德,使社会充满着这样的一种精神,让空虚的人底活动都能趋向于善良！这难道不是近代文明底、智慧、教化和教育底成功底一件非常快慰的现象吗？

这种新的社会运动，难道能够不反映在文学里面——不反映在那常常是社会底表现的文学里面吗！在这一点上，文学所起的作用是还不止此的：文学促进这种倾向在社会中繁荣滋长，而不仅在作品中反映它；超越在它之前，而不仅尾随在它之后。这种作用是否高贵和有益，这是用不着多说的；可是，没有纹章的贵族们，正是为了这种作用，对文学施以猛烈的攻击。我们认为，我们已经充分地显示了这些攻击从什么源流里发出，它们有多少价值……

我们还得讲到一种从美学观点出发，以本身就是目的、不承认此外还有别的目的的纯艺术底名义而对现代文学和一般自然主义发出的攻击。这种意见有一些根据，可是，过甚其辞是一眼就可以看出的。这种意见纯粹是德国产的；它只能产生在思辨的、思索的和梦想的人民中间，却不可能出现在社会性给一切人提供出广泛的积极活动园地的、实事求是的人民中间。纯艺术是什么，——连它底拥护者们也说不出所以然，因此，它对于他们显得是一种理想，实际上却是并不存在的。就本质上说来，这便是一种坏的极端——即把艺术说成是劝善惩恶的、教训的、冷淡的、枯燥的和死的东西，其作品不过是关于特定主题的修辞学的练习——底另一坏的极端而已。毫无疑问，艺术首先必须是艺术，然后才能够是社会精神和倾向在特定时期中的表现。不管一首诗充满着怎样美好的思想，不管它多么强烈地反映着现代问题，可是如果里面没有诗歌，那么，它就不能够包含美好的思想和任何问题，我们所能看到的，充其量不过是执行得很坏的美好的企图而已。如果在长篇小说或中篇小说里，没有形象和人物，没有性格，没有任何典型的东西，那么，不管里面叙述的一切，怎样忠实而精确地从自然中摹写下来，读者还是找不到任何自然性，看不出任何忠实地察觉、并巧妙地把握住的东西。他会觉得人物涂成了模糊的一片；叙述的是许多不可理解的事件底混乱纠结。破坏了艺术法则，是不可能不受到惩罚的。若要忠实地摹写自然，仅仅能写，就是说，仅仅驾驭抄写员和文书底技术，还是不够的；必须能通过想象，把现实底现象表达出来，赋予它们新的生命。一件具有罗曼蒂克趣味的审判案件底翔实的记载，并不是一部小说，却只能供作小说底素材，就是说，供给诗人一个写小说的机缘罢了。可是为了这，他必须借思想之力洞察案件底内部本质，猜透促使人物这样行动的那秘密的灵魂冲动，把握形成这些事变底核心的那案件底要点，赋予这些事变以统一的、完全的、整个的、锁闭在自身里面的意义。而这一点，只有诗人才能够办到。似乎再没有比忠实地描绘人底肖像更容易的事。可是，有些人终其一生，实习这一绘画部门，却还是不能把熟悉的脸画出来，使别人也知道这是谁底肖像。忠实地描绘肖像，就本身说，也是一种才能，可是这还不能包括尽一切。一个普通的画家会给你底朋友画出非常相似的肖像；那相似，在你不得不立刻认出这是谁底肖像这一意义上说来，是毫无疑问的，可是无论如何，你还是对它不能满足，觉得它和原物相似而又不相似……然而，让狄兰诺夫或勃留洛夫[①]来画这幅肖像罢，——你就会觉得，镜子还不如这幅肖像能够把你朋友底形象忠实地反映出来，因为这将不仅是肖像，并且是一件艺术品，这作品不仅抓住外部的相似，并且还把握住原物底整个灵魂。这样，忠实地摹写现实，只有有才能的人才能够办到，不管作品在别的方面怎样地不足道，它越是以对自然的忠实打动人，作者底才能也越是无可置疑。对自然的忠实，不能包括尽一切，特别在诗歌是如此，——这是另外一个问题。在绘画，由

---

① 狄兰诺夫（Тыранов，1808—1859）和勃留洛夫（Брюллов，1799—1852）均系画家。

于这艺术部门底特性和本质之故,仅仅忠实地摹习自然,常常就是卓越非凡的才能底标记。在诗歌,则不尽如此:不能忠实地摹写自然,固然不能成为诗人,但仅仅具有这本领,也还是不能成为诗人,至少是不能成为一个杰出的诗人。人们常说,忠实地从自然中摹写可怕的事象(例如暗杀、死刑等等),如果没有思想和艺术化的处理,就会引起厌恶,而不是喜悦。这种写法不仅偏颇,并且是错误的。暗杀和死刑底奇观,不是本身能够供人快感的事情,在一位伟大诗人底作品中,读者欣赏的不是暗杀,不是死刑,而是诗人用以描写某一事象的圆熟的手腕,从而,这喜悦是美学的,不是心理学的,是混合着不由自主的恐怖和厌恶之感的,而崇高功绩和恋爱幸福底图画却供人以复杂的、因此是完全的、既是美学又是心理学的喜悦。可是,一个没有才能的人,即使有千百次机会在实际中研究这个事象,也还是不能忠实地描写暗杀和死刑;他所能做到的,充其量只是多少有点忠实的记述,却永远无法描绘出一幅忠实的图画来。他底描写可能引起强烈的好奇心,但决不是喜悦。没有才能而竟从事描绘这种事件,结果只能令人厌恶而已,然而这却决不是因为忠实地摹写自然之故,而是为了相反的原因:传奇剧不是戏剧图画,剧场效果不是感情底表现。

可是,我们一方面完全承认艺术首先必须是艺术,同时却认为,把艺术设想成活在自己特殊的小天地里、和生活别的方面毫无共通之点的纯粹的、排他的东西,这种想法是抽象而空幻的。这样的艺术,在任何时候,任何地方,都是不存在的。毫无疑问,生活分而又分地分成了许多各有其独立性的领域;可是,这些领域息息相关地融合为一,其间没有不可逾越的鸿沟。不管把生活怎样分割,它总是统一的,完整的。人们说:科学需要理智和判断,创作则需要幻想,认为这样就可以干脆地解决了问题,把问题束之高阁。可是,难道艺术就不需要理智和判断吗?学术家没有幻想能行吗?不对的!事情是这样:在艺术中,起着最积极和主导的作用的是幻想，而在科学中，则是理智和判断。当然，有些诗作，除了强烈的光辉的幻想之外，不再有什么；可是，这绝对不是艺术作品底一般规律。在莎士比亚底作品中，你无从断定，什么东西更使人惊奇——是创作幻想底丰富呢，还是无所不包的智力底充沛？有几种学问，不但不需要幻想，并且有了幻想，反而只会有害处；可是，这却不能按诸一般的学术而皆准。艺术是现实底复制，被重复了的、重新被创造了的世界：它难道能够是一种孤立的、隔绝一切外来影响的活动吗？诗人，作为一个人、一个性格、一个天性——总之，作为一个人格，难道能够不反映在作品中吗？当然，不能够，因为和自己脱离任何关系而描写现实底现象的这种能力，只是诗人本性底另一表现而已。可是，这种能力也是有它底限度的。莎士比亚底人格照彻在他底作品中，虽然看起来他好像对他所描写的世界漠不关心，正像拯救或加害他底主人公们的那命运之神一样。读了史高脱底长篇小说，我们不得不看到，作者是一个与其说在那自觉地广泛地对生活的了解上、宁可说在才能上非常杰出的人，一个信念和习惯上的保守党员、保守派和贵族。诗人底人格不是什么无条件的、孤立的、超脱任何外在影响的东西。诗人首先是一个人，然后是他底祖国底公民，他底时代底子孙。民族和时代底精神影响他，不能比对别人影响得少些。莎士比亚是古老快乐的英国底诗人，这英国在几年中突然变得严厉、庄重和狂信起来。清教徒运动对他后期的作品影响颇大，给盖上了阴沉的忧伤底烙印。由此可见，他要是晚生二十年的话，他底天才还是照旧，可是他底作品底特色就不同了。弥尔登底诗歌显然是他底时代底产物：他自己也没有料到，在他底骄傲而阴沉的撒旦这个人物身上写出了与权威抗争的崇高的境界，虽然他本意是要写完全不同的东西。历史性的社会运动，强有力地影响诗歌，竟到了这样的程度。这说明了只想跟诗人及其作品发生关系，而不顾到诗人写作底地点和时间以及为他底诗作开辟道路并影响他底诗活动的诸种状况的纯美学批评，今天为什么被人不齿，变成了不可接受的东西的原故。人们说，派别之见、宗派主义，对于才能是有害的，会损害他底作品。的确！正因为这原故，所以才能不应该是命定只有朝生暮死的一段生命、不久就将消失于无形的某个派别或宗派底喉舌，而应该是整个社会底珍秘的沉思的、他自己或许也不大清楚的那追求底喉舌。换句话说：诗人所应该表现的，不是特殊的和偶然的，而是一般的和必要的，赋予他底时代以色彩和意义的东西。他怎么能够在这矛盾的意见、追求底一片混乱中，识别真正表现时代精神的东西呢？在这场合，唯一忠实可信的向导，首先是他底本能，朦胧的、不自觉的感觉，那是常常构成天才本性底全部力量的：他似乎违背社会舆论，对抗一切既成的观念和常识，漫无定向地走着，但同时又一直向应该去的地方走去，——不久，连反对他最剧烈的人，自愿或不自愿地也都跟在他后面走了，并且不知道怎么可以不走这条路。

这说明了为什么有些诗人，当他朴素地、本能地、不自觉地遵从才能底暗示的时候，影响非常强大，赋予整个文学以新的倾向，但只要一开始思考、推理，就会重重地摔跌一交！……象剪掉头发的沙逊①一样，勇士突然削弱了，——他，从前走在前头，现在远落在后面，落在从前是他底论敌而目前是新的盟友的一群人里面，和他们站在一条线上，来反对从前自己底理想，可是为时已嫌太迟；这理想不因他底意志而生，也不因他底意志而亡，——它现在站得比他高，比他对社会更有用……如果一个禀赋独厚的诗人而想成为拙劣的说教者，这是多么痛苦、可怜而又可笑啊！……

艺术和文学，在我们今天，比在从前更加变成了表现社会问题的东西，因为在我们今天，这些问题变得更一般化，更为大家所懂得，更加明了，对大家变成了第一等有兴趣的事，比一切其

---

① 《旧约》里的以色列怪力士。

他问题更成为问题。当然,这件事不得不危害到一般的艺术倾向。这样,一些最富有天才的诗人,致全力于解决社会问题之后,有时就会写出作品,叫读者大吃一惊,这些作品底艺术优点绝对不能与其才能相称,或至少在局部的地方显示一些才能,整个作品却是软弱的、冗长的、凋萎的、无光彩的。请回想一下乔治桑底几部长篇小说:《Le Meunier d'Angibault》〔《安治波的磨坊主》——译者〕、《Le Péché de Monsieur Antoine》〔《安托瓦纳先生底犯罪》——译者〕、《Isidore》〔《伊西多尔》——译者〕。可是,在这儿,问题也不在于受到现代社会问题底影响,却在作者企图用乌托邦代替现存的现实,结果使艺术去描写仅仅存在在他想象中的世界。这样,和可能有的性格、大家熟知的人物在一起,他也写了空想的性格、不可置信的人物,在他,小说和童话混而为一,自然的东西被不自然的东西蒙蔽,诗歌和修辞互相掺杂。可是,悲悼艺术底堕落,原因还不在此:同一个乔治桑,继《安治波的磨坊主》之后写了《Teuquirino》〔《杜吉林诺》——译者〕,继《伊西多尔》和《安托瓦纳先生底犯罪》之后写了《Lucrezia Floriani》〔《吕克莱齐亚·佛洛良尼》——译者〕。近代社会问题底影响有损于艺术,更快地会在才能低劣的人身上暴露出来,可是在这儿,也只是暴露作者不能分清存在的与不存在的,可能的与不可能的,尤其是暴露作者爱好传奇剧,追逐矫揉造作的效果而已。在尤琴·苏底长篇小说中,什么东西最吸引人呢?——那是他对于现代社会的忠实的刻划,在这里面,现代问题底影响是非常触目的。恶劣到叫人读不下去的那作品底弱的一面,又是什么呢?——那是夸张、传奇剧、效果、罗多尔夫王子[①]之类不可置信的性格,——总之,一切虚假的、矫饰的、不自然的东西,——而这一切,决不是由于现代问题底影响所造成的,而是

---

① 《巴黎秘密》里的主人公。

由于缺乏才能，局部尚能对付，完整的作品就没有把握。另一方面，我们可以指出狄更斯底许多长篇小说，里面如此深刻地渗透着我们时代底真诚的同情，但仍不妨碍其成为卓越的艺术作品。

我们说过，纯粹的、超然的、无条件的、或象哲学家所说，绝对的艺术，在任何时候，任何地方，都是不存在的。假使有类似这样的东西的话，那就是把艺术当作社会中教养之士所专注的主要兴趣的那个时期底作品。例如，十六世纪意大利学派底绘画便是这样的。显然，它们底内容，主要地是宗教性的；可是，大部分都是海市蜃楼，而事实上，这种绘画底对象是为美而美，在美这个字底造型的或古典主义的意义上，而不是在浪漫主义的意义上。我们拿拉斐尔底《玛董娜》这幅十六世纪意大利绘画底杰作来说罢。谁不记得茹柯夫斯基论及这件奇妙的作品的文章，谁不是从年青时起就根据这篇文章形成自己对于这幅画的意见？从而，谁不把下面一点当作无可争辩的真理来肯定：这作品主要地是浪漫主义的，玛董娜底脸是非人间的美底最高的典范，这种美仅仅把秘密诉诸内在的思考，并且是在纯粹灵感袭来的稀有的瞬间？……笔者不久以前看到过这幅画。他不是绘画底鉴识家，所以不敢妄谈这幅杰出的名画，来断定它底意义和优点底程度；可是，讲到的既然是他个人底印象以及这幅画到底是浪漫主义还是非浪漫主义的性质的问题，那么，他认为，还是可以对此说几句话的。他已经好久没有读茹柯夫斯基底文章，或许有十多年了，可是在这之前，他曾以全部狂烈的热情、年青人底全部赤诚，屡次地读过它，熟悉它到几乎能诵的程度，所以他是预期有这么一个熟知的印象而去接近这幅名画的。他对它注视了好久，走开去，欣赏别的画，然后再回来。不管他对绘画知道得怎样地少，可是他底最初的印象，在下面的一点上是断然而确定的：他立刻感觉到，看了这幅画之后，就很难领略别的画底好处并对之发生兴趣了。他到德莱斯登画苑去过两次，两次都只看到这幅画，甚至当他看别的画或者什么都不看的时候。现在，只要一想到它，它就历历如在眼前，记忆几乎代替了现实。然而，谛视这幅画越久，越仔细，在当时和在以后越是多加思索，他就越是深信，拉斐尔底《玛董娜》，和茹柯夫斯基设想是拉斐尔底作品而加以描摹的《玛董娜》，是两幅完全不同的画，二者之间没有任何共通之点，任何相似之处。拉斐尔底玛董娜是一个严格地古典主义的人物，决不是浪漫主义的。她底脸，表现着独立地存在着、不借助于脸上任何道德的表情来增强其魅惑力的那种美。相反地，在这张脸上什么也看不出来。玛董娜底脸，正象她底整个体态一样，流露出无可言喻的高贵和威严之感。这是一位浸染着对崇高地位和个人威仪的自觉的神底女儿。在她底眼光里，有一种严峻的、抑制的东西，不是慈悲和仁爱，但也不是傲慢、轻蔑，代替这一切，却是不忘怀于自己底宏伟的谦逊。这可以叫做：——idéal Sublime du comme il faut①。然而，捉摸不定的、神秘的、朦胧的、微光闪铄的——总之，浪漫主义的东西，是一点影踪也没有的；相反地，在一切方面，有着这样清晰的、透明的明确性，确断性，轮廓底这样严格的正确性和逼真性，同时又是这样一种笔触底高贵和典雅！在这幅画里，宗教的思辨只表现在圣子底脸上，可是这也只是当时天主教所特有的思辨。在婴孩底姿势上，在向前面的人（指看画的人）伸出的双手上，在眼睛底张大的瞳孔上，可以看出愤怒和威胁，而在微微翘起的下唇上，则表现着傲慢的轻蔑。这不是宽恕和仁爱底上帝，不是为世人赎罪的羔羊，——而是执行裁判和惩罚的上帝……于此可见，在婴孩底体态上，一点也没有浪漫主义的东西；相反地，他底表情是这样单纯而确定，这样容易捉摸，你立刻就清楚地懂得你看见的是什么。也许，只有在那些表现着不寻常的智慧之感、沉思地企望耶和华底出现的天使底脸上，才

---

① 法文：娴雅底崇高的典范。

可以找到一些浪漫主义的东西。

到希腊人中间去寻找所谓艺术，是比较最自然的。的确，构成艺术基本因素的美，几乎曾是这民族底生活中的支配的因素。因此，他们底艺术，比任何别的艺术都更接近所谓纯艺术底典范。可是，在他们底艺术中，美，与其说是内容本身，宁可说是任何内容底基本的形式。内容是宗教、市民生活提供给他们的，但常常总是处于美底压倒的优势之下。因此，希腊艺术也只是比别的艺术更接近绝对艺术底典范，却不能把它叫做绝对的，就是说，脱离民族生活其他方面而独立存在的东西。人们常常把莎士比亚、特别是哥德，引为自由的纯艺术底代表；可是，这是很欠斟酌的说法。莎士比亚是一位最伟大的创作天才，首先是一位诗人，那是毫无疑问的；可是如果有人在他底诗歌中看不到丰富的内容，给心理学家、哲学家、历史家、政治家等等提供出来的教训和事实底取用不竭的宝藏，那就是太不了解他。莎士比亚通过诗歌传达一切，可是他所传达的却绝对不仅仅限于诗歌。一般地说，新艺术底特色是内容底重要性凌驾乎形式底重要性之上，而古代艺术底特色则是内容和形式互相平衡。引哥德为例，甚至比引莎士比亚为例更是不能令人满意。我们将举出两个例子来证明这一点。去年《同时代人》上发表了哥德底《Wahlverwandschaften》〔《选择亲和力》〕底译文，这部作品，俄国有时也有人在报上加以讨论；在德国，它是名震一时的，人们写过一大堆论文和许多专著来谈到它。我们不知道，俄国公众喜欢它到什么程度，甚至是否喜欢它；我们底任务是介绍公众认识一下伟大的诗人底这部杰作。我们甚至认为，这部小说与其说使我们底公众喜欢，无宁说是使他们大吃了一惊。真的，有许多地方可以使人吃惊的呢！一个女孩子抄录管理田产的报告；小说中的男主人公注意到，她越抄下去，笔迹变得越和他相似起来。"你爱着我"，他喊道，跑过去搂住了她底脖子。我们重复说一遍：这种特色，不仅对于我们底公众，就是对于其他任何一国底公众，都显得是古怪的。可是，这对于德国人，却毫不古怪，因为这是一种真实地被把握住的德国生活底特色。在这部小说里，可以找到许多这样的特色；许多人恐怕还把整个小说只看成这种特色底结晶……这是不是证明哥德底小说是在德国社会生活这样大的影响下写成的，走出德国，就显得异乎寻常地古怪呢？可是，当然，哥德底《浮士德》无论在什么地方都是一部伟大的作品。人们特别喜欢把它称为只服从于自己固有的特殊法则的纯艺术底典范。然而，——请可敬的纯艺术骑士们别生气，——《浮士德》实在是他同时代的德国社会生活底充分的反映。在这里面，表现着上世纪末和本世纪初的整个德国哲学运动。黑格尔学派底信徒们在演说和哲学论文里面不断地证引《浮士德》里的诗句，不是没有原因的。哥德在《浮士德》第二部里，常常流于因为思想底抽象性而显得朦胧、不可理解的讽喻，也同样地不是没有原因的。哪儿有什么纯艺术呢？

我们看到，希腊艺术也只是比一切其他艺术更接近所谓纯艺术底典范，却不能完全实现这境界；至于新艺术呢，常常总是远离这个典范的，今天更是离开得远了；可是，这也正就是新艺术底力量所在。艺术利益本身，不得不让位于对人类更重要的别的利益，艺术高贵地为这些利益服务，做它们底喉舌。可是，它毫不因此而中止其为艺术，而只是获得了新的特质。夺去艺术为社会利益服务的权力，这是贬抑它，却不是提高它，因为这意味着夺去它底最泼辣的力量，即：思想，使之成为消闲享乐之物，游手好闲的懒人底玩具。这甚至是意味着绞杀它，我们时代底绘画底可怜状态就是一个证明。这个艺术，似乎忘记了周围沸腾的生活，对一切活的、现代的和实际的东西熟视无睹，专门到陈腐的过去里面去寻找灵感，从中拾取一些现成的观念，那是人们早已对之感觉冷淡，不再使人发生兴趣、给人温暖，也不再能激起任何人生气勃勃的同情心来的。

柏拉图认为，把几何学应用到技艺上去，是科学底贬降、庸俗化。这意见，出诸那样一个热诚的理想主义者和浪漫主义者，社会生活如此朴素而单纯的小共和国底公民，是可以理解的；可是，在我们底时代，这样的社会生活连想象都不可能。人们说，迭更斯藉小说之助促成了英国各学校机构底改进，那些学校整个儿是植基于无慈悲的鞭笞和对孩子们的野蛮的虐待上面的。请问，如果迭更斯在这场合是作为一个诗人来行动的，这有什么不好呢？难道因此他底小说在美学上就差些吗？这是一种显然的误解：人们看到，艺术和科学不是同一件东西，却不知道，它们之间的差别根本不在内容，而在处理特定内容时所用的方法。哲学家用三段论法，诗人则用形象和图画说话，然而他们说的都是同一件事。政治经济学家被统计材料武装着，诉诸读者或听众底理智，证明社会中某一阶级底状况，由于某一种原因，业已大为改善，或大为恶化。诗人被生动而鲜明的现实描绘武装着，诉诸读者底想象，在真实的图画里面显示社会中某一阶级底状况，由于某一种原因，业已大为改善，或大为恶化。一个是证明，另一个是显示，可是他们都是说服，所不同的只是一个用逻辑结论，另一个用图画而已。可是，前者被少数人，后者却被大家听着、了解着。社会底最崇高和最神圣的利益，就是那同等遍及于其各成员的社会本身底福祉。引向这福祉的道路，是自觉，艺术能促进这自觉，并不下于科学。在这儿，艺术和科学是同样不可缺的，科学不能代替艺术，艺术也不能代替科学。

....

(1848)

满涛　译
选自《别林斯基选集》第二卷，
时代出版社1952年版。

艺术与现实的审美关系

〔俄国〕车尔尼雪夫斯基

美

美的概念在流行的美学体系中就是这样发展起来的。由这个基本观点得出了如下的定义：美是在有限的显现形式中的观念；美是被视为观念之纯粹表现的个别的感性对象，因此在观念中没有一样东西不是感性地显现在这个别的对象上，而在个别的感性对象中，又没有一样东西不是观念的纯粹表现。从这方面说，个别的对象就叫形象（das Bild）。这样美就是观念与形象之完全的吻合，完全的统一。

我不必去说，这种基本概念现在已被公认是经不起批评的；我也不必去说，既然美只是由于未受哲学思想启发、缺乏洞察力而发生的"假象"，有了哲学思想，观念在个别对象上的显现之貌似的完全就会消失，结果思想发展得愈高，美也消失得愈多，直至我们达到思想发展的最高点，那就只剩下真实，无美可言了；我也不想用事实去推翻这一点：实际上人的思想的发展毫不破坏他的美的感觉；这一切都是早已反复申说过的。作为形而上学体系的结果和一部分，上述的美的概念随那体系一同崩溃。但是一个体系也许谬误，而其中所包含的一部分思想，独立地来看，也许还能自圆其说。所以还要指出：即使离开那现已崩溃的形而上学的体系单独来看，流行的美的概念也仍然经不起批评。

"一件事物如果能够完全表现出该事物的观念来，它就是美的，"——翻译成普通话，就是说，"凡是出类拔萃的东西，在同类中无与伦比的东西，就是美的。"一件东西必须出类拔萃，方才称得上美，这是千真万确的。比方，一座森林可能是美的，但它必须是"好的"森林，树木高大，矗立而茂密，一句话，一座出色的森林；布满残枝断梗，树木枯萎、低矮而又疏落的森林是不能算美的。玫瑰是美的；但也只有"好的"、鲜嫩艳丽、花瓣盛开时的玫瑰才是美的。总而言之，一切美的东西都是出类拔萃的东西。但并非所有出类拔萃的东西都是美的；一只田鼠也许是田鼠类中的出色的标本，但却绝不会显得"美"；对于大多数的两栖类、许多的鱼类、甚至许多的鸟类都可以这样说：这一类动物对于自然科学家越好，就是说，它的观念表现在它身上愈完全，从美学的观点看来就愈丑。沼泽在它的同类中愈好，从美学方面来看就愈丑。并不是每件出类拔萃的东西都是美的；因为并不是一切种类的东西都美。美是个别事物和它的观念之完全吻合，这个定义是太空泛了。它只说明在那类能够达到美的事物和现象中间，只有其中最好的事物和现象才似乎是美的；但是它并没有说明为什么事物和现象的类别本身分成两种，一种是美的，另一种在我们看来一点也不美。

同时这个定义也太狭隘。"任何东西，凡是完全体现了那一种类的观念的，就显得美，"这意思也就是说："美的事物一定要包含所有在同类事物中堪称为好的东西；在同类事物中所能找到的任何好的东西，没有不包含在美的事物中的。"在有些自然领域内，同一种类的东西中没有多种多样的典型，对于这些领域内的美的事物和现象，我们确是这样要求的。例如，橡树只能有一种美的性质：它必须干高叶茂；这些特性总是呈现在美的橡树上，在其他的橡树上再没有别的好东西。可是在动物里面，一当它们被养驯的时候，同一种类中间就表现出多种多样的典型来了。

在人身上，这种美的典型的多样性更加显著，我们简直不能设想人类美的一切色调都凝聚在一个人身上。

"所谓美就是观念在个别事物上的完全的显现，"这个说法决不能算是美的定义。不过其中也含有正确的方面——那就是："美"是在个别的、活生生的事物，而不在抽象的思想；这也含有对于真正艺术作品的特性的另一正确的暗示：艺术作品的内容总是不仅对艺术家，而且对一般人来说也都是有兴趣的（这个暗示就是说：观念是"不论何时何地都起作用的一般性的事物"）；其所以如此的理由，我们留待后面再说。

常被认为和上面的说法一致，实际上却有完全不同意义的另一个说法是："美是观念与形象的统一，观念与形象的完全融合。"这个说法确实说出了一个根本的特征——然而不是一般的美的观念的特征，而是所谓"精美的作品"即艺术作品的美的观念的特征；只有当艺术家在他的作品里传达出了他所要传达的一切时，他的艺术作品才是真正美的。这是当然的，只有在画家完全描绘出了他所要描绘的人时，他所作的画像才是好的。但是"美好地描绘一副面孔"，和"描绘一副美好的面孔"是两件全然不同的事。当我们给艺术的本质下定义时，我们还得说到艺术作品的这个特性。在这里我以为需要指出一点：认为美就是观念与形象的统一这个定义，它所注意的不是活生生的自然美，而是美的艺术作品，在这个定义里，已经包含了通常视艺术美胜于活生生的现实中的美的那种美学倾向的萌芽或结果。

那末美实际上到底是什么呢，假如不能把它定义为"观念与形象的统一"或"观念在个别事物上的完全的显现"？

建立新的没有破坏旧的那么容易，防卫要比攻击困难；因此我认为正确的关于美的本质的意见，很可能不会使所有的人觉得满意；但是假如我所阐述的美的概念——那是从目前关于人类思想与活的现实之关系的主导的见解中引伸出来的——还有欠缺、偏颇或不可靠之处的话，我希望那并不是概念本身的缺点，而只是我阐述的不得其法。

美的事物在人心中所唤起的感觉,是类似我们当着亲爱的人面前时洋溢于我们心中的那种愉悦[①]。我们无私地爱美,我们欣赏它,喜欢它,如同喜欢我们亲爱的人一样。由此可知,美包含着一种可爱的、为我们的心所宝贵的东西。但是这个"东西"一定是一个无所不包、能够采取最多种多样的形式、最富于一般性的东西;因为只有最多种多样的对象,彼此毫不相似的事物,我们才会觉得是美的。

在人觉得可爱的一切东西中最有一般性的,他觉得世界上最可爱的,就是生活;首先是他所愿意过、他所喜欢的那种生活;其次是任何一种生活,因为活着到底比不活好;但凡活的东西在本性上就恐惧死亡,惧怕不活,而爱活。所以,这样一个定义:

"美是生活"

"任何事物,凡是我们在那里面看得见依照我们的理解应当如此的生活,那就是美的;任何东西,凡是显示出生活或使我们想起生活的,那就是美的,"——

这个定义,似乎可以圆满地说明在我们内心唤起美的情感的一切事例。为要证实这一点,我们就来探究一下在现实的各个领域内美的主要表现吧。

在普通人民看来,"美好的生活"、"应当如此的生活"就是吃得饱,住得好,睡眠充足;但是在农民,"生活"这个概念同时总是包括劳动的概念在内:生活而不劳动是不可能的,而且也是叫人烦闷的。辛勤劳动、却不致令人精疲力竭那样一种富足生活的结果,使青年农民或农家少女都有非常鲜嫩红润的面色——这照

[①] 我是说那在本质上就是美的东西,而不是因为美丽地被表现在艺术中所以才美的东西;我是说美的事物和现象,而不是它们在艺术作品中的美的表现:一件艺术作品,虽然以它的艺术的成就引起美的快感,却可以因为那被描写的事物的本质而唤起痛苦甚至憎恶。——原注

普通人民的理解，就是美的第一个条件。丰衣足食而又辛勤劳动，因此农家少女体格强壮，长得很结实，——这也是乡下美人的必要条件。"弱不禁风"的上流社会美人在乡下人看来是断然"不漂亮的"，甚至给他不愉快的印象，因为他一向认为"消瘦"不是疾病就是"苦命"的结果。但是劳动不会让人发胖：假如一个农家少女长得很胖，这就是一种疾病，体格"虚弱"的标志，人民认为过分肥胖是个缺点；乡下美人因为辛勤劳动，所以不能有纤细的手足，——在我们的民歌里是不歌咏这种美的属性的。总之，民歌中关于美人的描写，没有一个美的特征不是表现着旺盛的健康和均衡的体格，而这永远是生活富足而又经常地、认真地、但并不过度地劳动的结果。上流社会的美人就完全不同了：她的历代祖先都是不靠双手劳动而生活过来的；由于无所事事的生活，血液很少流到四肢去；手足的筋肉一代弱似一代，骨骼也愈来愈小；而其必然的结果是纤细的手足——社会的上层阶级觉得唯一值得过的生活，即没有体力劳动的生活的标志；假如上流社会的妇女大手大脚，这不是她长得不好就是她并非出自名门望族的标志。因为同样的理由，上流社会美人的耳朵必须是小的。偏头痛，如所周知，是一种有趣的病，——而且不是没有原因的：由于无所事事，血液停留在中枢器官里，流到脑里去；神经系统由于整个身体的衰弱，本来就很容易受刺激；这一切的不可避免的结果就是经常的头痛和各种神经的疾病；有什么办法！连疾病也成了一件有趣的、几乎是可羡慕的事情，既然它是我们所喜欢的那种生活方式的结果。不错，健康在人的心目中永远不会失去它的价值，因为如果不健康，就是大富大贵，穷奢极侈，也生活得不好受，——所以红润的脸色和饱满的精神对于上流社会的人也仍旧是有魅力的；但是病态、柔弱、萎顿、慵倦，在他们心目中也有美的价值，只要那是奢侈的无所事事的生活的结果。苍白、慵倦、病态对于上流社会的人还有另外的意义：农民寻求休息和安静，而有教养的上流社会的人们，他们不知有物质的缺乏，也不知有肉体的疲劳，却反而因为无所事事和没有物质的忧虑而常常百无聊赖，寻求"强烈的感觉、激动、热情"，这些东西能赋与他们那本来很单调的、没有色彩的上流社会生活以色彩、多样性和魅力。但是强烈的感觉和炽烈的热情很快就会使人憔悴：他怎能不为美人的慵倦和苍白所迷惑呢，既然慵倦和苍白是她"生活了很多"的标志？

> 可爱的是鲜艳的容颜，
> 青春时期的标志；
> 但是苍白的面色，忧郁的征状，
> 却更为可爱。①

如果说对苍白的、病态的美人的倾慕是虚矫的、颓废的趣味的标志，那末每个真正有教养的人就都感觉到真正的生活是思想和心灵的生活。这样的生活在面部表情、特别是眼睛上捺下了烙印，所以在民歌里歌咏得很少的面部表情，在流行于有教养的人们中间的美的概念里却有重大的意义；往往一个人只因为有一双美丽的、富于表情的眼睛而在我们看来就是美的。

艺术中的美与现实中的美的比较

我们将所有对现实中的美所提出的多少是不正确的责难都分析过了，现在我们可以来解决艺术的根本作用的问题。依照流行的美学概念，"艺术是由于人们企图弥补美的缺陷而产生的，那些缺陷（我们已经分析过的）使得现实中实际存在的美不能令人完全满意。艺术所创造的美是没有现实中的美的缺陷的。"让我们就

---

① 引自茹科夫斯基翻译的故事诗《阿丽娜与阿尔辛》（一八一五年），但与原诗稍有出入。

来看一看艺术所创造的美比现实中的美,就前者能免除后者所受的责难这一点来说,实际上究竟优越到什么程度,这将使我们更易于来决定:关于艺术的起源和艺术与活生生的现实的关系的流行观点到底正确与否。

一、"自然中的美是无意图的。"——艺术中的美是有意图的,这是真的;可是,是否在所有的情形下和所有的细节上都如此呢?我们不必详论,艺术家和诗人是否时常以及到什么程度,能清楚地了解到他们作品中所恰要表现的东西,——艺术家活动的无意识性早已成为一个被讨论得很多的问题;现在尖锐地强调作品的美依靠于艺术家有意识的努力,比详论真正创作天才的作品总是带有很多无意图性和本能性,也许更为必要。不论怎样,这两种观点都为大家所熟知,在这里毋须加以详论。但是,指出这一点或许不算多余:艺术家(特别是诗人)有意图的努力也不一定能使我们有权利说,对美的关心就是他的艺术作品的真正来源;不错,诗人总是力求"尽量写得好";但这还不能说,他的意志和思想纯粹地甚至主要地被关于作品的艺术性或美学价值的考虑所支配了:正如在自然中有许多倾向不断地互相斗争,在斗争中破坏或损害着美,艺术家和诗人内心也有许多倾向影响他对美的努力,损害他的作品的美。在这许多倾向中,首先就是艺术家各种日常的挂虑和需要,它们不允许他只作一个艺术家,而不管其他,其次,是他的理智和道德观点,它们不允许他在工作时只想到美;第三,艺术家发生艺术创作的念头,通常并不单只是他想创造美这一意图的结果:一个配得上"诗人"称号的人,总是希望在自己的作品里不仅表达他所创造的美,还要表达他的思想、见解、情感。总之,假如说现实中的美是在对自然中其他倾向的斗争中发展起来的,那末,艺术中的美也是在对那创造美的人的其他倾向和要求的斗争中发展起来的。假如说在现实中,这种斗争损害或破坏了美,那末,在艺术作品中,这种损害或破坏美的机会也并不少些；假如说在现实中，美是在许多与美背道而驰的影响之下发展着，那些影响不让它仅仅成为美，那末，艺术家或诗人的创作也是在许多千差万别的倾向之下发展着，而那些倾向又必然会带来同样的结果。固然，我们可以同意，美的艺术作品比之美的自然产物，其创造美的意图性更多，因而在这一点上艺术可以胜过自然，假如艺术的意图性能够摆脱自然所没有的缺陷的话。但是，艺术虽因意图性而有所增益，同时却也因它而有所丧失；问题是艺术家专心致志于美，却常常反而于美一无所成：单是渴望美是不够的，还要善于把握真正的美，——而艺术家是多么常常地在他的美的概念中迷失道路呀！他是多么常常地为艺术家的本能（且不说多半失于偏颇的反省的概念）所欺骗呀！在艺术中，所有个体性的缺陷都是和意图性不可分的。

二、"在现实中美是少见的；"——但是莫非在艺术中美就更常见吗？多少真正悲剧的或戏剧性的事件天天在那里发生呀！可是有很多真正美的悲剧或戏剧吗？在整个西方文学中，才有三、四十篇，在俄国文学中，假如我们没有说错的话，除了《鲍利斯·戈都诺夫》和《骑士时代小景》①，连一篇中等以上的也没有。现实生活中完成了多少的小说呀！可是我们能列举出很多真正美的小说吗？也许在英国和法国文学中各有几十篇，在俄国文学中有五、六篇罢了。美丽的风景是在自然中还是在画中遇见的更多呢？——那末，为什么会这样？因为伟大的诗人和艺术家是很少的，正如同任何种类的天才人物都很少一样。假如说在现实中，对于美的或崇高的事物的创造完全有利的机会很稀少的话，那末，对于伟大天才生长和顺利发展有利的机会就更加稀少，因为那需要为数更多得多的有利条件。这种对现实的责难更猛烈地落到了艺术身上。

---

① 两书都是普希金的作品。

三、"自然中的美是瞬息即逝的;"——在艺术中,美常常是永久的,这是对的;但也并不总是如此,因为艺术作品也很易于湮没或偶然损毁。希腊的抒情诗我们已经无缘再见,阿伯力斯①的画和吕西普斯②的塑像都已湮没。但是不用细讲这一点,且让我们来考察一下很多艺术作品不能和自然中的美一样长存的其他原因——这就是风尚和题材的陈旧。自然不会变得陈腐,它总是与时更始,新陈代谢;艺术却没有这种再生更新的能力,而岁月又不免要在艺术作品上留下印迹。在诗歌作品里面,语言很快就会变得陈旧,因为这个原故,我们就不能象莎士比亚、但丁和乌弗兰③的同时代人那样随意欣赏他们的作品。尤其重要的是,随着时间的流逝,诗歌作品中的许多东西都不为我们所理解了(与当时情况有关的思想和语法,对事件和人物的影射);许多东西变得毫无光彩,索然寡味;渊博的注释决不能使后代感到一切都明白而生动,如同当时的人所感到的一样;而且,渊博的注释与美的欣赏是两个互相矛盾的东西;更不要说,有了注释,诗歌作品就不再为大家所易诵了。尤其重要的是,文明的发展和思想的变迁有时会剥夺诗歌作品中所有的美,有的竟使它变为不愉快甚或讨厌的东西。我们不要举许多例子,只说罗马诗人中最朴素的维吉尔的牧歌就够了。

让我们从诗再谈到其他的艺术吧。音乐作品随着它们配合的乐器而同归湮没。所有的古乐我们已无缘再听。古乐曲的美因乐队的臻于完善而减色了。在绘画上,颜色很快就会消褪与变黑;十六、十七世纪的绘画早已失去它们原先的美了。但是所有这些情况的影响纵然很大,却还不是使艺术作品不能持久的主要原因,主

---

① 阿伯力斯(Apelles),纪元前四世纪希腊画家。
② 吕西普斯(Lysippus),纪元前四世纪希腊雕刻家。
③ 乌弗兰(Wolfram,约1170—1220),德国诗人。

要原因是时代趣味的影响,时代趣味几乎总是风尚的问题,片面而且常常是虚伪的。风尚使得莎士比亚每一个剧本中有一半不适于我们时代的美的欣赏;反映在拉辛和高乃依①的悲剧里面的风尚使得我们与其说欣赏它们,倒不如说笑话它们。无论绘画也好,音乐也好,建筑也好,几乎没有一件一百年或一百五十年前创造的作品,在现在看起来不是觉得老旧或可笑的,纵有天才的力量烙印在上面也无济于事。现代的艺术在五十年后,也将常常引人发笑。

四、"现实中的美是不经常的。"——这是真的;但艺术中的美是僵死不动的,那就更坏得多。一个人能够看一个活人的面孔几个钟头,看一幅画看一刻钟就会厌倦,要是有人能在画前站上一个钟头,那便是稀有的美术爱好者了。诗比绘画、建筑和雕刻都要生动,但即使是诗,也会使我们很快就感觉厌腻;自然,一个人读一本小说,能一连读到五次,那是很难找到的;而生活、活的面孔和现实的事件,却总是以它们的多样性而令人神往。

五、"自然中的美只有从一定的观点来看才是美的,"——这个思想几乎总是不对的;但是对于艺术作品,它倒几乎总是适用的。所有不属于我们这时代并且不属于我们的文化的艺术作品,都一定需要我们置身到创造那些作品的时代和文化里去,否则,那些作品在我们看来就将是不可理解的、奇怪的,但却是一点也不美的。假如我们不置身于古希腊的时代,莎孚②和安拉克里昂③的诗歌在我们看来就会是毫无美的快感的词句,正象人们羞于发表的那些现代作品一样;假如我们不在思想上置身于氏族社会,荷马的诗歌就会以它那犬儒主义、粗野的贪婪和道德情感的缺乏,令

---

① 拉辛(J. Racine,1639—1699)和高乃依(P. Corneille,1606—1684)均为法国剧作家。
② 莎孚(Sappho),纪元前七世纪希腊女抒情诗人。
③ 安拉克里昂(Anacreon,约纪元前570—478),希腊抒情诗人。

我们不快。希腊的世界距离我们太远了,我们就以更近得多的时代来说吧。在莎士比亚和意大利画家的作品里有多少地方,我们只有靠回到过去和过去对事物的概念,才能理解和玩味啊!我们再举一个更接近我们时代的例子:谁要不能置身于歌德的《浮士德》所表现的那个追求和怀疑的时代,就会把《浮士德》看成一部奇怪的作品。

六、"现实中的美包含许多不美的部分或细节。"——但是在艺术中不也是如此吗?只不过程度更大罢了。请举出一件找不到缺点来的艺术作品吧。瓦尔特·司各脱的小说拉得太长,狄更斯的小说几乎总是感伤得发腻,而且也常常太长了,萨克莱的小说有时(毋宁说常常如此)因经常表现恶意嘲讽的直率而令人不快。但是最近的天才极少为美学所重视;它宁取荷马、希腊悲剧家和莎士比亚。荷马的诗缺少连贯性;埃斯库罗斯[①]和索福克勒斯都太枯燥和拘谨,再有,埃斯库罗斯缺乏戏剧性;欧里庇得斯[②]流于悲伤;莎士比亚失之于华丽和夸大;他的剧本的艺术结构假如能象歌德所说的那样稍稍加以修改的话,那就十分完美了。说到绘画,我们也得要承认是同样的情形:只有对于拉斐尔,我们很少听见有什么意见,在所有其他的绘画中,早已找出许多缺点来了。但是就连拉斐尔,也还是有人指摘他缺少解剖学知识。音乐更不用说了:贝多芬太难于理解而且常常粗野;莫扎特的管弦乐是贫弱的;新作曲家的作品中噪音和喧声太多。照专家们的意见,毫无瑕疵的歌剧只有一个,那就是《唐·璜》[③];但是普通人认为它枯燥。假如在自然和活人中没有完美的话,那末,在艺术和人们的事业中就更难找到了:"后果不可能有前因(即人)中所没有

---

① 埃斯库罗斯(Aschylus,纪元前525—456),希腊悲剧诗人。
② 欧里庇得斯(Euripides,约纪元前480—406),希腊悲剧诗人。
③ 《唐·璜》是莫扎特作的歌剧。

的东西。"谁想要证明一切艺术作品是如何贫弱,他有非常之多的机会。自然,这种作法与其说是表明他没有偏见,不如说是表明他心地尖酸;不能欣赏伟大艺术作品的人是值得怜悯的;但是如果赞美得太过分,那就要记得,既然太阳上也有黑点,"人世间的事情"就更不可能没有缺陷。

七、"活的事物不可能是美的,因为它身上体现着一个艰苦粗糙的生活过程。"——艺术作品是死的东西,因此,它似乎应该不致受到这个责难。但是,这样的结论是肤浅的,它违反事实。艺术作品原是生活过程的创造物,活人的创造物,他产生这作品决不是不经过艰苦斗争的,而斗争的艰苦粗糙的痕迹也不能不留在作品上。诗人和艺术家,能够像传说中的莎士比亚写剧本那样信手写来、不加删改的,有几个呢?如果一件作品并不是没有经过艰苦劳动而创造出来的,那末,它一定会带着"油灯的痕迹",艺术家就是靠那油灯的光工作的。几乎在所有的艺术作品中都可以看出某种的艰苦,不论头一眼看去它们显得多么轻快。如果它们确实是没有经过巨大而艰苦的劳动创造出来的,在加工上就难免有粗糙的毛病。因此,二者必居其一:不是粗糙,便是艰苦的加工,——这就是艺术作品所碰到的难题。

我的意思并不是说,在这分析中列举的一切缺点,在艺术作品上总是表现得非常明显的。我只是想指出,艺术所创造的美无论如何经不起如批评现实中的美那样吹毛求疵的批评。

从我们所作的分析中可以看出,倘若艺术真是从我们对活的现实中的美的缺陷的不满和想创造更好的东西的企图产生出来的,那末,人的一切美的活动都是毫无用处、毫无结果的,人们既见到艺术不能达到他们原来的意图,也就会很快放弃美的活动了。一般地说,艺术作品具有在活的现实的美里面可以找到的一切缺陷;不过,假如艺术一般地是没有权利胜过自然和生活,那末,也许某些特殊的艺术具有独特的优点,得以使那作品胜过活的现实中的同类现象吧？也许，某种艺术甚至能产生出现实世界中无与伦比的东西吧？这些问题都还没有在我们的总的批评中获得解决，所以我们必须考察一些特殊的事例，以便发现某些艺术中的美与现实中的美的关系，现实中的美是由自然所产生的，是与人对美的愿望无关的。只有这样的分析才会明确地回答下面的问题，即：艺术的起源能否说是由于活的现实在美的方面不能令人满足。

艺术的第一目的是再现现实

自然和生活胜过艺术；但是艺术却努力迎合我们的嗜好，而现实呢，谁也不能使它顺从我们的希望——希望看到一切事物都象我们最喜欢、或最符合我们的常常偏颇的概念的那个样子。这种投合流行的思想方式的例证很多，我们只举一个：很多人要求讽刺作品中包含"可以使读者倾心相爱的"人物，这原是一个极其自然的要求；但是现实却常常不能满足这个要求，有多少事件并没有一个可爱的人物参与在内；艺术几乎总是顺从这个要求，例如在俄国文学里面，不这样做的作家，除了果戈理，我们不知道还有没有什么人。就是在果戈理的作品中，"可爱的"人物的缺乏也由"高尚的抒情的"穿插所弥补了。再举一个例：人是倾向于感伤的；自然和生活并没有这种倾向；但是艺术作品几乎总是或多或少地投合着这种倾向。上述的两种要求都是由于人类的局限性的结果；自然和现实生活是超乎这种局限性之上的；艺术作品一方面顺从这种局限性，因而变得低于现实，甚至常常有流于庸俗或平凡的危险，另一方面却更接近了人类所常有的要求，因而博得了人的宠爱。"但是，如此说来，你自己也承认了艺术作品能够比客观现实更好、更充分地满足人的天性；因此，对于人来说，它们胜过了现实的产物。"——这个结论可下得并不正确；问题在于人为地发展了的人有许多人为的要求，偏颇到虚伪狂妄的地步的要求；这种要求不可能完全满足，因为它们实际上不是自然的要求，而是不健全的想象的梦想，投合这些梦想，就是被投合的人都一定要觉得可笑和可鄙的，因为他本能地感觉到他的要求不应当满足。这样，公众和跟随它的美学都要求"可爱的"人物和感伤性，然后这同一公众又嘲笑满足这种欲望的艺术作品。投合人的怪癖并不等于满足他的要求。这些要求中最重要的是真实。

以上我们只是说了在内容和效果方面人所以偏爱艺术作品于自然现象和生活现象的根源，可是，艺术或者现实在我们心中所引起的印象也极其重要；事物的价值也要由这种印象的深浅来衡量。

我们已经看到，艺术作品所引起的印象比活生生的现实所引起的印象要微弱得多，这已无需加以证明。可是在这一点上，艺术作品却比现实现象处于有利得多的境地，这种境地可以使一个向来不分析自己的感觉的原因的人假定：艺术本身对人所起的作用比活生生的现实更大。现实出现在我们面前是与我们的意志无关，而且多半是不合时宜的。我们去交际、游玩，常常不是为了欣赏人类的美，不是为了观察人的性格，注视人生的戏剧；我们出门时满怀心事，无暇获取各种印象。但是有谁到绘画陈列馆去不是为了欣赏美丽的绘画呢？有谁看小说不是为了研究书中所描写的人物性格和探究情节的发展呢？我们之注意现实的美和伟大，差不多总是勉强的，哪怕现实本身能够吸引我们那完全投射在别的事物上的视线，哪怕它能够勉强打入我们那给别的事占据了的心。我们对现实的态度，正如对一个强要和我们认识的讨厌的客人；我们极力避开它。但是有时候，我们的心会因为自己注意现实而感到空虚，——那时我们就转向艺术，恳求它充实这种空虚；我们自己反倒变成曲意奉承求者了甚我。我们的生活之路上撒满了金币，可是我们没有发现它们，因为我们一心想着我们的目的地，没有注意我们脚下的道路；即令我们发觉了它们，我们也不能够弯身拾起来，因为"生活的马车"制止不住地载着我们向前奔驰，——我们对现实的态度就是如此；但是，当我们到了驿站，寂寞地踱来踱去等待马匹的时候，我们就会很注意地观看那也许根本不值得注意的每一块洋铁牌，——我们对艺术的态度就是如此。我们更不用说，每个人对生活现象的评价都不同，因为在每一个别的人看来，生活只是别人所看不见的一些特殊现象，所以整个社会不能对这些现象作出判决，而艺术作品却是由舆论的法官来判断的。现实生活的美和伟大难得对我们显露真相，而不为人谈论的事是很少有人能够注意和珍视的；生活现象如同没有戳记的金条；许多人就因为它没有戳记而不肯要它，许多人不能辨出它和一块黄铜的区别；艺术作品象是钞票，很少内在的价值，但是整个社会保证着它的假定的价值，结果大家都宝贵它，很少人能够清楚地认识，它的全部价值是由它代表着若干金子这个事实而来的。当我们观察现实的时候，它好像一种完全独立的东西，独自地吸引我们注意，难得让我们有想到我们的主观世界、我们的过去的可能。但是当我看一件艺术作品的时候，我就有主观的回忆的完全自由，而且艺术作品通常都是引起有意识或无意识的幻想和回忆的一种原因。当我看到现实中的悲剧场面的时候，我不会回想到自己的事；而当我读到小说中关于某个人物的死亡的插曲时，我的记忆中就会清晰地或模糊地再现出我亲身经历的一切危险、我的亲人亡故的一切事例来。艺术的力量通常就是回忆的力量。正是由于它那不完美、不明确的性质，正是由于它通常只是"一般的东西"，而不是活的个别的形象或事件，艺术作品特别能够唤起我们的回忆。当我看到一幅不象我的任何熟人的完美的画像的时候，我会冷淡地掉过头去，只说："还不坏，"但是当我看到一幅仅只约略描出的、不明确的、谁也无法从那里清楚地认出自己的相貌的速写的时候，这贫乏无力的画却使我想起了一个亲爱的人的面容；我对那洋溢着美和表情的生动的面孔只是冷淡地看几眼,而看这幅毫无价值的速写时我却陶醉了,因为它使我想起了我自己。

艺术的力量是一般性的力量。艺术作品还有一方面,使无经验的或短视的人看来,好像艺术是胜过生活和现实现象的,那就是:在艺术作品里面,一切都由作者亲自展露出来,加以说明;但是自然和生活却要人用自己的力量去揣摩。在这里,艺术的力量就是注释的力量;但是这一点我们后面再说。

我们找出了许多视艺术重于现实的理由,但它们只能说明为什么这样,而不能证明这种偏爱是合理的。我们既不同意说:艺术在内容或表现的内在价值上足以与现实抗衡,更不要说高于现实,我们自然也不能同意目前关于艺术是根据人类的哪些要求而产生的、艺术存在的目的和艺术的使命是什么等问题的流行的见解。关于艺术的起源和作用的流行的意见可以叙述如下:"人有一种不可克制的对美的渴望,但又不能够在客观现实中寻找出真正的美来;于是他不得不亲自去创造符合他的要求的事物或作品,即真正美的事物和现象。"换句话说,就是:"在现实中不能实现的美的观念,要由艺术作品来实现。"为了说明其中所包含的不完全的、片面的暗示的真意,我们应当将这个定义分析一下。"人有一种对美的渴望。"但是假如我们理解美,如这个定义所规定的,为观念与形式的完全吻合,那末,不单只艺术,所有人类的一般活动都可以被推断为这种对美的渴望的结果,因为人类活动的基本原则就是完全实现某种思想;渴望观念与形象统一,是一切技艺的形式的基础,这也就是渴望创造和改善一切产品或制品;把艺术当作对美的渴望的结果,我们就混淆了"艺术"这个词的两种不同的意义:一、纯艺术(诗、音乐等),和二、将任何一件事做好的技能或努力;只有后者是追求观念和形式统一的结果。但是,假如把美(如我们所认为的)理解成一种使人在那里面看得见生活的东西,那就很明白,美的渴望的结果是对一切有生之物的喜悦的爱，而这一渴望被活生生的现实所完全满足了。"人在现实中找不出真正的完全的美。"我们曾极力证明，这种说法是不正确的，我们的想象的活动不是由生活中美的缺陷所唤起的，却是由于它的不在而唤起的；现实的美是完全的美，但是可惜它并不总是显现在我们的眼前。假如说艺术作品是我们对完美之物的渴望和对一切不完美之物的蔑视的结果，人该早就放弃一切对艺术的追求，把它当作徒劳无益的事了，因为在艺术作品中没有完美；一个不满意现实的美的人，对于艺术所创造的美就会更其不满。因此，要同意关于艺术的作用的通常的解说是不可能的；不过在这解说中有些暗示，如果适当地加以解释，是可以被认为正确的。"人不满足于现实中的美，因为他觉得这样的美还不够，"——这就是通常的解说的实质和正确之处，不过它是被曲解了，它本身也需要加以解说。

海是美的。当我们眺望海的时候，并不觉得它在美学方面有什么不满人意的地方；但是并非每个人都住在海滨，许多人终生没有瞥见海的机会；但他们也想要欣赏欣赏海，于是就出现了描绘海的图画。自然，看海本身比看画好得多；但是，当一个人得不到最好的东西的时候，就会以较差的为满足，得不到原物的时候，就以代替物为满足。就是那些有可能欣赏真正的海的人，也不能随时随刻看到它，——他们只好回想它；但是想象是脆弱的，它需要支持，需要提示；于是，为了加强他们对海的回忆，在他们的想象里更清晰地看到它，他们就看海的图画。这就是许多（大多数）艺术作品的唯一的目的和作用：使那些没有机会直接欣赏现实中的美的人也能略窥门径；提示那些亲身领略过现实中的美而又喜欢回忆它的人，唤起并且加强他们对这种美的回忆（我们暂不讨论"美是艺术的主要内容"这个说法；下面，我们将要用另一个名词，一个在我们看来更准确、更完全地规定了艺术内容的名词来代替"美"这个名词）。所以，艺术的第一个作用，一切艺术作品毫无例外的一个作用，就是再现自然和生活。艺术作品对现实中相应的方面和现象的关系，正如印画对它所由复制的原画的关系，画像对它所描绘的人的关系。印画是由原画复制出来的，并不是因为原画不好，而是正因为原画很好；同样，艺术再现现实，并不是为了消除它的瑕疵，并不是因为现实本身不够美，而是正因为它是美的。印画不能比原画好，它在艺术方面要比原画低劣得多；同样，艺术作品任何时候都不及现实的美或伟大；但是，原画只有一幅，只有能够去参观那陈列这幅原画的绘画馆的人，才有机会欣赏它；印画却成百成千份地传播于全世界，每个人都可以随意欣赏它，不必离开他的房间，不必从他的沙发上站起来，也不必脱下身上的长袍；同样，现实中美的事物并不是人人都能随时欣赏的，经过艺术的再现（固然拙劣、粗糙、苍白，但毕竟是再现出来了），却使人人都能随时欣赏了。我们为我们所珍爱的人画像，并不是为了要除去他的面貌上的瑕疵（这些瑕疵干我们什么事呢？我们并不注意它们，或者我们简直还珍爱它们），而是使我们有可能欣赏这副面孔，甚至当本人不在我们眼前的时候；艺术作品的目的和作用也是这样：它并不修正现实，并不粉饰现实，而是再现它，充作它的代替物。

再现现实与模拟自然有别

这样，艺术的第一个目的就是再现现实。我们决不敢认为这句话说出了美学思想史上从未有过的新的东西，但却以为"艺术是现实的再现"这个定义所提供的艺术的形式的原则，和十七、十八世纪流行的伪古典主义的"自然模拟说"对艺术的要求是大不相同的。为了使我们的艺术观和自然模拟说对艺术的概念之间的本质区别不仅只依据于我们自己的论述，我们且从一册关于现在流行的美学体系的最好的读本里引用一段对自然模拟说的批判吧。这个批判，一方面可以表明它所驳斥的概念和我们的见解之间的不同,另一方面,也可以显示出在把艺术看成再现活动的我们的第一个定义中还有什么缺陷,这样来引导我们逐步达到关于艺术的概念的更准确的发挥。

> 把艺术定义为自然的模仿,这仅只说明了它的形式上的目的;照这个定义,艺术应当努力尽可能地去复写外在世界中已经存在的事物。这样的复写应该说是多余的,因为自然和生活已经给了我们这种艺术所要给的东西。但还不仅如此:模仿自然是一种徒然的努力,是一定达不到它的目的的,因为艺术在模仿自然的时候,由于它的工具的限制,只能以幻象来代替真实,只能以死板的假面来代替真正活生生的东西。①

在这里,我们首先要注意:"艺术是现实的再现"这句话,也象"艺术是自然的模仿"这句话一样,只规定了艺术的形式的原则;为了规定艺术的内容,我们关于艺术的目的的第一个结论应当加以补充,这一点我们下面再说。第二点反驳完全不适用于我们所说的观点:从前面的分析就可以明白看出,自然中的事物和现象之艺术的再现或"复写"决不是多余的事,正相反,它是必要的。至于说这个复写是一定达不到目的的徒然的努力,那就应该说,这个反驳只有在假定艺术要和现实相比赛,而不只作它的代替物的情形之下,才有力量。但我们所肯定的正是:艺术不能和活生生的现实相比,它决没有现实的那种生命力;我们认为这一点是无可怀疑的。

但是,"艺术是现实的再现"这个说法确实还需要加以补充,才能成为一个完满的定义;可是虽则这个定义没有把艺术的概念的全部内容囊括无遗,却依然是正确的,要反对它,除非是存心要求艺术应当比现实更高、更完美;我们已经努力证明了这种假设在客观上毫无根据,并且揭露了它的主观根源。现在我们再来

---

① 引自黑格尔的《美学讲义》,即《美学》,但有删节。

看一看，对于模仿说的更进一步的反驳是否适用于我们的观点。

> 模仿自然完全成功既不可能，就只好以这种玩意的相当成功而自得其乐了；但是仿造品在表面上愈逼肖原物，这种快乐便愈淡漠，甚至流于餍足或厌烦。有的画像逼似本人竟然到了所谓可厌的程度。模仿夜莺叫就是模仿得最出色，一经我们觉出那不是真正的夜莺叫，而是一个善于作夜莺啼啭声的人在模仿它的时候，我们立刻就会觉得无聊和讨厌；因为我们有权利要求人创造出另一种音乐来。这种巧妙地模仿自然的玩意，可以和那个能够万无一失地把扁豆从一个不过扁豆大小的孔里掷过去，因而亚历山大大帝曾赏以一美丁① 扁豆的玩把戏者的技艺相比。②

这意见是完全正确的，但只是针对下面的情形而言：无谓地去摹拟不值得注意的内容，或是描写毫无内容的空虚的外表（多少有名的艺术作品都受到了这种辛辣但是应得的嘲笑啊!）只有值得有思想的人注意的内容才能使艺术不致被斥为无聊的娱乐；可惜它实际上竟常常是这样一种娱乐。艺术形式无法使一篇作品免于轻蔑或怜笑，假如作品不能用它思想的重要性去回答"值得为这样的琐事呕心血吗？"这个问题的话。无益的事物没有权利受人尊重。"人自身就是目的"；但是人的工作却应当以人类的需要为目的，而不是以自身为目的。因此，无益的模仿在外表的肖似上愈成功，就愈使人厌恶："为什么花费这许多时间和精力？"我们看到它，就会这样想，"这么完美的技巧竟和这种贫乏的内容同时并存，是多么可惜啊！"模仿夜莺叫的玩把戏者所引起的厌烦和憎恶，由上面那段引文中所含的评语就可说明：一个人如果不了解他应当唱人的歌，而不应当作无聊的啼啭，是可怜的。至于逼肖

---

① "美丁"为古代希腊的计算单位，约合五二·五公升。
② 引自黑格尔的《美学讲义》，但有删节。

本人到可厌的程度的画像，那应当这样去了解：任何摹拟，要求其真实，就必须传达原物的主要特征；一幅画像要是没有传达出面部的主要的、最富于表现力的特征，就是不真实；但是如果面部的一切细微末节都被描绘得清清楚楚，画像上的面容就显得丑陋、无意思、死板，——它怎么会不令人厌恶呢？人们常常反对所谓"照相式的摹拟"现实，——但是假如我们说，摹拟也像人类的一切其他工作一样需要理解，需要辨别主要的和非主要的特征的能力，我们单只这样说，岂不更好吗？"死板的摹拟"是一句常说的话；但是假如死的机械不被活的思想所指导，人是不能摹拟得真确的：不了解被临摹的字母的意义，就是真确的 facsimilé[①] 也是不可能做到的。

在为了使我们关于艺术的形式的原则的定义臻于完善而进入关于艺术的主要内容的定义之前，我们认为需要就"再现"说和所谓的"模仿"说之间的关系说几句话。我们所主张的艺术观来自最近德国美学家们的观点，也是由现代科学的一般思想决定其方向的辩证过程的结果。因此，它和两种思想体系直接地联系着——一方面是本世纪初叶的思想体系，另一方面是近几十年的思想体系。任何其他的关系都只是普通的相似，没有什么渊源的作用。但是，虽然由于现代科学的发达，古代思想家的概念已不能影响现代的思想方式，我们却不能不看到，在许多的场合，现代的概念还和以前几个世纪的概念有相似之处。和希腊思想家的概念更是常常相似。美学方面也有同样的情形。我们关于艺术的形式的原则的定义和希腊过去所流行的见解相似，这种见解在柏拉图和亚理斯多德的著作中都可以找到，在德谟克利特[②]的著作中

[①] 法文：摹写。
[②] 德谟克利特（Democritus，约纪元前460—370），希腊哲学家，古代伟大的唯物主义者。

大概也说过的。他们所说的 μίμησις 正相当于我们所用的名词"再现"。如果说后来这个字曾经被理解为"模仿"(Nachahmung) 的话，那是由于翻译的不确切，因为它限制了这个概念的范围，使人误认为这是外形的仿造，而不是内容的表达。伪古典主义的理论把艺术理解为现实的仿造，实在带有愚弄我们的目的，但这是唯独趣味败坏的时代才有的一种恶习。

形式与内容

我们现在应该补充我们上面所提出的艺术的定义，从艺术的形式的原则之研究转到艺术的内容的定义。

通常以为艺术的内容是美；但是这把艺术的范围限制得太窄狭了。即算我们同意崇高与滑稽都是美的因素，许多艺术作品以内容而论也仍然不适于归入美、崇高与滑稽这三个项目。在绘画中也有不适于作这种分类的，例如：取材于家庭生活的画可以没有一个美的或滑稽的人物，描绘老人的画中也可以没有老得特别美丽的人物，诸如此类。在音乐方面，作这种惯常的分类更其困难；假定我们认为进行曲和激昂的歌曲等等是崇高，表现爱情和愉快的歌曲是美，而且能够找到许多滑稽的歌，那还会剩下大量的歌曲，照它们的内容来说，列入这三类中的任何一类都有些勉强；忧愁的曲子是什么类？莫非是崇高，因为它们表现悲愁？抑或是美，因为它们表现温柔的幻想？但是在所有的艺术中，最反对把自己的内容归入美及其各种因素的狭窄项目里去的，是诗。诗的范围是全部的生活和自然；诗人观照森罗万象，他的观点是如同思想家对这些森罗万象的概念一样多方面的；思想家在现实中除了美、崇高、滑稽之外，还发现了许多东西。不是每种悲愁都能达到悲剧的境地，不是每种欢乐都是优美或滑稽的。旧的类别的框子已经容纳不了诗歌作品，单从这一点就可以看出诗的内容不能被上列三个因素包括尽净。诗剧不只描写悲惨或滑稽的东西，证据就是除了喜剧和悲剧以外还有正剧。代替着那多半是崇高的史诗，出现了长篇小说及其无数的类别。对于现在的大部分抒情剧，在旧的分类中找不到可以标示它们的内容特性的名称；一百个项目都还不够，三个项目之不能包括一切，就更是无可怀疑的了（我们说的是内容的性质，不是形式，形式任何时候都应当是美的）。

　　解决这个复杂问题的最简单的办法是说明：艺术的范围并不限于美和所谓美的因素，而是包括现实（自然和生活）中一切能使人——不是作为科学家，而只是作为一个人——发生兴趣的事物；生活中普遍引人兴趣的事物就是艺术的内容。美、悲剧、喜剧，——这些只是决定生活里的兴趣的无数因素中的三个最确定的因素罢了，要一一列举那些因素，就等于一一列举能够激动人心的一切情感、一切愿望。更详尽地来证明我们关于艺术内容的概念的正确，似乎已不必要；因为，虽则美学通常对艺术内容下了一个更狭窄的定义，但我们所采取的观点，事实上，就是说，在艺术家和诗人心里，是占有支配地位的，它经常表现在文学和生活中。假如认为有必要规定美是主要的，或是更恰当地说，是唯一重要的艺术内容，那真正的原因就在于：没有把作为艺术对象的美和那确实构成一切艺术作品的必要属性的美的形式明确区别开来。但是这个形式的美或观念与形象、内容与形式的统一，并不是把艺术从人类活动的其他部门区别出来的一种特性。人的活动总有一个目的，这目的就构成了活动的本质；我们的活动和我们要由这活动达到的目的相适合的程度，就是估量这活动的价值的标准；一切人类的产物都是按照成就的大小去估价的。这是一个适用于手艺、工业、科学工作等等的普遍法则。它也适用于艺术作品；艺术家（有意识地或无意识地都是一样）极力为我们再现生活的某一方面；他的作品的价值要看他如何完成他的工作而定，这是不言而喻的。"艺术作品之力求观念与形象的协调"，恰如皮鞋业、首饰业、书法、工程技术、道德的决心的产物一样。"做每一件事都应当做好"就是"观念与形象的协调"这句话的意思的所在。因此，一、美，作为观念与形象的统一，在美学的意义上决不是艺术所特有的特性；二、"观念与形象的统一"只是规定了艺术的形式的一面，和艺术的内容无关；它说的是应当怎样表现，而不是表现什么。但是我们已经注意到在这句话中重要的是"形象"这个字眼，它告诉我们艺术不是用抽象的概念而是用活生生的个别的事实去表现思想；当我们说"艺术是自然和生活的再现"的时候，我们正是说的同样的事，因为在自然和生活中没有任何抽象地存在的东西；那里的一切都是具体的；再现应当尽可能保存被再现的事物的本质；因此艺术的创造应当尽可能减少抽象的东西，尽可能在生动的图画和个别的形象中具体地表现一切（艺术能否完全做到这点，全然是另一问题。绘画、雕塑和音乐都做到了；诗不能够也不应该老是过分关心造型的细节；诗歌作品只要在总的方面、整个说来是造型的就足够了；在细节的造型性方面过于刻意求工可以妨害整体的统一，因为这样做会把整体的各部分描绘得过于突出，更重要的是，这会把艺术家的注意力从他的工作的主要方面吸引开去）。作为观念与形象的统一的形式的美是人类一切活动的共同属性，并不是艺术（在美学意味上）所独有的，这种美和作为艺术的对象、作为现实世界中我们所喜爱的事物的美的观念完全是两回事。把艺术作品的必要属性的形式的美和艺术的许多对象之一的美混淆起来，是艺术中的不幸的弊端的原因之一。"艺术的对象是美，"无论如何是美，艺术没有其他的内容。但是世界上什么最美呢？在人生中是美人和爱情；在自然中可就很难说定，在那里有如此之多的美。因此，不管适当不适当，诗歌作品总是充满着自然和描写：我们的作品中这种描写愈多，美就愈多。但是美人和爱情更美，所以（大都是完全不适当地）恋爱在戏剧、中篇和长篇小说等等中居于首要地位。不适宜的自然美的描写对艺术作品还无大碍，省略掉就是了，因为它们本来就是被粘在外表上的；但是对于恋爱情节可怎么办呢？不能忽略它，因为一切都用解不开的结系在这个基础上面，没有它，一切都会失去关联和意义。且不去说，痛苦或胜利的一对爱人使得许多作品千篇一律；也不去说这些恋爱事件和美人的描写占去了该用在重要细节上面的地位；更重要的是：老是描写恋爱的习惯，使得诗人忘记了生活还有更使一般人发生兴趣的其他的方面；一切的诗和它所描写的生活都带着一种感伤的、玫瑰色的调子；许多艺术作品不去严肃地描绘人生，却表现着一种过分年青（避免用更恰当的形容词）的人生观，而诗人通常都是年青的、非常年青的人，他的故事只是在那些有着同样心情或年龄的人看来才有兴趣。于是，对于那些过了幸福的青春时代的人，艺术就失去它的价值了；他们觉得艺术是一种使成人腻烦、对青年也并非全无害处的消遣品。我们丝毫没有意思要禁止诗人写恋爱；不过美学应当要求诗人只在需要写恋爱的时候才写它；当问题实际上完全与恋爱无关，而在生活的其他方面的时候，为什么把恋爱摆在首要地位？比方说，在一部本来应该描写某一时代某一民族的生活或该民族的某些阶级的生活的长篇小说中，恋爱为什么要居于首要地位？历史、心理学和人种学著作也说到恋爱，但只是在适当的地方说它，正如说所有旁的事情一样。瓦尔特·司各脱的历史小说都建筑在恋爱事件上，——为什么？难道恋爱是社会的主要事业,是他所描写的那一时代的各种事件的主要动力吗？"但是瓦尔特·司各脱的小说已经陈旧了；"可是狄更斯的小说和乔治·桑的农村生活小说也一样适当或不适当地充满了恋爱，那里面所写的事情也是完全与恋爱无关的。"写你所需要写的"这条规则仍然难得为诗人所遵守。不管适当不适当都写恋爱，就是"艺术的内容是美"这个观念所造成的对艺术的第一个危害；和它紧紧联系着的第二个危害是矫揉造作。现在人们都嘲笑拉辛和苔苏里尔夫人①；但是现代艺术在行为动机的单纯自然和对话的自然上，恐怕并不比他们进步多少；把人物分成英雄和恶汉这种分类法，至今还适用于悲壮的艺术作品。这些人物说起话来多么有条有理、多么流利而雄辩啊！现代小说中的独白和对话仅仅比古典主义悲剧的独白稍微逊色一点："在艺术作品中，一切都应当表现为美，"——因此，作家给我们描写了在实生活中几乎从来没有人作过的那样深谋远虑的行动计划；假使所写的人物有了什么本能的、轻率的行动，作者便认为必须用这人物的性格本质来加以辩解，而批评家对于这种"没有动机的行动"也表示不满，仿佛激发行动的总是个性，而不是环境和人心的一般的性质。"美要求性格的完美，"——于是，代替活生生的、各种具有典型性的人，艺术给与了我们不动的塑像。"艺术作品中的美要求对话的完美，"——于是，代替活生生的语言，人物的谈话是矫揉造作的，谈话者不管愿意不愿意都要在谈话中表现出他们的性格来。这一切的结果是诗歌作品的单调：人物是一个类型，事件照一定的药方发展，从最初几页，人就可以看出往后会发生什么，并且不但是会发生什么，甚至连怎样发生都可以看出来。但是，让我们回到艺术的主要作用的问题上来吧。

艺术的另一作用是说明生活

我们说过，一切艺术作品的第一个作用，普遍的作用，是再现现实生活中使人感到兴趣的现象。自然，我们所理解的现实生活不单是人对客观世界中的对象和事物的关系，而且也是人的内心生活；人有时生活在幻想里，这样，那些幻想在他看来就具有（在某种程度上和某个时间内）客观事物的意义；人生活在他的情感的世界里的时候就更多；这些状态假如达到了引人兴趣的境地，

---

① 苔苏里尔夫人（A. Deshoulier, 1638—1694），法国女诗人。

也同样会被艺术所再现。我们提到这一点，是为了表明我们的定义也包括着艺术的想象的内容。

但是，我们在上面已经说过，艺术除了再现生活以外还有另外的作用，——那就是说明生活；在某种程度上说，这是一切艺术都做得到的：常常，人只消注意某件事物（那正是艺术常做的事），就能说明它的意义，或者使自己更好地理解生活。在这个意义上，艺术和一篇纪事并无不同，分别仅仅在于：艺术比普通的纪事，特别是比学术性的纪事，更有把握达到它的目的：当事物被赋与活生生的形式的时候，我们就比看到事物的枯燥的纪述时更易于认识它，更易于对它发生兴趣。库柏①的小说在使社会认识野蛮人的生活这一点上，比人种学上关于研究野蛮人的生活如何重要的叙述和议论更为有用。但是虽则一切艺术都可以表现新鲜有趣的事物，诗却永远必须用鲜明清晰的形象来表现事物的主要特征。绘画十分详尽地再现事物，雕塑也是一样；诗却不能包罗太多的细节，必然要省略许多，使我们的注意集中在剩下的特征上。从这里就可以看出诗的描绘胜过现实的地方；但是每个个别的字对于它所代表的事物来说也是一样：在文字（概念）里，它所代表的事物的一切偶然的特征都被省略了，只剩下了主要的特征；在无经验的思想者看来，文字比它所代表的事物更明了；但是这种明了只是一个弱点。我们并不否认摘要的相对的用处；但是并不认为对儿童很有益处的塔佩的《俄国史》②优于他所据以改作的卡拉姆辛的《俄国史》。在诗歌作品中，一个事物或事件也许比生活中同样的事物和事件更易于理解，但是我们只能承认诗的价值在于它生动鲜明地表现现实，而不在它具有什么可以和现实

---

① 库柏（J. F. Cooper, 1789—1851），美国小说家。
② 塔佩（A. Tanne, 1778—1830），神学及哲学博士，大学教授。他所改写的《俄国史》是一本教科书，一八一九年出版于彼得堡。

生活本身相对抗的独立意义。这里不能不补说一句，一切散文故事也同诗是一样情形。集中事物的主要特征并不是诗所特有的特性，而是人类语言的共同性质。

艺术的主要作用是再现现实中引起人的兴趣的事物。但是，人既然对生活现象发生兴趣，就不能不有意识或无意识地说出他对它们的判断；诗人或艺术家不能不是一般的人，因此对于他所描写的事物，他不能（即使他希望这样做）不作出判断；这种判断在他的作品中表现出来，就是艺术作品的新的作用，凭着这个，艺术成了人的一种道德的活动。有的人对生活现象的论断几乎完全表现为偏执现实的某些方面，而避免其他的方面，——这是智力活动微弱的人，当这样的人做了诗人或艺术家的时候，他的作品除了再现出生活中他所喜爱的几方面以外，再没有其他的意义了。可是，如果一个人的智力活动被那些由于观察生活而产生的问题所强烈地激发，而他又赋有艺术才能的话，他的作品就会有意识或无意识地表现出一种企图，想要对他感到兴趣的现象作出生动的判断（他感到兴趣的也就是他的同时代人感到兴趣的，因为一个有思想的人决不会去思考那种除了他自己以外谁都不感兴趣的无聊的问题），就会为有思想的人提出或解决生活中所产生的问题；他的作品可以说是描写生活所提出的主题的著作。这样的倾向表现在一切的艺术里（比方在绘画里，我们可以指出何甲思[①]的讽刺画），但主要地是在诗中发展着，因为诗有充分的可能去表现一定的思想。于是艺术家就成了思想家，艺术作品虽然仍旧属于艺术领域，却获得了科学的意义。不言而喻，在这一点上，现实中没有和艺术作品相当的东西，——但只是在形式上；至于内容，至于艺术所提出或解决的问题本身，这些全都可以在现实生活中

---

① 何甲思（W. Hogarth, 1697—1764），英国画家及雕刻家。

找到，只是我们没有存心、没有 arriérepenseé① 去找罢了。我们假定一篇艺术作品发挥着这样的思想："一时的失误不会毁掉一个性格坚强的人"，或者："一个极端引起另一个极端"；或者描写一个人的人格分裂；或者是，假如你高兴，热情和更崇高的抱负的冲突（我们所列举的都是见之于《浮士德》里的各种基本观念），——现实生活中难道没有包含着同样原则的事例吗？高度的智慧难道不是从观察生活得来的吗？科学难道不是生活的简单的抽象化、把生活归结为公式吗？科学和艺术所展示的一切都可以在生活中找到，只是在一种更圆满、更完美的形式中，具有一切活生生的细节，事物的真正意义通常就包含在那些细节里，那些细节常常不为科学和艺术所理解，而且多半不能被它们所包括；现实生活中一切都是真实的，没有人类的各种产物所难免的疏忽、偏见等等的毛病，——作为一种教诲、一种科学来看，生活比任何科学家和诗人的作品都更完全、更真实，甚至更艺术。不过生活并不想对我们说明它的现象，也不关心如何求得原理的结论：这是科学和艺术作品的事；不错，比之生活所呈现的，这结论并不完全，思想也片面，但是它们是天才人物为我们探求出来的，没有他们的帮助，我们的结论会更片面、更贫弱。科学和艺术（诗）是开始研究生活的人的"Hand-buch"②，其作用是准备我们去读原始材料，然后偶尔供查考之用。科学并不想隐讳这个；诗人在对他们的作品本质的匆促的评述中也不想隐讳这个；只有美学仍然主张艺术高于生活和现实。

总括我们前面所说的，我们得到了这样一个艺术观：艺术的主要作用是再现生活中引人兴趣的一切事物；说明生活、对生活现象下判断，这也常常被摆到首要地位，在诗歌作品中更是如此。

---

① 法文：蓄意。
② 德文：教科书。

艺术对生活的关系完全象历史对生活的关系一样，内容上唯一的不同是历史叙述人类的生活，艺术则叙述人的生活，历史叙述社会生活，艺术则叙述个人生活。历史的第一个任务是再现生活；第二个任务——那不是所有的历史家都能做到的——是说明生活；如果一个历史家不管第二个任务，那末他只是一个简单的编年史家，他的著作只能为真正的历史家提供材料，或者只是一本满足人们的好奇心的读物；担负起了第二个任务，历史家才成为思想家，他的著作然后才有科学价值。对于艺术也可以同样地说。历史并不自以为可以和真实的历史生活抗衡，它承认它的描绘是苍白的、不完全的，多少总是不准确或至少是片面的。美学也应当承认：艺术由于相同的理由，同样不应自以为可以和现实相比，特别是在美的方面超过它。

　　但是，在这种艺术观之下，我们把创造的想象摆在什么地方呢？让它担任什么角色呢？我们不想论述在艺术中改变诗人所见所闻的想象的权利的来源。这从诗歌创作的目的就可明了，我们要求创作真实地再现的是生活的某个方面，而不是任何个别的情况；我们只想考察一下为什么需要想象的干预，认为它能够通过联想来改变我们所感受的事物和创造形式上新颖的事物。我们假定诗人从他自己的生活经验里选取了他所十分熟悉的事件（这不是常有的；通常许多细节仍然是暧昧的，为着故事首尾连贯，不能不由想象来补充）；再让我们假定他所选取的事件在艺术上十分完满，因此单只把它重述一遍就会成为十足的艺术作品；换句话说，我们选取了这样一个事例，联想的干预对于它一点不需要。但不论记忆力多强，总不可能记住一切的细节，特别是对事情的本质不关紧要的细节；但是为着故事的艺术的完整，许多这样的细节仍然是必要的，因此就不得不从诗人的记忆所保留下的别的场景中去借取（例如，对话的进行、地点的描写等）；不错，事件被这些细节补充后并没有改变，艺术故事和它所表现的真事之间暂时只有形式上的差别。但是想象的干预并不限于这个。现实中的事件总是和别的事件纠缠在一起，不过两者只有表面的关联，没有内在的联系；可是，当我们把我们所选取的事件跟别的事件以及不需要的枝节分解开来的时候，我们就会发现，这种分解在故事的活的完整性上留下了新的空白，诗人又非加以填补不可。不仅如此：这种分解不但使事件的许多因素失去了活的完整性，而且常常会改变它们的性质，——于是故事中的事件已经跟原来现实中的事件不同了，或者，为了保存事件的本质，诗人不得不改变许多细节，这些细节只有在事件的现实环境中才有真正的意义，而被孤立起来的故事却阉割了这个环境。由此可见，诗人的创造力的活动范围，不会因为我们对艺术本质的概念而受到多少限制。但是，我们研究的对象是：艺术是客观的产物，而不是诗人的主观活动；因此，探讨诗人和他的创作材料的各种关系在这里是不适宜的；我们已指出了这些关系中对于诗人的独立性最为不利的一种，而且认为按照我们对艺术的本质的观点来看，艺术家在这方面并没有失去那不是特别属于诗人或艺术家、而是一般地属于人及其活动的主要性质——即是只把客观现实看作一种材料和自己的活动场所、并且利用这现实、使它服从自己这一最主要的人的权利和特性。在其他情况之下，创造的想象甚至有更广阔的干预的余地：譬如说，在诗人并不知道事件的全部细节的时候，以及在他仅仅从别人的叙述中知道事件（和人物）的时候，那叙述总是片面的、不确实的，或是在艺术上不完全的，至少在诗人个人看来是这样。但是，结合和改变事物的必要，并不是因为现实生活没有以更完美的形式呈现出诗人或艺术家想要描写的现象，而是由于现实生活的描画和现实生活并不属于同一个范围。这种差别导源于诗人没有现实生活所有的那些手段任他使用。当一个歌剧被改编成钢琴谱的时候，它要损失细节和效果的大部分和最好的部分；在人类的声音中或是在全乐队中，有许多东西根本不能转移到被用来尽可能再现歌剧的可怜的、贫弱的、死板的乐器上来；因此，在改编中，有许多需要更动，有许多需要补充，——不是希望把歌剧改编得比原来的形式更好，而是为了多少弥补一下歌剧改编时必然遭到的损失；不是因为要改编者改正作曲家的错误，而只是因为他没有作曲家所有的那些手段供他使用。现实生活的手段和诗人的手段的差别更大。翻译诗的人，从一种语言译成另一种语言，一定要在某种程度上改造所译的作品，那末，把事件从生活的语言译成贫乏的、苍白而死板的诗的语言的时候，怎能不需要一些改造呢？

这篇论文的实质，是在将现实和想象互相比较而为现实辩护，是在企图证明艺术作品决不能和活生生的现实相提并论。象作者这样来评论艺术，岂不是要贬低艺术吗？——是的，假如说明艺术在艺术的完美上低于现实生活，这就是贬低艺术的话；但是反对赞扬并不等于指摘。科学并不自以为高于现实；这并不是科学的耻辱。艺术也不应自以为高于现实；这并不会屈辱艺术。科学并不羞于宣称，它的目的是理解和说明现实，然后应用它的说明以造福于人；让艺术也不羞于承认，它的目的是在人没有机会享受现实所给与的完全的美感的快乐时，尽力去再现这个珍贵的现实作为补偿，并且去说明它以造福于人吧。

让艺术满足于当现实不在时，在某种程度内来代替现实，并且成为人的生活教科书这个高尚而美丽的使命吧。

现实高于幻想，主要的作用高于空幻的希求。

结　论

作者的任务是研究艺术作品与生活现象之间的审美关系的问题，并且考察那种认为真正的美（那是被视为艺术作品的主要内容的）不存在于客观现实中、而只能由艺术来体现的流行见解是否正确。和这个问题密切联系着的,是美的本质和艺术的内容的问题。在研究什么是美的本质的问题的时候,作者达到了"美是生活"这个结论。作了这样的解答之后,就必须研究按照美的通常的定义,被假定为美的两个因素的崇高与悲剧的概念,必须承认,崇高与美是两个彼此独立的艺术对象。这是解决艺术内容问题的一个重要步骤。但是假如美是生活,那末,艺术中的美与现实中的美之间的审美关系的问题,就迎刃而解了。达到艺术决非起源于人对现实中的美不满这个结论之后,我们必须发见产生艺术的要求是什么,必须研究艺术的真正作用。这个研究使我们达到了如下的主要结论:

一、"美是一般观念在个别现象上的完全显现"这个美的定义经不起批评;它太广泛,规定了一切人类活动的形式的倾向。

二、真正的美的定义是:"美是生活。"——任何东西,凡是人在那里面看得见如他所理解的那种生活的,在他看来就是美的。美的事物,就是使人想起生活的事物。

三、这种客观的美,或是本质上的美,应该和形式的完美区别开来,形式的完美在于观念与形式的统一,或者在于对象完全适合于它的使命。

四、崇高之影响人,决不在于它能唤起绝对观念;它几乎任何时候都不会唤起它。

五、一件东西,凡是比人拿来和它相比的任何东西都大得多,或是比任何现象都强有力得多,那在人看来就是崇高的。

六、悲剧与命运或必然性的观念并没有本质的联系。在现实生活中,悲剧多半是偶然的,并不是从先行因素的本质中产生的。艺术使悲剧具有的那必然性的形式,是通常支配艺术作品的"结局必须从伏线中产生出来"这一原则的结果,或是诗人对命运观念的不适当的服从的结果。

七、按照新的欧洲文化的概念,悲剧是"人生中可怕的事物"。

八、崇高（以及它的因素——悲剧）不是美的一种变形；崇高与美的观念完全是两回事；它们之间没有内在的联系，也没有内在的矛盾。

九、现实比起想象来不但更生动，而且更完美。想象的形象只是现实的一种苍白的、而且几乎总是不成功的改作。

十、客观现实中的美是彻底地美的。

十一、客观现实中的美是完全令人满意的。

十二、艺术的产生，决不是由于人有填补现实中美的缺陷的要求。

十三、艺术创作低于现实中的美的事物，不只因为现实所引起的印象比艺术创作所引起的印象更生动，从美学观点来看，艺术创作也低于现实中的美的事物，正如低于现实中的崇高、悲剧和滑稽的事物一样。

十四、艺术的范围并不限于美学意义上的美——活的本质上的美而不只是形式的完美；因为艺术再现生活中引人兴趣的一切事物。

十五、形式的完美（观念与形式的统一），并不只是美学意义上的艺术（纯艺术）所独有的特点；作为观念与形象的统一或观念的完全体现的美，是最广泛的意义上的艺术或"技巧"所追求的目的，也是人类一切实际活动的目的。

十六、产生美学意义上的艺术（纯艺术）的要求，是和画人的肖像这件事所明白显露出来的要求相同的。画一个人的肖像，并不是因为活的本人的面貌不能满足我们，而是帮助我们去想起不在我们眼前的活人，并且给那些没有机会看见他本人的人一点关于他的概念。艺术只是用它的再现使我们想起生活中有兴趣的事物，努力使我们多少认识生活中那些引人兴趣而我们又没有机会在现实中去亲自体验或观察的方面。

十七、再现生活是艺术的一般性格的特点，是它的本质；艺术作品常常还有另一个作用——说明生活；它们常常还有一个作用：对生活现象下判断。

(1855年)

周扬　译
选自《艺术与现实的审美关系》，
人民文学出版社，1979年版。

《童年》和《少年》、《列·尼·托尔斯泰伯爵战争小说集》

〔俄国〕车尔尼雪夫斯基

　　我们说过的托尔斯泰伯爵的才华的特点是如此独特，因而必须十分注意地审视它，我们才会了解它对于他的作品的艺术价值所具有的全部重要意义。心理分析几乎是使他的创作才能具有力量的一种极重要的特质。但是心理分析通常具有一种可以说是叙述的性质——拿来一种固定、静止的情感分解为各个组成部分，然后给我们以一张解剖的图表——如果可以这样说的话。在一些大诗人的作品里，除了心理分析的这个方面，我们还会发现另一种倾向，它的表现会对读者或观众发生极其惊人的作用：这就是善于抓住一种情感向另一种情感、一种思想向另一种思想的戏剧性的变化。但是通常我们看到的只是这个链条的两端的环节，只是心理过程的开端和结尾，这是因为自己才能中具有戏剧性成份的大多数诗人主要是关心内心生活的后果和表现，关心人与人之间的冲突，关心行动，而不是关心思想或感情借以形成的隐秘的过程；就是那看来多半应该作为这过程的表现的独白里，几乎也往往只表现情感的斗争，这种斗争的纷扰诱引我们的注意力离开观念联想所赖以发生的规律和演变过程，——我们感兴趣的是它们的对照,而不是它们产生的方式,——独白即使所包含的不是静止的情感的简单剖析,也几乎常常只是表面上与对话有所不同:哈姆雷特在自己有名的反省里,仿佛分裂为两个人,自己跟自己争论;他的独白实际上是像浮士德和靡菲斯特的对话或者波沙公爵同堂·卡罗斯①的争论之类的场面。托尔斯泰伯爵才华的特点是他不限于描写心理过程的结果:他所关心的是过程本身,——那种难以捉摸的内心生活现象,彼此异常迅速而又无穷多样地变换着的,托尔斯泰伯爵却能巧妙地描写出来。有一些画家,他们赖以著名的是工于描绘反映在怒波上的闪烁的光芒,簌簌摇动的树叶上的明灭的光影,变幻不定的浮云上闪耀的阳光,因而人们大多会说他们善于捉摸自然生活。托尔斯泰伯爵对于心理生活的极其隐微的变化做出了某种类似的成就。我们觉得这就是他的才华独具的特点。在所有俄国优秀作家中,他在这方面是一位大师。

当然,正象别的任何能力一样,这种能力应该是本乎天赋;但单限于这种过于一般的说明是不够的:只有赖于独立的〔精神的〕活动才能使才华得到发展,我们所说的托尔斯泰伯爵作品的特色足以证明他这种活动的非凡能力,应该认为这种活动是他的才华所具有的力量的基础。我们谈的是自我反省,是不倦地自我观察的努力。人类行为的规律,情感的变化,事件的交错,环境和社会关系的影响,我们可以通过仔细观察别人而加以研究;但是,如果我们不去研究极其隐秘的心理生活规律——它们的变化只有在我们(自己)的自我意识里才公开地展示在我们的面前——那么,通过观察别人的途径而获得的一切知识,就不可能深刻和确切。谁要是不在自己内心研究人,那就永远不能达到关于人们的深刻知识。我们上述的托尔斯泰伯爵那种才华的特点证明了他极其仔细地在自己内心里研究过人类精神生活的秘密;这种知识

---

① 波沙公爵和堂·卡罗斯是席勒的剧作《堂·卡罗斯》中的人物。

之所以珍贵，不仅因为它使他能够写出我们请读者注意的人类思想的内在进展的情景，也许更多的是因为给他以坚实的基础去研究整个人类生活，探索性格和行为动机、情感斗争和感想。假如我们说，自我观察一般地会使他的观察力特别尖锐，使他学会以敏锐的眼光观察别人，这是不会错的。

在才能中这种特质是很可贵的，它几乎是享受真正优秀作家盛名的最可靠的依据。人类心灵的知识，对我们展示心灵秘密的能力——这是对于我们惊奇地反复阅读其创作的每个作家的最佳评语。至于托尔斯泰伯爵，那末，可以说，对人类心灵的深刻研究时常赋予他的所有作品以很大的优点，不管在这些作品里他写的什么，又是以什么精神写成的。他大概会写出许多作品，它们将以其他更为动人的特质——思想的深度，构思的有趣，突出的性格勾描，鲜明的风习画面——而使每个读者惊异不置，固然，就在公众已知的作品里，这些优点也经常在提高人们的兴趣，但真正的行家永远会象现在那么明显地看到：人类心灵的知识是他的才华的基本力量。这位作家可能以别的更辉煌的方面而使人倾倒；但他的才华只是在拥有这种特质时才会真正坚实有力。

托尔斯泰伯爵的才华还有另一种力量，它以自己罕有的清新气息而赋予他的作品以十分特殊的美质，这是道德感情的纯洁性。我们并不是清教徒思想的宣传者；正相反，我们禁忌它，因为就连最纯洁的清教徒思想也会有害，它会使心灵变得冷酷无情；最真挚最诚实的道德家也是有害的，他会招致成十上百假借他的名义的伪善者。在另一方面，我们也不至于那末盲目，竟看不见当代所有优秀文学作品里崇高的道德思想的纯洁的光芒。我们的高尚的时代——高尚而又美好的时代——的社会道德，尽管有一切腐朽的残余，达到了前所未有的高度，因为它正鼓足全力来涤除遗留下来的罪恶。我们当代的文学在其所有杰作里毫无例外地都具有十分纯洁的道德感情的崇高表现。我们并不想说，在托尔斯泰伯爵的作品里比在我们其他任何杰出作家的作品里，这种情感更强烈些，因为在这方面他们全都同样高尚，但他的这种情感具有特色。在其他作家，这种情感是由痛苦、否定而得到清涤，由自觉的信念而得到明豁，它实在不仅是长期体验和痛苦斗争、甚至也许是多次道德堕落的后果。而托尔斯泰伯爵却不是这样，因为在他那里道德感情并不单靠反省和生活经验才得到复原，它从来没有动摇过，保持着少年的十足的天真和纯洁。我们并不去比较在人道方面的这种那种差异，也不想说，其中那一种在绝对意义上要高些——这是哲学论文或社会论文的事情，而不是书评的任务——我们这里只谈谈道德感情同艺术作品价值的关系，应该承认，在这个场合，天真未凿的、仿佛完全保持着少年时代白玉无瑕的道德感情的纯洁性会给予文学以优美迷人的特殊魅力。依我们看来，托尔斯泰伯爵的小说的美妙可人，在许多方面是有赖于这种特质的。我们不想证明说，只有借助于这样天真未凿的心灵纯洁，才会在叙述《童年》和《少年》时具有这种极真实的色彩和温柔而又庄严的气氛，从而给予作品以真正的生命。关于《童年》和《少年》任何人都很清楚，要是道德感情不是洁白无瑕，不仅不可能写成这两本小说，甚至休想构思出来。我们另举一个例子——在《弹子房记分员笔记》里：这个禀赋有高尚倾向的心灵的堕落的故事，只有那保持着天然的纯洁性的才华，才能够这么动人和真实地构想并把它写出来。

这种才华的特点的良好影响，并不限于才华在其中明显而突出地表现出来的那些故事和插曲，它们经常还会使才华活跃和清新。在人世间有什么会更有诗意，更为迷人，胜于那怀着欢乐的爱、对自己觉得像自己本身一样崇高、纯洁和美妙的一切东西都发生共鸣的纯真的少年心灵呢？谁又没有体验过，由于有科第丽霞、我菲丽雅或者苔丝德梦娜一类人的贞洁的心灵的存在，他的精神如何为之振作，他的思想如何为之开豁，而整个身心又如何因而变得高尚起来呢？谁又没有感到这样的人的存在会给他的心灵送来了诗意，而不跟屠格涅夫先生笔下的人物（在《浮士德》里一起反复吟咏：

　　用你的翅膀衣被我，
　　安慰我心灵的激动，
　　对于迷醉了的灵魂
　　这将是神赐的荫庇……

在诗里道德纯洁性的力量也是这样。一本作品如果洋溢着道德纯洁性的气息，就会像大自然一样令人感到清爽和宁静，——要知道大自然之所以能起诗意的影响，其秘密也未始不在于它的纯洁无瑕。托尔斯泰伯爵的作品的优美迷人之处也是多少有赖于这种道德纯洁性的气息的。

心理生活隐秘变化的深刻知识和天真未凿的道德感情的纯洁性——这是现在赋予托尔斯泰伯爵的作品以特殊面貌的两个特点，它们〔永远〕将是他的才华的基本特征，不管他的才华在今后发展中表现出怎样的新的方面。

自然，跟他的才华一起永远存在的还有他的艺术性。在说明托尔斯泰伯爵的作品的特质时，我们迄今还未提到这个优点，这是因为它乃是整个艺术才能的属性，说得更清楚些，乃是全部艺术才能的实质，因此它其实只是标志杰出作家的作品所固有的全部特质的总名称。但是，值得注意的是，侈谈艺术性的人们却最不了解什么是它的条件。我们在某处读到过一段莫名其妙的话，说在《童年》和《少年》里为什么首先没有热烈钟情于美貌青年的某个十八九岁的美丽姑娘？……① 多么奇怪的艺术性概念啊！要

---

① 车尔尼雪夫斯基可能指的是《祖国纪事》，那里谈到托尔斯泰时说："……他的确只有理智以及幻想在起作用，他的感情很少表现出来，甚至少到我们还没有看到他塑造的一个妇女性格，甚至也没有看到爱情，——更不用谈这种强有力的生活动力的其他表现了。"最可能的是，批评家为了论争的目的而利用这段话，而不确切地引用原文。——俄文版编者注。

知道作者要描写的是童年和少年，而不是火热的激情的画面，难道您不会觉得，要是他在自己的故事里写进这些人物和这种动人气氛，那么，他想让您注意的孩子们，就将被掩蔽住，而当故事里出现强烈的爱情时，孩子们的可爱的感情也将不再令您发生兴趣了，——总之，您难道不会感到，故事的一致性将遭到破坏，作者的思想将陷于破碎，而艺术性的条件也将受到玷污吗？正是由于遵循这些条件，作者才不能在自己写儿童生活的作品里，描绘某种东西，使我们忘掉孩子、撇开孩子。其次，就在同一个地方，我们看到近乎暗示的某些话，说托尔斯泰伯爵错了，他没有在《童年》和《少年》里提供社会生活的画面；可是，他在这两个中篇小说里没有提供的别的东西不是也很多吗？在这两个作品里既没有战争的场面，也没有意大利自然的景色，既没有历史性的回忆，也没有那些可以叙述、但却不适宜而又不应该叙述的一整套东西，要知道作者要把我们带到孩子的生活里去，而孩子难道会了解社会问题，难道会有社会生活的概念吗？这一切成分就像军营生活一样同童年生活枘凿难入，要是在《童年》里描写社会生活，正像在这个小说里写战争生活或历史生活一样，艺术性的条件同样会受到破坏。在中篇小说里描写社会生活，这件事我们也很喜爱，并不亚于任何别人；但是应该懂得，并非任何艺术作品的思想都是允许在作品里加入社会问题的；不应忘记，艺术性的首要规律是作品的一致性，因此，在描写《童年》时，要描写的正是童年，而不是任何别的东西，不是社会问题，也不是战争场面，不是彼得大帝，也不是浮士德，不是安迪娅娜[①]，也不是罗亭，而是孩子同他的情感和概念。而提出如此狭隘要求的人士却谈创作自由！奇怪的是，为什么他们不在《伊利亚特》里找马克白斯，在华尔特·司各脱的作品里找狄更司，在普希金的作品里找果戈

---

① 安迪娅娜是乔治·桑同名小说中的女主人公。

理呢？应该懂得，如果在一部作品里搀入同它的思想不调和的因素，这个作品的思想就会被破坏了，举例来说，要是普希金在《石客》里忽而要描写俄国地主或者忽而要表现自己对彼得大帝的同情，那么《石客》就会成为艺术上不象样的作品了。一切都有自己合适的位置：青年人的爱情的画面在《石客》里，俄国生活的画面在《奥涅金》里，彼得大帝在《青铜骑士》里。同样地，在《童年》或《少年》里适宜的只是这些年龄所特有的那些因素，——而爱国主义，英雄行径，战争生活，在《战争故事》里有其位置，可怕的道德悲剧应该在《弹子房记分员笔记》里有其位置，女性的描写应该在《两个骠骑兵》里有其位置。……

(1856年)

陈燊 译
选自《俄国作家批评家论列夫·托尔斯泰》

俄国文学发展中人民性渗透的程度

〔俄国〕杜勃罗留波夫

……………

的确,当我们以为自己在描写对人民生活是如此重大的东西时,我们常常陷在可怕的自我陶醉里;当我们以为,凭着我们的话,历史大事的进程就可以改变的时候,我们就建造起空中楼阁来,即使是最小的范围,当然,建造空中世界的确是又愉快,又容易的:

> 一面讲道理,一面争论,
> 在这世界我们多么重要!

可是你只要算一笔小小的、公平合理的帐,你就能看到,你们的自我陶醉是多么厉害。我们那些集中着一切文学活动的杂志,估计有二万个定户,报纸的定户也差不多(固然,杂志的定户通常也是报纸的定户)。假使每一本有十个读者,那么大约有四十万。假使暂时忘却这是夸张的,你可以为这个数字而高兴。可是你说吧,这个几十万比起居住在俄罗斯的几千万来,又算得什么呢?其余这些不读我们的报纸和杂志的六千四百六十万人又是怎样过日子的呢?他们是不是也参加我们这样骄傲地努力传达给世界的那些崇高论题的讨论呢?对我们正在赞叹着的我们的艺术作品,他们是不是感到兴味?对于我们通过我们的文学暴露、在以全人类名义提出来的社会问题中所发表的充满生气的思想里,他们是不是能够找到欢乐？这一种人是否知道，我们正在为他们而奔走，我们正在努力以赴，准备在自伙里斗争，争论关于他们的幸福？……〔缺水村和多水村的农民，穷乡和密林的农民，他们是否知道他们的警察局长、警察署长和管理人，已经老早在文学的速写、素描、回忆之类中，遭受舆论的评判？他们是不是知道这一切，他们在文学的好意的影响中，是否感到自己的命运轻快了呢？而且那些警察局长、警察署长、管理人自己是否也知道这种文学裁判呢？大概有许多人已经听到了，也许，有的人还亲自读过哩；可是大部分人可能没有读过。他们究竟什么时候会读它呢？他们必须奉公尽职，丢掉职务不管是不成的，因为他们可以得到好处；而读者却喂不饱肚子。即使他们有机会去读完什么东西，每个人也都按着自己那一套来理解，注意的只是跟自己的见解比较接近的东西。〕可以推想而知：受到文学所挽救的坏蛋和骗子的数目，极其有限。看来，要是在总数十万个的读者中，算他有一个是改邪归正了的坏蛋，我们大概不会错到那里去（连这我们也有点害怕，读者可不要因为我们推想他们中间也有这些坏人而生我们的气；可是要请原谅，我们要引俗谚来辩护：丑儿不免家家有），因此，所有这好几百个对善充满热烈的爱、对罪恶充满炽烈仇恨的文学家，所有这些和平的文学骑士底英勇的法郎吉①，应当把他们的功业范围只局限在四的变化里②。……所谓人民作家这个嘹亮的称呼，在我们这里也是没有根据的：抱歉得很，人民对普希金作品的艺术性，对茹柯夫斯基诗底魅人的甜蜜，对杰尔查文的高度的激情等等，根本不相关。再说几句：甚至果戈理的幽默，还有克雷洛夫的狡猾的单纯，也完全没有为民众所领会。即使他是念过书的，

---

① 法郎吉，这是空想社会主义者傅立叶的学说中的一个用语，意指理想社会中的一个基本生产消费单位。
② 这里照杜勃罗留波夫的计算，是指四十万读者而言。

他也不会想到去分析我们的书；他不得不操心，如何把资料供给五十万的读者们喂饱自己，还要供给另外一千个为了满足读者而写作的人。这种操心并不简单！这就是文学所以到现在还只有这样有限影响范围的原因。要是我们并不强求人民为我们的吃食去操心，为我们的一切享受去操心，那么当然，我们就会胜利了：我们的教育思想就会飞快在群众里流传开去，我们也会有较大的意义，我们的劳作也会得到高度的珍重。然而，抱歉得很，文学，也就是说，它的歌颂者和工作者都置身在一种痛苦的自我陶醉的境地中，你很难把他们从这境地中拖出来。一个文学家通过艺术形式描写了自然、天空的美，黄玫瑰色的云彩底颜色，或者完成了一种分隔心脏底深刻分析，或者动人地叙述一个看门人在喝醉酒的庄稼汉的袋里摸出鞋后跟的故事，他就以为已经完成了无比伟大的功业，以为凭着他的创作对人民已经产生无可估计的后果。可是白费心机：这种创作，第一，不能和人民接近，其次，就是接近了也一点不能使他们理解，也不会给他们带来好处。人民大众和我们的兴味是大异其趣的，我们的痛苦他们并不理解，我们的兴奋，他们也是觉得可笑的。我们是为了少数突出的人，是为了为数不论多少总是不足道的小圈子的利益而行动，而写作的；因此我们通常的眼光就狭窄了，愿望就渺小了，一切见解和同情都带着局部的性质。即使他们所解释的题目是直接触到人民，是使他们感到兴味的，也并非从大公无私的观点，从人的观点，从人民的观点来解释，而一定是着眼于某一个派别，某一个阶级的局部利益。在我国的文学中，这后面一种情形，还不是怎样显著，因为一般说来，我们这里以前还很少谈到人民的利益哩；然而在西欧文学中，这种局部性的精神却表现得无比明显。那些国家的文学，对每一种历史现象，对国家的每一种设施，对每一种社会问题，都是按照各种不同派别的利益，从各种不同观点来评判的。当然，在这方面，还没有什么坏处，——就让每一种派别自由发表自己的意见：真理会从各种不同意见的冲突中产生出来。然而不好的〔却是：在文学中的十来个不同的派别中，几乎就没有人民的一派在内〕。

....

在我国，人们是把卡拉姆静当作第一批触到了血缘相连的土壤、从幻想世界下降到生动的现实中的人民作家来谈论的。这一切对不对呢？能不能说，卡拉姆静已经摆脱了折磨着他的先驱者的幻影，光明而直率地看到现实生活呢？未必如此。虽然，杰尔查文式或者罗蒙诺索夫式的高翔，在卡拉姆静那里，已经颇为衰弱了（可是还是有出现）；虽然，他也描写了温柔的感情，对大自然的迷恋，平凡的生活风习。然而这一切是怎样描写的呵！自然风景是从亚尔米丁的花园里采来的，温柔的感情，是从法国田园诗人的甜蜜的歌曲里以及弗洛里安的小说里搬来的，农村生活图景，是直接从幸福的阿尔卡吉亚①弄来的。观点还是完全像先前抽象的样子，而且是极端贵族式的。主要思想是这样：温和是最好的财富，大自然把一种享乐的才能赐给每一个人，这种才能是金钱所买不到的。这是一个生活得舒适如意的人所唱的高调，他用过美味的午餐，和朋友作了愉快的谈话，然后在陈设着各种各样随心所欲东西的房间里，坐在华美的安乐椅上，动笔描写起在大自然的怀抱下贫穷底幸福来。于是出现了令人感动的图景，其中有这样的话：大自然，单纯质朴，安宁，幸福，但是在实际上，其中却并没有什么大自然，也没有单纯质朴，只有一个不考虑别人幸福的人底自我满足的安宁。这是怎么发生的？难道卡拉姆静派的作家真的以为，我们这个北方民族，是和阿尔卡吉亚的牧羊人相象的吗？难道他们没有看到，在平民百姓之中也有他们自己

---

① 弗洛里安（1755—1794），法国诗人，写有寓言、田园风的小说等；阿尔卡吉亚原是希腊的一个地方，当地人民以牧羊为业，这里是指世外桃源之意。

的需要，自己的愿望，有他们的贫穷以及生活上的烦忧，而不是虚幻的烦忧？当然，这些作家是知道、而且看见的；然而他们却以为，这绝对不能搬到文学中去，而且，这甚至是丑恶和可笑的。……

但虽然如此，卡拉姆静和茹柯夫斯基在俄国公众之中，却获得了一种前辈作家从没有一个人拥有过的意义。这是怎么解释呢？当然，这是因为，他们两人都已经满足了那个阅读他们的作品的公众底需要。〔那么现在还剩下这样的问题，这是什么样的公众呢？据说，俄罗斯是爱戴和了解卡拉姆静和茹柯夫斯基的，有学问的人都十分相信这一点，他们认为，俄罗斯是他们这些有学问、有教养的人建立起来的，其余一切站在我们的社会之外的人，都不配做俄罗斯人。〕聪明的先生，基干的俄罗斯并不在咱们身上。我们所以站得住脚，只是因为在我们脚下有坚固的基础——真正的俄罗斯人民；而我们本身不过是伟大俄罗斯人民中依稀莫辨的一小部分而已。你们也许打算反驳我，你们会谈谈教育的优越性，教育给了人去统治冥顽不灵的自然，统治没有理性的牲畜，使我们凌驾在人群之上。然而且慢称赏你们的教育，至少要等到你们失去了这批人群之后，还能找到生存资料，或者把这群人曾经给过你们的同样多的东西还报给他们的时候才有可能。每一种法律，每一种成果，每一种局势，每一种事物，越是变得好，越是有很多的人、很多的事物得到好处和方便。那种在好几世纪中，只局限在几百几千个人的范围之内，却不去注意千百万人的现象，能算是伟大的现象吗！……你得相信，这千百万人，在他们的无知方面，绝对没有过错：不是他们跟知识、跟艺术、跟诗歌格格不入，而是他们受到那些能够把智力财富一把抓在自己手里的人们的冷淡和轻视。要是你给他们什么东西，比如以死板烦琐的诗句来替代生动的民间诗歌，民众自然要厌恶这一类诱惑，因为这些和他们的要求以及他们的处境根本合不上。……

....

普希金走得更要远：他在诗的活动中，第一个做到既不损害艺术，同时又显示他有本领去表现在我们这里存在着的生活，而且把它一如实际的模样表现出来。普希金的伟大的历史意义就在于此。然而就在普希金身上，这也不是突如其来的，而且，也不是通过应该向这种艺术家所期待的一种宽广的观点而表现的。卡拉姆静的洁净，茹柯夫斯基的幻想，还有巴秋希柯夫的享乐主义，都在他的身上强烈地显露出来；除此之外，还得加上拜伦的影响，米留柯夫君说得不错，"一方面由于普希金自己的性格的基础，一方面由于包围着他的社会的性质，他不曾也不可能理解拜伦。普希金在天性上是一个不深刻、但却活跃、轻快、容易感受、并由于持久教育的缺乏，容易受表面上吸引的人，他和拜伦完全不相象。米留柯夫君说，"普希金不能了解使得欧洲社会痛苦疲惫的可怕疾病，他不能对这社会感到绝不动摇的仇恨和蔑视，象这个生长在有教养的民族中的不列颠诗人底心灵中所沸腾着似的，他也不能象拜伦哭泣时的那样，倾流出痛苦的血泪。俄国社会不象欧洲社会，在当时的欧洲，既然并不重视恰尔德·哈洛尔德的歌唱者底意义，把他叫都撒旦派的盟主，那么普希金当然完全没有力量去了解他了。……他只是受到他的主人公的绝望而高傲的性格、画幅上阴沉的色彩以及形式上的自由轻浮所俘虏。"因此普希金久久不能把握俄国的人民性，他曾经描写过绝望的"囚徒"和"阿列哥"①，他完全不曾怀疑过，这种绝望在俄国人的性格中并不存在，虽然在我们的社会中也可以遇到。天赋有艺术家底洞察力的普希金，很快就理解这个社会的性质，他已经一点都不受古雅的礼貌所拘束，而朴实、忠实地来描绘它；社会兴奋激动起来，他

---

① 参阅普希金的高加索囚徒。

们终于看到真正的、非同儿戏的诗歌了，于是就把普希金的作品反复讽诵。从他这个时期开始，文学就深入到社会生活去，成为有教养阶级底不能缺少的属性。但是问题又来：这个阶级在数量上、在性质上，对全俄罗斯人民的关系又是如何呢？这里不能不承认，甚至带有若干程度的高兴，——普希金所描写的、和他有密切关系、从而使他感到兴味的那个阶级的人们，在我们这里，为数并不多。再重复一遍：我们很高兴说出这种话，因为要是在俄国大多数都是象阿列哥或者奥涅庚这样的天才人物，要是人数尽管很多，他们仍旧还是一些平庸的人，象这些先生——一群穿着哈洛尔德式无袖外套的莫斯科人一样，——那么就值得为俄罗斯而忧伤了。所幸的是，他们在我们这里一直很少，对他们的描写，不但民众完全不了解，就是有教养的人群，也不是大家都感到兴味的。最使公众对普希金表示注意的，是俄罗斯的自然和生活的图画。这些图画在他的诗歌里，到处都有点缀，并且是以精妙的艺术上的完美来描写的。在当时，就是对自然作生动的描写，也是一种奇事，而普希金却能这样通晓俄罗斯人民性的形式，直到现在，甚至还能使得要求最苛刻的人的口味，也在这方面得到满足。

我们说：人民性的形式，是因为它的内容，就连普希金自己也还没有理解。我们〔不仅〕把人民性了解为一种描写当地自然的美丽，运用从民众那里听到的鞭辟入里的语汇，忠实地表现其仪式、风习等等的本领……在普希金的作品里，这一切都有：他的《水仙》是最好的证据。可是要真正成为人民的诗人，还需要更多的东西：必须渗透着人民的精神，体验他们的生活，跟他们站在同一的水平，丢弃等级的一切偏见，丢弃脱离实际的学识等等，去感受人民所拥有的一切质朴的感情，——这在普希金却是不够的。他的家谱学上的偏见，他的享乐主义的倾向，他在上世纪末法国逃亡者所教导下的基础教育，他的充满艺术的感受力、但和顽强的思想活动却格格不入的天性，——这一切都阻碍他去渗透俄国人民性的精神。不仅如此，——他还嫌恶那些从民间搬移到那个包围着普希金的人群里去的人民性的表现。这特别显露在他写诗活动的最后几年中。生活一直往前迈进；普希金所发现的、得到他如此令人神往地歌颂的现实世界，开始失去它的诗底魅力了；人们胆敢从这世界中发现缺点，这已经不是出于抽象的观念以及海阔天空的幻想，而是出于生活本身的真理。人们期待的只是这样的人，他能够运用普希金用来描写生活底美妙之处的同样的诗底才艺，来描绘生活的缺点。人们的希望并没有被辜负：果戈理终于出现了。他描写当代社会生活中一切庸俗的东西；然而他的描写是新鲜的、朝气蓬勃的、兴奋的，说不定，更甚于普希金的最令人感动的诗歌。普希金也曾为了生活底空洞和庸俗而痛心疾首；然而他为它痛心疾首可也像奥涅庚一样，带着一种无力的绝望。他这样谈到生活：

   我领会生活底无聊
   很少对它表示向往。

  然而他并没有看出摆脱这空虚的出路，他的力量不足以对它作严肃的暴露，因为他的内心并没有一种可以依靠它进行这一种暴露的东西。他只能通过抒情的哀愁来感叹：

   我的前面缺少目标，
   心头空虚，脑子闲得无聊，
   生活底单调的喧闹
   把我折磨得忧悒烦恼。①

---

 ① 引自普希金的诗：《徒劳无功的才能、偶然一现的才能》。

因此他没有去参加在他生涯的最后几年所开始的文学运动。相反，他在这种运动还没有成为文学中的主导东西之前，还曾声讨过它哩。他在回答当代的问题时，骄傲地叫道："走开！我对你们有什么相干！"于是他开始咏歌"鲍罗庭诺周年"，又以这些著名诗句回答："毁谤俄罗斯的人"：

> 你们说起话来神气活现，请实地试试！
> 是年老武士，寿终在正寝，
> 无力旋紧伊兹曼的刺刀？
> 是俄罗斯君王的金言衰弱无力？
> 是我们和欧洲的争端重开？
> 是俄罗斯对胜利已经习惯？

可能有人会问：这难道就是纯艺术的倾向？诗人在这里不是也举出了社会问题？所不同的，这里表现的完全是另一种类型的利益。是的，这些作品在普希金的诗的活动中是后退了一步的，——后退到了杰尔查文和罗蒙诺索夫的时代。然而我们的公众今天完全不是这副模样了。米留柯夫君说得对："公众很快就了解，这个令人爱戴的诗人已经丢弃他们了，人民的欢乐和悲伤，在他那里已经找不到热烈的同情了，甚至还遇到冷漠的轻视。于是，公众这方面，由于不自主的本能，也把诗人丢开了。公众的这种冷淡，在普希金生涯的最后几年，使他感到强烈的不安。他看到，把他和公众结合起来的共鸣的联系怎样断裂开来，于是他怀着热病似的不安，开始在历史、长篇小说、杂志评论中，寻觅能够使他和公众结合起来的弦索。可是却无济于事，只有逝世才使他摆脱看到这种可悲的必然：在那过去对他的每句话都要鼓掌的公众之中，成为一个活死人"（一七七页）。这一切都足以证明：普希金只理解人民性的形式，而无法深入它的精神。而这也说明了，为什么在最后几年，他写起这样的诗：《给毁谤俄罗斯的人》等等，这些诗也许是一种优美的艺术精品，但是在它实际意义上，却还是"为少数人"而写，绝对不是为了大多数的公众而写的。不过，不久前出版的普希金第七卷却证明：诗人的容易感受的天性并没有对社会问题的号召充耳不闻；只有缺乏持久而深邃的教育阻碍他直率而清楚地认识，应该追求什么，寻找什么，凭着什么东西去解决社会问题。

果戈理在自己身上找到较多的力量，果戈理在俄国文学史中的意义，已经毋需再作新的解释了。然而连他在自己的道路上也无法贯彻到底。对生活的平庸鄙俗的描写，把他吓怕了；他没有认识到，这种平庸鄙俗不是人民生活注定的命运，他也没有认识到，必须对它追逐到底，而一点也不应该害怕这种平庸鄙俗可能在人民身上投上阴沉的影子。他企图表现一种任何地方都找不到的理想；他既没有力量经过普希金，达到杰尔查文，他就退到卡拉姆静去了：他的摩拉佐夫是乐善好施的农民福罗尔·西林的翻版，他的乌林卡——是可怜的丽莎①的苍白的摹写。不，连果戈理也没有完全达到俄罗斯人民性的奥秘，因此，他就把现代社会的混乱，这个好像破衣烂衫似的、剽窃来的文明，去和那还没有遭受异己势力怎样败坏、还有能力在真理和常识的基础上重振旗鼓的质朴而纯洁的人民生活底整然性，混合起来。

要是我们的文学发展进程，以果戈理为结束，那么可以说，我们的文学到现在为止，还几乎从来就没有完成过使命：表现人民的生活，人民的愿望。文学所达到的最高境界，就是吐露或者表现在人民中间有一种美好的东西。随着时序的推移，这一类意见和指示是越来越频繁了，现在我们的文学的发展就包含在这里。在

---

① 摩拉佐夫和乌林卡是果戈理《死魂灵》第二部中的人物；福罗尔·西林和丽莎都是卡拉姆静《可怜的丽莎》中的人物。

那些对于文学运动影响比较少的杰出人物中,不能忘却克雷洛夫、柯尔卓夫以及莱蒙托夫。克雷洛夫把他的活动局限在文学作品的一种类型中——寓言,因此对文学的发展影响比较小,虽然,毫无疑问,当他的寓言能够接近人民的时候,他的意义就会是十分伟大了。柯尔卓夫过的是平民的生活,他了解他们的悲哀和欢乐,他能够把这种悲哀和欢乐表现出来。然而他的诗歌在看法上是不够全面的:在他的作品中,平民阶级是离开共同利益而独处的,只抱有局部的生活需求;因此,他的诗歌尽管是朴实而且生动的,却不能激起例如象贝朗日的歌曲所激起的感情。莱蒙托夫当然拥有巨大的才能,他很早就能够理解现代社会的缺点,他明白只有在人民身上才能找到从这条虚伪的道路得救之道。他那首美妙的诗《祖国》,可以充作证据,在《祖国》之中,他完全摆脱一切爱国自大的偏见,他真诚地、神圣地、充满理性地理解对祖国的爱。他说:

> 我爱祖国,但怀着的是奇妙的爱情;
> 我的理性不能把它打倒。
> 无论鲜血买来的光荣,
> 无论对恬静充满骄傲的自信,
> 无论是朦胧古代底神圣传说,
> 都不能动摇我心中的幻梦。

这个对军功武勋、对国家底伟大的宁静、甚至对那些由心平气和的僧侣编年史家所记录下来的渺茫古代的传说都是无动于衷的诗人,他爱祖国的什么呢?他爱的是:

> 我爱坐上马车在村中小道驰骋
> 以缓慢的目光划破黑夜的阴影,
> 我为宿夜地而太息,四下都见到

凄凉村落的摇拽灯光。
我爱那枯草烧完后的缕缕轻烟,
在草原上宿夜的车马,
还有那苍黄田野中的山丘上,
一对闪闪发光的白桦。
我充满许多人都陌生的欢乐,
望着满坑满谷的打谷场,
窗户上装着浮雕窗板,
盖着麦秸的茅房;
逢到时节,在下露的夜晚,
听听喝醉酒的庄稼人的谈话,
观赏一边跺脚一边呼啸的
舞蹈,真到半夜时光。

最充分地表现对人民的纯洁的爱,对人民生活抱着最人道的看法,这自然还不能向俄国诗人要求。不幸的是,莱蒙托夫的生活环境使他远离开人民,而过早的去世,也妨碍他甚至发挥在他以前还没有一个俄国诗人显露过的宽广的见解,对现代社会的罪恶进行挞伐……

照我们的意见看来,这就是从古远时代以来俄国文学发展的一般过程。

…………

不,不管你怎么想,就是在我们的讽刺中,也一直受到看法上的渺小和狭隘所控制,我们在我们的文学中,总是能够发现这种渺小和狭隘的。所以在我们这里,就是讽刺也并没有达到领会人民利益的高度,虽然也出现过一些杰出的现象,但是它们几乎始终只有局部的意义。〔例如,你不能只因为在苏马罗柯夫的作品中有这样的诗句,就把他叫做人民利益的代表吧:

> 为了我们是贵族，就要叫人们去工作，
> 凭着高贵就把他们的劳动吞吃？
> 庄稼人吃了，喝了，生出来，又死掉；
> 地主也是人子，虽然比他们吃得好，
> 他却常常夸耀自己的高贵，
> 他把成群结队的人当作孤注去押宝；
> 啊，把人们当猪羊这难道应该？①

这些诗句是不值得迷恋的；它们的意义不会越过这个结论以外：不应当把人们当做猪，应该把人当做人，就是说要慈悲和公正。在冯维津的作品里，在普罗斯塔柯娃对巴拉莎的批评里也有这种思想。倘使有必要的时候，还可以举他们作品中其他的地方来证明。

总之，俄国的讽刺不是人民的，这可以从它和这句民间谚语"不打倒下的人"②的互相矛盾中看出来。俄国的讽刺只要一停止胡缠混说，就总是去痛打倒下的人。可是大部分人都忙着这种有益的胡缠混说。真的，这岂不是"布瓦罗对人类种种不同情欲的讽刺"已经钻到俄国讽刺作家的头脑里去了！或者是玉外纳③对高贵的讽刺已经改造了俄国的风习！格里鲍耶陀夫在描写查茨基的时候，仿佛就是指的俄国讽刺作家。这对那些不想听他们、也无法理解他们、就是能够理解了也无法实现他们的要求的人，实在是牛头不对马嘴的，他们开始叫嚷什么锻冶工桥和永久的服装，什么针和发簪（而没有看到大象），反对燕尾服和剃胡子（可是他们自己却是剃掉的，穿了燕尾服的），反对那些受习惯或者受大家所公认、对谁都没有妨碍的礼貌所左右的小缺点。可是就在这时候，好像晴空霹雳似的，突然出现了一个小小的要求：他们说，要

---

① 这是从苏马罗柯夫的讽刺诗《论高贵》中引来的。
② 即"不打落水狗"之意。
③ 玉外纳（Juvenalis，生于公元60年代，卒于127年后），马罗的讽刺诗人。在他的讽刺诗中，诗人愤慨地揭穿了帝制的暴政和马罗贵族的恶习。

做善人，要大公无私地尽职守，要把公共的利益放在个人利益之上，以及诸如此类十分可爱、正确、但可惜很少受个人意志所左右的抽象议论……这完全跟查茨基嘲笑燕尾服一样，虽然他也十分理解，穿不穿燕尾服，剃不剃胡子，这完全不是取决于一个激昂慷慨的先生底惊叹的。

不，除了果戈理时期的讽刺以外，俄国的讽刺我们是不能满意的。这就是我们所以不谈俄国讽刺的原因，正象这篇文章中，有许多东西也没有谈到一样。我们请求读者不要从我们的断续的意见中看到什么特殊的苛求。我们甚至不打算把自己的看法贯彻到俄国文学中一切现象中去；我们只是说，如果能够从这个观点来设想俄国文学底发展进程：文学怎样和人民与现实逐步接近起来，怎样逐步摆脱垄断著书立说的人底特殊影响，摆脱由他们强加在文学头上的虚幻朦胧的观念，这是颇有意义的。米留柯夫君在他的著作的后半部中，就是说，在评价普希金、莱蒙托夫和果戈理的活动中，有一部分正是指这种看法而言；可是，当他怀着热烈的爱对讽刺倾向表示向往的时候，他就无法把这个看法贯彻到全书中去了。就是贯彻了，那末又是由于对讽刺倾向抱着同样极端的尊重，说不定又会把它的结果说得过分有效。说到我们这方面，可只承认莱蒙托夫、果戈理和他这一派的讽刺有效，但是就是这些，也不象米留柯夫君所想象似的有那么巨大的规模。我们看到，果戈理在他的比较优秀的作品中，虽然十分接近人民的观点，然而却是通过不自觉的、单纯的艺术感觉而达到的。可是到了人家向他解释，现在他应该继续前去，从同一种人民观点重新观察生活的一切问题，丢弃一切抽象性，丢弃一切偏见，这些偏见是由虚伪的教育从幼年起就接种到他身上的，那时候果戈理自己就害怕了：人民性在他看来是深不见底的，他应该尽快避开它，于是他就避开它了，沉浸在抽象的事情中——理想的自我完成。但是虽然如此，他的艺术活动还是在文学中留下深刻的痕迹，并且应该向今天的倾向期望一种美好的东西,因为今天的活动家已经公开为了自己和人民格格不入、自己落后于当代一切问题之后而害羞了。文学不可能超越在生活之前,然而预先发现已经在生活中形成的利益,它们的形式上和外表上的表现,这是应当做到的。当某一种思想还存留在脑子里,当这种思想的实现还有待于将来的时候,这时候文学就应该把它抓住,就应当从各种不同方面,通过各种不同利益的形态,对事物进行文学的评判。然而到得这思想已经变成事实,已经具体成形,已经彻底解决,那时候文学就没有什么可以做了;只除了对已经实现的事情作一次(不会再多)赞扬。事后的谩骂实在是一种可耻的胡扯混闹,只会使人想起那个乌克兰人,他被人家狠狠的揍了一顿之后,回到了家里,就向自家人显威风,吹嘘说,人家揍他的时候,他也照样作了回敬——在衣袋里"以手势表示侮辱"。

(1858年)

辛未艾 译

节选自《杜勃罗留波夫选集》1983年1月新1版。

黑暗王国中的一线光明

〔俄国〕杜勃罗留波夫

....
……关于开端和结局也应该这样说。所谓结局就是开端底纯粹的、逻辑的发展的事件我们是不是看到很多呢?说到历史方面,我们还可以在各个不同时代之中发现这一点;可是个人生活中就不是这样了。诚然,历史规律在这里也是同样的一套,可是区别却在距离和规模。假如绝对地说,并且一直考虑到细微末节,当然,我们会发现,圆球也是多角形的;然而你试试在台球桌上玩玩多角形的球吧,——完全不是这样的结果。关于逻辑发展以及〔报应不爽〕这种历史规律,也是这样的——它们在个人生活事件中,也远没有各民族历史这般明朗和完整。要是把这种明朗性故意加在个人生活上面,这就是强制和歪曲既存的现实。在实际上每种罪行的本身是否都附带有惩罚?要是没有外来的惩罚,它是否永远会随伴来良心的痛苦?节俭是否总是能够致富,正直总是能够得到普遍的尊敬,怀疑总是能够得到解决,乐善好施总是能够得到内在的满足?〔我们不是常常看到相反的情景吗,虽然,从另一方面说来,这相反的情景不可能当作是普遍的规律……不能说,人们的天性就是恶的,因此在文学作品中不能采取这样的原则,例如,罪恶总是得到胜利,而善行总是挨到惩罚。然而要使戏剧在善行获得胜利之上建立起来,这也是不可能,甚至是可笑的!〕问题是在于:人的关系还很少按照理性的打算而建立,大部分是偶然地形成的,因此,大部分的行为一个接一个的实现,仿佛是不自觉的,是依着古风旧习,依着刹那间的好恶,依照许多不相干因素的影响而实现的。一个为了满足主题发展底逻辑要求,决定把这一切偶然性都抛在一边的作者,通常就失去中庸的尺度,而变成一个一切都是按照 maximum① 来衡量的人了。例如,他觉得,人可能一昼夜工作十五小时,对自己也没有直接的害处,于是就根据这种计算向在他手下工作的人提出自己的要求。当然,这种只有在紧急的场合,只有在两三天之间还能办到的打算,要当作日常工作的标准原是十分荒唐的。理论向戏剧所要求的生活关系底逻辑发展,也常常是这样的。

人们对我们说,我们落入了否定一切创造,除了银版照相式的艺术以外,不承认有艺术的地步。还有更甚的,——人们要求我们把我们的意见继续向前发挥,一直发展到极端的结论:就是,戏剧作者既然没有权利丢掉随便什么东西,既然不能故意去凑合自己的目的,结果就势必只能去描写一切邂逅相逢人们的一切没有用处的谈话了,因此一件持续了一星期的事件,就要求这个戏剧在戏院里上演的时候,也要达到同样的一个星期时间,而对于另一个事件,也要求所有在涅瓦大街或者在英吉利河河滨散步的成千的人们都出场。假使我们此刻争论的那种理论的原理将来还是我们文学中的最高规范,那结果的确是这样的。然而我们根本不要这样做;我们要改正的不是两三个论点;不,这样改正以后,这种理论只有变得更坏,更混乱,更矛盾;我们索性根本不要它。要判断作者和作品的优点,我们有其他根据,倚靠这些根据,我们就有指望,不至于达到什么荒唐的结论,也不至于背离公众的常识。关于这些根据,我们已经在开头几篇论奥斯特罗夫斯基的文章〔以及后来在论《前夜》的文章里〕说过了;但是,也许,还要把它再简单地谈一次。

---

① 拉丁文:最高标准。

衡量作家或者个别作品价值的尺度，我们认为是：他们究竟把某一时代、某一民族的〔自然〕追求表现到什么程度。〔人类的自然追求，用最小分母归纳起来，可以用这两个词儿来表达："要大家都好"。很明白，人们在追求这个目的时，由于问题本身的性质，开头势必离开这个目的：每个人都希望自己好，因此，在建立本身幸福的时候，就阻碍了别人；要安排得互不妨碍，他们还不会。例如，没有经验的跳舞者就不善于控制自己的动作，甚至在十分宽畅的大厅里，也常常要和别的几对相撞。到以后，习惯了，他们甚至在面积比较小的厅子里，在人数较多的跳舞者中，也能行走自如了。可是当他们还并不灵活的时候，当然不可能一下子放许多对到舞池里去跳圆舞；为了不要彼此相撞，许多人必须等待，最笨拙的人根本放弃跳舞，也许，就坐下来打纸牌，而且甚至输掉很多……生活的安排也是这样的：比较灵活的人继续寻求自己的幸福，另一种人坐着，做着不必要做的事情，输掉钱；生活的共通假日一开头就受到破坏；许多人都得不到乐趣；许多人都相信，只有能够灵巧地跳舞的人，才能得到快乐。可是给自己安排好幸福生活的灵巧的跳舞者，却继续受到自然的诱导，竭力给自己争取越来越多的空间，越来越多的愉快的手段。最后，他们失去节度了；其余的人由于他们的关系，挤得很紧，因此他们就从自己的座位上一跃而起，跳蹬起来——这已经不是要想跳舞，而仅仅是因为，他们甚至坐也不会坐了。但是在这种动作里可以看出，就是在他们中间也不乏多少还有若干灵活性的人——连他们也想试试加入快乐的人们的一伙。然而这些享着特权的第一批跳舞者，他们却很不高兴地看着他们，好像看待不速之客似的，不让他们闯进他们的一伙。因此开始了复杂而长期的斗争，这种斗争多半是对新来者不利的：人们把他们嘲笑，推撞他们，要他们支付娱乐费，从他们手中夺走女舞伴，或者从这位太太手里把男舞伴夺走，把他们完全从假日晚会中赶出去。可是人们越是处境不利，就越是感到有改善的需要。剥夺手段并不能阻止这些要求，而徒然把他们激怒；只有吃了东西才能消除饥饿。因此，一直到现在为止，斗争并不停止；自然追求，有时好像给压住了，有时好像更强烈了，大家都寻求使自己满足。历史的本质就在这里。〕

....

直到今天为止，在这人类追求自然原则的运动中，文学家所起的作用还并不大，人类是曾经离开过这个原则的。实质上，文学并没有行动的意义，文学或者只是提出需要做什么，或者描写正在进行以及已经完成的事情。在第一种场合，也就是说，在打算未来的活动时，文学是从纯科学中选取材料和根据的；而在第二种场合，则是从生活事实本身中选取的。所以，概乎言之，文学是一种服务的力量，〔它的意义是在宣传，它的价值决定于它宣传了什么，它是怎样宣传的〕。但是，在文学，到现在却出现了几个这样的活动家，他们在宣传中站得这样高，不论〔致力人类幸福〕的实际活动家，不论从事纯科学的人，都不能超越过他们。这些作家是得天独厚的，他们能够凭着天性去接近他们同时代的哲学家要靠严格的科学之助才能找到的自然的见解和追求。更有甚者，哲学家还只是在理论中预料到的真理，那些天才作家却能够从生活中把它把握住，动手把它描写出来。因此，正因为他们是某一时代人类认识最高阶段底最充分代表，从这一高处来观察人们和自然的生活，把这种生活描写给我们看，他们就能够高出于文学底服务作用之上，而跻身在一群能够促进人类彻底认识自己的活跃的力量和自然倾向的历史活动家的队伍。莎士比亚就是这样的。他的剧本中有许多东西，可以叫作人类心灵方面的新发现；他的文学活动把共同的认识推进了好几个阶段，在他之前没有一个人达到过这种阶段，而且只有几个哲学家能够从老远地方把它指出来。这就是莎士比亚所以拥有全世界意义的原因：他指出了人类发展的几个新的阶段。但是因此莎士比亚就站在平常的作家队伍之外。但丁、歌德、拜伦的名字常常和他的名字结合在一起，可是很难说，他们每个人都是象莎士比亚似的这样充分地标示全人类发展的新阶段。至于说到平常的才能们，那么留给他们的确实只有我们已经说过的所谓服务的作用了。他们既不能献给世界任何新的、未知的东西，又不能指出全人类发展的新的途径，甚至也不能把人类推上已定的道路，这样他们就势必局限在比较局部、比较专门的服务了：他们把人类先进活动家已经发现的东西，灌输到人们的头脑里去，向人们揭示和阐明在他们心里还是朦胧和模糊的东西。但是通常并非是这样发生的：文学家向哲学家借用他的思想，然后把它们贯彻在自己的作品里。不，它们双方都是独立进行的，双方都从一个原则——现实生活的原则出发，〔但只是彼此都以不同方式进行。一个思想家，假如发现人们，例如，不满意他们现在的地位，于是就考虑一切事实，努力搜寻能够满足方生的要求底新原则。诗人的文学家发现了这同一种不满，却把他的图画描写得这样生动：使得大家聚精会神地来注意它，让人们自然而然地想到，人们所需要的究竟是什么。结果只有一个，两种活动家的意义彼此也一样〕；可是文学史告诉我们，除了少数例外，文学家通常总迟一步。而那时候一个思想家却密切注意最渺不足道的症候，锲而不舍地研究每种偶然一现的思想，一直穷究到最后底蕴，时常在一种现象的还很渺小的萌芽中就把这种现象看出来，——大部分文学家都比较不敏感：他们要在〔一种方生的运动〕已经变得十分显明、十分强烈的时候，才发现和描写它们。但是因此，他们却比较接近群众的见解，时常在群众中间获得成功〔：他们好像晴雨表，每个人都要把他们查看一下，可是对气象、天文计算和预测，却没有一个人想知道了〕。因此，承认文学主要意义是解释生活现象之后，我们还要求文学具有一个因素，缺了这种因素，文学就没有什么价值，这就是真实。应当使得作者所从而出发的、他把它们表现给我们看的事实，传达得十分忠实。只要失去这一点，文学作品就丧失任何意义，它甚至会变得有害的，因为他不能启迪人类的认识，相反，把你弄得更糊涂。这里，除了胡说八道的才能以外，我们要在作者身上找出别的什么才能，已经是白费心机的了。在历史性质的作品中，真实的特征当然应当是事实的真实；而在艺术文学中，其中的事件是想象出来的，事实的真实就为逻辑的真实所取而代之，也就是用合理的可能以及和事件主要进程的一致来代替。

然而真实是必要的条件，还不是作品的价值。说到价值，我们要根据作者看法的广度，对于他所接触到的那些现象的理解是否正确，描写是否生动来判断。〔首先，根据我们已经接受的规准，我们要把担当着人民底自然的、正确的追求这一种代表的作者，跟那些变成各种虚伪做作的倾向和要求的代言人的作者分别开来。我们已经看到，虚伪做作的社会结合，它就是人们最初不善安排自己的幸福的结果，这种结合在许多地方窒息了对自然要求底认识。〕我们在不同民族的文学中，找到许多作家对虚伪做作的利益表示最彻底的忠诚，而对人类本性底正常〔要求〕却一点都不关心。这些作家可能不是撒谎家；可是他们的作品却是虚伪的，除了涉及形式方面的以外，我们无法承认其中还有什么价值。例如，一切为了灯彩焰火、军事武功、为了那受一个野心家之命进行屠杀抢劫而歌唱的人，写作拍马奉承的颂歌、题铭以及情歌的作者——在我们的眼睛里，都不会有什么意义，因为他们距离〔人民的〕自然追求〔和要求〕还是十分遥远的。他们在文学方面和真正的作者相比，也等于在科学中星相家以及炼金术士与真正的自然学家、详梦书与生理学教科书、占卜休咎书与可靠理论的相比一样。我们要从那些还没有离开自然见解的作者中，把多少深刻地贯穿着时代底根本〔要求〕、〔多少广泛地理解人类所完成的运动、〕多少对〔人类〕表示强烈同情的人们区别出来。这里的等级可能无穷无尽。这一个作者可能穷究一个问题，另一个穷究十个问题，第三个可能把这一切问题都放在一个最高问题之下，〔于是把这个问题加以解决，〕第四个可能指出要在解决了那个最高问题之后才掀起的问题，等等。这一个可能冷静地、叙事诗地叙述事实，另一个却以抒情之力抨击谎话，歌颂善与真。这一个可能从表面上解决问题，〔指出必须进行一些外表的局部的修补；〕另一个却能够连根把整个问题都抓住，〔揭穿事物底内在的丑恶和脆弱，或者指出在人类新的运动下所建立的新建筑底内在力量和美。一个作者由于眼界的宽广以及感情的力量，同时也可以使得事物描写的方法，以及每种事物的叙述方法，也变得多种多样起来。要分析这种外部形式跟内部力量的关系，这已经并不困难了；对批评最重要的，就是弄清楚作者和人民身上已经觉醒的，或者，由于当前事物规律的要求立刻应当觉醒的那些自然追求是否站在同一水平上，然后才是，他究竟能够把它们了解和表现到什么程度，他是抓住了问题的本质，抓住了它的根呢，还是只是它的表面，他是抱住了对象的共同性呢，还是只是其几方面〕。

再要仔细说明我们这里所指的不是理论上的议论，而是生活事实底诗的表现，我们认为，这是多余的。在以前几篇关于奥斯特罗夫斯基的论文中，我们已经充分谈过抽象的思考和艺术表现方法的区别了。在这里，我们只是再复述一个意见，这个意见是为了使纯艺术的保护人别再责备我们又在把"功利主义的题目"强加到艺术家头上所必需的。我们一点都不以为，每个作者应当在某一理论底影响下，创造自己的作品；只消他的才能能够锐敏地体会生活的真实，他可以满足任何意见。艺术作品可能是某一种思想的表现，这并不是因为作者在创作的时候热中于这个思想，而是因为现实事实引起了它的作者的惊异，这种思想就是从这些现实事实中自然而然地流露出来的。因此例如象苏格拉底的哲学和亚理斯托芬的喜剧，就对于希腊人宗教学说的关系来说，它们是同一种共同思想的表现——〔破坏〕古代信仰；然而根本不应当设想，亚理斯托芬给自己的喜剧设定的就是这样的目的：他的作品所要达到的目的仅仅只是描写当时希腊的风俗景象。根据他的喜剧我们绝对可以相信，当他写作的时期，希腊的神话〔王国〕已经消逝了，就是，他从实践上引导我们达到苏格拉底和柏拉图以哲学方式所证明的东西。诗的作品和专门的理论作品的写作方法，它们的差别通常总是这样的。这种差别是跟艺术家与思想家的思考方法本身的差别相适应的：这一个具体地思考，从来不放过局部现象，局部形象，另一个却努力把一切都概括起来，融局部特征为共通的公式。然而真正的知识和真正的诗之间不会有根本的区别：才能是人的本性的属性，因此这才能毫无疑问会向我们保证，在我们承认是有才能的人身上，都有一定的力量和一定广度的自然追求。从而，他的作品也应当在天性的这些自然而正确的要求的影响之下而创造出来；对事物〔通常规律〕的认识，在作品中应当是明白而生动的，他的理想应当是单纯而合理的，他所以不让自己向虚伪矢忠，为荒唐所驱策，这并非因为他不愿意，而仅仅是因为他办不到，——假如他打算强制自己的才能，那么在他的笔下，就不会产生什么好东西。〔正像巴兰① 一样，他要诅咒以色列，可是在欢欣鼓舞的庄严时刻，他却违拗自己的意志，在他的嘴里出现的，不是诅咒，而是善颂善祷。即使他能够说出诅咒的话，它也会丧失内在的热烈，变得萎靡不振，难以索解。我们一点都不想越出例子的范围之外；我们的文学是充满着这种例子的，几乎比任何一个国家还多。即使拿普希金和果戈理来说：普希金那些奉敕写的诗多么贫乏，多么过甚其词；果戈理在文学中的禁欲主义的尝试又是多么可怜！他们有着许多善良的愿望，可

---

① 按照《圣经》中的传说，以色列的敌人要求预言家巴兰诅咒以色列人。可是每一次代替诅咒，总是向他们预言他们有伟大的前途。事见《旧约·民数记》。

是想象和感觉并没有提供给他们充分材料，好根据钦定的、做作的题目写出货真价实的诗作。〕诗人是从现实生活汲取材料，汲取灵感的，毋庸怀疑，这种现实生活有它的自然的意义，当这个意义被破坏的时候，那末事物本身的生命也就毁灭了，只剩下它的一副骸骨。那些打算赋予生活现象以另一种和它们的本质相冲突的意义以代替其自然的意义的作家，不得不永远和这些骸骨留在一起。

....

为了不要把这一点再扯开去，我们只指出一点：〔要求权利〕，尊敬人格，抗议强迫和专横，你可以在晚近几年我们许多文学作品中发现；但是在这些作品中，大部分问题都不是通过生动、实践的形式而贯彻的〔人们感觉到的是问题底抽象的、哲学的一面，一切都是从这方面引伸出来的，它们指出了权利，可是对于实际的可能却又置诸不顾〕。奥斯特罗夫斯基的作品可不是这样：在他的作品里你找到的，不但是问题底道德的一面，而且还有实生活的、经济的一面，这就是问题本质所在。在他的作品里你清楚地看出，专横顽固怎样依靠着厚厚的钱袋，〔人们把钱袋叫作"神的赐予"，人们在它的面前〕所以默然服从，就决定于在物质上是〔以〕它为依靠的。此外，你还看到，在实际生活的一切方面，这物质的一面怎样控制着抽象的一面，那些丧失物质保障的人很少珍重抽象的权利，甚至对它们失去明确的认识。在实际上，一个吃得饱饱的人他可能冷静而理智地考虑，他该不该吃这种食物；然而饿肚子的人不管在哪里发现食物，不管这食物是什么样的，都要冲到食物面前去。在社会生活的一切方面，都在一再重视这种现象，奥斯特罗夫斯基已经把它们看得而且理解得很清楚了，他的剧本是比任何议论更明白地告诉细心的读者，专横顽固所造成的无法无天的以及粗暴卑微、自私自利的制度，同时又怎样传染到那些蒙受它的折磨的人身上去；而这些人，只要自身多少还保持力量的残余，就竭力利用这种制度去获得独立生活的机会，因此就不再选择什么手段，什么权利了。在我们以前几篇论文中，我们已经过分详细发展这一题目了，因此现在不必再来重复谈；但在同时，我们虽然提到奥斯特罗夫斯基才能的各方面也象以前他的作品一样，都在《大雷雨》中得到再现，我们还是应当对剧本本身作一番简短的观察，并且告诉大家，我们是怎样理解的。

照现在来说，这也许是不需要的；可是到现在为止因《大雷雨》而写的批评，却又告诉我们，我们的意见并不见得是多余的。

就在奥斯特罗夫斯基以前几个剧本中我们也指出过，这不是纠纷喜剧，这也不是真正的性格喜剧，而是一种新事物，我们要想把它叫作"生活戏剧"，假使这个名称不算太广泛，因此也就不算限得太死的话。我们要说，在他的剧本里，那个不受任何剧中人所左右的共通的生活背景，一直居于重要地位。它既不惩罚恶棍，也不处分被害人；他们俩你都觉得可怜，两者常常都是可笑的，可是剧本在你的心里所唤起的感情底直接目的，并不在他们身上。你看出，他们的环境正左右着他们，你可以责备他们的只有这一点：他们没有充分发挥力量，从这个境地中脱身出来。至于顽固独夫自己，你的感情对他们自然应当觉得愤慨，而在仔细审视之后，你就觉得与其去憎恨，不如去怜悯他们了：他们可能是仁慈的，甚至就他们自己来说，在古风旧习给他们限定的、他们的环境所支持的天地里，他们也可能是聪明的〔；可是这种环境就是这样，人无法在其中获得完满而正常的发展〕。我们特别是在鲁萨柯夫性格底分析中看到这一点。

因此，理论所要求于戏剧的斗争，在奥斯特罗夫斯基的剧本中，它不是通过剧中人的独白，而是通过控制他们的事实而实现的。喜剧人物自身，对自己的地位、自己的斗争的意义，时常没有清楚的认识、甚至完全没有认识；然而因此，这斗争在那些对产生这种真实的〔环境〕不由得感到十分愤慨的观众的心灵中，就会变得十分清楚而容易认识了。所以我们绝对不把奥斯特罗夫斯基剧本中那些没有直接参与的,看作是没有用处的多余人物。依我们的观点看来,这些人物也象主要人物一样,也是剧本所必要的。他们告诉我们剧情所以发生的那种情势,描写了决定着剧本主要人物底活动意义的环境。倘要深切了解植物生活底特征,就必须研究植物赖以生长的土壤;割离了土壤,就只能看到植物底形式,却无从完全知晓它的生活。同样,假使你只从几个不知什么道理彼此互相冲突的人物底直接关系中来观察社会生活,你也不可能认识这种生活的:在这种地方,只有生活底实际的、外表的一面,但是我们却需要知道生活底日常的环境。生活戏剧中那些不相干的没有活动的参加者,每个人忙着的看来都是各人自己的事。——可是他们常常依靠自己的存在,去影响事情的发展,这种影响是什么东西都阻挡不了的。多少热烈的观念,多少远大的计划,多少兴奋的激情,当一看到冷漠而平凡的人群抱着轻蔑的冷淡态度在我们面前走过去,就突然崩溃!多少纯洁而善良的感情,为了害怕不要成为这个人群嘲笑和詈骂的对象,在我们的心里窒息了!而另一方面,有多少罪行,多少专横顽固底冲动和强迫,要等待这个人群,这个仿佛一直是冷漠而顺从、但在实质上只要有一朝能够认清楚就绝不退让的人群来解决。因此,对我们极其重要的就是,这个人群对善或恶的概念是怎么样的,在他们,什么东西是真理,什么是谎话。这决定了我们对剧本中主要人物的处境底看法,从而,也决定了我们对他们同情底程度。

在《大雷雨》中,所谓"多余的人"特别显得是不能缺少的:没有他们,我们就无法了解女主人公底面目,而且也容易歪曲整个剧本的意义,正像大部分批评家所碰到的那样。也许,有人会对我们说,作者终归是错的,假如不能这样容易理解他的话;然而我们得指出这一点,作者是为了公众而写的,而公众,假如不能一下子完全领会他的剧本底实质,那么也不会去歪曲它们底意义的。至于说有几个细节可以写得更好一点，——我们并不否认这一点。毫无疑问，《哈孟雷特》中的掘墓人是比，例如吧，《大雷雨》里的半疯的贵妇人和剧情的发展更合拍，更接近；然而我们并不是说，我们的作者就是莎士比亚，而只是说，他的那些不相干的人物有他出现的理由,甚至还是为了剧本的完整所必要的，这个完整我们是就它本来的样子，而不是就绝对完美的意义上来观察的。

....

(1860年)

辛未艾　译
节选自《杜勃罗留波夫选集》1983年1月新1版。

艺术论

〔俄国〕列·托尔斯泰

五

……………

为了正确地为艺术下定义,首先应该不再把艺术看作享乐的工具,而把它看作人类生活的条件之一。对艺术采取这样的看法之后,我们就不可能不看出:艺术是人与人相互之间交际的手段之一。

每一部艺术作品都能使接受的人和曾经创造艺术或当时在创造艺术的人之间发生某种连系,而且也使接受者和所有那些与他同时在接受、在他以前接受过或在他以后将要接受同一艺术印象的人们之间发生某种连系。

正像传达出人们的思想和经验的语言是人们结为一体的手段,艺术的作用也正是这样。不过艺术这种交际的手段和语言有所不同:人们用语言互相传达自己的思想,而人们用艺术互相传达自己的感情。

艺术活动是以下面这一事实为基础的:一个用听觉或视觉接受他人所表达的感情的人,能够体验到那个表达自己的感情的人所体验过的同样的感情。

举一个最简单的例子:一个人笑了,听到这笑声的另一个人也高兴起来;一个人哭了,听到这哭声的人也难过起来;一个人生气了,而另一个看见他生气的人也激动起来。一个人用自己的动作、声音表达蓬勃的朝气、果敢的精神,或相反地,表达忧伤或平静的心境,——这种心情就传达给别人。一个人受苦,用呻吟和痉挛来表达自己的痛苦，——这种痛苦就传达给别人；一个人表达出自己对某些事物、某些人或某些现象的喜爱、崇拜、恐怖或尊敬，——其他的人受了感染，对同样的事物、同样的人或同样的现象也感到同样的喜爱、崇拜、恐怖或尊敬。

艺术活动建立在人们能够受别人感情的感染这一基础上。

如果一个人在体验某种感情的时刻直接用自己的姿态或自己所发出的声音感染另一个人或另一些人，在自己想打呵欠时引得别人也打呵欠，在自己不禁为某一事情而笑或哭时引得别人也笑起来或哭起来，或是在自己受苦时使别人也感到痛苦，这还不能算是艺术。

艺术起源于一个人为了要把自己体验过的感情传达给别人，于是在自己心里重新唤起这种感情，并用某种外在的标志表达出来。

我们以一件最简单的事作为例子：比方说，一个遇见狼而受过惊吓的男孩子把遇狼的事叙述出来，他为了要在其他人心里引起他所体验过的那种感情，于是描写他自己、他在遇见狼之前的情况、所处的环境、森林、他的轻松愉快的心情，然后描写狼的形象、狼的动作、他和狼之间的距离等等。所有这一切——如果男孩子叙述时再度体验到他所体验过的感情，以之感染了听众，使他们也体验到他所体验过的一切——这就是艺术。如果男孩子并没有看见过狼，但时常怕狼，他想要在别人心里引起他的那种恐惧的感情，就假造出遇狼的事，把它描写得那样生动，以致在听众心里也引起了想象自己遇狼时所体验的那种感情，那末，这也是艺术。如果一个人在现实中或想象中体验到痛苦的可怕或享乐的甘美，他把这些感情在画布上或大理石上表现出来，使其他的人为这些感情所感染，那末，同样的，这也是艺术。如果一个人体验到或者想象出愉快、欢乐、忧郁、失望、爽朗、灰心等感情，以及这种种感情的相互转换，他用声音把这些感情表现出来，使听众为这些感情所感染，也像他一样体验到这些感情，那末，同样的，这也是艺术。

各种各样的感情——非常强烈的或者非常微弱的，非常有意义的或者微不足道的，非常坏的或者非常好的，只要它们感染读者、观众、听众，就都是艺术的对象。戏剧中所表达的自我牺牲以及顺从于运命或上帝等等感情，或者小说中所描写的情人的狂喜的感情，或者图画中所描绘的淫荡的感情，或者庄严的进行曲中所表达的爽朗的感情，或者舞蹈所引起的愉快的感情，或者可笑的逸事所引起的幽默的感情，或者描写晚景的风景画或催眠曲所传达的宁静的感情——这一切都是艺术。

作者所体验过的感情感染了观众或听众，这就是艺术。

在自己心里唤起曾经一度体验过的感情，在唤起这种感情之后，用动作、线条、色彩、声音，以及言词所表达的形象来传达出这种感情，使别人也能体验到这同样的感情，——这就是艺术活动。艺术是这样的一项人类的活动：一个人用某种外在的标志有意识地把自己体验过的感情传达给别人，而别人为这些感情所感染，也体验到这些感情。

艺术并不像形而上学者所说的是某种神秘的观念、美或上帝的表现，并不像生理美学者所说的是人们借以消耗过剩的精力的游戏，并不是情绪的通过外在标志的表达，并不是惬意的事物所产生的结果，最重要的——并不是享乐，而是生活中以及向个人和全人类的幸福迈进的进程中所必不可少的一种交际的手段，它把人们在同样的感情中结成一体。

由于人具有理解用言词表达的思想的能力，因此每一个人都能知道全人类在思想领域内为他做过的一切，能够在现在借着理解别人的思想的能力而成为其他一些人的活动的参与者，而且自己能够借着这种能力把从别人那里得来的和自己心里产生的思想传达给同辈和后辈；同样的，由于人具有通过艺术而为别人的感情所感染的能力，因此他就能够在感情的领域内体会到人类在他以前所体验过的一切，能够体会同辈正在体验的感情和几千年前别人所体验过的感情，并且能把自己的感情传达给别人。

如果人们并不具有理解前人心里所怀过的、用言词表达出来的一切思想的能力，以及把自己的思想传达给别人的能力，那末人们就好似禽兽或卡斯贝·霍塞① 了。

如果人们并不具有另一种能力——为艺术所感染的能力，那末他们大概还会更加野蛮，而主要的是，更加散漫，更加互相敌视。

因此，艺术活动是一项很重要的活动，像语言活动一样重要，一样普遍。

言词不仅通过说教、演讲和书籍来影响我们，而且还通过我们用以互相传达思想和经验的一切言语影响我们；同样的，就广义来说的艺术渗透了我们的整个生活，而我们只把这一艺术的某些表现称为艺术——就狭义来说的艺术。

我们惯于把"艺术"一词理解为我们在剧院里、音乐会上和展览会上所听到和看到的东西，以及建筑、雕像、诗、小说……但是所有这些只不过我们在生活中用以互相交际的那种艺术的很小一部分。人类的整个生活充满了各种各样的艺术作品——从摇篮曲，笑话，怪相的模仿，住宅、服装和器皿的装饰，以至于教堂的礼拜式、凯旋的行列。所有这些都是艺术活动。因此，我们所谓狭义的艺术，并不是指人类的整个传达感情的活动，而只是指由于某种缘故而被我们从这整个活动中分化出来并赋予特殊意

---

① 卡斯贝·霍塞即"纽伦堡的弃儿"，是1828年5月23日在纽伦堡的市场上被人发现的，看来显然有十六岁光景。他很少讲话，几乎连平常的事物都全然不知。后来他告诉人们，他是被幽禁在地下室里长大的，只有一个人去看看他；但他看到这个人的次数也不多。——译者注（根据谟德的英译本的注解）。

义的那一部分。

所有的人一向把这种特殊的意义赋予整个活动中表达出从人们的宗教意识所流露的感情的那一部分，整个艺术的这一小部分被称为真正的艺术。

古代的人——苏格拉底、柏拉图、亚里士多德是这样认识艺术的。希伯来的先知和古代的基督徒也是这样认识艺术的；回教徒在过去和现在也都是这样理解艺术的，现代的宗教人士也是这样理解艺术的。

人类的几位导师，如柏拉图（在他所著的《理想国》里）、最初的一些基督徒、严正的回教徒，以及佛教徒等，往往甚至于否认一切艺术。

用这种与现代观点（按照现代的观点，任何一种艺术只要能给人快乐，就都是好的）相反的观点来认识艺术的人，在过去和现在都认为：艺术和语言不同，语言可以不听，而艺术却能使人不由自主地受到感染，就这一点来说艺术是那样地可怕，如果把一切艺术都取消，那末人类将比容许任何一种艺术存在要少受许多损失。

这些否定一切艺术的人显然是错误的，因为他们否定了那不可否定的东西——人类没有它不能生活的、必不可少的交际手段之一。但是，我们欧洲这个文明社会、这个圈子和这个时代的人们容忍一切艺术，只要它们为美服务，换言之，只要它们给人快乐，他们这样做也同样是错误的。

从前，人们怕艺术作品中偶然会有一些使人腐化的作品，就索性禁止一切艺术作品。可是现在，人们只不过怕失去艺术所给人的任何一种快乐，就袒护一切艺术。我想，后一种错误比前一种错误严重得多，危害也更深。

六

艺术——或者说，艺术所传达的感情——的价值是根据人们对生活意义的理解而加以评价的，是根据人们借以辨明生活中的善与恶的那些东西而加以评定的；而生活中的善与恶是由所谓宗教决定的。

人类不断地在前进——从对生活的较浅的、较不全面、较不清楚的理解渐渐发展到较深的、较全面、较清楚的理解。正像在任何进展中一样，在这一进展中也有一些先进的人——他们比其他人更清楚地理解生活的意义，而在这些先进的人当中总有一个人比其他人更清楚易解和更有力地用语言和他的生活说明这生活的意义。这个人对生活的意义所作的解释以及通常为了纪念这个人而产生的传说和仪式合在一起就称为宗教。宗教代表着某一时代和某一社会中的优秀和先进的人们对生活的最深的理解，这个社会中的所有其他的人都不可避免地经常在接近这一理解。因此只有宗教在过去和现在任何时候都是评定人的感情的一个根据。如果感情使人们接近于宗教所指示的理想，而且这种感情和那理想一致，不相抵触，——那末这种感情是好的；如果这种感情和那理想背道而驰，不相一致而相抵触，——那末这种感情是坏的。

如果宗教认为生活的意义在于尊敬独一的上帝和实现人们所认为的上帝的意志（像过去希伯来人所做的那样），那末源出于对这个上帝和他的法则所怀的尊敬的那种用艺术——先知书和诗篇中的神圣的诗歌、创世记中的叙事文——表达出来的感情便是美好的和崇高的艺术。凡是和这相反的一切，例如对异教的神的崇敬的感情和不合乎上帝的法则的感情的表达，都将被认为是坏的艺术。但如果宗教认为生活的意义在于人世的幸福，在于美和力，那末艺术所表达的生活中的愉快和爽朗的感情将被认为是好的艺术；而表达柔弱或颓丧的感情的艺术将是坏的艺术，——这是希腊人的看法。如果生活的意义在于自己的民族的幸福或者这于继续祖先所过的生活和对祖先的尊敬，那末，表达出为民族的幸福或者为发扬祖先的精神和保持祖先的传统而牺牲个人幸福的那种愉快感情的艺术，将被认为是好的艺术；而表达和这相反的感情的艺术便将是坏的艺术，——这是罗马人和中国人的看法。如果生活的意义在于使自己摆脱动物性的束缚，那末表达出提高心灵和压抑肉欲的感情的艺术便将是良好的艺术，而一切表达增强情欲的感情的艺术将是坏的艺术。——这是佛教徒的看法。

在每一个时代和每一个人类社会里，都有这一社会里所有的人所共有的关于什么是好和什么是坏的宗教意识，这一宗教意识就决定了艺术所表达的感情的价值。因此，在每一个民族中，凡表达出从这一民族的人所共有的宗教意识中流露出的感情的艺术总是被认为好的，并且受到鼓励；而表达出和这一宗教意识相抵触的感情的艺术被认为坏的，并且被人否定；而艺术中人们借以互相交际的其余的一大部分却完全没有受到重视，只有当艺术中的这一部分被发现和当时的宗教意识相抵触时，它才被人注意，这时也不过是受人驳斥而已。这种情况在所有的民族中都曾有过：希腊人、希伯来人、印度人、埃及人、中国人；这种情况在基督教产生的时候也曾有过。

············

九

欧洲世界的上层阶级失却信仰所引起的结果是：代替了那种目的在于传达人类所能达及的宗教意识中所流露出的崇高感情的艺术活动，我们开始有了另一种活动，这种活动的目的在于给某一特定社会里的人们以最大的享乐。于是，从艺术的整个广大的领域中，就有一部分——这一部分给某一圈子里的人们以快乐

——被选拔出来,并开始被称为"艺术"。

且不谈不配称为重要艺术的那一部分从整个艺术领域中分化出来并被认为重要艺术这一事实所给与欧洲社会的道德上的后果,艺术的这种退化的现象削弱了艺术,而且几乎连艺术本身也给毁灭了。这一方面的第一种后果是:艺术失却了它所固有的非常多样和深刻的宗教内容;第二种后果是:由于它只顾及一个小圈子里的人,于是失去了形式的美,变得矫揉造作和暧昧不明了;第三种——也是最重要的一种后果是:它不再是真挚的,而变成虚假的和纯理性的了。

第一种后果——内容的贫乏——之所以产生,是因为只有传达出人们没有体验过的新的感情的艺术作品才是真正的艺术作品。表达思想的作品只有当它传达出新的概念和思想而并不重复已知的一切时才能算是真正表达思想的作品,同样的,艺术作品只有当它把新的感情(无论多么微细)带到人类的日常生活中去时才能算是真正的艺术作品。就是因为这样,所以小孩和年轻人在接触到那些把他们未曾体验过的感情初次传达给他们的艺术作品时会有那样强烈的感受。

谁也没有表达过的完全新的感情也能在成人身上产生同样强烈的效果。上层阶级的艺术所缺少的正是这种感情的源泉,因为这种艺术不是根据宗教意识来判定感情的价值,而是按照所享受到的快乐的程度来判定的。再也没有比享乐更陈腐的东西;再也没有比从一个时代的宗教意识产生的感情更新颖的东西。这是必然的:人类的享乐是有止境的(它受到自然界的限制),而人类的向前迈进——这正是宗教意识所表现的——却是没有止境的。每当人类向前跨进一步——而这些步伐是在宗教意识越来越清楚时才跨进的,——人们就体验到越来越新的感情。因此,只有在宗教意识(它表现着某一时期的人们对生活的最高深的理解)的基础上才可能产生人们没有体验过的新的感情。从古代希腊人的宗教意识曾流露出对希腊人说来是真正新颖的、重要的、非常多样的感情，这些感情被荷马和那些悲剧作家表达出来。就希伯来人说来也是这样，希伯来人已经有了只信奉一个上帝的宗教意识，从这种意识曾流露出所有为先知们所表达的新的重要的感情。对那些相信教会和天上的教阶制度的中世纪人说来也是这样，对那些具有真正的基督教的宗教意识——人类的博爱的意识——的现代人说来也是这样。

　　从宗教意识流露出来的感情是非常多样的，而且这些感情都是新的，因为所谓宗教意识，无非是人类和世界的新的关系的一个指示；而从享乐的欲望中流露的感情不但是有限的，而且自古就已知道，并已经表达出来。因此，欧洲上层社会缺乏信仰的结果是他们的艺术在内容方面极度贫乏。

　　上层阶级的艺术的内容因为下面这一事实而更加贫乏了：艺术既已不再是宗教的，它也就不再是人民的，而这更加缩小了它所表达的感情的范围，因为那些对维持生活的劳动一无所知的统治阶级的富人们所体验的感情比劳动人民所固有的感情要少得多，贫乏得多，没有价值得多。

　　我们这个小圈子里的人们——美学家们——所想的和所说的往往和这相反。我记得有一次作家冈察洛夫——那个聪明而有教养、但十足城市气味的人（他是一个美学家）——曾对我说：屠格涅夫的《猎人笔记》把人民的生活都写尽了，此后再也没有什么可写了。劳动人民的生活在他看来是那么简单，以致在屠格涅夫写了那些描写人民的故事之后竟然没有什么可写了。富人的生活里则有恋爱的事件和对自己的不满等等，这种生活在他看来却充满了无穷的内容。某一个人物吻了他的夫人的手掌，另一个人吻了她的胳膊，还有一个人吻了另外什么地方。一个人由于生活懒散而感到寂寞，而另一个人由于人家不爱他而感到孤独。于是冈察洛夫就觉得这个领域里是丰富多样、变化无穷的。劳动人民的生活是内容贫乏的,而我们这些闲散的人的生活是非常有趣的——这种见解被我们这个圈子里的大部分人所接受。劳动者的生活里有各式各样的劳动以及和这种种劳动有关的海上的危险和地下的危险,有辛劳的旋行,有他和他的老板、首长和同志们的交往以及和其他信仰、其他民族的人的交往,有他和自然界以及和野兽的斗争,有他和家畜的相伴,有他的辛勤工作:在森林里、草原上、田野里、花园里和菜园里,有他跟妻子儿女的相伴;不仅把他们当作亲近的人,而且当作工作中的共事者、助手和替代人,有他对一切经济问题所抱的态度:不把它们当作高谈阔论的对象,而把它们当作自己的和家庭的生活上的问题,有他的自满和为人服务的骄傲,有他的休息时候的各种悦乐,还有在这所有各种趣味中渗透着的对这些现象所抱的宗教态度——像这样的生活在我们这些没有这多种趣味和缺乏宗教理解的人看来是很单调的,它和我们的生活(这不是劳动和创造的生活,而是享用和毁坏别人为我们造成的事物的生活)中的那些细微的享受和无关紧要的挂虑比较起来是单调乏味的。我们以为:我们这个时代和我们这个圈子里的人所体验的那些感情是很重要、很多样的,而事实上几乎我们这个圈子里的人的一切感情可以归结为三种微不足道的单纯的感情:骄傲的感情、淫荡的色情和对生活的厌倦的情绪。这三种感情以及从这些感情分支出来的感情几乎就是富裕阶级的艺术的唯一内容。

最初,当上层阶级的独占的艺术刚从人民的艺术中分化出来时,艺术的主要内容是骄傲的感情。这就是文艺复兴时期以及文艺复兴以后的情况,那时候艺术作品的主要题材便是颂扬强有力者:教皇,国王,公爵。有人写了赞扬他们的颂诗和牧歌,还写了大合唱和颂歌;有人为他们画了肖像,有人为他们塑了雕像,大家用各种各样的方式奉承他们。后来,色情的因素开始越来越深地侵入艺术,现在它已经成为富裕阶级的一切艺术作品(很少有所例外，而在小说和戏剧方面则简直没有例外）的必要条件。

再后来，在现代艺术所表达的那些感情中又出现了第三种感情，即对生活的厌倦的情绪。在本世纪的初期，表达这种感情的只有几个独特的人：拜伦，雷奥巴尔狄，后来的海涅；最近这种感情成了时髦，最庸俗而且平凡的人也开始表达这种感情了。法国批评家杜密克非常公正地说出了新派作家们的作品的主要特征："厌倦生活，蔑视现代，慨叹通过艺术的幻想而看到的往昔，喜欢奇谈怪论，要求突出在众人之上，优雅人士的力求朴实，对奇妙事物的孩子气的赞赏，梦想的痛苦和诱惑，神经的损伤，而主要的是：色情的绝望的召唤"（勒内·杜密克：《青年们》）。事实上，在这三种感情之中，色情——也就是说，不仅所有的人，而且所有的动物都具有的那种最低级的感情，成了新时代的一切艺术作品的主要对象。

············

+

············

一当上层阶级的艺术从全民的艺术中分离出来之后，就产生了这样一种信念：艺术可以是艺术，而同时又不为大众所理解。这一原则一经容忍，就必然得到容许：艺术可以只为极少数精选的人所理解，最后，就只为自己的一两个知心朋友或只为自己一个人所理解。现在的艺术家们正是这样说的："我创作，我理解我自己，而如果有谁不理解我，那末对他自己说来更加糟糕。"

艺术可以是好的艺术，而同时又不被许多人所理解——这种说法是那样地不公正，它所引起的后果对艺术是那样地有害，而且，这种说法流传得那样普遍，已经那样深入地侵蚀到我们的概念中，以致不可能把它的荒诞之处——地加以说明。

我们时常听见人家提到冒充的艺术作品时这样说：这些作品

都很好,但是很难懂——这样的话随时都可以听到,再平常也没有了。我们已经听惯了这种说法,而事实上,说一件艺术作品很好但很难理解,就等于说一样食物很好,可是人们不可能吃它。人们可能不喜欢腐臭的干酪、霉烂的松鸡以及诸如此类被口味反常的贪口腹者所珍爱的食物,但是面包和水果只有当它们为大家所喜爱时才能说是好的。就艺术来说也是如此:反常的艺术可能是人民所不理解的,但是好的艺术永远是所有的人都能理解的。

据说,最优秀的艺术作品不可能是大多数人所能理解的,它们只能被那一批精选的、受过培养而能接受这些伟大作品的人所理解。但如果大多数人不能理解,那末应该为他们解释,把理解时所必备的那些知识传授给他们。可是,看样子这些知识并不存在,而且要解释作品也是不可能的,因此,说大多数人不理解优秀艺术作品的那些人并不加以解释,而只是说:要理解作品,就必须把同一作品一次又一次地读、看、听。但这并不是解释,而是训练人家,叫人家渐渐习惯。人们可以习惯于任何事情,甚至也可以习惯于最坏的事情。正像人们能习惯于霉臭的食物,习惯于酒、烟、鸦片一样,人们也能习惯于坏的艺术——事实正是如此。

况且,我们不能说:大多数人无力鉴赏高级艺术作品。大多数人在过去和现在一直都懂得那些我们也认为是最高级的艺术作品:圣经的富有艺术性的简朴的叙述,福音的箴言、民间的传奇、神话、民歌是大家都理解的。那末为什么大多数人忽然都失去了理解我们艺术中的高级作品的能力呢?

....

十 五

在我们的社会里,艺术已经被歪曲到那样深的程度,以致不仅坏艺术开始被认为好的,而且人们连什么是艺术这样的概念都没有了；因此，为了谈论我们这个社会里的艺术，首先必须把真正的艺术与虚假的艺术区分开来。

区分真正的艺术与虚假的艺术的肯定无疑的标志，是艺术的感染性。如果一个人读了、听了或看了另一个人的作品，不必自己作一番努力，也毫不改变自己的立场，就能体验到一种心情，这种心情把他和那另一个人结合在一起，同时也和其他与他同样领会这艺术作品的人们结合在一起，那末唤起这样的心情的那个作品就是艺术作品。如果一个作品不能在人的心里唤起一种和所有其他感情全然不同的欣悦的感情，不能使这个人在心灵上跟另一个人（作者）和欣赏同一艺术作品的另一些人（听众和观众）相一致，那末，无论这一艺术作品多么诗意，多么像真正的艺术作品，多么打动人心或者多么有趣，它仍然不是一个艺术作品。

的确，这种标志是一种内心的标志，而且那些忘掉了真正的艺术所产生的影响而向艺术期待某种全然不同的东西的人们（在我们的社会里，绝大多数的人都是这样）可能这样想：他们在欣赏艺术赝造品时所体验的那种欣悦的感觉和略微激动的感觉就是美的感觉；虽然我们不可能使这些人改变信念，正像我们不可能使一个患色盲的人相信绿色并非红色一样，但是这个标志对于那些艺术感并未歪曲和衰退的人说来总是十分明确的，它能清楚地把艺术所引起的感觉与其他感觉区分开来。

这种感觉的主要特点在于：感受者和艺术家那样融洽地结合在一起，以致感受者觉得那个艺术作品不是其他什么人所创造的，而是他自己创造的，而且觉得这个作品所表达的一切正是他很早就已经想表达的。真正的艺术作品能做到这一点：在感受者的意识中消除了他和艺术家之间的区别，不但如此，而且也消除了他和所有欣赏同一艺术作品的人之间的区别。艺术的感动人心的力量和性能就在于这样把个人从离群和孤单之中解放出来，就在于这样使个人和其他的人融合在一起。

如果一个人体验到这种感情，受到作者所处的心情的感染，并感觉到自己和其他的人融合在一起，那末唤起这种心情的东西便是艺术；没有这种感染，没有这种和作者的融合以及和欣赏同一作品的人们的融合，——就没有艺术。不但感染性是艺术的一个肯定无疑的标志，而且感染的程度也是衡量艺术价值的唯一标准。

感染越深，艺术则越优秀——这里的艺术并不是就其内容而言的，换言之，不问它所传达的感情的好坏如何。

艺术的感染的深浅决定于下列三个条件：1）所传达的感情具有多大的独立性；2）这种感情的传达有多么清晰；3）艺术家真挚程度如何，换言之，艺术家自己体验他所传达的那种感情的力量如何。

所传达的感情越是独特，这种感情对感受者的影响就越大。感受者所感受的心情越是独特，他所体验到的喜欣就越大，因此也就越加容易而且深刻地融合在这种感情里。

感情的清晰的表达也有助于感染，因为感情（这种感情对感受者说来好像是早就熟悉并早就在体验着的，到现在他才为这种感情找到了表达）表达得越是清楚，感受者在自己的意识中和作者相融合时所感到的满意也越大。

艺术家的真挚的程度对艺术感染力的大小的影响比什么都大。观众、听众和读者一旦感觉到艺术家自己也被自己的作品所感染，他的写作、歌唱和演奏是为了他自己，而不单是为了影响别人，那末艺术家的这种心情就感染了感受者；相反地，观众、读者和听众一旦感觉到作者的写作、歌唱和演奏不是为了满足自己，而是为了他们——为了感受者，而且作者自己并不体验到他所要表达的那种感情，那末就会产生一种反感，最独特的新颖的感情和最巧妙的技术不但不能造成任何艺术印象，反而会排斥这种印象。

我说艺术的价值和感染力决定于三个条件，而实际上只决定于最后一个条件，就是艺术家内心有一个要求，要表达出自己的感情。这个条件包括第一个条件，因为如果艺术家很真挚，那末他就会把感情表达得正像他所体验的那样。因为每一个人都和其他的人不相似，所以他的这种感情对其他任何人说来都将是很独特的；艺术家越是从心灵深处汲取感情，感情越是真挚，那末它就越是独特。这种真挚使艺术家能为他所要传达的那种感情找到清晰的表达。

因此这第三个条件——真挚——是三个条件中最重要的一个。这个条件在民间艺术中经常存在着，正因为这样，民间艺术才会那样强烈地感动人；在我们的上层阶级的艺术（这种艺术是由于艺术家们要达到个人的、自私的或虚荣的目的而不断地产生出来的）中，这个条件就完全不存在。

以上所说的是区分艺术与艺术赝造品的三个条件，根据这三个条件，还可以确定每一个艺术作品的价值（作品的内容且撇开不谈）。

如果这三个条件缺少一个，那末作品就不能算是艺术，而只能算是艺术赝造品。如果一个作品不表达出艺术家的感情的独特性，因而就会没有一点特色，如果一个作品表达得不清楚，使人难以理解，或者一个作品不是由于作者内心的要求而产生的，那末这就不是一个艺术作品。但如果三个条件都具备，即使在程度上并不深，那末这还是一个艺术作品，虽然在质量上比较差些。

三个条件——独特、清晰和真挚——以各种不同的程度存在着，根据这种情况，我们可以确定艺术（不涉及内容）作品的价值。一切艺术作品可以按照第一、第二或第三个条件的满足的程度而评定其价值。在一个作品中，所传达的感情的独特性占着优势；在另一个作品中，表达的清晰占着优势；在第三个作品中，真挚占着优势；在第四个作品中，有真挚和独特性，但是缺乏清晰；在第五个作品中，有独特性和清晰，但是不够真挚，以及其他等等，有各种可能的程度和各种可能的结合。

艺术和非艺术就是这样区别的，艺术——不涉及内容，换言之，且不管它传达好的感情还是坏的感情——的价值就是这样确定的。

但是以内容而论，艺术的好坏是凭什么确定的呢？

十六

就内容而言，艺术的好坏是凭什么确定的？

像语言一样，艺术是一种交际的手段，因而也是求取进步的手段，换言之，是人类向前进到完善的手段。语言使眼前活着的一代人可能知道前辈以及当代的优秀和进步人物凭经验和思索而得知的一切；艺术使眼前活着的一代人可能体验到前人所体验过以及现代的优秀和进步人物所体验到的一切感情。正像在知识的发展过程中，真正的、必要的知识代替了错误的、不必要的知识一样，感情通过艺术而有同样的发展，即善良的、为求取人类幸福所必需的感情，代替了低级的、较不善良的、对求取人类幸福较不需要的感情。艺术的使命就在于此。所以就内容来说，艺术越是能完成这个使命，它就越是优秀，越是不能完成这个使命，它就越是低劣。

对种种感情的评价——即承认这些或那些感情是比较善良的或比较不善良的，换句话说，对人类的幸福是比较需要或比较不需要的——则是根据每一时代的宗教意识而得出的。

在每一个历史时期，在每一个人类社会，都有一种对生活意义的崇高的理解，这种理解只有这个社会里的人们才可能有，它确定了这个社会所努力争取的崇高的幸福。这种对生活意义的理解就是该时期、该社会中的宗教意识。这宗教意识通常总是由社会中的一些先进人物清晰地表达出来，而且为所有的人多多少少明显地感觉到的。在每一个社会里，经常都有这样一种与表达的方式相适应的宗教意识。如果我们觉得在社会里似乎没有一种宗教意识，那末我们之所以会有这样的感觉，不是因为这种宗教意识实际上不存在，而是因为我们不想看到它；我们之所以往往不想看到它，是因为它揭露了我们那种和它相抵触的生活。

一个社会的宗教意识好比是流动的河水的方向。如果河水在流动，那末它一定有一个流动的方向。如果社会是生气蓬勃的，那么它一定有一种宗教意识，这种宗教意识为这社会里所有的人指示出一个方向，让他们按照这个方向而多多少少有意识地向前迈进。

因此，不论在过去或现在，每一个社会里都经常有着一种宗教意识。艺术所表达的感情的好坏往往就是根据这种宗教意识加以评定的。只有根据一个时代的宗教意识，我们才能经常从所有各个艺术领域中选拔那些传达出把这一时代的宗教意识体现在生活中的感情的作品。这样的艺术总是非常受人重视，并且为人们所鼓励；传达过去的宗教意识所流露的感情的艺术则是落后的、已经过时的，这样的艺术总是受到斥责和轻视。其他一切传达出人们借以互相交际的各种感情的艺术则没有受到人们的斥责而为人们所容许，只要它并不传达和宗教意识相反的感情。譬如说，在希腊人中间，传达出美、力量和刚毅精神的艺术（希西奥德、荷马、菲狄阿斯）超出在其他艺术之上，为人们所赞许和鼓励，传达出粗野的肉感、颓丧的心情和柔弱的感情的艺术为人们所斥责和轻视。在希伯来人中间，传达出对希伯来人的上帝及其遗训的忠诚和顺从的感情的艺术（《创世记》中的某些部分，先知书，诗篇）超出在其他艺术之上，并为人们所鼓励，传达出崇拜偶像的感情的艺术（金犊）为人们所斥责和轻视；而其他所有的与宗教意识不相抵触的艺术——故事，歌曲，舞蹈，房屋、家具和服装的装饰——则没有被人觉察到，而且根本没有被人讨论过。无论什么时候，无论什么地方，艺术——就其内容而言——的价值是这样评定的，而且也应该这样评定，因为这种对待艺术的态度是从人的本性产生，而这本性是不变的。

我知道，按照现代流行的看法，宗教是一种迷信，它对现代的人说来是已经过时的，因此一般人认为：在现代已经没有任何一种全人类共有的宗教意识，可以作为评定艺术的根据。我知道，这是现代的冒充有教养的人们中间流行的一种看法。凡是不承认真正的基督教、因而为自己想出各种哲学和美学的理论蒙蔽自己、使自己看不见自己生活中的愚蠢和缺点的人——凡是这样的人就不可能有另外一种想法。这些人有意地、有时也无意地把宗教崇拜这一概念和宗教意识这一概念混淆起来，认为否定崇拜就否定了宗教意识。所有这一切对宗教的攻击和建立一个与现代的宗教意识相反的世界观的企图，非常明显地证明了这个宗教意识的存在——这个揭露人类生活中与之不相调和的现象的宗教意识的存在。

如果人类是在进步，换句话说，如果人类是在向前发展，那末这发展必然有一个方向的指南。这个指南常常就是宗教。整个历史证明：人类的进步总是在宗教的引导之下完成的。如果说人类没有宗教的引导就不可能有进步——进步永远是有的，因而在现代也有进步，——那末一定也有现代的宗教。由此可见，不管现代的所谓有教养的人们喜欢或不喜欢，他们必须承认宗教的存在，——这里的宗教不是指宗教崇拜（天主教、新教等），而是指也作为现代人类进步的必要指南的宗教意识。如果我们中间有宗教意识存在，那末我们的艺术也应该可以根据这个宗教意识加以评价；无论什么时候，无论什么地方，凡是传达现代的宗教意识所流露的感情的艺术都应该被选拔出来，应该被承认，应该受到很大的重视和鼓励，凡是和这宗教意识相抵触的艺术应该受到斥责和轻视，而其他一切平凡的艺术则不为人们所选拔和鼓励。

现代的宗教意识，就其最普遍和最实际的应用而论，是这样一种意识：我们的幸福——物质上的和精神上的、个人的和集体的、暂时的和永久的——是在于全人类的兄弟般的共同生活，在于我们相互之间的友爱的团结。这个意识不但由基督和过去的一切优秀人物表达出来，不但被现代的优秀人物用各种形式从各个方面加以重述，而且它已经是人类的整个繁复工作的一个引导的线索，这一繁复工作一方面是在于消灭妨碍人类团结的物质上和精神上的碍障，另一方面是在于规定全人类的共同的原则，这些原则能够而且必然会把全世界的人友爱地团结成为一体。我们应该根据这个意识评判我们生活中的一切现象，其中包括我们的艺术——我们从艺术的各个领域中选拔出传达这个宗教意识所流露的感情的作品，非常重视并鼓励这种艺术，驳斥与这个意识相反的作品，而且不把不恰当的重要性归诸于其余的艺术。

....

基督教意识的本质是在于：每一个人都承认自己和上帝之间的父子般的关系，并承认由此得出的人类和上帝的结合以及人们相互之间的团结，正如福音中所说的（《约翰福音》，第十七章第二十一节①），因此基督教艺术的内容是促使人类和上帝结合、并促使人们互相团结的那种感情。

"人类和上帝结合以及人们互相团结，"——这句话对那些听惯人家滥用这句话的人们说来可能是意义不明的，其实这句话的意义是很明显的。它的意义就是：基督教所谓人类的团结是和仅仅某些人的局部的特殊的团结完全相反的，这是所有的人毫无例外的团结。

艺术，每一种艺术，本身都有着把人们联合起来的特性。每一种艺术都能使那些领会艺术家所传达的感情的人们在心灵上首

---

① "使他们都合而为一，正如你父在我里面，我在你里面，使他们也在我们里面。"——译者注

先和艺术家联合在一起,其次和那些得到同一印象的人们联合。但是非基督教的艺术只把某些人联合起来,这样的联合正好把这些人和其他的人隔开,因此这种局部的联合往往不仅是使人不团结的根由,而且是使一些人对另一些人怀有敌意的根由。一切爱国主义的艺术便是这样的,例如国歌、爱国诗歌、纪念像等;一切教堂艺术,即某些宗教仪式的艺术,也都是这样的,例如圣像、雕像、行列、礼拜式、庙宇等;军事艺术也是这样的;一切外表优美而其实是腐化的艺术(这种艺术只有有闲阶级中那些压迫别人的富人们才能理解)也是这样的。这样的艺术是落后的艺术——不是基督教的艺术,它只把某些人联合起来,为的是要更严格地把这些人和另一些人分开,甚至使这些人与另一些人之间具有敌对的关系。基督教的艺术是把所有的人毫无例外地联合起来的艺术,它所采取的方式是:使人们意识到他们对上帝以及对世人都处于同等的地位;再不然就是:使人们产生同一种感情,这种感情虽然可能是很朴质的,但它不是和基督教相对抗的,而且它是所有的人(没有一个例外)生来就有的。

现代的优秀的基督教艺术可能是人们所不理解的,这是因为这种艺术在形式上有它的缺点,或者因为人们对它不够注意,但是它必须能使所有的人都体验到它所传达的那种感情。它应当不单是某一群人的艺术,不单是某一阶层的艺术,不单是某一民族的艺术,不单是某一种宗教崇拜的艺术,换言之,它并不传达只以某种方式受过教育的人所能体会的感情——只有贵族、商人,或只有俄国人、日本人,或只有天主教徒或佛教徒等所能体会的感情,它所传达的是所有的人都能体会的感情。只有这样的艺术才能在现代被人们认为是优秀的艺术,才能被人们从所有其他的艺术中选拔出来,才能受到人们的鼓励。

基督教的艺术,即现代的艺术,应该是普遍的,换言之,应该是世界性的,因此它应该联合所有的人。只有两种感情能把所有的人联合起来：从人与上帝之间的父子般的关系和人与人之间的兄弟般的情谊这样的意识中流露出来的感情，以及最朴质的感情——日常生活中的大家（没有一个人例外）都体会得到的感情，例如欢乐之感、恻隐之心、朝气蓬勃的心情、宁静的感觉等。只有这两种感情构成了现代的就内容而论的优秀艺术品。

这两种在表面上很不相同的艺术所产生的效果是一致的。从人与上帝之间的父子般的关系和人与人之间的兄弟般的情谊这样的意识中流露出来的感情（例如从基督教的宗教意识中流露出来的确信真理、忠于上帝的意志、自我牺牲、敬爱人类等感情）以及最朴质的感情（例如歌曲、大家都能理解的笑话、动人的故事、图画、小洋娃娃等所引起的恻隐之心和欢乐之情）产生同样的效果——人类的友爱的团结。往往有这样的情形：好些人相处在一起，他们之间若不是互相敌视的，那末在心境和感情上也是相距很远的，突然之间，一个故事，或一场表演，或一幅画，甚至一座建筑物，或者往往是音乐，像闪电一般把所有这些人联合起来，于是所有这些人不再像以前那样各不相干，或者甚至敌视，他们感觉到大家的团结和相互的友爱。每一个人都会为了别人和他有同样的体验而感到高兴，为了他和所有在场的人之间以及所有现在活着的、得到同一印象的人们之间已经建立起一种交际关系而感到高兴；不仅如此，他还感到一种隐秘的快乐，因为他和所有曾经体验过同一种感情的过去的人们以及将要体验这种感情的未来的人们之间能有一种死后的交际。传达人们对上帝以及对世人的爱的艺术，和传达大家都能体会的、最朴质的感情的一般性的艺术，所产生的都是这样的效果。

对现代艺术的评价和对过去的艺术的评价有所不同，其差别主要在于：现代的艺术——即基督教的艺术——以要求全人类团结的宗教意识为基础，因此它认为就内容来说的好艺术并不包括所有那些传达不是联合人们而是使人们分开的特殊感情的作品，这样的作品被归入就内容来说的坏艺术的范围；相反地，就内容来说的好艺术中包括了以前认为不值得选拔和不值得受人重视的那一部分的艺术——传达出甚至最无关紧要的感情的世界性艺术，这种感情虽然无关紧要，却是所有的人（没有一个例外）都能体会的，因而它能联合所有的人。

这样的艺术在现代不可能不被认为是好艺术，因为它达到了现代基督教的宗教意识为人类指出的目标。

基督教的艺术能在人们心里唤起这样一种感情，这种感情通过人们对上帝和世人的爱而把他们越来越紧密的团结起来，使他们很容易而且能够做到这样的团结；除此之外，基督教的艺术还能在人们心里唤起这样一种感情：这种感情使他们知道，他们由于日常生活中的快乐和悲哀的一致而已经联合起来。因此，现代的基督教的艺术可能有、并且确定有着两种类型：1）传达从宗教意识——就人对上帝和世人的关系来说人在世界上占有怎样的地位这一意识——流露出来的感情的艺术，即宗教的艺术；2）传达全世界所有的人都能理解的、日常生活中的、最朴质的感情的艺术，即世界性的艺术。只有这两种艺术才可以被看作现代的好艺术。

············

十九

人们谈到未来的艺术，所谓未来的艺术，据说是指那应该从社会上一个阶级的艺术（这种艺术现在被认为是最崇高的艺术）中发展出来的特别精雅的新艺术。但是这种未来的新艺术不可能存在，也不会存在。我们基督教世界的上层阶级的特殊艺术已经走上了绝路。沿着它所走的那条道路，它将无所适从。这种艺术一旦脱离了艺术的主要的要求（即：它的受宗教意识的指引）而变得越来越特殊、因而越来越不正常之后，它就得不到任何结果。未来的艺术——实际上将会产生的那种未来的艺术——不会是现在的艺术的继续，而将是在完全不同的新的基础上产生；这个新基础和指引着我们现在的上层阶级艺术的那种目标之间毫无共通之处。

未来的艺术，换言之，将从流传在人们中间的整个艺术中选拔出来的那一部分，将不是只有富裕阶级的某些人才能体会的那种感情的传达（现在的情况就是如此），而将是体现现代人们的最崇高的宗教意识的那种艺术。只有传达出把人们诱导到兄弟般团结的感情的作品，或者传达出能把所有的人联合起来的那种普遍的感情的作品，才能算是艺术。只有这种艺术将突出在其他艺术之上，将为人们所容许，将受到人们的赞扬，并将到处流传。然而传达那种从人们的落后的宗教学说中流露出来的感情的艺术：教会的艺术，爱国的艺术，淫荡的艺术，传达迷信的恐怖、骄傲的情绪、虚荣心、对英雄的颂扬的艺术，激起只对自己民族的爱以及激起肉欲的艺术，都将被认为是坏的有害的艺术，将受到社会舆论的斥责和轻视。除此之外，其他一切艺术——传达只有一部分人能体会的感情的艺术，将被认为是不重要的艺术，既不受人斥责，也不受人赞扬。一般说来，艺术的评价者不会像现在那样是个别的富人阶级，而将是全体人民；因此，如果一部作品想被人们认为是好的，想到处流传和受人们赞扬，它就必须满足所有的人的要求——满足处于自然的劳动情况下的广大群众的要求，而不是满足某些处于相同的、往往不自然的情况下的人们的要求。

创造艺术的艺术家也不像现在那样只是从全体人民的一小部分中精选出来的少数富人或者和这些人接近的人，而将是全体人民中能从事艺术活动并爱好艺术活动的那些有天才的人。

那时候，艺术活动将是所有的人都能参与的。这种活动之所以成为全体人民都能参与的，是因为第一，在未来的艺术中不但不要求有繁复的技术（这种技术须要费很多精力和时间去获得，而且使现代的艺术作品变得丑陋不堪），而且相反地要求清楚、简洁、洗练，——这些条件并不是通过机械的练习所能获得的，而是要通过趣味的培养获得；第二，那时不再会有现在的只有某些人才能入学的专业学校，而在各地的小学里每一个人除了识字以外都将受到音乐和绘画的训练（唱歌和画图），这样，每一个人在受到绘画和音乐的基本训练之后如果觉得自己在某一种艺术上有才能、有灵悟的话，就可以在这一方面深造，以臻完善之境；第三，现在化在虚假的艺术上的一切力量都将转用于在全体人民中普及真正的艺术。

有人认为，如果没有专门的艺术学校，那末艺术的技巧将大为减低。无疑的，技巧将会减低，如果我们所谓技巧是指现在被认为是优点的"艺术的复杂化"的话；但如果技巧是指艺术作品的清楚、美丽、简洁、洗练的话，那末，即使连专业学校也没有，即使在小学里也不教基本的绘画和音乐，技巧非但不会减低（这一点可以从全部民间艺术中看出），而且将百倍地提高。技巧之所以会提高，是因为现在隐藏在民间的一切天才艺术家将成为艺术事业的参与者而创造出真正的艺术的新范作，不像现在那样需要复杂的技巧训练，而且他们有着真正的艺术范例；他们创造出来的这些新的范作对后继的艺术家来说将成为最优秀的技巧上的流派，正像一向存在的情况那样。每一个真正的艺术家就连现在也不是在学校里而是在生活中学习的，他们是从伟大的大师们的范作中学习的；当艺术的参与者是全体人民中最有天才的人，这些范作也更多，而且更易为人们所接受的时候，未来的艺术家所欠缺的学校的训练将用艺术家从流传在社会上的无数优秀范例中所得到的训练来补偿而且绰绰有余。

这是未来的艺术和现在的艺术之间的差别之一。另一个差别是：未来的艺术不是由职业的艺术家创造的——这些职业艺术家因自己的艺术而获得酬劳，他们除了自己的艺术之外不再从事其他任何事业。未来的艺术将是所有的人都能创造的，每一个人只要当他感觉到对这种活动有要求，就可从事这一活动。

在我们的社会里，大家认为一个艺术家如果在物质生活上有了保障，就会工作得更好，产生出更多的作品来。这种看法再一次明显地证明了（如果还需要证明的话）：在我们这些人中间被认为艺术的东西实际上不是艺术，而只不过是艺术的模仿物。下面这种说法是完全合理的：对一个皮鞋匠或面包师来说，分工是很有利的，皮鞋匠或面包师因为不需要自己筹办午饭和木柴，就能做出比他必须自己筹办午饭和木柴时更多的皮鞋和面包来。但是艺术并不是手艺，而是艺术家所体验过的感情的传达。只有当一个人过着在各方面都很自然、都合乎人类固有的常规的生活时，他心里才可能产生感情。因此，艺术家的物质需要方面的保障对艺术家的生产率说来是一个致命伤，因为它使艺术家可以不必具备一切人都具备的为维持自己和别人的生活而与自然作斗争的条件，因而使艺术家失去了体验人所固有的最重要的感情的机会。再也没有一种情况能比生活上的充分保障和骄奢淫佚（我们社会里的艺术家一般都处于这样的情况）更有损于艺术家的生产率了。

未来的艺术家将过着普通人的平凡的生活，他靠着某一项劳动维持自己的生活。他将努力把浸澈他全身的那种崇高的精神力量的果实交付给最大数目的人，因为他的乐趣和慰藉就在于把自己心里所产生的感情传达给最大数目的人。未来的艺术家甚至无法理解：一个艺术家——他的主要乐趣在于自己的作品的广泛流传——怎么可能只为了一定数目的款项而交出自己的作品。

在没有把商人送出殿堂之前，艺术的殿堂不是一所殿堂。未来的艺术将把这些商人驱逐出去。

所以未来的艺术的内容，根据我的想象，将和现在的艺术全不相像。未来的艺术的内容将不是下述的特殊感情的表达：虚荣心，烦闷，厌倦以及用各种可能的形式表现出来的淫荡之情（这种感情只有那些强使自己脱离人们生来就应有的劳动的人才能领会，才感兴趣），而将是那些过着大家生来就习惯的生活的人所体验过的、从现代的宗教意识中流露出来的感情的表达，或者将是所有的人毫无例外地都能领会的感情的表达。

....

丰陈宝　译
选自人民文学出版社1958年版

莫泊桑文集序言

〔俄国〕列·托尔斯泰

....

作者具有被人称为才能的那种特殊的秉赋，就是说，一种强烈的、紧张的、因作者兴趣之所在而专注于某事物的能力，一个具有此种能力的人因此就能够在他所注意的事物中看出别人所不能看到的某些新的东西。显然，莫泊桑就具有能见人之所不能见的这种能力。但根据我读过的这本小册子来判断，可惜，他恰恰缺少了一本真正艺术作品除才能而外所必需具备的三个条件中的主要的一条。这三个条件是：一，作者对事物的正确的即道德的态度；二，叙述的明晰，或者说，形式的美，这是同一个东西；三，真诚，即艺术家对他所描写的事物的真诚的爱憎感情。在这三个条件之中，莫泊桑仅只具备了后二者，而完全没有第一个。他对待所描写的事物没有正确的即道德的态度。根据我所读过的他的作品看来，我确信莫泊桑是有才能的，那就是说，那种使他能够在事物和生活现象中见到旁人视而不见的素质的天赋注意力；他也有着美丽的形式，那就是说，他能够鲜明、简洁、优美地表达出他所想说的一切；他也有着一部艺术作品的价值所凭借的那个条件（没有这条件，艺术作品就不能够发生影响），那就是说，他具有一种真诚，绝不假装着是爱或是恨，而确确实实热爱或是憎恨他所描写的事物。但遗憾的是，因为他缺乏一部艺术作品的价值所凭借的第一个条件，而且恐怕还是主要的条件，即缺乏对他所描绘的事物的正确的道德的态度，缺乏辨别善恶的知识，所以他就喜爱而且描绘了那不应该喜爱、不应该描绘的东西，而独不爱也不去描绘那应该爱、应该描绘的事物。因此，作者在这本小册子里不厌其烦，津津乐道地描写了女人怎样污辱了男人和男人又怎样地污辱了女人。甚至在《保尔的女友》中描写出那么费解的秽行，作者不仅是冷漠地，而且是轻蔑地来描写农村劳动人民，象描写畜生那样。

短篇小说《郊游》就是以这种不辨善恶的无知特别令人惊异。在这个短篇里，作者以最动人的笑谈形式，详细地描画了两个裸着臂膀划船的先生怎样同时地一个玷污了年老的母亲，一个玷污了年轻的姑娘、她的女儿。

很明显，作者的同情一直都是在这两个流氓方面而且竟到了那种程度，所以他不是忽略了，简直就是看不见被污辱的母亲、女儿、父亲、显然是女儿的未婚夫的那个青年应该如何百感交集，从而才不仅以笑谈形式对这种令人反感的恶行作了可憎的描写，就是这件事本身写得也是虚伪的，因为只写了事物的一个最无意义的方面：流氓所得到的满足。

・・・・・・・・・・・・

《她的一生》是一部杰作，不仅是莫泊桑的无可比拟的优秀作品，而且恐怕是雨果的《悲惨世界》以后的法国优秀作品。在这部长篇小说里，除了卓越的才能，即是除了那种对事物特殊的专注，作者由此而看出了他所描绘的生活的完全崭新的特征外，这部著作差不多以同等程度集合着真正艺术作品的三个条件：一，作者对事物的正确的即道德的态度；二，形式的美；三，真诚，即作者对所描写的事物的爱。这里，生活的意义在作者看来已不是各种各样的放荡堕落的男女恋爱事件了。作品的内容，正如题目所说明的那样，是描写一个被戕害了的、天真的、准备献身于一切美好事物的可爱女性的一生，这个女性正是被那最粗野的兽欲所戕害，而这种情欲在以前的短篇小说里，作者认为仿佛是主宰着一切生活现象的中心力量，作者的全部同情是在善的这一面的。

在莫泊桑的最初的作品里，形式已是优美的，在这里更达到了高度的完善，我认为，还没有一个法国散文作家达到这样的高度。此外，主要的是作者在这里真正爱着，强烈地爱着他所描写的那个善良的家庭，真正憎恨破坏了这个美满家庭的幸福与安谧，尤其侮辱了小说女主人公的那个粗暴的畜生。

这部小说的全部事件和人物就如此产生，非常生动，令人久久不能忘怀……这一切就是复杂多采的生活本身。但是，还不仅仅在于这一切都写得生动美妙，而是在于这一切之中有着一个衷心的感人的音调，不自主地感染着读者。读者能感觉到作者是爱着这个女性，不是爱她的外表而是爱她的心灵、她的内在的美，怜恤她，为她受苦，这种感情是不自觉地传达给读者的。因此，读者要问：为了什么，何以这个优美的女性被毁灭了呢？难道应该这样吗？在读者心中就自然而然产生了这样的问题，而迫使他们去思索人生的意义。

尽管小说里还有着虚伪的音调，例如，详尽地描写了少女的皮肤；又如，这个被遗弃的妻子听从神父的劝告，又作了母亲这种不可能的而且不需要的细节，破坏了纯洁的女主人公的感染力；又如，被侮辱的丈夫在那节传奇般的复仇故事显得不自然。尽管有着这些污点，我总觉得这部小说不仅是杰出的，而且我从它看出了莫泊桑已经不是一个不知道，而且不愿意知道美丑的有才能的饶舌家和逗趣者，像我读他第一本小册子时所认定的那样；他已经是严肃而深刻地注视着人的生活，而且已经开始研究人生了。

这之后我读过的莫泊桑的长篇小说是《俊友》。

《俊友》是一本非常肮脏的书。显然，作者在恣意描写那些吸引着他的东西，有时对自己的主人公仿佛是忘记了基本的否定的看法，而竟站在他那一面去了。但总的来说，《俊友》也像《她的一生》一样是以严肃的思想和感情作为基础的。在《她的一生》里有个基本思想：一个被男子粗暴情欲所戕害的美丽的女人，作者对她惨痛生活的空虚感到不胜困惑；而在《俊友》里面，作者对这个粗暴的纵欲的畜生之成功与致富就不但感到困惑，而且表示愤慨了，而这只畜生正是靠这种情欲而飞黄腾达，获得了社交界的显赫地位。作者对他的主人公在其间获得成功的那整个阶层的荒淫堕落也表示愤慨。作者在《她的一生》里，似乎在问：为了什么，一个优美的女性被戕害了？为什么发生这种事情？而在《俊友》里，他似乎是回答这个问题：一切纯洁的善良的东西在我们社会里已经被毁灭了，而且正在被毁灭着，因为社会是堕落的、狂妄的、可怕的。

……这部小说虽然充塞着许多不洁的细节描写，很可惜，作者仿佛是乐于为此似的，但作者对生活的严肃的质问还是看得出来。

……作者给自己提出一个问题：生活是什么？怎样解决对生活的热爱与对不可避免的死亡的认识之间的矛盾？这他没有回答。他好像在寻求、等待，不好决定站在哪一面。所以，他对待生活的道德的态度在这部小说里仍然是正确的。

在这以后的作品里，这种对生活的道德的态度开始混乱起来，对生活现象的评价开始摇摆了、模糊了，而在晚期的小说里已经完完全全陷入迷途了。

莫泊桑在《温泉》里，好像是结合了前两部小说的主题而在内容上重复了它。……

思想是同一思想，但作者对所描写的现象的道德态度却已大大降低了，尤其比起第一部作品来。作者对善恶的含蓄的评价开始混乱起来。尽管作者有着要公正要客观的理智的愿望，但显然骗子波尔赢得了作者的全部同情。因此，这个波尔的恋爱史，和他的苦心孤诣地去损毁别人，以及他在这方面的成功等事，便产生了一种虚假的印象。读者不明白作者的用意何在：是表现波尔仅仅因为他的情妇妊娠而腰围变形，就冷淡地躲避她而使她伤心——是表现这样一个男人的浅薄和卑劣，或者相反，是表现象波尔这样生活是多么愉快而轻松。

此后的几部长篇小说：《彼埃尔和冉》、《如死般强》、《我们的心》，作者对他的人物的道德态度更为混乱，而在最后一部作品里竟完完全全丧失了。冷漠、草率、臆想，而主要的还是如初期作品那样缺乏对生活的正确的道德态度，在这几部作品里都留下了痕迹。……

莫泊桑的所有长篇小说，从《俊友》开始，就已经有着草率，主要是臆想的痕迹。从此之后，莫泊桑已经不像他在写最初两部作品时那样做了；他没有一定的道德要求作为他的小说的基础，在这个基础上来描写人物的活动。而是像一切小说匠那样来写自己的小说，那就是说，捏造些最有趣的最能打动人心的或者最时髦的人物和活动，以此来构成小说，以他所能得到的和适合于小说结构的所有的观察来渲染着它，全然不关心对所写的事件的道德态度了。《彼埃尔和冉》、《如死般强》、《我们的心》就是这样的。……

《彼埃尔和冉》和《如死般强》的背景，就是这种极不自然和极不真实的，主要是缺乏深刻的道德的情况。因而处于这种情况中的人物所感到痛苦的东西，就很少能感动我们。

彼埃尔和冉的母亲能毕生欺骗自己的丈夫，所以当她应该向儿子承认自己的过错时，她就不大能博得人们的同情，而当她在为自己辩护，证明她不能不享用摆在她面前的幸福机会时，那同情就更微小了。我们不能同情《如死般强》里的那位先生，他欺骗了他的朋友一辈子，引诱了他的妻子，现在又因为年老而不能再引诱情妇的女儿而深感悲哀了。最后的一部小说《我们的心》除了各种色调的性爱的描写以外，简直就没有任何一点内在的任务了。这里写了一个饱食终日，不知餍足的放荡者，他不知道他到底需要什么，他和一个更放荡的，即使不因情欲之故而在道德上也已经堕落了的女人一时结合，一时分离，又和她的女仆结合，然后又和她和好，似乎同时和这两个女人同居。如果说在《彼埃尔和冉》与《如死般强》里还有一些感动人的场面，那么，这最后一部小说就仅仅能激起人们的嫌恶。

在莫泊桑的第一部小说《她的一生》里，问题是这样的，一个善良、聪明、温柔、向往着美好的女子，她为了什么而牺牲，起初是为了粗暴、渺小、愚蠢、野兽一般的丈夫，后来是为了同样劣性的儿子，而毫无价值地死了，对世界绝无贡献。这是为什么？作者提出了这样的问题而似乎没有给予回答。但他整部小说，他对这女子的全部同情，和对毁灭了她的势力的全部憎恨已经是问题的答案了。如果有一个了解她的痛苦和说出它来的人，那就足以补偿这痛苦了，正如岳父在朋友们谈到没有谁会知道他的痛苦的时候对他们说的那样。假如有人知道了、理解了这痛苦，这痛苦也就补偿了。作者在这里知道了、理解了、并给人们指出了这个痛苦，而这痛苦便有了补偿，因为它一旦为人们所理解，或迟或早，它终究会被消灭的。

在第二部小说《俊友》里，问题已经不是高尚的人为什么总要受苦，而是卑贱之徒为什么获得了财富与荣誉？什么是财富与荣誉并且怎样获得它们呢？这个问题本身就包含着答案，它否定公众所推崇备至的那一切。这部小说的内容还是严肃的，但作者对所描写的对象的道德态度已经大大地减弱了。在第一部小说里，只有某些地方有着描写情欲而有害于作品的污点，而这些污点在《俊友》里却扩大起来了。有好几章写得只见污秽，仿佛作者喜欢它似的。

接着，在《温泉》里，问题是这样提出的：一个温顺的女人的痛苦和一只野蛮的畜生的成功与快活是为了什么？出于何因？已经不是提出问题了，而似乎是承认就应该这样，道德要求已几乎感觉不到了，甚至毫无必要地出现了绝非源于任何一点艺术要求的肮脏情欲的描写。在这部小说里，详细地描写了女主人公在浴盆里的姿态，就尤其显明地是由于作者对事物的不正确态度而破坏了艺术性的一个惊人的例子。在粉红色的躯体上跳跃着小水泡，这种描写毫无必要，而且与小说的外在的或内在的意义毫无联系。

"那又怎么样呢？"读者问。

"不怎么样，"作者回答，"我写它，因为我喜欢这样写。"

在以后的两部小说《彼埃尔和冉》与《如死般强》里，已经看不见任何道德的要求了。这两部小说都只是描写荒淫、欺骗与伪善，就是这些东西把书中人物引向悲剧的处境。

最后一部小说《我们的心》，书中的人物的环境更是荒谬、粗野和缺德的了，那些人物已经不再跟任何东西斗争，只晓得寻快活了——虚荣心的、情欲的、性的享乐，而作者却也好像完全同情他们的这些追逐。从这最后一部作品里，唯一可以得出的结论是：人生最大的幸福就是性生活，因此应当痛痛快快地享受这一幸福。

在中篇小说《伊维达》里，这种对待生活的不道德的态度更加惊人。……

在《俊友》以后的所有长篇小说里……莫泊桑显然屈服于那不仅统治着巴黎的他那个集团，而是统治着各地的艺术家们的一种理论，认为对于艺术作品不仅不需要任何明确的善恶观念，相反，艺术家应当完全忽略任何道德问题，艺术家的某些功劳甚至就正在这里。

根据这个理论，艺术家能够或者应当描写那真实的东西存在的东西，或者描写那美丽的、因而不在话下是他所喜爱的东西，或者甚至描写那也许有用的，好似材料之于"科学"那样有用的东西，至于道德与不道德、善与恶的关系，却不是艺术家的事情。

(1893—1894)

选自《列夫·托尔斯泰论创作》，漓江出版社1982年版。

悲剧的诞生

〔德国〕尼采

一

我们将会使美学科学获得许多好处,只要我们不单从逻辑推理而从直观的直接正确性来理解到,艺术的连续发展是与日神①和酒神②的二元性分不开的:正如生育之有赖于性的二元性一样,其中包含永远的斗争,只是间或有些暂时的和解。……日神和酒神是希腊人的两位艺术神,我们因它们而认识到在希腊世界中,在日神的雕刻艺术和酒神的非造型的音乐艺术之间,无论在根源和目标上都存有尖锐的对立:这两种截然不同的本能彼此平行发展着,而多半又是公然彼此矛盾;它们彼此不断地刺激,引向更有力的新生,这种新生永远保持着冲突,只有因"艺术"这一普通术语才使矛盾在表面上统一起来;直到最后,由于希腊意志的形而上学的奇迹,它们竟彼此结合起来,而由于这种结合,终于产生了雅典悲剧这种艺术产品,它是酒神的,同样也是日神的。

为了使我们更好地来认识这两种本能,让我们首先把它们想象为梦与醉的两个分开的艺术世界。在这些生理现象之间是可以看出一个相对的矛盾的,正如在日神和酒神之间的矛盾一样。庐克莱修③说过,壮丽的神的形象首先是在梦中出现在人们的灵魂

---

① 日神:即阿波罗(Apollo)。
② 酒神:即狄奥尼苏斯(Dionysus)。
③ 庐克莱修(Titus Lucretius Carus,公元前98—55):古罗马诗人。

面前；伟大的艺术家、雕刻家是在梦中看见这些超人的形象具有优美的四肢的结构；如果希腊诗人被问到关于诗人的灵感的秘密时，他同样会向人们暗示，说那是梦，他会作出一个象汉斯·萨克斯[①]在《名歌手》中所作的那样的解释：

> 我的朋友，那的确正是诗人的任务，
> 记下他的梦并解释梦的意义。
> 相信我，人的最深奥的幻想
> 是在梦中被显示给他的；
> 而一切诗歌的艺术
> 都只是它们的解释。

每个人在创造梦的世界方面都是全能的艺术家，而梦的世界的美丽面貌又是一切造型艺术的先决条件，而且事实上，一如我们将会看到的那样，它也是诗歌的重要部分。在我们的梦中，我们因为对形象的直接领会而感到喜悦；一切模型都向我们讲话；其中没有不重要的，没有多余的。……

············

希腊人同时把这种梦之经验的愉快的必要性，体现在他们的日神身上：因为日神是一切体现造型能力的神，同时也是预言之神。他（如名字的语源所表示）是"发光者"，是光之神，他同时也统治着内在的幻想世界的美丽光辉。更高的真理、与不能完全理解的日常世界相矛盾的这些状态的完美性，以及对在睡中和梦中起恢复和帮助作用的自然的这一深刻感悟，通常都同时是体现

[①] 汉斯·萨克斯（Hans Sachs，1494—1576）：德国诗人、剧作家。德国作曲家瓦格纳（Richard Wagner，1813—1883）曾作歌剧《名歌手》，歌颂萨克斯。这里的意思是：……一个象汉斯·萨克斯在瓦格纳的《名歌手》中所作的那样的解释。

预言能力和一切艺术的一个象征性的相似体,由于这些艺术而使生活成为可能,并且值得活下去。但是我们必须在日神的形象中包括那个微妙的界限,这界限是梦境中所不能逾越的——以免引起病的作用,在这样情况之下,现象就会骗过我们,好像它是呆板的真实。我们不应该忘记象上帝那样塑造万物的雕刻家所具有那种有分寸的克制,那种摆脱了狂热感情的自由,那种充满哲理的宁静。它的眼睛必须是"象太阳一样",以适合于它的来源;即使眼睛表示了怒意和不悦,它那美的面貌所含的圣洁却仍然存在。……

……我们要考察一下酒神的本质,它和我们非常亲近,也许是由于它和醉很相似。也许是由于在所有原始人群以及人民的诗歌里所提起的那种麻醉饮料的影响,或许是由于带着活力的春天来临了,把自然万物浸沉在欢欣之中,因而这些酒神的情绪就苏醒了,并且当它们达到极点时,就会使主观消失在完全的自我忘却之中。……

在酒神的陶醉之下,不仅人与人之间重新团结了,而且被疏远了的、敌对的或被征服了的大自然,也再度同她的浪子、也就是人庆祝和解。大地自由地献出她的贡物,猛兽也驯良地从沙漠和山里前来。酒神的车子装饰着花和花环;虎豹由它驾驶着前进。……

二

到此为止,我们已经把日神的本质和它的对立者酒神的本质作为艺术的力量加以考查过了,认为这些力量是从自然界本身产生出来的、无须人间艺术家居中的媒介;这一些力量以最直觉的和直接的方式使它们的艺术冲动得到满足;首先,一方面在梦境的世界中得到满足,这一世界的完成并不依赖于任何个人的知识水平或艺术修养；而另一方面，作为陶醉的现实而得到满足，这一现实同样不注意个人，甚至存心要毁灭个人，而要用一种神秘的统一感来解脱他。面对着自然界的这些直觉的艺术状态，每一个艺术家是一个"摹仿者"，那就是说，或者是表达梦境的一位日神的艺术家，或者是表达狂热的一位酒神的艺术家，或者最后——例如在希腊悲剧中——同时是表达梦境的和狂热的艺术家；所以我们也许可以把他想象为沉湎在他的酒神的沉醉中和神秘的自我否认中，孤独地，离开唱着歌的闹酒的人群而跪倒地下；我们也可以想象，他由于日神的梦幻的感应，他自己的状态，即是说他和宇宙的本源的统一，如今又是如何地在一幅象征梦境的图画中，被显现给自己了。……

三

希腊人认识并且感到生存的恐怖和悲惨：为了能够完全活得下去，他必须在恐怖和悲惨面前使奥林匹斯山上诸神的光辉梦境得以诞生。……所有这些都一再为希腊人所克服，就是借助于奥林匹斯山的这种艺术的中间世界；或者，无论如何，这种世界至少是被遮掩着而不让人看见了。为了要能够生存下去，希腊人就不得不出自最迫切的需要创造这些神。也许我们可以把这一过程大体设想成下面这样：从原始的泰坦诸神①的恐怖统治，通过日神对美的冲动，逐渐过渡而发展成奥林匹斯山上诸神的快乐统治，这正如玫瑰花从有刺的树丛里成长起来一样。这一民族如此敏感，欲望如此热烈，本质如此特别地能够受苦，这种民族如果不在诸神当中发现他们自己的生存是被更高的光辉所笼罩，他们将有什么旁的办法能够生存得下去呢？产生艺术的这同一冲动，作为生

---

① 泰坦诸神（Titans）：希腊神话中天神和地神所生的子女，与宙斯争夺统治权而为所败。

存的补充和极致，而引诱人得以延续生存，这种冲动也促成了奥林匹斯世界的产生，希腊人的"意志"就利用这一世界作为一面神化的镜子。这样，诸神以人的生活为合法的，同时它们自身就过这种生活——这是唯一满意的辩神论生存于这些神的光辉的阳光下，体现为一体本身值得努力追求的东西，而荷马创造的人物的真正哀愁就在于要和生存分离，尤其是太早的分离：……"在他们看来，早死是最坏的事，其次最坏的是总有一天要死掉"。这种哀诉曾经听到过，如今再度发出来，是为了短命的阿喀琉斯而悲哀，对人类好像树叶似的变化和盛衰，对英雄时代的衰落，都表示哀悼。他希望继续生存，甚至作为一个雇工而生存，这种想法，一个最伟大的英雄也会有的。在日神的发展阶段，"意志"如此热切地期望这种生存，荷马的人物感觉到自己和生存是这么地完全打成一片，以致悲哀本身变成了颂歌。

……在希腊人中，"意志"要求在天才的化身中和艺术世界中来静观自己；为了使"意志"所创造的诸人物歌颂自己，他们就必须感到自己是配得上歌颂的；他们必须在一个更高的境界中再度观照自己，而这完善的静观世界并不起着强制的或非难的作用。这就是美的境界，希腊人在其中看见他们被照映出来的形象、也就是奥林匹斯山上的诸神。希腊人的"意志"就是用这种美的反照，来反对与艺术有关的、为了受苦和为了受苦的智慧而有的那种才能；并且我们有了朴素艺术家荷马，作为这"意志"取得了胜利的一座纪念碑。

十

这一传统是无可争辩的：最早的希腊悲剧是以酒神受苦为它的唯一主题的，而且长久以来，唯一的舞台主角就是酒神自己。可是，我们可用同样的信心来肯定：直到欧里庇底斯，酒神没有不是悲剧的主角的，而且事实上，希腊舞台上的一切著名人物——

普罗密修斯、俄狄浦斯等——都不过是这位最初英雄,即酒神的假面具。……从酒神的笑产生了奥林匹斯山诸神,从它的眼泪产生了人。酒神的这种存在,作为肢体被分割了的神,它具有二重性质:是一个残酷野蛮的鬼,也是一个温和软心的统治者。但是,观众的希望都是倾向于酒神的新生的,新生这点现在我们必须理解为预感到个性化要结束:观众爆发出狂烈的快乐的歌颂,是为了这未来的第三个酒神。由于这唯一的希望,才使这支离破碎的、分为无数个人的世界得到一线快乐的光明:正如狄米特①的神话所象征的一样,她沉沦到永远的忧愁里,但当她听说她要再一次产生酒神时,她快乐起来了。在这种所引证的观点里,我们已经找到了一切因素来说明一种深沉而悲观的世界观,以及悲剧的神秘学说:这就是对现存每一事物的统一性的基本认识,把个性化看作恶之本源,使艺术具有快乐的希望,可以使个性化的束缚被打破,预感到统一之得再恢复。

十 一

希腊悲剧的灭亡是和一切其他较古老的姐妹艺术不相同的:她是由于不可调和的冲突而自杀的,因此,是可悲的,而所有旁的艺术却都是年龄很高,平静而美丽地死去的。如果说,平静地与生命告别,留下美好的后代,是符合于快乐的自然情况的话,那么,这些比较年长的艺术的结局确表现了这种快乐的自然情况:他们慢慢地消失,而在他们临死的眼前已经站立着更美好的后代,这些后代具有勇敢的姿态,而急于抬起他们的头来。可是当希腊悲剧死去的时候,各处都开始深深感到一个巨大的空虚。……

希腊悲剧死亡之后,一种新的艺术繁荣起来,它把悲剧当成它的先母和能手来尊敬,这时令人感到惊异的是:它确实具有它

---

① 狄米特(Demeter):希腊神话中执掌农业、出生、婚姻、健康等的女神。

母亲的特点，而母亲在长期垂死挣扎中正表现了这些特点。从事于这种悲剧的垂死挣扎的，就是欧里庇得斯；后来的这种艺术是作为新雅典喜剧而出名的。在这种新喜剧中，悲剧的衰落的形式继续存在下去，作为它的异常痛苦而激烈的死亡的纪念碑。

杨烈　译

（根据《现代丛书》，伐狄门〔Clifton Fadiman〕
英译本，1927年）

商承祖　校

（根据德文本《尼采全集》，莱比锡，
亚尔夫里德·克罗纳出版社，1922年）

……有一点须要提一下——欧里庇得斯把观者带到舞台上来。……观众中的每一个普通人都离开座位，登上舞台；……在欧里庇得斯的舞台上，观者如今看到并听到他自己的化身，而且感到高兴，因为自己这样地能言善道。然而使人高兴的还不限于此：你甚至能听到欧里庇得斯是怎样讲话的。他和埃斯库罗斯竞赛时足以自豪的是：人们从他那里已学会如何观察、辩论，并依照艺术的诸法则、运用最聪明的诡辩术，来作出结论。一般说来，他通过群众的语言革命，使新喜剧成为可能。因为从此以后，日常之事应该用什么样的聪明的格言，以及如何在舞台上表现自己，已不再是一桩秘密了。欧里庇得斯将他全部的政治希望建筑在市民的平凡庸俗上，如今这种平庸被给予发言权了，……欧里庇得斯既然描绘了广大群众方面的普通的、熟悉的、日常的生活与行动，而大家又被赋予资格来评判他的描写，于是他也就以此自豪了。假如说全体群众会讲理论、管理土地和物资、用前所未闻的谨慎态度来处理诉讼，那么这个光荣完全属于欧里庇得斯，……

十 二

....

……从某种意义说,欧里庇得斯仅是一个面具;通过这个面具而说话的神祇,既非狄奥尼苏斯,又非阿波罗,而是一个完全新生的异教之神。那就是苏格拉底。……

....

……欧里庇得斯并不曾完全在阿波罗的基础上建立戏剧,而是在反狄奥尼苏斯的倾向下走入一个崇尚自然的和非艺术的迷途。我们看到了这一点,就应该能够比较接近苏格拉底主义美学的特质。后者的最高原则是:"美的事物必须是可以理解的事物,"而且补充了苏格拉底的用意相同的话:"知识即美德"。……

....

……因此我们可以认为欧里庇得斯是具有苏格拉底主义美学观点的诗人。……

十 五

....

……从他(苏格拉底)那里认识到一个在以前没有听说过的类型,即专事推理的人物类型。我们的下一步工作将是深入考察这种专事推理的人的意义和目的。理论家犹如艺术家,永远满足于现在;尽管悲观主义的实践伦理学凭它那双大山猫似的眼睛,在黑暗里放光,而理论家也犹如艺术家,这种满足保护着他,摆脱了悲观主义。每当真理被展露的时候,艺术家总是……执住那剩下的、尚被掩盖着的一切,而理论家却只从那个已被丢在一旁的帷幕获得享受和满足。理论家凭自己的毫无外援的力量,在一个不断成功的揭幕过程中,寻求他的最高快乐。如果科学所要考虑的只是那么一个赤裸的女神,而不是其他的话,那么科学也就不存在了。……此所以莱辛,这位最忠实的理论家,勇敢地宣称,他之注意真理以后的探索,远过于他之注意真理本身:他说这话时,启示了科学的根本秘密,却也引起了科学家们的惊讶和愤怒。……在苏格拉底的身上,一个耐人深思的幻象第一次诞生了。这种幻象使人泰然自若地相信,由于逻辑的引导,思维能接触存在的最深处,不仅能认识存在,而且还能稍稍加以变化。这一崇高的形而上学的幻象,被作为一个本能加在科学上,并一而再再而三地把科学引向他的极限,使它最后必须转变为艺术;艺术确定是这种机械主义所到达的最终目的。……

伍蠡甫　译
(根据同上英译本)

喜剧性与幽默

〔德国〕里普斯

喜剧性种种

喜剧性。一般的规定

有人也曾让喜剧性和崇高性相对立。但是喜剧性和崇高性并非直接相对立的。同样，喜剧性也不是直接和悲剧性相对立的。真正作为喜剧性的对立面的，却是惊人的大。喜剧性乃是惊人的小。

后一句话还须作进一步的规定。我们一般说：喜剧性是小，是较少感人性，较少重要性、严重性，故此不是崇高性，它代替了一种相对的大，代替了感人性、重要性、严重性、崇高性。它是这样一种小，即装作大，吹成大，扮演大的角色，另一方面却仍然显得是一种小，一种相对的无，或者化为乌有。同时，主要在于这种化为乌有是突然发生的。

这里可以区分出两种可能性。一种是：一种大或者一种较大在被期待着，而一种较小却出场了，它似乎是来满足这种期待的，但是另一方面又由于它的小，仍然不能显得是一种大。

另一种是：并非因为一种较大在被期待着，而是"按照它的自身"，即由于它的本性或者来历，或者由于和它有关系的任何想象等等，某物显得是一种大，或者作为一种大出现，但是另一方面，又丝毫没有表现成这种大，反过来在我看来倒变成一种"无"。

不过这还没有标志出本质上的对立面。这两种情况都切合上面所采用的说法：某物"装作"一种大，但看来却是一种小。

喜剧感情中的喜悦要素

喜剧感情中的喜悦要素，可以首先由此理解。这种要素具有独特的、即格外开心的性质。先前已经强调过这一点，喜剧性并非使人欢快，有如高尚的行为或者伟大的情操，而是"使人开心"。先前还补充说过，这种特别的喜悦，可能具有最紧张的性质；但是它始终和那种更庄重、更深刻的喜悦有区别；它始终是轻松的，内容贫乏的，稀薄的，空洞的；而且它始终浮在表面，是一阵与心灵无关的痒痒。

这样就可以知道，假如心灵对理解某一对象的天然敏捷性，超过了对象根据它的性质对我的理解力所提的要求，便产生了这种轻松的喜悦感。

按照方才所说，喜剧性的这种情况尤其明显。可以举"阵痛的大山"① 为例。我看见大山在阵痛，于是我期待一个巨大的、非常的、亦即对我的理解力提出高度要求的自然奇迹。我期待着它，就是说，我专心致志于它；我作好精神准备来理解它，所以在我内心腾出为着接纳它所必需的"空间"，或者，把它根据它的性质所要求的理解力全部交给它支配。但是现在，代替巨大的自然奇迹，却出现了某种渺小的、毫无意义的东西。一只小耗子露出身来。它恰巧显露在我期待出现巨大自然奇迹的地方；它是阵痛的大山所分娩的；它是它的产儿。我所期待的，原来是这个玩意。结果，我交给被期待的巨大自然奇迹所支配的理解力，对于它竟然是恰到好处；它从我身上的全部敏捷性捡到了便宜；它因此轻而易举地被理解了，在智力上被克服了。

---

① 这个典故出自《伊索寓言》，又见于法国作家拉·封丹的《寓言》。

喜剧性的喜悦感便是这样产生的。同时，这是它得以产生的唯一方法。

嫌恶要素

但是我们还揣摹到另外一种要素，它在喜剧感情中和喜悦相关联着。我在前面不想把喜剧性和悲剧性对立起来。但是二者有一个共同点。在喜剧性中，正如在悲剧性中，除去喜悦要素，同时还存在着嫌恶要素和它的附加物。

对于巨大自然奇迹的期待，在小耗子身上得到满足。但是同时，它另一方面又没有在它身上得到满足。一个小代替了被期待的大。我的期待到这时候便落空了。而落空本身永远是嫌恶的根据。所以这种嫌恶要素，在喜剧性中，是和喜悦要素在一起的。不如说，这种要素和那种喜悦要素合而为一，构成一种新的感情，也就是喜剧的感情。

这种感情自然是各色各样的。视嫌恶要素的大小而定。但是嫌恶要素的大小，却又取决于我期待出现一个大的热切程度，取决于我一般地或者目前对这个大感到兴味的强烈或深沉程度。也许兴味并不怎么强烈或者深沉。于是嫌恶要素便或多或少地从属于喜悦要素，最后以致完全不可觉察；我便感到自己仅仅是被逗乐了。

相反，还有一种情况，嫌恶要素可能最清楚不过地被感觉到。我曾由于实际的或者道德的或者美学的理由，无条件地要求过期待对象的出现。于是喜剧感情便可能是最高的嫌恶感情了。

某人装模作样，似乎他能够并且愿意解决重大而紧要的任务，结果却成就微末或者一无所成。于是他变得"可笑"了。同时一种喜剧感情便由显著的嫌恶要素给标志出来。紧要任务本来应当解决的，而且我正要求能够解决它并对它负责的人来解决它。

最后，有一种苦的、最苦的喜剧感情；有一种灰心丧气的笑；

大概发生在这类人身上：他眼见自己付出一切以求实现的意图破灭了，或者眼见自己整个生命连同一切奢望化为乌有了。

我这里提到"笑"。有人这样来提喜剧性问题："我们什么时候笑？"可以这样回答：照例是我想笑的时候，或者感到被搔痒了的时候。在这些情况下，笑和喜剧性并不相干。在另外的情况下，它却和喜剧性的确有关系；它是后者的一个天然征候。但是另一方面，它也并不必然为后者所有。我为了讲礼貌，也许忍得住笑；我却不能同时忍住喜剧感情。简单地说，喜剧性和笑是两回事，不过我们这里谈喜剧性，不谈笑。

喜剧性的想象活动

一切喜剧性的这个共同点，即喜剧对象先"装"成一个大，接着显得却是一个小或一个相对的无，——也可以这样来表述：在喜剧性中，相继地产生了两个要素；先是愕然大惊，后是恍然大悟。实际上，可以更一般地这样表述喜剧性。愕然大惊在于，喜剧对象首先为自己要求过分的理解力；恍然大悟在于，它接着显得空空如也，所以不能再要求理解力了。

愕然大惊和恍然大悟的相继发生，还制约着一个广泛的心理活动；要充分说明喜剧经验，不能不提到这一活动。注意力从什么东西满足了期待和尚未满足期待，转向了什么东西激发起这个期待；被堵塞的统觉波[①]倒流起来，正如这类被堵塞的统觉波到处惯于倒流起来一样。我追问："这是怎么一回事？"这个问题还可以提得更确切些："这怎么可能呢？"好比说，我这里看见一只小耗子，而那里原是一座大山在阵痛：这怎么可能呢？

我于是又想到大山和它的阵痛。既然这样，期待又抬头了。它

---

① Die Apperzeptionswelle，"统觉"，心理学术语，指每一新知觉对于知觉主体的以往生活经验和主体在知觉过程中的心理状态的依赖性。

将又一次落空。心理活动即刻重新开始。我这样低回往复了好一阵。波浪随着缓缓退落。就是说，喜剧性的想象活动自动消失了。

向主观喜剧性的过渡

这里又引的喜剧性例子，是指这种情况，即一种"期待"既被满足了，却又落空了。和这种情况相对立的，还有另外一种情况，这里谈不上满足和落空的期待这一概念。在若干情况下，这一概念尤欠妥当。我们就谈谈这样的情况。

当我感到大胖子、"啤酒桶"或者"脂肪窝"① 好笑时，我可能也会谈期待的满足和落空。我可能会说，一个人的身体究竟应当是身体，应当生动活泼，能适应生活机能，克尽厥职；我没有发现这一切，却发现某种窝囊、颟顸的东西，人随身携带的一团粘着脱不了身、什么用处也没有、反而妨碍他的生存和肉体机能的物质。

这时候，期待这个观念便不能按照上述情况中的含义来理解，即不能理解为期待某种东西会发生或者对我显现。

在另外的情况中，我们更谈不上期待的满足和落空。

我指的情况，是诙谐喜剧性（或简称诙谐）的情况。

某人讲了一句俏皮话。就是说：他讲了一句这样的话，这句话促使别人要求它道破一点什么，传达一个意义，宣布或证实一个真理。它在我眼中引起了这个要求。这句话一瞬间对我具有一定的逻辑重量。可是接着它又对我显出是一个以同样语音表达的游戏。同样的语音曾诱惑过我，接着它却显得逻辑上空空如也，像它本来那样，言词的重量也就跟着消失了。只要言词对我具有逻辑重量，它便对我或者我的注意力抱有要求。后来，这个要求消失了。但是注意力已经转向言词。在要求消失以后，言词就占了

---

① 胖子的绰号。

便宜。于是大量的注意力为言词所据有，像它所要求的那样。注意力或者对于理解的敏捷性，在分量上或者重量上超过了对于原来应当理解对象的要求，这时也会产生喜悦的感情。由于上述原因，接着产生嫌恶要素。最后，又由于上述原因，还会产生想象运动的那种低回往复。

客观的、主观的和天真的喜剧性

这样，我们就得到两类根本不同的喜剧性。先前提到的情况是客观喜剧性的情况；俏皮话相反，属于诙谐的或者主观喜剧性的范围。如上所述，满足和未满足的"期待"这个概念更适宜于前一类喜剧性。至于后一类喜剧性，我们反而一般这样说：某物先装作一个大，后来在我们眼中变小了，或者：同一东西按照双重状态直接地相继出现；先是某种意味深长、关系重大，接着又是某种渺不足道、空空如也。

此外，客观喜剧性和主观喜剧性，像它们的名称所显示的，是互相对立的。在前一类中，一个人、一个物、一件事客观地表现成一个大，即表现成一个赋有资格、具备特征、完成了带一定重量的成就的大。但是接着它又显得并非这种资格或者特征或者成就的承受者。相反，在主观喜剧性中，一句话、一个表情、一个举动表现成一个意义、一个意旨、一个真理的承受者。它们对于我是一种思想内容的表征；这个思想内容是我给它们添上的，但是我又把它从它们那边勾销了；这句话、这个表情、这个举动在我眼中有一种逻辑重量，但是接着它们又没有这种重量。一种逻辑重量的存在和消失，便是主观喜剧性的特点。

但是最后，还有一个第三类可能性和这两类相对立：对着客观喜剧性和主观喜剧性，出现了天真的喜剧性。在这类喜剧性中，大和小的对立同时是立场的对立。假如我们也想在这里谈谈佯托和省悟，那么我们必须这样说：佯托发生在纯粹喜剧性中，但是只要我们站在一个立场上，它同时又不是单纯的伴托；我们站到另一个立场的时候，伴托便消失了，"省悟"就出现了。

这里所谈的"立场"，一方面是天真个性的立场，另一方面是我自己实际上或者表面上优越的立场。

我把一个天真的表示，好比一个儿童的表示，和童心联系起来，或者从这个立场来观察它。只要是作为童心的表现，它在我看来便是许可的，诚实的，也许还是聪明的，从而具有我认为属于童心的崇高性。但是接着我把这个表示和童心分开，再照原来的样子把它和习俗、风尚、我的优越和知识联系起来，并从这个立场来观察它。现在，它在我看来只是一种笨拙，一种冒犯，不再是聪明的，而且是愚蠢的了；它丧失了它所有的价值；和先前对照，它什么也不再是了。——这便是天真喜剧性的意义。

喜剧性的三种特性

客观的、主观的和天真的喜剧性的各色各样亚种，我这里就不细论了。我已经在另外的地方，即在我论喜剧性和幽默的书里，相当全面、系统地介绍了喜剧性的可能性，并确定了它们的特点。在这里权且引用一下这本书。

我想在本文中谈谈客观喜剧性的三种不同可能性；不过只是重复一下我在上书已经说过了的。这三种喜剧性就是：滑稽性、戏谑性和怪诞喜剧性。

滑稽性主要是一种粗鄙喜剧性，所以我们对它不是微笑，而是大笑；我们忍俊不禁，为之发噱，打起哈哈来，虽然是善意的。

但是这里要作一点补充：我们所称为滑稽的，不是天然附着或者发生在某人身上、我们从他身上旁观到的那种粗鄙喜剧性，而只是存心做作出来的那种喜剧性，滑稽性是一种故意使别人或自己显得好笑的方法。

滑稽喜剧性因此主要是开玩笑或者"打诨"的喜剧性，它表演愚蠢、笨拙、懦怯怎样自以为或者装作聪明、伶俐、勇敢，使那些特质欲盖弥彰，从而贻笑大方。

进而言之，某人以喜剧方式显出自己愚蠢、笨拙、懦怯等等，或者使他的生理缺陷惹人发笑，或者他为了逗乐，扮演傻瓜、笨汉、胆小鬼等等，或者带某种缺陷的人，佯装出那些样子来——这也是滑稽的。

最后，以招笑的文字和图画表现的喜剧性也是滑稽的，假如它描写了、叙述了、报道了、或者用图画复现了仅仅一件真实的或者佯装的笑料，假如它使一个人或者物通过表现手法显得是一件笑料，或者使他或它成为一件笑料。特别是，俏皮话按照粗鄙喜剧性的方式表现出诙谐性或者其他什么，也叫做滑稽。

由此可见，在所有这些情况下，"滑稽性"原本不是喜剧性或这些喜剧事物的一种名称，而更是我们借以称呼那种意在引起喜剧效果的人的举动的一种名称。滑稽的不是被开玩笑，而是玩笑，不是丑角所装扮的愚蠢，而是他的装扮，不是文字和图画中被表现的笑料，而是这种表现；同时只有这种表现具备这种特定的内容或者以这种特定的手法引起这种特定的喜剧效果，它才是滑稽的，否则就不是滑稽的。

现在，放下这种滑稽喜剧性，谈谈戏谑喜剧性。这里，我们必须同样说："戏谑的"这个称法，原本也不用于喜剧事物的一种特定样式或者特定性格，而是用于一种使某物显得好笑的方法，或者一种带有喜剧内容或者效果的表现方法。假如我们称谐文歪诗之类的喜剧表现为戏谑的，那么，就历史来看，通过俗语来看，这是相当合理的。

最后，喜剧表现如果以漫画、大话、鬼脸、荒唐无稽、奇形怪状、异想天开为生产喜剧效果的手段，我们便有理由称它为怪诞的。

性格喜剧和命运喜剧

还有一种区别比已经谈到的区别更其重要，应当在这里一并谈谈。我们在前面给悲剧性区分出两种可能性：其一，悲剧主人公所遭遇的灾难是无辜的、为命运所施加的祸殃；其二，灾难是由主人公本身的邪恶招惹出来的。我们称前一种为命运悲剧，后一种为性格悲剧。这种对立，我们可以推及一般。一切"不应有"，或者是附着于一人一物本身的"不应有"，即此人此物的属性或者规定，或者是此人此物所遭受的损害或者否定。前一种情况是性格问题，后一种情况是命运问题。

喜剧性也是一种"不应有"或者否定；它在我们看来是一种化为乌有。同样，这种否定也能存在于一人一物本身中，或者也能为命运施加于此人此物身上。这两种对立的可能性，我们用相应的悲剧可能性的名称来称呼。前一种可以称为性格喜剧，后一种可以称为命运喜剧。当然，在这两种情况下，我宁可先想一想，喜剧性是人所固有的，还是他所遭遇的。

幽　　默

喜剧性和幽默

我们这里联系美学来谈谈喜剧性。不过，喜剧性本身在美学上是无关紧要的，正如灾难就它本身来说，是无关紧要的一样。前文一再说过：喜剧性是否定，是我们眼中的一种化为乌有。由此看来，我们在喜剧性中，并没有得到什么，反而是失掉什么。

或者有人会反驳：我们在喜剧性中，仍然可以得到一点什么，那就是开心。开心就是喜悦，令人喜悦的就是具有审美价值的。但是我们同样知道：并非每种喜悦都是审美的喜悦，并非每种喜悦感情都是具有审美价值的感情。

有两层理由证明，喜剧性的喜悦属于非审美的喜悦。其一："美的"或者"有审美价值的"这个词表明，一个被观照的对象对我具有价值，价值感是对象价值感，即被观照的客体的特有价值感。

既然如此，这就不切合喜剧性的喜悦了。因为它不是对我们称为喜剧性的对象的快感，而是对对象被牵连进去的精神活动的快感。它所以成为快感，更正确地说，娱乐，是由于这个事实，即对象似乎具有一种心理重量，另一方面却又没有，或者似乎没有；它是对我的理解活动的这种游戏的快感。

因此，对喜剧性的喜悦，显然接近于"理智上的"喜悦，后者也不是对认识对象的喜悦，而是对一种与对象有关的精神活动的喜悦，对认识的喜悦，对对象已为我所理解这一事实的喜悦。这种理智上的喜悦，当然不是由于某种东西的消失，而是由于某种东西的构成，那就是认识的来龙去脉。

同时，还可以举出第二层理由：喜剧性就它本身来说，缺乏审美的内容，缺乏人的贵重性，缺乏我们能同情地体验的生活实践。

但是，这并不妨碍喜剧因素，和患难一样，成为获得审美价值感的可能手段。它和患难一样，正好能充当这种手段，因为它是否定。我们知道，人的贵重性在被否定之后，便更令人感动，更显得意味无穷，并且更强烈地被人欣赏。

假如否定是一种喜剧性的否定，假如价值的承受者喜剧地被否定了，情况也是这样。否定通过灾难、通过被痛感到的对人的存在的干犯，产生悲剧性。同样，否定通过喜剧因素、通过对人的存在的逗乐的干犯，产生幽默。喜剧性在幽默中吸收了具有肯定价值的要素时，它便获得审美的意义。

天真喜剧性和幽默

从喜剧性到幽默的过渡，最直接地发生在我们称为天真喜剧性的那种喜剧性中。过渡在这里勿宁说是已经完成了。真正的天真喜剧性是喜剧的，同时也是崇高的。我在儿童的天真烂漫中看到了童心；这里面就有崇高性。假如我把天真烂漫和童心分开，那么，崇高性无疑地会在我的立场面前消失，或者得到否定的表现。但是天真烂漫毕竟归于童心所有。前文所说的惊愕或者堵塞，扭转了我的视线。天真烂漫越是和我对于聪明、适当、老练、优越的观念相矛盾，我的视线便越是被迫地转向童心，天真烂漫在童心中，或者作为童心的自然表现，便对我显示出一种完全不同的状态，即崇高性的状态。在喜剧程序中被抹煞的崇高性再度出现了。而且，它终于坚持下来，不再消失了；这个情况和我从自己立场所提出的要求的矛盾，便从属于这种崇高性。这个矛盾在这种从属关系中，就更使我被这种崇高性所感动。

这种从属关系发生在这样的情况下，即对照起来，一方面是我对于老练、适当、礼貌等等的要求，另一方面是儿童的天真无邪，前者的价值显示出它的本色，那不过是一种相对的价值；换一句话说，我开始意识到天真无邪的童心所特有的绝对价值了。

由此可见，这和我们在悲剧性中所遇到的情况是一样的。否定、客观事物和我的要求的矛盾，在悲剧性中，也迫使我注意到被否定或者经受矛盾的事物，使它更接近我的内心，使它的价值对我更富于感动力。

不过，悲剧性和幽默毕竟有所区别，即在前者，否定是一种真正的否定，通过祸殃、灾难的否定，而在后者，它却是喜剧性的否定。

这样就可以确定幽默的意义了。这一名词表明：一件崇高的或者具有任何人的重要性的事物，其所以被喜剧地否定，或者说，在喜剧程序中消灭，仅仅是为了通过否定，或者通过它被否定的因素来提高它的感人力。如果不这样说——它的感人力被提高了，也可以换一种说法：我对它的共同体验变得更深刻了，更见效了。

同时，这样就可以规定幽默感情的特点。这是一种在喜剧感被制约于崇高感的情况下产生的混合感情；这是喜剧性中的、并且通过喜剧性产生的崇高感。

幽默的三种存在方式

现在必须区分一下幽默概念的种种不同用法。幽默的存在方式是各种各样的。更确切地说，它有三种。

有一回，我幽默地或者带有幽默地观照了世界，观照了它的举止行为，最后又观照了我自己。在这种情况下，幽默是我本身的一种状态，一种自有的心境。喜剧性当然是由客观提供的。但是，崇高性却是我的崇高性，因为喜剧性是我所体验的或者发现的，因为是我观照地沉迷在喜剧性中。这种幽默不是审美的幽默，即不是我在对客体的审美观照中所发现的幽默。

又有一回，我在一种表现中或者一部诗作中发现到幽默，包含幽默的不是被表现的事物，而是表现方式。表现——不是一种幽默性的表现，而是带有幽默的表现。我在表现中发现崇高性超过被表现的喜剧性，这种喜剧性本身不是崇高的，而仅是喜剧的。这样的幽默是一种美学事实。

也可以说，在这种幽默表现中，幽默不是对象的事，而是诗人的事。诗人通过表现方式表示了他对世界的幽默理解和对它的同情。到此为止，这种幽默属于抒情诗的范围。抒情诗的特点正在于，诗人在抒情诗中表示了一种特有的内心的态度，"宣布了"一种特有的理想的我。

最后，幽默对于我还能显得更客观一些（在这个词的充分意义上）：幽默在于被表现的客体，特别在于被表现的人，就是说，在他们身上不仅有喜剧性,而且有崇高性,这种崇高性通过喜剧程序而更令人感动;我看到了经过艺术表现的幽默人物。

幽默的三阶段

和这种三分法相联系的,是另一种三分法。现在不仅要对比幽默的三种不同存在方式,而且要对比它的三个不同阶段。我们称它们为和解幽默、挑衅幽默与再和解幽默。第一种是狭义上的幽默,可以说,是幽默性幽默。第二种应当称为讽刺性幽默,第三种——隐嘲性幽默①。

这三种幽默阶段,主要是我观照或者理解世界时可能有的幽默阶段。

首先,假如我看到世界上渺小、卑贱、可笑的事物,微笑地感到自己优越,假如我尽管这样,仍然确信我自己,或者确信我对世界的诚意,那么,我是在狭义上幽默地对待世界。

其次,假如我认识到可笑、愚蠢、荒谬事物的卑劣性,荒谬性,把我自己、把我对于美好事物以及对它们的理想的意识和这些事物相对立,并且坚持和这些事物相对立,那么,我借以观照世界的幽默,是讽刺性幽默。"讽刺"就意味着这种对立。

最后,假如我不仅认识到可笑、愚蠢、荒谬的事物,而且同时还意识到这些事物本身已经归结为不合理,或者终将归结为不合理②,意识到一切"不合理"归根到底不过"聊博宙斯一笑",那么,我这时借以观照世界的幽默,是隐嘲性幽默。这里,应有的

---

① Der ironische Humor, Die Ironie 和 ironisch 在中文中似无定译。姑按这个词的通义,即"用隐语或反语讽嘲",译作"隐嘲"。作者这里所谓的 ironischer (Humor),是沿袭德国浪漫派弗·史雷格尔以来的传统用法,有"超脱"、"看破"、"玩世不恭"、"逢场作戏"的意味。

② (Sich) ad absurdum führen,即逻辑学中的所谓"归谬论证"。通俗的解释就是"驳倒"(schlagend widerlegen)。

前提是,"隐嘲"以"不合理"的自我否定为特征。

由此可以清楚了解,所谓对立是狭义上的幽默表现,和讽刺表现,最后和隐嘲表现之间的对立。隐嘲表现按照前文所说,就是这样一种表现——它没有表现和解幽默、挑衅幽默或者隐嘲性幽默的任何承受者,而表现了空虚性或者喜剧性,但是却以一种我可以感知或者可以共同体验的方式,幽默地、讽刺地或者隐嘲地对它采取心安理得的态度。

这种"幽默表现"①,如上所述,按照它的性质,是抒情的。顺便说到,它和一般通称为"讽刺"的那种幽默表现是同时发生的。

不过,讽刺一词在这里包含了一种比前文所规定的意义较广泛的意义。假如我们满意讽刺的这个较广泛的概念,那么就可以有:一种狭义上"幽默的"讽刺,即微笑地玩弄世间荒谬事物的讽刺;一种讽刺性的讽刺,即以对于理想事物的意识的激情和荒谬事物相对立、并对后者进行惩戒、矫正的讽刺;最后,又一种隐嘲性讽刺,即——虽然同样进行惩戒、矫正,但是同时由于意识到"不合理"必将自我否定,从而本身感到心安理得的讽刺。

和讽刺一词的这种较广泛的用法相对照,这里还谈一下我们的较狭隘的概念,即谈一下和解幽默性、讽刺性和隐嘲性的区别。那么,讽刺按类别说,就是第二类"讽刺",可以说,是"悲观的"讽刺。——顺便说到,问题不在于名称。如果有人不想参加我们的定义正名,那么,他可以到处用"挑衅的"或者"未和解的幽默"代替"讽刺性幽默"。

最后,同时也是最重要的,上面所说的幽默三阶段,在客观的或者被表现的幽默方面获得意义。

---

① 仍指"隐嘲表现",不是指"狭义上的幽默表现"。

客观幽默的阶段。命运幽默和性格幽默

这里必须把那三个阶段并入两类幽默的对立,这种对立是从前文所确定的命运喜剧性和性格喜剧性的对立中自然地产生的。这就是命运幽默和性格幽默的对立。这一种对立恰巧同命运悲剧性和性格悲剧性的对立相对称。假如在一个人遭遇的命运的喜剧性中,这个人身上的一种人的重要性或者相对的崇高性得以显现,并且通过喜剧性提高了它的感人力,那么这时候,就可以谈到命运幽默。另一方面,假如和一个人的品质有关的喜剧性或者可笑性,显豁地说明了这种品质的人的重要性,或者使一种人的重要性正在它[①]本身中显现出来,那么这时候,就可以谈到性格幽默。

假如被表现的人格尽管遭到喜剧的命运等等,尽管在它的本质中带有喜剧性,在我们心目中仍然受到尊重,并且和喜剧要素相对照,越发对我们表现出,它本来是或者根本上是善良的、正直的、能干的或者优越的,那么这时候,命运幽默或者性格幽默就是第一阶段的幽默,即和解幽默。

在客观幽默的第二阶段,我们将明确地区分命运幽默和性格幽默。第二阶段的命运幽默、即讽刺性命运幽默的特点是这样的:幽默的承受者遭到喜剧的命运,他被嘲笑了,所以从表面看来,是被喜剧地否定了。但是,他以他对于善良与理性的意识、以他的正直与能干和喜剧命运相对立。他仍然保存他的本色,坚持凭借自己的正确和嘲笑相抗衡,并且在内心显得比喜剧命运更强大;在他被嘲笑的时候,我们反而更爱他了。

和这种第二阶段的命运幽默相对立的,是讽刺性性格幽默:一个人的品质中的可笑、愚蠢和道德上的荒谬,装扮成为伟大;它要求承认,并且得到承认;它也许还处于光荣和体面中。但是,它

---

① 指"喜剧性或者可笑性"。

脸上的假面具给撕掉了，使它赤裸裸地、一丝不挂地暴露出来。

这里，崇高或者"理想"首先存在于命运中、事件的发生过程中。命运和它的支配力量正是在揭露"不合理"中矫正着"不合理"。我们感到理想是有影响的，不是在表面、而是在内心更强大的；它让自吹自擂的"不合理"枉然地对它自吹自擂。

但是接着，我们又看到命运在人身上凝结起来。人们暴露了可笑性；他们身上的善良和能干起来反对这种可笑性，并且引起了嘲笑。

在方才自吹自擂的"不合理"感到理想的优势的时候，在"不合理"看见自己为了要求承认而丢脸或者在内心被否定的时候，问题于是又进了一步。

向隐嘲幽默、特别是向隐嘲性性格幽默的过渡，由此得到完成。

我们这里仍然先谈命运幽默。当人们无辜地被牵连进去的喜剧命运，在它的结果中自行解脱时，便产生了这种幽默。理性和善良在这种幽默中，不仅显示出内在的优势，而且显示出外在的优势。帮助这种理性和善良获得胜利的，正是喜剧命运本身。

第三阶段的性格幽默就不同了。这里我们又碰到一个人或者多数人的本质中的一种可笑性。但是"理想"战胜了他们，或者战胜了他们身上的可笑性。这些人喜剧地被否定了，或者感到自己被否定了。他们不得不承认健全理性的正当。他们最后也变得合理了，不是出于偶然，而是因为不合理性产生了它的恶果。无理性在他们身上什么地方反驳了它自己，并且看到它是怎样的不合理；他们不得不弃绝他们不合理的品行。

刘半九　译

选自《古典文艺理论译丛》1964年第7期，
人民文学出版社版。

移情作用、内摹仿和器官感觉[①]

〔德国〕里普斯

审美的欣赏是一种愉快或欣喜的情感，随着每次个别情况带有独特的色调，也随着每个新的审美对象而时时不同——这种情感是由看到对象所产生的。在这种经验里，审美对象总是感性的，这就是说，用感觉的方式认识到的或想象出来的，它就只具有这样的性质。在一个美的对象前面我感到一种欣喜的情感，这句话就等于说，我感到这种情感，是由于看到那美的对象所直接呈现于我的感性知觉或意象。我感到这种情感，是当我观看这个对象，也就是对它注意得很清楚而把它一眼摄进知觉里的时候。但是在审美的观照里，只有审美对象（例如艺术作品）的感性形状才是被注意到的。只有这感性形状才是审美欣赏的"对象"（客体），只有它才和我"对立"，显得是和我自己不同的一种东西，对这种东西，我以及我的愉快的情感发生了某种"关系"。正是由于这种关系，我才感到欣喜或愉快，总之，才在欣赏。

审美欣赏的"对象"是一个问题，审美欣赏的原因却是另一个问题。美的事物的感性形状当然是审美欣赏的对象，但也当然不是审美欣赏的原因。无宁说，审美欣赏的原因就在我自己，或自我，也就是"看到""对立的"对象而感到欢乐或愉快的那个自我。

---

① 原载德国《心理学大全的文献》第一卷（1903年），根据拉多（Melvin M. Rader）的《近代美学文献》中的英译本。

这话的意思首先是：我也许还不只是感到欣喜或愉快，而且还感到不同寻常的刺激。我无疑地还要感觉到自己在努力，使劲，起意志或是奋发以及其他活动。在这种努力或使劲之中，我感觉到自己在抵抗或克服某些障碍，或许也屈服于某些障碍；我觉得仿佛在达到一个目标，满足我的追求和意志，我感到我的努力在成功。总之，我感到一种复杂的"内心活动"。而且在这一切内心活动中我感到活力旺盛，轻松自由，胸有成竹，舒卷自如，也许还感到自豪，如此等等。这种情感总是审美欣赏的原因。

由此可见，这原因是处在审美欣赏对象和欣赏本身①的中途上。首先就应注意到这一点：上述那些情感并不像欣赏中的快感那样，即并不要有美的事物作为对象。在对美的对象进行审美的观照之中，我感到精力旺盛，活泼，轻松自由或自豪。但是我感到这些，并不是面对着对象或和对象对立，而是自己就在对象里面。②

同理，这种活动的感觉也不是我的欣赏的对象，即不是我从美的对象中所得到的快感。面对着我认为美的感性对象，我确实感到欢乐，但是我之感到愉快，也确实不是对所体验到的活动或力量等所起的反应，或是面对着（看到）这种活动，力量等。这种活动不是对象的（客观的），即不是和我对立的一种东西。正如我感到活动并不是对着对象，而是就在对象里面，我感到欣喜，也不是对着我的活动，而是就在我的活动里面。我在我的活动里面感到欣喜或幸福。

我自己的活动当然也可以变成对于我是客观的，那就是当它已不复是我的现实活动，而是在回忆中观照它。但是这时它已不

---

① 即由审美对象过渡到欣赏活动，须经过移情作用产生的情感，如活力，自由，自豪等感觉。
② 我面对着对象时，主客体对立；我在对象里面时，主客体同一，只有在后一种情况下才产生移情作用。

再是直接经验到的,而只是在想象中追忆到的。这样,它就是客观的。这种想象到的活动,或则更一般地说,这种想象到的自我,也就能成为我的欣喜的对象。但是这不是我们现在所讨论的;我们现在所研究的只是直接经验到的活动,成功,力量,自由等等。

欣喜的"对象"这个词在这里是用一种完全限定的意义。它也可能按照一种较宽广的意义来用;如果这样用,欣喜的"对象"就会是我从它那里获得欣喜的东西,也就是说,它是我的欣喜所涉及的东西,同时也是这欣喜的理由。

用作这个意义时,审美欣赏对象的问题可以有两重答案。从一方面说,审美的快感可以说简直没有对象。审美的欣赏并非对于一个对象的欣赏,而是对于一个自我的欣赏。它是一种位于人自己身上的直接的价值感觉。无宁说,审美欣赏的特征在于它里面我的感到愉快的自我和使我感到愉快的对象并不是分割开来成为两回事,这两方面都是同一个自我,即直接经验到的自我。

从另一方面说,也可以指出,在审美欣赏里,这种价值感觉毕竟是对象化了的。在观照站在我面前的那个强壮的、自豪的、自由的人体形状时,我之感到强壮、自豪和自由,并不是作为我自己,站在我自己的地位,在我自己的身体里,而是在所观照的对象里,而且只是在所观照的对象里。

因此,我可不可以这样说:审美的欣赏的对象同时也就是审美欣赏的根由?我还可以就这对象的特征作双重界定。第一,所讨论的对象是那强壮的、自豪的、自由的自我,但不是单就它本身来看的自我,而是把自己对象化了的自我,这也就是说,和那个凭感官认识到的人体形状打成一片的自我。其次,审美欣赏的对象就是这个凭感官认识到的观察到的人体形状,不是单就它本身来看的人体形状,而是我在我自身里面感觉到和体验到的那种人体形状,那种强壮的、自豪的、自由的自我。

审美快感的特征由此就可以界定了。这种特征就在于此:审美的快感是对于一种对象的欣赏,这对象就其为欣赏的对象来说,却不是一个对象而是我自己。或则换个方式说,它是对于自我的欣赏,这个自我就其受到审美的欣赏来说,却不是我自己而是客观的自我。①

这一切都包含在移情作用的概念里,构成这个概念的真正意义。移情作用就是这里所确定的一种事实:对象就是我自己,根据这一标志,我的这种自我就是对象;也就是说,自我和对象的对立消失了,或则说,并不曾存在。

移情作用如何成为可能的呢?② 要解答这个问题,就须先假定情感的内容或对象与直接直觉到的主体的态度或情感这两方面截然分别是完全明显的。但是这里姑且只讨论这种对立中的一个方面。

我对一种颜色起一种感觉。这种颜色属于一个凭感官认识到的对象。或则换一个例子来说,我感觉到饥和渴。这两种情感,即我的感觉的这两种内容,属于我的身体。它们是作为这种凭感官认识到的对象的定性,作为身体器官的变化,而被感觉到的。

至于我所感觉到的行为,活动,努力,挣扎,成功,情形却不同。这些都属于自我,而且就是自我或是组成自我。我感觉到我自己在活动。它们绝对不属于一种凭感官认识到的对象或是在想象中回忆到的对象,总之,不属于和我分隔开来的一种对象。

正是由于这个理由,这些性质可以属于任何物质对象。它们以及和它们连在一起的自我(也可以说,自我以及和自我连在一

---

① 里普斯既然把移情作用中的情感看作快感的原因,而且这种情感实际上是对象在主体上面引起而又由主体移置到对象里面去的,所以他就认为欣赏的对象还是主体的"自我"。这种"自我"和主体的实在的自我(在现实中生活着的"自我")不同,它是移置到对象里面的(所以说它是"客观的"),即感到努力挣扎,自豪,胜利等情感的"自我"。这种"自我"又叫做"观照的自我"或理想性(观念性)的"自我"。

② 自此以下,里普斯分析一般的移情作用。

起的它们）属于只要我停下来观照它，就会感觉到我自己和我的主观心情和它不可分割地结合在一起的那种对象。不过我对这些情况以及与这些情况相关的移情作用的意义，还要作更明确的界定。

我把我的手膀伸直，或是使我的手膀继续维持伸直的状态。在这样做的时候，我感觉到活动，也就是说，我感觉到我自己在努力，挣扎，努力获得成功，满足。

这里我可以说，我是在我的手膀里感觉到我自己在活动，努力，挣扎，达到目的。但是就完备的意义来说，这种活动并不发生在手膀里，也就是说，不是和对手膀的观照到的手膀紧密联系在一起的。无宁说，它是和我的心情（如果我是随意伸直手膀）或我心中所悬的目的（如果我是为着要达到某一目的而伸直手膀）联系在一起的。这种随意或抱着目的是和我对手膀的观照或在进行观照的我自己都有分别的事情。……它属于与观照的自我有别的我的人格，即有别于作为对象的我的人格。① 这也就是说，在这种情况之下，我的活动并不是在完备的意义之下"属于"那伸直的手膀，而是以某种方式，但是不是以审美的方式，经过移情作用移置到那手膀里。②

现在我们把情景改变一下。我的手膀自由地伸直一段时间之后，我就感觉到一种欲念，一种冲动，"强迫力"要把它垂下。这个欲念，是起源于手膀里的，我觉得这个欲念是从手膀来的，是由于手膀的伸直姿势，所以它位于手膀之内，或则说，它的根由是在手膀里。在这种情况之下，那挣扎也是我的挣扎，但是正是我的这种挣扎是我在我的手膀里感觉到的。因此，我可以说，手

---

① 据德文原文，应译"我的'实在的'人格"。
② 我在伸直的手膀里的活动的感觉是移情作用，但还不是审美的移情作用，因为这活动是由自我发动而且是由自我感觉到的，自我与手膀还能辨出是两回事。自我与对象的对立还存在。——英译文原注

膀挣扎着向下垂。等到手膀垂下了,手膀的这种挣扎就达到了目的。所以下垂就是它的(手膀的)活动。

让我们把情景再弄得复杂一点。在伸直的手上托着一块石头。我感觉到这种挣扎(这种挣扎也还是"我的"挣扎)是石头压力的结果或是施压力的石头的结果。因此我说,那石头在挣扎。等到石头落下去时,落就是石头自身的一种活动。石头凭自己的力量落下。

在这两种情况之下,我们就较接近审美的移情作用了,但是还没有达到它。我们姑且特别注意前一种情况。这里我的挣扎并不完全是手膀的事。我不能说:当我观照手膀和它的伸直姿势时,只是作为我的观照的结果,挣扎才跳进我的意识里。它也是由一种(和观照)完全不同的东西里起来的。就是从手膀继续伸直对我所生的影响,从我的不舒适的感觉起来的。这种不舒适的感觉也是和被观照到的自我完全不同的一种因素。那挣扎就其来自手膀来说,在手膀里并找不到它的根由,而是在我心里由动机推动的。它并不是我的在手膀里面的挣扎。石头下垂的情况与此类似。①

现在我用旁人的手膀来代替我自己的手膀。② 我看见另一人的手膀伸直了。假想那伸直的姿势看得出是自由的,轻松的,稳定的,带有自豪感的。或则更一般地说,我看见一个人在发出某种活跃的、灵巧的、自由的或大胆的动作。让这些动作作为我的聚精会神的对象。

这时我也感觉到一种挣扎。很可能,我使这种挣扎达到目的,我摹仿这种动作。在这样做的时候,我感觉到在活动,在使劲,在

---

① 换句话说,这两种情况下所包含的不舒适感使我意识到我怎样受到影响以及主观的发动情况和我的活动。我意识到我自己是和对象分开的。——英译文原注

② 自此以下,里普斯分析审美的移情作用。

抵抗障碍，在克服，以及成功的欣喜。我实在地感觉到这一切，并非只是想象。

在这种情况之下也有两种可能。所说的摹仿可以是出于意志的，这就是说，我也很想感受到那另一个人所表现的那种自由、稳定和自豪的感觉。在这种情况下，我离审美的移情作用还是很远。我的挣扎和动作的直接根由并不在被观察到的动作，而是上述的欲念。这种念欲仍然是和被观照的手膀以及观照的自我都不同的东西。

最后，假想所说的摹仿是不出于意志的。我愈聚精会神地去观照所见到的动作，我的摹仿也就愈是不出于意志的。倒过来说，〔摹仿〕动作愈是不出于意志的，观照者也就愈完全地处在那所见到的动作里。如果我完全聚精会神地去观照那动作，我也就会完全被它占领住，意识不到我在干什么，即意识不到我实际已在发出的动作，也意识不到我身体里所发生的一切；我就不再意识到我的外现的摹仿动作。

在这种情况下，挣扎和努力的感觉却仍存在于我的意识里；仍然有一种活动，努力，内部成就和成功的感觉，仍然有一种"内摹仿"的感觉。

对于我的意识来说，这种内摹仿只在所见到的对象里发生。努力，挣扎，成功的感觉就不再和我的动作联系在一起，而是只和我所见到的那个客观的物体动作联系在一起。

但是这还不够。在这种摹仿里我的内部活动是在双重意义上只和所见到的对象联系在一起。第一，我所感觉到的活动，据我的体验，是完全来自对所见到的动作的观照；它直接地而且必然地和这观照联系在一起，而且只和这观照联系在一起。

其次，我的活动的对象并不就是我自己的活动（这和所见到的活动不同），而只是我所看到的这个活动。我感觉到我在这动作里或在这发出动作的形体里活动，并且由于我把自己外射到那个动作的形体里，我感觉到我自己也在使力完成那个动作。此外别无办法；因为在假定的条件之下，就不能有其它动作，就只有所见到的动作，作为我的意识的对象。

总之，这时连同我的活动的感觉都和那发出动作的形体完全打成一片，就连在空间上（假如我们可以说自我有空间范围）我也是处在那发出动作的形体的地位；我被转运到它里面去了。就我的意识来说，我和它完全同一起来了。既然这样感觉到自己在所见到的形体里活动，我也就感觉到自己在它里面自由、轻松和自豪。这就是审美的摹仿，而这种摹仿同时也就是审美的移情作用。

这里必须把全部重点摆在对于我的意识是存在的那种"同一"上面，必须按照最严格的意义来理解"同一"。

在出于意志的摹仿里，我看到动作，体会到发出动作者心里如何感觉。对于另一人所经历的活动以及他的自由和自豪，我心里有一种意象。另一方面，我也经验到我自己的动作，感觉到我自己的活动，自由，自豪等等。

与此相反，在审美的摹仿里，这种〔主客的〕对立却完全消除了。双方面只是一体。那单纯的意象不再存在了，代替它的是我的实在的感觉。正是由于这个缘故，我在感觉到自己在另一个人的动作里也在发出这个动作。

在这种"审美的摹仿"里，情况很类似我自己的一个非摹仿性的动作。其中唯一的分别似乎在于在审美的摹仿中我意识到在做一种动作，而这种动作实际上是另一人的动作，事后回想，也看得出它是另一人的动作。

但是在这番比较里最重要的分别却被忽视了。在两种情况之下，我的内部活动（我的挣扎和成功，换句话说，所体验到的我的挣扎的满足感）诚然是我自己的活动。但是在两种情况之下，发出动作的却不是同一个自我。在非摹仿性的动作里发出动作是我的"实在的"自我,是我的全部人格(按照它当时的实际情况,)连同它的一切情感,幻想和思想,特别是那个动作所引起的动机或内在机缘。在审美的摹仿里就大不相同,自我却是一种观念性(或理想)的自我。这个名词不很清楚。这个"观念性"的自我也是真实的,但不是实际"实践性"的自我。它是观照的自我,只流连在和沉没在对于对象的观照里。①

到此为止,我们一直在把审美的摹仿看作既是一种内部活动,也是一种外表活动,意思是说我显露地摹仿我所看到的动作。但是动作的这种外表方向的完成却可能不成为事实。

这有些不同的理由,例如对礼貌或仪表的考虑。主要的阻力是这类运动在实践中是荒唐的,无用的,或是实际上行不通的。

例如我在剧场里座位上看台上所表演的一种舞蹈。我不可能去参加舞蹈。我也没有舞蹈的念头,我没有那种心情。我的位置和坐势也不容许发生任何身体动作来。但是这并不能遏止我的内部活动,遏止我随着观看台上表演的动作时所感到的那种挣扎和满足。

每一个挣扎(或努力追求)在本质上当然都是为实现目的的挣扎。但是这种实现在上例里也并不是没有。我体验到实际的动作。我见到那动作就在我面前进行,当然不把它作为我自己的动作。但是审美的摹仿的特点就在于此:旁人的活动代替了自己的活动。

说到这里,人们可以提出这样的意见:导向一种身体的努力挣扎之得到实现当然不在于对那动作获得一种视觉的意象,而在于体验到一些运动感觉,例如随着运动而产生的筋肉紧张和关节

---

① 卡里特所用的英译文作"只在对于对象的流连观照里存在着"。

摩擦之类感觉。[①]

我要把上面的话说得更明确些,来答复这种意见……

按照审美的摹仿的本性,它所要达到的目的主要在于引起自我的活动。它的最后基础就在于向自我活动的本能的冲动。但是按照向这种审美摹仿活动的冲动的本性,要自我活动的欲念也可以在对解除摹仿欲念的那种动作所进行的观照中得到满足。这样,这种摹仿欲念就无需再求满足,特别是不再要求自己身体上发生运动时所产生的那种满足。对所见到的动作的观照就引起指向相应的自我活动的倾向;所谓"相应的自我活动"是指如果这种动作是由我自身发出的,我就会感觉到那种自我活动。这种自我活动的倾向同时在观照中也得到实现。我如果愈聚精会神地观照,这种倾向也愈会得到实现。"聚精会神"就可以解放上述自我活动倾向,或是在我身上消除使它得不到实现的障碍。对于每一个倾向来说,只要防止它实现的障碍消除了,它就会得到实现,或者用正面的话来说,只要倾向是自由的,可以随自己去决定,它就会得到实现。倾向的意义本来就是如此。……

我说,在对旁人动作的观照里,指向"相应的"自我活动的倾向既被唤醒而又得到满足。就是因为这个缘故,就不再需要实际运动经验所产生的那种满足。……

在审美的摹仿里,我愈在观照中全神贯注于审美对象上,我也愈逐渐不大意识到筋肉的紧张或一般器官的感觉。对这类感觉的关注在我的意识中完全消失了。我是完完全全地被带到这类经验的领域之外了。

事实是如此,而且也必然如此。器官感觉都是客观的经验,而

[①] 里普斯承认移情作用里有内摹仿,但是否认内摹仿的运动感觉对审美效果发生的影响,这是他和谷鲁斯派的基本分歧所在。下文所驳的正是谷鲁斯派的主张。他的主要理由是运动感觉会破坏审美的移情作用所要求的聚精会神和主客体同一。

这一类的客观必然要和其他类客观经验相竞争。举例来说，这句话的意思就是：我愈聚精会神于对审美对象的观照，我的身体状况的感觉也就愈从意识中消失去——因为我的身体状况是和审美对象毫不相干的。

意识转向身体状况之外这个事实就排除了某些可能性：首先是我的身体状况的感觉和我从审美观照中所得到的那种活动感觉就不可能变成同一了；其次是我看到审美对象时所感到的欣喜在事实上就不可能全体地或部分地成为对这些身体状况的欣喜了；最后是我对审美对象的欣喜就不可能全体地或部分地由这些身体状况的感觉所组成了。……

一个对象的美在任何时候都是这一对象的美，从来不是这一美的对象以外的另一事物或不是这对象的某一组成部分的事物的吸引力。这句话特别指我的身体状况所生的快感——我的身体既然和所观照的对象毫不相同，也许还和它在空间里隔得很远——不能由我感觉成为这审美对象所生的快感。身体状况所生的快感只有在我注意到身体状况时才会感觉到。说一件东西是愉快的就等于说我心眼注视到这对象时感到一种快感。但是我在注意到我的身体状况或身体器官活动过程时所感到的快感，和我不注意器官活动过程而全神贯注到审美对象上面时所感到的欣喜，决不能全体地或部分地同一起来。总之，A 不能等于非 A。

移情作用所指的不是一种身体感觉，而是把自己"感"到审美对象里面去。

以上所说的话都假定审美观照的对象是人的一种动作、姿势或仪表。但是在其他事例中的移情作用在性质上还是一样，例如在对建筑形式的观照里。在看一座大厦时，我感到一种内心的"扩张"，我的心"扩张"起来，我对我的内部变化起了这种特殊的感觉。与此相关的有筋肉紧张，也许是胸部扩张时所引起的那种筋肉紧张。只要我的注意力是集中在这座宽敞的大厦上面，上述那些感觉对于我的意识当然就不存在。但是这个事实很可能不能防止一位美学家把这种内心扩张的感觉和这种身体扩张加筋肉紧张的感觉混为一谈。因为在这里，语言的习惯用法很有道理地都用同一个名词①，正如想喝水时说"渴"，想报仇时也说"渴"之类情形一样。

但是这一切都只是意义的混淆。按事实真相，姑就我的经验来说，我在审美观照中完全不意识到我自己身体状况的感觉。

是否我归到观照对象上去的那些器官感觉或许对审美欣赏毕竟有些意义呢？我对这种看法仍然坚决地反对。我在看到一座表现一个人正在起立的雕像时，一个实在的人在起立时照例有的器官感觉，和我自己的器官感觉一样，对于我的审美观照都是不存在的。我从那座雕刻形象里所立刻直觉到的是它的发动意志，它的力量，它的自豪。只有这个对于我的观照才是直接现在所观照的对象上面的。除直接现在观照对象上的东西以外，就绝对没有什么是属于审美对象的。至于这样起立的人如果是一个真人，他一定会觉到什么样的器官感觉，这种想法只是由我在回思时所加上去的一个因素。

不仅如此，这种器官感觉简直是不能引起兴趣的……除非它们碰巧是使人痛苦的。在这种情形之下，我也很可能意识到它们。只是这就意味着纯粹审美欣赏的消失。

例如我如果看见一位舞蹈家用脚尖舞蹈，我对她必然感到的不愉快的感觉的印象就会闯进意识里来。因此我就被从审美观照的状态中推了出去，倒不是因为那感觉的不愉快性，而是因为那感觉本身。悲哀也是不愉快的，但是一个形象所现的悲哀却不致打断审美的观照。这里的悲哀是经过移情的。

一个饥饿者的表现并不就是饥饿的表现；只有他对饥饿怎样

---

① 指"感觉"。

感觉的方式才被表现出来。在审美的观照里我所分享的只是这个情绪的方面。但是通常造成这种心情的饥饿中的身体方面的搅扰不宁却是出于理智的测度。

总之，任何种类的器官感觉都不以任何方式闯入审美的观照和欣赏。按照审美观照的本质，这些器官感觉是绝对应排斥出去的。

使美学逐渐从专注意器官感觉这种疾病中恢复过来，这就是科学的美学的职责，这对于科学的美学的健康发展也是必要的。

朱光潜　译
选自《古典文艺理论译丛》第 8 辑，人民文学出版社 1964 年版，第 42—53 页。

再论"移情作用"[1]

〔德国〕里普斯

说一种姿势在我看来仿佛是自豪或悲伤的表现（或则说得更好一点，它对于我或我的意识实在表现了自豪或悲伤），这和说我看到那姿势时自豪或悲伤的观念和它发生联想，是很不相同的。如果我看到一块石头，软硬之类观念就和这一知觉发生了联想；但是我决不因此就说，我所看到的石头或是在我想象中的石头"表现"出硬或软。相反地，我说我在观照时所见到的石头是硬的或软的。反过来说，我却不说那姿势是自豪的或悲伤的，如果我那么说，我心里明白我并没有把我的意思表达得很精确。我明白较好的说法是：它是一种自豪或悲伤的姿势，这就不过是说：它这种姿势表现出自豪或悲伤。……姿势和它所表现的东西之间的关系是象征性的……这就是移情作用。

凡是只以普通意义的联想的关系而与所见对象联系在一起的东西都不属于纯粹的审美的对象。浮士德的苦恼和绝望使我们感到不愉快，这个事实却不妨碍我们对浮士德的苦恼和绝望的总的体验是愉快的，由于这体验中包含的心灵的丰富化，开扩和提高。体验到浮士德痛苦的不是实在的自我而是观照的或观念性（理想

---

[1] 原载《心理学大全的文献》第四卷（1905年），根据卡里特删节的英译本。

性）的自我。①

不过我们不应忘记正面的移情作用和反面的移情作用的分别，举例来说，和表现一种高尚的自豪感的姿势发生移情，是属于正面的；和表现一种愚蠢的虚荣心的姿势发生移情，就属于反面。在前一事例里，所体现的情感对我产生一种我很愿接受的印象，但是后一事例要求我和它感到一样情感，这却是我的整个人格所反抗的。……我意识到那高尚的自豪是对活力的肯定，这是我情愿拥为己有的；至于愚蠢的虚荣心却是活力的否定，所以是令人嫌恶的。但是对于这两种情感，我都不只是存有一种观念；它们都是体验到的，前者是作为一种自由的活动（尽管不是完全自发的，因为它起于对象，是由对象刺激起来的），后者是作为一种压迫而体验到的。

表现给我看的一种心境如果要使我产生快感，那就只有一个条件：我须能"赞许"它。……我在"赞许"一次过去的快感时，就重新感到快感，并不是因为过去享受过一种快感，而是对过去使我发生快感的东西再发生快感。"赞许"就是我的现在性格和活动与我所见的事物之间的实际谐和。正是这样，我必须能赞许我在旁人身上所发现的心理活动（这就是说，我对它们必须能起同情），然后它们对我才会产生快感。……②

移情的情感还有一个分别，即我"在对象里面"所感觉到的那类情感和我对一个对象所生的那类情感不同。……如果我在一根石柱里面感觉到自己的出力使劲，这和我要竖立石柱或毁坏石柱的出力使劲是大不相同的。再如我在蔚蓝的天空里面以移情的

---

① 有一派美学家（例如西伯克 Siebeck）企图用观念联想来解释移情作用，里普斯在这两段里，针对这派而提出反驳，其实他自己也并未完全放弃联想的解释。

② 注意里普斯在这里强调主体对于对象须能起道德上的同情，才能对它起审美的移情。这就引起了丑和反面人物能否用作艺术题材的问题。

方式感觉到我的喜悦，那蔚蓝的天空就微笑起来。**我的喜悦是在天空里面的，属于天空的**。这和对某一个对象微笑却不同。……

移情作用的意义是这样：我对一个感性对象的知觉直接地引起在我身上的要发生某种特殊心理活动的倾向，由于一种本能（这是无法再进一步加以分析的）这种知觉和这种心理活动二者形成一个不可分裂的活动。……对这个关系的意识就是对一个**对象所生的快感的意识，必须以那对象的知觉为先行条件**。这就是**移情作用**。

朱光潜　译

选自《古典文艺理论译丛》第 8 辑，人民文学出版社 1964 年版，第 42—55 页。

笑——论滑稽的意义

〔法国〕柏格森

第三章 第一节

……………

艺术的目的是什么？如果现实能直接震撼我们的感官和意识，如果我们能直接与事物以及我们自己相沟通，我想艺术就没有什么用处，或者说，我们会全都成了艺术家，因为这时候我们的心灵将是一直不断地和自然共鸣了。我们的双眼就会在记忆的帮助之下，把大自然中一些无与伦比的画面，从空间方面把它们裁截出来，在时间方面把它们固定下来。我们的视线就会随时发现在人的身体这样有血有肉的大理石上雕刻着的和古代雕像一样美的雕像断片。我们就会听到在我们心灵深处发出的我们的内在生命的永不中断的旋律，就像听到一种有时欢快，更多的时候则是哀怨，但总是别具一格的音乐一样。所有这一切就在我们周围，所有这一切就在我们心中，然而所有这一切又并不能被我们清楚地看到或者听到。在大自然和我们之间，不，在我们和我们的意识之间，垂着一层帷幕，一层对常人说来是厚的而对艺术家和诗人说来是薄得几乎透明的帷幕。是哪位仙女织的这层帷幕？是出于恶意还是出于好意？人必须生活，而生活要求我们根据我们的需要来把握外物。生活就是行动。生活就是仅仅接受事物对人有用的印象，以便采取相应的行动，而其它一切印象就必然变得暗淡，或者模糊不清。我看，并且自以为看到了；我听，并且自以为听见了；我研究我自己，并且自以为了解我的内心。然而我在外界所见所闻都不过是我的感官选择来指导我的行为的东西。我对我自己的认识只是浮在表面的东西，在行动中表现出来的东西。因此我的感官和意识显示给我的现实只不过是实用的简化了的现实。在感官和意识为我提供的关于事物和我自己的景象中，对人无用的差异被抹杀了，对人有用的类同之处被强调了，我的行为应该遵循的道路预先就被指出来了。这些道路就是全人类在我之前走过的道路。事物都是按照我可能从中得到的好处分好类了。我所看到的就是这样一个分类，它比我所看到的事物的颜色和形状要清楚得多。就这一点来说，人无疑已经比动物高明得多了。狼的眼睛是不大可能会区别小山羊和小绵羊的；在它眼里，二者都是同样的猎获物，因为它们都是同样容易捕获，同样好吃。我们呢，我们能区别山羊和绵羊，然而我们能把这只山羊和那只山羊，这只绵羊和那只绵羊区别开吗？当事物和生物的个性对于我们没有物质上的利益的时候，我们是不去注意的。即使我们注意到的时候（例如我们区别这一个人和那一个人），我们的眼睛所看到的也不是个性本身，即形式与色彩的某种独特的和谐，而只是有助于我们的实用性的认识的一两个特征罢了。

  总之，我们看不见事物的本身；我们十之八九只是看一看贴在事物上面的标签。这种从需要产生的倾向，在语言的影响下就更加增强了。因为词（除了专有名词以外）指的都是事物的类。词只记下事物的最一般的功能和最无关紧要的方面，它插在事物与我们之间，使我们看不到事物的形态——如果这个形态还没有被创造这个词的需要早就掩盖起来的话。不但外界的事物是如此，就连我们自己的精神状态当中内在的、个人的、只有我们自己亲身体会过的东西，也都不为我们所察觉。在我们感到爱或者憎的时候，在我们觉得快乐或者忧愁的时候，达到我们意识之中的，真的就是我们自己的情感,以及使我们的情感成为真正是我们所有东的西的万千难以捉摸的细微色彩和万千深沉的共鸣吗?如果真能办到的话,那我们就都是小说家,都是诗人,都是音乐家了。然而我们所看到的我们的精神状态,往往不过是它的外在表现罢了。我们所抓住的我们的情感不过是它的人人相通的一面,也就是言事能以一劳永逸地表达的一面罢了,因为这一面是所有的人在同样的条件下差不多都能同样产生的。这样说来,即使是我们自己的个性也是为我们所不认识的。我们是在一些一般概念和象征符号之间转来转去,就像是在我们的力量和其它各种力量进行富有成效的较量的比武场里一样。我们被行动所迷惑、所吸引,为了我们的最大的利益,在我们的行动选好了的场地生活着,这是一个在事物与我们自己之间的中间地带,既在事物之外,又在我们自己之外的地带。但是,大自然也偶尔由于一时疏忽,产生了一些比较超脱于生活的心灵。我这里所说的这种超脱并不是有意识的、理性的、系统的,并不是思考和哲学的产物。我说的是一种自然的超脱,是感官或者意识的结构中天生的东西,并且立即就以可说是纯真的方式,通过视觉、听觉或思想表现出来的东西。如果这种超脱是彻底的超脱,如果我们的心灵不再通过任何感官来参与行动,那就将成为世上还从来不曾见过的艺术家的心灵。有这样的心灵的人将在一切艺术中都出类拔萃,也可以说他将把一切艺术都融而为一。一切事物的纯粹的本相,无论是物质世界的形式、色彩和声音也好,是人的内心生活当中最细微的活动也好,他都能感知。然而这是对自然太苛求了。即使就我们中间已经被自然培养成为艺术家的人们来说,自然也只是偶然为他们揭开了那层帷幕的一角。自然也只是在某一个方向才忘了把我们的知觉和需要联系起来。而由于每一个方向相应于我们所谓的一种感觉,所以艺术家的艺术禀赋也仅仅限于他的一种感觉。这就是艺术的**多样性的根源。这也就是人的素质的专门化的根源**。有人热爱色彩和形式，同时由于他为色彩而爱色彩，为形式而爱形式，也由于他为色彩和形式而不是为他自己才看到色彩和形式，所以他通过事物的色彩和形式所看到的乃是事物的内在生命。他然后逐渐使事物的内在生命进入我们原来是混乱的知觉之中。至少在片刻之间，他把我们从横隔在我们的眼睛与现实之间的关于色彩和形式的偏见中解除出来。这样他就实现了艺术的最高目的，那就是把自然显示给我们。——另外一些人喜欢到自己的内心中去探索。在那些把某一情感形之于外的万千萌发的行动底下，在那表达个人精神状态并给这种精神状态以外壳的平凡的社会性的言语背后，他们探索的是那个纯粹朴素的情感，是那个纯粹朴素的精神状态。为了诱导我们也在我们自己身上试作同样的努力，他们想尽办法来使我们看到一些他们所看到的东西：通过对词的有节奏的安排（词就这样组织在一起，取得了新的生命），他们把语言在创造时并未打算表达的东西告诉我们，或者无宁说是暗示给我们。——还有一些人则更深入一步。在严格说来可以用言语表达的那些喜怒哀乐之情中间，他们捕捉到与言语毫无共同之处的某种东西。这就是比人的最有深度的情感还要深入一层的生命与呼吸的某些节奏。这些节奏之所以比那些情感还要深入一层，那是因为它们就是一种因人而异的关于沮丧和振奋、遗憾和希望的活的规律。这些艺术家在提炼并渲染这种音乐的时候，目的就在于迫使我们注意这种音乐，使我们跟不由自主地加入跳舞行列的行人一样，不由自主地卷入这种音乐之中。这样，他们就拨动了我们胸中早就在等待弹拨的心弦。——这样，无论是绘画、雕刻、诗歌还是音乐，艺术唯一的目的就是除去那些实际也是功利性的象征符号，除去那些为社会约定俗成的一般概念，总之是除去掩盖现实的一切东西，使我们面对现实本身。由于对这一点的误解，产生了艺术中的现实主义和理想主义之间的论争。艺术当然只是现实的比较直接的形象。但是知觉的这种纯粹性蕴涵着与功利的成规的决裂，蕴涵着感觉或者意识的先天的，特别是局部的不计功利，总之是蕴涵着生活的某种非物质性，也就是所谓理想主义。所以我们可以说，当心灵中有理想主义时，作品中才有现实主义，也可以说只是由于理想的存在，我们才能和现实恢复接触。我们这样说，决不是什么玩弄词义的把戏。

戏剧艺术也不例外于这条规律。正剧所探索并揭露的，正是那时常是为了我们的利益，也是为了生活的必要而隐藏在帷幕后面的深刻的现实。这是怎样的现实？它又有什么必要隐藏起来？任何诗歌都是表现精神状态的。然而在这些精神状态中间，有些是在人和他的同类接触中产生的。这些是最有力，也是最强烈的情感。就跟在电瓶的两块极板间互相吸引积聚，终于发出火光的阴阳电一样，人与人一接触，就产生强烈的相吸和相斥，产生平衡的彻底破裂，产生心灵的起电作用——这就是激情。如果人们听凭感官活动的支配，如果既没有社会准则，也没有道德准则，那么，强烈的感情迸发就将成为生活的常规。然而防止这样的迸发是有好处的。人必须生活在社会之中，因此必须受规则的束缚。利益诱导我们做的事情，理智则予以节制：这里存在着义务的问题，而服从义务就成了我们的责任。在这双重影响下，人类的思想感情就产生了一个表层，属于这个表层的思想感情趋于一成不变，至少是要求所有的人都共同一致，而在它们没有力量扑灭个人情欲之火的时候，至少把它掩盖起来。人类慢慢地向越来越和平的社会生活发展，这个表层就逐渐坚固，正如地球经过了长期努力，才用一层冷而且硬的地壳把内部那团沸腾着的金属包围起来一样。然而还是有火山爆发。假如地球真像神话所说的那样是个有生命的东西，那么，即使在它休息的时候，它也许还乐于去渴望那些突然的爆发，因为在爆发之中，它突然又抓到它身上最本质的东西。正剧提供给我们的正是这样一种乐趣。在社会和理智为我们安排的平静的市民生活中，正剧在我们身上激起了某种东西，这东西虽幸而不至于爆发，却使我们感到它内部的紧张。正剧给自然提供了向社会进行报复的机会。它有时候单刀直入，把人们心底要炸毁一切的情欲召唤出来。它有时候侧面进攻（像许多当代剧那样），以有时不免流于诡辩的手法，把社会本身的矛盾揭示出来；它夸大社会准则中人为的东西；也就是用间接的方式把社会的表层溶解掉，使我们能触及它的深处。在这两种情况下，正剧或则削弱社会，或则加强自然，但都是追求同一个目标，即揭示我们身上为我们所看不见的那一部分——我们可以称之为我们人格中的悲剧成分。我们看完一出好的正剧，都有这种印象。戏使我们感兴趣的，与其说是里面谈到的别人的事情，不如说是它使我们依稀看到的我们自己的事情，不如说是那一大堆可能在我们身上出现幸而又没有发生的事情。戏好像又唤起我们一些无限久远的隔世遗传的回忆。这些回忆埋藏得这么深，跟现实生活又是这么格格不入，以致在一段时间内，我们反倒觉得现实生活是一种不真实的，只是大家约定俗成的东西，需要我们从头学起的东西。因此，正剧要在既得的功利的成就底下去寻求更加深刻的现实，它和其他艺术的目的是一致的。

这就可以看出，艺术总是以个人的东西为对象的。画家在画布上画出来的是他在某日某刻在某一地点所看到的景色，带着别人以后再也看不到的色彩。诗人歌唱的是他自己而不是别人的某一精神状态，而且这个精神状态以后再也不会重现。戏剧家搬到我们眼前来的是某一个人的心灵的活动，是情感和事件的一个有生命的组合，总之，是出现一次就永不重演的某种东西。我们无法给这些情感加上一般的名称；在别人心里，这些情感就不再是同样的东西。这些情感是个别化了的情感。正是由于这个缘故，这些情感才是属于艺术的情感，而一般事物、符号，甚至于类型，都是我们日常感觉中的家常便饭。那么，为什么还有人对这一点产生误会呢？

原因在于人们把事物的共同性与我们对事物所作判断的共同性这两个截然不同的东西混同起来了。我们可以共同承认某一情感是真实的，可是并不等于说这是一个共同的情感。哈姆莱特这个人物是再独特不过的了。如果说他在某些方面和别人相似，但使我们感兴趣的并不是这些相似之处。相反，哈姆莱特这个人物却是被普遍接受，被普遍认为是活生生的人物。只有在这个意义上，他才具有普遍的真实性。其他的艺术产品也是这样。它们当中每一件产品都是独一无二的，然而当它带有天才的印记的时候，就能为所有的人接受。为什么被人接受？既然独一无二，又凭什么说它真实？我想，我们所以承认它真实，乃是因为它促使我们也真诚地去看一看。真诚是有感染性的。艺术家看到了的，我们当然不能再看到，至少是不能完全同样地看到。但是如果艺术家当真看到了，那么他为揭开帷幕所作的努力必然迫使我们也去作一番努力，去把帷幕揭开。他的作品便是一个榜样，对我们是一个教训。而作品的真实程度正是以这个教训的效果大小来衡量的。真理本身就带有说服别人，甚至是改造别人的力量——这是辨认真理的标记。作品越伟大，所显示的真理越深刻，作品的这种效果便将越可靠，也越带有普遍性质。因此，普遍性在这里存在于所生效果之中，而不存在于原因之中。

……………

(1900年)

徐继曾　译

选自中国戏剧出版社1980年版。

美学原理

〔意大利〕克罗齐

第一章 直觉与表现

〔**直觉知识可离理性知识而独立**〕现在我们所要切记的第一点就是：直觉知识并不需要主子，也不要倚赖任何人；她无须从旁人借眼睛，她自己就有很好的眼睛。直觉品[①]固然可与概念混合，但是也有许多直觉品毫没有这种混合的痕迹，这就足见混合并非必要。画家所给的一幅月景的印象，制图家所画的一个疆域的轮廓，一段柔美的或是雄壮的乐曲，一首嗟叹的抒情诗的文字，或是我们在日常生活中发疑问，下命令，和表示哀悼用的文字，都很可以只是直觉的事实，毫不带理智的关系。但是不管你对这些事例怎样看，并且姑且承认文明人的直觉品有大部分含着概念，也还有一个更重要更确定的论点须提出：混化在直觉品里的概念，就其已混化而言，就已不复是概念，因为它们已失去一切独立与自主；它们本是概念，现在已成为直觉品的单纯原素了。放在悲喜剧人物口中的哲学格言并不在那里显出概念的功用，而是在那里

[①] 西文把直觉的心理活动和直觉所得到的意象通称为 Intuition，不加分别，颇易混淆。现在把直觉的活动叫做"直觉"，直觉的产品叫做"直觉品"。"表现"与"表现品"由此例推。这犹如写文章叫做"作"，写成的叫做"作品"。在意义不致混淆时，即不作此分别。

显出描写人物特性的功用。同理，画的面孔上一点红，在那里并不代表物理学家的红色，而是画像的一个表示特性的原素。全体决定诸部分的属性。一个艺术作品尽管满是哲学的概念，这些概念尽管可以比在一部哲学论著里的还更丰富，更深刻，而一部哲学论著也尽管有极丰富的描写与直觉品；但是那艺术作品尽管有那些概念，它的完整效果仍是一个直觉品的；那哲学论著尽管有那些直觉品，它的完整效果也仍是一个概念的。例如"约婚夫妇"①一书含有许多伦理的议论，但它并不因此在全体上失去一个单纯故事或直觉品的特性。同理，一部哲学著作，例如叔本华的著作，里面有许多片段故事和讽刺隽语，这也不使它失去说理文的特性。一个科学作品和一个艺术作品的分别，即一个是理智的事实，一个是直觉的事实。这个分别就在作者所指望的完整效果上面见出。这完整效果决定而且统辖各个部分；这各个部分并不能——提出而抽象地就它本身去看。

〔直觉与知觉〕只承认直觉可独立不靠概念，还不能尽直觉的真义。有一派人承认这种独立，或是至少不彰明较著地使直觉靠理智，但却仍不免犯另一种错误，以至不明直觉的真相。这就是把直觉认成知觉②，认成对于现前实在的知识，即说某某事物是实在的那种认识。

知觉的确是直觉。例如我在里面写作的这间房子，摆在我面前的墨水瓶和纸，我用的笔，我所接触的和用来做我的工具的种种事物，以及既在写作，所以是存在的我自身——这一切知觉品

---

① "约婚夫妇"（I Promessi Sposi）是十九世纪意大利作家孟佐尼（Alessandro Manzoni 1785—1873）的一部著名小说。
② "知觉"（Perception）：见一事物形象而知觉其为某某，明白它的意义，叫做"知觉"。它在直觉之后，概念之前。知觉的对象仍是个别事物，概念则须涉及许多事物的共相或共同属性。不过事实上这三种活动常可辨别而不可分割。比如说"那是一个人"，直觉得到"那"所代表的形象，知觉得"那是一个人"的认识，而"人"则为凡人的共同属性，由概念作用得来。

都同时是直觉品。但是我现在忽然想起另一个我,在另一城市中另一间房屋里用另一种纸笔墨写作,这意象也还是一个直觉品。这可见实在与非实在的分别对于直觉的真相是不相干的,次一层的。如果我们假想人心第一次有直觉品,那就好像只能是关于现前实在界的,这就是说,它除实在界以外不能对任何事物起直觉。但是因为对于实在界的知识须根据实在的形象和非实在的形象的分别,而这种分别在最初阶段还不存在,这些直觉品就不能说是对于实在判别是非的,就还不是知觉品而是纯粹的直觉品。在一切都实在时,就没有事物是实在的;婴儿难辨真和伪,历史和寓言,这些对于他都无分别。这事实可以使我们约略明白直觉的纯朴心境。对实在事物所起的知觉和对可能事物所起的单纯形象,二者在不起分别的统一中,才是直觉。在直觉中,我们不把自己认成经验的主体,拿来和外面的实在界相对立,我们只把我们的印象化为对象(外射我们的印象),无论那印象是否是关于实在。

〔**直觉与联想**〕直觉有时被人混为单纯的感受,但是这就违反常识;较普通的办法是拿一种话头来冲淡它或掩饰它,而其实这话头说是要分别直觉与感受,却仍然把它们弄混淆了。直觉据说就是感受,但是与其说是单纯的感受,无宁说是诸感受品的联想。这里"联想"一词隐藏着两重意义。第一,联想被看成记忆,记忆的联络,有意识的回想。在这个意义之下,说把本来未经直觉、未经分辨、未经心灵以某种方式获取、未经意识造作的一些原素在记忆里联贯起来,那似是不可思议的。其次,联想或是被看成下意识的诸原素的联贯。在这个意义之下,我们就还未脱离感受和自然的境界。但是如果我们随联想派学者把联想看成既非记忆,又非诸感受品的流转,而是创造的联想(赋予形式的、建设的、分辨的联想),那就是承认我们的主张,而所否认的不过是名称。因为创造的联想已不是感受主义者所了解的联想，而是综合，是心灵的活动。综合可称为联想，但是既有了创造一个意思，就已假定有被动与主动，感受与直觉的分别了。

〔**直觉与表象**〕另一派心理学家在感受之外还辨别出另一种东西，它已不复是感受，但是也还未成为理性的概念：这就是"表象"或"意象"①。他们所谓"表象"或"意象"和我们所谓"直觉的知识"究竟有什么分别呢？这分别可以说是很大，也可说是毫无。因为"表象"是一个很含混的名词。如果它指已从诸感受品的心理基础分割出来的、超然独立的一种东西；那末表象就是直觉。如果它被看成复杂的感受品，我们又回到生糙的感受，感受终是感受，它的特质并不随它的繁简而变，也不随它所出现的有机体是原始的，还是高度发达的，带着许多过去感受品的遗痕的这个分别而变。把感受定为第一位的心理产品，表象定为第二位的心理产品（使它们在心理发展上有先后分别），这也不能消除含混。什么叫做第二位呢？它是否指一种性质上的形式的分别？如果是，则表象是感受的加工润色，所以就是直觉。否则它是否指较大的繁复性，一种数量上的内容的分别？如果是，则直觉又和简单的感受混淆起来了。

〔**直觉与表现**〕要分辨真直觉、真表象和比它较低级的东西，即分辨心灵的事实与机械的、被动的、自然的事实，倒有一个稳妥的办法。每一个真直觉或表象同时也是表现。没有在表现中对象化了的东西就不是直觉或表象，就还只是感受和自然的事实。心灵只有借造作、赋形、表现才能直觉。若把直觉与表现分开，就

---

① "表象"（Representation）：事物投射一个形影在心里，心里那个形影便"代表"事物本身，它就是事物在心中的"表象"。"意象"或"形象"（Image），是一个比较通行的名词。

永没有办法把它们再联合起来①。

直觉的活动能表现所直觉的形象,才能掌握那些形象。如果这话像是离奇的,那就多少由于"表现"一词的意义通常定得太狭了。它通常只限用于所谓"文字的表现"。但是表现也有非文字的,例如线条、颜色、声音的表现。我们的学说必须扩充到能适用于这些上面,它须包含人在辞令家、音乐家、画家或任何其它的地位所有的每一种表现。但是无论表现是图画的、音乐的,或是任何其它形式的,它对于直觉都绝不可少;直觉必须以某一种形式的表现出现,表现其实就是直觉的一个不可缺少的部分。我们如何真正能对一个几何图形有直觉,除非我们对它有一个形象,明确到能使我们马上把它画在纸上或黑板上?我们如何真正能对一个区域——比如说西西里岛——的轮廓有直觉,如果我们不能把它所有的曲曲折折都画出来?每个人都经验过,在把自己的印象和感觉抓住而且表达出来时,心中都有一种光辉焕发;但是如果没有抓住和表达它们,就不能有这种内心的光辉焕发。所以感觉或印象,借文字的助力,从心灵的浑暗地带提升到凝神观照界的明朗。在这个认识的过程中,直觉与表现是无法可分的。此出现则彼同时出现,因为它们并非二物而是一体。

〔**直觉与表现有分别的错觉**〕我们的主张所以显得似是而非者,主要是由于一种错觉或偏见:以为我们对于实在界的直觉很完备;而实际上它并不是那样完备。我们常听到人们说他们心里有许多伟大的思想,但是不能把它们表现出来。但是他们如果真

---

① "表现"(Expression);克罗齐用这个字,和一般的用法大异。普通是:心里有一个意思,把它说出来(用文字或用其它媒介)叫做"表现"。例如说某人在某作品里"表现"他的情感和思想,这正犹如说某人面红耳赤,声色俱厉,"表现"他的怒,把藏在心里的东西"现"在"表"面来。据克罗齐的意思,事物触到感官(感受),心里抓住它的完整的形象(直觉),这完整形象的形成即是表现,即是直觉,亦即是艺术。这一点是他的基本原理,对于了解他的美学极为重要。

有那些伟大的思想,他们就理应已把它们铸成恰如其分的美妙响亮的文字,那就是已把它们表现出来了。如果在要表现时,这些思想好像消散了或是变得贫乏了,理由就在它们本来不存在或本来贫乏。人们以为我们一般人都像画家一样能想象或直觉山川人物和景致,和雕刻家一样能想象或直觉形体,所不同者,画家和雕刻家知道怎样去画去雕这些形象,而我们却只让它们留在心里不表现。他们相信任何人都能想象出一幅拉斐尔①所画的圣母像;拉斐尔之所以为拉斐尔,只是由于他有技艺方面的本领,能把那圣母画在画幅上。这种见解是极荒谬的。我们所直觉到的世界通常是微乎其微的,只是一些窄小的表现品,这些表现品随某时会的精神凝聚之加强而逐渐变大变广。它们就是我们自言自语的话,我们的沉默的判断,例如"这里是一个人,这里是一匹马,这是沉重的,这是尖锐的,这个使我快意"之类。它们只是光与色的杂凑,在画艺上的价值并不高于偶然放射的一些颜色所可表现的东西,在这些颜色中很难找出一点特殊而明显的个性。我们在日常生活中所有的直觉品不过如此,它们是我们日常行动的凭借。它们像一部书的引得,贴在事物上而就代表那些事物的标签。引得与标签(本身就是表现品)只够适应微细的需要和微细的行动。我们经常须从引得转到书,由标签转到事物,由微细的直觉品转到较深广的直觉品,逐渐达到最广大最崇高的直觉品。这个转有时很不容易。精研艺术家心理学的人们觉见到这样的事实,把一个人很快地瞥一眼之后,想对他得到一个真实的直觉,好来画他的像,但是临画时,这种寻常知见,本来像是很明确生动,却忽然显得没有什么价值。要画像的那个人物站在画家面前,好像一个

---

① 拉斐尔(Raffael 1483—1520):意大利文艺复兴时期画家。他画的圣母像很多,最著名的是在罗马西斯丁教堂的圣母像,现藏德国德累斯顿博物馆。

尚待发见的世界。米开兰琪罗[1]说过："画家作画不是使手而是使脑。"达·芬奇[2]站在"最后的晚餐"那幅画前呆视了许多天，也不动手着一笔，惹得慈悲圣母修道院的长老大惊小怪。他有句话表明这个态度："大天才的心灵最活跃的创造，是当他们在外表上最不起劲做工作的时候。"画家之所以为画家，是由于他见到旁人只能隐约感觉或依稀瞥望而不能见到的东西。我们以为我们见到一阵微笑，实际上我们所得的却只是它的一个模糊的印象，而没有看出全部性格上的蕴藉以这阵微笑为它们的总和；画家在这上面费了意匠经营，发见了它们，所以能把它们凝定于画幅上面。我们对于朝夕都在面前的密友所得到的直觉品，也至多不过是面貌上几个可以帮助辨别他和旁人的特点。在音乐的表现上，这幻觉比较不容易发生；因为说作曲者只附加乐曲于一个"母题"上面，而这"母题"是在一个非作曲者心中已经存在；这种话大家都会觉得离奇，正犹如说贝多芬的第九交响乐[3]不是他自己的直觉品，而他的直觉品也不是第九交响乐。一个人不明白自己有多少物质的财产所起的错觉，可以被数学纠正，数学载明了它的确数；一个人对于自己的思想和意象的财产存着错觉，在逼得要跨过表现那一道"鸿沟"时，也就会恍然大悟。两事道理实相同。让我们向前一位说："数着看看。"向后一位说："说出来。"或是："这里有笔，写出来。"

我们每个人实在都有一点诗人、雕刻家、音乐家、画家、散文家的本领；但是比起戴着这些头衔的人们，那就太少了；正因为这些人所具有的虽是人性中一些最平常的倾向和能力，却到了

---

[1] 米开兰琪罗（Michael Angelo 1475—1564）与拉斐尔、达·芬奇同为当时意大利三大画家，成就最大。他的杰作是罗马西斯丁教堂的壁画，用"创世纪"做题材的。他的雕刻和建筑也极有名。
[2] 达·芬奇（Leonardo da Vinci 1452—1519）所画的"最后的晚餐"，是画在米兰慈悲圣母修道院（Santa Maria della Grazia）的斋堂壁上的一幅壁画。
[3] 贝多芬（Ludwig van Beethoven 1770—1827）：德国大音乐家。他的"第九交响乐"是他晚年的重要作品。

一个极高的程度。一个画家可以具有一个诗人的直觉，可是那比起诗人的直觉却是多么渺小！一个画家也可以具有另一个画家的直觉，可是那比那另一画家的直觉却也多么渺小！然而这渺小的一点就是我们的直觉或表象的全副资产。此外只是一些印象、感受、感觉、冲动、情绪之类东西，还没有达到心灵境界，还没有被人吸收融会的一些东西；这一些东西只是为方便而假立，实际上并不存在，因为"存在"也就是心灵的事实①。

〔**直觉与表现的统一**〕在本章开始给直觉所下的各种形容词以外，我们可以加上这一句：直觉的知识就是表现的知识。直觉是离理智作用而独立自主的；它不管后起的经验上的各种分别，不管实在与非实在，不管空间时间的形成和察觉，这些都是后起的。直觉或表象，就其为形式而言，有别于凡是被感触和忍受的东西，有别于感受的流转，有别于心理的素材；这个形式，这个掌握，就是表现。直觉是表现，而且只是表现（没有多于表现的，却也没有少于表现的）。

第二章 直觉与艺术

〔**附带的结论和说明**〕在作进一步的讨论以前，我们最好先就已经成立的原理之中抽出一些结论并加以说明。

〔**艺术与直觉的知识统一**〕我们已经坦白地把直觉的（即表现的）知识和审美的（即艺术的）事实看成统一，用艺术作品做直觉的知识的实例，把直觉的特性都付与艺术作品，也把艺术作品的特性都付与直觉。但是我们的统一说和连许多哲学家也在主

---

① 本书常用"心灵的事实"和"物理的事实"之类名词。"事实"在英文为Fact，在法文为Fait，有"做成"或"成就"的意思。"心灵的事实"即"心灵所成就的东西"。下仿此。

张的一个见解却不相容,就是以为艺术是一种完全特殊的直觉。他们说:"我们姑且承认艺术就是直觉,可是直觉不都是艺术;艺术的直觉当自成一类,和一般的直觉不同,在一般的直觉以外还应有一点什么。"

〔它们没有种类上的分别〕但是没有人能说明这另外一点什么究竟是什么。有时人们以为艺术并不是单纯的直觉,而是直觉的直觉,正犹如科学的概念不是一般的概念,而是概念的概念。因此,人在成就艺术时,并不像一般的直觉只把感受外射为对象,而是把直觉本身外射为对象。但是这种提升到第二级的过程并不存在;拿它和一般的概念与科学的概念的关系相较,也不能证明所要说明的,因为科学的概念也并非是概念的概念。这个比较所能证明的适得其反。一般的概念如果真是概念而不是单纯的表象,就是十足的概念,不管它的涵义怎样贫乏窄狭。科学以概念代替表象,以涵义较富较宽的概念代替涵义较贫较窄的概念。它常在发见新关系。它的方法和最平常的人形成最简单的概念所用的方法并无差别。普通叫做真正的艺术所组合的直觉品,比我们通常所经验的直觉品固较广大较繁复,可是这些直觉品仍不外用感受与印象做材料。

艺术是诸印象的表现,不是表现的表现①。

〔它们没有强度上的分别〕同理,我们不能说普通叫做艺术的直觉是强度较大的直觉,所以与一般的直觉有别。如果说艺术

---

① "印象"(Impression):即事物印在心中的象,起于感受(Sensation)。事物刺激感官,所起作用名"感受",感受所得为印象。感受与印象都还是被动的,自然的,物质的。心灵观照印象,于是印象才有形式(即形象),为心灵所掌握。这个心灵的活动即直觉,印象由直觉而得形式,即得表现。表现是在心内成就的工作。一般人以为表现是把在心内的已经心灵综合掌握的印象(即直觉品)外射出去,即借文字等媒介传达于旁人。克罗齐反对此说,以为印象经心灵观照,综合,掌握,赋予形式,即已得到表现。传达是另一回事,是下一步的事。

的直觉与一般的直觉在同一材料上起不同的作用,这话也许是对的。但是艺术的功能虽伸展到较广大的区域,在方法上和一般的直觉并无分别,所以它们的分别不是强度的而是宽度的。一首最简单的通俗情歌,比起千千万万普通人在表示爱情时所说的话,是一样的或差不多;它的直觉在强度上也许仍是完美的,尽管简单得可怜;可是在宽度上它比雷奥巴尔迪①的情歌那样繁复的直觉,就显得太逊色了②。

〔**它们的分别是宽度上的和经验的**〕所以艺术的直觉与一般的直觉的分别全在量方面,就其为量的分别而言,与哲学不相干,哲学是讨论质的学问。有些人本领较大,用力较勤,能把心灵中复杂状态尽量表现出来。这些人通常叫做艺术家。有些很繁复而艰巨的表现品不是寻常人所能成就的,这些就叫做艺术作品。叫做艺术的表现品或直觉品,就其与通常叫做"非艺术"的表现品或直觉品相对立而言,它们的界限只是经验的,无法划定的。如果一句隽语是艺术,一个简单的字为什么不是呢?如果一篇故事是艺术,新闻记者的报导为什么不是呢?如果一幅风景画是艺术,一张地形速写图为什么不是呢?莫里哀的喜剧中那位哲学教师说得好:"每逢我们开口说话,我们就在作散文。"③ 但是世间总有一些学者像茹尔丹先生,惊讶自己说了四十年的散文都还不知道,不大相信他们在

---

① 雷奥巴尔迪(Giacomo Leopardi 1798—1837):意大利诗人,他的短诗极有名,颇富悲观色彩。

② 克罗齐这段话的意思是艺术作品不能有质的分别,只能有量的分别。比如莎士比亚的某一首十四行诗如果自身是完美的,某一部悲剧如果自身也是完美的,虽然它们在量上悬殊很大,我们却不能说在质上此优于彼,因为它们同是艺术,同是直觉的成就,同是恰如其分的表现。直觉虽有大小的分别,却没有本质上的分别。

③ 莫里哀(Molière 1622—1673):法国最伟大的喜剧家。这里所引的故事见"醉心贵族的小市民"一部喜剧。剧中主角茹尔丹先生有了钱,想充绅士,请一位哲学教师教他读书。那位哲学教师告诉他说话就是做散文,他大为惊讶,说自己做了四十年的散文还不知道(见该剧第二幕第四景)。

使唤仆人妮果萝拿拖鞋来时，他们所说的其实就是——散文。

我们必须坚持我们的统一说，因为艺术的科学——美学——之所以不能阐明艺术的真相，和艺术在人性中的真正根源，其主要原因就在把艺术和一般的心灵生活分开，使它成为一种特殊作用，像贵族的俱乐部。从生理学知道，每一个细胞就是一个有机体，每一个有机体就是一个细胞或细胞群，没有人觉得稀奇。发见一座高山的化学成分和一块石片的化学成分相同，也没有人觉得稀奇。世间并没有一种大动物的生理学和一种小动物的生理学，也并没有一种化学原理只适用于石头而不适用于高山。同样的，世间也没有一种小直觉的科学和一种大直觉的科学，一般直觉的科学和艺术直觉的科学，彼此截然不同。美学只有一种，就是直觉（或表现的知识）的科学。这种知识就是审美的或艺术的事实。这种美学才真是逻辑的姊妹科学，逻辑也把最小最寻常的概念的构成和最繁复的科学哲学系统的构成，都看作性质相同的事实。

〔艺术的天才〕我们也不承认"天才"或"艺术的天才"一词。就其与一般人的"非天才"有别而言，它在量的多寡以外不能有其它涵义。大艺术家们据说能使我们看见我们自己。除非他们的想象和我们的想象性质相同，只在量上有分别，这如何可能呢？"诗人是天生的"一句成语应该改为"人是天生的诗人"；有些人天生成大诗人，有些人天生成小诗人。天才的崇拜和附带的一些迷信都起于误认这量的分别为质的分别。人们忘记天才并不是天上掉下来的，它就是人性本身。天才家如果装着，或被人认着，和人性远隔，这就会显得有些可笑，可笑就是对他的惩罚。浪漫时代的"天才"和我们时代的"超人"都是例证[①]。

---

① "天才"（Genius）在浪漫时代的德国特别受人崇拜。人们以为艺术家须有非凡人所可高攀的天才，才能有大成就。克罗齐以为艺术的天才是人人都有的，只是分量多寡不同，一般人的与大艺术家的天才在本质上并没有分别。

但是这里应该提到一点：有些人把"无意识"①看成艺术天才的一个主要的特性，他们又不免把天才从高到人不可仰攀的地位降低到人不可俯就的地位。直觉的或艺术的天才，像人类的每一种活动总是有意识的，否则它就成为盲目的机械动作了。艺术的天才只可以没有"反省的"意识，这反省的意识是历史家或批评家应有的进一层的意识，它对于艺术的天才却非必要②。

〔**美学中的内容与形式**〕材料与形式（或内容与形式）的关系，像人们常说的，是美学上一个争辩最激烈的问题。审美的事实还是只在内容，只在形式，或是同时在内容与形式呢？这问题有各种不同的意义，各人所见不同，我们到适当的时候当分别提出。但是如果认定这些名词有如上文所定的意义：材料指未经审美作用阐发的情感或印象，形式指心灵的活动和表现，我们就毫不怀疑地说，我们必须排斥这两种主张：（一）把审美的事实③看作只在内容（就是单纯的印象），和（二）把它看作在形式与内容的凑合，就是印象外加表现。在审美的事实中，表现的活动并非外加到印象的事实上面去，而是诸印象借表现的活动得到形式和

---

① "无意识"（Unconscious）是意识所不能察觉到的心理活动。近代心理学家大半都以为"天才"是"无意识"的心理活动的成就，最显著的是佛洛依德派的学说。
② "反省的意识"（Reflective consciousness）是就已意识到的事物，加以反省，即由直觉进入逻辑的思考。
③ "审美的"（Aesthetic）一词起源于希腊文 Aisthetikos，原义为"感觉"，即见到一种事物而有所知。这种知即克罗齐所谓直觉的知，与逻辑的思考有别。因此研究直觉的知识的科学叫做 Aesthetic，研究概念的知识的科学叫做 Logic（逻辑）。Aesthetic 应译为"感觉学"，它原来毫没有"美"的涵义。但是凡是"美"的感觉都由直觉生出，所以一般人把 Aesthetic 和"美学"（The Science or Philosophy of Beauty）混为一事。本译沿用已流行的译名，深知其不妥，所以特将原义注明。又 Aesthetic 也当作形容词用。这有两个意义：一是"美学的"，例如美学的原理，美学的观点，美学的学派之类；一是"审美的"，例如审美的经验，审美的态度，审美的活动之类。现在一般人常把"美学的"和"审美的"两个意义混淆起来，例如说音乐是"美学的对象"，所指的实是"审美的对象"。"美学的对象"应该指美学这门科学所研究的对象。

阐发。诸印象好像是再现于表现品，如同水摆在滤器里，再现于器的另一端时，虽还是原水，却已不同。所以审美的事实就是形式，而且只是形式①。

从这个看法，并不能断定内容是多余的东西（它其实对于表现的事实是必要的起点），只能断定内容的诸属性并没有一种通道可转变到形式的诸属性。有时人们以为内容如果要成为审美的（这就是说，可转变为形式），必须具有某种已确定或可确定的属性。但是如果是那样，形式与内容，表现与印象，就须是二而一了。内容确可转变为形式，但是在转变之前，它就还没有可确定的属性。我们对于它一无所知。只有在它已经转变了之后，它才成为审美的内容。也有人给审美的内容下定义，说它是"引起兴趣的"东西。这话倒不是错误而是没有意义。对什么引起兴趣呢？对表现的活动吧？当然，表现的活动不会把内容提升到有形式那个尊严地位，如果它不曾在那内容上发生兴趣。发生兴趣就恰是把内容提升到有形式那个尊严地位。但是"引起兴趣"一词也被人作另一种不正当的意义用过，待下文再说。

〔评艺术模仿自然说与艺术的幻觉说〕艺术是"自然的模仿"一句话也有几种意义。它有时显出（或至少暗示）一些真理，有时也产生一些误解，大半是根本没有确定的意义。把"模仿"看作对于自然所得的直觉品或表象，看作认识的一种形式，这个意义在科学上是妥当的。在这句话作如此解时，而且为着要强调这模仿过程的心灵的性质，另一句话也是妥当的：艺术是自然的理

---

① 形式与内容是文艺思想史上一个大争执。一般人以为要作品好，先要选择好内容（即题材）；批评作品的好坏也要从内容着眼。克罗齐和一般哲学家都以为艺术作品是完整的有机体，内容与形式不能分，犹如人的形体和生命不能分。艺术之所以为艺术，就在内容得到形式。未经艺术赋予形式以前，内容只是杂乱的印象，生糙的自然，我们就无从从艺术的观点去讨论它。既经艺术赋予形式之后，内容与形式混化为一个有生命的东西，我们也就无从从艺术的观点把内容单提出讨论。

想化，或理想化的模仿，但是模仿自然如果指艺术所给的只是自然事物的机械的翻版，有几分类似原物的复本；对着这种复本，我们又把自然事物所引起的杂乱的印象重温一遍，这种艺术模仿自然说就显然是错误的了。模仿实物的着色的蜡像陈列在博物馆里，只能令人站在前面发呆，却不能引起审美的直觉。幻觉和错觉与艺术直觉品的静穆境界是毫不相干的。但是如果一个艺术家把蜡人馆的内部画出来，或是一个戏剧家在台上戏作一个蜡人像的样子，我们就有心灵作用和艺术直觉品了。最后，照像术如果有一点艺术的意味，那也就由于它传出照像师的直觉，他的观点，他所要抓住的姿态和组合。如果照像术还不很能算是艺术，那也恰由于它里面的自然成分还有几分未征服而且不能割开。连最好的像片是否能叫我们完全满意呢？一个艺术家不想在它们上面加一点润色，添一点或减一点吗？①

〔评艺术为感觉的（非认识的）事实说—审美的形象和感觉〕人们常说：艺术不是知识，不说出真理，不属于认识②的范围，只属于感觉③的范围。这些话的来由是在不能洞悉单纯直觉

---

① "模仿自然"是欧洲美学思想中很古的一个信条，它可以溯源到柏拉图的"理想国"和亚理斯多德的"诗学"，到了十七八世纪假古典主义时代，一般学者把"模仿自然"当作一个基本的信条。
② "认识"（Theory）：旧译一律为"理论"，甚不妥，详见第六章注①。
③ "感觉"（Feeling）：旧译为"感情"。这字在西文本有"触摸"的意义，"触摸所得的知觉"也还是用这个字来表示。在心理学上这字的较确定的意义是指"快"与"痛"的感觉（The feelings of pleasure and pain）。由此引申到温度感觉（例如说"我感觉冷"），再引申到情感发动时种种生理变化的感觉（例如说"她感觉害羞"，"他感觉恐惧"）。Feeling大半指器官变化所生的感觉，这种感觉向来没有像对外界事物的知觉那么清楚，所以近于"知觉"（Perception）而仍不是"知觉"；可是它比"感受"（Sensation）又进一步，"感受"只是"感官领受"，实际上在这阶段时我们还没有"觉"，"感觉"则于"感"时即有明暗程度不同的"觉"。这"感觉"的对象有时有"情"的成分，有时却不一定有。比如我们可以说有"痛的感觉"，"冷的感觉"，"身体不适的感觉"，却不能说有这些生理状态的"感情"。

的认识性。这单纯直觉确与理性知识有别,因为它与对实在界的知觉有别。上述那些话是起于"只有理智的审辨才是知识"一个信念。我们已经说过,直觉也是知识,不杂概念,比所谓对实在界的知觉更单纯。所以艺术是知识,是形式,它不属于感觉范围,不是心理的素材。许多美学家都坚持艺术是"形象"①,理由也恰在他们觉得要把艺术的纯粹直觉性保持住,以便使它和较复杂的知觉的事实分清。如果他们有时也主张艺术是感觉,理由也是一样。因为如果把概念除开,把只有历史事实身份的历史事实也除开,不让它们留在艺术范围之内,剩下来的内容就只有从最纯粹,最直接的方面(这就是从生机跳动方面,从感觉方面)所察知的那么一种实在;这就无异于说,就只有纯粹的直觉品。

〔评审美的感官说〕审美的感官说②所由起,也在没有确定或认清表现有别于印象,形式有别于内容。

上文曾谈到有人想找出一条通道,使内容的诸属性可以转变为形式的诸属性,这个审美的感官说还是犯了同样错误。要问审美的感官是什么,其实就是问那些由感受来的印象可以而且必定进入审美的表现。这问题我们可以立刻回答:一切印象都可以进入审美的表现,但是没有哪一个印象必定要如此。但丁③所提升到有形式的尊严地位的不仅是"东方蓝宝石的好颜色"(视觉的印象),而且有触觉的或温度觉的印象,例如"稠密的空气"和使渴者"口更渴"的"清鲜的河流"。又有一种怪论,以为图画只能产生视觉印象。腮上的晕,少年人体肤的温暖,利刃的锋,果子的

---

① "形象"(Appearance, Schein):是事物本身现于感官的形状,得到这形状由于直觉。
② "审美的感官"(Aesthetic Senses):旧美学家把感官分为高级的(视觉的与听觉的)与低级的(其它)两种,把高级的感官特定为"审美的感官",以为嗅触味诸感官不能审美。也有人不赞成这种看法。
③ 但丁(Dante Alighieri 1265—1321):意大利伟大诗人,著有"神曲"。

新鲜香甜,这些不也是可以从图画中得到的印象么?它们是视觉的印象么?假想一个人没有听触香味诸感官,只有视觉感官,图画对于他的意味何如呢?我们所看的而且相信只用眼睛看的那幅画,在他的眼光中,就不过像画家的涂过颜料的调色板了。

有些人虽主张某几类印象(例如视觉的和听觉的)才有审美性,其它感官的印象却没有;然而也愿承认视觉的和听觉的印象<u>直接地</u>进入审美的事实,而其它感官的印象虽也可进入审美的事实,却只以<u>相关联者</u>的资格进入。但是这种区分实在太勉强。审美的表现是综合,其中不能分别什么直接的和间接的。一切印象,就其同经审美作用而言,就让这种综合摆在平等地位了。一个人领会一幅画或一首诗的题材,并不把它当作一串印象摆在面前,而在其中分出上下。在领会之前,所有的经过他毫无所知,正如在另一方面,反省所立的分别与艺术之为艺术也毫不相干。

审美的感官说还以另一姿态出现:就是要证明生理的器官对审美的事实为必要。生理的器官或工具不过是一群细胞,取一种特殊方式组织安排起来的,这就是说,它只是一个物理的自然的事实或概念。但是表现却与生理的事实无关。表现以印象为起点,至于印象经过怎样的生理的途径达到心里,却与表现毫不相干。随便那一条途径都是一样,它们只要是印象就够了。

缺乏某一些器官,某一些细胞群,确能妨碍某一些印象的形成(如果没有一种有机体的弥补作用使这些印象仍可产生)。生来盲目的人不能直觉光,表现光。但是印象不仅受器官限定,也受在器官上起作用的刺激物限定。一个人从来没有海的印象,就不能表现海;正犹如一个人从来没有上等社会生活或政治旋涡的印象,也就不能表现它们。不过这并不能证明表现的作用必定倚赖刺激物或器官。它只复述我们已经知道的道理:表现须假定先有印象,特种的表现须假定先有特种的印象。此外,每一个印象在占优势时,就排斥其它印象,每一个表现品也是如此。

〔**艺术作品的整一性与不可分性**〕表现即心灵的活动这个看法还有一个附带的结论,就是艺术作品的不可分性。每个表现品都是一个整一的表现品。心灵的活动就是融化杂多印象于一个有机整体的那种作用。这道理是人们常想说出的,例如"艺术作品须有整一性","艺术须寓变化于整一"(意思仍然相同)之类肯定语。表现即综合杂多为整一。

我们常把一个艺术作品分为各部分,一首诗分为景、事、喻、句等,一幅画分为单独的形体与实物、背景、前景等;这似与上文所说的不相容。但是作这种区分就是毁坏作品,犹如分有机体为心、脑、神经、筋肉等等,就把有生命的东西弄成死尸。有些有机体分割开来固然仍可生出许多其它有生命的东西,可是在这种事例中,我们如果仍把有机体来比喻艺术作品,就必须作这样的结论:在艺术作品中也有许多生命种子,其中每一个都可以在一顷刻中化成一个单一而完整的表现品。

某表现品有时也许可以说是起于一些其它表现品。表现品有简单的,有复杂的。阿基米德[①]表现他在发明一个科学真理时的欢欣所用的"我懂得了!"这一句简单的话,比起一部正规悲剧的最有表现性的一幕(实在说起来,所有的五幕)有一点分别,我们似应承认。其实它们毫无分别。表现品总是直接地起于印象,构思一部悲剧者好像取大量的印象放在熔炉里,把从前所构思成的诸表现品和新起的诸表现品熔成一片,正犹如我们把无形式的铜块和最精彩的小铜像同丢在熔炉里一样。那些最精彩的小铜像和铜块一样被熔化,然后才能铸成一座新雕像。旧的表现品必须再降到印象的地位,才能综合在一个新的单一的表现品里面。

〔**艺术作为解放者**〕人在他的印象上面加工,他就把自己从那些印象中解放了出来。把它们外射为对象,人就把它们从自己

---

① 阿基米德(Archimedes):公元前三世纪希腊的大数学家和自然科学家。

里面移出来，使自己变成它们的主体。说艺术有解放的和净化的作用，也就等于说"艺术的特性为心灵的活动"。活动是解放者，正因为它征服了被动性。

这也可以说明人们何以通常说艺术家们一方面有最高度的敏感或热情，一方面又有最高度的冷静，或奥林比亚神的静穆①。这两种性格本可并行不悖，因为它们所指的对象不同；敏感或热情是指艺术家融会到他心灵机构里去的丰富的素材，冷静或静穆是指艺术家控制和征服感觉与热情的骚动所用的形式。

第三章　艺术与哲学

〔**艺术与科学**〕直觉知识与理性知识的最崇高的焕发，光辉远照的最高峰，像我们所知道的，叫做艺术与科学。因此艺术与科学既不同而又互相关联；它们在审美的方面交会。每个科学作品同时也是艺术作品。人心在集中力量要了解科学家的思想，衡量它的真理时，也许很少注意到审美的那一方面。但是如果我们由理解的活动转到观照的活动，就会看到那思想不外两种：不是明晰、精确、完美地在我们面前展开，没有太过或不及的字句，而有恰当的节奏和音调；就是含糊零乱、没有把握、带尝试性的；在这时候我们就会注意到科学思想的审美的方面了。大思想家有时也叫做大作家，而其他同样大的思想家却只有几分是零星片段的作家，尽管他们的零星片段的著作比起谐和联贯而完美的著作，在科学上的价值是相同的。

---

① "奥林比亚神的静穆"（Olympic serenity）：据希腊神话，文艺之神阿波罗（Apollo）居奥林比亚山的高峰，凭视人寰，一切事物经过他的巨眼的光辉，才得到形象，他对于悲欢美丑，一例观照，无动于衷。有人以为古典派的文艺理想就是这种"静穆"。

〔**内容与形式的另一意义。散文与诗**〕思想家和科学家们在文学方面的平庸是可以容忍的。他们的零星片段,他们的突然的闪耀,可以弥补全体的缺陷,因为用"以一反三"的办法,就像在火星中看出火焰一样,很容易在天才的片段著作中找出安排停匀的布局,而发见天才却比这难得多。但是在纯粹的艺术家们的作品中,平庸的表现是不可以容忍的。"诗人的平庸不但是人神共嫉,连书贾也不能容。"①

诗人或画家缺乏了形式,就缺乏了一切,因为他缺乏了他自己。诗的素材可以存在于一切人的心灵,只有表现,这就是说,只有形式,才使诗人成其为诗人。这也足见否认艺术只在内容,是正确的,内容在这里就指理智的概念。在把内容看成等于概念时,艺术不但不在内容,而且根本没有内容。这是毫无疑问的真理。

诗与散文的分别也不能成立,除非把它看成艺术与科学的分别。古人早已看出这分别不能在节奏、声调、有韵无韵之类② 外表的成分;它是内心方面的分别。诗是情感的语言,散文是理智的语言;但是理智就其有具体性与实在性而言,仍是情感,所以一切散文都有它的诗的方面。

〔**第一度与第二度的关系**〕直觉的知识(表现品)与理性的知识(概念),艺术与科学,诗与散文诸项的关系,最好说是双度的关系③。第一度是表现,第二度是概念。第一度可离第二度而独立,第二度却不能离第一度而独立。诗可离散文,散文却不能离诗。人类活动的最初的实现就在表现。诗是"人类的母传语言"④,

---

① 引拉丁诗人荷拉斯的"诗论"中的话。
② 亚理斯多德在"诗学"里就已说明诗写散文的分别不在音律形式方面。
③ "双度"(Double degree):克罗齐把知的心灵活动依出现的先后次第分为第一度(First degree),即直觉,和由此进一步的第二度(Second degree)即概念。直觉可以离概念,概念却必先经过直觉。
④ "母传语言"(Mother tongue)意为生下来就从母亲学得的语言,普通叫做"国语"。

原始人"生来就是雄伟的诗人"。换句话说，由动物的感受到人的活动，由物欲之心到人理之心的转进，要归功于语言，这就是要归功于一般直觉品或表现品。不过如果把语言或表现品看成自然与人道的中间连锁，看成好像是自然与人道的混合，那也是不正确的。人道出现了，自然就退了位；人在表现他自己时，确是从自然状态的深渊里涌现出来，但是既已涌现出来，就不是半在水底，半在水面，像"中间连锁"一词所暗示的。

〔**知识没有其它形式**〕在上述两种之外，认识的心灵活动①没有其它形式。表现与概念两项就结清了它的帐目。人的全部认识生活就在表现与概念这双度活动中翻来复去。

〔**历史——它与艺术的同异**〕认历史为第三种认识的形式，是不正确的；历史不是形式，只是内容：就其为形式而言，它只是直觉品或审美的事实。历史不推寻法则，也不形成概念；它不用归纳，也不用演绎，它只管叙述，不管推证；它不建立一些共相和抽象品，只安排一些直觉品。"这个"和"这里"，全然有确定性的个体，才是历史的领域，正如它是艺术的领域。所以历史是包涵在艺术那个普遍概念里面的。

第三种认识的形式既不可思议，于是人们对我们的主张又提出另一些反驳，以为历史应附庸于理性的或科学的知识。这些话大半起于一种偏见，以为否认历史有概念的科学的特性，就不免减低了历史的价值和尊严。这实在由于误解艺术，以为它不是一种重要的认识作用，而只是一种娱乐，一种多余的而且轻薄的东西。我们不想再提这个老辩论，我们认为它已告终结了，而只提

---

① "认识的心灵"(Cognitive spirit)：克罗齐所用的 Lo spirito，英译即用 Spirit，中译通常为"精神"。这个字与德文的 Geist 相同，与英文 Mind 相当，应译为"心"或"心灵"。Spirit 源于拉丁，本意为"呼吸"。古人迷信人的神魂就是呼吸的气，人死了，气断了，神魂就随之飞散，因此 Spirit 又有"神魂"的意思。

一下人所常说的一个戏论①,说历史仍有逻辑性和科学性。它的要旨在承认历史的知识以个别事物为对象,但是补充一句,说这并不是个别事物的表象而是它的概念。从此,它就推论到历史也是逻辑的、科学的知识。它认为历史要寻出像查理大帝或拿破仑那样一个人物,像文艺复兴或宗教改革那样一个时代,像法国革命或意大利统一那样一件事变的概念。这种工作据说就像几何学要寻出空间形状的概念,美学要寻出表现的概念一样。这些话全是错误的。历史只能把拿破仑和查理大帝,文艺复兴和宗教改革,法国革命和意大利统一,当作具有个别面貌的个别事物再现出来;这就是取逻辑学者在说我们对于个别事物不能有概念只能有表象(再现于心理的形象)的时候所用"再现"②一词的意义。所谓个别事物的概念总不免是一个共相或普遍概念,尽管充满着特性,充满着极丰富的特性,但是仍不能具有只有历史知识在同时是审美知识时才有的那种个别性。

要表示历史的内容与狭义的艺术的内容如何分别,我们须重提关于直觉(即第一度知觉)的意象性③所说过的话:在直觉里一切都是实在的,所以没有一件事物是实在的。只是到较后的阶段,心灵才分出外表的与内在的,所希望的与所想象的,主体与客体(对象)之类的概念④。只有在这较后的阶段,心灵才分辨历

---

① "戏论"(Sophism):意为故作离奇的议论,用佛典中"戏论"一词来译很妥。戏论是不正确的推理结果。
② "再现"(Represent):参见第一章注⑧,再现所得的为表象。
③ "意象性"(Ideal nature):Idea源于希腊文,意指心眼所见的形象(Form),一件事物印入脑里。心知其有如何形象,对于那事物就有一个Idea,所以这字与"意象"(Image)意极相近。形容词是Ideal。艺术的特性也是Ideal,因为它所给的是具体的形象。
④ "对象与主体"(Object and subject):我们所知所想所应付的事物是"知""想""应付"这些活动的"对象",作这些活动的主人叫做"主体",在文法上这分别通常叫做"宾词"与"主词"。这两字的形容词通常译为"客观的"与"主观的"。

史的与非历史的直觉品,真实的与非真实的,有真实根据的想象与纯粹的想象。就连内心的,希望的与想象的东西如空中楼阁,意境河山,也都有它们的真实性,而心灵也有它的历史。每个人的幻觉也作为真实的事实而组成他的生命史的一部分①。但是个人的历史之所以为历史,则由于它里面常起真实的与非真实的分别,尽管他的幻觉本身也还是真实的。但是这些有分辨性的概念出现在历史里面,却不像科学里面的概念,而是像我们说过的那些分解熔化于审美的直觉品里面的那些概念,虽然它们在历史中自有一种特殊模样。历史并不建立真实与非真实的概念,只是利用它们。历史并非历史的理论。光是概念式的分析并无补于确定我们的生命史中某一事件是真实的还是想象的。我们必须把诸直觉品在心中加以再现,如同它们原来初现时那样完整。从具体方面说,历史之有别于纯粹的幻想,正如一个直觉品之有别于任何另一直觉品②,就在于历史是根据记忆的。

第四章　美学中的历史主义与理智主义

既已确定了直觉的或审美的知识与其它形式(基原的或派生的)知识的关系,我们现在就可以指出已经或仍在以美学理论的资格出现的一些学说的错误。

〔评合理说与自然主义〕把艺术的普通要求与历史的特殊要

---

① 凡是发生过的都是实在的,幻想还是在心里发生过的事实,所以有它的实在性历史记录已发生的事实,所以一个人的生命史也要包含他的幻想在内。
② 克罗齐的历史哲学在他的"历史学"里说得比较详明,宜参看。这里所说的只是粗枝大叶。

求混淆起来,就产生了艺术以"合理"① 为目的这一学说(这学说现已失势,从前曾盛行)。像错误的前提常有的情形一样,采用"合理"这个概念的人们的本来用意,无疑的比他们所下的定义为妥。"合理"通常指表象的艺术联贯性,这就是它的完整,有力,活灵活现。如果拿"联贯的"来换"合理的",用这词的批评家们的讨论、例证和判断就会见出很正当的意义。一个不合理的人物,不合理的喜剧收场其实只是写得坏的人物,布置得坏的收场,没有艺术动机的一些情节。有人说得很对,连神仙鬼怪也要合理才好,它们必须真的是神仙鬼怪,必须是联贯的艺术的直觉品。有时拿来代替"合理的"字样的是"可能的"。我们已经约略说过,"可能的"是和"可想象的"或"可直觉的"同义。一切真正联贯地想象出来的东西都是可能的。但是也有许多批评家和理论家把"可能的"当作"于史可信的",或是不可推证而可揣测的,不是真实的而是合理的那样一种历史的真实。这些理论家认为艺术的性格就是如此。谁不会想起根据合理说的批评在文学史上占过多么大的地位呢?比如说,根据十字军东征史来指责"耶路撒冷的解放"②,或是根据当时当然有的习俗来指责荷马史诗③。

有时人们主张艺术须为历史上存在过的自然事实的翻版。这是模仿自然说的另一个错误的方式。逼真主义与自然主义还有一点也是混淆审美的事实与自然科学的程序的,就是想做成一种

---

① "合理"(Probability):这词源于拉丁,与"证明"(Prove)一词同根,凡是不能说必定而却可以理证其为当然的都是 Probable。在文艺方面,人物故事尽管是虚构,尽管有时涉及神仙鬼怪,妄诞不经,而人物仍须符合所要写的性格,故事仍要首尾联贯,没有自相矛盾处,这就是"合理的"。"合理的"就是"当然的"。
② "耶路撒冷的解放"(Jerusalem Delivered):意大利十六世纪大诗人塔索(Tasso 1544—1595)的著名史诗,叙述十字军解放基督教圣地的故事。
③ 荷马诗指"伊利亚特"和"奥德赛"两部史诗。前诗叙述希腊大军渡海到小亚细亚围攻特洛埃要夺回海伦的十年战争,后诗叙述希腊一位将领奥德修斯在战后航行十年回国的经过。

"实验的"戏剧或小说。

〔评艺术须有观念议论及典型诸说〕更常见的是混淆艺术的方法与哲学的科学的方法。比如人们常主张艺术的任务在阐明概念，融合理性的与感性的，使观念或共相成为表象；这是把艺术摆在科学的地位，把一般的艺术与半逻辑性半审美性的艺术混淆起来。

另一学说以为艺术是维护某些论点的，以个别表象例证科学的定律。这也可用同样方法证明是错误的。例证就其为例证而言，代表所例证的东西，因此它是共相的阐明，也就是科学的一种形式，不过多少经过通俗化。

关于"典型"①的美学理论也是如此，如果典型是指——它本来常指——抽象的概念，而这理论主张艺术应使总类在个体中显现出来。如果这里"个体"就是"典型"，那只是文字上的同事异名。典型化在这种情形之下应即指个性化，就是使个体得到定性和表象。堂吉诃德②是一个典型；但是他是什么的典型呢？除非像一切他的那些人物的典型？他决不是一些抽象概念的典型，例如现实感觉的迷失，或是对于荣誉的羡慕。无数人物都可纳于这些概念中，而却不是堂吉诃德类的人物。换句话说，在一个诗人的表现品中（例如诗中的人物），我们看到自己的一些印象完全得到定性和实现。我们说那种表现品是典型的，我们的意思就无异于说它是艺术的。有时人们提起"诗的或艺术的共相"，那只显示艺术品完全是心灵的和形象的。

〔评象征与寓言〕继续纠正错误，或排去误解，我们也要提

---

① "典型"（Type）：从个例可见共相的人物。例如莎士比亚的夏洛克，巴尔扎克的葛朗台虽都是个别的角色，可以见出一切守财奴的特点，就是守财奴的"典型"。
② 堂吉诃德（Don Quixote）是西班牙大作家塞万提斯（Cervantes 1547—1616）的名著，也是近代欧洲的第一部长篇小说。书中主人翁堂吉诃德醉心于浪漫的骑士风，带了一个现实主义的仆人桑柯到处寻求奇遇，闹了很多笑话。它的主旨是讥嘲封建时代浪漫的骑士风。

到象征[1]有时被认为艺术的精华。如果认为象征与艺术的表现不可分离，象征就与表现本身同义，表现总离不了形象性。艺术并没有两重基础，只有一个基础，在艺术中一切都是象征的，因为一切都是形象的。但是如承认象征可分离独立，一方面是象征，一方面是所象征的东西，我们又回到理智主义的错误了；所谓象征是一个抽象概念的阐明，一个"寓言"[2]；那是科学，或是艺术模仿科学。但是我们对寓言也要公允。它有时是绝无妨害的。有了"耶路撒冷的解放"，其中寓言是后来想象出来的；有了马锐纳的"阿端勒"[3]，后来那位淫荡派诗人才说那首诗原意在说明"过渡的淫逸以痛苦终场"；有了一座美人的雕像，雕刻家可以在上面贴一个标签，说它代表"仁慈"或"善"。这种寓言在事后附加到作品上去，并不改变那艺术作品本身。它究竟是什么呢？它只是一个表现品从外面附加于另一表现品，一小页散文加到"耶路撒冷的解放"上面，表现诗人的另一个意思；一句或一章加到"阿端勒"上面，表现诗人想要他的一部分读者相信的东西；对于那雕像，那只是加上一两个字："仁慈"或"善"。

〔评艺术的和文学的种类说〕理智主义者的最大错误在艺术的和文学的种类说，这在文学论著中仍然风行，使批评家和艺术史家们都迷惑了。我们且来穷究它的起源。

人的心灵能从审美的转进到逻辑的，正因为审美的是逻辑的初步。心灵想到了共相，就破坏了表现，因为表现是对于殊相的思想。心灵可以把一些表现的事实集合在一起，见出逻辑的关系。我们已经说过，这作用也可以借表现而变为具体的，但是这并非

---

[1] "象征"（Symbol）：一件实物可代表或暗示一个抽象概念，叫做"象征"。
[2] "寓言"（Allegory）：一个故事后面带有一种伦理政治宗教或哲学的意义，叫做"寓言"。
[3] 马锐纳（Marino 1569—1625）：意大利诗人，写过一首长诗"阿端勒"（Adone），以浮华俗艳著名。

说，原有的那些表现品不曾破坏，不曾让位给新起的审美与逻辑混合的表现品。我们踏上了第二阶段，就已离开第一阶段了。

一个人走进一个画馆，或是读一类诗篇，看了读了，还可以进一步找出那里所表现的那些事物的性质和关系。因此，那些画和诗虽各是个别形象，不能用逻辑的术语来说，却渐渐分解成为一些共相和抽象品；例如"服装"，"风景"，"画像"，"家庭生活"，"战事"，"动物"，"花卉"，"果实"，"海棠"，"湖"，"沙漠"，"悲剧的"，"喜剧的"，"起怜悯的"，"残酷的"，"抒情的"，"史诗的"，"戏剧的"，"骑士风的"，"田园的"之类。它们又往往化成一些以量分的种类；例如"小像"，"小雕像"，"一群人物"，"短章情诗"，"民歌"，"十四行诗"，"十四行诗组"，"诗"，"诗篇"，"故事"，"传奇"之类①。

我们既在想到"家庭生活"，"骑士风"，"田园"，或"残酷"之类概念，或是想到上述某一个量的概念时，我们就已丢开在出发时所依据的个别的表现事实了。我们原是审美者，现在却变成逻辑学者；原是表现品的观照者，现在却变成推理者。这种转变当然无可反对。有什么其它方法能使科学起来呢？科学虽先假定有审美的表现品为基础，却必须超过这些表现品，才能完成它的功能。逻辑的或科学的形式，就其为逻辑的或科学的而言，必排斥去审美的形式。一个人开始作科学的思考，就已不复作审美的观照；虽然他的思考也终必取一个审美的形式，如前所述，无须再说。

错误起于我们想从概念中抽绎表现品出来，从代表者之中找出所代表事物的法则；没有认清第一阶段和第二阶段的分别，因而实已站在第二阶段而自以为仍在第一阶段。"艺术与文学的种类

---

① 种类 (Kinds, Genres) 的观念在各国都很盛行，例如中国诗分古、律、绝、四言、五言、七言、杂言、乐府、歌行、宴享、游历、酬赠之类。这种分类其实只是一种实用上的方便，往往没有逻辑的根据。

说"就是犯了这个错误。

如果把一些附加的东西除开,把文艺的种类说化成一个简单的公式,它所提出的就是这样一个荒谬的问题:"家庭生活,骑士风,田园,残酷之类的审美的形式是什么呢?这些内容应如何成为表象呢?"凡是寻求种类的法则或规律,都要归结于这个公式。家庭生活,骑士风,田园,残酷之类,并非一些印象而是一些概念。它们并非内容,而是逻辑审美混合的形式。形式是不能表现的,因为形式本身就已是表现。残酷,田园,骑士风,家庭生活之类名词是什么呢,除非是这些概念的表现?

这些区分之中最精微而最有哲学面貌的也经不起批评;例如把艺术作品分为主观的与客观的两种,分为史诗的与抒情诗的,分为表现感觉的作品与装饰的作品。在美学的分析中,要把主观的与客观的,抒情的与史诗的,感觉的形象与事物的形象分开,都是不可能的。

〔判断艺术时由种类说所生的错误〕艺术的和文学的种类说产生了一些错误的判断和批评,因此碰见一个艺术作品,不问它是否有表现性,不问它表现什么,也不问它是否把话说好,还是口吃,还是完全哑口无声,而只问它是否遵照史诗或悲剧的规律,历史画或风景画的规律。艺术家们尽管在口头上假装同意,或表示不由衷的服从,其实都把这些种类的规律抛到脑后。每一个真正的艺术作品都破坏了某一种已成的种类,推翻了批评家们的观念,批评家们于是不得不把那些种类加以扩充,以至到最后连那扩充的种类还是太窄,由于新的艺术作品出现,不免又有新的笑话,新的推翻和新的扩充跟着来。

还有一些偏见也是从这种类说生出来的。有一个时代(这是否真正过去了呢?)人们由于这些偏见,常惋惜意大利没有悲剧

(一直到一位作者①崛起，在意大利的光荣的头上加上它的装饰中的唯一缺乏的花圈)，法国没有史诗（一直到"亨利歌"②出现，润了一润批评家们的渴喉)。对新种类的创始者的赞扬也与这些偏见有关，以至于在十七世纪"仿英雄体"③的创始像是一件大事，它的荣誉还被人争来夺去，好比美洲的发现。但是戴着这个头衔的一些作品（例如"桶的强夺"和"神的侮慢"④）生下地就是死的，因为它们的作者（稍微差一点事）并没有什么新的或独创的东西可说。一班庸人绞脑浆要去勉强创出新种类。"牧歌体"⑤之外还加上"渔歌体"，最后又加上"军歌体"。"阿民塔"⑥下水浸了一下，就变成"亚尔契奥"⑦。最后有一批艺术史家与文学史家被种类的观念陶醉了，声称要写一种历史，不是叙述个别的真正文艺作品，而是叙述叫做"作品的种类"的那些空洞的幻影；不是写"艺术心灵的生展"，而是写"种类的生展"。⑧

要谨严地说明和确定艺术的活动向来做的是什么，而纯正趣

---

① 意大利的悲剧作者指阿尔菲爱里（Vittorio Alfieri 1749—1803），他作了十九部悲剧，大半属古典型。
② "亨利歌"（Henriade）：十八世纪法国文豪伏尔泰（Voltaire）的长诗，赞扬法皇亨利第四的功绩。
③ "仿英雄体"（Mock-heroic）：史诗大半用"英雄体"（Heroic verse）。在希腊拉丁文为每行六音节，在英文为无韵五音节格。史诗之称英雄诗，因为叙述的是英雄故事。假古典主义时代诗人喜作"仿英雄体诗"。
④ "桶的强夺"（Secchia Rapita）是意大利诗人塔索尼（Tassoni 1565—1635）的仿英雄体诗。"神的侮慢"（Scherno degli Dei）是意大利诗人勃腊契阿里尼（Bracciolini 1566—1640）的仿英雄体诗。两诗都不著名。
⑤ "牧歌体"（Pastoral, Eclogue）：公元前三世纪希腊诗人第阿克里塔斯（Theocritus）创"牧歌体"，拉丁诗人维吉尔（Virgil 70—19）也做了一些牧歌，后来有许多诗人仿效。
⑥ "阿民塔"（Aminta）：意大利诗人塔索的田园诗剧，不甚成功。
⑦ "亚尔契奥"（Alceo）：意大利诗人福斯果洛（Ugo Foscolo 1778—1821）的一部不甚成功的诗。
⑧ "种类的生展"：法国十九世纪文学批评家勃吕纳节（Brunetière 1849—1906）曾著一书述"种类的生展"（Evolution des Genres）。

味向来认可的是什么,这就是对于艺术与文学的种类说加以哲学的驳斥。纯正趣味和真正事实,当其化成一些公式时,往往不免带着一些离奇论调的色彩,这是无足怪的。

〔**种类区分的经验的意义**〕谈到悲剧、喜剧、戏剧、传奇、日常生活画、战事画、风景画、海景画、诗、小诗、抒情诗之类,如果用意只在使人粗略地了解某一类作品,或是为着某种原因,要引起人对于某一类作品注意,这在科学的观点上也并不算错。运用术语并不是制定规律和界说。错误只在把科学的界说的重量加于一个术语上面,而且茫然自堕于术语的迷网。请让我作一个比譬。一个图书馆里的书籍总要用某一种方法去安排。这在从前通常是依门类作一个粗略的分类(在这中间,"杂书"和"怪书"的名目也不少见);它们现在通常是依面积或出版家来分别安排。谁能否认这些安排的必要性和用处呢?但是如果有人郑重其事地在杂书和怪书中,在甲书店或乙书店出品中,在甲架或乙架中,这就是说,在只为着实用而勉强安排的组别中,讨探它们的文学的规律,我们怎么说呢?可是如果有人想做这样的事,他也就恰像那班讨探审美规律的人,认为这些规律必可统辖文学和艺术的种类。

第六章 认识的活动与实践的活动

〔**从审美的活动中排除实践的活动**〕这些分别既弄清楚了,我们就必须指斥一切把审美的活动附属于实践的活动,或以实践活动的规律应用于审美的活动之类学说的错误。人们常说科学是认识,艺术是实践。他们把审美的事实看成实践的事实,也并非随意乱说,或是捕风捉影,而是因为他们注意到一种真正是实践的东西,但是他们所指实践的东西并不是审美的,也不在审美的范围之内;它是在这范围外面和附近的;虽然它常与审美的合在一起,却不是必然要如此,不是因为性质相同要如此。

审美的事实在对诸印象作表现的加工之中就已完成了。我们在心中作成了文章,明确地构思了一个形状或雕像,或是找到一个乐曲的时候,表现品就已产生而且完成了,此外并不需要什么。如果在此之后,我们要开口——起意志要开口说话,或提起嗓子歌唱,这就是用口头上的文字和听得到的音调,把我们已经向我们自己说过或唱过的东西,表达出来;如果我们伸手——起意志要伸手去弹琴上的键子或运用笔和刀,用可久留或暂留的痕迹记录那种材料,把我们已经具体而微地迅速地发出来的一些动作,再大规模地发作一次;这都是后来附加的工作,另一种事实,比起表现活动来,遵照另一套不同的规律。这另一种事实暂时与我们无关,虽然我们将来要承认这第二阶段所造作的是事实,是一种实践的事实,意志的事实。内在的艺术作品与外现的艺术作品通常被人分开,这些名称在我们看是不恰当的,因为艺术作品(审美的作品)都是"内在的",所谓"外现的"就不是艺术作品。另一批人把审美的事实和艺术的事实分开,以为艺术的事实是外现的或实践的阶段,它可以跟随,而且常的确跟随表现阶段而起。但是照这个说法,那只是用字的问题,这样用字固无不可,却或许不妥当①。

〔**评艺术的目的说及内容的选择说**〕同理,就艺术之为艺术而言,寻求艺术的目的是可笑的。再者,定一个目的就是选择,艺术的内容须经选择说也是错误的。在诸印象及感受品之中加选择,就无异于说这些印象与感受品已经是表现品,否则在混整的东西之中如何有选择呢?选择就是起意志:起意志要这个不要那个;这

---

① 这段在克罗齐的美学中很重要。他把"表现"和"传达"分开,前者是艺术的活动,后者是实践的活动。他把"传达"叫做"外射"即一般人所谓"表现";他所谓"表现"完全在心里完成,即一般人所谓"腹稿"。胸有成竹,竹已表现;把这已表现好的竹写在纸上,这是"传达"或"外射",是实践的不是艺术的活动,它有"给别人看"或"备自己后来看"那一个实践的目的。参看第十五章注②。

个和那个就必须摆在我们面前,已表现了的。实践在认识之后,并不在前;表现是自然流露。

在事实上,真正的艺术家发见自己心中像怀胎似的有了作品主题,怎样经过他并不知道。他只觉得生产的时刻快到了,但是不能起意志要生产或不要生产。如果他故意要违反他的灵感,要加一个勉强的选择,如果他生来是阿纳克里昂①,却要歌唱亚屈鲁斯和阿尔岂弟斯②的故事,他的竖琴就会提醒他的错误,只发伴奏歌唱维纳斯③和爱情的声音,尽管他竭力避免这样。

〔从实践的观点看,艺术是无害的〕因此,题材或内容不能从实践的或道德的观点加以毁誉。艺术批评家们说某某题旨选择得不好时,如果那话有正当的根据,它所指责的不能是题旨的选择(这就会是荒谬的),只能是作者处理那题旨的方式,即内在矛盾所造成的表现的失败。这些批评家们往往又说某些作品在艺术上是完美的,却谴责它们的题旨或内容不配为艺术;如果这些表现品真是完美的,就没有别的可说,只好请那些批评家们不要再搅扰艺术家们,因为艺术家们只能从曾经感动心灵的东西中取得灵感。批评家们最好注意去改变四周的自然与社会,使他们所认为可谴责的那些印象和心境不发生。如果丑恶可从世界中消灭,普遍的德行与幸福可以在这世界中奠定,艺术家们也许就不再表现反常的或悲观的感觉,而只表现平静的,纯洁的,愉快的感觉,成了真正理想国的理想人物。但是只要丑恶与混浊有一天还在自然中存在,不招自来地临到艺术家们的头上,我们就无法制止这些

---

① 阿纳克里昂(Anacreon):公元前六世纪希腊诗人,他的诗大半歌唱醇酒妇人。
② 亚屈鲁斯(Atreus):希腊的一个王族,其中有一个国王阿加门农(Agamemnon)和他的子女的悲剧,是希腊的第一个大悲剧家埃斯库罗斯(Aesch Ylus 525—556)的题材。阿尔岂第斯(Alcides),希腊大力士赫克里斯(Hercules)的别名。希腊大悲剧家索福克里斯(Sophocles)和欧里庇得斯(Euripides)都用过有关他的故事为题材。
③ 维纳斯(Venus):罗马神话中的爱神。

东西的表现；表现已成就了，要取消已成事实也是无用的。我们这样说，是完全采取美学的，和纯粹的艺术批评的观点。

我们在这里用不着去估计，根据"选择"说的批评对于艺术创作有多么大的损害，它在艺术家们本身中间所产生的偏见，以及它所造成的艺术动机与批评要求之中的冲突。诚然，这种批评有时也像有一点用处，因为它帮助艺术家们发现他们自己，就是发现他们自己的印象和灵感；帮助他们意识到他们所需的历史阶段和他们个人的性情规定他们要做的工作。在这些情形之下，根据"选择"说的批评虽自信产生了那些表现品，其实只是对于已形成的表现品加以承认与帮助。它自信是母亲，其实至多只是助产妇。

〔艺术的独立〕内容选择是不可能的，这就完成了艺术独立的原理，也是"为艺术而艺术"一语的正确意义。艺术对于科学、实践和道德都是独立的。我们不用怕轻浮的或干枯的艺术因此有所借口，因为真正轻浮或干枯的艺术之所以轻浮或干枯，是由于没有达到表现；这就是说，轻浮和干枯总是起于艺术处理的方式，起于不能掌握内容，不起于内容本身的质料。

〔评风格即人格说〕除非根据认识与实践的分别，根据审美活动的认识性，风格即人格说也无从批评得详尽。人不仅是知识与观照；他也是意志，而意志包括认识的阶段。因此，风格即人格说只有两个可能：如果它指风格就是具风格方面的人格，即只指表现活动那方面的人格，那就是完全空洞无意义的；如果要想从某人所见到而表现出来的作品去推断他做了什么，起了什么意志，即肯定知识与意志之中有逻辑的关系，那就是错误的。许多艺术家传记中的传说都起于风格即人格一个错误的等式。好像一个人在作品中表现了高尚的情感，在实践生活中就不可能不是一个高尚的人，或是一个戏剧家在剧本中写的全是杀人行凶，自己在实践生活中就不可能没有做一点杀人行凶的事。艺术家们抗议道："我的书虽淫，我的生活却正经。"不但没有人相信，反而惹到欺骗和虚伪的罪名。可怜的梵罗那城的妇女们，你们谨慎得多了，你看到但丁的黝黑的面孔，就以为他真正下过地狱！你们的猜测至少还是一种历史的猜测。

〔评艺术须真诚说〕最后，当做一种责任摆在艺术家身上的真诚（一个伦理学的规律，据说也是一个美学的规律）也有两重意义。第一、真诚可以指不欺骗邻人那个道德的责任；就这个意义说，它与艺术家毫不相干。艺术家本不欺骗任何人，他只赋予形式给已在心中存在的东西。如果他辜负他的艺术家的责任，不依本性做他的工作，那就是欺骗了。如果欺骗的言行在他心里形成印象，他所赋予它们的形式因其为审美的，就不是欺骗的言行了。如果一个艺术家是骗子，说谎者，坏蛋，而且把那方面人格反映到艺术里，他也就把它净化了。其次，如果真诚是指表现的充实真切，这第二意义显然与伦理的概念无关。这个叫伦理学的又叫做美学的"真诚"规律，不过是同一名词用在伦理学和美学两个不同的范围里。

第十一章 评审美的快感主义

快感与痛感本寓于一切经济的活动，而且陪伴着一切其它形式的活动。一般的快感主义就从此出发。我们反对这个学说，因为它把能容者与所容者①混为一事，除快感的作用以外不承认其它作用；因此我们也就反对这个学说的一个支派，审美的快感主义；这虽不把一切活动，至少把审美的活动,看成只是一种感觉②，而且把产生快感的表现品（这就是美的东西）和只是产生快感的（美感以外产生快感的）东西相混。

---

① 能容者指各种心灵活动，所容者指痛快感觉。
② 这就无异于不承认有一种特殊的活动为审美的活动。

〔评美与高等感官的快感的混淆〕审美的快感主义的看法有几种。一个最古的看法是把美的东西看作凡是可使耳目,即所谓"高等感官"发生快感的东西。从前人开始分析审美的事实时,总难免把一幅画或一曲乐看成视觉或听觉的印象那一个误解,并且很难正确地解释瞎子不能欣赏画,聋子不能欣赏音乐那一个浅显的事实。审美的事实并不依靠印象的性质,任何感官的印象都可以提升到审美的表现,却不一定就必须提升到审美的表现。要把这番道理显示出来,像我们所显示的,颇非易事,只有把这问题的一切其它可能的学说都试过以后,才会见出这道理。任何人主张审美的事实就是使耳目生快感的东西,都无法辩驳另一派人的主张,以为美的东西就是一般产生快感的东西,烹调术,或是(像有些实证主义者所称呼的)"胃口美",也应包括在美学里。

〔评游戏说〕游戏说[①]是另一种审美的快感主义。游戏这个概念往往可助人了解表现的活动性:据说人在未开始游戏时,还不真正地是人(在开始游戏时,他才把自己从自然的机械的因果律解放出来,作心灵的活动),人类最初的玩艺就是艺术。但是"游戏说"既也指发泄身体的富裕精力所生的快感(这是一种实践的事实),它就不免要承认任何玩艺都是审美的事实,或承认艺术就是一种玩艺,因为像科学和任何其它东西,艺术也可以作为玩艺的一个节目。只有道德不能起于游戏的意志(道德永不会被人认为起源于游戏),相反地,游戏的行动却要受道德的节制。

〔评性欲说与胜利说〕最后,有些人设法把艺术的快感看成性欲的快感的回响,还有些最近的美学家很有把握地把审美的事实溯源到征服和胜利的快感,或是像另一些人所补充的,溯源到

---

① "游戏说"(The play theory):发源于德国诗人席勒(Schiller 1759—1805)。主旨在以为艺术与游戏相同,都是过剩精力发泄于自由活动。后来英国学者斯宾塞(Spencer 1820—1903)也主张游戏说。

男人要征服女人的欲念①。这个学说还有许多关于野蛮风俗的传闻作证,那究竟有多少可靠,只有天知道!其实并不必求证于野蛮人,在普通生活情况中,我们就常看到诗人们用他们的诗作自己的装饰,像公鸡耸冠,火鸡张尾那样。但是任何人这样做,就他这样做来说,就失其为诗人,变成一个可怜的傻瓜,一个像公鸡火鸡的傻瓜,而且征服女人的欲望也与艺术毫不相干。这种学说不正确,正犹如看到从前有宫廷诗人,而现在也有卖诗帮助生活,纵然不完全靠卖诗过活的诗人,就说诗是"经济的"产品。这种推理和定义已替唯物史观吸引了一些热烈的信徒。

〔评同情说的美学。内容与形式在同情说中的意义〕另一个不像前一说那样粗俗的思潮把美学看成研究同情的科学,研究凡是我们所同情的,凡是能吸引、能引起欢欣、能引起快感和赞赏的东西。但是同情的东西不过是引起快感的东西的意象或表象。唯其如此,它是一个复杂的事实,其中有一个不变的因素,即表象的审美的因素,有一个变动的因素,即由种种不同价值所产生的无数种类的快感的因素。

在日常语言中,人们常不愿意把一个表现品称为"美的",除非那个表现品是表现同情的。因此,美学家和艺术批评家的见解与寻常人的见解常相冲突,寻常人很难相信苦痛和卑鄙的形象能够美,或至少怀疑这种形象有资格可以和产生快感的善的事物的形象比美②。

---

① 奥国心理学家佛洛依德是性欲说的著名的倡导者。他以为性欲本能最强,受道德、宗教、法律等等社会力量的压抑,于是沉到隐意识里去;力量仍在,时图爆发,文艺把这种潜力引导发泄于社会所允许的途径。胜利说的倡导者是佛洛依德的弟子爱德洛(Adler),要旨在人发觉自己有缺陷,便起"在上意志"(The will to be above)或"男性的抗议",不但把缺陷弥补起来,而且还超过没有缺陷时所能做到的程度。
② "同情说的美学"(The aesthetic of the sympathetic)主张艺术的题材须能引起观众的道德的同情。十八世纪英国的波尔克(E. Burke)是同情说的代表。

如果我们分出两种科学，一个研究表现，一个研究同情；如果同情的东西不像我们所说的那样复杂而是特种科学的研究对象；上述冲突也许可以化除。如果把重点放在表现的事实，它就归入美学，即表现的科学；如果把重点放在产生快感的内容，我们就回到关于本质是快感的（功利的）事实的研究，不管这些事实如何复杂①。还有一种主张把内容与形式的关系看成两种价值的总和，那也可以溯源到同情说。

〔审美的快感主义与道德主义〕上述诸学说都把艺术看成只关快感的事物。但是审美的快感主义是站不住的，除非它结合上一般的哲学的快感主义，不承认快感之外有任何其它形式的价值。哲学家们若是承认一个或一个以上心灵的价值，如真理或道德，他们每遇到下列问题必须提出时，就不大肯接受这种快感主义的艺术观。这些问题是：艺术应做的事是什么？它应该有什么用处？它所生的快感是否可以放纵呢？到什么程度为止呢？如果美学当作表现的科学，"艺术目的"这个问题是不可思议的，如果美学当作同情的科学，这个问题就有一个明显的意义，需要解答。

〔道学否定艺术，教书匠辩护艺术〕解答显然只有两种，一种是完全反对艺术的，一种是对艺术要加限制的。头一种可以叫做"道学的或苦行者的"答案，在思想史上虽不常见，却也见过几次。它把艺术看成感官的麻醉剂，所以不但无用而且有害。我们应该竭力使人类心灵解脱艺术的骚扰。另一个答案可以叫做"教书匠的，或道德兼功利的"答案，它收容艺术，但是要它合于道德的目的，用纯洁的快感推助人向作者所指的真与善两条路走，要它在装智慧与道德的杯口上涂上甜蜜。

如果把这教书匠的看法分为两种，一种是理智主义的，以艺

---

① 这段主旨在反对把道德的同情所生的快感与审美的活动所生的快感混为一事。

术的目的在引人向真；一种是道德兼功利主义的，以艺术的目的在引人向实践的善，这种分别却是错误的。勉强把教育职责加给艺术，既是一个预求预计的目的，就不复纯是认识的事实，而是认识的事实变成实践行动的根据；所以它不是理智主义而是教训主义与实用主义。其次，教书匠的看法也不能分为纯粹功利主义的和道德兼功利主义的两种，因为人们若是只承认个人的满足（个人的欲望），他们就是快感主义者，正因为他们如此，他们就无需替艺术寻出一个究竟的目的。

我们讨论到现阶段，解释了这些学说，就无异于驳倒了它们。我们只须说：在教书匠的艺术观之中可以寻出另一理由，说明何以有人错误地主张艺术的内容必经选择，以求达到这些实践的效果。

〔评纯美说〕艺术只关"纯美"说有时被人提出来反对快感主义的与教书匠的美学，而且为艺术家所热烈赞许："上天把我们的一切欢乐都放在纯美里，诗就是一切。"[①] 如果这一说是指艺术不应与感官的快感（功利的实用主义）相混，也不应与道德的实践相混，则我们的美学就应该可以戴上"纯美的美学"一个头衔。但是如果它是指（它实在常指）什么神秘的、超经验的、我们可怜的人类世界所不知道的、精灵的、神佑的东西，而不是表现，则我们必须回答说：我们既然认为美纯是心灵的表现，就不能想象到有哪一种美比这更高，更不能想象到美可以没有表现，美可以脱离它本身。

第十六章　鉴赏力与艺术的再造

〔审美的判断，它与审美再造的统一〕全部审美的和外射的过程既已完成了，一个表现品既已造成，而且凝定于一种固定的

---

① 意大利诗人邓南遮（Gabriele d'Annunzio 1864—1938）的话。

物质的材料了,什么才算判断它呢?"把它在自己心中再造出来,"艺术批评家们同声回答。这回答很好。为彻底了解这事实,我们且用一个表格来说明它。

某甲感到或预感到一个印象,还没有把它表现,而在设法表现它。他试用种种不同的字句,来产生他所寻求的那个表现品,那个一定存在而他却还没有找到的表现品。他试用文字组合M,但是觉得它不恰当,没有表现力,不完善,丑,就把它丢掉了;于是他再试用文字组合N,结果还是一样。"他简直没有看见,或是没有看清楚",那表现品还在闪避他。经过许多其它不成功的尝试,有时离所瞄准的目标很近,有时离它很远,可是突然间(几乎像不求自来的)他碰上了他所寻求的表现品,"水到渠成"。霎时间他享受到审美的快感或美的东西所产生的快感。丑和它所附带的不快感,就是没有能征服障碍的那种审美活动;美就是得到胜利的表现活动。

我们从语文范围里举出这个实例,因为它比较平易近人,因为我们人人都说话,虽然不都作画。现在如果另有一个人,我们称他为乙,要来判断那个表现品,决定它是美还是丑,他就必须把自己摆在甲的观点上,借助于甲所供给他的物理的符号,再循原来的程序走一过。如果甲原来看清楚了,乙(既已把自己摆在甲的观点)也就会看清楚,看见这表现品是美的。如果甲原来没有看清楚,乙也就不会看清楚,就会发见这表现品有些丑,正如甲原来发见它有些丑。

〔二者不可能有分歧〕也许有人说:我们没有考虑到两种其它情形:甲看见清楚而乙看见却不清楚,甲看见不清楚而乙看见却清楚。严格地说,这两种情形都不可能。

表现的活动,正因其为活动,不是随意任便,而是心灵的必然,它只有一个正确的方法,去解决某一固定的审美的问题。有人对这句平常话也许反对说:有些作品在艺术家自己看原是美的,后来在批评家看却是丑的；也有些作品为艺术家自己所不满意，认为不完善或失败的，后来批评家们却以为它们美，完善。但是在这种事例中，必有一方面是错误的，不是艺术家，就是批评家；有时是艺术家，有时是批评家。一个表现品的作者有时并不完全认清在他的心灵中发生的东西。匆忙，虚荣心，省察的缺乏，理论上的偏见，都叫人们说，而且甚至相信，自己的某些作品是美的，其实如果他们真正向心中省察一番，就会见出它们是丑的，因为它们本是丑的。比如可怜的堂吉诃德很郑重其事地把纸板制的遮面甲安在他的头盔上，头一次搏斗就见出那块遮面甲的抵抗力薄弱，下一回碰到一刀很准确地戳过来，就不敢再用它来遮挡，只宣告它是（据作者说）"戴起来原来倒是挺美的"。在其它事例中同样理由，或是相反而可例推的理由，使艺术家昏头昏脑，把自己的成功的作品估价过低，或是把自己在艺术的自然流露中已经做得很好的作品丢开另做，反而做得没有原来那样好。塔索丢开"耶路撒冷的解放"，去做"耶路撒冷的征服"，便是一个实例。同理，批评家们也往往因为匆忙，懒惰，省察的缺乏，理论上的偏见，私人的恩怨以及其它类似的动机，把美的说成丑的，丑的说成美的。如果他们能消除这些扰乱的因素，他们就会如实地感觉到艺术作品的价值，不把它留给后世人（那个较勤勉而且较冷静的裁判者）去给奖，去主张他们自己不曾主张的公道。

〔鉴赏力与天才的统一〕从上述道理，我们可以看出批评和认识某事为美的那种判断的活动，与创造那美的活动是统一的。唯一的分别在情境不同，一个是审美的创造，一个是审美的再造。下判断的活动叫做"鉴赏力"[①]，创造的活动叫做"天才"；鉴赏力与天才在大体上所以是统一的。

---

① "鉴赏力"（Taste）：有时译为"趣味"，就是对于文艺的鉴别美丑的能力。"天才"（Genius）在这里指文艺的创造力。

有一句常谈：批评家要有几分艺术家的天才，而艺术家也应有鉴赏力，这句话可约略见出天才与鉴赏力的统一。另一句常谈也是如此：鉴赏力有主动的（创造的）和被动的（再造的）两种。但是另有一些也是常说的话却否定天才与鉴赏力的统一，例如说有鉴赏力而无天才，或有天才而无鉴赏力。这些话是无意义的，除非它们只是指分量的或心理的差别：有些人创造艺术作品，其中主要的部分出于灵感，次要的部分疏忽有缺点，就叫做有天才而无鉴赏力；有些人在片段的或次要的方面有优点，却没有足够的力量作一个伟大的艺术综合，就叫做有鉴赏力而无天才。其它类似的话也容易作类似的解释。但是如果在鉴赏力与天才，艺术的创造与再造之中，设立一个根本的分别，则传达与判断就都变成不可思议了。我们如何能对陌生的东西下判断呢？用某种活动造成的东西，如何能用另一种活动去判断呢？批评家也许是一个小天才，艺术家也许是一个大天才；但两人的天才的本质必仍相同。要判断但丁，我们就须把自己提升到但丁的水平，从经验方面说，我们当然不是但丁，但丁也不是我们；但是在观照和判断那一顷刻，我们的心灵和那位诗人的心灵就必须一致，就在那一顷刻，我们和他就是二而一。我们的渺小的心灵能应和伟大的心灵的回声，在心灵的普照之中，能随着伟大的心灵逐渐伸展，这个可能性就全靠天才与鉴赏力的统一[1]。

朱光潜 译
选自外国文学出版社1983年版

---

[1] "艺术的判断"：就是艺术的批评。一般人以为创造靠天才，批评靠鉴赏力，是两件不同的事。克罗齐以为批评须假道于再造，设身处地把原作者创作时心理过程在想象中再经历一遍，然后可以判断作品的美丑，在批评但丁时，就要了解但丁，就要把自己提升到但丁的地位，再造他所曾创造的作品，因此天才与鉴赏力，创作与批评，并没有根本的分别。